朝鲜寓言拟人传记文学研究

A Study of Allegorical &
Authropopathic Biography of Choson

李 岩 李杉婵 著

图书在版编目(CIP)数据

朝鲜寓言拟人传记文学研究 / 李岩，李杉婵著 .—北京：北京大学出版社，2017.7
ISBN 978-7-301-28519-0

Ⅰ.①朝… Ⅱ.①李…②李… Ⅲ.①寓言—文学研究—朝鲜 ②传记文学—文学研究—朝鲜 Ⅳ.① I312.07

中国版本图书馆 CIP 数据核字 (2017) 第 154319 号

书　　　名	朝鲜寓言拟人传记文学研究 CHAOXIAN YUYAN NIREN ZHUANJI WENXUE YANJIU
著作责任者	李　岩　李杉婵　著
责任编辑	刘　虹
标准书号	ISBN 978-7-301-28519-0
出版发行	北京大学出版社
地　　　址	北京市海淀区成府路 205 号　100871
网　　　址	http://www.pup.cn　新浪微博：@ 北京大学出版社
电子信箱	554992144@qq.com
电　　　话	邮购部 62752015　发行部 62750672　编辑部 62754382
印　刷　者	北京宏伟双华印刷有限公司
经　销　者	新华书店 720 毫米 ×1020 毫米　16 开本　29 印张　510 千字 2017 年 7 月第 1 版　2017 年 7 月第 1 次印刷
定　　　价	85.00 元

未经许可，不得以任何方式复制或抄袭本书之部分或全部内容。
版权所有，侵权必究
举报电话：010-62752024　电子信箱：fd@pup.pku.edu.cn
图书如有印装质量问题，请与出版部联系，电话：010-62756370

国家社科基金后期资助项目
出版说明

　　后期资助项目是国家社科基金项目主要类别之一，旨在鼓励广大人文社会科学工作者潜心治学，扎实研究，多出优秀成果，进一步发挥国家社科基金在繁荣发展哲学社会科学中的示范引导作用。后期资助项目主要资助已基本完成且尚未出版的人文社会科学基础研究的优秀学术成果，以资助学术专著为主，也资助少量学术价值较高的资料汇编和学术含量较高的工具书。为扩大后期资助项目的学术影响，促进成果转化，全国哲学社会科学规划办公室按照"统一设计、统一标识、统一版式、形成系列"的总体要求，组织出版国家社科基金后期资助项目成果。

全国哲学社会科学规划办公室
2014 年 7 月

序

在文学大家族中,小说是呈现方式最灵活多样的艺术形式。每个时代、每个国家和民族,都有自己擅长和喜爱的小说形式。它的多样性,甚至哪怕是语调的变化、思想情绪的波动,也可能带来小说形式的变化,更不用说各自独特的叙事风格、视角、方式、格调等各类魔方因素的变化。正如德裔美国哲学家苏珊·朗格所说,小说是"我们最丰富、最有性格、最流行的文学产品",它的艺术形式"如今仍在发展""仍然以前所未有的效果,全新的结构和技巧手段,使评论家们感到惊奇。"① 这句话,明确地概括了小说这一文学样式内容和形式的可变性与多样性。本书的研究对象——古代朝鲜拟人传记体文学作品,作为其早期的小说形态,就是在其动态的发展过程中产生的宠儿。高丽时期开始流行的拟人传记体作品,作为文人排忧解闷的"虚构"的文体,正好体现了小说包罗万象、灵活自由的文体特征。

古代朝鲜长期以儒家思想为正统,将小说之类的叙事文学体裁视为"不经之语",坚信《春秋》里所说"史为书,瞽为诗,工诵箴谏,大夫规诲,士传言",认为小说正是"士传之言"。这种"言",不合大道,"无补于经世致用",乃智者所不为。朝鲜朝中期以后,更把小说视为"吾道之大敌",将小说排斥于文人文学之外。不过,对小说的这种观念和政策,阻挡不住进步文人对小说的喜爱和向往。高丽文人崇尚唐宋之学,膜拜"八大家",学得小说之法,将韩、柳之《毛颖传》《蝜蝂传》等拟人传记体当作奇文来模仿。由此,各种拟人传记体作品在高丽文人笔下产生,林椿、李奎报等文人就是其中的佼佼者。进入朝鲜朝中期,朝野上下以宋学为典范,贬斥小说类创作,禁购、禁读小说类作品。小说文体的创作和发展遭遇了空前的挫折。在惟理学为独尊之学的思想文化环境下,文人们不能直接兜售小说,往往借助鬼怪、幻境的艺术想象,或传奇的表现手法反映社会问题,以"以文为戏"的方式来混淆视听,曲折委婉的表达自己的思想感情。在这种特殊的创作倾向下,各类寓言小说、拟人传记体小说、传奇作品陆续涌现,装点了当时寂寥的小说界。尤其是前二者,以物拟人、以物理喻人事的"摹写"手法,正好为当时的朝鲜文人提供了一层"障眼

---

① 苏珊·朗格:《情感与形式》,北京:中国社会科学出版社,1986年,第334页。

之色",蒙混过封建当局的文禁壁垒。因此,拟人传记体文学逐渐成为了朝鲜朝文人喜爱并敢于书写的文学体裁,从而产生了诸多优秀的作品。

这次出版的《朝鲜寓言拟人传记体文学研究》,就是以这样的历史文化土壤和文学传统为背景,经过多年的努力撰写而成的。值得说明的是,本书的"朝鲜高丽时期拟人传记体文学"部分,是由李杉婵的博士学位论文所组成。当初,我们觉得朝鲜拟人传记体文学不仅内容丰富,而且还贯穿整个朝鲜封建时期,足有一千多年的创作历史,是古代朝鲜颇有影响力的文学样式。如果仅由一篇十六七万字的学位论文来反映它或者付梓出版,显然是远远不够的。于是我们做出了更为大胆的计划,让它以整体的面貌出现在读者面前。在分工上,李岩负责撰写高丽时期以前的内容和朝鲜朝时期属于时代和思想文化背景的部分,其余的朝鲜朝部分的内容由李杉婵撰写,全书五十余万字。这本书之前,国内外曾出现过一些零星的相关研究成果,但很难见到如此系统研究有关朝鲜古代寓言拟人传记体文学的专著。

小说有无限的多样性,这给我们增加了不少难度。尤其是像朝鲜寓言拟人传记体小说,因为它采用"借物喻人"的艺术手法塑造人物,结构故事情节,存在一定的模糊性因素,所以研究起来难度较大。由于我们的自身条件所限和研究对象的复杂性,由一两个人的力量去搬弄完成它,显然很困难,因此本书反映的只是管窥锥指,如果能够起到抛砖引玉的作用,那就万幸了。静候学界同仁的指教。

本书得到国家社科基金后期资助项目的有力支持,在此深表感谢。

李岩　李杉婵

2017 年 5 月

目 录

第一章　朝鲜古代寓言志怪史滥觞 …………………………… 1
第一节　朝鲜三国社会和俗文学 ………………………………… 1
第二节　复杂的思想文化背景 …………………………………… 13
第三节　文学背景和神怪故事 …………………………………… 31
第四节　三国时期的智慧故事传统 ……………………………… 44
第五节　朝鲜三国寓言一瞥 ……………………………………… 53

第二章　统一新罗时期的寓言和志怪 ………………………… 64
第一节　社会思想文化背景 ……………………………………… 64
第二节　统一新罗时期的文学 …………………………………… 73
第三节　统一新罗时期的志怪和传奇故事 ……………………… 79
第四节　《花王戒》的思想与艺术 ………………………………… 86
第五节　类似于寓言的动物故事 ………………………………… 97

第三章　假传体文学的源与流 ………………………………… 114
第一节　传记及传记文学 ………………………………………… 114
第二节　"以文为戏"的传统及假传之寓言特征 ………………… 122
第三节　"以文为史"的传统及假传的史传特征 ………………… 136
第四节　韩愈与唐代假传体文学 ………………………………… 144
第五节　宋代及宋代以后的假传体文学 ………………………… 155

第四章　朝鲜高丽朝中后期的汉文文学与假传体文学 ……… 163
第一节　高丽朝中后期的社会及思想文化 ……………………… 163
第二节　高丽朝中后期的汉文文学与"假传" …………………… 170
第三节　高丽时期的传记各体 …………………………………… 178
第四节　朝鲜寓言传统与假传体文学 …………………………… 192

第五章　高丽假传体文学的思想意蕴 …… 200
第一节　林椿的"二传"分析 …… 200
第二节　李奎报的"二传"分析 …… 215
第三节　高丽佛教僧侣的"假传" …… 228
第四节　高丽其他假传体文学作品分析 …… 240

第六章　高丽假传体文学的艺术特色 …… 250
第一节　高丽假传体文学的登场及其艺术化历程 …… 250
第二节　高丽假传体文学的创作方法 …… 256
第三节　高丽假传体文学的艺术分析 …… 262
第四节　高丽假传体文学的人物形象分析 …… 272

第七章　高丽假传体文学在朝鲜文学史上的地位和影响 …… 277
第一节　高丽假传体文学对中国相应体裁文学的继承 …… 277
第二节　高丽假传体文学在朝鲜古代叙事文学
　　　　发展史上承前启后的作用 …… 281

第八章　朝鲜朝社会与假传体文学 …… 289
第一节　朝鲜朝前期的社会和思想文化政策 …… 289
第二节　朝鲜朝中期士林与勋旧二派之矛盾与斗争 …… 294
第三节　朝鲜朝假传体文学之发展 …… 298

第九章　朝鲜朝前期假传体文学的始兴 …… 304
第一节　朝鲜朝假传体文学之思想意蕴 …… 304
第二节　朝鲜朝"天君"系列拟人假传体文学 …… 336
第三节　黄中允《天君纪》对性与理关系的艺术化 …… 341
第四节　郑泰齐《天君衍义》对朱子学学理的艺术解构 …… 350

第十章　朝鲜16—17世纪四色党争之文化性格与文学 …… 369
第一节　党争的社会背景 …… 369
第二节　四色党争的复杂过程和本质 …… 374
第三节　朝鲜16—17世纪四色党争的文化性格 …… 378

第十一章 朝鲜朝节令植物寓言之人文特色 …… 390
第一节 《花史》的思想意蕴及其"人物"形象 …… 390
第二节 《四代纪》的历史文化意蕴 …… 400
第三节 从《四代春秋》看节令植物寓言小说之文化意蕴 …… 405

第十二章 朝鲜朝人文寓言之思想与艺术 …… 413
第一节 托梦游历与觉而叹世的梦游录类人文寓言 …… 413
第二节 辛辣的讽刺性与寓意的现实意义 …… 422
第三节 柳梦寅的人文寓言《虎阱文》 …… 427
第四节 朝鲜古代杰出的文人寓言小说——《虎叱》 …… 430

第十三章 动物寓言的思想艺术特色 …… 438
第一节 "兔鳖传"系列寓言的思想艺术特色 …… 438
第二节 "鼠狱"系列寓言的思想艺术特色 …… 441
第三节 "禽鸟"寓言的代表作《莺鸠鹫讼卧渴先生传》 …… 448

参考文献 …… 454

第一章　朝鲜古代寓言志怪史滥觞

朝鲜三国，是志怪、寓言和传记类文学样式大量产生的时期。这些文学样式是继其神话传说时代之后，又一个能够反映当时历史和时代意识的精神产物。它们也是研究和把握朝鲜三国时期历史和文化的"活化石"，对我们把握当时的时代思想和文学提供着极其珍贵的、直接的或间接的资料。朝鲜是历史上战争和历史事变频仍的国家，其历史文献和其他文化资料乃充当了这种历史阵痛的牺牲品。因为这种缘故，如今的我们不能直接看到高丽金富轼等所著《三国史记》以前的任何文献资料。幸亏朝鲜高丽时期的金富轼等文人学者和像一然这样的僧侣阶层及时地从当时还可以看到的若干古代资料中选择一些对己有用的材料，编撰出像《三国史记》《三国遗事》这样的正史和野史，让后世的人们得以了解朝鲜古代的历史和思想文化，这是不幸中的万幸。其中保存下来的大量志怪、寓言和传记类的文学样式，是我们研究朝鲜三国时期的思想文化极其宝贵的史料，它们包含着朝鲜部族国家后期和三国时期的政治、经济、哲学、天文学、医学、宗教学、艺术、语言、文学、风俗习惯等，我们从中可以构拟出朝鲜部族国家后期、三国时期的社会历史和这些文学样式的基本面貌。

第一节　朝鲜三国社会和俗文学

志怪、寓言和传说，是朝鲜三国时期最值得研究的文学领域。三国时期是朝鲜志怪、寓言和传说史上极其重要的历史阶段。与这时期的社会思想、民间信仰互为表里的这种文学样式，不仅在文学史上，而且在研究该时期意识形态上，具有相当重要的意义。值得注意的是，当我们靠近这种文学样式，对其进行深入考察和研究的时候，绝不能忽视养育它们的历史背景和现实土壤。要正确地认识它们和实事求是地把握它们，这一点至关重要。

自朝鲜三国初创全其发展阶段，正处于朝鲜古代由奴隶社会向封建社会的转型期，是朝鲜历史上一个社会大变革的时代。在这个时期，思想文化和文艺所呈现出的多彩斑斓、层出不穷的万千气象，必须从当时的整个大的历史背景中寻找其根源。

公元前1世纪中叶前后,朝鲜三国先后在朝鲜半岛和我国东北辽东地区建立。历经了漫长的部落国家和部族联盟国家时期的朝鲜,逐步进入了向封建社会过渡的阶段。

公元前1世纪初,高句丽于古朝鲜旧领域建国。史传高句丽是夫馀族分支,很早以前就生活在如今中国辽东地区和朝鲜西北地区,公元前37年朱蒙在卒本①建立的高句丽,是高句丽族所建立的第一个国家形态。高句丽民族历史悠久,先秦古籍《逸周书·王会篇》所说的"北方台正东高夷",指的就是后来高句丽族的先民。孔颖达对其疏云:"高夷,东北夷高句丽。"其后的诸多古文献,都有相关记载,如《尔雅》载:"九夷之中,其三即高句丽。"这些文献都一致指出"高夷"就是高句丽族,这些史料说明,高句丽族早在汉代以前就已经存在于该地区。对高句丽建国以后的情况,西晋陈寿的《三国志》记录道:

> 高句丽,在辽东之东千里,南与朝鲜、濊、貊,东与沃沮,北与夫馀接……其人性凶急,喜寇钞。②

这一记录明确记录着高句丽国家的地理位置、周围环境和民族习性。由于它与夫馀族有着密切的血缘关系,古代史料都极其重视对夫馀族及其国家的考察。《三国志》《魏志·东夷》中记曰:

> 扶馀:"夫馀,在长城之北,去玄菟千里,南与高句丽,东与挹娄,西与鲜卑接……其人粗大,性强勇谨厚……以弓矢刀矛为兵,家家自有铠仗。③

由于高句丽族源与夫馀族有密切关联,其民族性与其大体相仿。这一记录显示,公元前1世纪时的夫馀,已经进入铁器时代,而这种经济基础和先进文明不能不影响高句丽社会。高句丽在其建国过程中,经历了艰难的征战和政治融合的洗礼。现存当时的碑志文《国冈上广开土境平安好太王碑铭》《龙冈秥蝉县神祠碑铭》等和通过李奎报《东明王篇》等所反映的《旧三国史》等内容来看,朱蒙在创国的过程中讨灭了周围挹娄、弗流等一系列小国,为高句丽的开国铺平了道路。尤其是高句丽第二代王琉璃王迁都国内城后,战争更为频繁,先后征服了邻近的沸流、盖马、荇人、曷思、梁、貊、东沃沮、句荼、朱那等地

---

① 今我国辽宁省桓仁县。
② 陈涛《三国志·魏志·东夷》,天津:天津古籍出版社,2009年,第91页。
③ 同上书,第90页。

方小国势力,进一步扩大和巩固了国家根基。高句丽建国前后,广泛使用铁制生产工具,制造出各种生活用品和武器。在此基础上,高句丽建立了封建制度,生产力得到大幅提高,人民生活和国力空前发展。我们发现,《三国史记》中屡有国王赐封建"食邑"的记载,这些"食邑"一开始虽只赐以收租权,但后来都演变成了私有土地。与此同时,各代国王还对一些功勋卓著者直接赐田,受田者的这些田产后来也都不断扩大,以收租的形式剥削农民。"富益富,贫益贫",这些大土地所有者逐步变成大贵族和地主势力,成为了封建国家的基本支柱。这样高句丽的土地所有制形式,主要有国有土地、封建地主阶级的私有土地、自耕农的私田等。土地所有制的变化,引起了阶级结构的变化,而阶级结构的变化则带来了社会组织机器和意识形态领域的本质性变化。尽管如此,由于历史和时代的原因,高句丽社会中依然残留着奴隶制社会的余影,特别是人们的头脑中存在的古老意识,往往以很强的惯性左右着其意识形态活动。

百济王朝与高句丽有着直接的血缘关系。据传,北方辰国处于分裂状态时,朱蒙的次子温祚带领一部分高句丽人南下,至汉江下游定居,与当地新兴封建势力结合,形成一支新兴的封建政治势力,并建立了新的封建国家"百济"。《三国史记》记载:

> 朱蒙嗣位,生二子,长曰"沸流",次曰"温祚"……温祚都河南慰礼城。以十臣为辅翼,国号"十济",是前汉成帝鸿嘉二年也……后以来时百姓乐从,改号"百济"。①

根据这一记录,百济建国者的确是高句丽创业之主朱蒙的后裔,其传统和习俗都与高句丽相近,只是它在朝鲜半岛中西部地区另辟一个政治势力,与高句丽和新罗二国形成鼎足的形势。由于他们带来了北方先进的文化,又继承了辰国的文明,百济因而能够迅速发展起来。到了公元前后,百济的政治势力逐渐壮大,不断向南发展,占据锦江以北地区,又经过一系列征服战争,占领马韩地区。到公元1世纪中叶,百济迅速成长起来,已发展成一个强大的封建国家。

百济建国后,为汉江下游地区的生产力带来了相当的发展。今京畿道杨州郡曾经发现炼铁手工业作坊遗址,出土了铁斧、铁小刀、铁镞等和一堆炼铁渣。京畿道加平郡也发现炼铁坊遗迹,还挖掘出一些铁块和冶铁炉遗址。这

---

① 金富轼:《三国史记·百济本纪·始祖温祚王》,首尔:乙酉文化社,1977年,第207页。

些考古发现都有力证明,百济建国前后时期已经掌握了炼铁技术并使用铁制生产工具。在此基础之上,百济还输入高句丽先进的生产工具和技术,以发展自身的生产。在这种经济基础之上,百济也很早就建立了封建生产关系。百济的土地所有制包括封建地主土地所有制、封建国家土地所有制和自耕农土地所有制。其中封建地主阶级土地所有制充当了最基本的所有制元素,成为了社会经济最重要的担当部分。百济的国王也以各种名目对一些特殊阶层人士赐田和食邑,把土地分给贵族和功臣,推动了封建地主土地所有制的发展。到了公元 1 世纪中叶,百济已跻身于朝鲜古代封建王朝的行列。百济的行政建制中央有左辅、右辅和一系列下、中、高级官僚机制,按照封建等级制组成。地方行政制度,起初分南北两部,两部之下设置许多城邑,由相关部门全权管理。

　　新罗早在公元前 57 年就已建国,但真正建立封建国家体制较晚于其他二国。自第十七代王奈勿尼师今(356—402)时代开始筹备,到第二十三代法兴王时期才基本完成了一个封建国家所需的国家体制。新罗的前身为斯卢国,原先是半岛南部庆州一带的部族小国,有着悠久的历史。后来斯卢国进行不断的领土扩张战争,合并和统一了周边一系列小国,成为了洛东江下游一带较大的部族联盟国家。斯卢国原来的六村及其贵族,成为了统一事业过程中的核心力量和后来新罗扩张时的骨干。这使得历来新罗的最高统治者尼师今、麻立干和国王都出自于这一骨干阶层之中。公元 2 世纪初,以此六村为中心的封建势力开始扩张领土,向北开辟了庆州以北的鸟岭地区,西渡洛东江上游,不断扩张势力范围。公元 2 世纪前后,新罗的生产力相当发展,已广泛使用铁制生产工具。新罗前期主要存在封建地主的私田、国家直属土地、自耕农的个体土地等三种形式。在建国和不断扩张领土的过程中,新罗国王经常以赐田或分赐食邑的方式奖励勋臣和贵族,从而笼络人心和加强私有制。如法兴王在其十九年冬,"驾洛国王金仇衡降于新罗王,授位上等,以其国为食邑。"①法兴王还把良田和战俘二百多人赐给镇压大加耶叛乱的各级将领。这些内容在《三国史记》中均有详尽记载。从朝鲜三国的历史看,那些受食邑者往往以此为基础想方设法不断扩大自己的私田,成为了富甲一方的大地主。在三国之间的征服战争中,新罗对不愿投降的地方用武力征服后,设置新的行政单位部曲、乡、所,对曲民实行残酷的剥削。新罗在建国前期实行贵族民主执政制度,各代王位由朴、昔、金三大姓轮流执掌,经一直以来继承过来的"和白会议"一致同意才能成为新的国王。新罗很早以来就实

---

① 《东国通鉴》(卷五),"三国记・法兴王"。

行"骨品"制度,把贵族分为"圣骨""真骨""六头品""五头品""四头品"五个等级,按照各个不同等级分别规定任官级别和限度。新罗把京畿地区分为六部,地方分成52个城邑,而自6世纪开始实行郡县制。

朝鲜半岛地处温带地区,有着宜人的气候和优越的地理条件,占据着得天独厚的自然环境和人文条件。它的清川江、大同江、汉江、洛东江、锦江流域,土地肥沃,使得古代朝鲜三国利用得天独厚的客观条件发展自己,各自成为了半岛割据一方的枭雄。

朝鲜半岛三面环海,山脉纵横,地处东北亚一隅,上古时代经济文化相对落后,社会发展也较为缓慢。这种自然和社会环境,一方面造就了朝鲜先民征服自然、建设家园和积极进取的人文精神,另一方面也形成了他们浓厚的多神信仰、迷信思想和奉天命的宗教观念。朝鲜三国相继建立于具有浓厚的原始形态特征的部族联盟国家的基础之上,各种意识形态不可避免打上了前人的烙印。即使是后来从外部传入的儒、佛、道三教思想,也必然与本土传统的思想文化结合在一起,才能够站稳脚跟,在新的土壤上生根成长。朝鲜固有的信仰与文化,决定其民风民俗,更决定了从中生根发芽、开花结果的各种文学样式。志怪、寓言和传说之类的文学,就是在这样的历史文化风土和当时现实土壤中产生和发展起来的。

考察各种文献发现,朝鲜人民自古勤劳勇敢,善良智慧,也是极富浪漫精神的民族。在生产力不是很发达,不甚了解自然变化规律的历史阶段,朝鲜先人在极其艰难的生产劳动和生活过程中,始终保持着乐观的生活态度和战斗精神。在自然灾害、病魔、战争等极其不利的事情来临时,他们一边与其斗争、抗衡,一边摸索着解决危机的方法和路径,更以歌唱与舞蹈的形式宣泄内心的各种情绪。而更多时候,他们的歌舞与宗教活动密切联系在一起,使之成为向天帝和诸神表达献媚之意的机会,认为唱得越好、越投入,就越能够感动天帝和诸神灵,求得一家、一族、一国人的幸福安康。对此,历代各种文献早有记录。如中国西晋陈寿的《三国志》记录道:

> (夫馀人)以殷正月祭天,国中大会,连日饮食歌舞,名曰"迎鼓"……行道昼夜,无老幼皆歌,通日声不绝。①

夫馀是高句丽人分支出来的古代国家,其民之习俗和审美观念当然与高句丽人相似。每年殷正月祭祀天神,召开"国中大会",连续几天"饮酒歌舞",而且

---

① 陈寿:《三国志·魏志·东夷》,天津:天津古籍出版社,2009年,第90页。

"行道昼夜,无老幼皆歌,通日声不绝"。从中可以看出,尽管此时的夫馀已进入封建社会初级阶段,但它还在很大程度上传承着其先人的习俗和信仰观念。高句丽人也有着与夫馀相似的风俗和信仰观念,《三国志》记载:

> 其民喜歌舞,国中邑落,暮夜男女群聚,相就歌戏……以十月祭天,国中大会,名曰"东盟"……其国东有大穴,名"隧穴",十月国中大会,迎隧神,还于国东上祭之。①

这一记录比上述对夫馀的记载更丰富一些,传达了三个方面的信息,一是较为形象地记录了高句丽人"喜歌舞"的情景。高句丽"其民喜歌舞,国中邑落,暮夜男女群聚,相就歌戏"。记录显示,高句丽人的"喜歌舞",首先不是宗教信仰仪式情景下的那种歌舞,而是纯粹的民间歌舞活动。后来的相关记载显示,高句丽的歌舞艺术已相当发达,达到了输出唐朝的水平,中国文献中所说的唐宫廷歌舞中的"高句丽伎",就是其中的一部分;二是这一记录中反映了高句丽与祭天相关的信息。与夫馀实施"以殷正月祭天"不同,高句丽人"以十月祭天"。十月是东北亚地区的秋季,这时已见出一年农业生产的结果,无论是五谷丰登还是收成一般,人们都要感谢天神,希望来年给予更好的收成,以慰天下苍生。与夫馀一样,此时的高句丽也召开"国中大会",进行祭天仪式,此时当然也少不了连日的歌舞活动;三是这一记录还反映了高句丽人祭祀地神的仪式情形。其"国东有大穴",其名叫做"隧穴",这无疑是供奉地神的所在,在"十月国中大会"的这一天,全民也以恭敬的心情到国邑东头,进行祭祀仪式,"迎隧神"。

这时的高句丽也进入了封建社会阶段,但它也在很大程度上传承着其祖先的习俗与信仰意识。无论是夫馀人的"迎鼓",还是高句丽人的"东盟"或"迎隧神",都充分反映了他们对天地神灵的敬仰之心和虔诚的宗教信仰观念。诸多历史经验显示,这种对神灵的敬仰之心和虔诚的宗教信仰观念,正是人类神话、传说、志怪、寓言、传奇等文学要素生成的心理基础和思想背景,也是这些古代文学要素得以形成的艺术幻想和想象的心理基础。

由于高句丽地处朝鲜半岛最北部,与中国历代各个王朝直接交接或较为靠近,因此较之其他二国对中国古代先进文明接触得更早一些。现在虽很难确认中国汉字何时进入高句丽,但从史料记载推断其国初建时汉字随同其他汉文化已经进入高句丽,在其上层广为利用。高句丽朝廷自国初就设有博

---

① 陈寿:《三国志·魏志·东夷》,天津:天津古籍出版社,2009年,第91页。

士,专门担当文书、教育方面的事务,而且在小兽林王之初已经设立大学教育子弟,这些都说明它使用汉字远早于百济和新罗。特别是高句丽在建国初已经修出官方史乘,记录了国家生活中的一系列大小事情。《三国史记》记录曰:

> (婴阳王十一年)诏大学博士李文真,约古文为《新集》五卷。国初始用文字,时有人记事一百卷,名曰《留记》,至是删修。①

这里就明确记录着"国初始用文字",而且"时有人记事一百卷,名曰《留记》"。高句丽于公元前37年正式建国,这一记录说明公元前后它已撰写出叫做《留记》的史书一百卷,足以证明它掌握汉字的时间之早和整个国家文明水平之高。婴阳王十一年(600),王诏博士李文真缩约该《留记》,名为《新集》,约分五卷。

因为传承了高句丽的血脉加之自身的努力发展,百济的思想文化也迅速发展,在半岛占据着不亚于其他两国的思想文化地位。从一些文献资料来看,百济在自己的发展过程中,曾积极与中国江南的吴越地区沟通,进行了频繁的人员来往和文化交流,深受其影响。据《百济古记》,近肖古王二十九年(375),博士高兴撰著《书记》,写出了百济的官方国史。"百济自开国以来,未有以文字记事。至是得博士高兴,始有《书记》。"自建国以来,百济励精图治,力求发展政治经济和思想文化,不断提高在朝鲜半岛的地位。"(武王)四十一年……二月,遣子弟于唐,请入国学。"②为了达到发展的目的,它也学习和吸收中国的先进文明,加强实力,时刻准备与高句丽和新罗竞争。特别是百济跟当时日本的交通,显示出了一个汉文化强国的面貌。从时间上看,百济很早就与倭国建立了外交关系。阿莘王六年(397),为了处好与日本的关系,王以太子腆支为人质,派往日本王宫。《三国史记》记云:"六年夏五月,王与倭国结好,以太子腆支为质。"③从历史上看,当时的日本比朝鲜三国落后了许多,它又与中国远隔大洋,为了迎头赶上,日本各代天皇积极与朝鲜三国中与自己距离最近的百济联络,加强了直接关系。当时的日本与百济来往的最主要目的,就是想从百济学习先进文化经验,并得到文化建设上的帮助。《日本书记》记曰:

---

① 金富轼:《三国史记》,首尔:乙酉文化社,1977年,第182页。
② 金富轼:《三国史记·百济本纪·武王》,首尔:乙酉文化社,1977年,第241页。
③ 金富轼:《三国史记·百济本纪·阿莘王》,首尔:乙酉文化社,1977年,第224页。

应神二年(271),命荒田别,使于百济,搜聘有识者,国王择宗族,遣其孙辰孙王,随使入朝。应神喜焉,特加宠,以为皇太子之师。于是始传书籍,儒风文教兴焉。

日本应神天皇觉得缺乏汉学人才,特派重臣到百济求助。百济国王积极帮助,直接从宗族中挑选汉学优异的辰孙王,派往日本皇室,助其建立汉学基础。应神天皇非常高兴,"特加宠,以为皇太子之师"。估计辰孙王去日本时,绝对不会空手而去,肯定带一些有关汉学的经典和书籍,作为见面礼或教人的教材。记录载,从此"始传书籍,儒风文教兴",日本文明进入了一个汉文化的时代。从此百济与日本的关系日趋密切,经常有百济学者前往日本皇室和朝廷,帮助其提高汉文化素养。据载,百济久素王又于应神天皇十五年(284),遣阿直岐前往倭国,次年还派王仁博士去倭王之侧,充当宫廷文师。后去的这些学者,都当上了皇子菟道雅郎子等皇子皇孙的老师,为日本培养皇室后代作出了贡献。他们带去的《千字文》《孝经》《论语》等儒家经典,为日本儒学的兴盛起到了重要作用。日本古籍《和汉三才图会》记录道:

应神十五年,百济久素王,遣阿直岐者来。时阿直岐能读经,皇子菟道雅郎子师之。天皇问:"有胜汝之博士耶?"对曰:"有王仁者,胜于我。"帝遣使于百济,徵王仁。翌年二月,仁持《千字文》来朝,以《孝经》《论语》,授皇子菟道雅郎子,皇子以为师,习诸典籍,莫不通达。于是儒教始行于本朝。仁且咏《波津歌》,祝仁德宝祚,谓之"歌父"。[①]

从这一记录中可以看出,当时的百济和倭国的关系相当密切,似乎不存在任何隔阂。同时这些记录也显示,百济实际上充当了倭国王室寻求学术人才的人才库,成为了倭国文明进步的文化保障地。的确,当时的倭国国情相对落后,甚至尚保留着很多原始的制度文明和意识形态,而百济则与之相反,它在中国先进文明的启迪和刺激下快速发展,到了公元3世纪前后,百济的学术文化已经达到了相当的程度。从某种意义上讲,百济的帮助和提携,大大加快了当时日本文明的进程,而百济思想文化的发展,又得益于中国先进文明的助佑。

尽管公元2—3世纪,百济的汉文化水准已经达到了相当高的程度,但它从骨子里还是离不开自己从祖先那里继承过来的土俗文化。百济地处朝鲜

---

① 寺岛良安:《和汉三才图会》,东京:平凡社,1991年。

半岛中西部地区,是山脉、平原和大海交会的地方,自古就有着信神信鬼的习俗。《三国史记》载:古尔王"五年春正月,祭天地,用鼓吹。"①夫馀人于"殷正月"祭天,高句丽人在秋"十月"祭天地,而百济人于"春正月"祭祀天地之神,虽然三个国家祭祀的时间有所不同,但为了达到某种实际目的而祭天祇地,以表示敬仰之心和媚神奉鬼的本质是一样的。与高句丽和夫馀一样,百济所信仰的是多神教,除了有一些共同的山神、水神、海神之外,许多具体的山、河、海、动植物和人居住地附近都有特定的信仰和供奉的对象,所以百济也是多产神鬼故事的朝鲜古代国家,流传至今的一些文献中的相关记载就足以说明这一点。

新罗古文明的起步和发展稍晚于高句丽和百济,但它积极发展思想文化,最终成为了统一半岛意识形态的主体。新罗的先民原来生活在朝鲜南部一个叫做"斯卢"的小国,后来新罗实行"富国强兵"政策,用战争和怀柔的方法吞并了周边诸多小国,势力范围不断扩大,占领了过去三韩的大部分地区,所以新罗所传承的文化也非常悠久。据《三国志》:

> (韩)常以五月下种讫,祭鬼神,群聚歌舞饮酒,昼夜不休。其舞,数十人俱相随,踏地低昂,手足相应,节奏有似铎舞。十月农功毕,亦复如之。②

由于新罗建国以后的很长一段时间内,并没有与部族联盟国家时期的"六村共管"、合议制的"和白会议"等旧制度彻底决裂,所以其意识形态也比高句丽和百济更具有"古态然"之状况。新罗三面环海,民风质朴,古风古态更浓于其他国家,它的天神信仰和鬼神崇拜观念和活动,也更甚于其他两国。韩人也"常以五月下种讫",进行一系列的祭祀活动,但与高句丽和百济截然不同的是,韩人拜祭的是"鬼神",而不是"天神"或"天地神"。同时韩人也举行歌舞活动,"群聚歌舞饮酒,昼夜不休",其热情和场面也不亚于高句丽人和百济人,然而有一点与其他二国不同,那就是歌舞的形态和内容。"其舞,数十人俱相随,踏地低昂,手足相应,节奏有似铎舞",他们的舞蹈有与北方系的高句丽和百济舞蹈截然不同的特色。韩人的这种舞蹈,与中国吴越地区居民的相悦歌舞极其相似。这应该有自己相应的历史原因,也就是说辰韩人多来自于强秦时代避乱的中国山东和江浙一带,向韩人的农业生产方式和一些文化皆

---

① 金富轼:《三国史记·百济本纪·古尔王》,首尔:乙酉文化社,1977年,第217页。
② 陈寿:《三国志·魏志·东夷》,天津:天津古籍出版社,2009年,第92页。

实有与众不同的地方。与辰韩交接的弁辰地区居民的生活和文化习尚,也与之有类似的地方,弁辰人"俗喜歌舞饮酒,有瑟,其形似筑,弹之亦有音曲。"①新罗古地人民的这种宗教信仰和艺术观念,对他们的文学观念不可能不产生直接的影响。

新罗人虽然拥有这样的传统文化观念,但他们绝没有以此为自满的根据,而是积极地向中国先进文明靠拢,汲取其中对己有用的精华。所以到了公元6—7世纪,新罗的汉文化水平已经达到了相当的地步,培养出了大批有用人才。在三国中,新罗是修撰国史最晚的一个,于真兴王六年才动意修撰,组织人马,开始启动。《三国史记》道:

> 六年秋七月,伊湌异斯夫奏曰:"国史者,记君臣之善恶,示褒贬于万代,不有修撰,后代何观?"王深然之,命大阿湌居柒夫等,广集文士,俾之修撰。②

新罗真兴王六年,离高句丽和百济修撰国史已经有二三百年的时间,但此时的新罗已经认识到发展学术文化事业的重要性,在各个方面采取迎头赶上的政策,而修撰国史就是其中的一环。实际上此时新罗的学术文化已经达到相当高的水平,这里所说的伊湌异斯夫、阿湌居柒夫等都是当代著名的文人,而且为了修撰《国史》,国家能够"广集文士,俾之修撰",充分说明新罗国已经养育出了大批有能的学者和文士,像修撰《国史》这样的事情早已不成问题了。值得一提的是,新罗人在文化建设上坚持了高度的民族意识,除了儒、佛、道本土化、花郎道的实施等方面外,新罗各代国王极其重视本民族语言文字的开发和创制。新罗人很早以前开始借用汉字以标记朝鲜语的吏读文,后来文人薛聪考虑当时汉文还不很普及,遂进一步改良吏读文,以"新罗方言"解读儒家九经,记录官方行政上的事情和内容,逐步使之系统化,对古代朝鲜语和文化的发展作出了贡献。民族文化发展上的这种观念,一直传承至新罗末期。对那些国家生活中的重要用语,这些人反对过分的汉化,继续主张突出本民族语言文字的特色。金富轼根据新罗末期一些文人的品评,在《三国史记》的"新罗本纪·智证麻立干"条中,严肃批评了崔致远在某些问题上习惯于汉化的表达,失去了白衣民族自身的语言传统。其曰:

---

① 陈寿:《三国志·魏志·东夷》,天津:天津古籍出版社,2009年,第92页。
② 金富轼:《三国史记·新罗本纪·真兴王》,首尔:乙酉文化社,1977年,第37页。

论曰:"新罗王,称'居西干'者一、'次次雄'者一、'尼斯今'者十六、'麻立干'者四。罗末名儒崔致远,作《帝王年代历》,皆称某王,不言'居西干'等,岂以其言鄙野不足称也?"曰:"左、汉,中国史书也,犹存楚语'穀于菟',匈奴语'撑犁孤塗'等,今记新罗事,其存方言亦宜矣。"①

在新罗,自古把国王称作"居西干""次次雄""尼师今""麻立干"等,但是崔致远编撰朝鲜古代的《帝王年代历》一书,把这些民族语称呼统统改为"某王",作者认为这是一种完全错误的行为。作为本民族的文人,怎么能学得了一些中国学问,竟把自己的民族语因"鄙野不足称"而用中国的称法来替代呢?举个例子来说,《左传》《汉书》等中国的史籍,但其中"犹存楚语'穀于菟',匈奴语'撑犁孤塗'等",何况新罗人"今记新罗事,其存方言亦宜矣"。

朝鲜三国时期文化的形成和发展,在很大程度上是与其他民族文化交流的成果和相互影响的结果。文化与江河之水一样,往往由高明或先进一方的流向低矮或落后的一方,给予其发展的机会并逐步靠拢高明或先进一方的水准。而国与国、民族与民族之间的文化交流,往往以多种方式进行,其中最强大的一种力量就是人员的交流。朝鲜北方古朝鲜和高句丽地区较之半岛中南部地区的诸部族联盟国家,与中国各个朝代进行了更为频繁的人员接触。特别是它跟中国各个朝代很多次的使节来往、边界摩擦、战争、商业活动、移民等都是进行文化交流的好机会。《三国志》道:

濊,南与辰韩,北与高句丽、沃沮接,东穷大海,今朝鲜之东,皆其地也。户二万,昔箕子既适朝鲜,作八条之教以教之,无门户之闭,而民不为盗。其后四十余世,朝鲜侯准,僭号为王。陈胜等起,天下叛秦,燕、齐、赵民,避地朝鲜,数万口。燕人卫满,魋结夷服,复来王之。汉武帝伐灭朝鲜,分其地为四郡,自是之后,胡、汉稍别。②

这里说的"濊",即指处于朝鲜半岛东中部一带的东濊国。它很早就受到中国儒家思想影响,民风淳厚,"无门户之闭,而民不为盗"。古朝鲜时期隶属于朝鲜王准的管辖范围,后来燕人卫满复来王之,再后来其地又变为汉四郡属县之一。特别是中国秦末,对外战争和赋役加重,"陈胜等起,天下叛秦,燕、齐、赵民,避地朝鲜,数万口"。可想而知,在这样的政治进程和国际形势的风云

---

① 金富轼:《三国史记·新罗本纪·智证麻立干》,首尔:乙酉文化社,1977年,第34页。
② 陈寿:《三国志·魏志·东夷》,天津:天津古籍出版社,2009年,第92页。

变幻过程中,人员交流是何等频繁地进行,文化交流又是何等密切。处于朝鲜半岛南部一带的三韩地区,因三面环海,虽自然条件有些封闭,但历史上其地却一刻也没有静默过。对其地的人员来往和文化交流,《三国志》记载道:

> 桓、灵之末,韩、秽强盛。郡县不能制,民多流入韩国。①
> 辰韩在马韩之东,其耆老传世,自言"古之亡人,避秦役来适韩国,马韩割其东界地与之。②

这些记录都充分说明朝鲜半岛南部与中国秦、汉王朝,有过极其密切的人员往来。事实上,有这样的人员往来,就应该有相应的文化交流。朝鲜半岛自古拥有的耕作技术、稻作农业和一系列精神文化中,我们都可以看到中国南北方农业文明和学术文化的痕迹。

我们知道任何一个民族的文学,也是在不断的交流中补充和发展,特别是对文学发展较为落后的古代朝鲜来说更是如此。文学交流并不是凭空产生的,而应该是在不断的人员交往、战争关系、商业活动、使节互动等动态过程中实现的。在古代朝鲜大量繁衍发展的志怪、寓言、传记文学也不例外,在很大程度上,它们不仅是独创的产物,更应该是相互交流的产物。三国先后设立太学、国学、乡学等教育机构,教育子弟。这些学校教的是九经及其他文艺之书,其中包括《诗经》《史记》《楚辞》《文选》等。这些从中国引进的经典性文学书籍,为三国子弟的文学教育奠定了基础,对提高他们的文艺素养起到了关键的作用。与中国各代的这些文学经典的接触,标志着当时朝鲜三国文学发展的程度。城市商业活动、国与国之间的战争,和人民超国界的活动,对文学交流起到了一定的促进作用。特别是从中国大陆逃避苛政、战乱或自然灾害而至朝鲜半岛各国的中国流移民,在长期的生产斗争中与本土人和睦共处,最终融入本土民族之大家庭中。在这个过程中,把中国各地的文化和文学植入朝鲜三国的文化和文学细胞之中,使之充当朝鲜古代文学发展的活养料。

从一些历史文献中我们可以发现,三国各代的国王都有巡视国内各地查访民情的习惯。值得注意的是,在这个过程中往往兼观民间故事和歌谣,以观察习俗民情,考量政令得失,倾听民声民怨。高句丽人先道解讲寓言救新罗大将金春秋,百济薯童以歌谣娶新罗公主,新罗国王听鼠神箴言破宫廷奸

---

① 陈寿:《三国志·魏志·东夷》,天津:天津古籍出版社,2009年,第92页。
② 同上。

情等等，都是其中的例子。封建统治阶级和这些俗文学的关系，可以说明以下几个问题：首先，在上古文化风气十分浓厚的朝鲜三国中，俗文学和当时的政治生活密切相连。其次，这些俗文学在与封建的王公贵族发生联系的过程中，被广泛地流传，并得以保存和继续传播。第三，其中有些歌谣和故事，被当时以及后世的统治阶级和文人敷衍或篡改，充当美化封建统治阶级的工具。第四，更多的民间歌谣或故事，辛辣地讽刺和批判封建统治阶级的贪婪、无能和腐朽，歌颂了劳动人民的善良、勇敢、智慧，使这些俗文学闪烁着现实主义和积极浪漫主义的光芒。第五，通过众多俗文学作品，我们可以窥见朝鲜三国时期的政治、经济和社会文化以及当时人们的审美情趣。朝鲜三国时期的俗文学，应该是如今我们考察其时社会和文艺的一面镜子。

第二节 复杂的思想文化背景

朝鲜三国时期是一个大动荡的年代，也是长期分裂中的各地文化迅速碰撞和交流，其汉文学和俗文学大量被创作出来的时代。公元前1世纪，在落后和混乱的东北亚地区先后建立起来的朝鲜三国，本是同一个民族、同一个文化实体的人群。但是由于三国的地理条件、建国缘革、政治经济环境和各种想法的不同，则长期处于敌对状态。这种敌对状态，使得三国之间经常发生战乱。朝鲜半岛原来就不是很大，由于其战略迂回的地理环境狭小、宗族矛盾积怨深和各种现实的利害关系，处于战争状态的时候较多。朝鲜三国人民并没有因战乱频仍、生活艰难而停止文学创作，相反生活环境越是艰难、战乱越是频仍，他们越坚持浪漫的生活基调，创作出种种汉文的和俗文学的作品，以安慰自己和鼓励人们勇往直前。现存朝鲜三国的志怪、寓言、传记等俗文学遗产，就充分证明朝鲜三国人民的智慧和聪明才能。

在思想文化上也一样。朝鲜三国人民并没有因为现实环境恶劣而停止思维的脚步和精神创造的步伐。他们对天地自然的变化充满了疑惑和质问，很想对人间生老病死的现象探个究竟，也为人间世界的种种矛盾和斗争提出哲理的解释。在整个三国历史过程之中，他们始终没有放弃土生土长的传统信仰，为了避免各种灾祸，他们向天神、地鬼、山仙、河怪祈祷，为了对敌斗争的胜利，他们占天卜地。巫与觋是他们最信任的神灵之使者，人们向他们问吉、凶、祸、富，请他们看相、卜宅，奉他们为战胜鬼怪神魔的化身。在生产力水平不是很高的古代社会中，三国人民希望摆脱险恶的环境，向往美好生活的理想，往往使得他们趋向功利，追求实实在在的结果。即使是他们接受从中国传入的儒、佛、道思想，也要贯彻自己这样的思想和意愿。他们从儒家思想中吸收"仁义""忠勇""攘夷""孝道""节俭"的精神,因为艰难的现实生活,战胜敌人,建设家园;他们把佛教思想中的"轮回""来世""涅槃"的思想,转换为积极向往未来的浪漫精神,而更把奥论的佛理转化为爱国爱民的护国佛教,使其为抵外侮、御敌寇发挥现实的作用;他们还将道家思想中的"无为""自然""神仙"思想吸收进来,用于"相磨道义""愉悦山水""磨练意志"的民族精神上面,使其为培养身心健康的国家人才,凝聚纷杂的世俗人心,统一分裂的祖国,而发挥实际的作用。朝鲜三国人民所创作的志怪、寓言、传记文学,因为有了这样的思想和文化底蕴,则处处充满了浪漫的艺术精神、深奥的哲理思想和情趣盎然的审美情愫。

朝鲜三国接受佛教思想,与本土的土俗信仰有着密切的关系。很久以来,三国人崇信土俗的天地之神和山水之间的鬼神,以为它们不仅能够给人造成灾患和厄运,而且也能够给人带来富瑞和幸运。同时,人们相信天神和地鬼、自然神和阴鬼,都具有左右人间命运、治疗人间病魔、助佑生产生育等功能,所以信仰它们往往是无私的、虔诚的和付出一切的。佛教一开始传入的时候,朝鲜三国人注重的就是它的这种作用,尽管这种想法是虚无的。佛教自古是一种极其聪明的和灵活的宗教,只要能够获得或扩大信众,它就不固执己见,往往容易与别的思想、宗教和环境结合在一起。它进入朝鲜三国的时候,就是采取了这种方法和精神。比如佛教最初进入新罗的时候,就与传统的土俗思想观念经历了一番较量。《三国史记》记录了一个极其有趣的事实,其云:

> (法兴王)十五年,肇行佛法,初讷祇王时,沙门墨胡子,自高句丽至一善郡,郡人毛礼,于家中作窟室安置。于时,梁遣使赐衣着香物,群臣不知其香名与其所用,遣人赍香偏问,墨胡子见之,称其名目曰:"此焚之,则香芬馥,所以达诚于神圣,所谓神圣,未有过于三宝,一曰佛陀,二曰达摩,三曰僧伽。若烧此发愿,则必有灵应。"时王女病革,王使胡子焚香表誓,王子之病寻愈。王甚喜,馈赠尤厚。胡子出见毛礼,以所得物赠之,因语曰:"吾今有所归。"请辞,俄而不知所归。至毗处王时,有阿道(一作我道)和尚,与侍者三人,亦来毛礼家。仪表似墨胡子,住数年,无病而死。其侍者三人留住,讲读经律,往往有信奉者。至是,王亦欲兴佛教,群臣不信,喋喋腾口舌,王难之。近臣异次顿(或云处道)奏曰:"请斩小臣,以定众议。"王曰:"本欲兴道,而杀不辜,非也。"答曰:"若道之得行,臣虽死无憾。"王于是召群臣问之,金曰:"今见僧徒,童头异服,议论奇诡,而非常道。今若纵之,恐有后悔。臣等虽即重罪,不敢奉诏。"异次

顿独曰:"今群臣之言非也,夫有非常之人,然后有非常之事。今闻佛教渊奥,恐不可不信。"王曰:"众人之言,牢不可破,汝独异言,不能两从。"遂下吏将诛之。异次顿临死曰:"我为法就刑,佛若有神,吾死必有异事。"及斩之,血从断处涌,色白如乳。众怪之,不复非毁佛事。"①

这件事发生在5世纪前叶的讷祗麻立干(417—458)时。当时沙门墨胡子从高句丽来到新罗的一善郡,因当时的新罗还没有接触过佛教,他不敢露面,就住在郡人毛礼家。而毛礼也不敢公开沙门来家之事,家中暗挖窟室,将墨胡子藏在里边。其时中国南朝梁遣使送来了衣服和香物,但群臣不知其名称和用途。讷祗王派人问墨胡子,墨胡子见了一一作介绍,并专门说明佛法有神明之处,信而发愿必有"灵应"。此时正好王女重病,讷祗王想试一试,让"墨胡子焚香表誓",果然王女之病开始好转,最终痊愈了。讷祗王欣喜,对墨胡子"馈赠优厚",一再称奇。墨胡子将所得物品全部赠送给毛礼,请辞而忽然消失,不知去向。后来毗处王(照智王 479—500)时,又有叫做阿道的和尚领着三个侍者来到毛礼家。阿道仪表与墨胡子相似,住几年后便病死于毛礼家。其三个侍者则继续留住,向人们"讲读经律",逐渐有不少信奉者。这时毗处王欲兴佛教,"群臣不信,喋喋腾口舌",于是处于两难的处境。此时,有一个叫做异次顿的大臣,要求斩死自己,以试灵验,来定众议。毗处王左右为难,不敢杀他,这时异次顿再三要求杀自己,以此得众心死而无憾。于是毗处王与众臣商量,众臣纷纷表示不信任,都说"今见僧徒,童头异服,议论奇诡,而非常道。今若纵之,恐有后悔,臣等虽即重罪,不敢奉诏",但异次顿还是坚持自己的观点,"认为'有非常之人,然后有非常之事。今闻佛教渊奥,恐不可不信',而且于临刑前说"我为法就刑,佛若有神,吾死必有异事"。无奈之下,毗处王斩异次顿,果然尸体出血尽是色白如乳的液体,从而"众怪之,不复非毁佛事"。但是考证史乘可知,新罗真正以佛法为国法,在法兴王十五年(529),这与毗处王时的异次顿殉教事件相距三十余年,这说明新罗接受佛教确实经历了艰难的思想斗争过程。新罗人对佛教的认识,完全以一种现实功利的目的所左右。如果没有僧人墨胡子用佛法治愈讷祗王之女,如果没有大臣异次顿的殉教事件,没有毗处王杀异次顿时所出乳白色的血液,那新罗人能相信佛法吗?可以说,新罗人承认并接受佛法,完全受制于其传统神灵观和迷信思想。如果没有这样灵验的功能,他们也绝对不会改变自己对佛教的偏见和传统的原始信仰观的。佛教及其僧侣们没有固执己见,强行灌输,而

---

① 金富轼:《三国史记·新罗本纪·法兴王》,首尔:乙酉文化社,1977年,第36页。

是尊重新罗人的选择,耐心诱导和等待,终于获得了布教的机会。实际上,为了引进佛教或把佛教移植于朝鲜三国,新罗统治阶级和外来佛教双方都作出了妥协。在传统土俗信仰的基础之上或从原始信仰的角度接受佛教,这就是新罗人最终的自我选择;佛教缓慢地植入朝鲜三国本土思想文化的土壤之中,也是佛教这一特殊宗教的高明之处。佛教其后在朝鲜半岛大获成功,使这个东北亚一隅萨满信仰的古国,演变成了东方又一个"佛国乐土"。

这样的功利效应,在高句丽和百济也体现得很明显。两国与新罗有些不同。它们通过中国早已得知佛教的灵验和信佛的好处,所以接受佛教并没有经历那么多的波折和思想斗争。与新罗佛僧潜伏国土逐步过渡的方式不同,高句丽和百济的佛教是在与中国东晋、南北朝的交流中直接引进的。《三国史记》道:

> 二年夏六月,秦王符坚遣使及浮屠顺道,送佛像、经文。王遣使回谢,以贡方物。立大学,教育子弟。"①

小兽林王二年,即公元372年。这是在三国中,传入佛教最早的记录。这里的"秦",即指中国五胡十六国时期雄居北方的前秦,前秦也称苻秦,疆域曾达东海。这一记录显示高句丽曾与之有外交来往,高句丽的佛教一开始是从前秦引进的。这一记录还显示,此时的高句丽已经开办了太学,以儒家经典教育子弟。可知这一时期的高句丽,其文明程度已经达到了相当的高度。《三国史记》还说:

> 五年春二月,始创肖门寺,以置顺道……此海东佛法之始。②

这说明引进佛教的第三年二月,高句丽人为顺道创肖门寺,这是朝鲜半岛最早兴建的佛寺。自此以后,高句丽人主动信仰佛教,信徒逐步增多,人们的信仰热情开始燃烧了起来。后来,高句丽人逐渐主动派人到中国各朝去求经学佛,以扩大其规模,其热情也波及道家学说。《三国史记》道:"八年,王遣人入唐,求学佛、老教法。"③高句丽人认为光有儒、佛还不够,要建设思想文化俱全的封建王朝,也需要道家之说的助佑。对道教和道家学说的必要性,按《三国史记》的记录,大臣苏文曾经详细进行论述:

---

① 金富轼:《三国史记·高句丽本纪·小兽林王》,首尔:乙酉文化社,1977年,第166页。
② 同上。
③ 金富轼:《三国史记·高句丽本纪·建武王》,首尔:乙酉文化社,1977年,第188页。

> 苏文告王曰:"三教譬如鼎足,阙一不可,今儒、释并兴,而道教未盛,非所谓'备天下之道术'者也。伏请遣使于唐,求道教以训国人。"大王深然之,奉表陈请。太宗遣道士叔达等八人,兼赐老子《道德经》。王喜,取僧寺馆之。①

大臣苏文向宝藏王提出的建议中指出,儒、佛、道三教鼎足并行才是有利于国家之道,如果只有儒、佛而没有道教,不能说是"备天下之道术者"。宝藏王觉得甚有道理,便派使节于唐朝,奉表陈请之。唐太宗也欣然同意给予支持,"遣道士叔达等八人,兼赐老子《道德经》"。宝藏王很高兴,将此《道德经》保存于僧寺之中,从而道家之说在高句丽大力传扬。有趣的是,高句丽将道家代表性的经典《道德经》保存于佛教寺院,这说明当时的高句丽人对佛、道二教和佛、道学说的区别尚不清楚。随着时间的推移,高句丽人对道家思想的理解逐渐深入,信奉道教的也逐步增多,到了高句丽末年对道家思想的需求已经达到了相当的程度。《三国史记》还记曰:

> 七年春二月,王遣使如唐,请班历……命道士,以天尊像及道法,往为之讲老子,王及国人听之。②

建武七年,也就是荣留王执政七年,他是高句丽第二十七代、也就是倒数第二代国王。这时的高句丽已经处于内忧外患的境地,离被罗唐联军灭亡只剩43年的时间。在这样的内外环境之中,他们为什么加紧学习和研究道家思想,这是一个值得研究的问题。

百济接受佛教稍晚于高句丽。《三国史记》说:"枕流王元年(384)九月,胡僧摩罗难陀,自晋至,王迎之致宫内。佛法始于此。"③这距离高句丽小兽林王二年(372)引进佛教晚12年。这个胡僧摩罗难陀是自晋至百济的,从"胡僧"二字及其名字看,他很可能是来自印度的高僧。从记录看,胡僧摩罗难陀深受百济人的欢迎,枕流王直接将他迎入宫内,欢代有加。第二年二月,百济为他建造寺庙,并剃发度僧。对此《三国史记》还记云:"二年春二月,创佛寺于汉山,度僧十人。"④在其后的近三百年中,百济的佛教有了长足的发

---

① 金富轼:《三国史记·高句丽本纪·宝藏王》,首尔:乙酉文化社,1977年,第190页。
② 金富轼:《三国史记·高句丽本纪·建武王》,首尔:乙酉文化社,1977年,第188页。
③ 金富轼:《三国史记·百济本纪·枕流王》,首尔:乙酉文化社,1977年,第222页。
④ 同上。

展,在朝鲜半岛三国佛教发展史上占有一席之地。

马克思指出:"宗教本身本是没有内容的,它的根源不是在天上,而是在人间。"①这说明在朝鲜三国,各类宗教与时代和社会密切相连。同样,这说明在朝鲜三国,宗教的内容是跟随时代的变化而变化的。特别是精明的佛教,将自己的发展完全放在当时朝鲜半岛三国社会历史的动态跃动之中。在艰难的生活过程中,沉浸于本土多神信仰之中的朝鲜半岛三国人,其初接受佛教时,把它当做与本土信仰类似的祇富求运的宗教。不久,在当时的朝鲜半岛三国社会社会中,流行着一种新的说法,那就是要想求得幸福,实现心中的愿望,那就得去拜佛,就得去修功德。百济第二十六代圣王(523—554)说给日本天皇的一席话,充分反映了当时百济人对佛教功利性的认识。《日本书记》中的"钦明天皇"条,记录当时的情况道:

> 冬十月,百济圣明王(更名圣王)遣西部姬氏,达率怒唎斯致契等,献释迦佛金铜像一躯、幡盖若干、经论若干卷,别表赞流通、礼拜功德,云:"是法于诸法中,最为殊胜,难解难入,周公、孔子尚不能知此法,能生无量无边福德果报。乃至成辨无上菩提,譬如人怀随意宝,逐所须用,尽依情。此妙法宝亦复然,祈愿依情,无所乏,且夫远王臣明谨。遣陪臣怒唎斯致契,奉传帝国,流通畿内,果佛所记。"

这是《日本书记》钦明天皇十三年十月的记录,这一年应该是公元552年左右②,也是朝鲜三国时期百济第二十六代圣王二十九年前后。这一年十月,百济圣王派遣达率怒唎斯致契等,向日本钦明天皇"献释迦佛金铜像一躯、幡盖若干、经论若干卷,别表赞流通、礼拜功德",这在日本历史上称为第一次佛教公传。圣王(在信中,或圣王所派达率怒唎斯致契等)在此向钦明天皇说明信佛法的好处,指出它在"诸法中最为殊胜",信它"能生无量无边福德果报",它"至成辨无上菩提,譬如人怀随意宝,逐所须用,尽依情。此妙法宝亦复然,祈愿依情,无所乏,且夫远王臣明谨"。对它的深奥之处,连周公、孔子也难解难入,不能知其所以然。

归纳起来,圣明王的这番话则足以代表百济人对佛教功用观的认识。也就是说,百济人认为佛教有超越其他宗教的现实功用,信它则"能生无量无边福德果报",而且掌握了它的奥义,"如人怀随意宝",就像怀揣着无尽的能力,

---

① 中共中央马克思恩格斯列宁斯大林著作编译局:《马克思恩格斯全集·马克思致阿卢格》,北京:人民出版社,1957年,第4页。

② 关于这一断代,学术界有争论。

没有解不开的难题，没有得不到的答案，没有解决不了的困难；大到国家大事，小到个人心愿，没有实现不了的事情。今特"遣陪臣怒唎斯致契，奉传帝国，流通畿内"，如果真正信奉它了会"果佛所记"，得到相应的功效的。

此时的日本，人们的信仰基本被本土宗教所左右。可是当邻国百济送传佛教并说明其诸多好处之时，钦明天皇既喜又忧，当下问诸臣。于是，钦明天皇和诸臣进行了一番大辩论，佛教也经历了几起几落的曲折。对此《日本书记》中《我法东流》一文记载：

> 是日天皇闻已，欢喜踊跃，诏使者云："朕从昔来，未曾得闻如是微妙之法。然朕不自决。"乃历问群臣曰："西蕃献佛相，貌端严全，未曾看。可礼以不？"苏我大臣稻目宿祢奏曰："西蕃诸国一皆礼之，丰秋日本岂独背也？"物部大连尾舆、中臣连镰子同奏曰："我国家之王天下者，恒以天地社稷百八十神，春夏秋冬祭祀为事。方今改拜蕃神，恐致国神之怒。"天皇曰："宜付情愿人稻目苏祢，试令祭拜。"大臣跪受而忻悦，安置小垦田家，懃修出世懃业为因净舍，向原家为寺。于后，国行疫气，民致夭残，久而愈多，不能治疗。物部大连尾舆、中臣连镰子，同奏曰："昔日不须臣计，致斯病死！今不远而复，必当有庆，宜早投弃，恳求后福！"天皇曰："依奏。"有司乃以佛像，流弃难波掘江。复纵火于伽蓝，烧烬更无余。于是，天无风雨，乎灾大殿。

这天钦明天皇听罢百济人的说明，而且还见佛相"貌端严全"，兴奋不已，遂问诸臣怎么是好。有些人认为西边的诸国都以礼信奉之，日本哪有不信的道理。但像物部大连尾舆、中臣连镰子这些大臣则提出异议："我国家之王天下者，恒以天地社稷百八十神，春夏秋冬祭祀为事。方今改拜蕃神，恐致国神之怒。"在不同的意见面前，钦明天皇也莫衷一是，要求先在一定范围之内试一试。于是下令"安置小垦田家，懃修出世懃业为因净舍，向原家为寺"，开始信奉起来。不久日本国内流行疫病，"民致夭残，久而愈多，不能治疗"。此时，原来主张不同意见的大臣物部大连尾舆、中臣连镰子等奏请"宜早投弃，恳求后福"。在这种情况下，钦明天皇只能依奏，将佛像、佛具都扔进难波掘江里，而且还派人把静舍和寺庙纵火烧掉。从此以后，"天无风雨，乎灾大殿"。尽管后世的日本变成了一个笃信佛教的国度，但这 记录显示，其初围绕引进佛教则有过极其复杂的斗争过程。

日本是信仰多神教的东方传统岛国，"恒以天地社稷百八十神，春夏秋冬祭祀为事"，过去一切杂事、变故和祗愿都靠祷告或祭祀这些土俗神鬼，所以最初日本人担心佛教的引进会激怒本国的国神,不敢改信佛教,但好奇心使然,还是试了一试,结果不见佛法治病之功效,加上本国传统信仰观的驱使下,最终舍弃了佛教。在当时的东北亚各国中,这样的信仰观念和意识形态应该是相当普遍。百济也不例外,由于百济继承了高句丽的传统思想文化衣钵,国中和民间"多阴祀",信神信鬼极其普遍。只是它处于朝鲜半岛中南部一带,后来实行开放的思想政策,频繁地与中国接触,大量吸收以儒、佛、道为主的中国文明,成为了当时比日本先进得多的国家。百济在历史上热情接待并满足日本的要求,经常主动派遣使节赠送儒、佛、道经书和佛像、佛经,而且帮助日本各朝建立新的文明秩序,这些都是它文明开放的表现和结果。

以保护国家之安宁为目接受佛教,是朝鲜三国崇佛信佛的重要特色之一。历史上将这种特色称作"护国佛教",这种护国性质的信佛形态,是与当时朝鲜三国之间的相互紧张关系密切相关。朝鲜三国自从公元前1世纪创建之后,在紧张的政治外交关系中度过了七百年左右的时间。其中高句丽的存续时间为公元前37年至公元668年,百济的存续时间为公元前18年至公元660年,而新罗的存续时间为公元前57年至公元935年。其中新罗的存续时间最长,原因是它成立时间早于其他二国。后来又先后于660年灭了百济,668年灭了高句丽,从此统一了朝鲜半岛,一直统治到935年。其中三国在朝鲜半岛鼎足而立的时间近七百年左右,而这七百年中的近一半时间都是在和平相处的环境中度过,而另一半时间则是在相互的政治斗争和战争状态中度过。在这漫长的历史中,三国都经历了逐步发展壮大的过程,其间三国都存有制霸一方或统一半岛的勃勃雄心,相互探马暗中来往,策反运动接连不断,而领土野心和纷争使得各方争论不止、战争连年。在这样的矛盾斗争和相互制约中,三国共同度过了漫长而动荡的岁月,其中有腥风血雨的兵戎相见,有智慧和胆识的较量,也有建设家园和平牧歌。

人类历史上的任何一种意识形态,都是其历史与环境的产物,其中包括宗教和文学在内。随着历史的变迁,作为原始宗教和文学的社会条件改变了,而宗教和文学的内容和形式也要跟着人们的意识和愿望而有所改变。自从进入阶级社会以后,信仰多神教民族的原始宗教,也被按照当时统治阶级的愿望和现实需要定于一尊,自发自为的原始宗教不得不让位给人为宗教。对朝鲜半岛的三国宗教来说,也是经历了一样的过程。朝鲜三国在其初引进的儒、佛、道思想,就是在这样的社会变迁和意识形态革命中逐渐确立为各个王朝主动信奉的主流宗教。只不过在半岛特殊的自然人文环境中,各种外来宗教和本土信仰互相让步、吸收和融合,改造成适合于当前现实需要的特别的宗教形态。新罗宗教中的护国佛教,就是在这样的历史条件和现实环境中逐步产生的。在统一整个半岛的极其激烈的政治斗争和战争环境下，勤劳智慧的新罗人始终巧妙地利用本土信仰和外来的儒、佛、道思想，使其成为统一大业的精神力量。给佛教注入致福、护国思想，这是朝鲜三国佛教共同推动的思想活动，但将其运用得体、能够广泛浸入人心者，乃是新罗人。这种宗教思想活动的痕迹，我们可在各种文献中找出许多，其中有代表性的一例就是《皇龙寺九层塔文》中体现的相关内容。其曰：

新罗第二十七善德王即位五年，贞观十年丙申，慈藏法师西学，乃于五台感文殊授法（详见本传）。文殊又云："汝国王是天竺刹利种，王预受佛记，故别有因缘，不同东夷共工之族。然以山川崎嶮故，人性麤悖，多信邪见。而时或天神降祸，然有多闻比丘在于中国，是以君臣安泰，万庶和平矣。"言已不现，藏知是大圣变化，泣血而退。经由中国太和池边，忽有神人出问："胡为至此？"藏答曰："求菩提故。"神人礼拜，又问："汝国有何留难？"藏曰："我国北连靺鞨，南接倭人，丽济二国，迭犯封陲。邻寇纵横，是为民梗。"神人云："今汝国以女为王，有德而无威，故邻国谋之，宜速归本国。"藏问："归乡将何为利益乎？"神曰："皇龙寺护法龙，是吾长子，受梵王之命，来护是寺。归本国成九层塔于寺中，邻国降伏，九龙来贡，王祚永安矣。建塔之后，设八关会，赦罪人，则外贼不能为害。更为我于京畿南岸置一精庐，共资予福，予亦报之德矣。"言已，遂奉玉而献之，忽隐不现。（寺中记云：于终南山圆香禅师处，受建塔因由。）贞观十七年癸卯十六日，将唐帝所赐经、像、袈裟、币帛而还国。以建塔之事闻于上，善德王议于群臣，群臣曰："请工匠于百济，然后方可。"乃以宝帛请于百济，匠名阿非知，受命而来，经营木石。伊于龙春（一云龙树）干蛊，率小匠二百人。初立刹柱之日，匠梦本国百济灭亡之状，匠乃心疑停手，忽大地震动，晦暝之中，有一老僧一壮士，自金殿出，乃立其柱，僧与壮士皆隐不现。匠于是改悔，毕成。其塔刹柱记云："铁盘已上高四十二尺，已下一百八十三尺。"慈藏以五台所授舍利百粒分安于柱中，并通度寺戒坛及大和寺塔，以副池龙之请。树塔之后，天地开泰，三韩为一，岂非塔之灵应乎！后高丽王将谋伐罗，乃曰："新罗有三宝，不可犯也。"何谓也？皇龙丈六、并九层塔与真平王天赐宝带。遂寝其谋，周有九鼎，楚人不敢北窥，此之类也。赞曰："鬼拱神扶压帝京，辉煌金碧动飞甍。登临何啻九韩伏，始觉乾坤特地平。"又海东名贤安弘撰《东都成立记》云："新罗第二十七代，女王为主，虽有道无威，九韩侵劳苦，龙宫南皇龙寺建九层塔，则邻国之灾可镇。第一层日本，第二层中华，第三层吴越，第四层托罗，第五层鹰游,第六层靺鞨,第七层丹国,第八层女狄,第九层獩貊。[①]

这是一则近似于传说性质的佛教传略,故事以新罗善德王时期的留华归国的僧侣慈藏为主要线索展开,给人以深刻的印象。慈藏于 636 年入华,至 643 年学成归国,成为了皇龙寺九层塔建造的主要发起人。慈藏法师在中国留学时,于山西五台佛教名山加以深造,有一天忽感文殊菩萨授法。文殊说新罗善德女王是古印度刹利种,曾预受佛记,所以别有因缘,与其他东夷共工之族不一样。然而新罗之地,"山川崎岖,人性麤悖,多信邪见",所以多有天神降祸,人气不顺,灾厄发难之时,而幸亏中国有释迦菩萨向东发散佛力,"才是以君臣安泰,万庶和平"。说毕文殊菩萨忽而不见,慈藏才知道是大圣之化身,乃"泣血而退"。后来慈藏游中国太和池边,忽然间神人出现在眼前问,有何缘故至此?他答是为了求菩提而来,神人作礼又问"你们国家有何国难?"慈藏告诉"我国北连靺鞨,南接倭人,丽济二国,迭犯封陲。邻寇纵横,是为民梗。"神人告知这是因为新罗国王是女性,有德而无威严,所以邻国纷纷图谋肥肉,从而神人敦促慈藏从速归国。慈藏不知缘故,神人乃告知"皇龙寺护法龙,是吾长子,受梵王之命,来护是寺。归本国成九层塔于寺中,邻国降伏,九龙来贡,王祚永安矣。建塔之后,设八关会,赦罪人,则外贼不能为害。更为我于京畿南岸置一精庐,共资予福,予亦报之德矣。"说罢神人"奉王而献",忽隐不现。贞观十七年癸卯十六日,慈藏将要归国,唐帝特接见,赐经、像、袈裟、币帛等物,令他回国为海东造福。回国以后慈藏见了善德女王,恳切地禀告文殊菩萨托他在皇龙寺建塔之事,而善德女王立即召集群臣商议,群臣认为请百济巧匠即可。于是女王特批经费,从百济请大小工匠,开工建塔。初立刹柱之日,百济名匠阿非知梦自己的国家灭亡之状,准备停工,此时忽然间大地震动,晦暝之中有一老僧和壮士出现,立起此刹柱而后消失。阿非知悔改,最后还是完成了整个工程。塔成之后,"慈藏以五台所授舍利百粒分安于柱中,并通度寺戒坛及大和寺塔,以副池龙之请"。自"树塔之后,天地开泰,三韩为一",故事认为这些效应都是因为"塔之灵应"。后来高句丽王将伐新罗,左右大臣告王曰因新罗有"三宝",不要轻易动念伐新罗。什么是新罗的"镇国三宝"呢?一是皇龙寺丈六,一是皇龙寺九层塔,一是真平王天赐宝带。这与"周有九鼎,楚人不敢北窥"是一样的道理。新罗人为什么将皇龙寺塔,建成九层的呢?在整个故事的末尾,作者引用海东名贤安弘所撰《东都成立

[①] 一然:《三国遗事·塔像·皇龙寺九层塔》,权锡焕、陈蒲清译,长沙:岳麓书社,2009 年,第 257—259 页。

记》中的一段话,将此问题回答了出来。其曰"新罗第二十七代,女王为主,虽有道无威,九韩侵劳苦,龙宫南皇龙寺建九层塔,则邻国之灾可镇。第一层日本,第二层中华,第三层吴越,第四层托罗,第五层鹰游,第六层靺鞨,第七层丹国,第八层女狄,第九层獩貊。"可知整个塔的每一层,都有新罗国应提防或必须镇住的具体敌对国家和民族。书中所说的建塔则"邻国可镇",道出了三国人护国佛教信仰思想的真谛。

可以说这一皇龙寺九层塔缘革的故事,是朝鲜三国人护国佛教信仰的典型代表。如上所述,一开始朝鲜三国人接受外来的佛教,就是因为它有与土俗神灵一般的神通和灵验。也就是说在朝鲜三国人的眼里,佛教与朝鲜本土传统的原始信仰有异曲同工之妙用,所以纯粹以祈祷佛教的功用观来对待。如高句丽第十八代故国壤王在其执政第九年,下令朝廷和民间崇信佛法以求福、攘灾,修建国社宗庙。中国的《北史》高句丽传云:"常以十月祭天……信佛法,敬鬼神,多淫祠。"朝鲜古代的《东史纲目》,也说三国人把佛当做多神之一来信奉,并将"佛菩萨神"与氏族神、国土神、鬼神放在一起加以供奉。当时的朝鲜三国人,缺乏对佛教教义的深入理解,所以把佛当做求福、治病的手段和护卫国家领土的保护神,基本上不了解佛教思想的真正含义。朝鲜三国人对佛教的这种信仰观念,在其后佛教学者辈出,理论探索逐步深入的三国中后期也没能完全摒除。高句丽的僧朗、惠亮,百济的谦益、昙旭、惠仁、道藏,新罗的觉德、明观、圆光、昙育、智明、慈藏、圆测、元晓、义湘等,都是朝鲜三国著名的佛教大师。他们大都留学中国,在中国佛教大师们的手下苦读佛教经典、研修佛法、又练就了许多佛技,回国以后有的创寺度僧,有的成为君侧国师,有的则浪游天下讲论经典奥义,他们大都一生沉潜于佛教义理之中,写出了一系列佛教著作,为三国的佛教发展作出了贡献。但是值得注意的是,无论是在护法活动中和念经作斋中,还是在讲论中和著书立说中,大都始终贯穿着为民求福的旨意和爱国护邦的主题。

朝鲜三国佛教不仅与本土信仰紧密结合在一起,而且也与前后东传的儒家思想和道家观念建立了联姻关系。在朝鲜古代,儒、佛、道三教融合的进程,早已于其三国时期已经开始。当时传入朝鲜三国的儒家思想,不仅从国家制度的层面上对其政治经济生活产生了深远的影响,而且还在伦理道德和行为准则方面对每一个人产生了价值趋向定位方面的作用。不仅如此,它还对佛教和道家思想也产生了深刻的影响,当时朝鲜三国的佛教徒很多都是亦儒亦佛,没有完全脱离儒家思想的影响。甚至在佛教组织体系内部事务的打理方面,也吸收一些儒家的东西,以方便自己。《三国遗事》云:

命住芬皇寺,给侍稠渥一夏。请至宫中讲大乘论。又于皇龙寺演菩萨戒本七日七夜,天降甘澍,云雾暗霭,复所讲堂,四众咸服其异。朝廷议曰:"佛教东渐,虽百千龄,其于住持修奉,规仪阙如也。非夫纲,理无以肃清,启敕藏为大国统。凡僧尼一切规猷,总委僧统主之……藏值斯嘉会,勇激弘通令僧尼五部,各增旧学,半月说戒,冬春总试,令知持犯,置员管维持之。又遣巡使,历检外寺,诫砺僧失,严饰经像,为恒式。一代护法于斯盛矣!如夫子自卫返鲁,乐正雅颂各得其宜。当此之际,国中之人受戒奉佛,十室有九,祝发请度,岁月增至。①

慈藏从中国留学回国以后,国王把他请至宫廷讲大乘论,又在皇龙寺演菩萨戒七天七夜,结果出现了天降甘霖、云雾暗霭的自然现象,大家都服其奇异造化。其时朝廷认为佛教传入海东已经很长时间,但"其于住持修奉,规仪阙如也。非夫纲,理无以肃清",于是决定下敕以慈藏为大国统,将"凡僧尼一切规猷,总委僧统主之"。慈藏上任以后,"值斯嘉会,勇激弘通令僧尼五部,各增旧学,半月说戒,冬春总试,令知持犯,置员管维持之。又遣巡使,历检外寺,诫砺僧失,严饰经像,为恒式。一代护法于斯盛"。在佛教事业中的行政业务上,作得有条不紊,使之出现蒸蒸日上的新气象,原来沉寂的国家佛教事业从此繁盛起来。他把国家佛教方面的领导工作和行政事业搞得这么好,在很多层面上依赖于学习儒家士大夫的治国理念和行政思路。所以一然在讲述慈藏的事业成就时,举例说:"如夫子自卫返鲁,乐正雅颂各得其宜。"正因为慈藏的努力和影响力,新罗国人争先出家,祝发请度者,每年增至。

到了三国鼎立中期,相互的征服战争日趋炙手可热,颠覆和反颠覆、吞并和抗吞并,使得三国之间危机四伏,充满了矛盾和斗争。在这样的社会环境下,朝鲜半岛三国都需要有为自己的特殊处境和利益服务的意识形态,于是无论是本土信仰,还是外来的儒、佛、道思想,都逐渐适应这种客观环境,认为纯粹理论"微义"之探索和自我"修道持戒",都无法使自己发展和扩大。在这种特殊条件下,三国的僧侣阶层大都把自己与自己所属的王朝大业密切联系在一起,积极地为自己的国家出谋划策,为统治阶级祈祷冥福、持戒化缘和鼓动宣传,甚至有些僧侣则直接率众上战场。而更多的僧侣阶层则从理论上将儒、佛、道思想融合,加以研究探索,使之发挥实际的社会作用,适应于当时特殊的历史环境。朝鲜半岛三国佛教的这种适应性,都是在绝妙的理论探析和

---

① 一然:《三国遗事·义解·慈藏定律》,权锡焕、陈蒲清译,长沙:岳麓书社,2009年,第379页。

解释中,加以合理合法化,既不放弃自己宗派的理论旨意,也不失佛教济度苍生的远奥。就以三国新罗圆光大师的"世俗五戒"为例:

> 又《三国史·列传》云:贤士贵山者,沙梁部人也。与同里帚项为友,二人相谓曰:"我等期与士君子游,而不先正心持身,则恐不免于招辱,盖问道于贤者之侧乎!"时闻圆光法师入隋回,寓止嘉瑟岬(或作加西,又加栖,皆方言也。岬俗云'古尸',故或云'古尸寺'言岬寺也。今云门寺东九千步许有加西岘,或云嘉瑟岘,岘之北洞有寺基是也。)二人诣门进告曰:"俗士颛蒙无所知识,愿赐一言,以为终身之诫。"光曰:"佛教有菩萨戒,其别有十,若等为人臣子,恐不能堪。今有世俗五戒,一曰:事君以忠;二曰:事亲以孝;三曰:交友有信;四曰:临战无退;五曰:杀生有择。若行之无忽。"贵山等曰:"他则既受命矣,所谓杀生有择特未晓也。"光曰:"六斋曰:'春夏月不杀,是择时也。不杀使畜,谓马牛鸡犬。不杀细物,谓不足一脔,是择物也。此亦唯其所用,不求多杀,此是世俗之善戒也。"贵山等曰:"自今以后,奉以周旋,不敢失坠。"后二人从军事,皆有奇功于国家。①

这是旧《三国史》列传的记载。据它的记录,追慕贤士风度是当时新罗社会的一种习尚,沙梁部人归山和帚项的事实就是其例。他们为了入群"士君子游",而"先正心持身",以"免于招辱",乃"问道于贤者"。圆光大师当时刚从中国修成正果回国,正好住在沙梁部附近,于是二人去找圆光大师,请教"知识"。圆光大师对二人说佛教的菩萨戒有许多清规戒律,怕二人未必能忍受其苦,于是告诉"世俗五戒"。这个"世俗五戒"的内容是"一曰:事君以忠;二曰:事亲以孝;三曰:交友有信;四曰:临战无退;五曰:杀生有择",其中有儒家的"忠""孝""信"思想,有本土的"战勇"观念。圆光指出如果二人能够"行之毋忽",就能够成大器。值得注意的是,其中最后一条"杀生有择",过去很多学者都认为是佛教观念,但仔细考究起来实际上也是儒家思想之一面。《礼记·月令》曰:"孟春之月……牺牲毋用牝,禁止伐木,无复巢,毋杀孩虫、胎夭、飞鸟、母麛、母卵""仲春之月……祀不用牺牲""季春之月……田猎□□、罗网、毕□,□兽之乐,毋出九门"。二人对其中的这一最后一条"杀生有择"不解疑惑,圆光说"六斋曰:'春夏月不杀,是择时也。不杀使畜,谓马牛鸡犬。

---

① 一然:《三国遗事·义解·圆光西学》,权锡焕、陈蒲清译,长沙:岳麓书社,2009年,第354—355页。

不杀细物,谓不足一飡,是择物也。此亦唯其所用,不求多杀,此是世俗之善戒也。"这实际上是在解释儒家经典《礼记·月令》中的相关内容,而不是宣扬佛教持戒之内容。作为从中国留学回来的佛教徒,圆光的思想极其复杂,应该发现,他是根据时代之要求,根据施教之对象,依据事情之缘由,教导着具体的思想内容。归山和帚项为了成为社会和时代的贤士而请教,所以他在这里主要谈出以上"世俗五戒",而这一"世俗戒律"的内容,主要由儒家思想组成,加上当时新罗王朝急需的战争和战斗中的"临战无退"思想。而"临战无退",不仅是在新罗,在高句丽和百济也是经常灌输的一种社会思想。这实际上是处在鼎立的、经常处于交战状态中的三国共同强调的作人的、临战状态时的要求。通过这一例子我们可以知道,朝鲜三国佛教及其僧徒们所持的佛教思想,是已经有些朝鲜化了佛教思想。

朝鲜三国时期的佛教僧侣,很多到中国各地留学。他们到中国各个佛教胜地,在当地著名大师们的指导和带动下,攻读和翻译各种佛教经典,深入探讨佛教理论,磨练持戒禅功。他们归国以后,个个都成为了独当一山的高僧大德,为朝鲜三国的佛教事业作出了贡献。尽管这些高僧大德们的佛教理论功底都很深,各种佛教造诣也都通达于奥境,但他们并没有理论对理论,教条于佛教教义,与世隔绝,而是密切联系现实生活,持戒以爱国之节操,与祖国共苦难,共命运。他们中的有些僧侣,则直接参与王朝政治和外交、制度建设,甚至受命于危难之中,直接充当战将,指挥战斗。如慈藏大师回国以后,带来了中国朝廷的各项制度文明、服饰礼仪等,还经常为朝廷出谋划策,参与治国。圆光法师回国以后,也为新罗与唐朝的国际关系牵线搭桥,直接配合朝廷料理一些事情,并为培养国家人才殚精竭虑。

新罗的佛教徒,很多都既是僧徒和花郎徒,又是医师、卜师、风水师、歌手、画家。他们往往是多面手,是当时文化水平最高的阶层,许多诗文作品、歌谣和绘画作品出自于他们之手。同时,只要对国家和民族有利,他们随时修改佛教教义,在作斋持戒上补充新的内容,为国家平安和百姓安宁而作斋祈祷。为了"开晓愚迷""社稷永祚",圆光法师探索着将佛教与本土原始信仰融合,以保佑国祚民生。《三国遗事》记载:

> 又建福三十年,癸酉(即真平王即位三十五年也)秋,隋使王世仪至,于皇龙寺设百座道场,请诸高德说经。光最居上首,议曰:"原宗兴法,已来津梁始治,而未遑堂奥。故宜以归戒灭忏之法,开晓愚迷。"故光于所住嘉栖岬,置占察宝,以为恒规。时有檀越尼纳田于占察宝,今东平郡之田一百结是也。古籍犹存,光性好虚静,言常含笑,形无愠色。年腊既

迈,乘舆入内,当时群彦,德义攸属,无敢出其右者。文藻之瞻,一隅所倾。年八十余,卒于贞观间。①

建福三十年,即新罗真平王三十五年(614),隋使王世仪来,在皇龙寺设百座道场,请诸高德讲经,圆光居于上首。众高德议论新罗法兴王兴法以来,虽已有津梁始治,但尚未立堂奥,所以须立"归戒灭忏之法",以"开晓愚迷"。而这个"愚迷之群",包括巷间黎民百姓,为了这些人群,圆光在自己所住之东里嘉栖岬开设"占察宝",以此为长期的规定。这时一位檀越女施主向"占察宝"纳田,今东平郡之田百结就是这个田产。这里所说的"占察宝",就是与民间原始信仰结合在一起的一种佛教法会,新罗自圆光开始设此种法会道场。这种法会是按照佛教对黎民百姓"灭罪生善"的"归戒灭忏之法"的要求而设,具体的"忏法"是"愚迷"们绝不隐瞒自己的罪过,全部道出而悔改的法会。这种"占察之法",其中包含传统占卜之法、风水阴阳之法、相术预测之法等,圆光吸收这种项目,纳入佛教仪式之中,其目的是"灭罪生善",增进菩提,求得福祉,祛除病魔,镇护国家,息灾延命。所企这种客观效果,基本上与朝鲜传统的巫觋信仰是一致的。这说明圆光阐扬佛教,开晓愚迷,并没有蔑视本土信仰,而是尊重具有广泛而深刻群众基础的本土巫觋信仰,以此迎合广大信徒的宗教要求和现实需求,以扩大佛教的影响。

儒家思想何时传入朝鲜半岛,现很难确定具体的时间。估计儒家思想是伴随汉文化的传入而进入朝鲜半岛,但得到王朝的承认并成为官方思想,大概在高句丽小兽林王时期。小兽林王二年,高句丽建立儒家教育机构"太学",将从中国引进的儒家"五经""三史"定为教科书。据《旧唐书·高句丽传》记录,它"俗爱书籍,至于衡门厮养之家,各于街衢造大屋,谓之扃堂,子弟未婚之前,昼夜于此读书习射。其书有《书经》及《史记》《汉书》、范晔《后汉书》《三国志》、孙盛《晋春秋》《玉篇》《字统》《字林》,又有《文选》,尤爱重之。"②《唐书》中的《东夷列传》记录说,高句丽学制有中央太学和地方扃堂,依靠这种教育机关普及儒学。

百济由于与高句丽有血缘关系,而且于东明王末年(公元前十九年)分出立国,其文明开化较早。它也很早就受中国文化的影响,儒家思想便是它吸收得最多的一个。据《旧唐书》,百济也与高句丽极其相似,"其书籍有五经子

---

① 一然:《三国遗事·义解·圆光西学》,权锡焕、陈蒲清译,长沙:岳麓书社,2009年,第355页。
② 刘昫:《旧唐书·列传第一百四十九·东夷·高句丽》,天津:天津古籍出版社,1975年,第477页。

史,又表疏并依中华之法。"①百济自其建国初期便收容儒学,到了4世纪已经有较为完备的儒家教育机构。百济不仅自己发展儒学,而且还支援日本发展儒家文化。百济于公元3世纪中叶以后开始派人将儒学及其他文化传播至日本。如百济古尔王于其执政三十七年派孙子辰孙王(271)去日本教皇太子,久素王时又先后派文士阿直岐(284)和博士王仁(285)去日本教皇太子菟道雅郎子,阿辛王六年也派太子腆支(397)到日本皇宫教皇子皇孙。这些人去日本时按照要求都带有大批儒家经典和其他文物,这些都充分说明百济儒学发展较早。3世纪中叶已经把儒学传送给日本,说明之前儒家典籍早已进入百济,而且已被许多人攻读和掌握。近肖古王二十九年,也就是公元375年,高兴成为博士并编撰史书《书记》,也充分证明在此之前百济人的汉学和汉文化水平已经达到了相当高的水平。

新罗的儒学稍晚于高句丽、百济二国,于6世纪始则积极引进和普及儒家学说。它于503年按中国的方式改称王号,也按照儒家的模式改换了国号和年号,自7世纪中叶以后开始往中国唐朝派遣大量留学生。"九年夏五月,王遣子弟于唐,请入国学。是时太宗,大征天下名儒为学官,数幸国子监,使之讲论。学生能明一大经以上,皆得辅官……于是四方学者,云集京师。于是高句丽,百济,高□□蕃,亦遣子弟入学。"②这些留学生在唐饱读儒家经典,听取唐朝著名学者和文人的讲论,而且深深被唐朝文物制度和文化氛围所感染和熏陶。他们归国以后,大都受到重用,充当了国家建设的栋梁之材。三国时期的新罗人由于长期实行骨品制、六头品制和"和白会议"制度,即使到了其中后期,依然保留着较浓厚的原始民主成分,所以它对中国儒、佛、道思想的认识,经历了一番波折,接受得较慢一些。但到了三国中后期,经过长期的励精图治,新罗的政治经济发展迅速,统治阶层内部逐步产生了统一半岛的雄心壮志。在这个过程中,儒家思想逐渐被新罗统治阶级接受和充分利用,成为了堪定社会秩序和国家组织体系的理论武器。新罗统治阶级巧妙地利用儒家思想,积极培养甘于为国赴难的"忠勇之才",激励人奋发图强。在这种社会氛围和国家风气之下,一度大量出现了尊知识、重实践、忠孝双全的人才,这些人力资源为其后的统一半岛事业奠定了坚实的基础。儒家思想和社会生活实践如此完美结合的例子,我们在有关三国新罗的文献资料中到处都可以发现。1930年在韩国庆州发现的三国新罗金石文中,有一部是《无名氏二人誓记刻石》,其内容涉及朝鲜三国时期新罗人的思想和社会实践情况。

---

① 刘昫:《旧唐书·列传第一百四十九·东夷·百济》,天津:天津古籍出版社,1975年,第479页。

② 金富轼:《三国史记·新罗本纪·善德王》,首尔:乙酉文化社,1977年,第47页。

其曰：

> 壬申年六月十六日，二人并誓记。天前誓，今自三年以后，忠道执持，过失无，誓。若此事失，天大罪得，誓。若国不安，大乱世，可容行，誓之。又别，先辛未年七月廿二日，大誓。诗、尚书、礼传，伦得，誓三年。①

全文将汉、朝语式并用，原意好像欲写汉文，但运用不熟练，而变成了汉语、朝语兼用的结果。从其古朴天真的风格和内容看，它很像是朝鲜古代吏读文字出现之前的东西，而且从其语序和借用汉字的迹象来看，也像是乡札文之古代形态。把它用现代汉语来翻述，其意大概为："壬申年六月十六日，某某二人共同誓言并记，誓于天前曰：'自今三年以后，固执忠道，无犯过失，为誓。苟或违之，当得大罪于天神，为誓。若国不安，世大乱，断当实行忠道，为誓。'又另外，先前辛未年七月廿二日，二人大誓，以限三年时间，《诗》《尚书》《礼传》次第习得之，为誓。"此文可分两段，一是辛未年之誓，二是壬申年之誓。前者主讲习得儒家经典，而后者则主讲将其付诸实践。这一记录充分显示，三国时期的新罗，儒家思想和它的经典著作已经普及到一般百姓之中，而且人人都把儒家思想当做处理人际关系、为国家献身的理论基础。

儒家思想传入朝鲜以后，充当了为正在发生发展的封建关系和秩序辩护的思想武器，同时也为维护封建统治阶级的利益起到了至关重要的历史作用。"天命"观是儒家思想的核心之一，它与朝鲜固有的宗教信仰即祖先崇拜和"天神"思想具有本质上的一致性，因而儒家思想在朝鲜古代并没有像佛教那样遇到土著思想的太多抵制和反抗。而且崇尚名分等级制度论的儒家思想，成为了以等级制为基础的三国封建国家的精神支柱，成为了新兴封建国家王权的伦理基础。臣下尽忠、子孙尽孝，国家有事时忠勇兼备，这就是朝鲜三国非常时期儒家思想主客观效用论的基本要求。这种"忠孝"思想的哲学基础，在于儒家的"天命观"。

在极其特殊的历史环境下，朝鲜三国时期的儒、佛、道和本土信仰逐步走上了各自相互融合的道路。儒家的积极入世精神，佛教所谓护国庇佑社稷的神通，道家自然无为的思想意识之功能，对正处于复杂矛盾斗争环境中的各阶层人士都具有相当的吸引力。到了 7 世纪前后，朝鲜三国之间的政治外交斗争进入了白热化的阶段，过去的领土之争、利益分歧，此时已经演变成了你死我活的颠覆与反颠覆的斗争。无论是三国的统治阶级，还是天下的黎民百

---

① 韩国庆州博物馆藏。

姓,严峻的考验摆在眼前,他们考虑的都是事关生存的问题。大家都处于一种应对的过程之中,那些文人和宗教徒们都处在这种社会大转折的十字路口,儒、佛、道思想和本土信仰,也都处于激烈的应变和整合之中。在应对这种思想转变和社会转型方面,做得最好的要数新罗王朝了。它的英明之处在于事先洞察时变,促进儒、佛、道和本土信仰之大融合,有计划地培养大批用这种融合起来的思想武装起来的有用人才,应对复杂多变的现实。新罗花郎徒的出现,就是这一应对措施的具体例子。

> 三十七年春,始奉源花。初君臣病无以知人,欲使类聚群游,以观其行义,然后举而用之。遂简美女二人,一曰南毛,一曰俊贞,聚徒三百余人,二女争娟相妒,俊贞引南毛于私第,强劝酒至醉,拽而投河水以杀之。俊贞伏诛,徒人失和罢散。其后,更取美貌男子,妆饰之,名花郎以奉之。徒众云集,或相磨以道义,或相悦以歌乐,游娱山水,无远不至。因此,知其人邪正,择其善者,荐之于朝。故金大问《花郎世记》曰:"贤佐忠臣,从此而秀,良将勇卒,由是而生。"崔致远《鸾郎碑序》国有玄妙之道,曰:"风流。"说教之源,备详仙史,实乃包含三教。接化群生,且如入则孝于家,出则忠于国,鲁司寇之旨也。处无为之事,行不言之教,周柱史之宗也。诸恶莫作,诸善奉行,竺乾太子之化也。"①

金富轼《三国史记》中的这一记载,是根据《旧三国史》《花郎世记》《鸾郎碑序》等朝鲜古文献的记录而写的。他为我们转达了以下几个方面的信息:1、新罗真兴王及其群臣,考虑国家正缺乏智勇兼备的人才,想通过生活实践中的考察选取所需人才。组建花郎道就是其具体措施,结果经历了一番波折,最终取消源花徒而组建了男子花郎道。2、花郎道的主要功能和活动内容是"徒众云集,或相磨以道义,或相悦以歌乐,游娱山水,无远不至",在这个过程中仔细考察郎徒们的德才和个性禀赋,择其中优秀者推荐给国家。3、新罗王朝大获裨益于此,"贤佐忠臣,从此而秀,良将勇卒,由是而生",新罗逐渐成为了朝鲜三国中的出类拔萃者,最终联合唐军完成了统一半岛的大业。4、新罗花郎道,也称"风流道",它是儒、佛、道和本土信仰大融合的实体。像崔致远所说的那样,它不仅是儒、佛、道和本土信仰大融合的实体,而且也是"接化群生"、为国奉献的贵族青年团体。5、新罗花郎道及其思想行为之融合体之特征,就是像崔致远所说的那样"且如入则孝于家,出则忠于国,鲁司寇之旨也。处无

---

① 金富轼:《三国史记·新罗本纪·真兴王》,首尔:乙西文化社,1977年,第40页。

为之事,行不言之教,周柱史之宗也。诸恶莫作,诸善奉行,竺乾太子之化也。"对这一花郎道,一然也在《三国遗事》中写道:"自此,使人俊恶更善,上敬下顺,五常六艺,三师六正,广行于代。"① 三教及本土信仰大融合的结果,不仅使许多贵族和良家子弟加入花郎道,而且众多年轻僧侣阶层也加入了这一组织。"及真智王代,有兴轮寺僧真慈(一作贞慈也),每就堂主弥勒像前,发愿誓言:'愿我大圣化作花郎……'"。②

第三节　文学背景和神怪故事

朝鲜三国初期是由古代部落联盟制国家转向封建制社会的历史大转折时期。这时期朝鲜三国人的意识领域中,原始信仰依然占据着极其重要的地位。其中期以后,尽管已建立了较为巩固的封建制度,从中国传入的儒、佛、道思想逐步在朝鲜三国扎根开花,但他的生存和发展还是离不开本土信仰文化的促媒和伴佑。朝鲜三国意识形态方面的这种特征,充分说明原始宗教及其意识形态尚未完全离开朝鲜半岛。相反,在封建体制的创建过程中,朝鲜原有的原始宗教不仅没有彻底消失,而且还在民间和社会各阶层中以顽强的生命力活跃着。甚至新罗统一三国以后,各种神鬼意识和迷信观念还在王朝的各个阶层中浓厚地弥漫着,成为当时文化中的一大景观。那些笼罩于民间风俗习惯中的神鬼意识和迷信观念则更是如此,如那些傩礼艺术中传承下来的处容歌舞活动,经高丽王朝,一直延伸至李朝时期;还如像巫觋这样的迷信活动,贯串着整个朝鲜封建社会。朝鲜三国时期的这种本土思想观念和神鬼、迷信意识,无疑也成为其传说、传奇、神怪故事的思想基础和肥沃土壤。

朝鲜三国时期是一个充满各类故事的年代,各种神话、传说、传奇和神怪故事弥漫着人们的意识领域之中。这些故事往往是某些宗教思想或现象的注脚,也往往是某种迷信观念的直接表露,所以这些故事具有非常神秘的色彩和丰富的情节架构。不管是哪一种情况,它们无疑都可成为朝鲜三国文学的一个极其重要的部分。由于地域的不同、外来思想的深浅和原始信仰的差异,各国的故事文学呈现出各自不同的特色。

高句丽人勤劳、勇敢而智慧,他们在朝鲜半岛及辽东地区最先开化,与恶劣的自然环境和内外敌人展开了不断的斗争,成为了东北亚地区的一个强国。他们也是一个极具浪漫情怀和艺术精神的民族,不仅拥有诸多原始宗教

---

① 一然:《三国遗事·塔像·弥勒仙花》,权锡焕、陈蒲清译,长沙:岳麓书社,2009年,第291页。
② 同上。

故事和艺术,也创造了许多富有艺术魅力的神话和传说。

　　解慕漱神话中的那位从天而降,且能够呼风唤雨,敢于战胜一切妖魔鬼怪的神话英雄解慕漱;东明王传说中的天帝之子、以智慧摆脱金蛙王魔爪而披荆斩棘,开创高句丽王朝的传说英雄朱蒙,他们在极其艰难的环境中承传的有关宇宙肇始、山神地鬼的故事等,都充分体现着高句丽民族超凡的艺术幻想和想象力。随着时代的变迁,高句丽人的审美观念也在变化发展。由于它后来接受中国汉文化影响早于其他二国,特别是儒家思想文化在其开国初期就已经渗透于其国家制度和社会意识形态领域里,所以在它那里流行的故事文学则多呈现儒家文化的境界。如高句丽的《女鱼传情》,讲的就是富含儒家文化因素的当时故事,其曰:

>　　世传,书生游学至溟州,见一良家女,美姿色,颇知书,生每以诗挑之。女曰:"妇人不妄从人,待生擢第,父母有命,则事可谐矣。"生即归京师,习举业,女家将纳婿。女平日临池养鱼,鱼闻謦咳声,必来就食,女食鱼,谓曰:"吾养汝久,宜知我意。"将帛书投之,有一大鱼,跳跃含书,悠然而逝。生在京师,一日为父母具馔,市鱼而归,剥之得帛书,惊异,即持帛书及父书,径诣女家,婿已及门矣。生以书示女家,遂歌此曲,父母异之曰:"此精诚所感,非人力所能为也。"遗其婿而纳生焉。①

　　有一个书生游学于朝鲜东海岸的江陵(即溟州),看见一位美貌的姑娘,颇知书达理,便被痴迷,不断地写求爱诗。这位姑娘说不能"无妄从人",待书生擢第以后,带着父母之命来求婚,事有可能成。书生回京师以后,勤奋读书,准备举业。此时姑娘家将另外纳婿成婚,姑娘急中生智,求平日亲养的鱼传送急信,说:"吾养汝久,宜知我意。"将帛书投入水中,有一大鱼跳跃嘴里含书,悠然而逝。这一天书生想给父母改善生活,到市场买下一条大鱼,回家剥皮剖肚时发现,鱼腹中有帛书,惊异之余打开一看,明白了怎么回事。书生持信径直到姑娘家,这时女家选的新婚已到门口,书生急忙把信给女方父母看,同时唱出深埋心中的心曲。姑娘父母感动不已,说"此精诚所感,非人力所能为也。"遂将已诺之婚退下,把书生纳为新婚。这一则故事以家养的鱼为媒介,传达姑娘的信件,整个情节离奇古怪。不过,故事所衬托的背景和情节来看,明显存在敷衍的痕迹。尽管如此,故事中还是可以看出当时儒家教育普及的程度和二人自由恋爱而最终成功的结局。

---

① 《高丽史》,朝鲜劳动新闻出版社,1958年,第471页。

作为高句丽族的后裔,百济人的艺术想象也极其丰富。在与半岛内的高句丽和新罗共同相处的历史条件下,百济人不断提高生产力,改善百姓生活,发展了具有自身特色的民族文化。他们在北方强国高句丽和东南方劲敌新罗以及海对岸日本的夹缝中周旋,学会了诸多政治谋略和外交专对的策略,产出了众多爱国传说和歌颂人民机智勇敢的民间故事。《薯童谣》就是在这样的历史环境中形成的一则民间故事:

> 第三十代武王名璋,母寡居,筑室于京师南池边。池龙交通而生,小名薯童,器量难测,常掘薯蓣,卖为活业,国人以为名。闻新罗真平王第三公主善花,美艳无双,剃发来京师,以薯蓣饷闾里群童。群童亲附之,乃作谣诱群童,而唱之云:"善花公主主隐,他密只嫁良置古。薯童房乙,夜矣卯(卵)乙抱遗去如。"童谣满京,达于宫禁,百官极谏,窜流公主于远方,将行王后以纯金一斗赠行,公主将至窜所,薯童出拜途中,将欲侍卫而行。公主虽不识其所从来,偶而信悦,因此随行,潜通焉。然后知薯童名,乃信童谣之验,同至百济。①

这是与百济第三十代武王有关的传奇故事。故事中的薯童母亲年轻寡居,筑室于京师南池边,有一天偶然与池龙交通而生一个男孩。这个男孩逐渐长大,有器量,但生活穷苦而以卖薯为生,国人因此而名其薯童。稍长,薯童听说新罗真平王第三公主善花美丽无比,就剃发来到京师卖薯。机智的他经常以薯赠食街巷间群童,群童高兴而依附于他,他作歌诱群童,使之沿街而唱,歌之内容为(意译):"善花公主,秘密与人见面,夜深去薯童房,抱着他去。"不几日,童谣满京,传到宫廷里,王室不知所措,百官极谏,流放公主于远方。公主临上路时,王后赠纯金一斗,以资客地备用。公主将至流放地,薯童突然出拜途中,要求做公主的侍卫、随公主而一同前往流放地。公主虽第一次与薯童见面,不知来历,但一见钟情,答应其随同。在路上,薯童与公主亲近,乃至秘密与之通情合夜。然后才知道这是薯童,"乃信童谣之验",愿与之一同去百济。这个故事曲折而离奇,于想象不到的地方出新奇而甘甜之结果,给人以充分的审美享受。实际上故事中的薯童是神龙的后裔,但因母贫只能以卖薯为生。他虽家贫无势,但勤劳营生,绝不以自己的地位低贱而失落,敢想敢做,机智勇敢。他善于利用街巷间的群童,以歌谣为媒介,造成假象,让新罗真平王及其王室和群臣处于绝对的无奈之中,并中了他所设计的计策,将心

---

① 一然:《三国遗事·纪异·武王》,权锡焕、陈蒲清译,长沙:岳麓书社,2009年,第167页。

爱的善花公主流放于异地,给薯童以可乘之机。不仅如此,薯童还敢于表白自己的爱意,并主动与公主接近,乃至与之潜通,使得一位堂堂的新罗公主,愿意与之结百年佳约。这是一则罕见的猎奇故事,它以极强的故事性和独到的艺术想象,给人以极大的审美满足。

如上所述,百济在其国初就已经接受儒家思想,设五经博士,立太学以儒家思想教育子弟。同时制定国家典章制度,使国家法度井然,成长为朝鲜半岛上强盛的封建国家。公元3世纪中叶,百济的思想文化开始影响位于东南地区的新罗,对其儒、佛、道思想的接受和发展给了极大的帮助,而且它的思想文化也跨海传到日本,对正处于开化阶段中的日本文明的发展作出了不可忽视的贡献。当时百济在国家的思想文化和精神生活上,如何以儒家思想为国家政治生活的重要意识形态,一些资料对此作出了佐证。《三国史记》的《上义慈王书》曰:

> 十六年,春三月,王与宫人淫荒耽乐,饮酒不止。佐平成忠极谏,王怒,囚之狱中,由是无敢言者。成忠瘦死,临终上书曰:"忠臣死不忘君,愿一言而死。臣常观时察变,必有兵革之事。凡用兵,必审择其地,处上流以延敌,然后可以保全。若异国兵来,陆路不使过沈岘,水军不使入伎伐浦之岸。举(据)其险隘以御之,然后可也。"①

百济大臣成忠,为国王忠心耿耿,在朝廷以直言辅佐义慈王,使之兴社稷。当他看到义慈王常与宫人淫乱,耽于酒色时,他直言不讳,得罪义慈王,被定了死罪。临刑前,他上此书,反复提醒义慈王,尽到了作为谏臣的赤胆忠心。书中提醒义慈王说经过他的长期观察和分析,国境线上必有兵革之事,认为凡用兵必须注意选择有利的地形布军,选择上游地区以对阵敌人,这样以后方可以保全自己。如果外国军队入侵,陆路须布阵于沙岘,水军须拒敌于伎伐浦之岸,绝对不能使敌人过此水陆两地。如果事先安排有序,依靠这两个险隘关口御敌,决胜定在于我手。可以看得出,成忠深谋远虑,极具战略意识,时时刻刻为君王和国家的安危着想。整个书信内容充满了儒家的忠君思想,显示出百济统治思想中的儒家思想文化和国人政治生活实践中的儒家思想意识。

新罗地处朝鲜半岛东南部地区,由于与中国背地而处,文明开化经历了比高句丽、百济更为漫长的时间。新罗原本出自旧三韩的辰韩之地,一直以

---

① 金富轼:《三国史记·百济本纪·义慈王》,首尔:乙酉文化社,1977年,第246页。

来以天神地祇和自然神为膜拜对象,受中国先进文明的影响较晚于其他二国,也正因此而在朝鲜三国中最晚进入封建社会的历程。新罗王朝是在其前六个部族小国的基础上建立起来的,史称"六村"的这些小国有阏川杨山村(及梁部李氏)、突山高墟村(沙梁部郑氏)、茂山大树村(牟梁部孙氏)、觜山珍支村(本彼部崔氏)、金山加利村(韩岐部斐氏)、明佸山高耶村(习比部薛氏)。这六村各有不同的祖先,都从天而降,具有天神的血统,是天神的后裔。到了公元前1世纪,这六村一致认为有合并的必要性,于是:

> 六部各率子弟,俱会于阏川岸上,议曰:'我辈上无君主临理蒸民,民皆放逸,自从所欲。盖觅有德人,为之君主,立邦设都乎!'于是乘高南望,杨山下罗井傍,异气如电光垂地,有一白马跪拜之状,寻捡之,有一紫卵(一云青大卵)。马见人长嘶上天,剖其卵得南童,形仪端美。惊异之,俗于东泉(东泉寺在词脑野北)身生光彩。鸟兽率舞,天地振动,日月清明,因名赫居世王(盖乡言也,或作佛矩内王,言光明理世也)……位号曰:"居瑟邯"。①

六部首领各率子弟聚会于阏川岸上,讨论选奉君主之事。这是为了统一各个部落邦,以免"民皆放逸,自从所欲",令有德人为君主,"立邦设都","临理蒸民"。于是大家登高南望,发现杨山下的罗井傍异气如电光垂地,有一白马跪地,寻光索去,马嘶升天,捡一大卵,卵中得一男童,形仪俊美,身生光彩,鸟兽率舞,天地震动,日月清明,因名赫居世王。仔细考察可知,这无疑是古新罗在多个原始部落国家的基础之上,选举产生新的统一君主的历史图景。是希望日益强盛、屹立于朝鲜半岛南部的新罗人,将自己的国肇神圣化,给自己的祖先披上了神秘的外衣,使人看了觉得高大无比。这是将新罗的开创之王加以神话化或传说化的记录,记录中的赫居世王,与其说是各个部落国家共同选举产生的统一君主,而不如说是祥瑞之天神特派的后裔。这一记录中无疑反映着古代新罗古朴的卵生神话观念,在这种观念中潜藏着他们古初时期的鸟图腾意识和敬神思想。而这种意识和思想,从本质上说是天神信仰观念的外露,在那个时代里,这些意识和信仰左右着他们的一切。

的确,在古代新罗人的灵魂深处,充满着对天神地鬼的敬畏和自身与之的神秘关联。在当时由于主客观环境的局限性,他们还在很大程度上承传祖

---

① 一然:《三国遗事·纪异·新罗始祖赫居世王》,权锡焕、陈蒲清译,长沙:岳麓书社,2009年,第40页。

先的那些原始信仰观念,万物有灵论依然没有被彻底地肃清,神秘主义依然在他们的生活中到处可见。他们时刻感觉到自己的渺小,总是想依靠神灵的助佑来摆脱困境,获取自己想要的东西,而更多的时候则宣示自己与神灵的特殊关系,来显示自己的非凡地位和力量。朝鲜三国人长期以为的,他们的王国非凡的来历和创始君主非同小可的与天神地祇的血脉关系,无疑就是这种宗教心态曲折的表现。从这个意义上讲,神灵是他们赖以生存的精神支柱,也是平时生活中无处不在的教科书。

在三国时期的新罗人那里,世间的很多事物、现象和关系都充满了神秘色彩。因为有了难懂的神秘感、神秘莫测和解释不清楚,就有志怪、传奇和传说,这些志怪、传奇和传说故事就是他们神秘主义宗教观在民间文学中的直接反映。这是一个充满神秘故事的国度,也是一个充满无数疑问和神秘现象的民族,神秘故事在这个国度的山野河川间的住民和都会平民中间弥漫着。这个古老国度里流传的神秘故事,内容丰富而种类繁多,上自天神族系和风伯雨师,下至山神地鬼和河海龙王,凡认为与人类生活有关系的神、仙、鬼、怪,都被演绎为神秘故事。在这个故事世界中,如今记录在文的极其有限,这给我们的学术考察带来了很大的困难,我们只能利用仅有的一些资料窥探古代新罗神秘故事的若干面貌。试以《延乌郎与细乌女》为例:

> 第八阿达罗王即位四年丁酉,东海滨有延乌郎、细乌女,夫妇同居。一日延乌归海采藻,忽有一岩(一云一鱼)负归日本,国人见之曰:"此非常人也。"乃立为王。细乌怪夫不来归,寻之。见夫脱鞋,亦上其岩,岩亦负归如前。其国人惊讶,奏献于王,夫妇相会,立为贵妃。是时,新罗日月无光,日者奏云:"日月之精,降在我国,今去日本,故致斯怪。"王遣使求二人,延乌曰:"我到此国,天使然也,今何归乎?虽然朕之妃,有所织细绡,以此祭天即可矣。"仍赐其绡,使人来奏,依其言而祭之。然后日月如旧,藏其绡于御库,为国宝。名其库为贵妃库,祭天所名迎日县,又都祈野。①

这是一则有关日月精的极其美丽的故事。新罗东海岸的延乌郎和细乌女夫妇,以平常百姓的身份过着日出而作、日落而息的生活。有一天丈夫延乌郎在海边采藻时,被海中的一座岩石负至日本,日本人将他奉为国王。家中的

---

① 一然:《三国遗事·纪异·延乌郎、细乌女》,权锡焕、陈蒲清译,长沙:岳麓书社,2009年,第53页。

细乌女盼等丈夫不回,到海边寻找,看到丈夫的鞋,于是也登上了这块岩石,岩石也将她负载至日本,日本人也惊讶其现象,奏献于国王延乌郎,从此夫妇相会,细乌女被立为贵妃,过着美满的宫廷生活。问题是从此,新罗国突然日月无光,万物奄奄一息,日官奏于阿达罗王曰"日月之精,降在我国,今去日本,故致斯怪"。阿达罗王急忙派使臣到日本,求请延乌郎与细乌女回国,但延乌郎说"我到此国,天使然也,今何归乎?虽然,朕之妃,有所织细绡,以此祭天即可矣。"于是赐绡于新罗使者,新罗使者回国奏于阿达罗王,依延乌郎之言祭祀天神,从此以后日月重又照耀新罗。为了纪念延乌郎和细乌女,新罗将藏绡之御库命名为"贵妃库",祭天的处所称为"迎日县","又都祈野"。在这一十分猎奇的传说中,延乌郎和细乌女只是一对普通的劳动人民,他们善良、勤劳,靠采藻维持生活。但实际上他们是天神族裔,是日月之精,原来降落于新罗保护该国,是新罗人的光明之神。但不觉中,这一对光明之神通过海岩漂至日本,受到日本人民的欢迎,成为了日本皇帝。从此新罗国失去光明,阿达罗王急派使请回二神,二神不能回但将光明送回新罗,新罗光明照旧,人民欢乐,国家太平。仔细考虑,故事的另外一个寓意,就是日本的日月光明是从新罗传过去的。无论如何,在这个美丽的故事中,延乌郎与细乌女是日月之神,是给朝鲜半岛和日本列岛带来光明、赐予福音的光明之神。通过这个故事发现,新罗是一个充满了神奇故事的国度,它长期传承着原始的信仰和艺术想象,其神话、传说和志怪、传奇故事古朴自然而生动美丽,让人读了倍感新奇和美妙,久久难以忘怀。

  神物显灵给人带来福瑞,的确是新罗志怪、传说和传奇内容上的基本特色。这些故事中的神物,往往与周边人类有着密切的联系,还为人类带来方便和福瑞,或解决人间生活中的某种需要。同时新罗传说、志怪和传奇中的神物,往往是河神、山神灵和海中的龙王、龙孙有着直接的或间接的"血缘"关系。如《三国遗事》中的志怪《万波息笛》就是这样的故事,故事借以野史的形式写道:

  第三十一神文大王,讳政明,金氏,开耀元年辛巳七月七日即位。为圣考文武大王创感恩寺于东海边(《寺中记》云:"文武王欲镇倭兵,故始创此寺,未毕而崩,为海龙,其子神文立,开耀二年毕。排金堂砌下,东向开一穴,乃龙之入寺旋绕之备盖。遗诏之藏骨处,名大王岩,寺名感恩寺。后见龙现形处,名利见台)明年壬午五月朔(一本云天授元年,误矣。)海官波珍喰朴夙清奏曰:"东海中有小山浮来,向感恩寺,随波往来。"王异之,命日官金春质占之。曰:"圣考今为海龙,镇护三韩。抑又金公庾信乃三十三天之一子今降为大臣,二圣同德,欲出守城之宝,若陛下行幸海过,必得无价大宝。"王喜,以其月七日驾幸利见台,望其山,遣使审之。山势如龟头,上有一竿竹,昼为二,夜合一(一云:山亦昼夜开合如竹)。使来奏之。王御感恩寺宿。明日午时,竹合为一,天地振动,风雨灰暗七日,至其月十六日,风霁波平。王泛海入其山,有龙奉黑玉带来献。迎接共坐,问曰:"此山与竹或判或合,如何?"龙曰:"此如一手拍之无声,二手拍之有声,此竹之为物,合之然后有声,圣王以声理天下之瑞也。王取此竹,作笛吹之,天下和平。今王考为海中大龙,庾信复为天神,二圣同心,出此无价大宝,令我献之。"王惊喜,以五色锦彩金玉酬赛之。敕使斫竹出海时,山与龙忽隐忽现。王宿感恩寺。十七日,到祇林寺西溪边,留驾昼膳,太子理恭(即孝昭大王)守阙,闻此事走马来贺,徐察奏曰:"此玉带诸窠皆真龙也。"王曰:"汝何知之?"太子曰:"摘一窠沈水示之。"乃摘左边第二窠沈溪,即成龙上天,其地成渊,因号龙渊。驾还,以其竹作笛,藏于月城天尊库。吹此笛则兵退病愈,旱雨雨晴,风定波平。号"万波息笛",称为国宝。至孝昭大王代天授四年癸巳,因失礼郎生还之异,更封号曰"万万波波息笛"。详见彼传。①

新罗第三十一代神文王为其去世的父王文武王在东海边创建感恩寺。第二年五月初一海官波珍喰朴凤清上奏说"东海中有小山浮来,向感恩寺,随波往来。"神文王觉得奇怪命日官占卜,结果日官金春质报告说文武王亡灵今天变成海龙镇护三韩而来,恰好统一新罗功臣金庾信的亡灵也脱胎于三三天之子变成人间世界之大臣而来,"二圣同德"来到东海边出赠"守城之宝",如果神文王行幸至东海边,定能得到这个无价之宝。神文王高兴之余于其月七日亲幸东海边利见台,果然有山从海中漂来,其山势如龟头,上有一竿竹,白昼变二,黑夜变一,而山亦昼夜开合如竹。那天晚上神文王宿感恩寺,第二天中午其竹合为一,之后"天地振动,风雨灰暗七日",至其月十六日风霁波平,神文王泛海入其山,有龙奉黑玉带来献。定座次后神文王问其山海中漂移之事和竹与山昼夜开合之缘故,海龙回答说"此如一手拍之无声,二手拍之有声,此竹之为物,合之然后有声,圣王以声理天下之瑞也。王取此竹,作笛吹之,天下和平。今王考为海中大龙,庾信复为天神,二圣同心,出此无价大宝,令我献之"神文王惊喜万分,以五色锦彩和金玉等物酬谢后,命令随行大臣等斫竹

---

① 一然:《三国遗事·纪异·万波息笛》,权锡焕、陈蒲清译,长沙:岳麓书社,2009年,第111—112页。

回岸,时海中山与龙忽隐忽现。实际上海龙所给予的玉带诸窠都是真龙,按照太子的旨意将其中的一窠沉水实验的结果证实了这一点。神文王的御驾回宫以后,用带回的竹作笛,藏于月城天尊库中,"吹此笛则兵退病愈,旱雨雨晴,风定波平",将此笛号为"万波息笛",定为国宝,代代相传。这一志怪中出现的新罗第三十一代神文王,是太宗金春秋之长孙、文武王金法敏之长子,而化身为三十三天之一子的金庾信乃是与金春秋一起打败高句丽和百济完成朝鲜半岛统一大业的历史上金庾信的亡灵。故事中的诸窠神祇海龙,都是这些祖先亡灵之化身,他们为了镇御倭寇和一切外敌,死后也变成海龙起镇护新罗国家社稷的作用。故事曲折生动,充满了神怪猎奇的气息,而且在结构上历史与志怪相结合,构成了离奇感人的画面,给人以深刻的审美感染。

新罗人总是认为自己的国家受天神和诸多神灵保护,一切外寇和"盗贼"不敢来侵,一切自然灾害和瘟疫也不敢轻易来犯。所以这方面题材和内容的志怪、传说和传奇在新罗格外流行,一代接着一代地传承着。新罗人口头创作并被后人用文字记载的口头文学作品,许多都以历史记载的面貌出现,把志怪、传说和传奇故事与历史上实际存在的人物的各种生活结合起来展开,使故事披上似真似幻,既实又虚的特点。所以在新罗流传的诸多故事中,往往有历史上实际存在的国王、君主、大臣、将军、文人、官吏、民间英雄、孝子、节妇、义士等人物,这些人物在作品中都扮演与鬼怪、神仙、鬼魂、龙神、鬼雄打交道的角色,而这些人物都在关键的时候得到这些神界鬼阈人物的助佑和庇护安全渡过难关或完成某种伟业。这一类新罗故事中的神仙鬼怪们,往往具有人的特征,可与人类交流和沟通,感情色彩浓厚,有时做事与人类无别。神鬼故事《桃花女·鼻荆郎》就是这一类的作品:

> 第二十五舍轮王,谥真智大王。姓金氏,妃起乌公之女,知刀夫人。大建八年,丙申即位,御国四年,政乱荒淫,国人废之。前此,沙梁部庶女,姿容艳美,时号桃花娘。王闻而召至宫中,欲幸之,女曰:"女之所守,不事二夫,有夫而适他,虽万乘之威,终不夺也。"王曰:"杀之何?"女曰:"宁斩于市,有愿靡他。"王戏曰:"无夫则可乎?"曰:"可。"王放而遣之。是年王见废而崩。后二年,其夫亦死。浃旬忽夜中,王如平昔,来于女房曰:"汝昔有诺,今无汝夫,可乎?"女不轻诺,告于父母,父母曰:"君主之教,何以避之。"以其女入于房,留御七日,常有五色云覆屋,杳气满室。七日后忽然无踪,女因有娠,月满将产,天地振动,产得一男,名曰"鼻荆"。真平大王,闻其殊异,收养宫中。年至十五,授差执事,每夜逃去远游。王使勇士五十人守之,每飞过月城,西去荒川岸上(在京城西),率鬼

众游。勇士伏林中,窥视鬼众,闻诸寺晓钟各散,郎亦归矣。军士以事来奏,王召鼻荆曰:"汝领鬼游乎?"郎曰"然。"王曰:"然则汝使鬼众,成桥于神元寺北渠(一作神众寺,误一云荒川东深渠)。"荆奉敕,使其徒炼石,成大桥于一夜,故名"鬼桥"。王又问:"鬼众之中,有出现人间,辅朝政者乎?"曰:"有,吉达者可辅国政。"王曰:"与来。"翌日,荆与俱见。赐爵执事,果忠直无双。时角干林宗无子,王敕为嗣子。林宗命吉达创楼门于兴轮寺南,每夜去宿其门上,故名吉达门。一日吉达变狐而遁去,荆使鬼捉而杀之,故其众闻鼻荆之名,怖畏而走。时人作词曰:"圣帝魂生子,鼻荆郎室亭。飞驰诸鬼众,此处莫留停。"①

故事中的鼻荆郎实际上是人与鬼交媾而生的神鬼人物,这在东方民间文学中也是不多见的艺术形象。故事中的舍轮王,即历史上的新罗第二十五代真智王,执政时间为公元576年至579年。他在这总共才不到四年的执政期间,由于荒淫无道,被国人弹劾而废。之前,沙梁部有一个姿容艳美,叫做桃花娘的民间庶女,与丈夫过着平凡而穷苦的生活。舍轮王听说她的美色以后,下令即召至宫中,欲行幸淫之事,但遭到桃花娘的严词拒绝。舍轮王以杀命相胁,桃花女还是坚决回绝,宁死不屈。舍轮王戏云如果没有丈夫怎样,桃花女说那就可以,于是被释放回家。这一年舍轮王遭弹劾见废而死,两年后桃花女的丈夫也因故去世,她成为一个寡妇。十余天后的一个夜晚,舍轮王之亡魂来到桃花女的房间说,你丈夫已死,望兑现承诺,桃花女不敢轻易许诺,向父母询问,其父母以君主之教不可违而允诺,于是桃花女回房。舍轮之亡魂留御七日。同住七日以后,舍轮之亡魂忽然无踪,桃花女因有娠,月满产一男,起名曰"鼻荆"。次代真平王闻其殊异之事,将这个孩子收养宫中,年至十五"授差执事",为朝廷服务。从此以后接连出现怪异之事,鼻荆每夜外逃远游,飞过月城西去荒川岸上率鬼众游玩。真平王听了报告以后派勇士五十人守窥之,果然鼻荆整夜与鬼众游玩,闻诸寺晓钟而散。真平王即召鼻荆问是否与鬼众整夜游玩,鼻荆说是,于是真平王要求鼻荆领鬼众修桥于神元寺北渠,鼻荆奉敕开工,使其徒炼石,成大桥于一夜,故名"鬼桥"。真平王又问在鬼众中有没有现形于人间能够帮助朝廷料理政事者,鼻荆说有一个叫吉达的人可以辅佐国政,真平王于是将其叫来赐爵执事,果然才华出众而且"忠直无双"。正好当时的角干林宗膝下无子,真平王将吉达赐为嗣子,后来林宗命吉

---

① 一然:《三国遗事·纪异·桃花女鼻荆郎》,权锡焕、陈蒲清译,长沙:岳麓书社,2009年,第68—69页。

达创楼门于兴轮寺南,每夜去宿其门上。有一天吉达变成狐狸逃遁,鼻荆闻讯使鬼捉而杀之,故其众闻而怖畏而走。整个故事迂回曲折,扑朔迷离,充满了神秘的色彩。人鬼媾通而生子,其子又为鬼、使鬼和慑鬼,为朝廷和人类作有益之事,而各种鬼众和魑魅魍魉之徒任由其使唤,对它恐惧而服帖有余。这种故事结构,让读者眼花缭乱,步步称奇。在整个故事情节中,鼻荆以中心人物被生动地刻画了出来,虽其踪迹神秘而恐惧,但其作为一个善鬼的艺术形象给人留下深刻的印象。同时,在这部故事中,处处体现着创作者们信以为真的原始的宗教观和鬼神观念。

除了三国以外,朝鲜半岛南部地区和一些岛屿中,还生活着其他零星小国,如伽耶国、耽罗国、金官国,驾洛国等就是其中的一些国家。在朝鲜半岛中,由于这些小国地理上处于僻陋之地,开化较迟,其文化也长期处于原始状态之中。后来这些小国逐渐被政治经济相对发达的周边大国如新罗、百济吞并,成为了这些强盛大国的一个地方政权。问题是这些小国被并入时,其原有的宗教信仰观念和古朴的文艺遗产也自然带过来,充实了这些大国文化的内容和形式。如地处朝鲜半岛南部海域中的耽罗国(如今的济州岛)就是其中的一例。地处海中的耽罗是号称"幅员四百余里"的岛国,它"北枕巨海,南对崇岳",是"家家桔柚,处处骅骝"的富庶之地。由于地理位置处于偏僻的海中,耽罗自古民风淳朴,在很长一段时期中似乎过着与世隔绝的生活。《新唐书·流鬼传》卷220 记其古代习俗道:"俗朴陋,衣大豕皮,夏居革屋,冬窟室。地生五谷,耕不知用牛,用铁齿耙土。"历史发展至公元 6 世纪上半叶,新罗进入第二十三代法兴王执政时期,社会迎来全盛的气象。此时,耽罗第十五代高乙部兄弟三人渡海来朝,新罗王嘉许之,封长子为星主、次子为王子、三子为徒内,实施了怀柔政策。从此,有关耽罗的文化信息在新罗广为流传,其中包括其神话和传说。有关《三姓穴》的传说就是其中的一则,其曰:

> 太初无人物,三神人从地耸出。长曰"良乙那",次曰"高乙那",三曰"夫乙那"。三人游猎荒僻,皮衣肉食。一日见紫泥封藏木函,浮至于东海滨,就而开之,函内又有石函,有一红带紫衣使者随来,开石函,出现青衣处女三,及诸驹犊五谷种。乃曰:"我是日本国使也。吾王生此三女,云:'西海中岳降神子三人,将欲开国,而无匹配。'于是命臣侍三女以来,尔宜作配,一成大业。"使者忽乘云而去。三人以年次分娶之,就泉甘土肥处,射矢卜地。良乙那所居曰"第一都",高乙那所居曰"第二都",夫乙那所居曰"第三都",始播五谷,且牧驹犊,日就富庶。至十五代孙高厚、

高清、昆弟三人,造舟渡海,至于耽津,盖新罗始盛也。①

这是一则类似于创世神话的传说,太初世界上还没有人类的时候,三个神人从地里突然耸出,这就是开创耽罗国的"良乙那""高乙那""夫乙那"三兄弟。这三兄弟常游猎于荒僻山野,以获取"皮衣肉食",来维持生活。有一天,他们发现有一个紫泥封藏的木函,浮至于东海滨,打开一看木函内有石函,还有一位红带紫衣使者随来。又打开石函,出现三个青衣处女及"诸驹犊五谷种",红带紫衣使者说自己是日本国使者。使者表示其王生此三个女儿时说"西海中岳降神子三人,将欲开国,而无匹配",于是命他服侍三个女儿来。使者还说:"尔宜作配,一成大业",说完忽然乘云而去。三兄弟高兴之余,以年次大小各娶一位姑娘,"就泉甘土肥处,射矢卜地"。老大良乙那所居之处曰"第一都",老二高乙那所居之地曰"第二都",老三夫乙那所居之所叫做"第三都"。三兄弟勤劳智慧,"始播五谷,且牧驹犊,日就富庶",开创了耽罗国之根基。这也是一则老态龙钟的古老传说,歌颂了朝鲜古代耽罗国原始人文始祖披荆斩棘,创世开国的过程。

在朝鲜古代广泛流传的南方小国的开创故事中,一个共同的内容,就是都热情赞扬了他们与神的血缘纽带关系。有关驾洛国开国的故事,就是其中的另一个例子。其云:

开辟之后,此地未有邦国之号,亦无君臣之称,越有我刀干,汝刀干,彼刀干、五刀干、留水干、留天干、神天干、五天干、神鬼干等九干者,是酋长领总百姓凡一百户,七万五千人。多以自都山野,凿井而饮,耕田而食。属后汉世祖光武帝建武十八年壬寅三月禊洛之日,所居北龟旨(是峰峦之称若十朋伏之状故云也)有殊常声气呼唤,众庶二三百人集会于此,有如人音,隐其形而发其音,曰:"此有人否?"九干等云:"吾徒在。"又曰:"吾所在为何?"对云:"龟旨也。"又曰:"皇天所以命我者,御是处,惟新家邦,为君后。为兹故降矣。尔等须掘峰顶撮土,歌之云:'龟何!龟何!首其现也。若不现也,燔灼而喫也。'以之蹈舞,则是迎大王,欢喜踊跃之也。"九干等如其言,咸忻而歌舞,未几仰而观之,唯紫绳自天垂而著也。寻绳之下,乃见红幅裹金合子,开而视之,有黄金卵六圆如日者,众人悉皆惊喜,俱伸百拜。寻还,裹着抱持而归我刀家寶榻上。其众各散,过浹辰,翌日平明,众庶复相聚集开合,而六卵化为童子,容貌甚伟,仍坐

---

① 《高丽史·志·地理》,朝鲜劳动新闻出版社,1958年,第261—262页。

于床,众庶拜贺,尽恭敬止。日日而大,逾十余晨昏,身长九尺则殷之天乙,颜如龙焉则汉之高祖,眉之八彩则有唐之高,眼之重瞳则有虞之舜。其于月望日即位也,始现故讳首露,或云首陵(首陵是崩后谥也)。国称大驾洛,又称伽耶国,即六伽耶之一也。余五人各归为五伽耶主。①

这是高丽文宗时期任金官知州事的文人所记的《驾洛国记》,现不知当时这位文人所依据的原始资料是哪一种,但从整个文章结构和行文记述来看,内容还是非常古老而质朴,显示了其原始的故事形态。故事一开始所说的天地开辟之后,此地没有邦国之号,又无君臣之称,符合古时朝鲜半岛南部六伽耶地区的历史实况。这里所说的驾洛国,是三韩之一的弁韩的一个小国。据《后汉书》:"韩有三种,一曰马韩,二曰辰韩,三曰弁辰。马韩在西,有五十四国……辰韩在东,十有二国,其北与濊、貊接,弁辰在辰韩之南,亦十有二国,其南亦与倭接,凡七十八国。"弁辰,也叫弁韩,范围中总共有十二国,其中就有"狗邪国"。据李朝末叶学者韩致奫认为:"加罗即驾洛也……盖加驾字之音变也,罗洛音之转也。加罗,东文又称伽耶。伽耶,即《魏志》所谓'狗耶';东语狗谓之加,故'伽耶'之转为'狗耶'。"②朝鲜半岛南部地区,社会发展远晚于半岛内地,在那里繁衍生息的诸多小国,后不得不被社会较为进步的新罗和百济吞并。不过这一记录讲的是其古初时期的建国始末。当时的伽耶地区,处于部落国家的历史阶段,整个地区由九个自然部族村落来组成。这里所谓的"我刀干,汝刀干,彼刀干、五刀干、留水干、留天干、神天干、五天干、神鬼干等九干者",就是各个部落小国的酋长。当时的此九个原始部落,过着"多以自都山野,凿井而饮,耕田而食"的原始性的生活,但随着其内部的生产力逐渐发展,这种小范围的社会生活已经远不能满足日益提高的社会经济的和精神方面的生活需求。他们需要一个更为统一的、强盛的联合体大国家,以适应早已发生重大社会进步和发展的半岛社会的变化。一个原始部族的开化和发展,一个初期国家形态的产生,都需要一个漫长的历史过程。无论从政治史的角度看,还是从文化发展历史的角度考虑,这个过程应该是一个缓慢的自然演化的过程。从而可以说,朝鲜半岛南部这个驾洛国的诞生,就是其内部诸多因素长期发酵、逐步酝酿的结果和历史发展到一定阶段上的必然产物。这毕竟还是部落联盟体国家开始产生阶段的事情,所以故事中尚残留着非常浓重的原始社会的制度和精神的痕迹,字里行间渗透着当时原始部

---

① 一然:《三国遗事·纪异·驾洛国记》,权锡焕、陈蒲清译,长沙:岳麓书社,2009年,第187页。
② 《海东绎史》,卷十六。

落遗民的宗教信仰意识和人文思想。从时间上看,这个故事发生在中国东汉第一代光武帝十八年,也就是公元43年。此时的中国已进入社会发达的东汉时期,朝鲜半岛的新罗也经历了近一百年的发展历史,但处于半岛南端一隅、社会发展落后的驾洛国还刚刚演绎着立国的初期步骤。无论是从所处的地理环境上看,还是社会发展阶段的落后性上说,其建国过程中宗教意识的原始性、所演绎神话传说的古朴性是可以理解的。在春三月祭祀洛水神之日,北龟旨山上空"有殊常声气呼唤",有神灵"隐其形而发其音",说自己受皇天之命"御是处,惟新家邦,为君后。为兹故降矣"。继而要求聚集于山脚的二三百人说"尔等须掘峰顶撮土,歌之云:"龟何!龟何!首其现也。若不现也,燔灼而喫也。"于是九干等率领人们按照其要求而作,便歌舞雀跃便仰望天空,忽见一条紫绳自空中垂地而下,绳端见红幅裹金合子。打开一看,盒中有六个黄金卵,众人惊喜而虔诚跪拜,然后抱盒归我刀家置于寶榻上。翌日黎明时分,众庶复相聚集开盒,见"六卵化为童子,容貌甚伟,仍坐于床,众庶拜贺,尽恭敬止。日日而大,逾十余晨昏,身长九尺则殷之天乙,颜如龙焉"。等到月望日(十五日),众庶备礼让其即位,因其"始现故讳首露",而且"国称大驾洛,又称伽耶国,即六伽耶之一",其他五人各归为五伽耶主。这就是伽洛国开国史,也是其首露王诞生记。整个故事亦真亦幻,人与神互相交通,情节扑朔迷离,使人有怪诞离奇之感。在这部故事中,朝鲜传统的两种信仰观念并蓄在一起,向世界宣示伽洛国是天神赐予的国家,其历代国王是天神的后裔,所以是神圣不可侵犯的。这里的两种信仰观念,就是天神崇拜和卵生信仰,而这两种信仰实际上都出自同样的天神信仰观念。无论是什么样的情况,这部故事充分证明古代的神话传说和诸多神怪、传奇故事,往往都离不开当时宗教思想的直接衬托,甚至当时的很多故事,往往都直接是某种原始宗教信仰观念的注脚和诠释。

第四节　三国时期的智慧故事传统

如前所述,朝鲜三国时期是一个由部落联盟制国家向封建社会过渡的转型期和封建制度日益巩固发展的时期。这样的时代特征便决定了其思想文化领域里的急剧变动和新旧意识形态的不断更替。同时朝鲜三国处于鼎足状态近7个世纪,其间有各自的发展期,相互的磨合期,而更多的则是相互的摩擦、斗争和战争。政治矛盾、经济摩擦、领土纷争和民事事端,使得三国间经常处于互相不信、提防和纠葛的关系之中。再加上南方海域倭人的掳掠骚扰、对中国各个朝代关系的多变和中国东北历史风云的莫测,使得朝鲜三国一直处于军事化的紧张状态之中。围绕生存与反生存的这种环境，就成为了三国人思想文化和各类文学产生、发展的客观条件。特别是这种复杂的历史环境，丰富了朝鲜三国人的历史经验，造就了他们活跃的思想、养成了善于想象和幻想的审美意识。即使是在艰难的环境中，他们热爱劳动、热爱生活、热爱故乡，形成了既现实而又浪漫的个性和幽默、诙谐的品格。从历史唯物主义的观点看，这些都为他们的艺术思维、文艺思想的形成奠定了良好的基础，而且也为其产出大量智慧故事预备了物质的和精神的根基。

有关智慧的故事，也是朝鲜三国民间故事系统中重要的一大方面。在艰难的现实社会斗争中和建设家园的实践中、在处理与周边大国的外交关系和对外反侵略斗争中，他们用自己的勇敢与机智度过一次次难关、战胜一个接着一个敌人，为自己心中的理想而奋斗。在这个过程中，他们以文学抒发自己的思想和心迹，以音乐舞蹈表达自己的情感和审美诉求，为朝鲜文学的发展留下了宝贵的遗产。同时在这个历史过程中，他们也创作了大量的口头文艺作品，从另外一个角度点缀了朝鲜古代文艺园地，为之增添了斑斓的色彩。朝鲜三国的智慧故事，与之前的志怪和传奇相比有自己鲜明的特点。朝鲜三国神怪故事首要的前提，就是特定的信仰背景，是以从古代原始宗教意识中传承下来的对天地万物之神和灵魂鬼神崇拜观念为主的背景。这一背景包含多方面，其中民间信仰是首要的一条，这是一个不成体系的有关鬼神精怪的信仰和崇拜。自远古以来一直流传下来的，有关自然万物、天神、地鬼、亡魂、精怪及各类神灵等的信仰和崇拜，在朝鲜三国极其普遍，成为了神怪、传奇故事的宗教背景和思想基础。

与此不同，智慧故事的基本前提，多以复杂多变的历史事件和现实生活为基础，往往被利用于歌颂民族英雄或为现实斗争服务。不过当时的朝鲜三国人，还生活在浓厚的原始宗教的社会氛围之中，所以其诸多有关智慧的故事和寓言大都被披上浓重的宗教色彩。而这种宗教色彩往往使得这些智慧故事或寓言带有神秘感，在迷离扑朔的情节布局中隐约看出隐藏于其中的一些智慧之光和谕人的道理。还有一批有关智慧的故事，尽管产生于这样的思想文化背景之下，可是它基本以艰难的现实生活环境和严酷的政治军事冲突为历史条件，展现主人公的机智与勇敢。像李奎报的《东明王篇》中记载的《朱蒙智脱金蛙王》这样的故事，就是属于这一类。其曰：

> 王使朱蒙牧马，欲试其意，朱蒙内自怀恨，谓母曰："我是天帝之孙，为人牧马，生不如死，欲往南土造国家，母在不敢自专。"其母云云。其母闻此言，潸然抆清泪："汝幸勿为念，我亦常痛痞。士之涉长途，须必凭骏

骍。"相将往马闲,即以长鞭捶。群马皆突走,一马骍色斐。跳过二丈栏,始觉是骏骥。潜以针刺舌,酸痛不受饲。不日形甚癯,却与驽骀似。尔后王巡观,予马此即是。得之始抽针,日夜屡加餧。(其母曰:"此吾之所以日夜腐心也。吾闻士之涉长途者,须凭骏足,吾能择马矣。"遂往马牧,即以长鞭乱捶,群马皆惊走,一骍马跳过二丈之栏。朱蒙知马骏逸,潜以针捶马舌根,其马舌痛不食水草,甚瘦悴。王巡行马牧,见群马悉肥,大喜,仍以授赐朱蒙,朱蒙得之拔其针加餧云)暗结三贤友,其人共多智。南行至淹滞,欲渡无舟舣。秉策指彼苍,慨然发长喟。"天孙河伯甥,避难至于此。哀哀孤子心,天地岂忍弃。"操弓打河水,鱼鳖骈首尾。屹然成桥梯,始乃得渡矣。俄尔追兵至,上桥桥旋圮。双鸠含麦飞,来作神母使。形胜开王都,山川郁崻峗。自坐苇蕝上,略定君臣位。咄哉!沸流王,何奈不自揆。苦矜仙人後,未识帝孙贵。徒欲为附庸,出语不慎葸。未中画鹿脐,惊我倒玉指。来观鼓角变,不敢称我器。来观屋柱故,咋舌还自愧。东明西狩时,偶获雪色麂。倒悬蟹原上,敢自咒而谓。天不雨沸流,漂没其都鄙。我固不汝放,汝可助我愤。鹿鸣声甚哀,上彻彻天之耳。霖雨注七日,霈若倾淮泗。松让甚忧惧,沿流谩横苇。士民竞来攀,流汗相瞒眙。东明即以鞭,画水水停沸。松让举国降,是后莫予訾。

这个故事的主人公朱蒙,是天帝解慕漱与河伯之女柳花所生之子,是地道的天子龙孙。他一生下来就哭声震天,力大无比,能够用箭百步穿杨,其奇异的事迹不可胜数。原故事讲"怀日生朱蒙,是岁岁在癸。骨表谅最奇,啼声亦甚伟。初生卵如升,观者皆惊悸。王以为不祥,此岂人之类。置之马牧中,群马皆不履。弃之深山中,百兽皆拥卫。母姑举而养,经月言语始。自言蝇嘬目,卧不能安睡。母为作弓矢,其弓不虚掎。年至渐长大,才能日渐备。扶馀王太子,其心生妒忌。乃言朱蒙者,此必非常士。若不早自图,其患诚未已。"于是金蛙王令朱蒙去牧马,欲以试厥志。在金蛙王七个王子的百般嫉妒和欺凌下,朱蒙过着寄人篱下的艰难生活,心中倍感屈辱和无奈。他常自思自己是天帝之孙,如此在金蛙王及其七子之下放牧是耻辱,长此下去生不如死。他时刻想着振作,试图到南方立国立城市,只是因为不忍心离开母亲,忍辱负重地苟活。知道儿子的这番心思后,母亲潸然泪下,说不用担心自己,希望他远走南方立国立业。从而母子研究如何摆脱金蛙王及其七子的统治,他们的策略就是从寻找一匹千里骏马开始。母亲认为"士之涉长途,须必凭骡骍",遂到马厩用长鞭捶群马,众马突走,其中一赤红马色斐而强壮,一跃跳过二丈栏。母子俩认定这是一匹骏马,暗中将铁针插入马舌底,从此马舌痛而不能食水草，不久则显消瘦，显出驽骀之态。有一天金蛙王及其七子来巡视马场，见此马消瘦憔悴，便赐给朱蒙。朱蒙得此马以后，立即抽出舌中之针，日夜屡加饩，马日渐肥壮，恢复原貌可用。此后朱蒙暗中结交三位贤能的朋友，他们个个足智多谋，能够帮助朱蒙成事。他们一行人往南行至淹滞水边，无桥无舟可行渡，朱蒙忽然以马鞭指苍穹慨然发长喟，说自己是天神之孙河伯之后，避难至此，为的是救济天下苍生之业，天地忍任弃之？并操弓打水，于是"鱼鳖骈首尾，屹然成桥梯"，朱蒙一行人顺势得渡，俄尔金蛙王所派追兵赶到，上桥后桥立即倒塌。自逃离金蛙王领地之后，以智勇披荆斩棘，经过千难万险终于在南方定都立国，排定座次，形成国家规模。在南方创国的过程中，朱蒙以大智大勇，克服重重困难，征服周边小国，在百姓的拥戴之下，宣布建立高句丽。朱蒙在草创过程中，遇到东南方松让国王的挑战，以超凡的智慧压倒和制服对方而过关斩将，勇夺制胜权。对此李奎报在《东明王篇》中转载《旧三国史》的记录道：

> 沸流王松让，出猎见王容貌非常，引而与坐曰："僻在海隅，未曾得见君子，今日邂逅，何其幸乎！君是何人，从何而至？"王曰："寡人天帝之孙，西国之王也。敢问君王，继谁之后？"让曰："予是仙人之后，累世为王，今地方至小，不可分为两王。君造国日浅，为我附庸可乎？"王曰："寡人继天之后，今主非神之胄，强号为王，若不归我，天必殛之。"松让以王累称天孙，内自怀疑，欲试其才，乃曰："愿与王射矣。"以画鹿置百步内射之，其矢不入鹿脐，犹如倒手。王使人以玉指环悬于百步之外，射之，破如瓦解。松让大惊，云云。

沸流王狩猎时遇见朱蒙，见其容貌非常引而座曰"君是何人？"朱蒙答曰"天帝之孙，西国之王。"反问松让出身，松让说"予是仙人之后，累世为王"，并劝朱蒙成为自己的附庸国王，可是朱蒙镇之曰"寡人继天之后，今主非神之胄，强号为王，若不归我，天必殛之。"于是松让建议以射箭比高低论座次，画鹿以百步内射之，松让未射中鹿脐，而朱蒙使人以玉环悬于百步之外而射之，玉环应声中箭瓦裂，松让大惊。不久沸流国丢失鼓角，松让怀疑是朱蒙所为，借故讨伐朱蒙，结果只能无功而返。其云：

> 曰："以国业新造，未有鼓角威仪，沸流使者往来，我不能以王礼迎送，所以轻我也。"从臣扶芬奴进曰："臣为大王取沸流鼓角。"王曰："他国藏物汝何取乎？"对曰："此天之与物，何为不取乎？夫大王困于扶余，谁

谓大王能至于此。今大王奋身于万死之危,扬名于辽左,此天帝命而为之,何事不成?"于是扶芬奴等三人,往沸流取鼓而来,沸流王遣使告曰:云云。王恐来观鼓角,色暗如故,松让不敢争而去。

原来当初,朱蒙认为因国家刚刚建立,还没有鼓角之威仪,所以每次沸流国使者来往不能以国王的礼仪迎送,只能让其见笑了。从臣扶芬奴自告奋勇,替朱蒙去将沸流国库里的鼓角偷偷拿来,朱蒙担心沸流国人认出其鼓角,将其"色暗如故",不几天松让果然来索鼓角,但见其色泽不一样而"不敢争而去"。从而朱蒙机智地将鼓角变为己有。还有,当松让王让朱蒙的高句丽成为沸流国之附庸国的时候,朱蒙一边用天神的名义威慑对方的同时,还以朽木为宫殿之柱,使其显出千岁古殿之状,让松让无话可说。正如《旧三国史》所记录:

松让欲以立都先后,为附庸王,造宫室以朽木为柱,故如千岁。松让来见,竟不敢争立都先后。

朱蒙处处以智慧和勇气,战胜松让王,使其不得不在朱蒙面前甘拜下风。经过一系列武艺和智慧的较量以后,松让王最后还是服属于高句丽,成为其降王。对朱蒙利用白鹿的魔力,呼风唤雨,征服沸流国王松让的场景,《旧三国史》写道:

西狩获白鹿,倒悬于蟹原,咒曰:"天若不雨而漂没沸流王都者,我固不汝放矣。欲免斯难,汝能诉天。"其鹿哀鸣,声彻于天,霖雨七日,漂没松让都。王以苇索横流,乘鸭马,百姓皆执其索,朱蒙以鞭划水,水即减。六月松让举国来降,云云。

朱蒙把狩猎捕获的白鹿倒悬于蟹原,咒曰如果不能让老天爷下大雨漂没沸流王都,决不放你走,若要化解此难你必须向天诉说此意。于是白鹿向苍天哀鸣,声彻宇宙,连续七日下暴雨,漂没沸流国都。松让王用苇绳乘鸭马横流而渡,其百姓也都执其绳而活命,朱蒙以鞭划水,水即减,松让最后还是举国而投降。故事中的朱蒙,智勇双全。在与自然和敌人的斗争中,他谋事如神,新的方法和谋略百出,往往使对手措手不及。这样,有关朱蒙的智慧故事结构反复,曲折动人,其生动的故事情节和活灵活现的人物形象,不仅使人感受到独特的艺术魅力,也可以从中获得哲理的启迪。

在上述的故事情节中,我们可以在一系列的地方发现故事的关键点。

一、朱蒙和柳花母子,处于寄人篱下的处境时,敢于对现实不满并立下摆脱金蛙王南下立国的雄心壮志。在这种思想的主导下,他们利用牧马的机会,挑选最好的千里骏马并在其舌低插针使其消瘦,蒙住金蛙王及其七子的眼,获得此"病马"以后重新"日夜屡加饒",使其强壮以后,与三个朋友一起踏上了南下创国之路。二、朱蒙将要离开母亲和扶馀国,准备南下创国时,母亲柳花送给他谷种,用于立国以后的农业生产上,但由于别离过于悲伤的朱蒙忘带此五谷种子,母亲还是用信鸽将其送达儿子手中。三、当朱蒙刚立国,苦于无鼓角等威仪之物而不能行国家仪礼之时,通过大臣弄来沸流国库中的鼓角,还为了不让被松让王发现,使其鼓角"色暗如故",使"松让不敢争而去"。四、当沸流国王松让与朱蒙以创国之先后论座次,要求朱蒙的高句丽成为其附庸国时,他一面以天帝之孙的名义镇住松让,同时还在建宫室时暂时以朽木立柱,使其"故如千岁",使松让王见了无话可说,"来观屋柱故,咋舌还自愧"。五、为了降伏沸流国,朱蒙果断地下令所捕获的白鹿,让其向天神诉求,让老天爷连日下暴雨,漂没沸流国。这一咒术诉求灵验,天果然暴雨七日,淹没了沸流国,使松让王不得不率领百姓举国来降。整个作品这样的情节内容,使得故事险象环生,悬念迭出,使人称奇称叹,显示出无穷的艺术魅力。

在东方,封建社会制度的一个显著特征乃是王位继承的世袭制。在朝鲜三国,这样的制度是与宗法制度结合在一起,而宗法制度是由原始社会末期之父系家长制演变而来,是以嫡长子继承制为基本特点。高句丽的东明王朱蒙,在朝鲜半岛北部和辽东地区建立了国力强盛的高句丽,于公元前19年离开人世。自建国那一年开始至去世,他大约维持了二十八年的统治,之后将王位袭予元子高类利(或孺留),类利即高句丽第二代琉璃王。从历史资料看,高类利在继承王位之前,经历了一番曲折的过程。据《三国史记·高句丽本纪》,类利的身世十分曲折,其云:

> 类利,或云孺留,朱蒙元子,母礼氏。初朱蒙在扶馀,娶礼氏女,有娠,朱蒙归后乃生,是为类利。幼年出游陌上弹雀,误破汲水妇人瓦器,妇人骂曰:"此儿无父,故顽如此。"类利惭归,问母氏:"我父何人,今在何处?"母曰:"汝父非常人也。不见容于国,逃归南地,开国称王。归时谓予曰:'汝若生男子,则言我有遗物,藏在七棱石上松下,若能得此者,乃吾子也。'"类利闻之,乃往山谷,索之不得,倦而还。一旦在堂上,闻柱础间若有声,就而见之,础石有七棱,乃搜于柱下,得断剑一段,遂持之,与屋智、句邹、都祖等三人,行至卒本。见父王,以断剑奉之,王出己所有断

剑合之,连为一剑。王悦之,立为太子,至是继位。①

这是一则有关高句丽第二代琉璃明王的记载。由于《三国史记》是一部正史,有关类利寻剑继承王位的故事,是以琉璃明王行状的形式被记入其中的。据史料记录,朱蒙共有三子,一个是他在北扶馀时所生的儿子,其他两个是他逃难至卒本扶馀时与其王女(或称与其地越郡之女)所生的。《三国史记》之《百济本纪》记云:"百济始祖温祚王,其父邹牟,或云朱蒙,自北扶馀逃难,至卒本扶馀。扶馀王无子,只有三女子,见朱蒙,知非常人,以第二女妻之。未几扶馀王薨,朱蒙嗣位,生二子,长曰沸流,次曰温祚。及朱蒙在北扶馀所生子来为太子,沸流、温祚恐为太子所不容,遂与乌干、马黎十臣南行,百姓从之者多,遂至汉山,登负兄兄岳,望可居之地。"这一记录显示,开创百济国的沸流和温祚王兄弟的确是朱蒙之两个儿子,而且根据这一记录还可知,朱蒙在北扶馀时确有一个儿子,后到卒本扶馀寻父朱蒙,朱蒙把他定为太子。按照《三国史记》中的《高句丽本纪》,其初朱蒙在(北)扶馀娶礼氏女为妻,后有娠,朱蒙逃亡至卒本扶馀以后生了儿子,取名为类利。类利后历经千难万辛,寻找到生父朱蒙,经过合剑认父的离奇过程,终于被定为元子。之后才有琉璃王嗣位高句丽第二代王,沸流、温祚兄弟至朝鲜半岛西南部汉山地区建百济国的历史。《三国史记》所记载的有关类利身世的记载,由于是正史的正规记录,所以给人以确有其事之感,但类利合剑认父王的情节,则带有一定的传奇故事色彩。后来的大作家李奎报,则根据《旧三国史》的记载,从中抽出专属传奇艺术的部分,加以加工提炼,写出了《东明王篇》,其中曰:

(类利)少以弹雀为,业见一妇戴水盆,弹破之,其女怒而詈曰:"无父之儿,弹破我盆!"类利大惭,以泥丸弹之,塞盆孔如故。归家问母曰:"我父是谁?"母以类利年少,戏之曰:"汝无定父。"类利泣曰:"人无定父,将何面目见人乎?"遂欲自刎,母大惊,止之曰:"前言戏耳,汝父是天帝孙,河伯甥。怨为扶馀之臣,逃往南土,始造国家,汝往见之乎?"对曰:"父为人君,子为人臣,吾虽不才,岂不愧乎!"母曰:"汝父去时有遗言:'吾有藏物七岭七谷石上之松,能得此者乃我之子也。'"类利自往山谷,搜求不得,疲倦而还。类利闻堂柱有悲声,其柱乃石上之松,木体有七棱,类利自解之曰:"七岭七谷者七棱也,石上松者柱也。"起而就视之,柱上有孔,

---

① 金富轼:《三国史记·高句丽本纪·琉璃明王》,首尔:乙酉文化社,1977年,第131—132页。

得毁剑一片,大喜。前汉鸿嘉四年夏四月,奔高句丽,以剑一片奉之于王,王出所有毁剑一片,合之血出,连为一剑。王谓类利曰:"汝实我子,有何神圣乎?"类利应声举身,耸空乘牖中,以视其神圣之异。王大悦,立为太子。

类利自小聪明伶俐,在生母礼夫人的殷勤教育下成长。小时候的类利淘气,以弹雀为爱好,有一次因淘气用弹弓射穿东里一妇人的水盆,那个妇女即怒而骂他"无父之儿",他惭愧之余重新射弹弓以泥丸塞住盆孔使之复原。回家以后他问母亲生父是谁,母亲随口戏称"汝无定父",当真的类利泣曰"人无定父,将何面目见人",遂欲自刎,母大惊而止之说"汝父是天帝孙,河伯甥,在扶馀遇不利而逃往南方始建国。"母遂问类利是否去见父亲,类利说父亲已成了人君,哪有子不随之理,如不随岂能说不愧于世。于是母亲告诉类利朱蒙南下时的遗言,其意思就是"吾有藏物七岭七谷石上之松,能得此者乃我之子。"类利自己一个人进山谷,找遍可疑之地,但都落空,只能疲倦而还。回到家里的类利,在重重心思中忽然听到堂柱上发出的悲鸣声,他忽然领悟到其柱乃石上之松,木体有七棱,自解道"七岭七谷者七棱也,石上松者柱也"。他抬头起而环顾之,在柱上的木孔中得断剑一片,大喜之余,择日奔向高句丽。他见到高句丽王朱蒙,拿出残剑奉之于王,朱蒙即找出所持有毁剑一片,试合之即血出,连为一剑。朱蒙当即认定是自己的儿子,遂问有何神圣之才,类利应声跳跃,耸空乘牖中,以显示神圣之才。朱蒙高兴万分,当即立为太子。这个故事曲折生动,成功塑造了活泼而智慧的少年类利的艺术形象,充满了猎奇与神圣之迹。这无疑是一则让人读了称奇的美丽传说,对后世朝鲜的民间故事和小说的形成产生了深远的影响。

《三国遗事·纪异》所载《金庾信》,也是金庾信用智慧嫁妹氏的非常有趣的故事。新罗金春秋是7世纪中叶为统一朝鲜半岛立下不朽功勋的大人物,后来真德王升遐,朝廷推荐金春秋为国王,号为太宗武烈王。《三国史记》记录金春秋曰:"王(金春秋)仪表英伟,幼有济世志,事真德位历伊飡,唐帝授以特进,及真德薨,群臣请閼川伊飡摄政,閼川固让曰:'臣老矣,无德行可称,今之德望崇重,莫若春秋公,实可谓济世英杰矣。'遂奉为王,春秋三让,不得已而就位。"这个金春秋与统一三国的大功臣金庾信是挚友。金庾信有两个妹妹,他早已把金春秋看成是最理想的匹配对象,但始终得不到适当的机会撮合。于是他一手导演了嫁妹妹给金春秋之一出戏。《三国遗事》记云:

　　文姬之姊宝姬,梦登西岳舍溺,弥于京城。旦与妹说梦,文姬闻之,谓曰:"我买此梦。"姊曰:"与何物乎?"曰"鸎锦裙可乎?"姊曰:"诺。"妹开襟受之。姊曰:"畴昔之梦,传付于汝。"妹以锦裙酬之。后旬日,庾信与春秋公,正月午忌日,蹴鞠于庾信宅前,故踏春秋之裙,裂其襟纽,曰:"请入吾家缝之。"公从之。庾信命阿海缝针,海曰:"岂以细事轻近公子乎?"固辞。乃命阿之,公知庾信之意,遂幸之。自后数数来往,庾信知其有娠,乃喷之曰:"尔不告父母,而有娠何也?"乃宣言于国中,欲焚其妹。一日侯善德王游幸于南山,积薪于庭中,焚火烟起。王望之,问:"何烟?"左右奏曰:"殆庾信之焚妹也。"王问其故,曰:"为其妹无夫有娠。"王曰:"是谁所为?"时公昵侍在前,颜色火变。王曰:"是汝所为也,速往救之。"公受命驰马,传宣沮之。自后现行婚礼。①

宝姬和文姬都是新罗名将金庾信的妹妹,是当时新罗京畿一带有名的才女。王京人金庾信,其十二代祖是伽耶国始祖首露,九代孙仇亥是庾信的曾祖,祖父武力曾任新罗新州道行军总管,父舒玄官至苏大梁州都督,代代都是新罗的大功臣。金庾信十五岁当花郎,不久成为了著名的龙华香徒花主,他与金春秋结血盟之友,一生相互辅助,使新罗繁荣昌盛。他深谙金春秋的为人、才华和抱负,想把妹妹嫁给金春秋,以成为挚友加姻戚。在故事中,文姬和宝姬买卖梦,文姬以"鸎锦裙"为代价从姐姐那里买"舍溺之梦"。故事的这一情节,应了朝鲜古人传统观念中,"以舍溺弥地,大吉大利"之意。故事中的金庾信,是一位诚实、重情而智慧的年轻后生,他与金春秋名义上是玩蹴鞠,可实际上心中早已有为金春秋和自己的妹妹牵线搭桥之意思。而他们玩蹴鞠的时间选择在正月午忌日,地点在庾信家院子,而故意"踏春秋之裙,裂其襟纽",而且让其进家屋,让其小二妹文姬缝针,使得二人有机会见面并通情,而后"数数来往"二妹氏有了身孕。事情尽管已经进展到这一地步,但金庾信心中的两个忧虑仍然难以去除:一是虽然金春秋已经私通了二妹文姬,但能不能说二人的关系已经牢固,金春秋能不能负责到底,却很难保证。二是在儒家贞洁观念已经开始深入人心的当时的新罗,一个姑娘和一个后生私通而怀孕,不可能被社会和周围的人们接受,肯定会出现种种非议和诽谤。对作为哥哥和龙华香徒花主的金庾信来说,这两个问题都非常重要,绝对不可小觑,一有闪失可能会遗留千古之恨。在这种客观条件面前,金庾信采取的补救措施就是"焚妹"这出戏。而这出戏恰恰选择在新罗善德王游幸于南山之日,他

---

① 一然:《三国遗事·纪异·太公春秋公》,权锡焕、陈蒲清译,长沙:岳麓书社,2009年,第83页。

知道金春秋是善德王宠爱之臣,肯定会随驾前往。之前,金庾信已经:"嗔之曰'尔不告父母,而有娠何也?'乃宣言于国中,欲焚其妹。"使得金春秋不知如何是好,陷于绝境。而且金庾信打听到善德王游幸南山日期,选择其时动手"焚妹",把架势搞得大一点,"积薪于庭中,焚火烟起",使得终于知道内情的善德王惊讶不已。最后在善德王的命令下,金春秋驰马"传宣沮之",自动与文姬"现行婚礼"。这样,一对有情人终成眷属,作为兄长的金庾信也终于达到了自己的目的。

综观朝鲜三国时期的智慧故事,它们都是与历史事件和现实生活紧密联系在一起。因为民间传说往往以歌颂英雄人物或正义事件为主题,因此此类故事中的智慧故事也都与这种主题紧密相关,为突出主人公的艺术形象而作铺垫。一系列的智慧故事显示,英雄人物在与阶级敌人、邪恶势力和种种困难作斗争时,不仅英勇善战和勇往直前,而且也具备与这些阶级敌人、邪恶势力和种种困难较量的智慧和谋略,使其最终能够战胜一切,实现自己的理想。值得注意的是,这些英雄人物的智慧不仅来自于自己的丰富经验,而且也常常得助于神、仙或神鬼之提醒和启迪。故事达到高峰,主人公处于最危急或关键的关头,往往得益于神助和鬼怪们的显灵。故事中的这种人、神、仙、鬼互补,保佑主人公最终完成自己的伟业,其中不仅反映着人民崇高的理想,而且也渗透着当时的三国人头脑中浓厚的原始信仰观念。可以说,这种原始信仰作为当时占主导地位的意识观念,在很多时候,则充当了朝鲜三国人精神创造乃至艺术创作的实际动力来源之一。

第五节　朝鲜三国寓言一瞥

寓言是继神话、传说以后产生的朝鲜古代又一个文学样式。如果说神话和传说是以原始信仰为背景的口头文学形式,那么寓言应该是人类物质文明和精神文化发展到一定阶段上的富于人文意识的文学样式。到了朝鲜三国时期,铁的广泛使用、农业技术的运用、手工业和商业的逐渐活跃,带来了各国政治、经济和思想文化的逐步发展。寓言文学的产生和发展,与这种历史背景下的城市的勃兴、货币关系的成长和社会思想文化的活跃,是有着密切关联的。

朝鲜三国时期的人们,长期处在三足鼎立的矛盾关系中,逐步养成了正视严峻的现实,不断提高竞争意识和能力的精神惯性,所以朝鲜三国人确信自己的目标和理想必定能够实现,崇尚勇敢和忠诚,相信自己的智慧和能力。由于生产力的发展,社会生活比之前逐步向上,人们的思想和认识能力大大提高,完全由原始信仰和神灵支配的时代逐渐过去,现实关系加祈求神灵护佑的意识相结合而形成一种新的意识形态的时代已经开始。社会进步的角度看,这是朝鲜三国人逐步觉醒的时代。在这样的一个时代里,朝鲜三国人在文化意识上逐渐摆脱自原始共同体时期传承过来的神、神灵或神鬼们的绝对影响,目光转向现实关系之中,转向人自身、人际关系和人的现实生活。一个个严酷的现实关系,一次次地向人们提出新的难题,甚至作弄人们,一个由智慧和才能来统治世界和个体进取的时代早已呈现在人们面前。朝鲜三国的寓言文学,正是顺应了这样的时代要求,以其多彩的艺术魅力感染人们,使得人们从中获得良知的启迪,哲理的洗礼。

  对在朝鲜古代从什么时候开始产生寓言这一问题,迄今很少有人研究和探讨。因为朝鲜三国时期的文献大都早已失传,如今的我们确实很难考证出其寓言产生的具体年代。作者估计,作为一种文学体裁的寓言,应该产生于人们的思想意识和审美文化达到一定阶段的时候,而它的这个阶段应该是古朝鲜中期前后。因为这个时期的朝鲜已经处于社会大裂变时期,特别是古朝鲜地区已经受到中国制度文化和生产力发展的深刻影响,逐步走出原始社会的阴影。后来汉四郡在朝鲜半岛北部和辽东地区四百年的存在,促进了古代朝鲜各个部族和国家历史文化的发展。朝鲜三国之初,各国意识形态还残留着浓厚的原始宗教和文化的氛围,但社会封建政治经济的快速发展和陆续传入的中国文化因素,加速了其社会思想文化的转变,使得各种文艺作品中也出现了一系列新的因素。历史告诉我们,每次历史大变革时期,往往也是社会思想文化大转变的时期,越是这样的历史关头,社会文艺就越是显现出大勃兴的态势,为时代的转变留下人类的精神印记。特别是寓言文学往往成为这种历史环境的精神宠儿,为社会审美档次的提升添砖加瓦。

  我们知道,寓言是指那些用来说明某些道理的比喻故事。寓言带有劝喻性和讽刺性,一般结构简短,想像丰富,手法夸张。主人公有人、有动物,也有植物。寓言的主题往往富有寄寓性,很多情况下以此喻彼、以近喻远、以小见大、以古喻今朝鲜三国寓言产生于其本土的人文风土上,最初应该来自于民间口头创作。历史发展到三国时期,朝鲜社会的阶级矛盾、各国统治集团之间的矛盾不断激化,相互的斗争激烈,思想开始活跃了起来。到了这个时期,各国的统治都文武相济,逐渐对思想文化和教育引起重视,依附于各国统治阶级的知识分子包括政客、谋士、博士等,为了阐明自己的思想见解、社会主张和局部事项的根由,往往驰骋自己的学识、辩才和思维,绞尽脑汁地去作说服人或鼓动人的努力。在这个过程中,那些在社会上广泛流传的含义深刻而简短生动、富有审美情趣、寓有生活哲理的寓言故事,便成了经常采用的活材料。

　　遗憾的是由于历史所造成的原因,朝鲜高丽王朝之前所有的文字记录文献几近绝传,使得后世无法看到之前的历史和思想文化的实际面貌,这是历史留给我们的遗憾。高丽时期金富轼等根据王命编写的《三国史记》、僧一然撰写的野史《三国遗事》等,在记述朝鲜古代历史史实的同时,到处留下朝鲜三国时期流行的各种史乘和历史记录。仅从高丽时期的《三国史记》和《三国遗事》中,我们可知高句丽人在其国初已经写出《留记》一百卷,百济人撰写大部头的国史《书记》,新罗人也动员一些有才华的文人写出大型新罗史记《国史》。此外,《三国史记》和《三国遗事》在记述历史史实时,有意和无意间点出了《古记》《东明记》《驾洛国记》《别记》《三国史》《古传》《海东安弘记》等数十种古书名,这说明朝鲜三国时期已经写出数量庞大的各类书籍和文献。这些种类繁多的书籍和文献,肯定记载和论述了无数史实和民间口头文学作品。可以想象这些民间口传文学作品中,包含着极其丰富的原始宗教史实和神话、传说、鬼怪故事等,以及朝鲜三国时期复杂的官方史实故事、民间的人文风情。当然不排除其中夹杂着诸多寓言故事或类寓言故事,我们如今可以看到的部分寓言遗产中,完全可以断定这一点。从尽有的朝鲜三国的寓言遗产显示,其寓言有以下几个方面的特征:一、注重人类在与自然和社会斗争中的经验的总结,反映人运用自己的智慧和勇气表达出人定胜天的思想。二、重视体现人们在社会日常生活中的喜、怒、哀、乐,讽刺社会的各种谬论、败德和不协调言行,总结各种人生经验和教训。三、对人类的智慧百般推崇,张扬人以自己的才智可以战胜一切敌人和困难的思想,以充当社会道德人生的风向标。四、对善神进行美化和赞扬,对恶神进行嘲讽和鞭挞,从而表达了自身的爱憎观。五、歌颂劳动人民的善良美德,肯定下层人民是智慧的源泉,是值得尊重的人群。从这些特征看,朝鲜三国时期的寓言无疑是其时代文学的精髓和思想文化高度集中的意识形态领域,为我们研究当时的文艺和社会思想提供着极其珍贵的资料遗产。

　　朝鲜三国时期的寓言绝不是无源之水,而是以之前和当时的诸种民间口头文学为肥沃的土壤。与世界其他民族一样,朝鲜三国时期的各国也都盛行着各种题裁的民间口传文学和艺术,甚至其上古时期流传下来的神话和传说,到了这个时期也一直在人们的心中和口头上保存下来。这些都无疑成为了三国寓言不断产生和流行的物质基础,使得其寓言具有极其丰富的思想内容和艺术魅力。如今在各种文献中看到的其他民间文艺作品,主要有谚语、俗语、箴言、熟语、格言等。如《三国遗事》中的《水路夫人》的"众口铄金",就是一句含有人言可畏之意的谚语。其曰:

圣德王代,纯贞公赴江陵(今溟州)太守,行次海汀昼饍,傍有石嶂,如瓶临海,高千丈,上有躑躅花盛开。公之夫人水路见之,谓左右曰:'折花献者其谁?'从者曰:'非人迹所到。'皆辞不能。傍有老翁牵牛而过者,闻夫人言,折其花,亦作歌词献之。其翁不知何许人也。便行二日程,又有临海亭,昼饍次,海龙忽揽夫人入海,公颠倒躃地,计无所出。又有一老人,告曰:'古人有言,众口铄金,今海中傍生,何不畏众口乎。宜进界内民,作歌唱之,以杖打岸,(则)可见夫人矣。公从之,龙奉夫人出海献之。公问夫人海中事,曰:'七宫宝殿,所馔甘滑香洁,非人间烟火。'此夫人衣袭异香,非世所闻。①

这是有关新罗圣德王代纯贞公夫人水路被海龙劫入海中时的一段神奇的传说,整个故事充满了光怪离奇的神秘色彩。其中一句关键的话就是"众口铄金",意思曰众人之口可畏或众人的话可撼动人心,也可理解为众口之逸言可畏。看起来,这个谚语在当时很流行。实际上,这句谚语是舶来品。中国反映西周至春秋时期的诸侯国别史《国语》中的《周语下》云:"谚曰:'众心成城,众口铄金'。"其注说:"铄,消也。众口所毁,虽金石犹可消也。"可知,这一谚语的本义是:诋毁人的话语,可以把金属都熔化掉。这一谚语在朝鲜半岛,至今尚在流行,可知其久远的影响。格言也是朝鲜三国时期广泛流传的一种民间文学形式。在艰难的生产斗争和阶级斗争中,朝鲜三国人日益感觉现实生活复杂多变,但一系列的生活现象和人们的精神活动有一定的发展和变化的规律。现实生活中的这些现象和规律,往往被有心人综合和总结,久而久之,逐步提炼成可为范式的言简意赅的语句,于是各种各样脍炙人口的格言就诞生了。其中如"耽婬酒色,政荒国危",语出《三国史记》中的《大(太)宗春秋公》篇。其曰:

以贞观十五年辛丑即位,耽婬酒色,政荒国危。佐平成忠极谏,不听,因于狱中,瘐困滨死。书曰:"忠臣死不忘君。愿一言而死。臣尝观时变。必有兵革之事。凡用兵。审择其地。处上流而迎敌。可以保全。若异国兵来。陆路不使过炭岘(一云沈岘。百济要害之地)水军不使入伎伐浦(即长岛。又孙梁。一作只火浦。又白江)据其险隘以御之。然后可也。"王不省。……定方引兵自城山济海。至国西德勿岛。罗王遣

---

① 一然:《三国遗事·纪异·水路夫人》,权锡焕、陈蒲清译,长沙:岳麓书社,2009年,第119页。

将军金庾信领精兵五万以赴之。义慈王闻之。会群臣问战守之计……王犹豫不知所从。时佐平兴首得罪流窜于古马祢知之县。遣人问之曰。事急矣。如何。首曰："大概如佐平成忠之说。"大臣等不信。……于是定方出左涯垂山而阵。与之战。百济军大败。王师乘潮。轴舻含尾鼓噪而进。定方将步骑。直趋都城。一舍止。城中悉军拒之。又败死者万余。唐人乘胜薄城。王知不免。叹曰。悔不用成忠之言以至于此。

这就是围绕朝鲜三国百济最后一代义慈王亡国过程的格言。这段记录中的成忠以死相谏义慈王的场景，与金富轼《三国史记》的相关内容大体相同，但后边有关义慈王疏远忠良之言而听取奸佞之语，最终在薄津口一战兵败而亡国的记录是后者所未有的。这一记录所说的"耽媱酒色，政荒国危"，在朝鲜三国是较为普遍的一句格言。中国的儒家思想很早就传入朝鲜三国，此时的朝鲜三国无论在制度文化方面，还是在精神教育上，都深受儒家思想文化的影响。朝鲜三国都先后置五经博士，设立太学等教育机构，以四书五经教育子弟，因此儒家思想文化先后渗入三国人的精神生活之中。儒家的那种仁、义、礼、智、信观念，忠勇思想，兼济天下的意识，开始成为人们价值观念中的重要部分。朝鲜三国社会对"治者""人君"的评价，也多以儒家的价值标准进行衡量，君主的"仁爱""节俭"和能不能实行"德治"，一直是关注的重点。所以某王某臣能不能按照这样的儒家思想"施政""自律"，能不能做到"勤政""爱民"，"察时变""观民情"，使百姓过上安乐的生活，一直是"在下者"对"在上者"的评价基准。一旦某王某臣没有按照这样的价值标准要求自己，浸于酒色、怠于政事、远忠良而近奸邪，就被视作荒淫之君，奸佞之臣。此时往往批评之声溢于朝野，各种谣言、咒语、预言四起，以示社会之否定和批评之意。百济的灭亡当然与最后一代义慈王的荒淫和怠政有着密切的关系，但其与当时的国际风云、三国形势的变化、内部各种矛盾的牵制等问题也有着密不可分的联系。不过一国之败亡，肯定要有人负起责任来，如果义慈王严于律己，勤政爱民，果断处事，英明决策，历史或许就要另写篇章了。《三国史记》也记录着义慈王之事，曰："（义慈王）十六年春三月，王与宫人淫荒耽乐，饮酒不止。佐平成忠极谏，王怒，囚之狱中，由是无敢言者。成忠瘐死。"[①]可以看出，百济的最终灭亡与义慈王的淫荒有着直接的关系。应该说格言是含有劝诫和教育意义的话，"耽媱酒色，政荒国危"，概括出了历来在三国普遍流行的有关国政与国王德才品质关系的话语。此言在《三国遗事》中，通过一然的记

---

① 金富轼：《三国史记·百济本纪·义慈王》，首尔：乙酉文化社，1977年，第246页。

述表了出来,格外地显眼和生动,具有时代的典型意义。此外,在朝鲜三国还流行着大量的歇后语、预言、箴言等。其中如歇后语"在笼之鸡,罹网之鱼",语出《三国遗事》卷第一《纪异》之中。其曰:"莫若使唐兵入白江(伎伐浦),沿流而不得方舟。罗军升炭岘,由径而不得并马,当此之时,纵兵击之。如在笼之鸡,罹网之鱼也,王曰然。"这是百济面临唐军和新罗军联合进攻时,围绕白江一战百济大臣的献策。又如预言"百济圆月轮,新罗如新月",此语也出自《三国遗事》卷第一《纪异》之中。《三国遗事》记述百济到了义慈王末年,京城周围出现一系列奇异的现象,人们认为这些都预示着百济将出变故。文艺的源泉在于现实生活,其思想内容和艺术特色也反映其对现实生活和审美理想的理解和感受。7世纪中叶,围绕新罗联唐统一三国的战争,三国人受到了激烈的震撼。在这个过程中,三国人创作出了无数富有现实意义的语言和文艺作品,它们既反映现实生活,又揭示三国人对未来的追求。

  在朝鲜三国的文艺宝库中,寓言乃是最珍贵的瑰宝之一。迄今流传下来的朝鲜三国时期的寓言并不多,最典型的寓言则只有《龟与兔》一篇,其他都属于类似于寓言的作品。从种种迹象看,朝鲜古代很早产生了寓言类故事,而其中利用动物的自然特征演绎的故事也占据着一定的比例。金富轼等的《三国史记》所记载的动物寓言《龟与兔》应该是其中较有代表性的作品。这则寓言是从什么样的动物故事演变而来现在已无从考证,但从其较为成熟的故事情节和艺术特色来看,它应该是朝鲜古代晚期的动物故事。与其他国家一样,古代朝鲜的原始时期同动物的关系密切,人们应该创作了许多动物故事。这类动物故事,有的表现对某种动物习性特征的认识,有的则表达对某种动物与人类密切关系的事项,在这些故事中自然渗透着有关人的社会特征因素。不过到后来,社会生产力逐步发展,人类由单纯的捕鱼和狩猎生活转入新的农耕生活阶段,对一些动物故事认识的侧重点发生变化,着重从中演绎出对人类生活具有普遍意义的道德教训和智慧,使这类故事具有明确的目的性。而这种目的性,使故事含有鲜明的教训意义和哲理性,并常以劝谕或讽刺达到教育或训诫人的目的。朝鲜三国的动物寓言《龟与兔》,就属于这种作品。其曰:

    昔东海龙女病心,医言:"得兔肝合药,则可疗也。"然海中无兔,不奈之何?有一龟白龙王言:"吾能得之。"遂登陆见兔言:"海中有一岛,清泉白石,茂林佳果,寒暑不能到,鹰隼不能侵,尔若得至,可以安居无患。"因负兔背上,游行二三里许,龟顾谓兔曰:"今龙女被病,须兔肝为药,故不惮劳,负尔来耳。"兔曰"噫!吾神明之后,能出五藏,洗而纳之。日者小觉心烦，遂出肝心洗之，暂置岩石之底，闻尔甘言径来，肝尚在彼，何不回归取肝？则汝得所求，吾虽无肝，尚活，岂不两相宜哉？"龟信之而还，才上崖，兔脱入草中，请龟曰："愚哉！汝也。岂有无肝而生者乎！"龟悯默而退。①

这是一则陆地动物野兔与海洋动物龟及传说中的海洋动物龙王斗智的故事。故事先从海中龙王之女病心开始，医生说这种病只有吃野兔之肝才可以治好，但是海中无兔可寻，那怎么办？这时有一老龟向龙王说自己能够获得此野兔之肝，龙王马上派其登陆海岸寻找，不久恰好遇到一只野兔，诱说海中有一岛，风景如何优美、生活如何舒适，天真的野兔很快就动心，坐在龟背上往海里走。龟背野兔游行二三十里许的时候，回头看野兔说它此行的目的就是为病心的龙王之女寻找兔肝，因为其病只有兔肝是灵药。听到此，聪明的野兔马上醒悟，笑而说自己是神明之后，故经常可以拿出五脏洗而重新纳之，正好今天有些心烦，将肝脏拿出洗而放置于岩石底下，因为来时听到龟的美言高兴之余忘将肝脏拿入体中。现在只能回去拿肝脏，自己由是是神明之后，无肝也能活，回去把肝脏拿来给龟治龙王之女也没什么大碍，这样这事不就是两全其美了吗？愚笨的龟相信此言，重新负野兔回陆地，刚一上岸野兔逃入草丛，嘲笑愚蠢的老龟说，世上哪有无肝而能活的生物。老龟无奈之下只能悯默而退。这是一则任何人听了都会捧腹大笑的寓言。

故事中的主人公野兔，是一个既天真明朗而又聪明伶俐的陆地生物，因为轻信老龟的诈言，误被负至海中，但当它听到老龟愚笨的实言以后，马上反应过来，并用自然得体的反诱说来说服老龟重新回到陆地，从而得以逃脱，显示了其临危不乱、聪明而善于应变的本事。故事中的老龟，是海中龙王的忠臣，当它得知小龙女得了心脏病以后，积极地出谋划策，并自荐到陆地寻找野兔，说服野兔至海中，但由于其老实坦诚的个性，愚蠢地说出取兔肝救公主的实际目的，使自己完全处于被动的处境，失去好不容易得来的机会。

在故事中，野兔和老龟个性鲜明，既有原动物的特征，也有人格化以后的人物特性。这一则寓言告诉我们欺骗与讹诈终将会遭到正义势力的批判和反抗，自私和贪婪也终究会被善良和智慧的一方揭露和抵制，乃至最终走向败亡。

寓言《龟与兔》的背景告诉我们，它的产生年代甚早，应该是朝鲜古代无数寓言故事之中的一个。后来这些寓言，与朝鲜古代人民的生活紧密联系在

---

① 金富轼：《三国史记·列传·金庾信上》，首尔：乙酉文化社，1977年，第395页。

一起，为满足和解决现实生活需求起到了极其重要的作用。《三国史记》详细记录了这一则寓言故事被应用于现实生活和斗争的具体历史背景和场景。其道：

> 善德大王十一年壬寅，百济败大梁州，春秋公女子古陀炤娘从夫品释死焉。春秋恨之，欲请高句丽兵以报百济之怨，王许之。将行，谓庾信曰："吾与公同体，为国股肱，今我若入彼见害，则公其无心乎？"庾信曰："公若往而不还，则仆之马迹必践于丽济两王之庭，苟不如此，将何面目以见国人乎！"春秋感悦，与公互噬手指，歃血以盟，曰"吾计日六旬乃还，若过此不来，则无再见之期矣。"遂相别后，庾信为押梁州军主。春秋与训信、沙干，聘高句丽，行至代买县，县人豆斯支沙干，赠青布三百步。既入彼境，丽王遣太大对卢盖金馆之。燕飨有加，或告丽王曰："新罗使者非庸人也，今来殆欲观我形势也。王其图之，俾无后患。"王欲横问因其难对而辱之，谓曰："麻木岘与竹岭本我国地，若不我还，则不得归。"春秋答曰："国家土地，非臣子所专，臣不敢闻命。"王怒囚之，欲戮未果。春秋以青布三百步，密赠王之宠臣先道解，道解以馔具来相饮，酒酣，戏语曰："子亦尝闻《龟兔之说》乎？"……春秋闻其言，喻其意，移书于王曰："二岭本大国地分，臣归国，请吾王还之，谓予不信，有如皦日。"王乃悦焉。春秋入高句丽，过六旬未还，庾信捡得国内勇士三千人，相语曰："吾闻见危致命，临难忘身者，烈士之志也。夫一人致死当百人，百人致死当千人，千人致死当万人，则可以横行天下。今国之贤相被他国之拘执，其可畏不犯难乎？"于是众人曰："虽出万死一生之中，敢不从将军之令乎？"遂请王以定行期。时高句丽谍者浮屠德昌使告于王，王前闻春秋盟辞，又闻谍者之言，不敢复留，厚礼而归之。及出境，谓送者曰："吾欲释憾于百济，故来请师，大王不许之，而反求土地，此非臣所得专。响与大王书者，图逭死耳。"①

这是寓言《龟与兔》的历史背景，以及其时新罗与高句丽之间的政治斗争史实。新罗善德王执政时的金春秋，是一个朝廷宰臣，在当时的一场战役中女婿品释和女儿古陀炤娘都战死于疆场，心中充满仇恨的金春秋欲请高句丽兵一起攻打百济，以报女婿、女儿之仇，对此善德王也深表同情，允许去之。将要出发时，金春秋问金庾信如果此去因遭不测而回不来的话，他将如何？金

---

① 金富轼：《三国史记·列传·金庾信上》，首尔：乙酉文化社，1977 年，第 394—395 页。

庾信则毫不犹豫地回答,如果春秋被害于高句丽,那他的马蹄将无情地碾踏百济和高句丽的王庭,如果不能这样,那怎么见国人？于是二人互相噬指歃血盟誓,以六十日为期限,遂相别,庾信为了策应金春秋而成为押梁州军主,金春秋则和训信、沙干一起聘于高句丽。在路上行至代买县,县人豆斯支沙干,赠青布三百步。刚进入高句丽境界,其王派来的太大对卢(首相)盖金迎接,安排在京城客馆,还设宴款待。这时有一个大臣告诉高句丽王说新罗来使不是一般人,来的目的好像在于侦察高句丽国内实情,所以特提醒趁早干掉他,以除后患。于是高句丽王"横问因其难对而辱之",说麻木岘和竹岭本来就是高句丽领土,如果新罗不还就不放他走。一开始金春秋针锋相对,他说国家的土地不是个人所能随意支配的,坚决表示不能听从。高句丽王一怒之下,囚禁了金春秋,而且还想杀了他。处于困境的金春秋用青布三百步密赠高句丽宠臣先道解,先道解拿酒肉来与金春秋相饮,酒酣时,先道解戏问金春秋知不知道《龟兔之说》,金春秋问啥故事,于是先道解讲了此寓言。听完寓言,金春秋恍然大悟,马上写信给高句丽王,说二岭原本就是高句丽领土,这次归国会说服新罗善德王归还此二岭,如果不信,以日月为作证。高句丽王非常高兴。此时,金庾信看金春秋入高句丽六十日未还,有些着急,于是挑选出三千勇士,并开誓死大会,以儒家忠勇思想动员将士,指出"今国之贤相被他国之拘执,其可畏不犯难乎？"新罗人万众一心,一心想救出被囚禁高句丽的贤相金春秋。而高句丽的间谍将此事告诉其王,其王不敢复留,厚礼而归之。到了高句丽国界时,金春秋对所送大臣说"吾欲释憾于百济,故来请师,大王不许之,而反求土地,此非臣所得专。响与大王书者,图该死耳。"高句丽人才知道上了当,但已来不及挽回严重后果。这是一则精彩至极的寓言故事。可以看出,这一则寓言故事不仅具有精彩的艺术魅力,也具有很强的现实功利作用。我们知道,寓言主要的特性就是劝谕或讽刺,含有明显的道德教训和哲理,一部优秀的寓言往往成为人类生活的教科书。寓言《龟与兔》体现着不德行为的一方与弱者之间的矛盾斗争,但这场矛盾斗争因弱者的机智果断,最终以弱者的胜利而收场。整个故事篇幅不是很长,但故事结构完整,力求集中和典型化,根据生活提炼出最能够表现主题的人物性格和情节。作品结构不是很复杂,但故事到处险象环生,悬念迭出,最终以邪恶者的失败和受损害者的完胜而告终。作品语言简洁有力,描写生动感人,到处寄托着对自私、邪恶者的讽刺和批判之意。这部作品对后世产生了深远的影响,自从这部寓言诞生以后,长期被人们传诵,以至于产生了众多类似的故事。它对朝鲜古代小说的发展也产生了深刻的影响,除了在民间广泛传诵并出现多种翻本以外,也出现了许多以龟与兔之间的智慧故事为题材的小说作品。可以说,有关它的艺术魅力是永久性的,野兔这个艺术形象至今经常出现在一系列教科书、小人书和故事集中,为读者所喜爱。

迄今可以看到的朝鲜三国寓言故事中,还有一些类似寓言的故事系统。这些故事不像《龟与兔》那样具备典型的寓言艺术特征,但它们因为有动物参与解决难解的危机,或以智慧取胜,同时也给人以某种启迪和教训,正因为有这样的艺术特质,这一类故事也具有一定的研究价值。如《三国遗事》中的《射琴匣》:

> 第二十一毗处王,即位十年戊辰,幸于天泉亭。时有乌与鼠来鸣,鼠作人语云:"此乌去处寻之。"王命骑士追之,南至避村,两猪相斗,留连见之,忽失乌所在,徘徊路旁。时有老翁,自池中出奉书,外面题云:"开见二人死,不开一人死。"使来献之,王曰:"与其二人死,莫若不开,但一人死耳。"日官奏云:"二人者庶民也,一人者王也。"王然之,开见,书中云:"射琴匣。"王入宫见琴匣射之,乃内殿焚修僧与公主潜通而所奸也。二人伏诛。①

这是一则十分奇特的类似于寓言的故事。第二十一代毗处王即《三国史记》新罗本纪中的第二十一代照知麻立干,是之前慈悲麻立干之长子,其妃善兮夫人,为伊伐湌乃宿之女。毗处麻立干自小有孝行,登基以后关心民生,有政绩,"初开京师市肆,以通四方之货",是新罗第一个发展商业贸易的君王。《三国遗事》所载这一《射琴匣》故事,过于离奇,难以相信是不是历史上曾经发生过。追索《三国史记》的相关记录,并无此种记载,我们只能发现他曾喜欢一位美丽的民女,与之相爱,最后将她纳为妃。其记曰:"秋九月,王幸捺已郡,郡人波路有女子,名曰碧花,年十六岁,真国色也。其父衣之以锦绣置轝,轝以色绢献王,王以为馈食开见之,欿然幼女,怪而不纳。及还宫,思念不已,再三微行,往其家幸之。路经古陀郡,宿于老妪之家,因问曰:'今之人以国王为何如主乎?'妪对曰:'众以为圣人,妾独疑之。何者,窃闻王幸捺已之女,屡微服而来,夫龙为鱼服,为渔者所制,今王以万乘之位,不自慎重,此而为圣,孰非圣乎?'王闻之大惭,则潜逆其女,置于别室,至生一子。"②但是,在这一记录中并无如上所述的离奇故事,只是毗处王在民间所作所为之故事,不知《三国遗事》的作者一然是根据哪些资料讲这些故事的。在世界寓言或志

---

① 一然:《三国遗事·纪异·射琴匣》,权锡焕、陈蒲清译,长沙:岳麓书社,2009年,第64页。
② 金富轼:《三国史记·新罗本纪·照知麻立干》,首尔:乙酉文化社,1977年,第33页。

怪史上，动物传递信息，引领人类破获本来就扑朔迷离的案件，例子不是很多。这部类似于寓言之故事的魅力在于，动物替人揭穿不道德的奸情，使得原来被蒙在鼓里的国王获得处置此事的机会。从另一方面，作品从侧面也揭露了封建君王的愚笨和统治阶级内部尔虞我诈的丑恶本质，也辛辣地讽刺了封建统治阶级自以为是、动辄鼓吹太平盛代的虚伪内幕。故事通过宫廷内幕丑恶现象的展示，告诉人们"于无声处蕴惊雷""平流之下有暗流"的客观道理。

第二章　统一新罗时期的寓言和志怪

第一节　社会思想文化背景

后期新罗是朝鲜半岛史上第一个统一的封建王朝,历史上叫做统一新罗。它结束了七百年三国鼎足的状态,把全国分散的政治经济和思想文化归并到一个统一的大国家权利系统之下。这种半岛一统的政治经济局面的形成,得益于之前6世纪法兴王政治改革以来的一系列社会变革措施。自从654年新贵族势力的代表金春秋登上王位以后,660年另一个新贵族势力的代表金庾信又掌握上大等职位。这样的新变动意味着新贵族势力已经掌控了六部门阀贵族势力,过去的最高国家议事机构"和白会"变成了从属于王权的国王咨询机构,从此"执事部"成为国家主要的决策机构,而执事部牢牢掌握在国王的手中,从此国王地位显著提高。继而太宗武烈王新设和扩充中央权力机构,充实和提高位和部的地位,国王通过它直接掌握官吏的任免,使"和白会"有名无实;此外,还新设和扩充左右理方府(掌管司法)、司正府(官吏监督机关)、船府(管辖水军和船只)、左司禄馆(管经济出纳)、右司禄馆、供葬部(管丧事和祭务)、例作部(掌管土木)等中央机关。这些措施为加强新罗的王权起到了一定的积极作用。同时,新罗朝廷控制过分强势的门阀贵族势力,以各种借口处决了大幢总管真珠和南川州总管真钦等对战争有功的勋旧势力,又于统一战争刚刚结束后的670年,以临阵脱逃等罪名罢免了六部门阀贵族达官、义官、兴元等大臣。这样,不仅控制和分散六部门阀贵族势力,而且还拉拢地方新兴地主势力,扩大中央王权在地方的影响,达到巩固和加强王权的目的。文武王登位以后,制定了奖励京都贵族和豪族移居州、郡和小京的政策,动员京师的真骨贵族和豪族迁移到九州和五小京等重要地区,政府还为迁移者给予开垦荒地等种种优惠政策。这样的举措不仅有利于开发地方经济,还可分散和削弱京师的这一阶层势力,并为建立全国性的统治网打下了物质基础。统一三国后,新罗王朝重新改编和加强军队,调整了骨品制。这样原来最显贵的圣骨体系被打破,真骨出身的官僚主导国家权力机构,使得圣骨出身的旧贵族完全丧失了王位继承权,由以金春秋为首的真骨出身者垄断了王权。

统一三国以后,新罗王朝在经济方面实施振兴政策,为巩固和加强中央集权打好基础。随着领土的扩大和人口的增加,国家生产力大幅发展,政府收入随之不断增加,人民生活也比以往得到明显的提高。统一战争获得全面成功以后,新罗封建政府的国有土地大量增加,原高句丽、百济的国家直属地和其他大量土地都转为新罗王朝的国家直属地或王室拥有田。战后新罗政府召回大量游离于土地的农民,减轻农民的负担,稳定社会秩序,实行了按丁分田的"丁田制"改革,提高农民的生产积极性。这些措施对恢复和发展社会生产,控制豪族地主的土地兼并,增加国家收入,提高人民生活,起到了积极作用。不久,丁田制下的农民受到封建政府沉重的政治压迫和经济剥削,承担着田租、贡赋、徭役等多重负担。丁田制的实行不仅加剧了广大农民和封建政府之间的矛盾,也滋长了封建政府与贵族豪族地主之间的内部隔阂。为保障对农民的长期压迫和剥削,缓解农民阶级的反抗情绪,新罗政府曾实施了减免租税、徭役;对无土地流浪民进行赈济、贷予种子和耕牛的应对策。

统一三国以后的新罗,大约有一百多年的时间则处于和平环境之中。大一统的社会环境打破了过去三国之间的相互封锁的局面,从而促进了农业经济的发展和商业贸易的活跃以及科学技术的不断提高。这时期的新罗人重视水利灌溉,修筑了碧骨堤和诸多水利设施,以劝农发展水田。随着农业生产的恢复发展,新罗的手工业也有新的发展,而且在与唐朝的经济交流中新罗的手工业发挥了一定的作用。与手工业一起,新罗人大力开发采矿业,发展了冶炼业和制造业,促进了农业生产、国防和商业贸易。此外,新罗人还大力发展造船业、纺织业和对内外贸易。各行各业的发展自然促进了商业关系的发展,从京都庆州到五小京、九州和郡县首府,都前后逐步发展成商业中心。

经过二百多年的励精图治,新罗社会迎来了空前的发展。这时期的新罗京师和地方郡县都出现了生机勃勃的气象,社会稳定,经济不断发展,百姓生活安乐。据《三国遗事》的记录:"新罗全盛之时,京中十七万八千九百三十六户,一千三百六十坊,五十五里,三十五金人宅。"①根据相关记载,这是新罗第三十九代昭圣王(799—800)时的史实。新罗第四十九代国王宪康王(875—885)时,新罗社会经过长期发展,已经达到了繁荣的高峰期。《三国遗事》道:"第四十九献康大王之代,自京师至于海内,比屋连墙,无一草屋,笙歌

---

① 一然:《三国遗事·纪异·辰韩》,权锡焕、陈蒲清译,长沙:岳麓书社,2009年,第36页。

不绝于道路,风雨调于四时。"①这些记录都反映出公元8—9世纪时的新罗封建社会,已经达到了相当高的发展阶段。

经过几代人的努力,统一新罗的政治经济繁荣、文化发展、对外交通畅达,促进了对外文化交流的发展。当然,在对外经济文化交流中,与中国唐朝的关系居首要的地位。当时的经济贸易关系主要指朝贡和赠与之间的经济交换。虽说朝贡关系主要是政治上的外交往来,但它也有贸易方面的经济意义。新罗统一三国几十年以后,因统一战争过程中的矛盾和误解所产生的与中国唐朝之间的紧张关系逐步缓和下来,恢复了正常的外交、贸易和文化交流关系。特别是新罗孝昭王(692—702)登位以后,新罗几乎年年遣使入唐,后来这样的遣使频率不断增加,每年达到二三次的程度。据不完全统计,自唐高祖武德元年至哀帝天佑四年的289年间,新罗以请援、问聘、朝贡、告奏、献方物、贺正、谢恩等名义派使节来往,足有126次,新罗使每次入唐都携带众多礼物或贡品,以示友好和忠诚。如新罗景文王九年(869),王子金胤亲自入唐,谢恩,进奉了大量黄金、白银、马匹、牛黄、人参、锦缎等物品。这次入唐,景文王非常重视,不仅亲派王子,而且贡品多,质量也高。唐朝也非常重视对新罗外交,每次新罗使来献贡品,唐朝廷回赠很多贵重的物资以还礼。特别是唐朝有求于新罗时,会赐予非常厚重的礼物,以示友好和诚意。开元二十一年,唐玄宗派使请新罗出兵夹击渤海国,使者金思兰带去的物品数量多、质量高,令人眼花缭乱,"罗锦绫章,见之者烂目,闻之者惊心"。有唐一代,唐罗两国的使节往返格外地多,这使得使节贸易也十分活跃。此外,唐罗两国的海上贸易也格外活跃。晚唐时期,由于一些特殊的国际环境,很多新罗难民侨居中国的东南沿海一带。这些新罗人以中国沿海一带为根据地,有坐地经营国际贸易的,也有从事中国沿海地区商业活动的。据新罗高僧圆仁的《入唐求法巡礼行记》记载,新罗商人活跃于唐朝广泛地区,尤其是山东、江苏和浙江沿海地区的许多城镇和港口,到处居住着以商人为主的新罗人,很多地方甚至形成较大集居区,历史上把这些新罗人集居区叫做"新罗坊"。其中的有些"新罗坊"规模较大,都拥有自己的墓地区和寺庙,甚至有的寺庙里有上百个僧侣。

统一三国以后的新罗,改革发展,积极推动与唐朝的文化交流。新罗人学习唐的先进文化发展自己,大到国家制度,小到生活习俗,无不处处受唐代文化之影响。当时学习唐代先进文化,主力军是青年学生。他们至唐留学,

---

① 一然:《三国遗事·纪异·处容郎》,权锡焕、陈蒲清译,长沙:岳麓书社,2009年,第141页。

很多人进入唐的最高学府国子监学习中国的经典。在唐的外国留学生中,新罗学生最多,有时竟达 216 人。一开始新罗派的一般都是王子或王族子弟,带有质子的性质,但后来唐罗走向兄弟般的友好关系,所以留唐学生逐渐变为进修学习的性质,一般人家的子弟也可以随时入唐学习。唐朝政府也为了鼓励外国留学生,大量资助外国留学生的食宿和学杂费等,还增设宾贡科,凡外国留学生及第者,唐朝皇帝一视同仁,皆授予官职,让其在唐发展。在这样的鼓励政策下,在唐学习和参加宾贡科考试者很多,其中及第而获高官厚禄者也不少。像崔致远那样宾贡科出身而扬名于中国大地的,也有一些人。

在留学唐朝的队伍中,也有很多是僧侣阶层的人士,其中称得上高僧者有 64 人之多,历史上著名的义湘、慈藏、圆测、圆光等就是留唐以后成名的佛教界大师。由于有了这些留唐僧侣的努力,新罗佛教逐渐由祈祷或护国佛教转变为探索其理论上"微义"的原意佛教。比如《三国遗事》载:"瑜珈祖大德大贤,住南山茸长寺。寺有慈氏石丈六,贤常旋绕,像亦随贤转面。贤惠辩精敏,抉择了然,大抵相宗铨量,旨理幽深,难为剖拆,中国名士白居易尝穷之未能。乃曰:'唯识幽难破,因明擘不开,是以学者难承禀者尚矣。'贤独刊定邪谬,暂开幽奥,恢恢游刃。东国后进,咸遵其训,中华学士往往得此为眼目。"①佛教唯识宗,其理论深邃,道理难解,这是佛教理论界的一个共识,但这难不倒新罗佛教学者们。记载中的贤就是这些新罗佛教学者中的一个,他"惠辩精敏,抉择了然",把"相宗铨量,旨理幽深,难为剖拆"的这种教理,也能够剖析得一清二楚。这种佛教理论,中国唐代的大诗人兼佛教学者白居易也曾经束手无策,没有能够说清楚,最后只能说"唯识幽难破,因明擘不开,是以学者难承禀者尚矣"。但是新罗的贤瑜珈,经过苦心研究,独自"刊定邪谬,暂开幽奥,恢恢游刃",可知他对佛教理论的深刻了解。当时和后世的新罗佛教界,都"咸遵其训",甚至"中华学士往往得此为眼目。"

中国的道家文化,三国后期已经传入朝鲜。新罗留学生在唐也注意学习老庄之学,其中的一些人开始信奉道教,如金可纪、崔承佑、惠慈等人就是其中的佼佼者。他们回国以后为扩展新罗的道家学说,起到了重要作用。后来唐朝政府也关心道教在新罗的传布,据《三国史记》,孝成王(737—742)时以特使身份来新罗的邢璹,特地带来了其天子所赠道家之书,"夏四月,唐使臣

---

① 一然:《三国遗事·义解·贤瑜珈》,权锡焕、陈蒲清译,长沙:岳麓书社,2009 年,第 421 页。

邢璹,以老子《道德经》等文书,献于王"。(《三国史记》,《新罗本纪·孝成王》)新罗还特别重视学习唐朝的礼乐文明,如神文王二年(682)就已经派使者到唐求得礼乐之书,武则天不仅表示欢迎,而且命人抄写一部唐《吉凶要礼》及一系列重要的相关文章,送给新罗。

新罗统一三国以后,确立了偃武修文的基本方针,继续实行亲唐政策,大量收入唐文化,在发展佛教的同时,更加强儒家文化的普及。新罗自三国时期开始实行了儒、佛并重的思想文化政策,不过在统一以后的新形势下,社会提出了一系列新问题。国家实行什么样的思想文化政策,无疑会对其前进的方向产生直接的影响,所以统一之初,新罗上下展开了围绕重儒重佛的大讨论。结果,新罗统治阶级在政治上更偏向于儒家思想,终以儒家思想为正统意识形态。也就是历史上所说的以儒家思想为正统思想,以佛教为国教,这就是统一新罗思想文化的特点。所以统一三国以后的新罗,不仅设立国学以儒家文化教育子弟,而且实行以儒家经典进行考核的读书三品科的选举制度选拔国家所需人才。统一新罗时期重教重人才,朝廷专设行政机构专管教育,以备人才来源。"国学属礼部,神文王二年置。景文王改为大学监,惠恭王复故。卿一人,景德王改为司业,惠恭王复称卿,位与他卿同。博士、助教、大舍二人,真德王五年置,景德王改为主簿,惠恭王复称大舍。"①可以看得出,统一后的新罗不断调整和改革教育管理机构和制度,力图提高教育质量。在教育内容上,养人用人主要靠儒家思想。这样,儒家思想文化在新罗得到了空前的普及和提高。我们考察一下当时著名儒家学者强首的一生,就可以知道当时一般知识分子在儒家思想文化环境下的成长路径。《三国史记》记强首曰:

> 强首,中原京沙梁人也……及壮自知读书,通晓义理。父欲观其志,问曰:"尔学佛乎?学儒乎?"对曰:"愚闻之,佛世外教也。愚人间人,安用学佛乎,愿学儒者之道。"父曰:"从尔所好。"遂就师读《孝经》《曲礼》《尔雅》《文选》,所闻虽浅近,而所得愈高远,魁然为一时之杰……及文宗大王即位,唐使者至,传诏书,其中有难读处,王召问之,在王前,一见说释,无疑滞。王惊喜,恨相见之晚,问其姓名,对曰:"臣本任那加良人,名'字头'。"王曰:"见卿头骨,可称'强首先生'。"使制回谢唐皇帝诏书表。文工而意尽。王益奇之,不称名,言'任生'而已。"②

---

① 金富轼:《三国史记·志·职官》,首尔:乙酉文化社,1977年,第366页。
② 金富轼:《三国史记·列传·强首》,首尔:乙酉文化社,1977年,第428页。

这一记录告诉我们,统一新罗之初,经过一番取舍选择以后,国家照样把儒家思想当做统治理念,实行了以儒家思想为中心的思想文化政策。在这样的环境下,很多知识分子为了参与国家政治经济建设,也为了自己出人头地,光宗耀祖,苦读儒家经典,以儒家思想武装自己的头脑。中原京沙梁部人强首就是其中的一分子,他自幼年一直到壮年苦读儒家书,通晓义理,出落为对国家有用的文士。当父亲问及学佛学儒的问题时,他毫不犹豫地回答学儒,原因是"佛世外教也。愚人间人",所以他表示"安用学佛乎,愿学儒者之道。"实际上,强首的所作所为代表了那个时代新罗知识分子的共同想法。自小刻苦学习儒家之书的结果,强首逐渐成长为学识渊博的汉学者,为国家的统一事业作出了很大贡献。对此《三国史记》又说:"强首者,文章自任,能以书翰,致意于中国及丽、济二邦,故能结好成功。我先王请兵于唐,以平丽、济者,虽曰'武功'亦由文章之助焉。则强首之功,岂可忽也。"①强首以自己的学识和才华,为统一事业大显身手,让人们知道用儒家思想武装起来的人才能够解决现实问题,成为对国家真正有用的人。对当时强首的知识和才华,《新罗古记》也记道:"文章,则强首、帝文、守真、良图、风训、骨番。"在众多有才华的文人墨客里,把强首放在第一位。在当时,有些知识分子则走以儒学为主,兼学各种学问的道路,如新罗太宗金春秋的次子金仁问就是这样的人。《三国史记》说:"金仁问,字仁寿,太宗大王第二子也。幼而就学,多读儒家之书,兼涉庄、老、浮屠之说。又善隶书、射、御、乡乐,行艺纯熟,识量宏弘,时人推许。"②

新罗一统朝鲜半岛以后,即定儒家思想为国家正统思想。同时,新罗统治阶级认为普及和深入掌握儒家思想文化,办教育是最强有力的手段。教育能够开启民智,教育能够使整个国家的精神文明更上一层楼,但教育更重要的一个社会作用,即能够为国家培养所需人才,能够保证国家管理人员队伍的质量。那么,用什么内容去教育学生呢?新罗王朝则毫不犹豫地选择了儒家思想文化,因为儒家思想文化里头有人伦道德、治国之经纶,有君臣父子关系之准则、维护社会秩序之义务,也有对人类社会治乱史之总结、处理人际关系之原则,而更有"君权神授""天人合一"和"存天理,灭人欲"等等,对封建帝王绝对有利的理论教条。这样,儒家思想文化经典就毫无疑问地成为了新罗国学和乡学向学生授课的主要内容,同时,它也成为新罗选举制度——读书三品科选拔人才时的基本内容。我们看一下《三国史记》对统一新罗时期的

---

① 金富轼:《三国史记·列传·强首》,首尔:乙酉文化社,1977年,第429页。
② 金富轼:《三国史记·列传·金仁问》,首尔:乙酉文化社,1977年,第412页。

最高学府——"国学"教育中的教学内容的记录,就能够知道其指导思想原则,其曰:

> 教授之法,以《周易》《尚书》《毛诗》《礼记》《春秋左氏传》《文选》,分而为之业。博士若助教一人,或以《礼记》《周易》《论语》《孝经》,或以《春秋左氏传》《毛诗》《论语》《孝经》,或《尚书》《论语》《孝经》《文选》,教授之。诸生读书,以三品出身,读《春秋左氏传》,若以《礼记》,若《文选》,而能通其义,兼明《论语》《孝经》者为上。读《曲礼》《论语》《孝经》者为中,读《曲礼》《孝经》者为下,若能兼通五经、三史、诸子、百家书者,超擢用之……凡学生,位自大舍已下至无位,年自十五至三十,皆充之。限九年,若朴鲁不化者,罢之,若才器可成而未孰(熟)者,虽逾九年,许在学,位至大奈麻,奈麻,而后出学。①

可知,这是一个彻头彻尾的以儒家经典教育为目的的学校教学内容。从这一记录中可以看到,新罗最高学府国学的课程几乎包括了儒家最重要的经典和文献,安排专业教授人员博士和助教讲课。国学生在国学学习的目的,无非是两个方向上考虑,一是掌握儒家知识,二是应对读书三品科选举,但归根到底还是归结于后者。因为新罗统一三国后,一开始还是延续了三国新罗时期的那种人才"以弓箭选人"的方法,到了元圣王(785—798)四年才第一次实行读书三品科,以对儒家经典的掌握程度选拔人才。"四年春,始定读书三品,以出身……前只以弓箭选人,至是改之。"②根据这一记录,国学诸生读书,以三品为出身依据,如"读《春秋左氏传》,若以《礼记》,若《文选》,而能通其义,兼明《论语》《孝经》者为上":能够读通"《曲礼》《论语》《孝经》者为中",只能"读《曲礼》《孝经》者为下",但是"若能兼通五经、三史、诸子、百家书者"例外,对这一类优秀国学生实行"超擢用"政策。还有,在新罗凡是国学生,都一律安排"位自大舍已下至无位",年龄掌握为"年自十五至三十,皆充之"。新罗国学实行九年在读期间制,但又根据具体情况实行灵活的毕业年限制,如对九年期间中的"朴鲁不化者"则予以罢出,但是对那些"才器可成而未孰(熟)者",其时间虽超过九年,还是允许其继续在学,"位至大奈麻,奈麻,而后出学"。新罗国学的这种管理模式和国家的选拔制度,都是围绕一个目标而设定和进行,那就是普及儒家思想文化以选拔其中的佼佼者,充当国家相关部

---

① 金富轼:《三国史记·志·职官上》,首尔:乙酉文化社,1977年,第366—367页。
② 金富轼:《三国史记·新罗本纪·元圣王》,首尔:乙酉文化社,1977年,第100页。

门的官僚和官吏。在以儒家思想为教育内容培养人才的过程中，新罗政府遇到了一些特殊情况，其中如尽管没有上国学，但曾经入唐留学深造过的人怎么对待的问题。"五年……九月以子玉为杨根县小守，执事史毛肖，驳言'子玉不以文籍出身，不可委分忧之职'。侍中议云：'虽不以文籍出身，曾入大唐为学生，不亦可用耶？'王从之。"①在极度重视吸收唐代文明的那个时代，这样的认识和处理问题的方法，是再自然不过的。同时，新罗政府在选举制度上的这些新政策，为其振兴国家和民族提供了新的契机，并处处体现了其"偃武修文"的国家基本战略意图。

统一后的新罗儒学，在摸索当中根据现实生活的需要不断发展。这种发展在新罗朝廷的奖掖下，有计划地进行。在这个过程中，新罗儒学逐步摆脱其初只以学习和应用为目的的状况，进入了一个具体研究儒家思想文化经典经义的阶段。对儒学经典经义的深入理解和研究事业，大约于圣德王代已经开始引起重视，"详文师，圣德王（702—737）十三年，改为通文博士，景德王（742—765）又改为翰林，后置学士。"②自惠恭王（765—780）时，朝廷开讲经会，国外亲自参加并主持，"（惠恭王）元年，大赦，幸大学，命博士，讲《尚书义》。"③又于"（惠恭王）十二年……二月幸国学，听讲。"④这样的宫廷讲经会，其后在各个朝代的国王那里，一直在坚持进行，如"（景文王）三年春二月，王幸国学，令博士以下，讲论经义，赐物有差。"⑤为了加强对儒家经典经义的深入理解和研究，新罗政府积极从唐朝引进中国的相关研究成果，为发展自己的经学研究打好资料上的基础。唐王朝也理解新罗这方面的需求，通过各种途径给新罗送去一系列的相关文献和资料，以表达支持。

随着统一新罗进入中后期，社会各种矛盾和危机不断出现，曾经经历过一段繁荣时期的新罗，开始了走下坡路的历史过程。首先，大地主土地所有制的急剧膨胀，不仅激化了其与农民阶级的社会基本矛盾，而且还引起了中央集权与豪族地主势力之间的矛盾。到了 8 世纪中叶，统治阶级内部矛盾加剧，于 768 年七月出现了"一吉湌大恭与第阿湌大廉叛，集众围王宫三十三日，王军讨平之，诛九族"⑥的事件。这是新罗统治阶级内部各种矛盾集结于一个点上暴发的结果，从此统治阶级内部、特别是围绕王权的斗争连续不断

---

① 金富轼：《三国史记·新罗本纪·元圣王》，首尔：乙酉文化社，1977 年，第 100—101 页。
② 金富轼：《三国史记·杂志·职官中》，首尔：乙酉文化社，1977 年，第 371 页。
③ 金富轼：《三国史记·新罗本纪·惠恭王》，首尔：乙酉文化社，1977 年，第 95 页。
④ 同上书，第 96 页。
⑤ 金富轼：《三国史记·新罗本纪·景文王》，首尔：乙酉文化社，1977 年，第 115 页。
⑥ 金富轼：《三国史记·新罗本纪·惠恭王》，首尔：乙酉文化社，1977 年，第 96 页。

地发生,使新罗王朝的机体大受影响。9世纪中叶以后,统治阶级内部矛盾进一步复杂化,到其八十年代先后发生了弘弼、张保皋、良顺、兴宗、金式、大昕、允兴、金锐、近宗、信弘、金尧等人的叛乱,而这时期宫廷内王族内部围绕王权的斗争也从来没有停止过。尽管统治阶级内部矛盾重重,但他们从来没有放弃过对穷奢极欲生活的追求。他们残酷压榨和剥削下层人民,以各种名目搜刮农民的膏血,以满足自己的欲望,使劳动人民穷困潦倒、走投无路,只能奋起反抗,走上起义的道路。从此新罗各地农民起义的浪潮风起云涌,全国各州郡先后有数十次大小规模的农民起义,这种农民斗争一直持续到新罗末叶。这些农民起义沉重打击了腐朽的新罗封建统治,惩罚了豪强官僚、豪族地主、不法僧侣等,严重动摇了新罗封建统治的根基。

  新罗政治经济的衰落,导致了思想文化的颓靡。这时期传统的儒家思想文化,逐步丧失了自己原有的积极因素和作用,演变成了维持颓势的催眠歌。那些封建王公贵族和豪族官僚,变成了满口仁义的变相强盗,他们巧立名目,盘剥穷苦百姓,举着儒家仁、义、礼、智、信的招牌,行掠夺黎民之实。统一新罗时期的佛教也逐渐显露出自身弊病,各个城镇的间里庙、塔栉比,庶民避税逃入寺庙,因此军丁、农丁大幅减少,从而国家经济陷入极其困难境地。正如《三国史记》所说:"奉浮屠之法,不知其弊,致使间里,比其塔、庙,齐民桃于缁褐,兵农浸小,而国家日衰,则几何其不乱,且亡也哉?"①这一记录,形象地反映了当时佛教衰颓的基本情况。

  从整个新罗一代的思想界来看,佛教经历了自己的发展道路。从祈祷佛教、护国佛教到对佛理论的深入探索,经历了一个较长的历史过程。由于新罗统治阶级的提倡和鼓励,佛教一度显现出了极其繁荣的景象,佛寺的营建,出家僧尼数量的激增,佛经的翻译研究,都达到空前的地步。佛教发展的结果,到了7世纪中叶前后,新罗佛教形成了五个教派,也就是历史上所说的"五教"即谓此。到了8世纪后半期开始,新罗禅宗大有发展,全国逐渐形成了九派,佛教禅宗发展史上的"九山"就是其那时的称谓。在佛教事业繁荣的形势下,许多僧侣到中国跟随本地大师形成门派,或有些人则在中国逐渐开辟新的领域,成为一山一地大受欢迎的佛教大师。甚至有些僧尼在中国修成正果以后,还不停歇,不远万里到印度各地去考察并取经,为朝鲜佛教史填写了不朽的一页。统一新罗时期的佛教大师元晓、义湘等人,刻苦钻研佛教理论和历史,取得了丰硕的研究成果,撰写出一系列颇有影响的佛教著作,丰富了朝鲜古代佛教哲学文化宝库。

---

  ① 金富轼:《三国史记·新罗本纪·敬顺王》,首尔:乙酉文化社,1977年,第128页。

值得注意的是,自统一新罗中叶以后,朝鲜的儒、佛、道思想,走向了逐步融合的道路。在社会各种矛盾日益尖锐化的背景下,儒、佛、道三教"互取有无,各尽所长",共同向解决现实矛盾和问题的方向发展,为缓解社会矛盾,恢复社会秩序起到了一定的历史作用。在新罗后期崔致远有关几位禅宗大师的纪念性碑铭中,有关三教合一走向融合之路的内容,表达得既具体而又深刻。

在统一新罗文化发展的行程中,汉学与儒学一起,得到了较大的发展。7世纪末的强首、薛聪既是大儒学者又是著名汉学家。到了8—9世纪,又出现了金大问、崔匡裕、朴仁范、崔致远等著名汉学家、作家。其中的金大问有《高僧传》《花郎世纪》《乐本》《汉山记》等,崔致远有《四六集》《桂苑笔耕》《文集》等。在音乐舞蹈方面,除了传统的伽耶琴、玄琴、琵琶等大有发展之外,新罗独特的大琴、中琴、小琴也有显著的发展。统一新罗时期弹奏这些乐器的高手也辈出,如玉宝高,在智异山云上院经过五十年的修炼,创作了《上院曲》等三十余首乐曲。这时期新罗的歌舞也有很大的发展,从崔致远的组诗《乡乐杂咏》看,新罗的歌舞种类繁多,演技高超,为其后朝鲜音乐舞蹈的发展奠定了坚实的基础。在绘画、雕刻方面,统一新罗人也取得了空前的成就。佛国寺的建筑、皇龙寺的铜钟、芬皇寺的铜像、石窟庵的雕刻、万佛山的罗汉等都是这时期绘画、雕刻和泥塑创作上的优秀成果。

第二节 统一新罗时期的文学

统一新罗是文学进一步发展的时期。经济的发展,国力的强盛,唐朝文明与本土文化的交融,统治思想的系统化,文化的多元并蓄,国内环境的空前宽松,以及在其国内最受重视的读书三品科以儒家经典和文学能力为考核内容等因素,有力地促进了统一新罗时期文学的发展。在这样的客观环境下,优秀作家辈出,各类作品涌现,而汉文学作为这时期文学的主流更是大放异彩。除了汉文学,统一新罗时期值得注意的是国语文学。新罗乡歌源于三国新罗,它的极盛时期也在三国新罗真兴王执政前后。统一新罗的国语文学体裁多样,感情真挚,形象生动,反映了这时期文人积极的生活态度,浪漫的情调,有些作品也透露出当时都会民众的生活气息和感情色彩。

统一新罗时期的文学深受中国唐代文学的影响。历史进入这个时期,已经结束了三国时期七百余年相互征战的混乱局面,社会进入了相对稳定的阶段,统治阶级实行"偃武修文"的基本政策,与近邻唐朝保持了友好来往关系。在这样的客观条件下,新罗政府放手发展经济和文化,力求构筑一个海东盛世。为了达到这样的远近目标,新罗王朝加强了与唐朝的政治外交的友好关系和文化上的紧密交流。当时的新罗王朝不仅急需引进唐朝的制度文明和文物制度,而且更需要吸收唐朝文化中对己有用的部分以充实自己,特别是已经达到世界最高水平的唐代文学艺术,是新罗人寤寐以求的所望之物。于是新罗王朝利用一切机会引进唐代文学艺术成果和历代相关文献,一次又一次地派人去唐学习文学的奥境。新罗王朝的这种愿望和政策以及文化交流的事实,我们在《三国史记》等朝鲜历史文献中可以随处看到。还有利用外交来往的机会,在唐购书及文物,是新罗王朝的一个常规战略。这方面的记录,我们可在当时和后来文献中经常看到。如《三国史记》记道:

> 遣使入唐,奏请《礼记》并文章,则天令所司,写《吉凶要礼》,并于文馆词林,采其词涉规戒者,勒成五十卷赐之。①

这里所说的"文章",就是有关文学的文献或书籍。武则天特命所司,不仅临时写就《吉凶要礼》给新罗使,而且还从"文馆词林"中"采其词涉规戒者,勒成五十卷赐之"。可见,对新罗的要求,唐王朝也积极配合,尽量满足。这是新罗文圣王(839—857)时期的记录,我们可再看景文王(861—875)时期的记录,其曰:

> 遣学生李同等三人,随进奉使金胤,入唐习业,仍购买书银三百两。②

新罗朝廷不仅送学生拜托唐朝政府精心照顾,而且利用派使的机会,购买唐朝的书籍。记录中的购书资金是银三百两,在当时这个数目的现金应该是相当地充足,能买得大量的所需书籍。另外,在唐新罗留学生数量众多,光是新罗文圣王时一次归国数量就有一百多人。对此《三国史记》记曰:

> 唐文宗敕鸿胪寺,放还质子,及年满合归国学生,共一百五人。③

这些新罗留学生,在唐努力学习学术和文学,有的还与唐朝著名的文士直接接触和交流,不仅充分习得唐朝的先进文明和文艺,而且还大广见识。这样,

---

① 金富轼:《三国史记·新罗本纪·文圣王》,首尔:乙酉文化社,1977年,第113页。
② 金富轼:《三国史记·新罗本纪·景文王》,首尔:乙酉文化社,1977年,第117页。
③ 金富轼:《三国史记·新罗本纪·文圣王》,首尔:乙酉文化社,1977年,第112页。

回国时的这些留学生,已经是达到相当水平和见识的人才,为新罗王朝的发展增添了不少力量。特别是在新罗文学的发展过程中,这些自唐归国学子起到了举足轻重的作用。

新罗王朝在"偃武修文"的总政策方针下,有计划地培养一大批颇有文学修养的文士,使其在中央和地方的各个要害部门任职。在当时的新罗,这些人才来自于两个方面,一是留唐深造回国的留学生,一是在国内靠政府的支持和自己的努力一步步奋斗,最后通过读书三品科筛选出来的人才。无论是哪一种情况,这些人才都已经经历过苦读中国儒家经典,苦修汉文学知识和技能的艰难修业过程,其文学水准已相当高了。统一新罗时期的文学,是由两条线索发展的,一是主要利用中国文学艺术形式的汉文学,一是用乡札标记法和汉文记录的国语文学。

从汉文学的角度看,统一新罗时期是汉文学大力发展的时期,出现了大量优秀作家和作品。尽管由于文献的缺少,很难全面掌握统一新罗时期文学全况,但从已经流传下来的作家、作品看,这时期还是汉文学进一步成熟和发展的重要时期。这时期的作家们立足于现实生活,运用汉诗文的艺术形式,反映出了国家大事和自己的生活。同时,这时期的作家们非常细致地反映自己在现实生活中的感受和审美认识,写出内心的喜、怒、哀、乐,丰富了新罗汉文学宝库。还有一些在唐朝读书、做官和进行文学创作的宾贡科出身的人,回国以后都在新罗朝廷和地方上发挥自己的作用,但是由于当时新罗国内各种矛盾错综复杂,很多归国留学生往往受到排挤,甚至被那些王公贵族和官僚统治者受到打击,过着极其痛苦的生活。在文学创作上,这些人在逆境中写出了诸多诗歌和散文,以表达自己怀才不遇的心境。这时期出现了渐开、纯贞、金乔觉、释月明、中岳山人、金立之、金云卿、金可纪、崔致远、崔匡裕、朴仁范、王巨仁等一大批汉文诗人和无数无名氏作家。

崔致远是这时期无数汉文学家之中的一个代表性作家。他12岁离开家乡,渡海到唐长安,以宾贡生身份刻苦学习中国的思想文化、学术和文学,几年后以优异的成绩入格于宾贡科,三年后被授予溧水县尉。他在溧水勤勤恳恳地从事公职,四年后任期满,他打算进一步考取司马试。但是由于生活的困难和当时唐朝社会的动荡,他南下淮南在朋友的帮助下辗转谋职。此时正好黄巢起义爆发,唐王朝在惊惶失误中任命高骈为都统,以镇压黄巢起义军,而此时的高骈正处于组建前线指挥部的过程中。崔致远通过朋友顾云的推荐去应聘,在众多竞争者中以优异的条件被聘用,任都统高骈之从事官。在任此职期间,他日夜勤勉工作,深受高骈信任和重用,为完成使命作出了贡献。他在这期间写出的《檄黄巢书》,受到当时和后人的广泛好评。特别是檄书中"不惟天下之人皆思显戮,抑亦地中之鬼已议阴诛"一句,言辞之峻切凌厉,令一代豪雄黄巢心生怯意。据朴趾源的记录,"高骈奏为从事,为骈草檄,召诸道兵讨黄巢,巢得檄,惊坠床下。孤云名遂震海内。"①后来凭藉高骈的极力举荐,崔致远先后担任侍御府内供奉、都统巡官、承务郎、馆驿巡官等重要职位。在中国为官时期,崔致远的文学才华得到了淋漓尽致的展示。由于他的重要贡献,唐僖宗特为他授予"绯鱼袋"勋位。后来崔致远思念故国,愿意回国省亲,唐僖宗特命以大唐三品官衔兼使节的身份让其荣归故国。在中国学习、任官,奋斗了十六年的崔致远,于28岁(885)那年,终于回到了自己的祖国新罗,此时正是新罗宪康王十一年。

宪康王把他留为侍读兼翰林学士、守兵部侍郎知瑞书监,他满怀信心地投入到新罗朝廷的事业中来,但不久他发现当时的新罗处于内外重重矛盾之中,朝中党派林立,国家经济衰退,处处显出民生疾苦。面对国家的各种弊病,他积极献策,曾提出过《时务策》,但由于种种原因,他的献策迟迟得不到实行,反受人家的非议。特别是那些奸佞之辈们处处排挤和刁难他,而且还背着他在国王面前献谗言,使他十分被动。如《三国史记》所载:"致远自以西学多所得,及来将行己志,而衰季多疑忌,不能容,出为大山郡太守。"他受到排挤,出为地方官,在大山郡、富城郡等处任过太守之职。再后来,他干脆绝缘于仕途,领家属隐居于山林之中,以读书、钻研学问为乐趣。如《三国史记》所说:"东归故国,皆遭乱世,屯邅塞连,动辄得咎,自伤不遇,无复仕进意,逍遥自放。山林之下,江海之滨,营台榭植松竹,枕藉书史,啸咏风月。若庆州南山,刚州冰山,陕州清亮山,智异山双溪寺、合浦县别墅,此皆游焉之所。"②崔致远一生经历坎坷,文学成就丰硕,所达到的思想、艺术性亦高岸,受到后人的称颂。他一生中的每个阶段都留下了相应的文学作品,如在长安学习期间、游历东都洛阳期间、溧水县衙为官时期、淮南高骈幕府时期、回国途中、回国以后等,都是对他创作分期不可忽视的阶段。他诗歌创作中的代表性作品有《秋夜雨中》《东风》《山阳与乡友话别》《陈情上太尉》《再经盱眙县》《古意》《江南女》《石峰》《潮浪》《沙汀》《野烧》《杜鹃》《海鸥》《山顶危石》《石上矮松》《红叶树》《石世上流泉》《乡乐杂咏》《金丸》《月颠》《大面》《束毒》《狻猊》《遇兴》《蜀葵花》《双女坟》等等。据崔致远在唐中和年间所写的《桂园笔耕序》,他的诗文有:今体赋五首,共一卷;五、七言今体诗共一百首,一卷;《中山覆篑集》一部五卷;《桂园笔耕》一部二十卷。据传,归国后还写过《帝王年代历》

---

① 《燕岩集》,《咸阳郡学士楼记》。
② 金富轼:《三国史记·列传·崔致远》,首尔:乙酉文化社,1977年,第430—431页。

《新罗殊异传》等著作。不过如今所传之诗文,只有《桂园笔耕》中所载和《东文选》中所保存的三十首诗歌作品和《三国史记》中所记《乡乐杂咏》五首。崔致远代表了统一新罗时期汉文学的最高成就,他也是朝鲜古代最优秀的汉文学大家之一。

统一新罗时期的汉文学中,还有一些游记、碑铭之类的文体。慧超的《往五天竺国传》,是其中的一部。慧超是新罗第三十三代圣德王(702—736)时人,十六岁至唐学习佛教经典,达到了很高的境界。后来他决心到佛教发祥地印度去漫游和考察,于719年从中国南海边登商船,经过海上的长途跋涉到达印度,遍访五天竺国,最后经过其西北方的克什米尔等地,辗转取道其西南方,经过波斯、大食,到达了当时属于东罗马帝国的拂临(叙利亚)。他最后从这儿踏上归途,经过中亚几十个国家,翻越帕米尔高原、青藏高原,途经新疆,于唐玄宗开元十五年(727)回到唐都长安,总行程十万多里路。他的《往五天竺国传》,记录了行程中所见所闻,而且把自己在此过程中的感受和思想细致地表达了出来。《往五天竺国传》详细记述了五天竺国佛教发展情况,围绕佛教的宗派、习俗、历史等,还详记了五天竺国僧人修行、圆寂、国王敬佛等情形。该旅行记字里行间流露出作者对五天竺国社会发展状况及人民生活的极大关心,作品中对一些国家的农业生产、矿产、畜牧业等情况都有详细的描述。慧超的《往五天竺国传》,开启了朝鲜古代旅行文学先河,对后世游记文学的发展产生了深刻影响。

统一新罗时期也是韩国国语文学大力发展的时期。这时期的韩国国语文学主要有乡曲、乡歌、故事等。所谓的乡曲,是相对于唐乐的一种新罗本土之乐,由于它将诗歌和乐曲紧密结合,故其在当时和后世具有强烈的艺术生命力的主要原因,乡曲的文学意义,在于它有内容极其丰富的、经过反复提炼的国语诗歌作为词,具有极其强烈的民族特色。这时期乡曲的代表作有:《新调》(玉宝高)、《飘风》(贵金)、《平·羽调》(克宗)、《三调》(逸名)、《三竹》(逸名)、《平调》(逸名)、《鹦鹉歌》(兴德王)、《三歌》(大炬和尚)、《繁花曲》(金魏膺)、《乡乐杂咏》(崔致远)等。这些乡曲作品一般都是具有浓厚的民族情节和民族感情,民族艺术形式,是朝鲜古代文学和艺术之珍贵的瑰宝。

这时期的乡歌,继承朝鲜半岛三国时期的传统,有新的发展。这个时期乡歌内容上的主要特点,一是追慕在统一战争中献出生命的那些花郎徒和各类民族英雄,二是歌颂儒家的思君、思勇思想,三是宣扬佛教教理,以抒发人生的无常和永生,四是抒发人性的神圣和神鬼与人类之间能不能和谐相处的想法。这时期代表性的乡歌有:《愿往生歌》(释广德)、《慕竹旨郎歌》(得乌谷)、《献花歌》(牵牛老翁)、《枯树歌》(信忠)、《兜率歌》(释月明)、《祭亡妹歌》

(释月明)、《散花歌》(逸名氏)、《安民歌》(释忠谈)、《赞耆婆郎词脑歌》(释忠谈)、《祷千手观音歌》(希明盲儿)、《遇贼歌》(释永才)、《处容歌》(处容)、《身空词脑歌》(元圣王)等等。这些乡歌意象深远,感情真挚,形象生动,无疑都是朝鲜古代文学之精华。新罗人爱作乡歌,爱唱乡歌,爱传播乡歌,乡歌无疑是他们生活中不可或缺的基本元素,也是他们生命不可撼动的重要组成部分。所以《三国遗事》指出:"罗人尚乡歌者,尚矣。盖歌颂之类欤。故往往能感动天地鬼神者,非一。"①可见,新罗人认为乡歌"往往能感动天地鬼神",具有巨大的感人、化人的功用。当时的他们,任何时候也绝不怀疑这一点,他们坚信生活中唱乡歌而感动天地鬼神的事例不是一两次,而是普遍存在。这样的思想观念虽带有浓厚的神秘主义色彩,甚至带有浓重的迷信色彩,但它毕竟是那个时代他们最真实的想法,其中寄予着他们对乡歌无限的热爱,寄托着对乡歌的一片痴情。

统一新罗时期是三教趋于融合的时代,而且原有的各种土俗信仰也趋于与三教融和的倾向。思想文化上的这种倾向,在文学中也反映得尤其明显。崔致远的散文《四山碑铭》,以恢弘的构思、深刻的思想性、洗练的文笔,反映了当时儒、佛、道三教及本土信仰趋于融合的时代气息,表达了作者对本土禅宗文化的崇慕和对佛教大师们的敬仰之情。这时期还产出了各种艺术形式的汉文散文,主要如人物传记《高僧传》(金大问)、旅行记《往五天竺国传》(慧超)、风俗志《鸡林杂传》(金大问)、纪实文学《花郎世记》(金大问)、乡乐探访记《乐本汉山记》(金大问)、志怪传奇《殊异传》(崔致远)、历史著述《三代目》(释大炬)、诗文集《桂园笔耕》(崔致远)、诗文集《翾本集》(崔承佑)等等。这些汉文散文都是新罗人自创自作的,为其后朝鲜古代散文的发展奠定了坚实的基础。

值得注意的是,统一新罗时期的汉文学虽然积极学习和吸收中国各代文学的营养,但其前进的步骤上与中国本土相比,还是显得落后一些。因为朝鲜的统一新罗时期,正好是唐代文学如火如荼地大力发展的时期,新罗也派很多留学生学习过唐代文学,使节们也都亲眼目睹过蓬勃发展的唐代文学盛况,但是从新罗文学自身发展的大体情形看,还是远远落后于唐代文学,甚至很多方面都基本没有触及到唐代文学内容和形式最本质的方面。朝鲜古代汉文学真正的发展,还是留待其后高丽时期的努力了。

---

① 一然:《三国遗事·感通·月明师兜率歌》,权锡焕、陈蒲清译,长沙:岳麓书社,2009年,第454页。

第三节　统一新罗时期的志怪和传奇故事

　　统一新罗也是传奇、传说和寓言广泛流行的时代。统一新罗社会虽然比三国时期大有进步，但它毕竟属于朝鲜封建社会的前半期，在社会意识形态中还残留着浓厚的原始信仰意识。尽管新罗王朝以儒家思想为正统思想，但它毕竟建立在本土原始宗教的思想文化基础之上，在很大程度上，人们的意识领域中还是难免主要以自己最熟悉的本土信仰为引领生活的思想原则。即使是王室，崇神敬神观念还是在很大程度上主导着思想原则，信鬼避鬼观念还是充斥于人们的思想之中，国家为祈福、求雨、退疫、避邪和为国家安宁所举行的祭祀活动和祭神仪式，都充分说明了这一点。

　　这样的社会意识形态特征，不能不反映在这一时期的民间文学之中。从现今可以看到的统一新罗时期的民间文学来看，当时的新罗人的确尚未摆脱自三国新罗人那里继承过来的原始信仰观念的束缚，对神对鬼的存在还是深信不疑。他们对人与神、人与鬼的故事很明显的一个特点，就是神、鬼具有一定的人的特征，任意来往于神界、冥界与人世间之间，甚至有时候完全扮演人的角色。《三国遗事》所载《水路夫人》，就是属于这一类故事。其曰：

>　　圣德王代，纯贞公赴江陵太守（今溟州），行次海汀昼膳。傍有石嶂，如屏临海，高千丈，上有踯躅花盛开。公之夫人水路，见之谓左右曰："折花献者其谁，从者曰："非人迹所到。"皆辞不能。傍有老翁，牵牸牛而过者，闻夫人言，折其花亦作歌词献之。其翁不知何许人也。便行二日程，又有临海亭，昼膳次海龙忽揽夫人入海。公颠倒躄地，计无所出，又有一老人告曰："故人有言，众口铄金，今海中傍生，何不畏众口乎！宜进界内民，作歌唱之，以杖打岸，则可见夫人矣。"公从之，龙奉夫人，出海献之。公问夫人海中事，四七宝殿宫，所膳甘滑香洁，非人家烟火。此夫人衣袭异香，非世所闻。水路姿容绝代，每经过深山大泽，屡被神物掠揽。众人唱海歌，词曰："龟乎！龟乎！出水路，掠人妇女罪何极。汝若旁（心旁）逆不出献，入网捕掠，燔之吃。"老人献花歌曰……。①

　　这是一则以历史记录的形式记载下来的故事，一切都似真有其事。同时在故

---

①　一然：《三国遗事·纪异·水路夫人》，权锡焕、陈蒲清译，长沙：岳麓书社，2009年，第119—120页。

事中,纯贞公及其水路夫人和随从们都是现实中的真人,而牵牛翁却似神灵之属,处处带有神秘的色彩。故事讲到,纯贞公赴任江陵,在临海亭吃中午饭时,忽然出现海龙掠走了水路夫人,但在牵牛老翁"众口铄金"的提醒下,使附近百姓"作歌唱之,以杖打岸",果然海龙奉夫人而献。纯贞公问夫人海底龙宫之事,夫人如实告诉,"四七宝殿宫,所膳甘滑香洁,非人家烟火",而且"夫人衣袭异香,非世所闻"。由于水路夫人是绝代美人,每次经过深山大泽,"屡被神物掠揽",而每次都靠大家的歌唱救出。记录交代这是发生于圣德王代江陵太守纯贞公身上,记录的实录风格是其特点。故事中神灵的所作所为,似乎亦真亦幻,让人读了随故事而进入迷宫,但实际上这一则故事应该是当时流传于新罗江陵一带的民间传说。值得注意的是,记录这一故事的文献是《三国遗事》,而《三国遗事》是一部野史,它的资料来源一是从三国时期的一些野史资料和书籍中提取,二是一然采集当时民间和官方流传的一些传闻或故事而成。由于这样的资料来源和一然本身僧侣的身份,《三国遗事》中的志怪、传奇和传说,不能不带有浓厚的宗教色彩。《三国遗事》中的这种宗教意识亦主要分两种,一是本土原始信仰,二是佛教观念,而这一《水路夫人》则属于前者。有关海龙王的故事,是在当时的新罗流传最广的故事系统之一。由于新罗是三面环海的国度,其生活与大海关系特别密切,所以有关海中龙王的故事种类繁多,海龙王吞没海船、海龙王施淫掳掠人间美女、海龙王及其族属影响人间生活、海龙族属到人间为官实施恶政或善政、水中龙宫富丽堂皇的神话等等,都是其中流传较为广泛的故事系列。志怪《水路夫人》就属于这一故事系统。它以新罗江陵太守纯贞公及其夫人和神仙人物牵牛老翁、海中龙王及其族属之间发生的故事为主要线索,反映了人与神怪之间的矛盾,说明如果处理得不好神怪对人类的危害无穷,如果处理得当人与神怪之间可以和谐相处。整个故事曲折迷离,似真似幻,但使人读了印象深刻,可以长久地吟味其寓意。

有关处容的志怪故事,也是以历史记录的形式,记录于《三国遗事》的卷第二之中。这也是统一新罗时期流传的志怪故事中,神怪成分极其浓厚,故事情节非常离奇的作品。这个故事中的主人公处容,实际上是东海海龙王七个儿子中的一个,后来与父王一起在东海边偶遇宪康王并为之献歌舞时,被宪康王带到宫中来的。关于处容的故事,《三国遗事》具体记云:

  第四十九宪康大王之代,自京师至于海内,比屋连墙,无一草屋,笙歌不绝道路,风雨调于四时。于是大王游于开云浦(在鹤城西南,今蔚州)王将还驾,昼歇于汀边,忽云雾冥曀,迷失道路。怪,问左右,曰官奏云:"此东海龙所变也,宜行胜事以解之。"于是敕有司,为龙创佛寺近境。施令已出,云开雾散,因名开云浦。东海龙喜,乃率七子现于驾前,赞德献舞奏乐,其一子随驾入京,辅佐王政,名曰处容。王以美女妻之,欲留其意,又赐级干职。其妻甚美,疫神钦慕之,变无(为)人,夜至其家,窃与之宿。处容自外至其家,见寝有二人,乃唱歌作舞而退。歌曰:"东京明期月,良夜入伊游,行如可入良沙寝矣。见昆脚乌伊四是良罗,二肸隐吾下于叱古,二肸隐谁支下焉。古本矣吾下,是如马于隐夺叱,良乙何如为理古。"时神现形,跪于前曰:"吾羡公之妻,今犯之矣。公不见怒,感而美之,誓今已后,见画公之形容,不入其门矣。"因此,国人门贴处容之形,以僻邪进庆。王既还,乃卜灵鹫山东麓胜地置寺,曰:"望海寺",亦名"新房寺",乃为龙而置也。①

故事中的处容实为东海海龙王之子,因为是海中神怪之后裔,他身上充满了极其神秘的色彩。统一新罗的宪康王执政时期,是"自京师至于海内,比屋连墙,无一草屋,笙歌不绝道路,风雨调于四时"的太平盛代。在这样的好时节,宪康大王巡游全国各地,到达蔚州游开云浦而后准备返京时,昼歇于汀边,忽有云雾冥蒙,御驾迷失了道路。王怪之而问左右,日官说这是东海龙王怪变之故,作一些胜事天即可开晴,于是命有司为龙创佛寺于近境,施令一出,天即云开雾散。海龙王即刻带领七个儿子,在宪康王前"赞德献舞奏乐",龙王的一个儿子随宪康王回京。回宫以后,宪康王安排海龙之子任朝官,以辅佐王政,起名曰处容。宪康王又将美女嫁给他,而且怕他不能安心于朝廷,又赐级干之职。处容之妻美貌天下无双,有一疫鬼被吸引,变为人,夜入其家,偷偷地与之睡上。处容深夜回家,看到家里的床上有男女二人,便知道发生了什么,悲伤不已,用乡歌形式唱道:(以下为现代汉语意译)

> 在东京的圆月夜,游玩到深更。
> 回家发现,床上有四条腿。
> 其中的两条为我的,而另两条腿是谁的?
> (前)两条腿本来是我的,而现在被人掠了,这该怎么办呐!

意思就是处容玩到深夜,回到家里发现,有人偷自己的妻子在自己的床上睡

---

① 一然:《三国遗事·纪异·处容郎·望海寺》,权锡焕、陈蒲清译,长沙:岳麓书社,2009年,第141—142页。

觉。处容一时不知所措,回过神后气晕了,于是唱了这首歌,以抒发自己极其痛苦的心境。处容唱到此时,疫鬼现出原形,跪于处容前求道:"吾羡公之妻,今犯之矣。公不见怒,感而美之,誓今已后,见画公之形容,不入其门矣。"从此,新罗王朝"国人门贴处容之形,以僻邪进庆"。宪康王巡游还朝,乃卜灵鹫山东麓胜地置寺,叫做"望海寺",亦名"新房寺",是为海龙而置。从此,新罗风调雨顺,笙歌不绝于路,迎来了的太平盛世。

朝鲜自古传承着多神信仰。朝鲜半岛,三面环海,山高林密。这样的自然环境为朝鲜古人提供了相应的生存条件和生活乐趣,也为他们的精神生活提供了丰富的物质条件。他们的原始宗教信仰和原始的艺术生活,也是在这样的环境中萌生和发展而来,形成了朝鲜数千年的宗教信仰和艺术的源头。山神、谷神和河神之类,就是在这种条件下代代相承下来,成为了社会意识形态的重要组成部分。与对海神的崇拜一样,对山神的敬仰之情,也是新罗人宗教感情的重要组成部分。在上述有关处容郎的记录中,《三国遗事》还记载了人与山神之间关系的内容。其曰:

> 又幸鲍石亭,南山神现舞于御前,左右不见,王独见之。有人现舞于前,王自作舞,以像示之。神之名或曰:"祥审"。故至今国人传此舞,曰:"御舞祥神",或曰:"御舞山神",或云:"既神出舞"。审象其貌,命工摹刻,以示后代,故云:"象审",或云:"霜髯舞"。此乃以其形称之。又幸于金刚岭时,北岳神呈舞,名"玉刀铃"。又同礼殿宴时,地神出舞,名"地伯级干"。《语法集》云:"于时山神献舞,唱歌云:'智理多都波'。'都波'等者,盖言以智理国者,知而多逃,都邑将破云谓也。"乃地神山神知国将亡,故作舞以警之。国人不悟,谓为现瑞,耽乐滋甚,故国终亡。①

宪康大王再游一个叫做"鲍石亭"的地方。与上一次的海边际遇不同,这一次遇到了南山神。南山神化为人的模样,在御前载歌载舞,随行的左右群臣都看不见,唯独大王能看得见。王随南山神而舞,南山神领王舞于前,以像示之,在场的大臣都觉得怪异。后来人们把此山神叫做"祥审",其舞也被传,国人将其叫为"御舞祥神""御舞山神"或"既神出舞"。人们描绘此神象,命工匠摹刻,以示后代,故云"象神",依其形象又把其舞叫做"霜髯舞"。后宪康王又游金刚岭,这次北岳神出舞,舞名叫"玉刀铃";又在同礼殿宴会时,地神出舞,

---

① 一然:《三国遗事·纪异·处容郎·望海寺》,权锡焕、陈蒲清译,长沙:岳麓书社,2009年,第142页。

其神或名"地伯级干"。后来《语法集》记录说其时山神献歌舞时,唱词云:"智理多都波",而"都波等者",说的就是"以智理国者"预知国家将有事提前逃遁,因而都邑将要破。故事《处容郎》的记录者认为,山神、地神预知国家将亡,所以遇到国王时出歌舞以警告之,但当时的国人却悟不到这些而将其视为祥瑞,所以国王和人们"耽乐滋甚",反而加速了国家之亡。除了野史的记录,像《三国史记》这样的正史也有类似的记录,其卷第十一记道:"宪康王立……五年三月,巡幸国东州郡,有不知所从来四人,诣驾前歌舞(舞,旧本作歌,误也)形容可骇,衣巾诡异,时人谓之山海精灵(古记谓王即位元年事)"①《三国史记》是高丽金富轼等依照王命撰写而成的,其内容都是各个时期的史实,但它还是记录了新罗宪康王巡游时"山海精灵"眼前献舞的事情,从而可知统一新罗时期发源的这一故事之影响是多么深远。

　　新罗人与唐交通,只能走西海海路。一是因为当时辽东地区的政治形势较为复杂,陆路交通几乎不可能。二是因为当时新罗的政治中心在半岛南端庆州地区,与中国的山东半岛和江浙一带隔海相望,海路是最方便的交通路线。前后新罗近千年的历史,其间与中国发生过无数次的来往关系,所利用的交通都是海路。而横隔于中朝两国间的黄海和渤海,其气候和海流变化较为复杂,而且海中地形和季风的规律很难掌握,加上当时的人所建造和利用的都是小型木制船,所以发生海难的概率较高。新罗王朝所存续的漫长岁月中,在黄海和渤海里不知发生过多少次的海难,死伤过多少人员,其中的一些海难都被记录于相关史书和文献之中。在当时科学文化水平较为低下,原始的宗教信仰依然占据着社会意识形态很大比重的情况下,人们基本无法了解大海的自然秘密,无法掌握黄、渤海海域的自然变化规律。在这样的客观条件下,面对大海的变化无常、面对怒吼的季风和台风、面对西太平洋沿岸地区多变的海流,人们只能叹息自己的渺小和无能。当时的人们认为汹涌的风浪是因为人类激怒了天神和某些神灵,黄、渤海中生成的很多地方的旋涡是因为其海底有可怕的凶龙或海鬼在作怪。为此中朝两国沿岸地区的人们曾举行过各种各样的祭祀仪式和安慰龙王神的活动,以祈求渔民的安乐、海上捕捞生产的丰收和远航的顺利。就当时的新罗人而言,除了季节性的祭礼活动以外,还有很多有关海上的禁忌习俗、祭祀种类和应对措施。在这样的自然环境和古代复杂意识活动的背景下,产生得最多的还是人们围绕海和海上活动的神话、传说和志怪故事。由于是在极其愚昧的科学认识水平下幻想出来的,所以这些民间文学作品往往带有非常浓厚的原始信仰意味,带有浓重的

---

① 金富轼:《三国史记·新罗本纪·宪康王》,首尔:乙酉文化社,1977年,第118页。

宗教色彩和艺术幻想成分。即使是这样,故事的结构依然与现实中的人类密切相关,神灵或鬼怪危害人类或国家的正常生活和活动往往是故事的开端。在故事情节中,神怪或鬼怪肆虐,害及好人好事,但人类往往在善神的助佑下或在某些英雄的救难下打败恶神,捍卫幸福生活或完成国家民族大业。在朝鲜古代神话、传说和志怪传奇中,这一类故事的比重较大。志怪《居陁知》就是这些故事中的一个,其曰:

> 第五十一真圣女王,临朝有年……此王代阿飡良贝,王之季子也。奉使于唐,闻百济海贼梗于津凫(岛),选弓士五十人随之。舡次鹄岛(乡云"骨大岛")风涛大作,信宿侠(浹)旬,公患之,使人卜之,曰:"岛有神池,祭之可矣。"于是具奠于池上,池水涌高丈余。夜梦有老人,谓公曰:"善射一人,留此岛中,可得便风。"公觉而以事谘于左右曰:"留谁可矣?"众人曰:"宜以木简五十片,书我辈名,沈水而阄之。"公从之,军士有居陁知者,名沈水中,乃留其人。便风忽起,舡进无滞。居陁愁立岛屿,忽有老人,从池而出,谓曰:"我西是海若,每一沙弥,日出之时,从天而降,诵陁罗尼,三绕此池。我之夫妇子孙皆浮水上,沙弥取吾子孙肝脏,食之尽矣。唯存吾夫妇与一女尔,来朝又必来,请君射之。"居陁曰:"弓矢之事,吾所长也。闻命矣。"老人谢之而没。居陁隐伏而待,明日扶桑既暾,沙弥果来,诵咒如前,欲取老龙肝,时居陁射之,中沙弥,即变老狐,坠地而毙。于是老人出而谢曰:"受公之赐,全我性命,请以女子娶之。"居陁曰:"见赐不遗,固所愿也。"老人以其女,变作一枝花,纳之怀中,仍命二龙,捧居陁趁及使舡,仍护其舡,入于唐境。唐人见新罗舡有二龙负之,具事上闻。帝曰:"新罗之使,必非常人。"赐宴坐于群臣之上,厚以锦帛遗之。既还国,居陁出花枝变女同居焉。①

这个故事以新罗第五十一代真圣女王派其季子良贝率使节去唐完成外交使命为背景,讲述了其在海路上遇到神怪的阻挠和威胁的情况下,得到善神——老龙神的帮助解脱危机和困境的故事。良贝一行事前听说百济海盗作梗于海中津岛,选拔优秀的弓箭手50人跟着,但是船到鹄岛时风浪大作,经十来日也无法上路,良贝心中担忧之余便使人占卜,卜师说祭祀于岛中神池即可解脱。于是良贝一行祭于神池,池水突然涌高丈余,当晚良贝夜梦有

---

① 一然:《三国遗事·纪异·处容郎·望海寺》,权锡焕、陈蒲清译,湖南长沙:岳麓书社,2009年,第145—146页。

一老人，说留一善射之人于岛上即可得便风。于是在众人的建议下，以木片沉水抓阄的方法挑选一个弓箭手，结果一个叫居陁知的弓箭手名沉水中，便留于岛。此时便风忽起，使节船行驶无阻，顺利地往唐朝而去。留在岛上的居陁知愁立于岛上，忽然池中出一老人，说自己是西海之神海若，每天日出时分，一沙弥从天而降，边诵陁罗尼经边绕池三圈，水中的龙族和鱼族皆浮水上，沙弥先从年少者开始挖取肝脏吃，这样海若老人的子孙已经死光，只剩下老夫妇与一个女儿，这个鬼沙弥明早还会来，希望居陁知捕捉机会射杀他。居陁知爽快地答应，说弓箭之事是自己之所长。于是居陁知埋伏等待，第二天黎明时分那个沙弥果然如期而至，诵咒如前，然后欲取老龙肝，此时居陁知见机而射之，命中鬼沙弥，鬼沙弥现出老狐原形，坠地而毙。老龙出而拜谢，为报答救命之恩愿意将小龙女嫁给居陁知，居陁知也表示愿意娶小龙女。于是老龙变魔术，将小龙女变作一枝花，纳给居陁知怀中，还命两个手下之龙"捧居陁趁及使舡，仍护其舡，入于唐境"。唐水军见此状赶紧上报皇帝，皇帝也见二龙护佑的新罗使节居陁知，认为非常人，设宴以上宾款待，还赠送很多锦帛之物。完成使命回国以后，居陁知拿出花枝，花枝立刻变为美女，二人从此过上美满的日子。这个故事乍听起来，荒唐怪异，使人感到扑朔迷离，一时理不出所以然，但是仔细琢磨，还可看出故事的含义。这里的西海龙王及其族属，是深受狐狸精怪沙弥迫害的对象，其家族被狐狸精怪沙弥几尽杀绝，只剩下老两口和一个女儿，但是他们遇到居陁知这样的人间英雄，终于报了仇救了命。西海龙王的报恩之举，也颇感动人，使得包括居陁知在内的新罗使节团大受唐朝皇帝盛情款待，而且还使居陁知得到小龙女并与之过上美满生活。在故事中，人间世界和神怪世界是相通互往，可以沟通意志和感情，可以交流内心感情，被拟人化的神灵和鬼怪变得有血有肉，可感可亲。整个故事虽怪异无双，但故事中的人物个性鲜明，形象生动，让人听了久久难以忘怀。同时，这一故事让人听了即产生两个的感受，一是对朝鲜半岛之西海充满恐惧之心，二是对其西海神话般的自然世界充满幻想和憧憬之心。无论是哪一种走向，都为有关它的民间故事的创作提供了无穷尽的创作素材。

还有一个值得注意的问题是，这一志怪故事中出现的主要人物之一的西海之神——"海若"。据《庄子·秋水》，海若原是北海之神，其云"河伯……顺流而东行，至于北海……望洋向若而叹。"对此北海之神海若的故事，自古便广泛流传于中国各地，常常进入文学家的艺术想象之中。如《楚辞·远游》中写道："使湘灵鼓瑟兮，令海若舞冯夷。玄螭虫象并出进兮，形蟉虬而逶蛇。"：王逸注道："海若，海神名。"洪兴祖补注云："海若，《庄子》所称北海若也。"这个海若，在朝鲜新罗人那里则成了西海之海神，这实际上与中国古代神话中的北海海若并无二致,因为朝鲜半岛所谓的西海就是中国的黄海和渤海,而这个黄海和渤海在中国北方的方位,古人就称它们为北海。在古代东方人的想象中,北海充满了未知的神秘色彩,传诵着种种神话和传说,它简直成为了各种神灵、鬼怪和神仙生活的灵异之海。这个朝鲜半岛西海之海若和中国古代北海之海若,实际上都是一个海若,是围绕北海而生活的东北亚各个国家和民族中被传诵的那个北海之神。它是一个披着一层神秘色彩的海神,它有时是恶神,而有时候则是善神,根据故事的地域和性质而不同。清屈大均《广东新语》卷六道:"溟海吞吐百粤,崩波鼓舞百十丈,状若雪山。尝有海神临海而射,故海浪高者既下,下者乃复高,不为民害。父老云:凡渡海……风波不起,岛屿晴明,忽见朱旗降节,骖驾双螭,海女人鱼,先后导从,是海神游也。"海神可引起汹涌的波涛,让人看了可怖,但它绝不害百姓,绝不阻止善事。屈大均所记的海神,实际上与朝鲜古代新罗人中间流传的西海海神——海若是一样的海神,都是为百姓办好事的角色。

统一新罗时期也流传着无数与此类似的记述怪异事情的故事。这些故事的内容情节大都鬼怪灵异,人物形象是神仙异人,环境是殊方异土,景物也非人间所比。《水路夫人》中的龙王及其族属,是神鬼系列中的海底神怪家族,它们可以出海掳掠人畜,危害人类,也可以与人类沟通,善解人意,为人类做善事。《处容郎》中的海神、山神和地神,也都与人类有着密切的关系,都极大地关心国家命运,关心民生疾苦,甚至可以帮助国王理政,充当维持社会秩序的角色。当这些鬼怪们充当善神时,呼风唤雨,令阴霾妖风望风而逃,恶鬼魍魉闻而却步,是十足的人类守护神。《处容郎》中的处容,是海龙王之子,也就是海神之后,它跟随宪康王进宫中担任级干之职,为王辅佐国政。他在宪康王的帮助下,娶美丽的妻子,过着人类的家庭、情感生活,而且它与另外的一个疫鬼因女人发生矛盾,最后靠自己的能耐打退疫鬼捍卫自己的家园。这样,它与统一新罗时期一系列故事中的鬼怪主人公一样,过着类似人类的生活,有人类的想法、感情和意识。

第四节 《花王戒》的思想与艺术

统一新罗也是寓言作品不断涌现的时期。从如今我们可见的几则寓言看,这时期的寓言内容丰富,语言凝练、生动,用典型形象揭示了事物的本质。说明这时期的寓言,较三国时期进了一大步,步入了较为成熟的时期。不过由于缺乏所传文献和资料,我们无法全面了解当时寓言实际的发展情况。

从寓言文学自身的发展看,它无疑是阶级社会的产物,与社会的发展密切联系在一起。凡寓言都具有寓意,没有寓意,就不算寓言,寓意不明确,也不能算作好寓言。这个寓意,就是某种特别意义的寄托,而这个意义往往以隐含的方式来表达。因为寓言是人类社会发展到一定阶段的产物,这个寓意就体现着人类生产、生活丰富的斗争经验,以及从这个斗争经验中提炼出来的哲理。统一新罗时期的寓言,反映当时的人们在社会实践中总结出来的经验和教训。

自从太宗武烈王金春秋统一三国以后,新罗步入了统一的发展阶段,政治、经济、文化各个领域都迎来了空前的发展机遇。新罗政权神文王(681—692)时,各种社会矛盾开始显现,朝廷不得不为解决各种社会问题而煞费苦心。大地主土地所有制开始恶性膨胀,不仅激化了农民与地主阶级的社会矛盾,也引起中央政权与豪族地主势力之间的统治阶级内部矛盾。这种矛盾自神文王时已经出现,代表豪族地主阶级利益的上层官僚内部陆续出现反对中央政府的叛乱,使得新罗封建王朝人心惶惶。据《三国史记》,神文王元年(681)刚拜舒弗邯真福为上大等,苏判金钦突、波珍湌兴元、大阿湌真功等谋叛,朝廷用兵镇压诛灭。神文王四年,"十一月,安胜族子将军大文在金马渚谋叛,事发伏诛。余人见大文诛死,杀害官吏,据邑叛,王命将士讨之,逆斗,幢主逼实死之,陷其城,徙其人于国南州郡。"① 此后的各个朝代,社会矛盾加剧,这样的反叛续出,朝廷只得不断调整政策,以缓解社会矛盾。其中如惠恭王(765—780)时的768年秋七月,"一吉湌大恭与弟阿湌大廉叛,集众围王宫三十三日,王军讨平之,诛九族。"② 这一次是以京畿为中心的一小京、九州的九十六名角干参加的全国规模的大事件。这是围绕权力和经济利益所进行的中央和地方势力之间的恶斗,结果往往是其中的一侧被镇压伏诛,但新的矛盾接踵而来,新的斗争再次酝酿。惠恭王在位期间,这种叛乱一直此起彼伏,其中较为有规模的是775年6月和8月相继出现的伊湌金隐居、伊湌廉相、侍中正门的两次叛乱。官僚阶层的这种叛乱,往往与君主的荒淫怠政有密切的关系。惠恭王的事例就是这样,"王幼少即位,及壮淫于声色,巡游不度,纲纪紊乱,灾异屡见,人心反侧,社稷杌陧。伊湌金志贞叛,聚众围犯宫阙。夏四月,上大等金良相与伊湌敬信举兵,诛志贞等。王与后妃为乱兵所害,良相等,谥王为惠恭王。"③ 惠恭王最终在这次叛乱中被杀,其原因主要是他本人平时荒淫无度,没有治理好政事,不顾纪纲紊乱和百姓疾苦,结果各种利益集团乘势叛乱。延续了一百多年的统治阶级内部各个势力之间的内讧,

---

① 金富轼:《三国史记·新罗本纪·神文王》,首尔:乙酉文化社,1977年,第80—81页。
② 金富轼:《三国史记·新罗本纪·惠恭王》,首尔:乙酉文化社,1977年,第96页。
③ 同上书,第97页。

本质上是为争夺王权、更多土地和劳动力的争权夺利的纷争,所以无论哪一派获胜,对劳动人民来说没有任何好处。它必然带来整个王朝的衰弱,严重破坏生产和社会稳定,使人民陷入战争的痛苦之中。同时它也必然加重百姓的经济负担,赋税和徭役重重地压在农民身上,使之不堪忍受非人的待遇。这一切都不断激化新罗社会的阶级矛盾,招致和加深社会危机,迫使不堪忍受阶级压迫和剥削的人民起来反抗。由此各地的人民起义此起彼伏,大地主割据势力承势叛乱,以从中捞取好处。这些农民起义和军阀混战,沉重打击了日益腐朽的新罗封建王朝,惩罚了豪强官僚、豪族地主、不法僧侣等阶层,严重动摇了封建政权。特别是新罗后期,封建统治阶级就是在其内部和社会阶级矛盾的冲击中,日趋衰败下去,最终退出了历史舞台。

儒家思想一贯主张"勤政爱民""以民为天下之本",但是现实中的统治阶级往往以私利为重,享乐为快,忘记了老祖宗们的良苦用心,充当了改朝换代的败家子。以"仁"为本,"勤政爱民"者兴,怠政懒政,过于荒淫不道者亡,这成为了一条历史规律。儒家的社会批评,也都是围绕这一根本的问题不断地展开,但是由于历史条件不同、人的素质不一样,新的问题则不断地产生,朝代也不断地更迭。以每个朝代来说,其初都认真总结前人的经验和教训,自己立刻按照儒家的统治理论和社会理想"勤政安民",锐意构筑一个封建制度下的"太平盛世",但是社会一旦进入繁荣期,其子孙中必然会出现一些骄漫者或享乐型的君主,怠慢社稷,忽怠百姓,终究国家逐渐衰微,走向灭亡。所以一代又一代的封建社会的思想家们,不断总结,不断抽象,提醒封建统治阶级不要忘记儒家的政治理想和治国经略。朝鲜古代的封建统治阶级及其思想家们也一样,清明的政治,廉洁的官风,以民为本的思路,以导致海东的"太平盛代",是他们最根本的希望和理想所在。但是封建社会一旦发展到一定的阶段,历代君王及其统治机构中,往往有怠政、懒政者或享乐型的君王出现,加上不断深化的统治阶级内部的和社会的阶级矛盾,封建王朝必然面临存亡的考验。于是社会批评越来越强烈,对社会良知的提醒和劝诫日益频繁,以贬职贬谪担风险者、去职抗议者、甚至以命情愿者经常出现。朝鲜三国百济成忠的《狱中上义慈王书》、统一新罗时期王巨仁的《愤怨诗》等等,都是后世统治阶级因执政腐败而导致社会不公,从而引起的对最高统治者严厉批评的实例。

这种批评在文学领域里,也常出现并格外严厉。传统儒家把文学看做是"上情下达,下情上传"之工具,所以把"诗教"看做是"教化"人的重要方面。正因为文学有这样的教化功能,儒家一向重视文学,重视通过文学的社会教育。孔子曰:"不学《诗》,无以言。"①"人而不为《周南》《召南》,其犹正墙面,而立也欤。"②。孔子认为诗歌有四种极其独特的功能,"子曰:'小子,何莫学夫诗?诗可以兴,可以观,可以群,可以怨。迩之事父,远之事君;多识于鸟兽草木之名。'"③把诗歌的社会作用,提升到"事父事君"的高度。这里所谓的"兴",即指触景生情,用因譬连类(孔安国),来感发意志(朱熹);"观",则开发认识力量,观风俗之盛衰(郑玄),考政治之得失(朱熹);"群",即加强沟通四周,互相切磋砥砺,交流情感(孔安国),和而不流,在不同意见中求统一(朱熹),"怨",有怨即可宣泄,怨刺上政(孔安国),但怨而不怒为上(朱熹)。传统儒家特别强调诗歌的"美刺"功能,这种"美刺"不仅指一般的哀怨(包括男女之情)和对某些人和事的讽喻,也包括批评统治者,但是这种"美刺"有一个绝对前提,那就是"发乎情,而止乎礼",使诗歌为维护封建统治服务。儒家对文学社会功用的这种见解,往往也应用到俗语、谚语和寓言等俗文学领域,起到教育和训诫人的作用。特别是利用寓言,来提醒人们,与不道、愚昧、贪婪等人间社会的负面现象作斗争,可以说是民间文学的一种创举。

我们知道寓言是用劝诫或讽刺的艺术手法,来针砭时代负面现象,以明显的道德教训和深奥的哲理感发人的睿智的一种文学体裁。寓言虽形式短小,但往往情节完整,力求集中和典型化,依照客观生活提炼出能够表现主题的人物性格和情节。从朝鲜三国时期以来的寓言来看,有关动植物的寓言故事较多。这说明朝鲜古代先人,与动植物关系密切,人们有意无意间创作许多动植物故事,以表达对动植物习性和特征的认识,其中加以艺术加工,使其具有人的社会属性。后来随着社会发展,人们进入农耕社会,对动植物的依赖程度发生变化,着重从其中演绎出对人类生活具有普遍意义的道德教训或智慧,使这一类故事的讲述越来越具有明显的目的性,由此寓言也越来越成为有目的的创作。很多动植物故事,在拟人化的过程中,不仅具有自己的自然属性,而且还带有人类的某种特征和思想,往往扮演某种角色。从三国时期的《龟与兔》等寓言来看,朝鲜古代的动植物寓言非常发达,无论其思想内容还是艺术手法,都达到了纯熟的的程度,只是能够被保存下来的作品极其有限罢了。

统一新罗时期的寓言《花王戒》,也是一篇成熟度极高的作品。首先,它是当时极其复杂的社会生活的产物。《花王戒》是文人薛聪为了使沉溺于酒色的神文王醒悟而讲述的寓言故事,应该说它是当时错综复杂的政治环境

---

① 《论语·季氏》,朱熹集注,上海:上海世纪出版集团,2007年,第167页。
② 《论语·阳货》,朱熹集注,上海:上海世纪出版集团,2007年,第173页。
③ 同上。

下,通过出入于神文王侧近的薛聪讲出来的。如上所述,神文王是新罗第三十一代国王,也是新罗统一三国以后的第三代君主。尽管其时新罗统一三国只有20余年的时间,但统一战争时期被掩盖的许多内在矛盾,到此时开始暴露了出来。上述神文王元年苏判金钦突、波珍湌兴元、大阿湌真功等谋叛,其四年,"十一月,安胜族子将军大文在金马渚的谋叛",都是这种矛盾进一步暴露的结果。统治阶级内部的这种矛盾,在其后各个王代也都不断发生,如惠恭王时一吉湌大恭与弟阿湌大廉谋叛;景德王时伊湌金隐居、伊湌廉相、侍中正门的多次叛乱;夏四月,上大等金良相与伊湌敬信举兵,诛志贞和惠恭王等多人的谋叛事件等,都是其中代表性事例。由于统治阶级内部争权夺利的斗争和社会阶级矛盾不断上升,一些御用文人和思想家们不断总结历史教训,强调执政者遵循儒家的三纲五常和治国安民之道,也往往以文学作品提醒执政者。以寓言晓谕封建君主及其追随者,也是一些开明文人和思想家经常使用的方法。其次,《花王戒》以植物为故事的主人公,将其加以拟人化,以"指桑骂槐"的方式,鞭挞和讽刺现实中的统治阶级。这种将隐喻作为劝诫人的手法,可以回避与当权者的正面冲突,达到从侧面"美刺"和提醒人而不直接得罪人的艺术效果。还有,动植物寓言是一个通过拟人化的艺术形式,善于利用艺术的集中和典型化的原则,阐明事理,讽喻贪婪狡诈者和愚蠢不明事理者。所以它是简便易懂,善于艺术集中和典型化,富含生活哲理的文学样式,具有强烈的教育、提醒和晓谕功能。正因为动植物寓言具有这样的审美功能,它往往被一些政治家、文学家和御用文人所利用,运用于实际的现实生活当中。可以说,寓言是文艺创作领域的轻骑兵,各类生活中的良师益友。

薛聪的《花王戒》,就是在上述的特殊环境下被创作出来的。薛聪(字聪智)的祖父是谈捺奈麻,父亲是著名佛教学者元晓。元晓初为桑门,"淹该佛书,既而返本",自号"小性居士"。薛聪自幼"性明锐,生知道,特以方言读九经,训导后生,至今学者宗之"。薛聪长大学识渊博,"又能属文",但所传甚少,只有"今南地,或有聪所制碑铭,文字缺落不可读,竟不知其何如也"[①]。薛聪是新罗一代的著名学者,也是朝鲜古代吏读文的"始创者",高丽时期的一然指出"聪生而睿敏,博通经史,新罗十贤中一也。以方言通会华、夷方俗物名,训解六经文学。至今海东业明经者,传授不绝。"[②]后来李朝时期的《世宗实录》,也肯定了他在朝鲜古代民族文字发展史上的贡献,其曰:"昔新罗薛

---

① 金富轼:《三国史记·列传·薛聪》,首尔:乙西文化社,1977年,第431页。
② 一然:《三国遗事·义解·元晓不羁》,权锡焕、陈蒲清译,长沙:岳麓书社,2009年,第387页。

聪,始作吏读,官府民间,至今行之。然皆假字而用。"①借用汉字的音义而表达本民族语言的"吏读",为当时官方和民间的书写生活创造了可靠的条件,也为后来"训民正音"的创制奠定了有力的基础。

各种记载表明中年以后的薛聪成为了受人尊重的学者。在神文王执政时期,经常聚集学问高深而能文善诗的一批文人,一起切磋学问,谈论国情世事,咨询时政要闻。在每次这样的聚会中,薛聪可说是常客,而且也是国王最信赖的大臣。因为为国王提供为政的参考意见,或为国家制定经国方略之类的事情,需要高深的学识涵养和对君主的一片忠诚,而且必须是国王格外尊重和信赖的人。薛聪就是符合这种要求的一个朝廷信宠,经常陪同神文王讲学、咨政、谈论学问和聊天,也是朝廷的智囊。《花王戒》,就是他利用与神文王交流异闻趣事的机会讲出来的一则寓言。其曰:

> 昔花王之始来也,植之以香园,护之以翠幕,当三春而发艳,凌百花而独出。于是自迩及遐,艳艳之灵,夭夭之英,无不奔走上谒,唯恐不及。忽有一佳人,朱颜玉齿,鲜妆靓服,伶俜而来,绰约而前,曰:"妾履雪白之沙汀,对镜清之海,而沐春雨以去垢,快清风而自适。其名曰'蔷薇'。闻王之令德,期荐枕于香帷。王其容我乎?"又有一丈夫,布衣韦带,戴白持杖,龙钟而步,伛偻而来,曰:"仆在京城之外,居大道之旁,下苍莽之野景,上倚嵯峨之山色。其名曰'白头翁'。窃谓左右供给虽足,膏粱以充肠,茶酒以清神,巾衍储藏,须有良药以补气,恶石以蠲毒,故曰'虽有丝麻,无弃菅蒯。凡百君子,无不代匮。'不识,王亦有意乎?"或曰:"二者之来,何取何舍?"花王曰:"丈夫之言,亦有道理,而佳人难得,将如之何?"丈夫进而言曰:"吾谓王聪明识理义,故来言耳。今则非也,凡为君者,鲜不亲近邪佞,疏远正直,是以孟轲不遇以终身,冯唐郎潜而皓首,自古如此,吾其奈何?"花王曰:"吾过矣,吾过矣。"②

故事中的花王,是指自古称之为花中之王的牡丹花。牡丹花一来到这个世界,就在优厚的环境中生活,受到种种保护和珍惜。当它遇"三春而发艳",出落为"凌百花而独出"境地之时,远近美丽的众花友们纷纷来献媚,"自迩及遐,艳艳之灵,夭夭之英,无不奔走上谒,惟恐不及"。有一天,忽然有一个佳人"伶俜而来,绰约而前",其貌"朱颜玉齿,鲜妆靓服",格外引起花王的注意。

---

① 《世宗实录》,《训民正音序》。
② 金富轼:《三国史记·列传·薛聪》,首尔:乙酉文化社,1977年,第431—432页。

她自我介绍说"妾履雪白之沙汀,对镜清之海,而沐春雨以去垢,快清风而自适"。她就是以美貌远近闻名的蔷薇花,说早知花王之德望,自荐愿陪侍于花王枕边,甘愿成为花王身边的宠妾。此时又来了一个丈夫,向花王表白心曲,其貌不扬,其言不惊人,他就是"京城之外,居大道之旁,下苍莽之野景,上倚嵯峨之山色"的白头翁。白头翁向花王提醒"左右供给虽足,膏粱以充肠,茶酒以清神,巾衍储藏,须有良药以补气,恶石以蠲毒",他特地用中国古代《左传》中的一句话'虽有丝麻,无弃菅蒯,凡百君子,无不代匮'的话来提醒花王,让其不要因为手中握有至尊的权势,家中拥有万贯财产而骄奢淫逸,眼下无人。从而提醒花王居安思危,得意时更要谨慎处置,不要因骄矜而误事误国,以备无患。蔷薇花和白头翁各自说完后,有人问花王"何取何舍?"花王回答说丈夫的话虽有道理,但美人难遇,该怎么办好呢?也就是花王最终选择了美人蔷薇花。这让丈夫大为失望,于是批评花王"亲近邪佞,疏远正直",慨叹世无贤君。在白头翁的训诫下,花王终于承认自己的错误想法,采取反省悔过的态度。仔细读来,故事中的确蕴藏着深刻的寓意,讲得悠缓而道,其中深刻的道理撞人肺腑。这个美丽的故事告诉我们,身居王位者不应该迷恋于声色之中,更不应该"亲近邪佞,疏远正直",如果不能自检、自廉和自勉,以社稷为重,其结果必然尝到自欺自灭的恶果。

　　寓言《花王戒》为了加强所寓主题之说服力,还引用中国古典名著《左传》的两段话,这大大增强了其艺术感染力。其中的一则为"良药以补气,恶石以蠲毒",这是《左传》中的典故"美疢不如恶石"的变用。《左传·襄公二十三》云:"季孙之爱我,疢疾也。孟孙之恶我,药石也。美疢不如恶石,夫石犹生我,疢之美,其毒滋多。"春秋时期的鲁公子庆父有三子,以王孙之故,以次序排列,即称孟孙、仲孙、季孙。其时不知什么原因,大夫孟孙氏厌恶藏孙氏,而季孙氏则喜欢藏孙氏。鲁襄公二十三年(公元前552),孟孙氏去世,藏孙氏前去凭吊,哭得很是伤心。他的随从觉得奇怪,问孟孙氏生前不少厌恶你,你为什么哭得这么伤心?如果季孙氏死了,那你是不是哭得更为伤心?于是藏孙氏回答说季孙氏之褒扬和推崇我,如同疾病一样,不利于我;而孟孙氏厌恶我,如同治病的针石,有利于我。为什么呢?使人不痛不痒的疾病,可能麻痹人的意志,使病情更加恶化;所以不如让人感觉痛苦却可以治疗的"恶石",因为"恶石"能够治疗我的病。不仅让人感觉不到痛苦,却又尽说好话安慰"没事",这样的安慰如同注毒,越安慰中毒越多。《花王戒》中的白头翁,通过这一句典故告诉花王"良药口苦,忠言逆耳"的道理,从而进一步揭示为君之道的贤明与昏庸之关系。《花王戒》告诉人们,一个人即使是顿顿以山珍海味填饱肚子,以琼浆玉液填精清神,也得预防营养过剩、膏粱过旺而生毒的问题;

从而引申一个人如果天天受到褒扬,听到顺耳之言,往往产生骄慢情绪或自满思想,这样缺点和错误得不到及时的纠正,问题积累成病,那这个人处于危险之境地是再自然不过的事情。一国之君也一样,由于地位显赫而"左右供给虽足,膏粱以充肠,茶酒以清神,巾衍储藏",但是"须有良药以补气,恶石以蠲毒",才能成为一个身心健康的国君;从而引申如果一国君主只沉溺于极度优越的享乐之中,整天习惯于颂扬、奉承的万岁声之中,也不可避免地产生自我麻醉或骄横自闭的情绪,那些事关国计民生的大小事情和有益的劝谏良言,都会变成逆耳的"咒语",其后果自然是不言而喻的。所以越是"供给充足""膏粱充肠""茶酒清神"的富足生活,"巾衍储藏"中越需要有"良药补气""恶石蠲毒"的合理安排。在此,因为有了春秋鲁国臧孙之"美疢不如恶石"的典故作为奠基,《花王戒》所说的"良药补气""恶石蠲毒"之语,成为了全篇的寓意所在之一。

《花王戒》所引用的另外一则来自于中国古代的典故"虽有丝麻,无弃菅蒯",也是点拨全篇主题的点睛之笔。此语也出自《左传·成公九年》,其曰:"诗曰:'虽有丝麻,无弃菅蒯;虽有姬姜,无弃蕉萃。'"这里的姬姜,即指美女。这一句话的意思是即使拥有丝麻,也不要舍弃菅蒯,即使有了美女,也不要舍掉贱陋的原配。具体来说,即使是一个人在外奋斗而有些成功,当衣锦还乡时,不要忘记过去粗茶淡饭的时光;当得到千金美女的青睐时,也不应该抛弃昔日同甘共苦的糟糠之妻,因为妻子为你的成功付出了很多,对你是有恩的。从典故的这种基本意思出发,《花王戒》引申为一个君王自在野的地位登上王位,或以至尊的地位遇上天下佳人时,绝对不应该忘记过去身贱时的情景,或绝不可作抛弃原配妻子的负心汉。"故曰'虽有丝麻,无弃菅蒯。凡百君子,无不代匮。'"自古的天下君子,大都想到这样的道理,时刻警戒自己,为成为完美之人而苦心努力。但是花王会怎样呢?于是白头翁问起花王,"不识,王亦有意乎?"在场的另外一个大臣也更直截了当地问花王,现在佳人蔷薇花和贤人白头翁站在你的前面,二者之中你"何取何舍"?下面花王的回答让白头翁大失所望,花王曰丈夫之言亦有道理,但是佳人难得那又怎么办呢?于是失望的贤哲白头翁以讽刺的口吻批评道"吾谓王聪明识理义,故来言耳。今则非也,凡为君者,鲜不亲近邪佞,疏远正直,是以孟轲不遇以终身,冯唐郎潜而皓首,自古如此,吾其奈何?"在贤哲白头翁的至理之言面前,尽管有些勉强,花王终于承认自己的不对,一再宣示自己的过错。上述两则典故寓意,《后汉书·应劭传》说:"左氏实云虽有姬姜、丝麻,不弃憔悴、菅蒯,盖所以代匮也。"意思就是后世的君子和君王们纷纷以此典故为借鉴,是因为其中有深刻的君子之道和人君之理。

深刻的寓意是寓言的精髓和基本特色。这一则寓言中举出的有关古代人物孟轲和冯唐的坎坷人生,是实有其人其事的编缀。孟轲,即与孔子齐名的亚圣孟子,大约生活在公元前372年至公元前289年间。孟轲是春秋鲁公族孟氏之后,受业于子思的门徒。他自小胸怀大志,刻苦学习经典,希望长大有所建树。长成以后,以士的身份游说于齐梁、宋鲁之间,但终未见用,只好退而与其门徒公孙丑、万章等切磋学问,著书立说。他继承孔子的学说,兼言仁、义,提出"法先王""仁政""爱民",主张恢复井田制和世卿制度。他认为"民为贵""君为轻""性本善",主张"养心""存心"等内心修养的工夫。在儒家中,其地位仅次于孔子。在他的那个时代里,几个大国都致力于富国强兵策,争取通过暴力来实现统一,因此孟子的仁政学说被认为是"迂远而阔于事情",不可能被各国所采纳。他一生没有做过官,只致力于游说活动和学问研究,所以寓言中"是以孟轲不遇以终身"来指出施政者的不识人才。另一个历史人物冯唐,是汉文帝时的安陵人,时任中郎署长,有谋识,曾进言国防之策。冯唐也敢谏言,指出汉法赏轻罚重,致使前方将士不愿尽力。还指出云中守魏尚削爵之冤,使之复职。汉文帝悦而除车骑都尉,景帝时为楚相,寻免,武帝时举为贤良,时年已九十余岁,不能复为官,其子遂替而为郎官。冯唐有才识,为国做了许多有益的事请,但其官职始终未能升进,度过了怀才不遇的一生。《花王戒》中拿"孟轲不遇以终身""冯唐郎潜而皓首"的实例,影射花王之不能识贤俊之士,而喜欢纳献媚之人,以误国家大事的昏庸之举。由于恰到好处地运用孟轲、冯唐的典故,大大增强了这一则寓言的寓意,突出了作品的主题思想。

应该知道,这一则寓言是薛聪讲给当时的神文王的。因学识渊博、人品忠厚,薛聪深得神文王信赖和喜欢,经常陪侍在侧,聊慰龙颜,或为其出谋划策。对这一寓言的讲述背景,《三国史记》简单记录云:

> 神文大王,以仲夏之月,处高明之室,顾谓聪曰:"今日宿雨初歇,薰风微凉,虽有珍馔哀音,不如高谈善谑,以舒伊郁,吾子必有异闻,盖为我陈之?"聪曰"唯,臣闻'……。'"于是王愀然作色曰:"子之寓言,诚有深志,请书之,以谓(为)王者之戒。"遂擢聪以高秩序。①

仲夏五月天气渐渐炎热,神文王坐在宽敞明亮的宫廷里,忽来闲情逸致,叫薛聪讲一些可助乐趣的故事。从神文王"高谈善谑,以舒伊郁"的要求看,宫中

---

① 金富轼:《三国史记·列传·薛聪》,首尔:乙酉文化社,1977年,第431—432页。

请高士讲说异闻乐趣的这种习惯,早已在其生活中成为了一种经常性的娱乐活动。听完薛聪的故事,神文王很快就领会了深藏其中的哲理和生活的教训。从历史背景看,当时处于内外种种社会外矛盾中的神文王,虽然一度沉溺于酒色之中,但也一定是若有所思,深有感触,所以才"愀然作色",说"子之寓言,诚有深志,请书之,以谓(为)王者之戒",而且很快擢拔薛聪以高位。这就是一则寓言的客观功效和社会作用,也是文学审美感化的巨大力量所在。

寓言《花王戒》,具有独特的艺术特色。应该知道,寓言《花王戒》显然出朝鲜新罗的文学语言已经相当丰富,艺术思维也已经相当成熟。各国的俗文学史证明,在阶级分化不太明显的民族,寓言还很不发达,甚至很难找到。这是因为寓言是随着阶级社会的发生、发展而演进,而且也在复杂的社会关系和斗争中加以丰富和发展。还有一条规律是社会阶级斗争和各种矛盾愈尖锐,寓言的寓意就愈深刻,运用动植物来讽喻人间社会各种问题和矛盾的可能性就愈大。新罗的《花王戒》,就是依托新罗封建社会发达的文明,展开故事情节,翱翔艺术想象,是反映新罗文学发展水平的试金石。

《花王戒》以鲜明的典型形象,揭示了事物的本质,具有高度的艺术概括性。寓言中的花王,是自然界的花魁——牡丹花,人类称其为"花中之王"。花王牡丹一来到这个世界,就过上养尊处优的生活,"植之以香园,护之以翠幕,当三春而发艳,凌百花而独出"。牡丹的花王地位是其他花所无法比拟,由于其美丽而透露出霸气的姿态,天下众花一致地首肯,并捧他为花王。树立为花王以后,他的地位日渐上升,达到了独尊的地步,受到众花的拥戴,各种献媚之臣、阿谀奉承之人和附和之徒争先而至。即所谓"于是自迩及遐,艳艳之灵,夭夭之英,无不奔走上谒,唯恐不及",就是这种情形的写照。但是,当他遇上美女蔷薇花的献媚和诱惑之后,对贤士白头翁及其忠言置之度外,关键时刻,在二者之中首先选择了美貌的蔷薇花,使贤士白头翁失望。不过,花王经过白头翁的严厉批评和劝导之后,终于理性发现,承认自己的错误。这无疑是现实中许多帝王的缩影,他们贪酒色,"亲近邪佞,疏远正直",重用献媚之徒,终使社稷受威胁。这种艺术形象,高度概括了现实生活。《花王戒》中的蔷薇,是外表靓丽、媚态十足的花中美人。蔷薇品性中的一个明显特性是善于察言观色,善解人意,而且具有姿色和才干。她为了达到目的不择手段,与花王对话时花言巧语,甚至表示愿意陪伴在香帏之中,并直接要求容纳自己。蔷薇的这种艺术形象,在封建时代的社会生活中会经常出现,是古代社会滑吏或国君身边奸臣的缩影。作品中的白头翁,是一个外貌平凡,作风质朴低调的寒士。他在作品中的言行显示,他学识渊博,经验丰富,处事老道,是一个有才华的有识之士。在他的人格品质中,较为突出的一点是谦虚做人,敢于真言,不怕得罪天子和权贵,为了国家和社稷知无不道,言无不尽。他为花王苦口婆心地讲"良药以补气,恶石以蠲毒"的为政为人之道,并希望花王不要近美色,而是应该容纳贤良以图清明政治,但是花王一时糊涂,背道而驰。尽管他所要说服的对象是一国之君,但他毫无惧色,以严厉的口气批评花王,指出"亲近邪佞,疏远正直"是昏君之举。在他的批评和劝谏之下,花王重新认识问题,纠正自己错误的选择。白头翁这一艺术形象,是古代封建社会敢于直言的谏臣的缩影。

《花王戒》塑造各类艺术形象的时候,采取了多种艺术手法。首先,《花王戒》善于抓住创作对象的基本特征进行细致的描写,客观地刻画出其个性中最有代表性的因素。如作品一开头就写道:"昔花王之始来也,植之以香园,护之以翠幕,当三春而发艳,凌百花而独出",寥寥几笔勾画出花王之王室血统、养尊处优的生活环境和"凌百花而独出"的靓丽形象。作品紧接着描写围绕花王牡丹而展现的各种人等的态度,"自迩及遐,艳艳之灵,夭夭之英,无不奔走上谒,唯恐不及",描写简洁生动,如实地反映出封建时代各个阶层的趋炎附势和世态炎凉。

其次,《花王戒》善于运用素描和对照的艺术手法,生动地刻画人物的基本特征。如美人蔷薇一登场,作品就描写道"忽有一佳人,朱颜玉齿,鲜妆靓服,伶俜而来,绰约而前"。文字简洁而生动,一个美丽而绰约多姿的美女形象跃然而止。而白头翁的言行举止,则与此相反。他一出场,就是其貌不扬但引人注目。其曰:"又有一丈夫,布衣韦带,戴白持杖,龙钟而步,伛偻而来。"此人一看就是生活简朴,低调而行,未老先衰,举止龙钟,像个古代社会中的布衣知识分子。这样的描写与前面的美人蔷薇形成鲜明的对照,两个性别不同、个性品行迥异的人物摆在读者眼前,其差异性格外显眼。同时这样的描写,包含着作者分明的爱憎观,为后面故事的发展埋下了伏笔。

作品运用生动的对话形式,刻画了人物的品性特征和不同的心理活动。如美人蔷薇见花王时说道:"妾履雪白之沙汀,对镜清之海,而沐春雨以去垢,快清风而自适。其名曰'蔷薇'。闻王之令德,期荐枕于香帏。王其容我乎?"这样的对白既清醇而又骄纵,表达出美人蔷薇善于攀附权贵的本领和有些厚颜无耻的本质,这与前面的人物外部描写完全符合,有助于突出蔷薇的个性特征。同时,这样的对白既符合人物的身份,而又为表现作品的主题进行了有效铺垫。又如作品中的白头翁,是一个布衣寒士,是为国为君敢于说真话的忠义之人。其在作品中对话云:"仆在京城之外,居大道之旁,下苍莽之野景,上倚嵯峨之山色。其名曰'白头翁'。窃谓左右供给虽足,膏粱以充肠,茶酒以清神,巾衍储藏,须有良药以补气,恶石以蠲毒,故曰'虽有丝麻,无弃菅蒯。凡百君子，无不代匿。'不识，王亦有意乎？"这种对白既符合其身份，又把他对国家和君王的忠贞表现了出来。他的语言与蔷薇的对白截然不同，实事求是，低调做人，但能够坚持原则，不为"五斗米而折腰"的品格在谈笑之间自然地流露出来。作品通过这样的艺术手法，充分表达了"凡为君者，鲜不亲近邪佞，疏远正直"的主题。

这一部寓言更为重要的文学意义在于，它通过寓言中一系列的艺术形象，实际上辛辣地讽刺和批评了当时新罗政治生活中的君王的荒淫无能和一切官僚贵族腐朽的生活现状和对国家的无所作为。

第五节　类似于寓言的动物故事

统一新罗时期还出现了大量的动物故事。动物故事以动物的言行活动为情节来展开故事。在动物故事中，各类动物被讲得像人一样有思想有感情，也有喜怒哀乐。在这一类故事中，动物被拟人化，描绘得像人而又像动物，既有人的性格，又有动物的习性。朝鲜古代的动物故事，往往借以表达人间的道理和复杂的心理，揭示社会哲理，给人们以某种启迪或帮助。

民间故事的一个显著特点，在于不断的传播性和变异性。如今我们可看到的资料来看，朝鲜古代的许多民间故事是受到外国民间故事的影响以后，才变异和发展而来的。这一类故事尽管根源在国外，但于本土的历史文化背景下，在长期传承的过程中，不断地敷衍并引起变异，最后出落成一个独立的故事形态。甚至原来以人为主要人物的故事传到朝鲜半岛以后，演变成以动物为主人公的新的故事体系，这可能在比较文学影响学领域中也是很少见的实例。由于文献记录有限，如今我们可以接触的统一新罗时期的动物故事并不是很多。有一个类寓言故事《青蛙传说》，就是既有这样的传承关系而又有所创新的作品。中国晋代李石的《续博物志》载一则有关狼子葬父的故事，其曰：

有一狼子，生平多逆父旨。父临死，嘱曰："必葬我水中。"意其逆命得葬土中。至是，狼子曰："生平逆父命，今死，不敢违志也。"破冢筑沙潭水心，以葬。①

《四库总目提要》说：江苏巡抚采进本《续博物志》十卷，"旧本题晋李石撰"。

---

① 李石：《续博物志》，卷九。

这个故事讲的就是有一狼子"生平逆父命",而其父临终时料想"其逆命得葬土中",所以反说"必葬我水中",不懂事的狼子这一次真听父语,而把父亲真的葬于水中的故事。唐代武宗、宣宗年间的段成式(803—863)所撰《酉阳杂俎续集》,也记录类似的故事。其云:

> 昆明池中有冢,俗号浑子。相传,昔居民有子,名浑子者,尝违父语。若东则西,若水则火。病且死,欲葬于陵屯处,矫语曰:"我死,必葬于水中。"及死,浑泣曰:"我今日不可更违父命。"遂葬于此。据盛宏之《荆州记》云:固城临河水。河水之北岸有五女墩。西汉时,有人葬河北,墓将河水所坏。其人有五女,共创此墩,以防其墓。又云:一女嫁阴县一佷子,子家赀万金。自少及长,不从父言。临死,意欲葬山上,恐子不从,乃言必葬我于渚下碛上。佷子曰:"我由来不听父教,今当从此一语。"遂尽散家财,作石冢,以土绕之,遂成一洲,长数步。元康中,始为水所坏。今余石如半榻许,数百枚,聚在水中。①(《荆州记》是晋代盛宏之所著,但现已失传。)

有个居民的儿子浑子常违父亲的话,"若东则西,若水则火",无论何时都反着做。父亲临终前"欲葬于陵屯处",但深知儿子心理特点的他,反其道而说"我死,必葬于水中"。结果浑子十分悲伤,最后还是按照父亲所说葬于昆明池中。晋代盛宏之的《荆州记》,也记载了类似的故事。一女嫁阴县一佷子,夫家赀万金。其夫"自少及长,不从父言",其父临终,欲葬于山上,担心儿子不从,却反说必葬于渚下碛上,但是这一次佷子与平时相反,说"我由来不听父教,今当从此一语",散尽家财在渚下碛上精心制作水中之石冢,遂其"愿"安葬了父亲。从记录中可以知道,这一类故事自西汉时已经开始形成,到了晋代屡出不同的版本,唐宋时期也广为流传。各个不同时期的这类故事,虽地点和人物有所不同,但基本结构和故事的因子却大体相仿。这类故事讲的都是儿子不听父言,平时"若东则西,若水则火",父亲临终前担心儿子把自己葬于水中或河边,于是反其道而说要葬于水中或河边,但是结果儿子们都把父亲的"矫语"当做真言,真的把父亲葬于水中或河边。

与其他民间故事一起,这一类型的故事也早已传入古代朝鲜半岛,在其各地广为流传。而其中的有些同类故事,其主人公都是动物,以动物故事的艺术形式传承下来。上面所举中国古代的这类故事,其主人公都是人,其情

---

① 《酉阳杂俎续集》,卷四。

节环境也都是人类社会,可是这一类故事传入古代朝鲜以后,有的演变成了以动物为主人公的动物故事。20世纪20年代从朝鲜半岛南部地区收集到的动物故事《青蛙传说》,就是其中的一则。其道:

> 从前,有一只青蛙,很不孝顺。妈妈让它往东,它偏偏往西;妈妈让它上山玩,它就偏到水边玩。它一次也没有听过妈妈的话。青蛙妈妈临终前留下了这样的遗言:"我死后一定要埋于河边,不要埋在山上。"实际上,这话的意思是希望把自己埋在山上。因为青蛙妈妈认为,它不孝的孩子一定会反其道而行,把自己埋在山上。从前极尽不孝之能事的青蛙,妈妈死后非常悲伤。它十分后悔妈妈生前自己的忤逆之举,于是便决定听从妈妈最后的遗愿。它把妈妈的遗体拖到河边,挖了坑,和着泪水一起埋了下去。打那以后,每到雨季,青蛙常常担心妈妈的坟墓,担心河水暴涨,冲走妈妈的墓,所以每年一到雨季,青蛙会竭尽全力地鸣叫。

这是广泛流传于朝鲜半岛南部地区的解释为什么每年春夏雨季青蛙竭尽全力地鸣叫的故事。故事中的青蛙,也是不孝顺的孩子,妈妈让它向东,它偏要往西,妈妈让它去山上玩,它偏到水边玩,几乎每次都一样。当青蛙妈妈临终时,怕孩子反其道而行,把自己埋在水边,就遗言"我死后一定要埋于河边,不要埋在山上"。结果这个原本不大孝顺的孩子,妈妈死后悲伤之极,后悔自己过去对妈妈的忤逆之举,决定听从妈妈最后的遗言。它真的把妈妈安葬到河水边,并在每年雨季,担心河水暴涨冲毁妈妈的坟墓,才鸣叫个不停。这样的一种故事结构,与中国西汉时期以来的狼子传说、佷子故事、浑子传奇等相差无几,都演绎着类似的故事情节和主题思想。尽管在古代朝鲜的《青蛙传说》中出现的,不是狼子、佷子和浑子,而是动物青蛙,其艺术想象、意象更为巧妙而有趣。

值得注意的是,中国古代的同类故事,是怎样影响到朝鲜古代的青蛙传说的。应该知道自古朝鲜时期开始,中国古代文学源源不断地传入朝鲜,对朝鲜文学的发展起到了积极的影响。在传入朝鲜的中国文学遗产中,不乏那些杂传志怪之类的作品,其中的有些作品所引起的影响格外广泛和深刻。其中如中国西晋张华所编撰《博物志》中的牛郎织女的传说、《左传》襄公二十三中和西汉刘向的《说苑·善说篇》中有关孟姜女的传说等,都早已在朝鲜古代各个朝代中广泛流传,并引起了广泛的影响。对《续博物志》作者的生活年代,学界虽有一些不同的看法,但《四库总目提要》中所说江苏巡抚采进本《续博物志》十卷,"旧本题晋李石撰"的见解还是比较正统的看法。而且在有关浑子不孝故事的记载中所引用《荆州记》，其作者是南朝宋(420—479)的盛弘之。这一《荆州记》，在南北朝齐、梁、西魏间著述中有一定的影响，唐、宋地理典籍中尤多征引。这些于公元5世纪前后在中国广泛流行的俗文学著述及其中的神话、传说、志怪类的作品，应该是同样通过中朝两国的文化交流被传入朝鲜半岛，并早已对朝鲜半岛的俗文学产生广泛的影响。新罗统一朝鲜半岛，在公元668年(最后击败高句丽)至676年(最后驱逐唐军)间，离中国的这些杂传志怪类著作的诞生有二三百年的时间距离，而且离统一新罗的中后期足有四、五百年的时间距离。在极其频繁的唐罗两国的外交来往、留学生长期在中国的学习和为官生活、僧侣们更为频繁的留唐活动以及两国极其频繁的商业活动等，使得中国各地的各类书籍和文物陆续不断地流入朝鲜半岛，其中精彩而感人的一系列作品以很快的速度被传播开来，引起了直接而深刻的影响。估计上述《博物志》《续博物志》《荆州记》之类的文献，其时早已传入朝鲜，被那些知识分子广泛阅读，从而其中的一些神话、传说、志怪等故事在朝鲜传开。

佛教是中朝文化交流的重要驿骑，也是两国文学交往的载体之一。佛教在传入朝鲜的过程中，也大量传播了神话、传说和志怪故事，而这些俗文学也随佛教的这种手段，赢得了在朝鲜传播的机会。一是中国的各个朝代都先后给朝鲜半岛的各个朝代赠送了大量佛教经典，二是朝鲜古代的佛教徒还自创了大量丰富的佛教理论和流派，其中少不了文学手段对他们的理论创新和布教效果的积极作用。自魏晋南北朝以来，经隋唐时期，朝鲜三国和统一新罗的大量僧侣为了求法、为了学习佛学西渡到中国，以中国的高僧大德为师学习佛法或游历中国各地，其中的很多人学成正果以后回国，为朝鲜半岛的佛教事业作出了重要贡献。这些留学僧侣作为中朝文化交流的使者和文学信息的传递者，在中国时积极参与佛经翻译和与中国文人的交流，其中不乏高水平的诗僧，像中国四大佛教名山安徽九华山开创始祖金侨觉、《往五天竺国记》的作者高僧慧超等就是其中的代表。这些留学僧不仅是中国文化和文学的活辞典，也是佛经直接的携带回国者和传播者。一批又一批留学僧归国以后，大都创建朝鲜的佛教流派和山头，在传布佛教和扩大山头的过程中，他们大量借助文学手段，进行佛教活动。在这样的过程中，佛教经典中的神话、传说和志怪故事在信者和广大老百姓中间流播。在朝鲜古代广泛流传于民间的神话、传说和志怪类俗文学，其中很多都来自于佛教经典或佛僧们的嘴里，就是一个活生生的明证。

不过遗憾的是朝鲜各个朝代都以儒家思想为正统意识形态，而儒家偏偏声称不信鬼神，不提倡传播迷信，主张限制巫觋，文学上更不言怪、力、乱、神的东西。思想相对自由一些,笃信佛教的高丽时代,也同样坚持了儒家的这些原则。李奎报曾经说过:"先师仲尼不语怪、力、乱、神,此(指东明王故事)实荒唐奇诡之事,非吾曹所说",但他从民族自豪感出发,还是以朱蒙传说为题材写出了著名的《东明王篇》。这里只是想说明高丽时期儒家思想与神话、志怪类文学的关系。对神话、志怪类文学的禁锢,使得朝鲜各个朝代的俗文学没有得到充分的流传和发展,这一类文学只是在民间百姓中间以口头相传的形式,被传承下来。诸如此类的原因使得朝鲜半岛的各个朝代,很少有人专门写这些方面的书或笔录,后世的人们只能从民间口头文学中寻找其端绪。20世纪20年代从朝鲜半岛北部咸兴地区收集到的有关《鹿兔蟾蜍自夸争席位》的故事,就是其中的一例。其曰:

  从前,鹿、兔和蟾蜍在一个地方生活。有一天,他们摆了宴席,但究竟应该由谁来坐头席呢?鹿说:"天地开辟以后,在往天上镶嵌星辰的时候,收尾的工作是由我做的。所以,我应该是最年长的。"兔子说:"往天上镶嵌星辰的时候,使用的梯子是用我种的树做成的。我应该是年长者。"蟾蜍听了两者的话,开始抽泣起来。问它哭什么,蟾蜍这样回答:"我有三个孩子。他们各种了一棵树。长子用自己种的树做了在天空上镶嵌星辰时使用的锤把;次子用自己种的树做了挖银河水时使用的锹把;三子用自己种的树做了镶嵌日月时使用的锤把。可不幸的是,三个孩子全都因为所干工程劳累致死。现在听了你们说的话,我不禁想起了死去的孩子,所以才会哭泣呀!"这样,蟾蜍就被判定为最年长者,坐到了头席。

作品中的鹿、兔和蟾蜍三个动物,各代表了现实生活中的不同人物。他们互相争坐宴会的头席,一个是为争面子,还有一个是为要聪明。为了争头席,他们个个搬出天地开辟时往天上镶嵌星辰的事情,鹿说其时它作了收尾工作,所以自己应该是老大,头席应属于自己;而兔子则说往天上镶嵌星辰的时候,使用的梯子是用它种的树做成的,所以它的岁数比谁都大,头席应该属于它;听完二者的述说以后,蟾蜍突然抽泣起来,大家懵了,问它为什么哭。蟾蜍的回答就更绝,说它有三个孩子,他们各种一棵树,长子种的树用于在天空镶嵌星辰时的锤把,次子种的树做了挖银河时的锹把,而二了种的树则做了镶嵌日月时的锤把,但不幸的是,三个孩子都为此劳累而死。可现在听了大家的话,不禁想起三个孩子,所以才哭。按照蟾蜍的话,它家孩子们不仅参加了往天上镶嵌星辰时的工作,而且还参加了挖银河的工程和镶嵌日月时的役事。

这样,连孩子们都参加过装修天庭的工作,那何况老子呢?在这里,蟾蜍不仅摆出老资格,而且还因孩子们为其工程劳累而死而获得大家的同情,那宴会的头席当然是属于它的了。故事中的鹿、兔子和蟾蜍,一个比一个聪明,而其中最为聪明的当属蟾蜍了。它没有先说,而听完大家的观点以后再出手,这样既占先机而又为自己更胜一筹争取到客观机会。在这个比智慧、比口才的竞争中,它们三个各有所长,都想以自己的机智战胜对方,但客观结果是谁先开口谁就吃亏,最后第三个开口的蟾蜍还是充分利用自己的优势压倒对方占据了头席。这个以比智慧为故事意象的动物故事,给读者以深刻的启示,为人们在某种时刻怎样来应对棘手的问题提供了很好的范例。

  详细考究,这个寓言故事并非属于无源之水,我们在一些印度佛教经典中可找到其雏形。后秦时来到中国的北印度布教僧三藏佛若多罗和鸠摩罗什等翻译的《十诵律》(共六十一卷)卷第三十四中,有与此故事极其类似的原型。其云:

> ……过去世时,近雪山下,有三禽兽共住,一鹎二猕猴三象。是三禽兽,互相轻慢,无恭敬行。是三禽兽,同作是念:我等何不共相恭敬,若前生者,应供养尊重,教化我等。尔时,鹎与猕猴问象言:"汝忆念过去何事时,是处有大荜茇树?"象言:"我小时行此,此树在我腹下过。"象、鹎问猕猴言:"汝忆念过去何事?"答言:"我忆小时坐地,捉此树头,按令到地。"象语猕猴:"汝年大我,我当恭敬尊重汝,汝当为我说法。"猕猴问鹎言:"汝忆念过去何事?"答言:"彼处有大荜茇树,我时啖其子。于此大便,乃生是树。长大如是,是我所忆。"猕猴语鹎:"汝年大我,我当供养尊重汝,汝当为我说法……。"

这个故事的结构和意象,与寓言《鹿兔蟾蜍自夸争席位》有极其相似之处。远古时住在雪山脚下的三禽兽鹎、猕猴和象,互相轻慢,互不尊重对方。有一天,它们同时想到:"我等何不共相恭敬,若前生者,应供养尊重,教化我等。"于是三禽兽相互探听各自的年龄,其问话既婉转而又幽默,让人深思,觉得有趣。三禽兽都以小时候是否见过大荜茇树为佐证,想判断谁的年龄大,如果能够判断谁的年龄大,那就可以按照共同的想法,"若前生者,应供养尊重"。在互相打听的过程中,鹎与猕猴先问象,小时候是否见过大荜茇树,然后是象和鹎问猕猴同样的问题,最后猕猴问鹎;它们依次回答问话,象说"我小时行此,此树在我腹下过",猕猴说"我忆小时坐地,捉此树头,按令到地",鹎说"彼处有大荜茇树,我时啖其子,于此大便,乃生是树,长大如是,是我所忆"。愚笨的象最先说,其次是猕猴,最后是鹩;象听了猕猴的话以后认为猕猴比自己大,应该尊重它,而猕猴听了鹩的陈述以后认为鹩比自己大,应该供养尊重鹩。这样三禽兽的年龄的大小既已排定,依次是鹩老大,猕猴老二,象老三。从此三禽兽可以按年齿,互相尊重,互相礼让,过上了和睦的生活。

朝鲜寓言《鹿兔蟾蜍自夸》,在人物、环境和故事情节上与印度动物故事《三禽兽排定座次》虽有很大的不同,但其故事结构和意象等方面,有很大的相似性。可以认为朝鲜寓言《鹿兔蟾蜍自夸》,深受印度古代动物故事《三禽兽排定座次》的影响,甚至也可以认为前者核心的艺术种子,出自于后者。

那么,朝鲜寓言《鹿兔蟾蜍自夸》,为什么与后秦时来到中国的北印度布教僧三藏佛若多罗和鸠摩罗什等翻译的《十诵律》中的动物故事《三禽兽排定座次》那样地相似呢?原因是很简单,那就是两个作品有着明显的影响关系。编有动物故事《三禽兽排定座次》的文献《十诵律》,收录于高丽版《大藏经》中,而这高丽版《大藏经》是一套规模庞大的佛教经典集大成体,高丽王朝为它的收集和出刊作了很长时间的准备工作。实际上,朝鲜历来非常重视佛教经典的积累工作,其时间可以上溯到三国初期,到了统一新罗时期其规模已经不小。其间朝鲜虽经历了多次的战火,但它极力保护好这份遗产,而且平时还从中国的各个朝代索要欠缺的部分,让其赠送。这样,统一新罗时期和高丽时期的朝鲜,早已拥有相当齐全而庞大的佛教文献。其中应该包括后秦时来到中国的北印度布教僧三藏佛若多罗和鸠摩罗什等翻译的《十诵律》,有了此文献,就有可能随时有人读到这一部动物故事,何况自统一新罗时期开始,新罗朝廷经常请高僧做佛事和讲经,讲经正好也是传播佛教历史和理论的机会。特别是佛教在古代朝鲜半岛扎根的过程中,一是积极迎合本土原始宗教信仰,二是积极利用文学手段感化和争取信徒,而佛教所利用的文学则主要集中在诗歌和各类故事系统。各类文献记录显示,在朝鲜佛教所讲的故事系统中,志怪、传奇类则占很大比重,而其中也不乏有关拟人化的动物故事。

前述朝鲜著名的古代寓言《龟与兔》,就是其中一个很好的例子。这个新罗善德女王十一年(643)高句丽人先道解讲的寓言故事,在朝鲜半岛一直流传了近1400年,对其中被拟人化了的动物、故事情节和深奥的哲理,历代的人们叫绝不已。可很少有人知道,这一完全被海洋民族化了的寓言故事,也有其国外的背景。中国三国时期吴康居国沙门康僧会丁太元元年(251)至天纪四年(280)之间所译《六度集经》卷第四中,有《鳖丈夫与猕猴》的故事。其曰:

> 昔者菩萨，无数劫时，兄弟资货求利养亲。之于异国，令弟以珠献其国王，王睹弟颜华，欣然可之。以女许焉。求珠千万。弟还告兄，兄追之王所。王又睹兄容貌堂堂，言辄圣典，雅相难齐，王重嘉焉。转女许之，女情泆豫。兄心存曰："婿伯即父，叔妻即子，斯有父子之亲，岂有嫁娶之道乎？斯王，处人君之尊，而为禽兽之行。"即引弟退。女登台望曰："吾为魅蛊，食兄肝可乎？"展转生死，兄为猕猴，女与弟俱为鳖。鳖妻有疾，思食猕猴肝，雄行求焉。睹猕猴下饮，鳖曰："尔尝睹乐乎？"答曰："未也。"曰："吾舍有妙乐，尔欲观乎？"曰："然。"鳖曰："尔升吾背，将尔观矣。"升背随焉，半溪，鳖曰："吾妻思食尔肝，水中何乐之有乎？"猕猴心恧然曰："夫戒守善之常也，权济难之大矣。"曰："尔不早云，吾以肝悬彼树上。"鳖信而还，猕猴上岸曰："死鳖虫，岂有腹中肝而当悬树者乎！"佛告诸比丘："兄者即吾身是也。常执贞净，终不犯淫乱，毕宿余殃堕猕猴中，弟及王女俱受鳖身。雄者调达是，雌者调达妻是，菩萨执志度无极行持戒如是。"

这是佛菩萨给众僧尼回顾自己年轻时"无数劫时"所讲的一段故事。其时菩萨兄弟做些买卖供养父母，有一次到了别的国家，让弟弟以珠献于其国王，国王见其弟容貌好，赞许并以女许之，但要"求珠千万"。弟弟回家向哥哥告诉此事，哥哥遂追至王所，王见其兄也容貌堂堂，能讲圣典，态度典雅，赞扬不已。于是国王将女儿又答应给哥哥，其女也对哥哥有好情感。但是哥哥想按礼"婿伯即父，叔妻即子，斯有父子之亲，岂有嫁娶之道乎？"，认为这个国王是一个"处人君之尊，而为禽兽之行"的伪君子。于是哥哥携弟弟回家。此时王女恨之，登台观望远处，说想变成魅蛊吃掉哥哥的肝脏。于是，故事中的各个人物展转生死，换生，兄为猕猴，女与弟俱为鳖，各过日子。有一次变成鳖妻的王女生病，想吃猕猴之肝，其弟变成的鳖丈夫（雄鳖）去陆地求之。鳖丈夫一到陆地就遇上了来喝水的猕猴，就问其听见过没有"乐"，猕猴说没见过，于是鳖丈夫说"吾舍有妙乐"，问猕猴去看不看？缺乏世故的猕猴就此答应去看"乐"。迫不及待的鳖丈夫顺势说那要坐在自己的背上，猕猴上其背，二者向水心而去。在半途中，愚笨的鳖丈夫无意中透露出其妻想吃猕猴肝脏，所以哄背其去水中之事，恍然大悟的猕猴急中生智，泰然自若地说"夫戒守善"是好事，救难要紧，但是因为你没有早说，忘了拿平时挂在树上的肝脏。相信猕猴的鳖丈夫，原路返回，让猕猴取肝而回，谁料，猕猴一上岸，就往林中跑，便说"死鳖虫，岂有腹中肝而当悬树者乎！"留下嘲讽之语消失在茫茫林海中。这就是佛典《六度集经》所讲《鳖丈夫与猕猴》故事的基本梗概。讲完故事的佛菩萨,告诉众僧尼故事中的哥哥就是自己,自己一生清白,"常执贞净,终不犯淫乱",可是在故事中被转落为猕猴,历尽苦难。弟弟和王女,也都变成鳖身,都成为了不可饶恕的"调达"。

《六度集经》中的这一则故事,有四个层次的深意。一、这一则故事的本意是想通过佛菩萨年轻时的曲折经历,痛斥历史上的那些"处人君之尊,而为禽兽之行"的统治阶级及其如鬼魅毒蛊般为自己的利益专设圈套害人的阴险势力。二、这一则故事通过对人物生动的描绘,反映了以猕猴为一方的正面势力和以鳖夫妇为首的反面势力之间的矛盾纠葛,最终以前者的胜利而预示正义最后能够战胜邪恶的思想。三、赞美猕猴既纯真而又富有智慧。在受鳖丈夫的诱惑被骗至深水中,生命即将受到危险之时,它临危不惊,机智地应对紧急情况,最后反而蒙住鳖丈夫,转危为安,终于脱险。在好不容易逃脱鳖丈夫夫妇阴谋之时刻,它也没有忘记讽刺和戏弄阴谋家,为后人予以警示。四、这一整个故事,是为嘲讽和否定婆罗门教而设计的。佛菩萨最后指出故事中的哥哥为他自己,他说自己是"常执贞净,终不犯淫乱"的圣周者,只是因为"毕宿余殃堕猕猴中"。佛菩萨指出"弟及王女俱受鳖身。雄者调达是,雌者调达妻是"。那么,所谓的"调达"是什么呢?应该知道,在印度佛教文献《佛说太子墓魄经》中,婆罗门就叫"调达",这个"调达"与佛陀世世为怨。反映出婆罗门教与佛教的矛盾。所以可以认为,这一则故事中最后点出的这一句话,就是点出了整个故事的主旨。

《六度集经》里的有关《鳖丈夫与猕猴》的故事,被中国三国时期吴康居国沙门康僧会翻译的时间,大约是在中国三国时期吴国大帝孙权太元元年(251)至天纪四年(280)之间。而朝鲜古代三国时期的高句丽之先道解为金春秋讲《龟与兔》的寓言故事,当在善德女王十一年,即公元642年。所以可以肯定,这个寓言在古代朝鲜在《六度集经》的影响下,被创作出来和传播开来,应该早在这之前。仔细估算起来,从中国三国时期江东吴国孙权执政时的康僧会翻译《六度集经》到朝鲜古代高句丽的先道解讲寓言《龟与兔》,期间足有近四百年的时间差异。那么,来中国的北印度布教僧三藏佛若多罗和鸠摩罗什等翻译的《十诵律》中记录的动物故事《三禽兽争头席》和朝鲜自古广泛流传的《鹿兔蟾蜍自夸争席位》故事之间,应该有多大的时间差异呢?

据传,在古代传入中国的几部广律中,《十诵律》被翻译弘传最早。在南北朝时期的晋、宋、齐,《十诵律》已经广为流传,梁、陈、隋之际,南主笃信此律。龟兹国卑摩罗叉精通此律,后来鸠摩罗什在其手下学习此律书,而卑摩罗叉来华后,先是在长安补译删定此律书,后携至江陵地区弘扬,出现了像惠猷这样的一时宗师。佛教于372年(高句丽小兽林王二年)最初传入朝鲜三国的高句丽以后,逐渐在朝鲜半岛扎根并获得迅速发展。后来中国的高僧陆续至百济和新罗,佛教经籍和文物也随之东传,朝鲜佛教逐步进入状态。不过佛教初传至朝鲜半岛以后,在相当一段时间内由于教理深奥、疑义难解、经籍又尚未齐备,增加了朝鲜人理解和弘扬佛教的困难。在种种困难面前,朝鲜人并没有退却和因此而放慢弘扬佛教的脚步,这些困难反而激起了他们搏击沧波,舍身求法,揭开佛法深奥之境的热情和决心。鉴于这种状况,新罗觉德曾指出:"迁乔必出谷,学道务求师,若安安而居,迟迟而行,非释子弃恩之本意。"①于是他本人身附远舶,渡海入梁求法。自东晋时期开始,已经有人西渡沧海到中国求法,至南北朝陈最后一个皇帝后主祯明三年(589),共有16位学僧在华学习和求法。进入隋唐时期以后,朝鲜三国人的入华求法活动进入了一个兴盛阶段,自隋文帝至唐末的三百多年间,共有185位朝鲜三国学僧和统一新罗僧人入华进行求法请益活动。其后的高丽王朝和李朝时期,中朝关系经历了极其复杂的变化过程,佛教徒的入华求法活动也有断有续,但此时也有很多僧侣到中国的各个朝代和地区进行学习和求法活动。

　　历来的朝鲜学僧和佛教徒,在华学习和求法时所专攻和主修的佛教宗派各种各样,其中习律者各代不断,出现了一批精通《十诵律》等戒律经典的佛教高德。据载,从印度传入中国的四部广律中,《十诵律》翻译弘传最早,晋、宋、齐时,已经盛行。这么算来,与《六度集经》一样,《十诵律》在中国的传播也很早,其主要的传播期都在魏晋南北朝时期。这样它传入朝鲜半岛的时间几率,跟《六度集经》几乎是一样的。再说朝鲜半岛三国高句丽、百济和新罗来中国学习和求法的僧侣中学四部广律的也不少,而且几乎每一个留学僧归国时都带回佛教经籍,这样他们与《十诵律》接触并读过《三禽兽排定座次》的机会颇大。如果中朝之间的佛教传播史的确经历了这样的过程,那这些寓言或动物故事于三国时期或统一新罗时期传入朝鲜各地是没有什么问题的。

　　至于朝鲜近、现代时期还在民间广泛流传着的寓言、志怪、传说和传奇故事中,很大一部分是来自于古代社会,是自古一代一代传承下来的,所以它们的历史往往很悠久。以寓言《龟与兔》为例,从近代以来一直被人们广泛传诵,不光是原型故事本身继续被传承,而且人们还把它改编为唱歌(朝鲜口头文学的一种体裁)、戏剧、歌词和寓言小说等艺术形式传承下去,如今它们也成为整个朝鲜半岛乃至世界各国家喻户晓的艺术作品。这么说,早在20世纪初叶被朝鲜半岛的学者和民间文学工作者收集和整理出来的这些古代民间文学作品,其源头可就十分深远和悠久了。尽管在千百年来的流传过程

---

① 觉训:《海东高僧传》,首尔:乙西文化社,1975年,第161—162页。

中,其中的一些地方不可避免地产生一些改变,但它们的基本情节和艺术精神始终保存了下来。

朝鲜古代的动物故事,题材多样、意象丰富,担负起了民间文学重要的一翼。朝鲜古代的动物故事,往往采用拟人化的手法,就是将动物人格化,将动物的某些习性与人的某些性格进行联想化的处理。如从一种凶猛残暴的野兽,联想到人类中凶恶似虎狼、残暴如蛇蝎的人物。但是并非所有的动物故事都死板一套,有些故事中的凶残动物,反而具有人性,对人类友善,甚至帮助人类中的善良者,使其实现自己的愿望。这类凶残动物故事的旨意,并不在故事本身,而是超越故事本身,以揭示人类中也有比虎狼更为狡猾残暴的家伙。朝鲜统一新罗时期民间的动物故事中的《金现感虎》:

> 新罗俗每当仲春,初八至十五日,都人士女,竞绕兴轮寺之殿塔为福会。元圣王代,有郎君金现者,夜深独绕不息。有一处女念佛随绕,相感而目送之,绕毕,引入屏处通焉。女将还,现从之,女辞拒而强随之。行至西山之麓,入一茅店,有老妪问女曰:"附率者何人。"女陈其情,妪曰:"虽好事不如无也,然遂事不可谏也,且藏于密,恐汝弟兄之恶也。"把郎而匿之奥。小绕有三虎咆哮而至,作人语曰:"家有腥膻之气,疗饥何幸。"妪与女叱曰:"尔鼻之爽乎,何言之狂也。"时有天唱:"尔辈嗜害物命尤多。宜诛一以徵恶。"三兽闻之。皆有忧色。女谓曰:"三兄若能远避而自徵,我能代受其罚。"皆喜,俛首妥尾而遁去。女入谓郎曰:"始吾耻君子之辱临弊族,故辞禁尔。今既无隐,敢布腹心,且贱妾之于郎君,虽曰非类,得陪一夕之欢,义重结褵之好。三兄之恶,天既厌之。一家之殃,予欲当之。与其死于等闲人之手,曷若伏于郎君刃下,以报之德乎。妾以明日,入市为害剧,则国人无如我何,大王必募以重爵,而捉我矣。君其无怯,追我乎城北林中,吾将待之。"现曰:"人交人彝伦之道,异类而交盖非常也。既得从容,固多天幸,何可忍卖于伉俪之死,徼倖一世之爵禄乎。"女曰:"郎君无有此言,今妾之寿夭,盖天命也,亦吾愿也,郎君之庆也,予族之福也,国人之喜也,一死而五利备,其可违乎。但为妾创寺,讲真诠资胜报,则郎君之惠莫大焉。"遂相泣而别。次日果有猛虎,入城中剽甚,无敢当。元圣王闻之,申令曰:"戡虎者爵二级。"现诣阙奏曰:"小臣能之。"乃先赐爵以激之。现持短兵入林中,虎变为娘子,熙怡而笑曰:"昨夜共郎君绻缱之事,惟君无忽。今日被爪伤者,皆涂兴轮寺酱,聆其寺之螺钵声则可治。"乃取现所佩刀,自颈而仆,乃虎也。现出林而托曰:"今兹虎易搏矣。"匿其由不洩,但依谕而治之,其疮皆效。今俗亦用

其方。现既登庸,创寺于西川边,号"虎愿寺",常讲《梵网经》,以导虎之冥游,亦报其杀身成己之恩。现临卒,深感前事之异,乃笔成传。俗姑闻知,因名《论虎林》,称于今。①

新罗有于农历二月初八至十五日,京城男女竞绕兴轮寺殿塔的风俗,叫做"福会"。新罗第三十八代元圣王(785—798)时,有一个叫做金现的贵公子,至深夜还在不断地绕塔而转。其时有一个少女也在边念佛边跟着绕塔,二人逐渐相感,眼神碰撞而两心相通,绕毕,入林中通情。姑娘将还,金现不顾姑娘的拒绝执意要跟着,两人行至西山之麓,进了一个茅屋,有老妪问带回谁,姑娘告之情。老妪责备她不应该带人回家,危险,说几个弟兄回来之前要把人藏于密室,以保其命。不一会儿三虎咆哮而回,作人语曰:"家有腥膻之气,疗饥何幸。"万万没有想到这是老虎的家族,金现惶恐不已。此时忽然有天神之唱音,说因老虎家族作恶多端,要吃老虎兄弟中的一个,老虎兄弟们正惊慌之时虎姑娘说如果它们愿意远避而自惩,她愿意代之受罚,三个老虎兄弟皆喜而逃遁。老虎姑娘说既然事已至此她也不想隐瞒,她是几个老虎兄弟之妹妹,虽曰非类,得陪一夕之欢,义重结褵之好。她表示愿意为一夜郎君死于刀下,以特殊的方式报一日夫妻之德。她告诉金现次日要进城闹出一场"害剧",以重创满街之人,元圣王一定会以高官厚禄作为封赏捉拿她,此时"君其无怯,追我乎城北林中,吾将待之"。金现说你我有情不忍心这么做,但是虎姑娘说这是"天命也,亦吾愿也,郎君之庆也,予族之福也,国人之喜也,一死而五利备",何乐而不作?只是希望为她创寺,"讲真诠资胜报",则无憾。金现与虎姑娘相泣而别。第二天果有一只雌猛虎,"入城中剽甚,无敢当",全城陷入恐慌之中,果然元圣王以重爵招人灭猛虎。此时金现挺身而出,得爵而执剑出马,将猛虎追之树林中,猛虎立马变为姑娘,笑而说请不要忘记旧情,被抓伤者都可涂兴轮寺的大酱并"聆听寺之螺钵声则可治"。说完取金现所带佩刀自尽,现出原形,姑娘乃一凶猛之老虎。金现遂从林中出,说已杀死老虎,并按照虎姑娘的话给众伤者治疗,伤者皆愈。而后,金现也按虎姑娘的遗愿,创寺于西川边,名"虎愿寺",常讲《梵网经》,以导虎至冥游,亦报其杀身成己之恩。

详读此故事,觉得它并不是一则单纯拟人化的作品。故事中的老虎一家,完全以与人类混同的形式出现,使得故事扑朔迷离,生动有趣。这种将动

---

① 一然:《三国遗事·感通·金现感虎》,权锡焕、陈蒲清译,长沙:岳麓书社,2009年,第459—460页。

物与人类混同起来思考问题的思维模式,在朝鲜可能是由来久远,它甚至可追溯到其原始社会。原始人尚未仔细观察到或尚未总结出自然界和动物的内在规律和特征。他们以人类自己的生活方式和思维模式推想自然界和动物,以自己的思想感情、爱憎等来推断自然界和动物现象,这样自然界和动物们被理解成像人一样有思想感情,有喜、怒、哀、乐等表达方式的存在。于是古人当看到动物的一些习性、生活方式时,就按照人类自己的情形去理解和讲述,这样也很自然地将动物的某些特征与人类混同起来。尽管在这其中表现出古人的一系列错觉和幼稚性,但它毕竟是人类思维发展史上的一大进步,为以后认识水平的提升奠定了基础。应该指出的是它与后来人有意识地进行艺术创造,讲动物故事时懂得使用拟人化、人格化的艺术手法是截然不同的。文明人早已将动物与自身严格区分开来,而且懂得通过动物故事来寄托自己的思想感情,表达自己对客观世界的看法。在这样创作出来的故事作品中,有的明显带有教训、劝诫和讽刺的意味,就成为了寓言。阶级社会的寓言,在传统动物故事的基础之上,发展了曲折地反映社会生活的动物故事。

在封建社会中,统治阶级残酷剥削和压迫下层人民,为自己的享乐生活骑在他人头上作威作福。在道德上,封建统治阶级以儒家伦理的卫道士自居,但他们中的很多人满口仁义道德,而实际上行的是"人不为己,天诛地灭"的勾当,所以他们中也出现了许多"衣冠禽兽"的家伙。在朝鲜古代,正义的势力和人民群众,往往以通俗文学的形式批判和讽刺这些家伙,取得了很高的艺术成就。朝鲜古代的动物故事,作为这些通俗文学中的一枝,也为朝鲜口头文学的宝库添砖加瓦,作出了应有的贡献。朝鲜古代的许多动物故事,虽其情节有些怪异荒诞,但它们通过离奇独特的艺术形象,反映了人类社会的种种丑恶现象。

在《金现感虎》中,金现是人类世界的人,而虎姑娘则是动物世界中老虎家族的一员。故事中的她(它)的家族,生活在人间的茅草屋中,家里有老母虎和三个虎弟兄,他们咆哮着害人害物,凶恶无比。但是与其凶猛的三弟兄不同,虎妹妹善解人意,通达人情,甚至与贵公子金现相爱媾通,建立情爱关系。特别是她(它)念念不忘与金现的感情,愿意为其牺牲一切,乃至生命。她(它)有人的正常思维,关心金现的为官仕途,为他出谋划策,以付出自己的生命为代价,闹出一场"害剧",恐吓满城人,逼元圣王给金现赐爵二级,并告诉金现如何治疗被自己所伤者。虎姑娘懂得人伦,表示"虽曰非类,得陪一夕之欢,义重结褵之好",不仅为所爱的金现可以付出生命,而且还甘愿死于金现刀下为其谋得高官厚禄。此情此景,足以让人被其真情和善举感动不已。

《金现感虎》中的少女,实际上是一个虎怪,是山中老虎家族中的一员,但她(它)与其凶残的三个哥哥不同,是深负人间情怀的人物。她(它)不仅大胆追求爱情,敢于表白自己的心境,而且还努力捍卫爱情的成果。她(它)挚爱着人间贵公子金现,宁愿牺牲自己的生命,也要让他官运亨通,过上出人头地的生活。她(它)和金现的爱情生活虽短暂,但她(它)却采取主动的姿态,憨直任性,明朗多智,温柔多情。为了心爱的人,她(它)敢作敢当,而且还善用方法和手段,终使自己的意图实现,让金现获得她(它)想要的东西。整个故事虽离奇古怪,但却充满了想象,并富有生气,少受人间礼教的束缚。对虎姑娘的人物境界,作品于最后还概括道:

  详观事之终始,感人于旋绕佛寺中;天唱徵恶,以自代之;传神方以救人,置精庐讲佛戒。非徒兽之性仁者也,盖大圣应物之多方,感现公之能致情于旋绕,欲报冥益耳。宜其当时能受禧佑乎。赞曰:山家不耐三兄恶,兰吐那堪一诺芳。义重数条轻万死,许身林下落花忙。

为了达于人间精诚,她(它)跟着金现不辞辛苦地绕佛塔;当她(它)的三个老虎弟兄咆哮着要行凶吃人,天神要惩罚它们时,她(它)要以身代之;她(它)为了逼元圣王给金现任高官,自己亲自上街凶猛地抓伤人,但事后她(它)马上告诉治疗虎伤的方子,让百姓免遭受其害,以报答金现绕塔之功。这是一个通情达理、富有人情的老虎姑娘,是东方民间文学中罕见的老虎的艺术形象。

  关于人与虎相感生情而相爱,结为夫妻而过日子的故事,之前在中国也有过。看来类似的动物故事在不同的国度或民族那里,创作并传承下来广被于人口的事情,也经常发生。朝鲜古代的《金现感虎》和中国唐代的《申屠澄与虎妻》就是其中一例,我们通过此两个类似故事的比较研究,可以把握其中思想和艺术的异同。唐德宗贞元年间的故事《申屠澄与虎妻》,就是人与虎相爱而一起生活的动物故事,但其情节与主题思想,与朝鲜新罗的《金现感虎》迥异。其道:

  贞元九年,申屠澄自黄冠调补汉州什方县之尉。至真符县之东十里许,遇风雪大寒,马不能前。路旁有茅舍,中有烟火甚温,照灯下就之。有老父妪及处子,环火而坐。其女年方十四五,虽蓬发垢衣,雪肤花脸,举止妍媚。父妪见澄来,遽起曰:"客甚冲寒雪,请前就火。"澄坐良久,天色已暝,风雪不止。澄曰:"西去县尚远,请宿于此。"父妪曰:"苟不以蓬荜为陋,敢承命。"澄遂解鞍,施衾帱。其女见客方止,修容靓妆自帏箔间出,有闲雅之态,犹过初时。澄曰:"小娘子明惠过人甚,幸未婚,敢请自媒如何?"翁曰:"不期贵客欲采拾,岂定分也。"澄遂修子婿之礼。澄乃以所乘马载之而行,既至官。俸禄甚薄,妻力以成家,无不欢心。后秩满将归,已生一男一女,亦甚明惠,澄尤加敬爱。尝作赠内诗云:"一官惭梅福,三年愧孟光。此情何所喻,川上有鸳鸯。"其妻终日吟讽,似默有和者,未尝出口。澄罢官罄室归本家,妻忽怅然谓澄曰:"见赠一篇,寻即有和。"乃吟曰:"琴瑟情虽重,山林志自深。常忧时节变,辜负百年心。"遂与访其家,不复有人矣。妻思慕之甚,尽日涕泣。忽壁角见一虎皮,妻大笑曰:"不知此物尚在耶。"遂取披之,即变为虎,哮吼拏攫,突门而出。澄惊避之,携二子寻其路,望山林大哭数日,竟不知所之。①

唐贞元年间的官吏申屠澄,在赴任汉州什方县尉的路上,遇到风雪而借宿于路旁茅舍时,与美丽的房东姑娘结婚并将其带到任地,与她(它)一起生活并生下了一男一女。在并不富裕的生活之中两个人互相恩爱,过着心心相印的生活。申屠澄曾用诗来反映当时幸福的心境,"一官惭梅福,三年愧孟光。此情何所喻,川上有鸳鸯"。后来申屠澄的任期届满,将要回老家时,其妻拿出一首答诗给他看,其中写道:"琴瑟情虽重,山林志自深。常忧时节变,辜负百年心"。原来她(它)是老虎家族的后裔,其心尚在山林之中,归山林之心远胜过夫妻琴瑟的幸福家庭。当他们回老家的途中,路过妻子的娘家,但山中茅舍已人去屋空,"妻思慕之甚,尽日涕泣"。当他们发现挂在墙角的一张虎皮时,妻子却忽然大笑,取虎皮披之,即变为虎,哮吼拏攫,突门而出,遁入山林中。

《金现感虎》与《申屠澄与虎妻》,究竟有无影响关系,现在尚未找到实际关联的证据,但两部作品都以老虎家族的姑娘嫁给人间公子为故事情节的核心。这就让我们猜想它们之间可能存在的事实联系,从而用比较文学的方法去透视它们的内容和形式,以说清其中的异同。就这两部作品的不同之处而论,则可以用一系列的事实依据来论证。事实上,两部作品有很大的不同,从结构上说《申屠澄与虎妻》简单而《金现感虎》较为复杂。如上所述,《金现感虎》中的老虎姑娘大胆追求爱情并维护真挚的感情,她(它)宁愿为爱情赴汤蹈火,以至于献出生命。她(它)敢作敢当,行为中很少为礼教所束缚,她也富有智慧,为所爱的金现设计出自己进城害人的"害剧"。而《申屠澄与虎妻》中的虎妻,修容靓妆,有闲雅之态,而且在家中夫妻恩爱,默默无闻地养儿育女,

---

① 一然:《三国遗事·感通·金现感虎》,权锡焕、陈蒲清译,长沙:岳麓书社,2009年,第461—462页。

但当申屠澄的任期已满要回老家之时,她(它)思念山林的本性复活。特别是当她(它)回娘家看到挂在墙角的虎皮,本性尽露,披而变成雌虎,咆哮着出门而逃遁山林。她(它)为人妻子时似乎是个贤妻良母,但一旦想到山林并看到虎皮时,本性大发,遁入山林。两个故事中的两个虎妻,除了为人之妻这一点之外,再无其他共同之处。与申屠澄之虎妻相比,金现虎妻形象显得更为生动真实,而且个性鲜明,具有可变的智慧和果断的品性,她(它)被刻画为有血有肉的女主人公。对这两部作品的不同之处,动物故事《金现感虎》指出:"噫!澄、现二公之接异物也,变为人妾则同矣,而赠背人诗,然后哮吼拏攫而走,与现之虎异矣。现之虎不得已而伤人,然善诱良方以救人。"一针见血,道出了两部作品的要害。

除了上述的几个有关思想内容方面的特色之外,《金现观虎》还有社会批评方面的思想内涵。作品中的虎女,当"天唱徵恶"时候,甘愿为其弟兄们"以自代之";当她(它)为金现不得已闹出"害剧"之时,还"传神方以救人",而她(它)又为红尘中各等灵魂的精华,让金现"置精庐、讲佛戒"。我们知道,有些动物的故事讲动物之间的关系,而有些动物故事也讲动物与人之间的关系,但实际上它们反映的都是人与人之间的关系。《金现感虎》故事中的虎女有血有肉,感情丰富,善良正直,为爱情愿意付出一切,而且具有大公无私的精神,甘愿为别人担风险。尽管其形象怪谲荒诞,但事实上她(它)充分代表了现实生活中无数善良、重义、美丽而又富有正义感的朝鲜古代女性。这种艺术形象,比那些现实生活中自私、狭隘和以"人不为己,天诛地灭"的反面信条行事的人相比,不知高尚多少倍。所以这部作品最后呼喊道:"兽有为仁如彼者,今有人而不如兽者,何哉?"作者在此明显指摘那些现实生活中"衣冠禽兽"的不道者,讽刺那些"人而不如兽者"和"金玉其外,败絮其中"的封建卫道士们。不过作品中也有一些可探讨的问题,如作者将虎女的善举最终归总于佛的提携和启迪之上。作品在最终部分中说:"非徒兽之性仁者也,盖大圣应物之多方,感现公之能致情于旋绕,欲报冥益耳。宜其当时能受禧佑乎。"明显把一切归结于佛菩萨的感应和信者的精诚所致。

统一新罗时期的有些动物故事,完全从动物本身的自然习性出发,讲人类与其互相启发而受到感化的事实。与动物志怪故事相比,这一类故事少一些荒诞不经的成分,基本靠近现实中人们的思想和感情。新罗第四十二代兴德王时期的一则朝廷史臣记载,就属于这一类故事。这一则故事的题目暂时定名为《兴德王与鹦鹉》,写的是宫中的一只鹦鹉因丧偶而哀伤之极,兴德王因此戒娶的故事。其云:

> 第四十二代兴德大王,宝历二年丙午即位。未几有人奉使于唐,将鹦鹉一双而至,不久雌死,而孤雄哀鸣不已。王使人挂镜于前,鸟见镜中影,疑其得偶,乃啄其镜,而知其影,乃哀鸣而死。王作歌云……。①

鹦鹉以其美丽的羽毛,善学人语技能的特点,为人们所欣赏和钟爱。鹦鹉的一个自然特点,就是雌雄成双而形影不离,给人以有灵性的感觉。但实际上鹦鹉毕竟只是动物中的鸟类而已,所以古代《礼·曲礼上》云"鹦鹉能言,不离飞鸟"。这一记录中的雄性鹦鹉,因失去了雌偶,而哀鸣不已,这应该是从本能出发的自然行为。但是人对此有感而把镜子挂于前,鹦鹉见镜中的自己,疑其得偶,乃啄镜面,当它知道那是自己的影子,乃哀鸣而死。从人的角度看此现象,似乎鹦鹉有感而这么做,因为人是有情有意识的动物,往往有移情于物的倾向,这一则记录的内涵就包含着这样的意思。《三国遗事》载录这个故事,是作为奇人怪事来对待的,但是细察历史文献发现,兴德王时确有其事,而且兴德王也因此事而曾感慨不已。《三国史记》记此事曰:

> (兴德王)冬十二月,妃章和夫人卒,追封为定穆王后。王思不能忘,怅然不乐。群臣表请再纳妃,王曰:"只鸟有丧匹之悲,况失良匹,何忍无情,遽再娶乎!"遂不从,亦不亲近女侍。②

新罗兴德王即位于公元 827 年 10 月,也就是唐文宗宝历二年十月。即位不久,有人使唐归国时携一双鹦鹉回来,此年十二月妃章和夫人去世。因兴德王与章和夫人感情甚笃,思念不已,怅然不乐,拒绝再纳妃,而且以鹦鹉丧偶凄凉哀鸣而死为范例,告谕左右,而后亦不亲近女侍。这是一则由见动物的自然现象而移情于人类的典型故事,其意象让人深思,也给人以一些想象与启迪。

---

① 一然:《三国遗事·纪异·兴德王:鹦鹉》,权锡焕、陈蒲清译,长沙:岳麓书社,2009 年,第 135 页。
② 金富轼:《三国史记·新罗本纪·兴德王》,首尔:乙酉文化社,1977 年,第 107—108 页。

第三章 假传体文学的源与流

第一节 传记及传记文学

中国古代传记文学的发展历史源远流长。在文史未分之前,传记文学与历史、散文三位一体,共同发源于中国异常早熟和发达的史官文化;文史分流之后,传记文学则横亘于文学与史学之间,以蓬勃旺盛的生命力不断自我更新向前发展,催生出众多体裁样式,同时也对中国的小说与戏剧等艺术门类的产生、发展,起到了深远的影响。

一、"传""传记"与"传记文学"

研究探讨传记文学,时常会遇到"传""传记""传记文学"这样的概念。传记文学有一个发展形成的过程,其称谓也经历了演进变化的过程。在传记文学名称出现以前,"传""传记"作为文体名称已经使用了数千年,而其名称的具体所指具多义性,并非专指我们所说"传记文学"。在古代,"传"与"传记"都曾作为对经书的解释,即指解经的文字而使用过。直到明清之际《文章辨体》《文体明辨》《文史通义》等古代文体研究专著将"传""传记"明确分类定义前,其含义仍具有含混性。那么,"传"与"传记"是从什么时候开始作为人物传记名称而使用的呢?按照前辈学者的考证研究成果[①]可知,"传"作为人物传记名称在战国时代已经出现,如《穆天子传》。"传记"一词则出现在汉代,最初指解说经典的文字,而作为人物传记名称使用则最迟出现在南朝。"传记文学"则是20世纪产生的名词,最早由胡适使用[②];郁达夫相继在1933年发表随笔《传记文学》,1935年撰写《什么是传记文学》一文。此外茅盾先生也在

---

① 按,此处关于"传"与"传记"的考证结论参见陈兰村编著《中国古典传记论稿》中《中国传记文学的起源》一文。

② 一说将胡适1914年编纂《藏晖室札记》中的"传记文学"条目,看作是其最早使用"传记文学"一词的佐证;一说胡适在1930年《书舶庸船序》中正式使用"传记文学"一词。参见卞兆明:《胡适最早使用"传记文学"名称的时间定位》,《苏州大学学报(哲学社会科学版)》,2002年第四期。

1933 年发表过题为《传记文学》文章。从此中国传记文学的研究进入了一个新阶段。

那么作为人物传记名称的"传""传记"与"传记文学"应该如何定义,其中的关系又如何呢?

明代徐师曾在《文体明辨序》：

> 自司马迁作《史记》,创为"列传"以纪一人之始终,而后世史家卒莫能易。嗣是山林里巷,或有隐德而弗彰,或有细人而可法,则皆为之作传以传其事,寓其意;而驰骋文墨者,间以滑稽之术杂焉,皆传体也。故今辨而列之,其品有四:一曰史传,二曰家传,三曰托传,四曰假传,使作者有考焉。

明代吴讷在《文章辨体序》传体条目中说:"

> 太史公创《史记》列传,盖以一人之事,而为体亦多不同。迨前后两汉书、三国、晋、唐诸史,则第相祖袭而已。厥后世之学士大夫,或值忠孝才德之事,虑其湮没弗白;或事迹微而卓然可为法戒者,因为立传,以垂于世:此小传、家传、外传之例也。西山云:"史迁作孟荀传,不正言二子,而旁及诸子。此体之变,可以为法。"步里客谈又云:"范史黄宪传,盖无事迹,直以语言模写其形容体段,此为最妙。"繇是观之,传之行迹,固系其人;至于辞之善否,则又系之于作者也。若退之《毛颖传》,迂斋谓以文滑稽,而又变体之变者乎!

《四库全书总目提要》：

> 叙一人之始末者为传之属,叙一事之始末为记之属。

清代章学诚《文史通义·传记》：

> ……后世专门学衰,集体日盛,叙人述事,各有散篇,亦取传记为名,附于古人传记专家之义尔。

《中国大百科全书·中国文学卷》"传记文学"条解释"传记"与"传记文学"为：

记载人物经历的作品称传记,其中文学性较强的作品即是传记文学①。

《简明不列颠百科全书》"传记文学"条说:

传记文学是最古老的文学体裁之一,它以各种书面的、口头的、形象化的材料和回忆为依据,用文学再现作者本人或他人的生平。②

陈兰村主编《中国传记文学发展史》给"传记文学"下定义为:

它是艺术地再现真实人物生平及个性的一种文学样式。③

以上是不同历史时期,学者及工具书对"传""传记""传记文学"下的各种不同定义。由于汉语单音节词可以单独表意的特点,"传"与"传记"均可看做是一个属概念,包括文学和史学两个范畴中的人物传记。今人所定义之"传记文学"是一个种概念,是"传"或"传记"中,具有真实性、再现传主相对完整的生平并着意表现其个性,同时具有艺术性。是否具有"艺术性"是区分历史传记和"传记文学"的根本标准。按照这样的理解,《毛颖传》这类不具有"传记文学"中人物"真实性"特征的"假传"作品恐怕要被排除在"传记文学"之外。然而,"假传"作品的人物情节虽然是虚构的,但其写作格式、作品用语、语言笔法都是完全模仿传记文学,并深得以《史记》为典范的"传记文学"的精髓,其有些创作,已经"达到了登峰造极,升堂入室的程度"④,似乎又不能将其完全排除在"传记文学"之外,所以,对这样的作品进行严格界定是十分困难的。笔者以为,文学研究不必十分拘泥于概念的区分,对于研究者而言,文学分类本身是为了能够更加科学合理地解读作品,从而认识作品的价值。将"假传"体置于传记文学的整体参照下,能够更加全面、立体地分析把握该文体的产生、发展的过程及其呈现的独特文学价值。

二、 传记文学的分类

对于传记文学的分类,尚未形成定论。为便于对"假传"体进行研究,本

---

① 《中国大百科全书》,第1312页。
② 《大不列颠百科全书》(卷九),第545页。
③ 陈兰村主编:《中国传记文学发展史》,北京:语文出版社,1999年,第5页。
④ 韩兆琦主编:《中国传记文学史》,石家庄:河北教育出版社,1992年,第5页。

书沿用目前学界通行的看法①,根据传记文学内容与形式的不同,将古代传记文学分为五类:其一是史传文学,主要指纪传体史书中具有较强文学性强人物传记,如《史记》中的本纪、世家、列传部分。其二是杂传,主要指单独成书的类传。这类作品有的按人品归类立传,如《列女传》;有的按照身份归类立传,如《高僧传》《唐才人传》。其三是散传,指不单独成书,以单篇流行,或散见于各家文集中的个人传记,包括传状、碑文、墓志铭、自序等作品。其四是专传,指单独成书的篇幅较长的单人传记,如《大唐大慈恩寺三藏法师传》。其五是传记体小说。韩兆琦先生将《长恨传》《赵飞燕传》《李师师传》等半传记半小说的作品,以及韩愈《毛颖传》等"假传"类带有浓郁传记文学性质的作品及文类归入传记小说类中。

三、 中国古代传记文学的发展

1. 先秦——古代传记文学的雏形期

传记文学来源于历史,"中国于各种学问中,惟史学最为发达;史学在世界各国中,唯中国为最发达。"②可以说,历史是中国以文字记载的最早最发达的学科。从西周到战国时代,是古代传记文学由萌芽发展为雏形。《尚书》是中国现存最古老的史学著作,其中已有了一些文学笔法,如《牧誓》是周武王率兵伐纣时作战前动员的誓辞演说,篇中有对周武王形象描写的片段,"时甲子昧爽,王朝至于商郊牧野,乃誓。王左仗黄钺,右秉白旄以麾……"已经蕴含了朦胧的写人意识。我国第一部编年体史书《春秋》以纲目式的记载,极其精简的文字记录鲁国二百四十二年的历史。虽然其笔法几乎没有什么描写成分,但是它寓褒贬于记事"春秋笔法"对后世史学、文学创作产生了很大的影响。此外《诗经》中《生民》《公刘》等歌颂周部族祖先英雄事迹的歌谣,以每首诗集中写一个人物,可以看出一定的人物形象。这些作品虽然人物描写十分简单,但从中可以看出,在商与春秋时代,已经有了一定的写人意识,尽管这种意识尚处胚胎状态。

战国时代是中国史学大发展的时期,这是由于春秋战国时期的社会大变动,使统治阶级开始意识到总结历史经验教训的重要性,而且这也是一个崇尚个人英雄主义的年代,一些君王、将帅、谋臣、策士在历史活动中发挥重要作用。在《国语》《左传》《战国策》等历史散文著作中孕育了史传文学的雏形。

---

① 本书参照韩兆琦先生主编的《中国传记文学史》和陈兰村先生主编的《中国传记文学发展史》两书对古代传记文学的分类。
② 梁启超:《中国历史研究方法》,北京:中华书局,2009 年,第 12 页。

这些作品,在事件、场面描写已经具备了相当高的说平,而且对于人物描写刻画也日益重视,已经对一些历史人物进行了较为完整的刻画,塑造了一系列个性鲜明的人物形象,为后世传记文学奠定了坚实的基础,做好了思想与写作技巧的各种准备。

2. 两汉——古代传记文学的诞生与辉煌

中国古代传记文学经历了一个"特殊"的发展历程。说其特殊,是因为它的诞生与辉煌是同步的。从汉高祖到汉武帝时期,西汉王朝形成了封建大一统局面,出现了中国封建社会第一个"盛世",也为全面总结先秦以来的历史文化做好了充分的准备。司马迁顺应时代的要求,写出了旷世巨著《史记》,首创以"纪传"为主的史学体裁,第一次以人为本位来记载历史。《史记》中的纪传体篇章一直被认为是中国传记文学的肇始。明代徐师曾在《文体明辨序》中说:"按字书曰:'传者,传也,记载事迹以传于后世也。'自司马迁作《史记》,创为'列传'以纪一人之始终,而后世史家卒莫能易。"①清代赵翼在《廿史札记》中说:"古书凡是记事、理论及解经者,皆谓之传,非专即一人事迹也。其专记一人为一传者,则自迁始。"近人郁达夫在《什么是传记文学》一文中说:"传记文学,本来是历史文学之一枝,中国自太史公(司马子长生于汉景帝时,当在西历纪元前一四五年前后)作《史记》后才有列传一体。释文,传,传世也。记载事迹,以传于世。所以中国以传记文学要求其始祖,只能推司马迁为嚆矢。"《史记》中包含了百余独立成篇的人物传记,塑造了一系列栩栩如生的人物群像。《史记》宣告了中国传记文学在中国的诞生。"《史记》不仅是中国古代传记文学的典范,在世界传记文学史上也应有非常重要的地位。"②《史记》之后的《汉书》是另一部传记文学中的杰作。《汉书》继承了《史记》注重刻画人物性格的优良传统,包含了许多描写人物的精彩篇章。当然班固较司马迁更深地受封建正统观念影响,其人物传记的思想社会批判锋芒已经较《史记》大为减弱。但这没有影响到《汉书》作为为我国纪传体断代史的开创者,与《史记》一起被后世历代奉为"正史"的楷模。由于这些记载人物的篇章都是包容在"正史"的纪传中,所以称之为"史传文学"。在这里需要说明的是,《汉书》与《史记》的思想内容与艺术风格有着巨大的差别。"如果说《史记》更像一首诗,更像一部小说,那么《汉书》则是更像一部史,更像一部学术著作。也就是说,到了班固那里,历史和文学开始分家了。"③

---

① 徐师曾、罗根泽校点:《文体明辨序说》,北京:人民文学出版社,1982年,第153页。
② 李少雍:《司马迁与普鲁塔克》,《文学评论》,1986年第五期。
③ 韩兆琦主编:《中国传记文学史》,第6页。

3. 魏晋南北朝时期——古代传记文学的转向

魏晋时期是中国文学脱离史学与哲学走向自觉的时期。介于史学与文学交界的传记文学也面临着新的转向。一方面，前代取得辉煌成就的"史传文学"的创作出现下落的局面，但其影响力并未消失。这种影响力更多地体现在业已形成的史传传统对"传记文学"其他体裁形式起到的摹本典范作用。在另一方面"杂传""家传""散传"等传记散文创作纷起，占据了"传记文学"的大部分。

这个时期，出现了《三国志》《后汉书》《宋书》《南齐书》《魏书》等正史史学著作，其中的史传数量较汉代大大增加了，然而其文学成就却大幅度下降了。这一时期的正史写作更多的是为了迎合统治者树碑立传的要求，与《史记》以来形成的"不虚美、不隐恶"的"实录"传统背道而驰，批判、揭露的成分少了，歌功、粉饰的成分却大大增多了，除《三国志》《后汉书》略有可取外，其他正史无论是思想内容，还是文学价值较之前代更是等而下之。与正史史传创作的下落相反，史书以外的杂体传记创作呈现风出并见、异军突起的态势。这个时期的散传、杂传据《隋书·经籍志》所收包括亡书在内合计219种，清人章宗源补该期杂传书目184种，姚振宗补35种，说明其数量已经相当可观。此外，《三国志》裴松之注，《世说新语》刘孝标注，以及《水经注》中都有杂传被征引。萧梁阮孝绪注《七录》，在"七录目录"的"记传录"中立有"杂传部"。此时杂传、散传已经不再是依附于史学著作中的传记，以独立的姿态登上了文坛。史传以外的其他传记创作的繁荣，其原因，首先与魏晋时期士大夫的个体意识空前自觉，自我意识得到强化有关。他们开始注意对个人价值进行重新认定，为自己立传，为亲友、同僚立传风行。其次，魏晋时期实行的"乡举里选"制度，形成了一股乐于品评人物的社会风气。第三，汉代经学的独尊地位在魏晋时期受到战乱的冲击，在文人士大夫中，通过史学和传记表达之际的志趣或社会理想的风气抬头。第四，曹魏时期开始实行的官员选拔制度"九品中正制"，造成了官员选用只注重门第而不讲求才学，一些门阀大家，为夸耀自家的门第与人才而注重家传的写作。第五，魏晋时期佛教兴盛，促进了僧尼传的大量产生。魏晋南北朝时期各类杂传、散传纷起繁荣，就散传来说，体裁形式上大致有传状、碑志、自传等。这些杂体传记在体制上承接《史记》的列传，但具有不同于正史传记的新的意义，并且取得了很大的成就，对唐宋的传记文学的发展产生了直接影响。

4. 唐宋——古代传记文学的发展与提高

唐宋时期是中国古代传记文学的发展提高期。唐代中国古代封建社会的黄金时期，社会安定，经济繁荣，文化发达，国力强盛。在这样的社会历史背景之下，唐代统治者十分重视正史修撰，完成《梁书》《陈书》《北齐书》《周书》《隋书》《晋书》《南史》《北史》。这些传记由于其官修性质，此外又是集体撰写，因而作者的个性没有能够得到发挥。总体来说，唐代的正史传记在思想内容上具有突出朝代兴亡的历史借鉴，自觉地宣扬封建伦理道德，对历史人物形象的描写和人物性格的刻画日渐淡薄，但这不等于说它们没有文学成就，其中一些篇章人物传记还是具有相当文学艺术价值的。由于受到理学思想的影响，宋代的官修正史传记更加强调封建伦理纲常，思想多趋保守，僵化。需要提到的是欧阳修在官修《旧五代史》的基础上，修撰了《新五代史》。《新五代史》被誉为深得"《史记》精髓"。这部史书从传记文学的角度上，塑造了一些生动的人物形象，笔调轻灵，渗透着强烈的抒情意味。但从唐宋时期的总体趋势来看，历史传记在传记文学的意义上已经相对低落。

　　唐宋传记文学的发展主要表现在杂传、散传等杂体传记创作水平和质量的大幅提高上。特别是从中唐以后，在古文运动的倡导和推动下，很多著名文学家韩愈、柳宗元、白居易、刘禹锡、欧阳修、王安石、苏轼、陆游等运用各种传记文学体裁创作人物传记。他们的单篇传记在深刻反映现实生活；表达自己的社会理想；刻画生动的人物形象；以及大胆追求艺术风格的创新上都与司马迁的《史记》一脉相承，前代传记文学的优良传统与杰出成就都集中地表现在他们的创作中。唐代，韩愈、柳宗元率先将传记主人转向社会上的普通人，扩大了传记写人的范围，如《张中丞传后叙》《童区传》《种树郭橐驼传》，并在艺术形式从人物塑造、情感抒发、语言创新、体裁革新等方面作了全面探索，取得了卓越的成就。特别是韩愈创作《毛颖传》以及柳宗元的《读韩愈所著〈毛颖传〉后题》从创作实践、和文学理论上将"假传"文体固定，体现了他们在文学艺术上的大胆尝试与追求。这一内容本文将在后文详细论述。除韩、柳以外的唐人传记文学以碑志体裁较多，其传记内容丰富，富于浓郁的时代特征，写人叙事具有浓重的文学色彩。宋代和唐代的情况相似，传记文学的成就仍主要以散篇传记为主。从现有的作品来看，其思想深度、社会意义恐怕比唐代还要突出；在文章的体裁风格上也比唐代更具多样化，出现了一批有特色的单篇传记作品。宋代是一个不断受到周边少数民族政权侵袭，积贫积弱的朝代，这一时代的传记文学在内容上有不少爱国进步思想；受士人文化的影响，在艺术风格上更加追求韵味。欧阳修的《六一居士传》，苏轼的《方山子传》代表了宋代传记文学思想艺术取得的成就。此外，宋代的碑文、墓志铭等成就亦相当可观，如王安石共写了墓志铭、墓表115篇。宋代还出现了一种长篇行状，苏轼《司马温行状》、朱熹的《张魏公行状》等是其中的代表，这是对行状体传记的一大发展。总之，唐宋时期的单篇传记在内容和形式上已经成为传记文学的主流。

元代政权存续时间较短,著名的传记文学作家作品较少。从作品的体裁形式看,与唐宋区别不大,以传记文学以文人散传为主,而散传中又以传统的墓志铭碑文为最多。

5. 明清——古代传记文学的继进

明代是中国古代封建制逐步走向腐朽衰落的时期,而其中又孕育了资本主义萌芽。在正史的修著上,明代的《元史》似乎比元代的《宋史》更加缺乏文学性,从传记文学的角度讲已经没有什么新的特色。时代的印记更多地反映在单篇传记文学的创作中,其一,是一些在封建理学框架内,宣扬伦理道德的作品。这类作品在思想内容上虽无甚新意,但在艺术上进行了许多有益的探索,这方面最为突出的要数宋濂的创作。其二,是一些受专反映封建统治的压制下,知识分子备受压抑的苦闷心态的作品,如高启、方孝孺的传记。其三,是传记文学中出现了突破理学束缚,反映市民观点,追求个性解放的内容,如李开先、袁宏道等人的创作。在传记文学的体裁形式上,明代文人更多地倾向于直接写作人物传记。

清代是中国古代封建制度走向最后衰亡的时期,同时也是学术文化进行全面总结的时期。在正史修撰上,清人修著了《明史》《清史列传》《清史稿》。《明史》是乾隆时期"钦定""二十四史"的最后一部。《明史》经多年修著,反复修改,定稿后体例严谨,材料丰富,叙事简明,其中许多传记都突出了人物的个性,具有一定的典型意义和相当的文学色彩。从文学的角度说,体现清代传记文学主要成就更多的是文人创作的丰富多彩的单篇传记。单篇传记是清代散文的重要门类,体裁丰富,数量众多。与明代相同的是,有许多宣扬封建伦理道德内容的假传、碑铭。更加能够体现时代进步思想的是一批具有爱国思想的作家,如顾炎武、黄宗羲、王夫之、邵长蘅等人的创作。此外,清代最具影响力的散文流派桐城派的传记文则在艺术上以严谨的文章体格、精致的笔法风貌、凝练雅洁的文风代表了清代传记文学的成就。

中国古代传记文学在悠久的发展历程中,形成了系统、持续的创作潮流,不仅产生了大量兼具思想性与艺术性的经典之作;而且从体裁、题材、艺术表现手法等方面对古典文学中其他艺术门类产生了不可忽视的作用。"假传"就是在古代传记文学的孕育中破茧而出的一种新的文体。韩愈在唐代元和初年创作的《毛颖传》一文便是"假传"体的嚆矢之作。

第二节 "以文为戏"的传统及假传之寓言特征

在朝鲜,假传体文学样式的出现还是在高丽朝后半期。此时距离中唐时期韩愈创作第一篇假传体作品——《毛颖传》已经过去三百多年的历史。以林椿创作《麴醇传》《孔方传》为端倪,假传体文学创作绵亘近千年,作家辈出、佳作迭现,显示出旺盛的艺术生命力,并形成了相当的创作规模。高丽朝时期,除林椿、李奎报外,还有李允甫、释慧谌、释息影庵、李穀、李詹等人参与假传创作。这些创作者均为当时政坛、文坛要人。他们的作品不乏《麴醇传》《孔方传》《麴先生传》这样的超越之作。这些作品承接朝鲜悠久的寓言传统,从高丽朝勃兴的传记文学中脱颖而出,体现了朝鲜民族的审美意识和艺术表达习惯;既显现出作家作品从关心国计民生的角度出发,对社会丑陋现象批判的现实性思想特征,同时又表现出想象大胆、构思巧妙、委婉多讽、寓意深刻的浪漫性艺术魅力。更为可贵的是,高丽朝假传体文学还拓宽了朝鲜文学创作想象的空间,对此后朝鲜朝叙事文学的发展起到了重要的启示和推动作用。而实际上,高丽假传体文学的源头来自于中国,它是对中国唐宋假传体文学的直接学习和继承,所以我们要研究和探讨高丽朝假传体文学,就必须从这一文学样式的源头说起。

假传体最早产生于中国唐代。古文运动的倡导者韩愈于唐宪宗元和初年创作了《毛颖传》一文。此文一出,在当时文坛引起了一场不大不小的纷争。反对者与支持者态度泾渭分明,裴度批评说"不以文为制,而以文为戏",其学生张籍更是三次以书信相劝,"必见执事多尚驳杂无实之说……此有累于令德……有德者不为"。支持者如韩愈的文友柳宗元称"韩子穷古文,好斯文,嘉颖之能尽其意,故奋而为之传,以发其郁积",认为《毛颖传》是"有益于世"之作。正是这样一篇"千古奇文"成为了假传体之嚆矢。而假传"以文为戏"的文体渊源和复合性的文体特征正是引起这场文坛争论的根结所在。

一、假传之文体明辨

"文章以体制为先"[①],而关于《毛颖传》一类作品的文体定位,学者们的意见莫衷一是,至今对此尚无最终定论,归结起来对假传文体的定位大概有三种认识。其一,认为其体"传"。《毛颖传》的体例形式完全模仿司马迁《史记》列传的形式,开头写传主的姓字籍贯,再叙述其生平事迹,篇末以"太史

---

① 徐师曾、罗根泽校点:《文体明辨序说》,北京:人民文学出版社,1982年,第81页。

"公"的名义发表评论。清人姚鼐就认为"昌黎《毛颖传》,嬉戏之文,其体传也,故亦附焉",并将其附在《古文辞类纂》"传状类"之后。其二,认为是它是寓言。《毛颖传》采用拟人化的笔法,为一支毛笔立传,用假托的故事阐发作者的观点。唐人李肇就认为"沈既济撰《枕中记》,庄生寓言之类,韩愈撰《毛颖传》,其文尤高,不下史迁,二篇真良史才也。"其三,认为它是小说。小说是以刻画人物为中心,通过完整的故事情节和具体的环境描写来反映社会生活的一种文学体裁。《毛颖传》以毛颖为主人公,作者将其置于秦朝的历史背景之下,写了毛颖的家世、出身、遭遇以及最终"老而见弃"的结局。通过生动有趣的故事情节,从能力、好恶、为人、品德等方面对毛颖的形象进行了生动描写和刻画。作品虽篇幅不长,仅八百余字,却写得情节跌宕起伏、故事丰富完整。明人胡应麟说"唐人乃作意好奇,假小说以寄笔端,如《毛颖》《南柯》之类……"①。现当代多数研究将《毛颖传》归为小说类则更多的是看到了《毛颖传》等作品中所具有的小说化倾向。陈寅恪认为,《毛颖传》是韩愈"以古文试作小说"②;王运熙说,"韩愈和柳宗元自己也写了近于小说的作品。韩愈写了《毛颖传》《石鼎联句诗序》,有人把他的《圬者王承福传》也给算上了。柳宗元写了《河间传》,有人把他的《种树郭橐驼传》也给算上了。这些文章当然跟传奇是比较接近的。"③中国古代传记文学的著名研究学者韩兆琦先生综合上述观点,将《毛颖传》一类作品划归为"寓言体传记小说"的范畴。

朝鲜高丽中后期集中出现了《麴醇传》《孔方传》等假传作品后,从其后文集的归类整理和文人的论说中,亦可窥得古代朝鲜文坛对该文体的认知。首先,认为其体"传"。由徐居正主持编订的成书于1478年的《东文选》在卷一百和卷一百一的"传"目下,分别收录了《麴醇传》《孔方传》《麴先生传》《清江使者玄夫传》《竹夫人传》《丁侍者传》《楮先生传》7篇高丽假传作品。这样的分类标准本身就说明了徐居正对该文体的认知态度。其次,认为它是寓言。朝鲜朝假传寓言小说《四代春秋》的作者南夏正(1681—1763)就认为,假传是"寓言以纪之,滑稽以掩之"④,另一篇假传体寓言小说名作《花史》的跋文中也说,"夫寓言托物,古人多用其体者……全以无情之物,托有情之事"。第三,认为它是稗说文学,即小说的雏形。如赵润济的《韩国文学史》就认为"高丽时期的稗说文学,从内容上看具有传记文学的要素,从形式上看又取传记

---

① 胡应麟:《少室山房笔丛》,北京:中华书局,1958年,第468页。
② 陈寅恪:《元白诗笺证稿》,北京:生活・读书・新知三联书店,2001年,第2页。
③ 王运熙:《汉魏六朝唐代文学论丛》,上海:上海古籍出版社,2002年,第248页。
④ 张孝铉、尹在敏、崔溶澈等:《校勘本韩国汉文小说》,首尔:高丽大学民族文化研究院,第315页。

形态,应该说,它已经为进一步向小说发展做好了充足的准备。"①

由此,我们可以看到,中朝两国历代学者对于该文体特征的认知态度是非常接近的。综合以上观点,首先,诚如前文所述,中国古代悠久的传记文学孕育了《毛颖传》一类文章的产生,它的体例形制完全遵循史传的形式结构全篇,就其客观性叙述而言,与史传同轨;其次,它的为文立意又颇得寓言"幻设为文""藉外论之"的旨趣,"其流实出于庄周寓言"。② 《毛颖传》实为融"史传"与"寓言"两种文体特征的产物。明人徐师曾在《文体明辨序》中,将传记作了如下分类:

> 自司马迁作《史记》,创为"列传"以纪一人之始终,而后世史家卒莫能易。嗣是山林里巷,或有隐德而弗彰,或有细人而可法,则皆为之作传以传其事,寓其意;而驰骋文墨者,间以滑稽之术杂焉,皆传体也。故今辨而列之,其品有四:一曰史传,二曰家传,三曰托传,四曰假传,使作者有考焉。

其中"……以纪一人之始终,后世史家卒莫能易"指"史传";"……嗣是山林异巷,或有隐德而弗彰,或有细人而可法,则皆为之作传"指"家传";"……以传其事,寓其意"指托传;"而驰骋文墨,间以滑稽之术杂焉"则指假传。在《文体明辨》中徐师曾在假传类中选目唐代韩愈的《毛颖传》和宋代秦观的《清和先生传》为例。此外,明代贺复徵编纂的《文章辨体汇选》卷四八三中,将列传分为七类,其中便有假传一条,该书卷五百四十七所选"假传类"列有韩愈《毛颖传》、司空图《容城侯传》、苏轼《万石君罗文传》、秦观《清和先生传》四篇。这样假传内容与文体的特征就更加明显了。而韩国出版的大多研究著作也将《麴醇传》《孔方传》等作品称为假传,如金容德的《韩国传记文学论》、赵东一的《韩国文学论纲》、金台俊的《朝鲜小说史》等。本文认为假传这一提法最能概括这类文章的文体特性:"假"与"真"相对应,"驰骋文墨"间以"滑稽之术"道出了其恣意想象,"以文为戏"谐谑的寓言特征,贯之以"传"则体现了其"史传"特性,一谐一庄,寓庄于谐,从本质上概括了其文体特征。

二、 文人"以文为戏"的审美创作传统

"以文为戏"是中国古代文学史上一股绵延不绝的审美创作传统,它滥觞

---

① 赵润济:《韩国文学史》,张琎瑰译,北京:社会科学文献出版社,1998年,第105页。
② 沈德潜选:《唐宋八大家古文》,宋晶如注:北京:中国书店,1987年,第107页。

于先秦的庄子寓言,尽管这一传统从未被以"载道""言志""缘情"为中心的主流文学意识所接受,而且在中国各个朝代都不同程度地受到其批评和排斥,但是它却并未由此销声匿迹,而是以顽强的艺术生命力在文学史的夹缝、边缘、底层求得生存和延续。其表现出的轻松愉悦的创作态度和诙谐幽默的艺术风格,恰恰在一定程度上跳出了"诗教"沉重功利文艺观念的藩篱,而与占据文坛统治地位的"文以载道"主流文学精神形态形成了互补关系。

"以文为戏"的提法在汉代已经提出。西汉的杨雄称他的《逐贫赋》"此赋以文为戏耳",此后,文坛针对该这种创作态度展开更为广泛的讨论则是在《毛颖传》问世以后。正如前文所述,韩愈的假传《毛颖传》问世,引来文坛一阵争议。而争议的焦点便集中在这篇文章"以文为戏"的创作态度上。裴度在《寄李翱书》一文说韩愈"不以文立制,而以文为戏",将这一说法再次提出,"以文为戏"这一文学提法从此频繁出现在各代论及该作品的文论著述中。宋朝刘克庄在《方至文房四友除授四六》中说:"以文为戏,其来久矣。南朝诸人,有《驴加九锡文》《鲍谢官表》皆不脱俳体。及《毛颖传》出,亦戏也"①;王柏在《〈大庾公世家〉后记》中说:"托物作史,以文为戏,自韩昌黎始"②;明朝胡应麟评论韩愈的《毛颖传》《送穷文》等创作"皆以文为戏,示不欲步骤前人也"③。钱锺书先生曾在评论陶渊明《止酒》篇时说,此篇"已开昌黎'以文为戏'笔调矣"④。这些论述无论褒贬,都将以《毛颖传》为代表的假传与"以文为戏"的创作方式紧密相连。而追溯假传体之"以文为戏"的文学创作方式,最早则可见诸于以《庄子》为代表的先秦寓言散文。沈德潜在《唐宋八大家古文》中《毛颖传》释义里说:"愈作此传,当时颇有非议之者。然其流实出于庄周寓言。"⑤"以文为戏"在唐代以前已经逐渐形成了一股延续的创作传统。

1. 庄子寓言——"以文为戏"的艺术渊源

庄子寓言是"以文为戏"的艺术源头,它开启了这一创作理念的文学实践,并形成了一股持续的创作传统。"寓言"一词始见于《庄子》。《庄子·寓言篇》中说:"寓言十九,藉外谕之",指出寓言假借外物以立论的创作手法,这正是《毛颖传》《清和先生传》等假传作品中借物拟人创作手法的来源。《庄子·天下篇》则对寓言幻设为文、驰骋想象的艺术特点进行了概括"以谬悠之说,荒唐之言,无端崖之辞,时恣纵而不傥,不以觭见之也。以天下为沉浊,不

---

① 《后村先生大全集》卷一六〇。
② 王柏:《鲁宅集(卷十四)》,四库全书本。
③ 胡应麟:《少室山房笔丛》,北京:中华书局,1958年。
④ 钱锺书:《谈艺录》(修订本),北京:中华书局,1984年,第73页。
⑤ 沈德潜选:《唐宋八大家古文》,宋晶如注,北京:中国书店,1987年,第107页。

可与庄语。以卮言曼衍,以重言为真,以寓言为广。"庄子认为,在污浊黑暗的社会中,不可以用庄语正论来立论言说,而作之以"谬悠之说,荒唐之言,无端崖之辞",用奇幻的想象,荒诞的言辞,寓庄于谐,从而达到讽刺社会不平现象的目的。《庄子》一书汉代著录为五十二篇,现存三十三篇,"其著书十余万言,大抵率寓言也"①,如《逍遥游》《人世间》《秋水》等几乎都是由寓言、神话、虚构的人物故事连缀而成,作者把自己的思想感情融化在这些富于哲理的故事中。这些作品充盈着奇特而丰富的想象,诡奇多变的色彩。在那里古今人物、花草虫石、鬼怪幽灵无奇不有,各种荒诞迷离、出人意料的意向启迪着人类想象空间的不断扩展。而另一方面,庄子寓言中表现出的摆脱精神束缚的自由意志,为封建历代反叛传统的精神提供了哲学支点。《庄子·盗跖》是一篇非常能够代表庄子"以文为戏"特点的作品。在这部作品中,庄子通过盗跖之口,揭露孔子的言行,批判孔子的仁义孝悌说,讥斥儒家是"不耕而食,不织而衣"的人,说孔子的言行是"多辞谬说""诈巧虚伪",同时,以戏说的方式,重新解释儒家道德观念上的忠孝历史典故,借以批判了儒家伦理道德的虚伪性。在塑造形象时,作品以夸张的描写手法极尽讽刺调侃之能事,增强作品的喜剧效果。如作品在表现孔子劝说盗跖从善不成后的情景是这样描写的:

……孔子再拜,趋走出门,上车,执辔三失,目茫然无见,色若死灰,据拭低头,不能出气。归到鲁东门外,适遇柳下季。柳下季曰:"今者阙然数日不见,车马有行色,得微往见跖邪?"孔子仰天而叹曰:"然。"柳下季曰:"跖得无逆女意若前乎?"孔子曰:"然。丘所谓无病而自灸也,疾走料虎头,编虎须,几不免虎口哉!"

作品通过一个连动句将孔子被盗跖吓得落荒而逃时狼狈不堪的样子刻画得惟妙惟肖,接着又在孔子与柳下惠对话时,用了连个"然"字,很容易使读者联想到孔子当时无可奈何的样子。最后,作者用"无病而自灸""疾走料(同撩)虎头,编虎须,几不免虎口"来形容孔子当时的懊悔心情。我们看,这件事如果发生在一个普通人身上已经让人忍俊不禁了,而作者讽刺揶揄的对象竟然是圣人孔子,喜剧效果就增强了。"将似乎不合情理的,子虚乌有的情节加诸圣贤名下,于挥洒谈笑中讲崇高庄严的政治、历史和圣贤经典化作一场闹剧"②。这样的描写,与韩愈在《毛颖传》中以《史记》列传的笔法煞有介事地

---

① 司马迁:《史记》,裴马因集解,司马贞索引,张守节正义,北京:中华书局,2005年,第1704页。
② 孙敏强:《试论庄子对我国古代小说发展的重要贡献》,《浙江大学学报》(人文社会科学版),2002年,第四期。

为一支毛笔立传有异曲同工之妙。在这种"以文为戏"创作中,沉重的历史话题被戏说消解,庄重的圣人被揶揄讽刺,其中表现出的勇于挑战的精神,以及富于想象力、创造性的文学笔法,如源头活水般浸润着后世文坛。然而,在当时有着强烈功利主义倾向的先秦两汉时期的儒家文学批评,更加注重文艺的社会教化作用和伦理实践意义,而对文艺的审美和娱乐功能则相对忽视,对文学创作中的想象,特别是其中的虚诞之语更是予以否定性的评价。《史记·老子韩非列传》中对庄子的评价是:"畏累虚亢桑子之属,皆空语无事实。然善属书离辞,指事类情,用剽剥儒墨,虽当世宿学,不能自解免也。其言洸洋自恣以适己,故自王公大人不能器之。"史迁的这段评述虽暗含贬义,但却道出了庄周寓言"以文为戏"的创作特点。"畏累虚亢桑子之属,皆空语无事实"说的便是"谬悠之说、荒唐之言、无端崖之辞",表现出的是寓言恣意想象的特点;"指事类情"说的是寓言"藉外谕之"的创作手法;"其言洸洋自恣以适己"则强调了文章的娱乐功能。"王公大人不能器之"则暗含了司马迁对于文学的虚构想象与娱乐功能的态度,而司马迁将庄子的传记附着在老子韩非子的列传中的这一做法本身就十分值得玩味。但无论如何,《庄子》一书开"以文为戏"创作之先河,对《毛颖传》一类假传作品的产生起到了直接的促酶作用。

2. 六朝俳谐文——"以文为戏"之发轫

魏晋南北朝时期是中国历史上继先秦诸子"百家争鸣"后,又一个思想解放的时代,也是中国文学走向自觉的时代,诚如鲁迅先生所说"这时代的文学的确有点异彩"[①],文人们不断尝试以新的形式进行创作实践,与此同时,文学批评也空前繁荣。这一时期"以文为戏"的创作传统主要体现在俳谐文上。《隋书·经籍志》集部总集类著录"《诙谐文》三卷,又《诙谐文》十卷,袁淑撰。"原注:"梁有《续诙谐文》十卷,又有《诙谐文》一卷,沈宗之撰。"[②]这些作品今多已亡佚,现存袁淑《鸡九锡文》《驴山公九锡文》《常山王九锡文》等五篇。据王运熙、秦伏男等学者考证,现存六朝时期俳谐文约五十篇左右。这些文章有的以寓言的形式,通过主客问答对话的表现形式,假借自我嘲弄,实则抒发作者怀才不遇的满腹牢骚。这类作品如西晋左思《白发赋》、西晋张敏《头责子羽文》,西晋陆云《牛责季友文》等。作品让头发、头颅、牛批评责问主人,戏谑之法匪夷所思,令人称奇。另一类作品别出心裁地模拟某种实用文体的格式与内容,通过使用或模仿严肃的主题或风格,造成文体与主题的不协调来

---

① 鲁迅:《鲁迅杂文选集》,北京:外文出版社,1976年,第167页。
② 此处转引自谭家健:《六朝诙谐文述略》,《中国文学研究》,2001年第三期。

引人发笑。这类作品如梁王琳《鳝表》、梁沈约《修竹弹甘蕉文》,以及宋袁淑的五篇俳谐文,分别给鸡、驴、猪、蛇等动物加九锡①,将它们的某些生理本能牵强附会地夸张成特殊的贡献而大加恩赏,勾勒出一幕幕滑稽的闹剧。对于袁淑这五篇文章的主旨,学者们各有不同的看法。叶梦得认为"实以讥切当世封爵之滥"②钱锺书认为"则袁文之封鸡、驴为上公,贲豕、蛇以锡命,虽戏语乎,亦何妨视嘻笑为怒骂也!"③秦伏男认为:"纯为讽刺历史上朝代更替前篡夺之受九锡。"王运熙认为"袁淑把这种庄严的公文滑稽化,施之于鸡驴等动物,却是别开生面,其中可能包含了作者对这类丑剧的讽刺意味。"④朱迎平认为:"只能视为调侃、取笑之此,纯供解颐抚掌罢了。"无论其深意如何,应该说这类俳谐文与韩愈《毛颖传》的"亲缘"关系已经很近了,"韩退之作《毛颖传》,此本南朝俳谐文《驴九锡》《鸡九锡》之类而小变之耳。"⑤有研究将以袁淑为代表的拟体俳谐文称为"以文为戏",而以韩愈《毛颖传》为代表的拟人假传体称为"以史为戏",此处"文""史"指的是"文体"与"史体",其中"以文为戏"的创作传统之传承是显而易见的。

3. 刘勰的俳谐文学观——"以文为戏"之理论成型

刘勰在《文心雕龙·谐隐》篇中对俳谐文学进行了比较系统的阐释,这是从文论角度第一次对"以文为戏"的创作实践做出较为全面的理论总结。这篇文章简要地叙述了俳谐文学发展的历史,概括了俳谐文学的本质及特征,并从政治功利的角度对这类文学的价值进行了评判。刘勰在篇首说"怨怒之情不一,欢谑之言无方",指出人的情感是多种多样的。"怨怒""欢谑"亦是人由外物引起而自然情感的流露,"故知谐辞隐言,亦无弃也",指出俳谐文学中所惯用的谐辞、隐语正是"怨怒""欢谑"主体情感的抒发,所以其存在是合理的。接着,刘勰分别从"谐隐"的字面意思概括出俳谐文学的特征。"谐之言皆也。辞浅会俗,皆悦笑也",指出了俳谐文学通俗性和娱乐性两大特征;"讔者,隐也;遁辞以隐意,谲譬以指事也",指出了俳谐文学表现手法上隐笔、譬喻的特征,"谐"与"隐""可相表里者也",是内容与形式的关系。在这篇文章中,刘勰着重从以下几个方面,评价了俳谐文的功用和价值。首先,刘勰认为

---

① 加九锡:"九锡"是九种礼器。"加九锡"是天子赐给诸侯、大臣等有殊勋者的九种器用之物,是最高礼遇的表示。九种特赐用物分别是:车马、衣服、乐、朱户、纳陛、虎贲、斧钺、弓矢、鬯。记载见《礼记》。
② 叶梦得:《避暑录话》(卷下),北京:商务印书馆,1939年,第93页。
③ 钱锺书:《管锥编》,北京:中华书局,1979年,第1311页。
④ 王运熙:《论汉魏六朝俳谐杂文》,《青海师范大学学报》,1990年,第一期。
⑤ 叶梦得:《避暑录话》(卷下),北京:商务印书馆,1939年,第93页。

俳谐文具有宣导情绪的作用。文章引芮良夫之诗"自有肺肠，俾民卒狂"①，暴君的言行，会激起民怨，造成百姓不满情绪的累积而"心险如山，口壅若川"，如果不加疏导，就会给社会带来威胁，俳谐文所表现的"怨怒之情""欢谑之言"则提供了一个疏导不满情绪的发泄渠道。其次，刘勰将俳谐文分成两类，一类是"会义适时，颇益讽谏"之文，认为它们"辞虽倾回，意归义正"，"苟可箴戒"；另一类便是"空戏滑稽"、大坏德音之文，认为它们"本体不雅，其流易弊"，"谬辞诋戏，无益于规补"，不仅"无益处于时用"，而且"有亏德音"。我们看刘勰对于俳谐文的评判完全是站在政治功利价值的角度，没有考虑文学审美的因素。刘勰最后说，"文辞之有谐隐，譬九流之有小说，盖稗官所采，以宽视听。若效而不已，则髡袒而入室，旃孟之石交乎！"这种对俳谐文学价值的论调显然来自于儒家学者对"稗官小说"的看法。将文辞之谐隐与九流之小说相比拟。汉代桓谭《新论》曰："若其小说家，合从残小语，近取譬论，以作短书，治身理家，有可观之辞"②；《汉书·艺文志》载："小说家者流，盖出于稗官。街谈巷语、道听途说之所造也。孔子曰：'虽小道，必有可观者焉，致远恐泥，是以君子弗为也。'然亦弗灭也。闾里小知者之所及，亦使缀而不忘。如或一言可采，此亦刍荛狂夫之议也"③；曹植《与杨德祖书》"夫街谈巷说，必有可采"④。由此可见，刘勰的观点与他以前对于小说的看法如出一辙。尽管魏晋六朝时期俳谐文在前代的基础上创作已初具规模，刘勰也从儒家功利价值的角度对俳谐文学给予了部分肯定，"虽有丝麻，无弃菅蒯"，明显体现出刘勰对"以文为戏"一类俳谐文轻视的态度。这也正是《毛颖传》问世后，对其进行批评与反对者的理论来源。

4. 柳宗元《读韩愈所作毛颖传后题》——"以文为戏"之正名

《毛颖传》问世以前，文坛对韩愈作意好奇、"以文为戏"的创作态度已经大有非议之声，即使是与之关系亲近的朋友兼上司裴度，以及韩愈极为器重的学生张籍亦不能免⑤。裴度在《寄李翱书》中说，"昌黎韩愈，仆识之旧矣。中心爱之，不觉惊赏，然其人信美材也。近或闻诸侪类云，恃其绝足，往往奔

---

① 芮良夫，西周时人，厉王之大臣。此处所引之诗为《诗经·大雅·桑柔》，相传为芮良夫刺厉王所作之诗。
② 侯忠义：《中国文言小说参考资料》，北京：北京大学出版社，1983年，第4页。
③ 同上书。
④ 同上。
⑤ 根据罗联天《张籍上韩昌黎书的几个问题》一文考证，《毛颖传》大概创作于唐代元和元年至四年间（806—809），而张籍《上昌黎书》作于贞元十四年（798）秋冬，两者相距至少有8年之久。而裴度书作于贞元十八年（802）前后，亦早于《毛颖传》。

放,不以文立制,而以文为戏,可矣乎!可矣乎!今之不及之者,当大为防焉尔。"①张籍在《上韩昌黎书》中说,"比见执事多尚驳杂无实之说,使人陈之于前以为欢。此有以累于令德",是"有德者不为,犹以为损,况为博塞之戏,与人竞财乎?君子固不为也。今执事为之,以废弃时日,窃实不识其然",希望韩愈"绝博塞之好,弃无实之谈"②。面对纷至沓来的诟病之声,韩愈一时竟也无言以对,只能说"此吾所以为戏耳,比之酒色,不有间乎!吾子讥之,似同浴而讥裸体也。若高论不能下气,或似有之,当更思而悔之耳。博塞之讥,敢不承教!"③如此看来,韩愈自己也一时语软,认为俳谐文章不过是游戏娱乐之文,虽然对"以文为戏"的创作手法的文学审美娱乐功能已有模糊的认识,然而没有能够从理论上为之正名。韩愈《毛颖传》问世后,从时人盖"大笑以为怪"的态度来看,此篇作品必不为当时学界所接受。《旧唐书》甚至直接批评《毛颖传》,讥戏不近人情,此文章之甚纰缪者"④。从《毛颖传》问世前后,学界舆论对"以文为戏"的态度来看,普遍持非议之声。在舆论的訾议讥评之下,当时远谪永州的柳宗元力排众议,写下了《读韩愈所作毛颖传后题》一文,为韩愈"以文为戏"的创作进行了有力地辩护,并从文学娱乐功能的角度,认为《毛颖传》是"有益于世"之作,从而为"以文为戏"正名,进一步确立了"以文为戏"的文学史地位。柳宗元此举也被传为文坛佳话,"韩撰柳题,犹伯牙鼓琴,钟期听之,宜其踊跃赏叹,不遗余力也"⑤。

《读韩愈所作毛颖传后题》是一篇重要的文艺美学论文,它针当时所谓正统文士提出的"怪""戏""俳"等批评意见,以"前圣不必罪俳"⑥为立脚点,从不同层面、多个角度对"以文为戏"的文学价值进行了全面阐发。

> 自吾居夷,不与中州人通书。有来南者,时言韩愈为《毛颖传》,不能举其辞,而独大笑以为怪,而吾久不克见。杨子诲之来,始持其书,索而读之,若捕龙蛇、搏虎豹,急与之角而力不敢暇,信韩子之怪于文也。世之模拟窜窃,取青媲白,肥皮厚肉,柔筋脆骨,而以为辞者之读之也,其大笑固宜。且世人笑之也不以其俳乎?而俳又非圣人之所弃者。《诗》曰:"善戏谑兮,不为虐兮"。《太史公书》有《滑稽列传》,皆取乎有益于世者

---

① 吴文治:《韩愈资料汇编》(第一册),北京:中华书局,1983年,第5页。
② 同上书,第9页。
③ 韩愈:《韩昌黎文集注释》,阎琦校注,西安:三秦出版社,2004年,第200页。
④ 刘昫等:《旧唐书》,天津:天津古籍出版社,1975年,第4204页。
⑤ 章士钊:《柳文指要》,上海:文汇出版社,2000年,第507页。
⑥ 吴文治编:《韩愈资料汇编》:北京:中华书局,1983年,第20页。

也。故学者终日讨说问答,呻吟习复,应对进退,搰溜播洒,则罢惫而废乱,故有"息焉游焉"之说,不学操缦,不能安弦,有所拘者,有所纵也。太羹元酒,体节之荐,味之至者。而又设以奇异小虫水草楂梨橘柚,苦咸酸辛,虽蜇吻裂鼻,缩舌涩齿,而咸有笃好之者。文王之昌蒲菹,屈到之芰,曾晳之羊枣,然后尽天下之味以足于口,独文异乎?韩子之为也,亦将弛焉而不为虐欤,息焉游焉而有所纵欤,尽六艺之奇味以足其口欤,而不若是,则韩子之辞,若壅大川焉,其必决而放诸陆,不可以不陈也。且凡古今是非六艺百家,大细穿穴用而不遗者,毛颖之功也。韩子穷古书,好斯文,嘉颖之能尽其意,故奋而为之传,以发其郁积,而学者得以励,其有益于世欤! 是其言也,固与异世者语,而贪常嗜琐者,犹呫呫然动其喙,彼亦甚劳矣乎!

首先,从肯定文学具有多种功能的角度,阐释了文学具有"俳""戏"的审美娱乐功能。韩愈在《重答张籍书》中曾对自己"以文为戏"的创作这样辩护:"昔者夫子犹有戏,《诗》不云乎:'善戏谑兮,不为虐兮'。《记》曰'张而不弛,文武不能也',恶害于道哉?"①以圣人言辞为例,指出了"以文为戏"能够调节人的情绪,使人放松心情的功能,并不害道。柳宗元认同韩愈的观点"俳又非圣人之所弃者",并在此基础上提出"息焉游焉"之说,俳谐、戏谑之文能够使人的得到休息,"有所拘者,有所纵也",有劳有逸,宽严相济,才是为学之道、为国之道。在这里柳宗元引用《诗经》《礼记》之文证明"以文为戏"与正统儒家礼制并无矛盾相左之处,肯定了"俳""戏"作为文学审美娱乐功能的必要性。

第二,从满足人类审美需求的角度,论证了"以文为戏"体现出的"怪""奇味"正是对文学风格多样性的积极探索。文中柳宗元以"若捕龙蛇、搏虎豹,急与之角而力不敢暇"形容自己读《毛颖传》之后的审美感受。"怪"与"奇味"正是韩愈在艺术上不断追求创新的结果。它不同于"太羹元酒"般正统雅正文学的"至味",而是像"奇异小虫、水草、楂梨、橘柚"那样具有"苦咸酸辛"的"奇味",虽然可能会让一些人觉得"蜇吻裂鼻,缩舌涩齿",但也会满足一部分读者的审美需求。这就像每个人对食物需求的口味不同一样,对文学的喜好也是因人而异,不尽相同,需要有不同的艺术形式来满足人们不同欣赏口味的需求。柳宗元在这里形象地论证了文学艺术多元化的必要性。

第三,从创作主体的角度,阐释了"以文为戏"对创作者有着很高的要求,

---

① 韩愈:《韩昌黎文集注释》,阎琦校注,西安:三秦出版社,2004年,第204页。

从另一个侧面突出了"以文为戏"的艺术价值。"韩子之辞,若壅大川焉,其必决而放诸陆,不可以不陈也",韩愈才华横溢,有着深厚的文学底蕴,水满则溢,必须得有所疏导,而他好"奇"的性格,又使得他不愿意因循蹈袭前人的创作,而俳谐滑稽为他提供了宣泄才情,释放才气的渠道。"韩子穷古书,好斯文,嘉颖之能尽其意,故奋而为之传,以发其郁积"说明驾驭"以文为戏"设幻为文、驰骋想象的创作不仅要有深厚的文学底蕴,同时还要有"笔能尽意"高超的写作技巧,唯有如此才能使得文章读来让人感觉浑然天成,自成一格。由此可见,在柳宗元看来,进行"以文为戏"的创作是有很大难度的。宋人叶梦得也说:"非玩侮游衍有余文者,不能为也"①;明人徐准认为,游戏翰墨"非问学宏深、笔力精到,虽有撰作,终非本色语"②。清人吴闿生引曾国藩语说"诙诡之文,为古最难到之诣,从来不可多得者也",他称赞韩愈《送穷文》"以游戏出之,而浑穆庄重,俨然高文典册,尤为大难。"这些观点看法与柳宗元是一脉相承的。柳宗元对"以文为戏"创作难度的强调,显然也是对这类作品艺术品位的肯定和艺术价值的突出。

三、 假传是文人"以文为戏"审美创作的载体

"以文为戏"是一股历久弥新的审美创作传统。说其"历久"是由于它有着源远流长的创作传统;称其"弥新"则是由于在它创作繁荣的时期,往往伴随着文体新变、文章破体现象的发生。以韩愈《毛颖传》为代表的假传便是其中生动的一例:它从先秦庄子"寓庄于谐"的寓言中汲取灵感,经过了魏晋六朝俳谐文学的孕育,在历经唐代初创时一片批评与非议的阵痛后破茧而生,它继承了"以文为戏"创作传统,开启了在中朝两国的一段奇异的"游戏"旅程。

假传作品从问世起便是作为文人案头文学出现的。从其拟写的对象,情节设置,表现手法,以及思想倾向来看,均是文人生活情趣、审美爱好的体现。首先,假传所拟写的对象大部分是与文人日常生活息息相关之物。如韩愈《毛颖传》中的毛笔,苏轼《万石君罗文传》中的歙砚、《叶嘉传》中的茶叶,张耒《竹夫人传》中的竹床;再到朝鲜高丽文学巨匠李奎报《麹先生传》中的醇酒,以及李詹的《楮生传》中的纸张等等。"昼课赋,夜课书,间又课诗,不遑寝息矣"③,知识分子埋头案前苦读治学的生活是非常枯燥乏味的,"孤灯""寒窗""月光"成了描写文人孤寂生活最常见的意象,与他们相伴的无非是文房四

---

① 叶梦得:《避暑录话》,北京:商务印书馆,1939年,第93页。
② 侯忠义:《中国文言小说参考资料》,北京:北京大学出版社,1983年,第508页。
③ 郭绍虞:《中国历代文论选》,上海:上海古籍出版社,1979年,第141页。

宝、醇酒、茶叶等物品。"息焉游焉",戏拟身边之物以释放情绪,消愁解闷成为了这些文人的共同选择。其次,在情节设置和表现手法上,假传采用夸张、双关、谐音等手法,将与传主相关的典故、趣闻、佚事,张冠李戴、移花接木,制造出诙谐幽默的艺术效果,使人既感出乎意料,但仔细琢磨之后,却又好像合乎情理,体现了创作者于文字之间游戏的游刃有余。第三,从反映的内容倾向来看,假传的内容要么是封建文人知识分子的满腹牢骚,如《毛颖传》中对统治者"少恩"的讽刺,《万石君罗文传》对官场黑暗的揭露;要么则反映了封建文人的价值取向,如《孔方传》中对待金钱的态度等;还有很大一部分假传的内容则完全是文人们个人才情的展示。上文已经提及韩愈"若壅大川"的博学多才,需要"决而放诸陆",通过各种渠道疏导,"不可以不陈也"。以才情过盛而旁溢为戏谑俳谐的文人不独韩愈,苏轼也是典型的一例。我们知道,苏轼秉赋豁达诙谐,有着惊人才学,对他来说假传创作虽纯属闲情余技,但从他创作的多篇假传作品来看,又使人不得不由衷钦佩其学问与才华。《杜处士传》是一篇完全以中药名称串联而成的作品,文中"天资朴厚,而有远志";"愿辅子半夏,幸仁悯焉";"人之相仁,虽不百合,亦自然同";"夫子雌黄冠众,故求决明子","远志""辅子""半夏""百合""雌黄""决明子"等都是中药名,体现了苏轼在中医药学方面也大有学问。再如,另一位苏门学士秦观的《清和先生传》,从表面上看这是一篇中规中矩的人物传记,而实际上文章从头到尾都在暗示酒的来源、制造过程、功能特性等。读者可以从中一窥中国悠久的酒文化。这些才学在正统诗文中无以施展,假传为文人们提供了一个展示、释放才情的平台。第四,文人墨客通过假传文体恣意消解情愁,展示文笔才华,并不是说它只有"资谈笑,广见闻"的作用。假传继承了"以文为戏"的笔法,于诙谐戏谑中达到讽刺的艺术效果。"事情越平常,就越普遍,也就愈合于作讽刺。"①韩愈借一支毛笔老而见弃,"讥刺封建统治者的'少恩'"②,又如多部以酒的拟人化形象为主人公的假传作品。我们知道,酒由粮食酿造,是一种特殊的粮食;酒又是饮料,但又是一种特殊的饮料。说它特殊,是由于它能刺激人的感官,使人产生一般粮食或饮料所不具有的生理效应和心理效应。它与人们的生活紧密相关,酒行为是一种文化现象。酒文化影响政治、经济、社会生活的诸多领域,其文化效应历来为文人所重视,特别是封建时代,酒可以说是文人士大夫生活的一种方式。以酒的拟人化形象为传主的假传作品,紧紧抓住酒的特性及功能、用途,挖掘了酒娱乐人,给人以消遣享受

---

① 鲁迅:《且介亭杂文二集》,北京:人民文学出版社,1958年,第87页。
② 韩兆琦主编:《中国传记文学史》,石家庄:河北教育出版社,1992年,250页。

的一面。同时更对酒危害人,使人沉湎其中的危害性进行了诙谐的指点,甚至辛辣的讽刺。《麹醇传》中,皇上问麹醇有何癖好,他竟然大言不惭地对皇帝说:"臣有钱癖",既表现了人沉湎酒精后的挥霍无度,同时也在深层次讽刺了贪官污吏"好聚敛,营资产"的贪婪品性。最后麹醇终因口臭而被罢官免职,暴病而亡,意寓了酒徒的下场,同时也是奸臣的结局,其中蕴含的批判讽刺的意味溢于言表。

四、 假传体的寓言特征

寓言是"用假托的故事或自然物的拟人手法来说明某个道理或教训的文学作品,常常带有讽刺或劝诫的性质"①。我们知道中国古代没有类似《伊索寓言》这样专门的寓言集,在各种文体分类的理论著述中也没有将寓言作为单独的体例列出,但中国却是世界寓言的发源地之一,有着悠久的寓言创作传统。灿烂丰富的寓言故事镶嵌在各类文学作品中,为其增添增光添彩。中国古代重史,大量的寓言故事,也是中国历史的见证之一,如散落在史书中的一个个充满智慧的历史寓言;中国古代重政,大量的哲理寓言也是一些思想家、政治家智慧的结晶;中国古代重事,大量的寓言同时也是一些历史人物生平事迹、思想观点、政治主张的言行记录。假传继承了"幻设为文,驰骋想象""以文为戏"的创作传统,是以拟人化的物为主人公,仿照正史列传的写法为其立传,以表达作者思想感情的文体。褚斌杰先生在《中国古代文体概论》中说,韩愈的《毛颖传》、柳宗元的《蝜蝂传》"实际写的都是讽世的寓言故事"②。假传东传后,在朝鲜半岛从高丽王朝到朝鲜朝,创作绵亘千年而不衰,该国的假传创作者或是研究者也均将其视为寓言,朝鲜朝著名假传小说《花史·跋》说"夫寓言托物,古人多用其体者","全以无情之物,托有情之事";其研究也大都将假传作品归入寓话、寓言研究,如韩国学者张孝铉等人编选的《校勘本韩国汉文小说·寓言寓话小说》17 篇作品,其中假传作品就占 10 篇。假传具有鲜明的寓言特征。

第一,假传的寄托性。

寄托性是寓言的重要特征,假传正是寓意于物,有着作者鲜明的思想倾向。韩愈《毛颖传》借物喻人,借用史氏的名义慨叹"赏不酬劳,以老见疏,秦真少恩!"其寓意是抒发封建社会的才能之士胸中的不平,包含着作者对自己身世际遇的慨叹,所以柳宗元说"发其积郁"。朝鲜高丽文人林椿的《孔方

---

① 《现代汉语词典》,北京:商务印书馆,1994 年,第 1415 页。
② 褚斌杰:《中国古代文体概论》,北京:北京大学出版社,1990 年,第 437 页。

传》,古代钱币中间有方孔,作品将其形象地拟人为"孔方",并紧扣钱财的特点刻画了其"善趋时应变""性贪污而少廉隅""巧事权贵"的性格,通过列举一系列与货币金钱有关的人物、历史典故,描写了中国货币使用的历史,寄托了作者对金钱的认识。朝鲜朝出现的"天君"系列假传小说。这些作品将人的"心性"及与之相关的性、情等主观情感拟人化,通过对"四端七情"或善恶矛盾引发斗争的描写,展现了作者对道德修养自我完善的理性思索,寄寓了"存天理,灭人欲"的理学思想主张。

第二,假传的讽刺性。

《诗经·序》中说"上以风化下,下以风刺上,主文谲谏,言之者无罪,闻之者足戒"[①]。于文如此,寓言也是如此。假传运用寓言谲谏的手法,凭借作者的想象以戏谑的笔法为物立传,将事物人格化,使之具有了人的言行,而让其反观人间世态,正是这样产生了作品的讽刺性。镜子本是用来正衣冠之物,《容成侯传》为镜立传,照见的却是人之丑态,可谓讽刺至极。很多假传作品特别是朝鲜假传寄寓了作者对王道法治、纳谏用人等社会政治理想,在故事中倾注了他们的劝喻、讥讽和愿望,这一内容将在后文进行着重论述。总之,正是这样对现实的讽刺,磨砺出假传生命力中光彩耀人的一面,这也是朝鲜假传超越中国假传后来居上的原因。

第三,假传寓言化的表达方式。

"言而不文,行之不远",缺乏艺术性的作品是没有生命力的。寓言故事向来以语言简洁、概括、明快见长。从被誉为"文起八代之衰"的韩愈创作的《毛颖传》作为假传的嚆矢问世以来,以假传进行创作的均为"大雅宏达之士",苏轼、秦观在中国文学史上的地位自不必提,邻国朝鲜的李奎报、林悌等亦为享誉海内外的著名作家,这些大家均堪称语言大师,所以假传作品的艺术性是毋庸置疑的。其语言具有简洁却不失优美动人,议论明快却不失精辟深湛,描写概括却不失形象生动的寓言特点。如苏轼《万石君罗文传》中的一段:

> 罗文,歙人也,其上世常隐龙尾山,未尝出为世用。自秦弃诗书。不用文学,汉兴,萧何辈又以刀笔吏取将相,天下靡然效之,争以刀笔进,虽有奇产,不暇推择也,以故罗氏未有显les。及文,资质温润,缜密可喜,隐居自晦,有终焉之意。里人石工猎龙尾山,因窟入见,文块然居其间,熟视之,笑曰:"此所谓邦之彦也,岂得自弃于岩穴耶?"乃相与定交,磨砻成

---

① 知识丛书编辑委员会:《诗经》,北京:中华书局,1963年,第30页。

就之,使从诸生学,因得与士大夫游,见者咸爱重焉。

我们看,作品以简洁的笔触概括了罗文的身世、性格,而实际上介绍了徽砚的产地、制造以及性能,作者抓住拟写事物最具本质的特性,以寥寥数笔,以令人意想不到的方式,生动贴切地将一个"文士"形象呈现在读者面前,而实际上,它只不过是一方普通的砚台,幽默诙谐之意油然而生,让人不禁拍案叫绝。

第三节 "以文为史"的传统及假传的史传特征

中国有着悠久辉煌的史学文明。梁启超就曾经说过:"中国于各种学问中,惟史学为最发达;史学在世界各国中,惟中国为最发达。"①中国最迟在殷商时已经设置史官,周代对史职进行了具体分科,古代史官"其职不徒在作史而已,乃兼为王侯公卿之高等顾问"②。古代官爵的世袭制,使得世代承袭史官一职者渐渐成为了国家中的最具学问权威之人,汉魏以后,官职世袭制度被其他人才选用制度所逐渐取代,历代对史官的选用十分严格"皆妙选人才以充其职"③。每当改朝换代,为了撰修前代史书,统治者更是不遗余力地网罗学界精英,一时间竟可谓"盛况空前"。中国三千年的史乘,均以史官著述为中心,"史官"是封建社会一项重要的事业,正如范文澜先生所说,"汉族传统的文化是史官文化"④。

一、"以文为史"创作传统的形成

中国悠久的史官文化孕育了一大批兼具史学价值与文学价值的历史巨著,从长于记言的《尚书》,长于记事的《春秋》,到其后编年体的《左传》,国别体的《国语》《战国策》,发展至西汉纪传体通史《史记》,再到以后的《汉书》《后汉书》《三国志》等,在文学自觉以前,已经形成了"史重于文""以文为史"的传统。《史记》更成为了封建社会叙事文学和历史著作高度统一的典范。在唐代以前,中国除史传之外几乎别无其他规模较大、完整统一的叙事文学,这样史传著作就成为我国早期叙事性文体当之无愧的代表,是后起叙事性作品唯一可资效仿的榜样。加之史传文学不仅成熟早,而且在文化殿堂里享有崇高

---

① 梁启超:《中国历史研究法》,北京:中华书局,2009年,第12页。
② 同上。
③ 同上。
④ 范文澜:《中国通史简编》,北京:人民出版社,1949年,第255页。

的地位。能够参与修史,对古代中国知识分子来说更是名垂千古的盛誉。史书成为了和经书并列的正统典籍,这种特殊的地位,无疑会增强后世叙事性文体自觉向史传看齐的力量。

在司马迁以前的时代,社会意识形态的分工还没有精确到历史写作与文学写作的自觉分离,所以先秦的《左传》《国语》《战国策》等历史散文既是史学典籍,同时已具有了相当的文学性,直到司马迁《史记》的问世,开创了中国史学、文学创作的新纪元,它的意义不仅在于它是我国第一部"正史",而且也是一部规模空前的文学巨著。其后的《汉书》《后汉书》《三国志》纷纷步武《史记》,在文学方面也取得了相当的成就,特别是班固的《汉书》成就尤大,古来便有"马班""史汉"并称之说,"以文为史"的创作传统得以形成。

何为"历史"?梁启超认为,历史是"记述人类社会赓续活动之体相,校其总成绩,求得其因果关系,以为现代一般人活动之资鉴者也。"[1]人类是历史的创造者,"历史不过是追求着自己目的的人的活动而已"[2],史书的撰写也必然要围绕着人为中心。中国史书撰写经历了从"藉事传人"的编年体到"以人明史"的纪传体的发展过程,写人的成分逐渐增多。司马迁《史记》以"究天人之际,通古今之变"为宗旨,开创了以人物为纲撰写历史的纪传体,从此"百代以后,史官不能易其法,学者不能舍其书"[3]。正如梁启超所说《史记》"最异于前史者一事,曰以人物为本位",司马迁开创的"以人系事"的纪传体在结构上无意间打破了历史事件的自然顺序,使叙事显得灵活方便,为史学和以塑造人物为主的叙事文学的交融和相辅相成开辟了一条坦途。这种以历史人物为纲组织历史材料的史书撰写带有一定的模糊性特征。我们知道,纪传体撰写人物要求具体生动地叙述人物生平,多方面地描写人物形象,从各个不同层面,多角度地表现社会生活,因而史书特别是人物传记部分在细节上就多少具有想象虚构的成分。史书编纂的资料除了典籍文献外,还有一部分来自民间,"盖珍裘以众腋成温,广厦以群材合构。自古探穴藏山之士,怀铅握椠之客,何尝不征求异说,采摭群言,然后能成一家,传诸不朽。"[4]这些采自民间的故事、传说经过史官的加工成了正史的一部分。文学创作正是利用了中国史书撰写的这种模糊性特征。此外,中国古代神话传说没有得到系统的保存,后人了解古代历史面貌主要靠《左传》《国语》《史记》等历史著作;而

---

[1] 梁启超:《中国历史研究法》,北京:中华书局,2009 年,第 1 页。
[2] 中共中央马克思恩格斯列宁斯大林著作编译局:《马克思恩格斯全集》(第二卷),北京:人民出版社,1957 年,第 118 页。
[3] 郑樵:《通志》,北京:中华书局,1987 年。
[4] 刘知几:《史通》,浦起龙通释,吕思勉评,沈阳:辽宁教育出版社,1997 年,第 34 页。

《史记》可算是古代神话传说和历史资料的集大成者,人们读《史记》一方面是读历史,另一方面又是欣赏其中有趣的故事,这就不禁激发了后世作家创作小说等叙事文学的热情。

在文学自觉以前,中国悠久的史官文化和重史传统,孕育了《左传》《史记》《汉书》等一大批历史典籍,它们特别是《史记》产生的巨大垂范作用,使后世文学形成了一股自觉向史传看齐"以文为史"的创作传统,对文学特别是叙事文学传统风格的形成产生了深远的影响。

二、"以文为史"的传统与中国叙事文学

唐人刘知几说"夫史之称美者,以叙事为先"①,宋人真德秀谓"叙事起于史官",清人章学诚说"叙事实出于史学",中国叙事艺术最早是由历史学家建立和发展起来的,叙事文学源自史传文学。自《史记》创立纪传体,从此开创了"以文为史"的史传传统,便与文学特别是叙事文学结下了不解之缘,它对古代的小说、戏剧、传记文学、散文等叙事文学有广泛而深远的影响。"《史记》作为我国第一部大规模以描写人物为中心的作品,为后代文学的发展提供了一个重要基础和多种可能性。"②

小说原本是作为史书的一个支流,"依附于史书的尺寸短书",创作小说的人则被称为"稗官","稗官野史"成了古小说的代名词,小说家们则继承了司马迁褒贬人物的传统精神,他们常常以"异史氏"自居,把写小说看成与修史一样,评述治乱兴废,寓褒贬是非于其中。"三国之盛衰治乱,人物之出处臧否,一开卷,千百载之事豁然于心胸矣(《三国志通俗演义》庸愚子序),"细阅青编论是非"(《晋史平话》)等等。古代文学批评亦常常将小说创作置于写史的标准下进行品评,唐人李肇评《枕中记》《毛颖传》"二篇真良史才也"(《唐国史补》),宋人赵彦卫评唐传奇"文备众体,可见史才"(《云麓漫钞》),明人凌云翰评陈鸿作《长恨传》《东城老父传》"时人称其史才,咸推许之"(《剪灯新话·序》)。

小说作为叙事文学迄今的最高形式,它侧重人物形象刻画、故事情节叙述的特征与以人为纲的史传的关系更为明显和密切,可以说,"中国古典小说是史传文学临近的,最能与之同化的文学样式"。③《史记》中记鬼神之怪,传人事之奇的倾向直接影响了魏晋时期的"志怪""志人"。"唐人始有意为小

---

① 刘知几:《史通》,浦起龙通释,吕思勉评,沈阳:辽宁教育出版社,1997年,第49页。
② 章培恒、洛玉明主编:《中国文学史》,上海:复旦大学出版社,1997年,第221页。
③ 杜志军:《史传文学与中国小说传统之关系简论》,《淮北煤师院学报》,1992年,第三期。

说"①,唐传奇则又是在魏晋六朝志人、志怪小说的基础上发展起来的,近人陈寅恪指出并肯定了史传传统对传奇创作的影响,"贞元、元和时代,古文运动巨子如韩昌黎、袁微之之流,以太史公书、左氏春秋之文体作《毛颖传》《石鼎联句诗序》《莺莺传》等小说传奇"②。至于白话长篇小说,一开始就与话本中的"讲史"结下了不解之缘,到了中国小说第一个高峰时代明代出现的几部杰作如《三国演义》《西游记》《水浒传》等,都是在说书人数百年口口相传而不断丰富扩大的历史故事的基础上,经文人加工改写而成的,"在长篇小说的形成阶段,演义体的事实叙述显然占有优势,而其他类型的小说至少也托名为历史。因此,仅次于说书人,历史学家为中国小说的创造提供了最重要的文学背景。"③"以文为史"的史传传统对于中国小说发展的影响是多方面的。《史记》所写的虽然是历史上的实有人物,但是,通过"互见"即突出人物某种主要特征的方法,通过不同人物的对比,以及在细节方面的虚构,实际把人物加以类型化了。而且司马迁传人不仅限于王侯将相,而是将记人的范围扩大到社会的各个阶层,它为中国文学提供了一批重要的人物类型。在后代小说、戏剧中,经常描写刻画的帝王、英雄、侠客、官吏、女性等各种人物形象,许多是从史传的人物形象演化出来的。在题材方面,中国古典小说形成了以历史题材为主的传统特色,许多古典小说直接以历史事实为题材,如《三国演义》《东周列国志》等;还有"讲史"一类小说,郑振铎说:"中国的小说,以讲史为最多,即非讲史,而所取'题材'往往是'古已有之'的"④。除了人物、题材,小说的体裁和叙事方式也受到《史记》纪传体的显著影响。中国传统小说多以人物传记式的形式展开,具有人物传记式的开头和结尾,以人物生平始终为脉络,严格按时间顺序展开情节,并往往有作者的直接评论,这一切重要特征,主要是源于《史记》的。在唐传奇的时代,小说虽然已经发展为一种独立的文体,但史家和小说家仍未摆脱视小说为"记""传""志""录"的观念;即使是到了中国小说发展到烂熟,取得极高思想和艺术成就的明清时期,小说家们仍将自己作品的冠以"记""传""演义""外史"等名称,以"取信"于读者。"以文为史"的史传传统对小说的影响之深之远由此可见一斑。可以说,中国古典小说在人物刻画、叙事结构、体裁、题材等各个方面都深深烙上了"史"的烙印,这是中国古典小说的特点,同时也是文人秉承"以文为史"创作传统的

---

① 鲁迅:《中国小说史略》,北京:人民文学出版社,2006年,第71页。
② 陈寅恪:《元白诗笺证稿》,北京:生活·读书·新知三联书店,2001年。
③ 夏志清:《中国古典小说导论》,胡益民等译,合肥:安徽文艺出版社,1998年,第10页—11页。
④ 孔另境:《中国小说史料》,上海:上海古籍出版社,1982年,第2页。

深刻体现。

除却对小说的影响,"以文为史"的创作传统对戏剧、散文、史传文学的影响也是非常显著的。在戏剧方面,由于史传特别是《史记》的故事具有强烈的戏剧性,情节曲折,矛盾冲突尖锐,人物性格鲜明的特点,因而自然而然成为后世戏剧创作取材的宝库。据统计,仅现存的元杂剧中,就有十六种是从《史记》中取材的,其中包括赵氏孤儿这样享誉世界的名作。到后来的京剧中,仍然有许多剧目是取材于《史记》等史传作品,如《霸王别姬》《将相和》《三国志》等。在史传以外的散文方面,中唐以后,由于韩愈等人倡导的古文运动,北宋欧阳修等人倡导的诗文革新运动,以及明代前后七子倡导的文学复古运动的不断推动,《史记》的影响日益增长。《史记》被推崇为与骈文相对的"古文"的崇高典范。每当古文家们反对形式主义文风的繁文缛节或艰涩古奥时就会举起《史记》的大旗,唐宋八大家,明代的归有光,乃至清代的桐城派、阳湖派散文家都是这样。在传记文学方面,前文已经介绍,传记文学是与"以文为史"史传传统亲缘关系最近的一种。《史记》中的纪传体篇章一直被认为是中国传记文学的肇始,此后其所开创的纪传体体例为后代史书所继承,由此产生了大量的历史人物传记,其中不乏相当数量兼具文学价值的作品。从史传中直接派生出来的散传、家传、墓志铭、假传等各种形式的传记,也均与《史记》开创的"以文为史"的传统有着直接的继承关系。

三、假传是"以文为史"创作传统的直接继承

假传继承"以文为史"的传统,"叙事处处皆得史迁精髓"①,其史传特征主要表现在形式、笔法两个方面。

其一,"一人一代记"的形式。

清人吴讷在《文章辨体序》传体条目中说:"太史公创《史记》列传,盖以一人之事,而为体亦多不同。迨前后两汉书、三国、晋、唐诸史,则第相祖袭而已。厥后世之学士大夫,或值忠孝才德之事,虑其湮没弗白;或事迹微而卓然可为法戒者,因为立传,以垂于世"。《史记》为后世史书在人物传记的体裁上提供了范例,同时也影响了传记文学、古典小说的体裁形式,而假传更是完全承袭了列传中一人一代记的体例。《史记》的人物传记从命题、开头、结尾都有一套基本固定的格式。中、朝两国的假传作品在体例形式基本上完全以《史记》的列传为蓝本,按照一人一代记的形式结构文章。

---

① 林云铭:《韩文起清康熙年间刻本》(卷七),第 6 页。

1. 以"传""记(纪)"名篇。

清人赵翼在《廿二史札记》卷一"各史例目异同"条说:"古书凡记事及解经者,皆谓之传。非记一人之事迹也。其专记一人为一传者,则自迁始。"司马迁首创了叙述人物生平事迹的"传"。中国唐宋时期的假传作品以器物拟人,为其立传,基本上均以"传"名篇,名字大都称为"某某传"。如《毛颖传》(毛笔)、《容成侯传》(镜子)、《万石君罗文传》(歙砚)、《竹夫人传》(竹床)、《清和先生传》(酒)等。朝鲜的器物假传作品也基本上以"传"名篇,如《孔方传》(钱)、《麴先生传》(酒)、《却老先生传》(镊子)、《楮生传》(纸)等;朝鲜朝以后,出现了一系列以"心性"拟人的假传作品,其中有些假传篇目以"纪""志"或其他史裁名篇,如《天君纪》《愁城志》《天君本纪》《天君实录》等,其篇名范畴仍然没有脱离史学范畴。

2. 史传的篇章结构

史传的人物传记在篇章结构上有一个相对稳定的叙述模式,通常是一开篇便对传主的姓字、乡里、家世以及外貌、性格等作简括介绍,再叙述其生平事迹(多为成年后的经历),最后写到传主的死亡及其子孙的情况,假传在篇章结构上完全模仿史传人物传记的结构,只是其传主是拟人化的"人物"。试举几例,以证其源。

如《史记·项羽本纪》的开头:

> 项籍者,下相人也,字羽。初起时,年二十四。其季父项梁,梁父即楚将项燕,为秦将王翦所戮者也。项氏世世为楚将,封于项,故姓项……籍长八尺余,力能扛鼎,才气过人,虽吴中子弟皆以惮籍矣。

我们看两篇假传作品的开头:
韩愈《毛颖传》的开头:

> 毛颖者,中山人也。其先明,佐禹治东方土,养万物有功,因封于卯地,死为十二神……颖为人,强记而便敏……

朝鲜高丽朝林椿《麴醇传》的开头:

> 麴醇字子厚,其先陇西人也。九十代祖牟,佐后稷粒蒸民有功焉……从上祀圆丘,以功封中山侯……赐姓麴氏……醇父酎,知名于世……醇器度弘深,汪汪若万顷波水,澄之不清,扰之不浊。其风味倾于

一时,颇以气加人……

历史人物的传记须"包举一生",对传主从生到死,作真实、准确的记述。假传同《史记》纪传体一样,对主人公的结局通常也都有明确的交代。

再如《史记·项羽本纪》的结尾:

项王……乃自刎而死,王翳取其头。余骑相蹂践争项王,相杀者数十人……

《毛颖传》的结尾:

因不复召,归封邑,终于管城。其子孙甚多,散处中国、夷狄,皆冒管城,惟居中山者能继父祖业。

《麹醇传》的结尾:

既归,暴病渴,一夕卒。无子,族弟清,后仕唐……

假传如上述中朝两个典型作品的开头与结尾与《史记》的纪传如出一辙,这是它们蜕形于纪传体最显著的表征之一。

此外,在结构上,《史记》人物传记后一般都有以"太史公曰"形式出现的一段史论,"略陈梗概,一言以蔽之"[1],发表作者的看法。这种论赞的文字古已有之。《左传》及《公羊传》《谷梁传》中的"君子曰""公羊子曰""谷梁子曰"云云即是。而将这种议论移置到篇末,而且每传一论,则是从司马迁开始的。刘知几在《史通·论赞》中说,"司马迁始限以篇终,各书一论"[2]。其后的史书承袭了这一作法,《汉书》用"赞曰",《后汉书》先有"论曰",后加"赞曰",《三国志》称"评曰"。这种论赞的模式亦为假传所吸纳,用以阐释文章的寓意。中国假传作品一般直接以"太史公曰"发表议论。朝鲜假传作品有借"史氏曰"(李谷《竹夫人传》)、"史臣曰"(林椿的《孔方传》、李奎报《麹先生传》等)、"君子谓"(《酒肆丈人传》)的名义进行论赞的;也有直接以作者名义发表议论的,如《丁侍者传》中"息影庵曰"等。

---

[1] 刘知几:《史通》,浦起龙通释,吕思勉评,上海:上海古籍出版社,2011年,第60页。
[2] 同上。

其二,史传的精神

1."直书"与"隐笔"的艺术融合

秉笔直书,褒善贬恶历来为史家所崇尚,"盖史之为用也,记功司过,彰善瘅恶,得失一朝,荣辱千载"①,这种治史精神始自《春秋》,所谓:"孔子成《春秋》而乱臣贼子惧"②;《春秋》"举得失以表黜陟,征存亡以标劝戒;褒见一字,贵逾轩冕;贬在片言,诛深斧钺"③。刘知几虽然在《史通·惑经》中指出《春秋》"未谕""虚美"之瑕,但仍承认"《春秋》之所书,本以褒贬为主"④。此后《左传》《战国策》等史书沿袭了这种美恶并举,褒善贬恶的"直书"精神。《史记》更是以"直录"著称,《汉书·司马迁传》称赞他"其文直,其事核,不虚美,不隐恶,故谓之实录。""直书"成为了评判史书价值的一条重要标准,这种著述精神对文学领域亦产生了巨大影响。韩愈、苏轼向来以具有"良史才"而著称,"太学博士韩愈……有班、马之风……"⑤;作为"史乘"支流的小说,一开始就秉承了史家这种"直书""实录"的精神。"以世途之多隘,知实录之难遇耳"⑥,"直书"固然可贵,然而"唯闻以直笔见诛,不闻以曲辞获罪。"⑦韩愈本有"作唐一经,垂之于无穷,诛奸谀于既死,法潜德之幽光"⑧之大旨,立志于以史笔树立一家之言,然而修撰史书,只有《顺宗实录》五卷而已。韩愈在《答刘秀才论史书》中道出了个中缘由:"夫为史者,不有人祸,则有天刑。岂可不畏惧而轻为之哉?"。在封建君主专制的时代,因修史而招致逆鳞之祸的不在少数,所以"史氏有事涉君亲,必言多隐讳,虽直道不足,而名教存焉"⑨。当不能或不敢直书现实时,采用微言暗示的方式,隐讳地传达褒贬之义亦为史家所惯用之法。司马迁在《史记·司马相如列传》中说:"《春秋》推见至隐,《易》本隐矣之显",隐藏之笔,虽在行文中难以见义,但曲折设辞,其中蕴含有微言大义。假传将史家的"直书"与"隐笔"艺术地融合在一起,设幻为文,为虚拟之物立传,而实则作品的褒贬态度分明,或赞扬、或鞭挞具有一定针对性的社会现象或政治现象,有着极其鲜明的立场。韩愈《毛颖传》是"发其积

---

① 刘知几:《史通》,浦起龙通释,吕思勉评,上海:上海古籍出版社,2011 年,第 143 页。
② 兰州大学中文系孟子译注小组:《孟子·滕文公下》,北京:中华书局,1960 年,第 155 页。
③ 刘勰、黄叔琳等注:《增订文心雕龙校注·史传》,北京:中华书局,2000 年,第 205 页。
④ 刘知几:《史通》,浦起龙通释,吕思勉评,第 297 页。
⑤ 转引自周振甫等编:《谈艺录读本·文体论·传记通于小说》,北京:中央编译出版社,2013 年(kindle 电子书)。
⑥ 刘知几:《史通》,浦起龙通释,吕思勉评,第 140 页。
⑦ 同上。
⑧ 韩愈著,阎琦校注:《韩昌黎文集注释》,西安:三秦出版社,2004 年,第 252 页。
⑨ 刘知几:《史通》,浦起龙通释,吕思勉评,第 143 页。

郁",这"积郁"是通过"隐笔"闪烁出对统治阶级的内部矛盾和刻薄寡恩的批判;苏轼《万石君罗论文传》则曲折地反映了无时无地不存在的官场的倾轧;林椿《麴醇传》借中国场景,描写帝王的酒色荒淫,实际则影射了本国混乱的朝政;假传小说《花史》通过花王国的荣枯盛衰,将揭露的锋芒指向朝鲜朝"党争"的痼疾。这种笔法"旨微而语婉",同时又具有非常强的现实意义

2. 寄褒贬于"刺讥"

《太史公自序》中说:"《春秋》采善贬恶,推三代之德,褒周室,非独刺讥而已"①,"善善恶恶""贤贤贱不肖"②,对历史人物进行褒贬是史传的传统精神。在《史记》中,一切恶人、恶行都逃不过其"不隐恶"的直书史笔,而将褒贬寄寓于"刺讥"之中,是司马迁修史的一个重要宗旨。史迁"刺讥"的锋芒主要指向了汉代,尤其集中于对汉高祖、汉武帝等人物,体现了其非凡的胆识。在《史记·高祖本纪》和其他传记里,司马迁既不讳言刘邦王者之气的豁达大度,同时也不隐其"烹尔翁"、"溺儒冠"等地痞习气,对刘邦极尽"刺讥"之能事,通过具有鲜明的倾向性地描写传达作者的褒贬。假传采用了史家这种表现手法,在塑造"人物"时,抓住拟写对象的特点,将作者的褒贬之意寄寓于"刺讥"之中。《毛颖传》"退之所致意,亦正在"中书君老不任事,今不中书"",讽刺了统治者的"少恩";《麴醇传》中,麴醇大言不惭地对皇帝说"臣有钱癖",讽刺了一个权臣贪婪的本性。

第四节　韩愈与唐代假传体文学

韩愈在唐代元和初年创作《毛颖传》,确立了假传文体。此后,唐代陆续出现了《下邳侯革华传》③(《全唐文》卷五百六十七)、司空图《容城侯传》(《全唐文》八百一十)、《管城侯传》④、文嵩《即墨侯传》(《全唐文》卷九四八)、《好时侯楮知白传》(《唐文拾遗》卷五十一)、《松滋侯易玄光传》(《唐文拾遗》卷五十一)等为数不多的几篇作品。至于宋代,随着韩愈文章地位的变化和时代

---

① 司马迁:《史记·老子韩非列传》,北京:中华书局,2005年,第2493页。
② 同上。
③ 此文传为韩愈所撰,但有学者认为此事存疑,如章士钊先生在《柳文指要》卷二十一"题序"《读韩愈所著毛颖传后题》认为《下邳侯传》从始至终皆为模拟《毛颖》而作,非韩愈所撰,系后人伪造。原因有二:其一,退之婿编《韩集》,目中有《下邳侯传》而阙其文,姚铉选《唐文粹》时则目与文俱见存,此为疑点之一;其二,章士钊认为韩愈作为"文起八代之衰"的一代文学领袖不可能两传并为。
④ 此文在《全唐文》中两次收录,卷八百一十收于陆龟蒙卷下;卷九四八又录于文嵩之后。

思潮的改变,假传创作数量激增,"自昌黎先生为毛颖立传,大雅宏达多效之"①,且大有泛滥之势。假传文体是继承中国"以文为戏""以文为史"创作传统而逐步确立的文体,与魏晋六朝时期的俳谐文关系紧密,而其创作产生则发生在古文运动的背景之下,"陈寅恪谓韩退之作《毛颖传》,为以古文作小说之尝试,乃古文运动中之一重要节目"②。

一、韩愈的古文主张及散文创作实践

汉末经魏晋六朝以至唐初,内涵贫乏,外表浮华的骈俪文风统治文坛,其间虽有如裴子野《雕虫论》、颜之推《家训》、李谔《上书》等散文独树一帜,以儒家理论与功用观念,反对唯美文风,但积重难返,不能改变时代的潮流。隋末大儒王通著《中说》排斥六朝文风,建立教化实用的文学理论,初步形成了"文以载道"的观念。王通之孙唐初四杰之一的王勃主张"文史足用,不读非道之书"(《王子安集》卷四《山亭兴序》);"文章经国之大业,不朽之能事,而君子所役心劳神,宜于大者、远者,非缘情体物,雕虫小技而已"(《王子安集》卷十《平台秘略论艺文三》),表现了对当时文风的不满,亦可见其改革文风的态度和文学观。但其创作仍以骈文名重一时,论作并不一致。随后,陈子昂的"《明堂议》《神凤颂》,纳忠贡谀于孽后之朝,大节不足言矣;然其诗文,在唐初,实首起八代之衰者。韩退之荐士诗言:'国朝盛文章,子昂始高蹈',观此,知子昂诗文之变六朝必唐初四杰又进一步矣"。陈子昂在《修竹篇序》中说:"文章道弊五百年矣! 汉魏风骨,晋宋莫传,然而文献有可徵者。仆尝暇时观齐梁间诗,彩丽竞繁,而兴寄都绝,每以永叹。窃思古人,常恐逶迤颓靡,风雅不作,以耿耿也。"③陈子昂的主要贡献固然主要表现在诗歌的革新方面,但对扭转当时的文风也起到了积极的促进作用。然而从唐初到开元年间,骈文陈腐的创作习气仍然很重,"考唐自贞观以后,文士皆沿六朝之体,经开元、天宝,诗格大变,而文格犹袭旧规"④。直到天宝年以后,"元结与及(指孤独及),始奋起湔除,萧颖士、李华左右之。其后韩、柳继起,唐之古文,遂蔚然极盛,斫雕为朴,数子实居首功。"⑤元结、孤独及等人以儒家思想为依归,从文论及创作都为韩柳古文运动做好了充分的思想准备。此外,唐初大修正史,敕命修撰的正史就有《晋书》《梁书》《陈书》《北齐书》《周书》《隋书》,修史之况

---

① 曾枣庄等:《全宋文》(第二百三十册),上海:上海辞书出版社,2006年,第201页。
② 章士钊:《柳文指要》(上卷),上海:文汇出版社,2000年,第507页。
③ 陈子昂:《陈子昂集》,北京:中华书局,1960年,第15页。
④ 《四库全书总目提要·卷一百五十·集部三》。
⑤ 同上。

可谓空前。史家诸人,在遍察各代兴衰治乱时,一致承认六朝淫靡的文风对当时的政教风俗产生了很大的不良影响。于是在《文苑传》《文学传》及其他有关传论中,对文艳用寡之作进行了批评,提出文应具有教化实用功能的主张,这也为古文运动的推行奠定了一定的基础。

韩愈所倡导的古文运动,以"文以载道"为理论中心,主张写散文师法古圣贤人,他"所志于古者,不惟其辞之好,好其道焉尔"(《答李秀才书》),"学古道则欲兼通其辞。通其辞,本志乎古道也。"(《题欧阳生哀辞后》)很显然,韩愈学习古文是为了学古道。韩愈所言之"道"不是普通的道德规范或伦常教化,而是吸收了孟子学说的精神,含有强调人内在道德修养和人格精神的意味,"不务其修诚于内,而务其盛饰于外,匹夫之不可"(《三器论》);"夫所谓文者,必有诸其中,是故君子慎其实"(《答尉迟生书》)。他肯定了人有"不平则鸣"(《送孟东野序》)、"穷苦之言"(《荆潭唱和诗序》)的自然情感,这是对六朝以来不讲求内容的形式主义文风的有力反拨。至于"为文"如何学习"古道"?韩愈在《答刘正夫书》中有这样一段话讲得十分清楚:

……或问:"为文宜何师?"必谨对曰:"宜师古圣贤人。"曰:"古圣贤人所为书俱存,辞皆不同,宜何师?"必谨对曰:"师其意,不师其辞。"又问曰:"文宜易宜难?"必谨对曰:"无难易,惟其是尔,如是而已。非固开其为此,而禁其为彼也。"夫百物朝夕所见者,人皆不注视也;及睹其异者,则共观而言之,夫文章岂异于是乎。……用功深者,其收名也远;若与沉浮,不自树立,虽不为当时所怪,亦必无后世之传也。足下家中百物,皆赖而用也;然其所珍爱者,必非常物。夫君子之于文岂异于是乎?……若圣人在道,不用文则已,用则必尚其能者。能者非他,能自树立,不因循是也。

韩愈之所谓学古道,不是简单因循模拟古文,而是要力求创新,"惟陈言之务去""辞必己出""能自树立"。文章唯既有"辞"又有"意",才能为世人所瞩目,从而达到"文以明道"的目的。韩愈倡导古文运动,一面提出理论,一面写作古文,应该说在古文运动中的贡献不仅仅由于他的理论,更重要的是由于其极富个性才情的创作,为文坛树立了典范,以实践重新奠定了散文在文坛的地位。《昌黎先生集》载有散文、杂著六十五篇,书启序九十六篇,哀辞祭文三十九篇,碑志七十六篇,笔砚鳄鱼文三篇,表状五十二篇。韩愈散文创作的成就是多方面的,其中很重要的一点便是其在思想艺术创新方面的不断追求。韩愈虽然在理论上强调"道",而在创作实践中成就最高的却是那些由感而发、具有强烈现实性和战斗性的作品,如《原毁》对当时社会人情淡薄的指责,自鸣不平,提出要公正用人的呼吁;《送孟东野序》则为孟郊鸣不平,提出"大凡物不得其平则鸣"的思想,对当时社会人才不见其用表示了强烈不满,其他类似作品还有《送董邵南序》《蓝田县丞厅壁记》《杂说四》等。韩愈作品常常采用借题发挥、寓庄于谐的艺术手法,看似不动声色,却又一针见血,艺术感染力极强,在表现形式上也作了许多探索,如《进学解》《送穷文》等作品采用对话的形式,明为自嘲,实则自夸,以反语对社会的庸俗与腐败进行嘲讽,"退之送穷穷不去"既是满腹牢骚的发泄,"总因仕路淹蹇,抒出一肚皮孤愤耳",也是不肯与时事妥协抗争,"非诗能穷人,穷者诗乃工"(苏轼《僧惠勤初罢僧职》),艺术上采用的这种自嘲式的笔调,戏剧性的对白,诙谐幽默的风格表现出韩愈对艺术创新的孜孜追求。韩愈"不因循而力求创新"的一面还表现在其对新文体的开创。韩愈《毛颖传》不仅开创了假传文体,更为后世提供了文本示范,以后中、朝两国的假传的创作无不悬《毛颖传》为矩矱。

三、《毛颖传》及假传体的立制

唐代元和(806—820)初年,韩愈模仿《史记》纪传的体例作《毛颖传》,以戏谑滑稽的笔调将毛笔拟人并为之立传,其中寄托了作者的不平与感慨,具有讽刺的意味,为假传开创先河。

1.《毛颖传》问世前的创作积累

假传表现出来的寓言特征与史传特征说明其孕育于"以文为戏""以文为史"的传统,其产生亦经过了前代创作的不断积累。状物、为物立传并非韩愈首创,东汉蔡邕《笔赋》、晋成公绥《故笔赋并序》写了毛笔的功用,制作材料以及制造过程。其中不乏与《毛颖传》有相似之处,善学古人的韩愈应该从中汲取了不少灵感。《笔赋》中"翰之所生于季冬之狡兔","削文竹以为管";《故笔赋并序》中的"建犀角之玄管"与《毛颖传》中"狡而善走","封诸管城"。而《故笔赋并序》中"卒见弃于行路"似已初见"以老见疏"之端倪。此后,唐代睿宗、玄宗时期的隐士司马承祯作《素琴传》为古琴立传,记录了制琴的过程,对中国古琴的历史、文化意义进行了阐释,是古琴学研究的一篇重要文献。《素琴传》是一篇以传记形式咏物的文章,从为物立传、结构与《毛颖传》有所相似。虽然《毛颖传》在题材、体例等方面与上述作品的相似之处是十分明显的,然而这些并不能埋没韩愈在假传创作上的开拓性贡献。首先,《笔赋》《素琴传》等作品基本属于咏物散文,在写作手法上缺乏《毛颖传》的戏谑性、生动性描绘,也不具有其讽世意味。其次,《毛颖传》是韩愈"以古文试作小说"①,具有一定的小说特征,人物形象鲜明,有着完整连贯的故事情节,并将人物故事置于秦朝的社会环境当中,基本具备小说人物、情节、环境的三个要素,而《笔赋》等作品则不具备这些特征。第三,在体例形式上,《笔赋》等作品非为传记形式,而《素琴传》虽有传记意味,但没有史氏的论赞。尽管如此,这些作品先于《毛颖传》问世,对《毛颖传》一类假传的产生存在一定的意义。

2.《毛颖传》及假传的文体特征

刘熙载在《艺概》中评价韩愈的古文说:"韩文起八代之衰,实集八代之成。盖为善用古者能变古,以无所不报,故能无所不扫也。"②韩愈既善习古人,又不因袭古人,《毛颖传》采用史传的形式,是为取其"褒善贬恶"劝世、讽刺之长处;以寓言拟人化的手法虚构故事,则取其戏谑、俳谐的风格笔法,是一篇"千古奇文"。

毛颖者,中山人也。其先明视,佐禹治东方土,养万物有功,因封于卯地,死为十二神。尝曰:"吾子孙神明之后,不可与物同,当吐而生。"已而果然。明视八世孙㨽,世传当殷时,居中山,得神仙之术,能匿光使物,窃恒娥,骑蟾蜍入月,其后代遂隐不仕云。居东郭者曰夋兔,狡而善走,与韩卢争能,卢不及。卢怒,与宋鹊谋而杀之,醢其家。秦始皇时,蒙将军恬南伐楚,次中山,将大猎以惧楚。召左右庶长与军尉,以《连山》筮之,得天与人文之兆。筮者贺曰:"今日之获,不角不牙,衣褐之徒,缺口而长,八窍而趺居;独取其髦,简牍是资,天下其同书,秦其遂兼诸侯乎!"遂猎,围毛氏之族,拔其毫,载颖而归,献俘于章台宫,聚其族而加束缚焉。秦皇帝使恬赐之汤沐,而封诸管城,号曰"管城子",日见亲宠任事。颖为人强记而便敏,自结绳之代以及秦事,无不纂录。阴阳、卜筮、占相、医方、族氏、山经、地志、字书、图画、九流、百家、天人之书,及至浮图、老子、外国之说,皆所详悉。又通于当代之务,官府簿书、市井货钱注记,惟上所使。自秦始皇帝及太子扶苏、胡亥、丞相斯、中车府令高,下及国人,无不爱重。又善随人意,正直、邪曲、巧拙,一随其人。虽见废弃,终默不泄。惟不喜武士,然见请,亦时往。累拜中书令,与上益狎,上尝呼为"中书君"。上亲决事,以衡石自程,虽宫人不得立左右,独颖与执烛者常侍,上休乃罢。颖与绛人陈玄、弘农陶泓及会稽楮先生友善,相推致,其出处

---

① 陈寅恪:《元白诗笺证稿》,北京:生活・读书・新知三联书店,2001年,第2页。
② 刘熙载:《艺概》,上海:上海古籍出版社,1978年,第20—21页。

必偕。上召颖,三人者不待诏辄俱往,上未尝怪焉。后因进见,上将有所任使,拂拭之,因免冠谢。上见其发秃,又所摹画不能称上意,上嘻笑曰:"中书君老而秃,不任吾用。吾尝谓君'中书',君今不中书耶!"对曰:"臣所谓尽心者。"因不复召,归封邑,终于管城。其子孙甚多,散处中国、夷狄,皆冒管城,惟居中山者,能继父祖业。

太史公曰:毛氏有两族,其一姬姓,文王之子,封于毛,所谓鲁、卫、毛、聃者也。战国时,有毛公、毛遂。独中山之族,不知其本所出,子孙最为蕃昌。《春秋》之成,见绝于孔子,而非其罪。及蒙将军拔中山之毫,始皇封诸管城,世遂有名,而姬姓之毛无闻。颖始以俘见,卒见任使。秦之灭诸侯,颖与有功。赏不酬劳,以老见疏,秦真少恩哉!

清人林纾在《韩柳文研究法》一书中,概括了《毛颖传》的内容与结构:"前半直是一篇兔传,至'独取其毫',始为毛颖伏案。及叙到围毛氏族,拔毫载颖,聚族束缚,此方为传之正文。则以上传兔,特述颖之家世耳。得管城封而亲宠用事,下至'累拜中书公'止,均细疏其能,并其爵秩……免冠发秃,叙颖末路,应如此。"①

(1) 关于《毛颖传》的主旨

《毛颖传》问世后,毁誉参半,在文坛激起一股争论的波澜,毁之者认为它"讥戏不尽人情,此文章甚纰缪者"②;誉之者称其为"千古奇文",明人胡应麟甚至称"今遍读唐三百年文集,可追西汉者仅《毛颖》一篇"③。《毛颖传》究竟是怎样一篇奇文,引来如此悬殊之褒贬评判?关于它的主旨,古今研究者也莫衷一是,观点不尽相同。韩愈的知己柳宗元认为"以发其郁积";宋人叶梦得认为,"退之所致意,亦正在'中书君老'不任事,'今不中书'等数语,不徒作也"。(叶梦得《避暑录话》)今人郭预衡:"《毛颖传》一篇……实际则写一个多才多能而终被废弃之人。……文章写到最后,韩愈对毛颖之'以老见疏'无限同情。这里又一次流露出韩愈痛惜人才不尽其用的一贯思想。"④卞孝萱:"《毛颖传》既是韩愈为其长兄韩会的政治悲剧而作,更是为其自身的仕途坎坷而作。"⑤孙昌武:《毛颖传》"暗示了统治阶级的内部矛盾和刻薄寡恩。"⑥学

---

① 吴文治:《韩愈资料汇编》(第四册),北京:中华书局,1983年,第1628页。
② 刘昫:《旧唐书》,北京:中华书局,1975年,4204页。
③ 胡应麟:《少室山房笔丛》,北京:中华书局,1958年,第193页。
④ 郭预衡:《中国散文史》(中册),上海:上海古籍出版社,1993年,第193页。
⑤ 卞孝萱:《韩愈〈毛颖传〉新探》,《安徽史学》,1991年,第四期。
⑥ 孙昌武:《唐代古文运动通论》,天津:百花文艺出版社,1984年,第124页。

者们普遍认为,《毛颖传》的主旨在于讥刺统治者的薄情少恩,抒发胸中的积郁之情。"赏不酬劳,以老见疏"是古往今来多少忠臣良将无奈的慨叹。战国时的赵之良将廉颇,一生为赵国鞠躬尽瘁,虽至暮年,仍思为国效力,在赵王派来的使者面前他"一饭斗米,肉十斤,披甲上马,以示尚可用"①,然而终遭小人谗毁,"赵王以为老,遂不召"②。秦朝时王翦又是生动的一例,秦始皇欲破荆,"年少壮勇"的秦将李信声称只需二十万军队即可破敌,王翦却认为"非六十万人不可","始皇曰:'王将军老矣,何怯也?'",王翦遂称病,"归老于频阳",李信大败后,秦始皇无奈请王翦出山,王翦提出了"美田宅园池甚众"的要求,并说:"为大王将,有功终不得封侯,故及大王之向臣,臣亦及时以请园池为子孙业耳",统治者的薄情寡恩昭然若揭。辛弃疾一句"凭谁问,廉颇老矣,尚能饭否?"已经成了多少仁人志士共同的慨叹。从韩愈自身的经历来说,他创作《毛颖传》大概是四十岁左右,年岁虽不甚老,却已饱尝宦海浮沉的仕途辛酸。韩愈二十五岁成进士,"凡四举乃登第",其后又"三选于吏部而不得官",后应博学宏辞选,"再试,才一得,又黜于中书"。韩愈先后做过汴州观察推官、四门博士、监察御史等官职。在其三十六岁任监察御史任时,他曾因关中干旱饥馑,上疏奏请免徭役赋税,结果被贬为阳山令。两年后,遇赦内迁至江陵府,当了一名法曹参军。一年后才蒙"皇恩浩荡"被召回朝廷,作了"试用"的国子博士。仕途沉浮仅仅因为统治者的一时好恶,《毛颖传》所宣泄的"积郁"正是这世情之冷暖。

作品反映了官场相互倾轧的黑暗。文中有这样一段话,"居东郭者曰夋兔,狡而善走,与韩卢争能,卢不及。卢怒,与宋鹊谋而杀之,醢其家"。《战国策·齐策》与《博物志》中有关于"韩卢"以及"宋鹊"的记载:"韩者卢者,天下之疾犬也。韩子卢逐东郭夋兔,环山者三,腾山者五,兔极于前,犬废于后";"宋有骏犬曰"③。至于"韩卢争能,卢不及。卢怒,与宋鹊谋而杀之,醢其家",则是韩愈驰骋想象,添加进去的情节。但这并不是作者随意比附,而是有所指摘的。官场政治斗争中"谋而杀之,醢其家"之事时有发生。这是古往今来,多少英雄豪杰、忠臣良将为佞臣、小人所谗毁而落得的悲惨下场。结合韩愈经历的前后三贬,虽"皆以疏陈治事,廷议不随为罪",但其中亦有小人的谗害。他被贬阳山一事,其中就有"幸臣"李实的挑拨;后顺宗即位大赦天下,韩愈本当回京,但又"为观察使所抑"而改派江陵。凡此种种,难道韩愈心中没有"积郁"吗?

---

① 司马迁:《史记·老子韩非列传》,北京:中华书局,2005年,第1911页。
② 同上。
③ 张华:《博物志校注》,北京:中华书局,1980年,第76页。

此外，作品嘲弄了魏晋以来的门阀制度下，时人好以先圣名人源其自家谱系的社会风气。作者在介绍兔子的家系时说："其先明视，佐禹治东方土，养万物有功，因封于卯地，死为十二神。尝曰：'吾子孙神明之后，不可与物同，当吐而生。'已而果然。明视八世孙𪉪，世传当殷时，居中山，得神仙之术，能匿光使物，窃恒娥，骑蟾蜍入月，其后代遂隐不仕云"。将兔子的祖先说成是大禹的功臣，曾被封为卯神，并以与兔子有关的典故传说为其附会了一个神奇的身世。以这样的方式考证自家谱系的社会风气在古代是非常普遍的，如历朝皇帝都要为自己寻一个非凡的祖先，以彰显其王朝统治的正当合理性，如唐王朝就标榜自己是老子李耳的后代。屈原说自己是"帝高阳之苗裔"；司马迁将自家的谱系追述到"唐虞之际"，自称是"重黎"之后；杨雄找到了周朝的伯桥作祖先；班固则称其家族是春秋时期楚国的令尹子文的后代；就连以旷世脱俗的陶渊明也未能免俗，他在《命子》诗其一中说"悠悠我祖，爰自陶唐。邈焉虞宾，历世重光。御龙勤夏，豕韦翼商。穆穆司徒，厥族以昌"，可见这种穿凿比附之风何其泛滥。韩愈在这里也戏仿先贤的笔法，煞有介事地把兔子的家世追溯至三王五帝的时代，极尽讽刺之能事，令人啼笑皆非。短短一篇笔传，蕴藏着如此多的思想内容，难怪世人称奇。

（2）关于《毛颖传》的俳谐艺术

《毛颖传》问世后，许多讥评来自其采用的俳谐手法，"自退之之文出时，人争以为俳。《说文》：'俳，戏也'"①，时人"大笑独以为怪"，唯有柳宗元力右之，指出其俳"又非圣人之所弃者"。《毛颖传》的俳谐艺术主要体现在以下几个方面。

首先，"以史为戏，巧夺天工"②。《毛颖传》从体制结构、语气口吻处处模仿史传，而且模仿得神情俱见，惟妙惟肖。韩愈文学观念的形成与《庄子》和司马迁《史记》有着紧密的关系，他曾自述"非三代两汉之书不敢观"，"下逮庄骚，太史所录、子云相如，同工异曲。"③应该说，韩愈的叙事描写得之于太史公，而驰骋想象，虚构荒诞的技巧则得之于庄子。历代许多学者都认识到了韩文与《史记》间的关系，他们认为韩文"妙处，实本太史公"（刘壎、郑绎），其虽"学子长，而不似子长"（吴乔）。《毛颖传》一文"叙事处处皆得史迁精髓"（林云铭），虽"文近《史记》，然终是昌黎真面，不曾片语依傍《史记》"（林纾）。我们看，从《毛颖传》的开头、结尾、论赞与《史记》列传完全如出一辙，即使是论赞的形式，也颇得史迁之精髓。日本著名史学家赖襄研究《史记》曾对司马

---

① 林纾：《古文辞类纂》，杭州：浙江古籍出版社，1986年。
② 李道英：《八大家古文选注即评》，桂林：广西师范大学出版社，1996年，第255页。
③ 韩愈：《韩昌黎文集校注》，司通伯校注，上海：上海古籍出版社，1957年，第26页。

迁的论赞作过这样的概括"史中论赞,自是一体,不可与后人史论同视也。史氏本主叙事,不须议论,特疏以立传之意,又补传所未及,而有停笔踌躇,俯仰千古处,足以感发读者心,是论赞所以有用。子长以后,少得此意者。"《史记》中确有这样的论赞,如《卫康叔世家》:"太史公曰:余读世家言,至于宣公之太子以妇见诛,弟寿争死以相让……"《毛颖传》也学习史迁另引材料以补传文之未及内容的方法:"太史公曰:毛氏有两族,其一姬姓,文王之子,封于毛"云云。足见韩愈真深得史迁精髓。韩愈的这种模仿正如韩兆琦先生所言,与南朝人的"拟古"诗和唐朝人"选体"诗以"逼真"为目的的模仿不同,韩愈的模仿是以"逼真"为手段,所以模仿得愈逼真,艺术效果也就愈生动、愈鲜活。

其次,引经据典,旁征博引。柳宗元称赞韩愈"穷古书,好斯文",《毛颖传》叙事言之凿凿,几乎无一句无来历之语,"盖愈之置辞,字字悉有据,依其造端。如《毛颖传》《进学解》之类,皆有所师范"[①],淋漓尽致地展现了韩愈的才情。作品"前半直是一篇兔传",而没有提到半个"兔"字,全部用与兔子有关的典故敷衍铺陈,此即"言山不言山,言水不言水"的表现手法。作品开篇讲述毛颖的祖先世系,"中山",宋人马永卿《嫩真子》中说:"退之以毛颖为中山人者,盖出于《右经军》云:唯赵国豪中用,盖赵国平原广泽无杂木,唯有细草,是以兔肥,肥则豪长而锐,此良笔也。"作品取中山多兔子,产毛笔的说法;关于兔子最早见于《礼记·曲礼》篇说:"兔曰明视。"孔颖达疏:"兔肥则目开明也。"中国从汉代起就有十二生肖之说,与地支搭配,王充《论衡·物势》中有:"酉,鸡也;卯,兔也;申,猴也……"这样的说法。文中"封于卯地,死为十二神"就是从这里来的。而关于兔子"吐而生",《论衡·奇怪》篇:"兔吮豪而怀子,及其子生,从口而出",这本来是种错误的认识,而韩愈在这里将错就错,采用了这个说法,增添了作品的趣味性。而关于"明视八世孙䨲,……,窃恒娥,骑蟾蜍入月"的说法,《尔雅注疏·释兽》:"兔子䨲。"《淮南子·览冥训》:"羿请不死之药于西王母,恒娥窃以奔月。"《初学记·天部》引《五经通义》"月中有兔,与蟾蜍并……"韩愈在古书的基础上,将这些说法、典故巧妙地融合在一起,信手拈来,显示了其渊博的学识,将本来牵强附会之事表现得一本正经,说得头头是道,增添了文章的俳谐之趣。后文中"蒙恬造笔""书同文字"等均言必有出。

第三,亦庄亦谐,寓庄于谐。韩愈采用谐音、双关、夸张等俳谐笔法,"以文为戏"表现了亦庄亦谐,寓庄于谐的俳谐风格。《毛颖传》后半部为笔传。作者以"蒙恬造笔"的传说为端倪,写他伐楚、大猎、卜筮、围猎、拔豪、载颖、献

[①] 吴文治:《韩愈资料汇编》(第四册),北京:中华书局,1983年,第585页。

俘、聚族、封管城,写的一本正经、煞有介事,俨然像一段正史对战争场面的描写,然而细细品味,不难发现这是在写毛笔制造的工艺过程。作品以夸张的笔法罗列毛颖涉猎学识的渊博,实际在渲染其用途,突出它的重要性;又夸张地写秦始皇对其的宠爱之至,实际上为后文毛颖"以老见疏"的悲凉晚景做好了情绪上的铺垫。"上将有任使,拂拭之,因免冠谢。上见其发秃,又所摹画不能称上意,上嘻笑曰:'中书君老而秃,不任吾用。吾尝谓君中书,君今不中书耶?'对曰:'臣所谓尽心者。'"毛颖所任中书令一职汉代始设,"中"是韩愈老家河南方言,韩愈使用谐音、双关的手法把"中书君""中书""不中书"凑到了一起,让陕西人秦始皇说起了河南话,让人忍俊不禁。而一个双关语"尽心"的使用,以笔秃谓为臣子尽心竭力,又将读者的情绪拉回到对世事悲凉的慨叹上,真可谓"妙极"。

第四,形象鲜明,生动贴切。纪传体的根本特点是以人物为纲,司马迁《史记》的重要成就之一就是在人物形象塑造方面的突出贡献。韩愈在这方面步武史迁,成功地塑造了毛颖形象。作品以拟人化手法虚构了一支毛笔的一生,以毛笔的性能特点刻画其性格特点,既生动又贴切。试看这段对毛颖性格的集中描写:"颖为人,强记而便敏,自结绳之代以及秦事,无不纂录。阴阳、卜筮、占相、医方、族氏、山经、地志、字书、图画、九流、百家、天人之书,及至浮图、老子、外国之说,皆所详悉。又通于当代之务,官府簿书、市井货钱注记,惟上所使。自秦皇帝及太子扶苏、胡亥、丞相斯、中车府令高,下及国人,无不爱重。又善随人意,正直、邪曲、巧拙,一随其人。虽见废弃,终默不泄。惟不喜武士,然见请,亦时往。"韩愈在这里极尽铺陈之能事,不厌其烦地罗列文字能够书写的东西,表面上写毛颖的性格及才能,而实际含义只是毛笔书写的功能,既夸张,但又合理。毛颖"善随人意,正直、邪曲、巧拙,一随其人"的性格,含有作者对趋炎附势、没有人格主见之人的讽刺揶揄,但作为一支笔来说却又是恰如其分的。接着,作者笔锋一转,"惟不喜武士,然见请,亦时往",写出了文人自尊自傲的态度,使叙事更加完整,看似"驳杂无实",品味之后又合情入理。"此段犹史传中之撮举、行能,行文纵横恣肆,不可羁勒,然却无语不精,所以为妙。'惟不喜武士'二句,笔势尤为奇宕。"①

三、唐代其他假传

《毛颖传》问世后,韩愈又创作了《下邳侯革华传》,这篇作品现收录于《全唐文》卷五百六十七韩愈目下。有学者对这篇文章是否为韩愈所著存疑。宋

---

① 韩兆琦:《读〈毛颖传〉》,《新疆师范大学学报》,1984年第1期。

人叶梦得在《避暑录话》中便指出,"文章最忌祖袭,此体但可一试之耳。《下邳侯传》世已疑非退之作,而后世乃因缘模仿不已"①。近人章士钊亦认为,此传非韩愈所撰,"所谓《下邳侯传》,自始至终,皆为摹拟《毛颖》而作,退之倘两传并为,将不厪不足以起八代之衰,且亦无以耸当世之听,吾谓宇内至文可一不可再以此"②。据章士钊先生考证,《韩集》中本无此文,至欧阳修始录之。此外唐代其他假传还有司空图作《容城侯传》收于《全唐文》八百一十,文嵩所作《管城侯传》,《即墨侯传》(《全唐文》卷九四八)、《好时侯楮知白传》(《唐文拾遗》卷五十一)、《松滋侯易玄光传》(《唐文拾遗》卷五十一)等为数不多的几篇作品。唐代假传作品数量不多大概是因为《毛颖传》问世后世多非议。这些假传作品在形式上沿袭《毛颖传》为器物立传,可谓亦步亦趋,在思想内容上亦不及韩愈"积郁"之作来得深沉蕴藉,然而并非毫无值得圈点之处。

《下邳侯革华传》是为牛皮靴写的传记,主旨与《毛颖传》雷同,"上咨嗟曰:'下邳侯老而惫,不任吾事,今弃于世,不复召子矣。'遂弃之而终。"与《毛颖传》:"上嘻笑曰:'中书君老而秃,不任吾用。吾尝谓君中书,君今不中书耶?'"相较,甚至在行文表述上也如出一辙,全无韩文酣畅淋漓,恣意才情之感。晚唐诗人、诗论家司空图(837—908)创作的《容城侯传》从立意与写作上例有许多独到之处。金炯为铜镜之拟人名,容成侯是金炯的爵位封号。这篇假传在体例形制上采用《史记》列传三段式构成史传整体。作品将铜镜拟人,以与铜镜材质、性质、用途相关的典故敷衍故事,如"尚方""组绣"等,亦多用双关、谐音等俳谐笔法制造诙谐效果,如"器之"(器重,以之为器)等。这篇假传的创作之旨在于以铜镜光亮无尘的性状隐喻清正廉洁之士,然而,能够"挟奸邪以事上者"往往遭到"疵陋者"的"恶忌",所以作者假太史公之口,发出了"不善晦匿,果为邪丑所嫉,几不能免,噫!大雅君子,既明且哲,以保其身,难矣哉"的慨叹。明鉴之才终难逃奸人佞臣的摒斥,官场中想要做到明哲保身谈何容易。此外,今存四篇对笔、墨、纸、砚文房四宝进行拟人的假传。韩愈《毛颖传》中除毛颖外,陈玄(墨)、陶泓(砚)、褚先生(纸)已经悉数登场。《管城侯传》《即墨侯传》《好时侯楮知白传》《松滋侯易玄光传》分别为之立传。《管城侯传》中多处写法直接承袭《毛颖传》,其主旨亦指向韩愈之"以老见疏",提出"壮则驱驰,老则休息""所谓达士,知止足矣"的观点。如果说韩愈的《毛颖传》是在讽刺统治者的"少恩",对为君者发出不满的话,那么这篇《管

---

① 吴文治:《韩愈资料汇编》,北京:中华书局,1983年,第200页。
② 章士钊:《柳文指要》,上海:文汇出版社,2000年,第512页。

城侯传》则是告诫事君之臣应"知足常乐"。《即墨侯传》《好时侯楮知白传》《松滋侯易玄光传》立意内容几乎相同,宣扬"尽其诚而自忠者",告诫为臣之人要诚尽其责。从这些作品中已经看不到韩愈《毛颖传》中的满腔积郁,几乎没有什么批判的锋芒,思想性与艺术性根本无法同《毛颖传》相提并论。

第五节 宋代及宋代以后的假传体文学

唐代假传除韩愈的《毛颖传》外,其他作品几乎乏善可陈。而宋代则不同,随着古文运动的胜利,韩愈道德文章地位的提升,以及时代社会思潮的改变,对假传一类俳谐作品批评的声音显著减少,更多的则是褒扬之声,创作队伍也不断扩大,其中更不乏苏轼、秦观、张耒这样的文学大家。发生这种改变自然与韩愈及其散文地位的提高有关,更为直接的是宋代社会风潮的转变。宋代是一个以成熟的文官制度为基础,君主专制和中央集权空前强化的朝代。据说宋太祖打下天下后,曾立下不杀大臣的誓言,宋太宗也曾说文臣的弊病多如鼠洞堵塞不尽,因此不必过分追究。宋代的文官有优厚的奉给,在离职时也还可以领宫观使的名义支取半俸。这种"右文政策"促使士人阶层不断壮大。宋代文人具有较高的社会地位,生活环境较其他朝代相对宽松,这样他们便有了酬酢唱和、吟诗作赋的闲情逸致。在诗酒饮宴、歌舞升平的氛围下,一股俳谐戏谑之风在士林中悄然兴起,它与士大夫们所谓以天下为己任、忧国忧民的主体意识,共同构成有宋一代士人的精神风貌。"仕途通达时,谐谑作为一种智力优越、学识渊博的显示,娱己娱人;仕途坎坷时,谐谑又可作为淡化悲苦,抚慰伤痕的灵药,自嘲且自悦。"①"只有到了宋代,文人的诙谐才被视作自主的表现。对于诙谐的价值也不仅仅从俳言谲道的载道之义上去加以提高,而是欣赏其微言解颐的趣味性,并把它作为淡化人生苦难意识,摆脱自我尴尬处境的有效手段。"②

一、宋代的俳谐文学观

士林的新风促使宋代的俳谐文学观发生了变化。前文已经提及刘勰的《文心雕龙》已经专门探讨了"谐隐",虽然对俳谐文学的功能价值给予了部分肯定,"虽有丝麻,无弃菅蒯"的论调,明显体现出对"以文为戏"一类俳谐文轻视的态度。唐代更是对韩愈"以文为戏"一类创作进行了激烈的批评。这种

---

① 周裕锴:《宋代诗学通论》,上海:上海古籍出版社,2007年,第68页。
② 程杰:《北宋诗文革新研究》,呼和浩特:内蒙古人民出版社,2000年,第326页。

好戏谑的文风在宋代却倍受称赞,"退之仙人也,游戏于斯文"①;"韩退之《送穷文》《进学解》《毛颖传》《原道》等诸篇,皆古人意思未到,可以名家矣"②。宋人更是在柳宗元《读韩愈所作毛颖传后题》一文提出的俳谐文审美娱乐功能的基础上,进一步从理论层面对其价值予以阐释。欧阳修称赞韩愈诗"其资谈笑,助谐谑,叙人情,状物态,一寓于诗,而曲尽其妙"③,并进一步提出"夫君子之博取于人者,虽滑稽鄙俚,犹或不遗,而况于诗乎?古者《诗》三百篇,其言无所不有,惟其肆而不放,乐而不流,以卒归乎正,此所以为贵也"④,在他看来,"戏人""玩人"的"诙嘲笑谑"之作并不违《诗经》之"道",只要"卒归于正",诗是可以"肆"且"乐"的。宋人的俳谐观所指向的显然是以轻松的乐去取代沉重的悲。黄庭坚也是从这个角度来理解俳谐诗文的功用:"情之所不能堪,因发为呻吟调笑之声,胸次释然,而闻者亦有所劝勉。"(黄庭坚《书王知载朐山杂咏后》)情感的宣泄释放不必非通过争谏怨刺的方式,有时只需要"呻吟调笑"。不必太执着,不必太认真,放下羁绊,敞开胸襟,人生的缺憾自然会化为愉悦的美感,所以,苏轼称黄庭坚的创作是"以真实相出游戏法"⑤,指出黄庭坚善用戏谑方式,破除人生拘执的特殊智慧。"曲尽谈笑谐谑之妙,……是宋人新兴的情趣。唯其情趣在此,便平添了一种幽默的眼光。不仅能于谐谑处见谐谑,甚至能于无谐谑处见谐谑。"⑥正是在这样的俳谐观下,宋人创作了大量谐趣诗,以及各式俳谐文,假传便是其中的一种。

二、 宋代的假传

宋代的假传创作持续时间长,从北宋初期,持续到南渡以后;参与创作的作家范围广泛,既有苏轼、秦观、张耒、杨万里等大家,也有李从谦、李觉、宋白、陈造、王质、高似孙等名不见经传的作家;创作产生的作品数量众多,大概有四十余篇⑦;作品拟写对象的范围在前代基础上进一步拓宽,除了继续以文房四宝为传主的作品外,拟写对象几乎拓宽至文人生活领域的方方面面。正如周必大在《即墨侯传》序中说"自昌黎先生为毛颖立传,大雅宏达多效之,如罗文、陶泓之作,妙绝当世。下至包祥、杜仲、黄甘、陆吉、饮食、果蓏,亦有

---

① 苏轼:《苏轼诗集》,北京:中华书局,1982年,第1938页。
② 吴文治:《韩愈资料汇编》,北京:中华书局,1983年,第99页。
③ 欧阳修:《六一诗话》,北京:人民文学出版社,1962年,第16页。
④ 欧阳修:《欧阳修全集》(卷四三),北京:中国书店,1986年,第299页。
⑤ 苏轼:《苏轼文集》(卷六九),《跋鲁直为王晋卿小书尔雅》。
⑥ 韩经太:《宋代诗歌史论》,长春:吉林教育出版社,1995年,第127页。
⑦ 此处假传数量的统计,认定严格按照韩愈《毛颖传》创立的文体特点,不包含其他形式的俳谐文。

述作。"①

1. 苏轼的假传创作

苏轼对韩愈是极端爱重的,赞其"文起八代之衰,道济天下之溺"②,对韩文给予了无上的评价,并将韩愈作为学习的榜样,"平生愿效此(《宋李愿归盘古》)作一篇",但"每执笔辄罢,因自笑曰'不若且放,教退之独步'"③,可见其虔诚的态度。苏轼可以说是韩愈后中国进行假传创作的最大名家,《苏轼文集》卷十三中有 11 篇"传"而假传就有 6 篇④,它们分别是《万石君罗文传》(歙砚)、《温陶君传》(馒头)、《叶嘉传》(茶叶)、《黄甘陆吉传》(柑橘)、《江瑶柱传》(蚌)、《杜处士传》(杜仲)。苏轼仿《毛颖传》创作假传虽与其推崇韩文有关,亦与其尚奇、诙谐,爱好寓言紧密相关,表现了苏轼豁达幽默的个性和令人惊叹的才华。特别是《万石君罗文传》《叶嘉传》是宋代众多假传中可与《毛颖传》步武的为数不多的几篇作品。

《万石君罗文传》是以一方砚台为传主的一篇假传。作品开始部分以与砚台有关的文化、历史典故,介绍徽砚的产地、制造、性能,以及它与笔、纸、墨的关系。徽砚是中国四大名砚之一,在砚史上是与"端砚"齐名的珍品,产地以安徽婺源(古歙州)的龙尾砚为优,罗文砚是其中的一种名品。作品一开始便以这些文化典故为依托敷衍"罗文"的身世以及被启用的情景,描写得十分生动贴切。其中引出"毛颖"之后"毛纯",可以看作子瞻向韩愈的致意。作品最为精彩的部分是"罗文"受谗谤以及最终的结局。罗文始被小人所谗,然上不为所动,其后又被"端紫"所排挤而渐失宠,最后作品取《后汉书》中《金日磾传》中关于金"日磾摔胡投何罗殿下"的典故,写罗文被挤下殿,"颠仆而卒"的结局。这一内容既反映了官场上无时无刻不存在的倾轧,实则点出了徽砚被端砚超越的事实,描写一波三折,跌宕起伏。作为故事发生背景的汉武帝时的人物、事件也十分准确贴切。这篇作品无论从体例写法,还是从言辞口吻,都与《毛颖传》十分接近,可以说是一篇能够与韩愈假传步武的佳作,体现了苏轼非凡的才华。但是模仿终究是模仿,纵然这篇作品在形式铺陈上无懈可击,然而就作品所流露的情感来说,远远没有给读者带来韩愈之作的强烈的

---

① 曾枣庄等:《全宋文》(第二三二册),上海:上海辞书出版社,2006 年,第 201 页。
② 吴文治编:《韩愈资料汇编》,北京:中华书局,1983 年,第 146 页。
③ 同上书,第 149 页。
④ 叶梦得《避暑录话》中说:"近岁《温陶君》《黄甘》《绿言》《江瑶柱》《万石君》传纷然不胜其多,至有托之苏子瞻者,妄庸之徒,遂争信之。子瞻岂若是之陋耶?中间惟《杜仲》一传,杂药名为之,其制差异,或以为子瞻在黄州时出奇以戏客,而不以自名。余尝问苏氏诸子,亦以为非是,然此非玩侮游衍有馀于文者不能为也。"认为,这些假传系假托苏轼之名而作。

冲击力和共鸣感。就文章自身的恣肆横放来说,这篇文章总有学步之感。就像韩兆琦先生所言:"这倒不一定是因为苏轼的才气不够,而恐怕还是由宋朝的政治环境以及苏轼个人的处境决定的吧"①。

2. 秦观的《清和先生传》

苏门学士秦观的《清和先生传》是宋代非常有代表性的一篇假传。首先,就这篇作品的题材而言,《清和先生》以酒为传主,对后世假传特别是朝鲜假传产生了重要影响。酒与文人的创作和生活紧密相关,成为了中国酒文化中重要的组成。文人饮酒创作的风气自汉始,历代相延,所谓觞咏就是饮酒作诗。三曹、王羲之、竹林七贤等人的许多创作就与饮酒有着密切的关联。竹林七贤之一的刘伶更是将酒称为"大人先生",专门作颂美之。陶渊明写了《饮酒》组诗二十首,有人甚至说陶诗"篇篇有酒",虽有夸张,但反映了"酒"的题材在其创作中所占的比重。汉末魏晋是思想解放的时期,饮酒固然与时代风尚有关,但更多地还是反映了文人对时事的不同态度。魏晋以后,酒俨然成为了文人生活中不可或缺的伴侣,变成了一种习惯,李白的"百年三万六千日,一日须倾三百杯",苏轼的"把酒问青天"传为千古佳话。酒对于封建文人而言,是一种风尚、一种习惯,更是一种寄托。然而酒又易使人沉湎其中,常常与败德乱性联系在一起,所以它又是放纵欲望的源泉。因而它既为文人所爱,也为之所恨。从秦观的《清和先生传》始,到其后中国的唐庚《陆谞传》、王质《曲先生传》,特别是假传传入朝鲜后高丽朝林椿《麴醇传》、李奎报《麴先生传》,以及其后朝鲜朝一系列"天君"假传寓言小说,酒成为了除毛颖外,出镜次数最多的形象,这些形象或正或邪,反映了文人对其爱恨交织的复杂情绪。其次,秦观《清和先生传》在创作上中规中矩,体现了假传在体例形式、"人物"塑造、表现手法等方面,成功实现了对史传的戏仿,表现了垂言劝世、寓谐于庄的假传特点。文章先介绍了清和先生姓字名谁及其家世背景,"清和""甘""液""子美",暗示酒的形质。"后稷氏""田氏""神农""麦氏""谷氏",暗示酒的原料。"俘于田而归",意为从田中收获粮食;"倔强不降者与强而不释甲者",指不易脱粒与不易去皮壳的;"城旦春"双关,暗示春米;"公孙曰",暗示春米的工具;"白粲与鬼薪仵"暗喻拣米与煮米;"逃乎河内"(双关,在河中淘洗);"移于曲沃,曲沃之民悉化焉","曲沃"(曲药),"化"(糖化、酒化);"始于曹(槽),受封于郑(甄)",暗示密封于甄中。这部分暗示了酿酒过程的各个环节,以及酿酒所需工具。接着作品又介绍了清和先生的品性与仕宦经历。从"其名渐沏于天子"到受天子"召见""宠遇""遭疑""释疑""益厚遇之""遭毁"

---

① 韩兆琦主编:《中国传记文学史》,石家庄:河北教育出版社,1992年,第333页。

"失宠""见逐",构成了一幅典型的封建士人宦海浮沉的三部曲,而实际上只是暗示了酒的社会功用。全文通过双关、谐音、隐喻、讽刺、夸张等俳谐手法,并将众多与酒有关的典故、趣闻、佚事穿插、参杂其中,以张冠李戴、移花接木的手法,制造诙谐幽默的喜剧效果。整个故事构思精巧、结构完整、语言娓娓晓畅。文章末了,作者以太史公的名义发表议论,"先生之名见于诗书者多矣,而未有至公在论也。誉之者美逾其实,毁之者恶溢其真。若先生激发壮气,解释忧愤,使布衣寒士乐而往其穷,不亦薰然慈仁君子之政欤?"道出了酒与读书人之间的密切关系,以及世间对其毁誉参半的评价。

三、 宋代假传的人文旨趣

自太祖赵匡胤"杯酒释兵权"以后,宋朝历代皇帝都对军事将领深加忌防,并多用儒臣治军,以及实行的一系列宽松的文官制度,使得整个社会产生了重文轻武的时代风气。宋人的兴趣自然便从从沙场建功转向科举成名,从军中马上转向翰墨书斋。门阀势力的消失,完备的科举制度,使读书成为宋代社会最重要的价值取向。由此而来,宋人把更多的注意力转向以读书、著述、论说为中心的精神文化创造、欣赏和研究上来。可以说,人文活动占据了宋代士人的大部分日常生活,评书、题画、听琴、对弈、焚香、煮茗、玩碑、弄帖、吟诗、作对,参禅、论道,几乎成了一代士人生命的全部寄托。书卷的熏染、艺术的陶冶、学术的浸淫,使宋人处于一种极浓郁的人文氛围之中,他们不再醉心于"房酒千钟不醉人,胡儿十岁能骑马"(高适《营州歌》)的峥嵘生活,而是倾心于"矮纸斜行闲作草,晴窗细乳戏分茶"(陆游《临安春雨初霁》)的雅致情趣。这种特殊的社会氛围给假传一类俳谐文学的繁荣提供了温床,其内容自然而然指向了文人的审美旨趣,其所描写的对象必然会反映时人感兴趣人文内容,体现了宋人的人文意向。"所谓人文意向主要是指琴棋书画笔墨纸砚金石古玩、服饰器物、园林亭馆等等人类智力活动的文明产物"[①]。宋代假传的取材对象主要来自于这种人文意向,棋盘、印章、茶叶、竹器、醇酒、文房四宝、灯具、梅兰竹菊等是最常见的题材。宋代士人间还有一种博学相尚的风气,文人们多纵横捭阖、博辩无碍、学问宏富、见识高远。作诗填词成了一种矜才斗学的语言知识竞赛,博闻强记成了诗人必备的基本素质,这些并非苏轼、黄庭坚、欧阳修等大家的癖好,而是有宋一代文坛的一种风尚。苏轼《杜处士传》是用中药名串联而成的 篇作品,其中所谓"天资朴厚,而有远志";"愿辅子夏半,幸仁悯焉";"人之相仁,虽不百合,亦自然同";"夫子雌黄冠众,

---

[①] 周裕锴:《宋代诗学通论》,上海:上海古籍出版社,2007年,第104页。

故求决明于子",这里的"远志""辅子""半夏""幸仁(杏仁)""百合""雌黄""决明子"等都是中药名,显示了苏轼在中医药学方面也大有学问。假传是文人们日常闲暇无事,展示学识修养、文笔才情的一种工具。周必大说:"予秉末余暇,辄为《即墨侯传》,非敢追踪前哲,姑以游戏云尔。"①宋代假传的人文旨趣还体现在它从前代俳谐作品的"谐趣"走向了对"理趣"追求。这些假传作品凝结了宋人的尚理精神,自适心态和谐谑意识。如果说前代假传特别是韩愈《毛颖传》中"谐趣"只是一件外衣,而内里是有所兴寄,饱含着作者悲愤情感的话,那么宋代假传表现得更多的是对"理趣"的追求,酿酒、烹茶、甚至美食的烹制,在点点滴滴处凸显宋人尚理的追求。所以宋代假传的这种人文旨趣,缺少了韩愈式的"积郁",冲淡了作品的讽世劝谏之意,取而代之的是游戏娱乐的笔墨,以及炫弄文才的意图,表现出说理倾向日渐浓厚,文字游戏的味道得以强化,而社会批判锋芒大大减弱的倾向,针对现实的锋芒,更多的让位于纯粹的个人智力、才情的消遣与戏谑。

四、 宋代以后的假传

宋代以后,假传受题材、体裁,以及创作手法的局限,创作江河日下,逐渐淡出文坛。元代仅发现王冕《梅华传》(传梅花)一篇作品。此后,明代又陆续出现几篇仿作,陆奎章作《香奁四友传》《香奁四友后传》②,明支立作《十处士传》③,王耆作《豆䒌八友传》(传菽乳,因其有八个名称,故称八友),此后,清代还出现了方清的《清虚居士传》等作品。应该说,中国假传从《毛颖传》以后,就创作整体的思想性和艺术性,特别是作为俳谐文的一种,它的喜剧性都因为题材、体裁、创作手法的沿袭而没有得到进一步的拔高。同一类诙谐手法的反复使用,使得读者对这样的艺术形式已经司空见惯,所以就无法给人以"若捕龙蛇,搏虎豹,急与之角而不敢暇"新奇感、冲击力和震撼性,甚至连"大笑以为怪"这样的效果都无法产生。"昌黎之前,未有此文,此昌黎之文所以奇。有昌黎之文,踵而效之则陋矣"④,说的就是这个道理。特别是宋代以后的假传大都"词意浅率,了无可取"⑤之处。

---

① 曾枣庄等:《全宋文》(第二三二册),上海:上海辞书出版社,2006年,第201页。
② "香奁四友"是指女性梳妆打扮用的镜子、木梳、胭脂、白粉。"后四友"是指尺、剪、针、线。
③ "十处士"指布衾、木枕、纸帐、蒲席、瓦炉、竹床、杉几、茶瓯、灯檠、酒壶十物。
④ 焦循《雕菰集》(卷一八),《书韩退之毛颖传后》。
⑤ 侯忠义:《中国文言小说参考资料》,北京:北京大学出版社,1983年,第509页。

五、假传在文学史上的意义与地位

假传除韩愈《毛颖传》外,其他作品在文学史上几乎缄默无闻。这一方面是由于此后中国文坛确实没有出现超过《毛颖传》的假传作品,模仿作品无论从思想上,还是艺术价值上均良莠不齐所致;更为主要的原因概出于中国主流文坛历来为"言志""缘情""载道"的功利文学观念所主掌,鲜有从文学愉悦角度肯定作品审美价值的论说,所以,对于假传这样实用性弱而趣味性强的文类不为正统文学史所重视亦在"情理"之中。然而,对这类不按常理出牌、对异域文化文学又产生深刻影响的独特的文学现象,我们更应予以格外关注。唯有如此,我们才能够深入其内部,审视其发展源流、脉络以及走向,从而更加深刻地理解认识其在世界文学中的意义和价值。

首先,假传将俳谐文学传统进一步发扬光大。"谐隐之文,亦起源古"[①],是中国古代文学史上一股绵延不断的创作传统。虽然几乎在任何一个朝代,它都不同程度地受到所谓正统主流文学意识形态的批评和排斥,但它却以强大的艺术生命力倔强的生长、繁衍、变化,取得了与雅正文学并行不悖的发展态势,并最终形成一类独特的文学景观——俳谐文学,为古典文苑增添了一抹亮色。假传正是俳谐文学发展链条上重要的一个环节。它继承先秦汉魏六朝以来"以文为戏"的传统,创造性的与主流文学意识形态中"以文为史"创作传统相结合,开辟了一种崭新的文学样式,并形成了一股持续的创作潮流,将俳谐文学传统进一步发扬光大。

其次,假传拓展了传记文学的领域,使其更加丰富化。我们知道文学是以语言文字为工具,借助各种修辞以及表现手法形象化地反映客观现实的一种艺术,它随着人类审美意识的改变而不断变化。任何文学样式都不可能在封闭状态下发展。"传记文学"是 20 世纪以后才出现的新名词,然而"传记文学"作为文学的一个门类在中国已经存在并发展了两千多年了,其间随着时代的变迁,各种体裁样式可谓你方唱罢我登场。传记文学的主要领域是记人的,"它是文学艺术的手段来描写历史的或现实的人物,通过描写真实人物生平事迹来达到反映社会现实和抒发作者个人情志的目的"[②]。滥觞于韩愈《毛颖传》的假传拓展了"传记文学"的领域,创立以拟人化手法为物立传的新的体例样式。假传中的人物情节虽然是虚构的,可谁又能否认这些虚构的传主不是一代士人生活现实的写照?第二,假传对讽刺文学的发展起着承前启

[①] 刘师培:《中国中古文学史》,北京:中国画报出版社,2010年,第87页。
[②] 韩兆琦主编:《中国传记文学史》,石家庄:河北教育出版社,1992年,第1页。

后的作用。鲁迅先生在《什么是讽刺》一文中说:"'讽刺'的生命是真实;不必是曾有的实事,但必须是会有的实情。所以它不是'捏造',也不是'污蔑';既不是'揭发阴私',又不是传记骇人听闻的所谓'奇闻'或'怪现状'。它所写的事情是公然的,也是常见的,平时是谁都不以为奇的,而且自然是谁都毫不注意的",真正的讽刺"常常是善意的,他的讽刺,在希望他们改善,并非要捺这一群到水底里。如果貌似讽刺的作品,而毫无善意,也毫无热情,只使读者觉得一切世事,一无足取,也一无可为,那就并非讽刺了,这便是所谓'冷嘲'"①。仔细体味这段话,真真一语切中《毛颖传》的精髓,可以说《毛颖传》是一篇真正的"讽刺"之文,它以游戏文墨的方式,传达的却是"积郁"之情,完全契合鲁迅先生对《儒林外史》一类讽刺文学的评价,韩愈与吴敬梓一样,在创作中"秉持公心,指摘时弊,机锋所向,尤在士林;其文又感而能谐,婉而多讽"②。假传是否对后代《儒林外史》一类"讽刺文学"有着直接的影响不能武断而定,但应该说,以《毛颖传》为代表的假传对于讽刺文学的发展确实是承前启后的一环。第四,假传丰富了中国俳谐文学的艺术世界,为俳谐文学积累了艺术经验。假传"驰骋文墨"的特点是之于其驰骋想象,设幻为文而言,它塑造了一大批有着鲜明人文意向性的人物形象。文房四宝、金钱、美酒、棋局、名章等极富人文意味的物品,在作家们笔下,摇身一变,成了具有独立思考能力和人格魅力的"人物"形象,在俳谐文学中,形成了一个色彩瑰丽斑斓而奇特艺术世界,体现了东方文人独特的审美旨趣。假传惯常采用的诸如使事用典、谐音、双关、隐喻、夸张的表现手法,以及将佚事、典故、趣闻,通过张冠李戴、移花接木的情节设置,通过这些"滑稽之术",营造出了一个个诙谐幽默、亦真亦幻的喜剧场景。这些大胆的创作尝试,为俳谐文学积累了丰富的艺术创作经验。

---

① 鲁迅:《鲁迅全集》(第六卷),北京:人民文学出版社,1981年,第328页。
② 鲁迅:《中国小说史略》,北京:人民文学出版社,2006年,第226页。

第四章　朝鲜高丽朝中后期的汉文文学与假传体文学

第一节　高丽朝中后期的社会及思想文化

假传体文学在朝鲜的创作产生固然与中国文学的强大辐射,特别是唐宋假传体文学的直接影响密不可分。但是我们知道,在事物的发展变化过程中,外因只是条件,内因才是起决定作用的根本。文学现象也是如此。假传体文学在高丽朝中后期集中涌现,植根于这一动荡历史时期纷繁复杂的社会思想背景,有着深刻的历史文化渊源。

高丽朝中后期是武臣专政,内忧外患交织的历史时期,国家动荡罹乱,社会矛盾尖锐,民不聊生;但却又是思想空前活跃,文学、艺术初现繁荣,并取得相当高发展水平的时期。朱熹曾经说过:"大率文章盛,则国家却衰。如唐贞观、开元,都无文章,及韩昌黎、柳河东以文显,而唐之治已不如前矣。"此言虽不免有失片面,但考察中国文学史,确实可以发现国家的盛衰和文章的兴废之间有着一定的关系,而且往往成反比关系,所谓"国家不幸诗家幸"(赵翼《题遗山诗》)讲的也是这个意思,高丽朝的文学发展也是这样。经过前期统治阶级崇儒重文政策的积淀,在"武臣政变"后政治黑暗、社会混乱、国力衰弱、世风浇漓的中后期,朝鲜汉文文学开始真正走向繁荣,与此同时,高丽假传体文学也产生于这一时期。这些都与高丽中后期特定的社会及思想文化背景密不可分。

一、高丽朝的重文政策

首先,高丽朝的建立和中央集权封建体制的加强。公元9世纪末10世纪初,朝鲜半岛政治局面纷乱,900年,农民出身的军官甄萱在三国时代的百济故地建立"百济"国,史称"后百济国"(900—936);901年新罗王族后裔弓裔自称为王,立国号为"高丽"(后高句丽),904年,改国号为"摩震",其后又在911年,将国号改为泰封。这样,后百济国、泰封国与新罗鼎足而立,史称"后三国时代"。松岳(今开城)地方的大农庄领主,拥有强大私人武装力量的王建,投身于弓裔部下,逐渐掌握了泰封国的军事大权。918年,王建驱逐弓裔,改国号为"高丽",定都开城,并以平壤为西京,建立了高丽王朝。此后,935年新罗王投降高丽;936年,后百济灭亡。半岛经过短暂的分裂,重新走上了一个新的统一的时代。

王朝初创,百废待兴。为加强中央集权的封建统治,高丽朝建立后的几代国王,制定并实行了一系列加强王权的制度和措施。到10世纪末,高丽朝基本上建立了三省(即内史门下省、尚书都省、三司)六部(吏、户、礼、兵、刑、工)为核心的中央官制;实行"田柴科",对全国的土地进行了重新规划,遏制了新罗末期以来土地兼并严重的局面;并在此基础上,建立并逐步完善了沿用至今的州、道体制,逐步确立了中央集权的地方统治体系;在军事方面,高丽实行由二十岁到六十岁良人壮丁义务服役的"府兵制",除中央正规军外,地方还有由节度使或兵马使掌握的地方军。这支数量庞大的常备军的最高统帅权直接属于国王,下设高级文官组成的中枢院为国王的辅佐,兵部担任军事行政。这些政策确立并加强了高丽朝中央集权的封建统治。

其次,高丽朝的崇儒重文政策。高丽朝从太祖王建开始,便定下了以儒家经世治国原则为主导方针的建国方略。他在《训要十条》中说:"人君得臣民之心为甚难,欲得其心,要在从谏远逸而已。……使民以时,轻徭薄赋。知稼穑之艰难,则自得民心,国富民安。……垂仁之下,必有良民。"[①]从中不难看出其以儒学为基础的治国理念。此外,太祖王建还很重视教育,他"首建学校"[②]。开国君主定下的尚文崇儒的基调,被后世高丽王所延续。958年,光宗采纳后周人双冀的建议,仿照唐制,"始置科举",选拔官吏。高丽朝科举"以诗、赋、颂、及时务策取进士,兼取明经医卜等业"[③],"自此文风始兴"[④],"景宗二年亲试进士"[⑤],从此文人学士备受重视。科举制的实行不仅是朝鲜官吏选拔制度的一个重要变革,同时对于"中国文学的普及和深层次传播,为高丽汉文文学总体质量的提高和名家、名篇的大量出现奠定了坚实的实际基础"[⑥]。高丽第六代国王成宗更加崇儒重学。他任用当时的大儒崔承老为"门下守侍中"。崔承老认为:"三教(儒、佛、道)各有所业,而行之者,不可混而一之也。行释教者修身之本,行儒学者理国之源。修身是来生之资,理国乃今日之务。今日至近,来生甚远,舍近求远,不亦谬乎!"[⑦]所以,他认为"华

---

① 《高丽史(卷二)·世家·太祖二》,朝鲜劳动新闻出版社,1958年,第27页。
② 《高丽史(卷七十三)·志卷,选举一》,朝鲜劳动新闻出版社,1958年,第494页。
③ 同上。
④ 同上。
⑤ 同上。
⑥ 李岩:《中韩文学关系史论》,北京:社会科学文献出版社,2003年,第222页。
⑦ 《高丽史(卷九十三)·列传·崔承老》,朝鲜劳动新闻出版社,1958年,第86页。

夏之制不可不遵,然四方习俗,各随土性,似难尽变。其礼、乐、诗、书之教,君臣父子之道,宜法中华",唯有如此,才能"革卑陋"①。成宗采纳崔承老的建议,确立了儒学为治国指导理念,并命令修太学,广募全国州郡子弟,留京习业。于是学徒从全国各地云集开京,学习周孔之教。成宗九年,又命有司创国子监于开京,下置国子学、太学、四门学等,并在西京修置书院,整理、翻印儒家经典史籍。此外,成宗还派遣大批青年学子赴宋留学……成宗的这些举措受到了大文豪李齐贤的高度赞扬:"立宗庙、定社稷,赡学以养士,覆试以求贤"②。此后,高丽第八代王显宗、第十一代王文宗均是文治之主。显宗时期,命儒臣修国史,表彰先儒;文宗时,除继续大兴官学外,私学也日渐兴盛,其中最有名的是被誉为"海东孔子"的崔冲。崔冲于穆宗八年"擢甲科第一",显宗时入仕,历经显、德、靖、文四朝,官至内史令(文班最高官吏),而且是学界的耆宿,享有很高的声誉。崔冲退官后,专力儒学教育,设立私学,"东方学校之兴,盖由冲始"③。此外,高丽朝多位君王十分重视诗赋在国家政治文化生活中的作用,而且他们本人也多为文章爱好者,如成宗、显宗、靖宗、肃宗、睿宗,甚至荒淫无道的毅宗,都在诗赋方面有很深的造诣,他们还推行了许多奖励文艺的政策,如成宗时,为了避免文臣中举后,疏于自勉或因公务繁忙而"废素业"耽误诗赋的精进,下令实行纳诗献赋的月课制度。由此高丽朝前期统治者们的崇文程度可见一斑,并且他们将这种崇尚行为上升为国家的力量,成为一种政策性的导向,由此而产生了重文轻武的片面倾向。"文尊武卑"成了高丽朝政治生活中最重要的现象之一。

第三,高丽中期"重文"倾向达到了高峰。高丽前期统治者对文化特别是汉文化的空前重视,逐渐形成了与中国宋朝一样的重文轻武的倾向,武臣的待遇和权力都大大低于文臣。武班官僚虽然也是两班④之一,但待遇总比文班官僚低,而且也不受重用。他们不能晋升到三品以上的官位,武班最高官阶是正三品上将军,就算被特许也得受到种种限制。即使是官位同等,也常常在待遇上的受到差别对待。如官员患病,获得请御医诊疗资格这样的福利性质的制度,也规定文官五品以上即可享受,而武官却要四品以上才能获此资格。此外,在经济上,武官也不能直接搜刮人民。甚至在军事方面也是如

---

① 《高丽史(卷九十三)·列传·崔承老》,朝鲜劳动新闻出版社,1958年,第86页。
② 《高丽史(卷三)·世家·成宗》,朝鲜劳动新闻出版社,1958年,第47页。
③ 《高丽史(卷九十五)·列传·崔冲》,朝鲜劳动新闻出版社,1958年,第94页。
④ 两班,是古代高丽和朝鲜的世族阶级,它源于新罗时期的"骨品制"。高丽初期制定文武官身份制度。朝仪时,文官位列东侧,称文班或东班;武官位列西侧,称武班或西班,合称文武两班或东西两班,简称"两班"。

此,军队指挥的高级职位往往由文官担任,就连指挥一个方面军的职位,武班官僚一般也不能被任用。总之,"对武班官僚不授予足以左右整个国家局势的职位和实权,这是高丽以来朝鲜中央集权制统治机构的一个特点"[①]。高丽初以来实施的崇文重儒政策,到了毅宗当政时期,更加上升为"重文轻武"的文武臣差别政策,使武臣处于低人一等的"扈从侍卫"或"鹰犬"的地位,而备受国王与文臣的歧视。《高丽史》记载,毅宗二十年,国王夜宴宠臣李荣鸠,王命"侍从将卒射,上将军康勇中的,赐罗一匹,绡三匹……"[②]武班高级将领竟成了席间饮酒助兴的弄臣。"文臣得意醉饱,武臣皆饥困"[③]的境地引起了武臣强烈的不满和愤怒。武臣的不满日益增长,逐渐形成了反对文臣压制的情绪。而武臣大体上以中小封建地主为其阶级基础,他们指挥的军人就是农民。另一方面,毅宗和文臣肆无忌惮地大肆搜刮,不仅中小地主阶层不满,更加引起了农民的愤恨。农民的不满情绪也在日益增长。此时,统治阶级内部的矛盾也已酝酿成熟,表现形式就是文臣与武臣的对立。在这种政治环境下,这对矛盾一触即发,最终导致了毅宗二十四年(1170年)的武臣政变。可以说,武臣政变是高丽中期以后各种社会矛盾积聚下爆发的。

二、 武臣政变及武臣专政

毅宗是高丽朝第十八代王,1146年—1170年在位。"在高丽历代国王中,像毅宗这样以骄奢淫逸为能事的国王是少有的"[④]。他在位25年间一直过着荒淫无耻、奢侈放纵的生活。他修建了大量离宫、别苑,同群臣(文臣)一起,吃喝玩乐,尽情享受,耗尽国家财产。他沉溺于佛教、道教和各种迷信活动,多次举行"饭僧",参加人数最多时竟达三万人。据《高丽史》记载,毅宗在甲戌八年、丁丑十一年、庚辰十四年、癸未十七年,丙戌二十年举行过五次"饭僧三万"的活动,其他规模较小的"饭僧"活动不胜枚举。全国各地的佛教寺院"竞尚华奢",纷纷举行为国王祈福、祈寿的各类法会、道场。这一切费用均由各地方官衙直接向百姓征收。毅宗为了满足自己的奢欲,凡是好的东西即行抢夺,甚至设立"威仪色""祈恩色"等专门搜刮百姓的机构,更随时派遣别贡使到各处进行掠夺。毅宗这样骄奢淫逸的生活,加诸仁宗时期的"李资谦

---

① 朝鲜民主主义人民共和国科学院历史研究所:《朝鲜通史》吉林省延边朝鲜族自治州《朝鲜通史》翻译组译,长春:吉林人民出版社,第335页。
② 《高丽史(卷十八·世家·毅宗》,朝鲜劳动新闻出版社,1958年,第280页。
③ 《高丽史(卷一百二十八)·叛逆二·郑仲夫》,朝鲜劳动新闻出版社,1958年,第611页。
④ 朝鲜民主主义人民共和国科学院历史研究所:《朝鲜通史》吉林省延边朝鲜族自治州《朝鲜通史》翻译组译,长春:吉林人民出版社,第429页。

叛乱"和"妙清叛乱"造成的巨大危害,使得高丽中央集权的封建统治愈加混乱衰退,封建剥削进一步加重。国王的近臣即文臣,以及有地位的佛教僧侣,也趁机大饱私囊,作威作福,而武臣却受到极大的蔑视。这样社会各阶层的矛盾不断累积,蓄势待发,直接的导火索便是"重文轻武"政策长期积聚下的武臣的强烈不满,于是郑仲夫等人利用武臣和兵士们长期不满的情绪,暗地酝酿政变。

1170年八月,毅宗照例同近臣到开京近郊寺庙"普贤院"宴会行乐,"酒酣,王命武臣为五兵,手搏戏,盖知武臣觖望,欲因以厚赐,慰之也。赖恐武臣见宠,遂怀猜忌,大将军李绍膺虽武人,貌瘦力羸,与一人搏不胜而走。赖遽前批绍膺颊,即坠阶下。王与群臣抚掌大笑。林宗植、李复基亦骂绍膺。于是,仲夫、金光美、梁肃、陈俊等失色相目。仲夫厉声诘赖曰:'绍膺虽武夫,官为三品,何以辱之甚?'"①蓄谋已久的郑仲夫等人"杀林宗植、李复基、韩赖,凡扈从文官及大小臣僚宦寺,皆遇害,又杀在京文臣五十余人"②,同年九月,废毅宗,将其流放于巨济岛,立毅宗胞弟为王,即明宗。明宗完全成为武臣的傀儡,实权掌握在郑仲夫等武臣手中。他们将自己的军令机关——重房,作为最高政权机关。此前的国家机构虽仍存在,但已不能发挥效力。由于武臣在政治上缺乏管理国家的经验,他们企图以号令和刀枪来树立威信,但却未能收拾混乱不堪的局面。此后30年,武臣内部展开了激烈的斗争,权力不断更迭,这是高丽史上的政治恐怖时期。最终,明宗二十六年(1196年)武臣崔忠献在这场相互倾轧的斗争中取得了最后胜利,把持了朝政60余年。他执政后又对朝臣开始了新一轮大屠杀,从而把政权牢牢地掌握在自己手中,开辟了武臣专政时代。"武臣的掌权绝不意味着弃旧图新的改革,而是标志着一个荒淫无耻的贵族统治势力,被另一个更加贪欲而暴虐的贵族势力所代替。"③

三、 高丽朝后期各种矛盾激化下动荡的社会

12世纪末,经历了"武臣政变"进入武臣专政时代的高丽王朝已经走完了自己的上升时期,开始走向衰败的道路,此后,统治阶级内部矛盾、阶级矛盾、民族矛盾空前尖锐。

"武臣政变"后掌权的武臣官僚,与从前的文臣官僚一样,过着极端奢侈腐化的生活。他们在政治上更加专横跋扈,在经济上靠拼命地掠夺人民来满

---

① 《高丽史(卷一百二十八)·叛逆二·郑仲夫》,朝鲜劳动新闻出版社,1958年,第611页。
② 《高丽史(卷十九)·世家·毅宗》,朝鲜劳动新闻出版社,1958年,第287页—288页。
③ 李岩:《中韩文学关系史论》,北京:社会科学文献出版社,2003年,第250页。

足自己贪婪的欲望。他们为了争权夺利,内部展开了激烈的斗争。崔氏掌握政权之前,组织叛乱的武臣头目之一的李义方于1171年亲手处决了另一头目李高,自己又在1174年被郑仲夫的儿子杀害。政权掌握在郑仲夫儿子和李义旼、杜景升等人手中。1179年,庆大升又肃清了郑仲夫一派,驱逐了李义旼、杜景升,掌握了军权。1183年庆大升死后,李义旼又作为武臣第三个头目上台。1196年,李义旼又被崔忠献等人组成的暴力集团所打倒。武臣统治集团内部的不断倾轧和权力更迭,并没有使统治阶级放松对农民的掠夺,这30年间,广大农民失去土地,流离失所,有的甚至整个州郡的土地都被统治者所强占,"在位者贪鄙,夺公私田,兼有之。一家膏沃,弥州跨郡",①社会生产力遭到严重破坏,农民和封建统治者之间的阶级矛盾更加尖锐起来。为了摆脱封建统治阶级的枷锁,各地农民不断发动反封建起义,最后发展成为历时三十年的全国性大规模农民起义,其中以1176年至1178年,1193年至1194年两次起义规模最大,参加者达数万之众,给统治者以沉重打击。

  武臣崔忠献掌权后,镇压了农民起义,为了维持自己的统治,对大地主的土地兼并进行了一定限制,同时也考虑到中小地主的利益。他在国家原有国家统治机构外,增设"都房""政房"这样的私设机构,将政权集中到这里;1209年,又设"教定别监",国家所有的重要事务均在此处理。"教定别监"犹如另一个朝廷,"都房"和"政房"则分别行使武班和文班的职能。这样就出现了另一套封建中央集权的搜刮体系,原有的国家盘剥体系虽有名无权,但仍然存在,这样,百姓实际上就负担着双重课赋。在此基础上,崔忠献放宽统治,笼络文臣,暂时稳定了朝政,从此崔氏四代掌握高丽朝政大权60余年。崔忠献执政之初,曾试图要整顿国家体制,减轻农民负担,但没过多久,他自己却成了国家最大的农庄主。此后,随着崔氏私人统治机构的日臻完善,高丽封建中央集权统治更加衰弱,而统治阶级对农民的压榨和剥削也进一步加重。

  高丽后半期同时也是民族矛盾空前尖锐、民族自觉意识空前高涨的时期。13世纪初至中叶的高丽朝,接连受到契丹和蒙古势力的多次进攻。在中国东北地区建立政权的契丹势力于1216—1219年间先后三次大举入侵高丽,使高丽朝蒙受了极大的战争损失。紧接着当时占据中国北方地区的蒙古势力也寻求出兵高丽的机会,从1231年至1260年之间,先后六次大举入侵高丽,使高丽政治经济遭到重创。为避免蒙古的统治,崔氏掌权下的高丽朝廷被迫于1232年迁都江华岛,对蒙古采取了不战不和的政策。而半岛上的广大人民却在随后几十年的战争中惨遭屠戮。高丽高宗四十五年(1258

---

① 《高丽史(卷一百二十九)·叛逆三·崔忠献》,朝鲜劳动新闻出版社,1958年,第623页。

年),朝臣发动政变,推翻了崔氏政权。次年,高丽对蒙古称臣,战争结束。蒙元对高丽实行了严厉的控制政策,任命其贵族为"达鲁赤花",监督高丽国王,并于1280年设置征东行省,管辖中国辽东及朝鲜半岛。所谓"征东"就是要对日本发动战争,它的设置无疑又给高丽百姓增加了新的负担,不仅如此,元朝的几次"征东"失败,使高丽人民从经济到生命都蒙受了巨大损失。此外,从高丽忠烈王开始(1276年),王室都要与元廷通婚,蒙古王室的女子凌驾于国王之上,过着奢华的生活,甚至威胁国王和大臣,干涉朝政。蒙元帝国崩溃以后,高丽又受到中国红巾军和日本倭寇的侵犯。红巾军分别于1359年和1361年两次入侵高丽,烧杀劫掠,几乎将平壤和开京夷为废墟。日本倭寇从1350年起对高丽沿海港口、农村进行了持续长达半个世纪的侵扰。这些侵略虽然最终都被高丽军民打败,但积重难返,内忧外患已经使高丽朝的封建统治处于风雨飘摇之中。高丽末年,权臣李成桂当政。1392年,李成桂废恭让王王瑶,自篡君位,建立朝鲜王朝,高丽王朝灭亡。

四、 高丽朝中后期的思想与文化

高丽朝是儒佛道思想,特别是儒佛思想并行的社会历史时期。太祖王建(918年—943年)《训要十条》,开篇即规定"我国家大业,必资诸佛护卫之力,故创禅教寺院,差遣住持焚修,使各治其业"①,将佛教作为长久护国的根本,确定了佛教在高丽国家中的重要地位。《训要十条》还规定:"博观经史,鉴古戒今,周公大圣,无逸一篇,尽戒成王,宜当图揭,出入观省"②;此外,还包含有"轻徭薄赋"的重农思想;"垂仁"的仁政思想等儒家治国理念,这就奠定了高丽朝儒、佛并举的思想基础。此后,历代高丽王都笃信佛教,自1021年—1087年历经近70年,完成了《大藏经》的出版。可以说从高丽建国之初,到毅宗时期的"武臣政变"是高丽佛教的黄金时期,佛教乘国运兴隆达到了顶点,这一时期的佛教思想也极为盛行。高丽中后期,由于统治阶级内部的争权夺利,阶级矛盾尖锐,以及外敌不断入侵导致民族矛盾激化,高丽社会已经陷入内外交困,走投无路的境地。此时的佛教也随之日益腐朽堕落,再也负担不起挽救国运、收拾"人心"的重担。佛教宣扬的清心寡欲,禁欲的思想,也在佛教寺院的奢侈、腐化、堕落下,自行揭下了欺骗的伪装,由此引发的是更加强烈的反佛教的思想潮流。高丽朝后期李奎报、李穑、郑道传等人的思想就是这一时代的产物。高丽建国之初已经初步确立以儒家思想为原则的治

---

① 《高丽史(卷二)·世家·太祖》,朝鲜劳动新闻出版社,1958年,第27页。
② 同上。

国理念。而科举制度的实施和逐步完善,将儒家经典作为考试的主要内容,则从基础上将儒学确立为高丽的治国之道,并从根本上"确立了儒家思想在高丽王朝意识形态上的统治地位"①,从此官学私学均以儒家教育为主,儒学大兴,儒家思想也广为传播。13世纪末,集贤殿大学士安珦(1243—1306)从元朝带回了《朱子全书》和朱熹的画像,向弟子传授理学,此后,李齐贤、李穑、郑梦周、郑道传等人相继传学,为理学思想正统地位的确立进行了不懈的努力。

  高丽时期是朝鲜整个封建社会的上升期,封建文明进一步成熟的时期。这一时期的政局安定、思想繁荣、经济文化发展。首先,高丽前期在统治者的重文政策和科举制度的实施的影响下,高丽儒学教育的官、私学兴盛。930年,高丽在统一后三国之前,太祖王建就"首建学校",设"书学博士",招收贵族子弟进行儒学教育,"光宗用双翼言以科举选士,自此文风始大兴……学校有国子大学,四门又有九斋学堂"②,922年,在首都开京创设"国子监",在地方十二州设立乡校;此外,11世纪初,私学兴盛,崔冲首开私学,办"九斋学堂",除崔冲外,当时杂开京还有"弘文公徒""匡宪公徒"等十一所有名望的私学,它们与崔冲的"侍中崔公徒"合称"十二徒",可见私学之盛。其次,高丽前期的工艺美术也有很大发展,著名的"高丽烧"就是其中杰出的代表。第三,11世纪以前,高丽的雕版印刷术也有较高的发展,刻出相当数量的各类书籍。《大藏经》的出版是此时高丽雕版印刷业中最重要的事件。此外,燃灯会和八关会等全国性民俗节日也更为盛行。高丽中期以后,武人专政和连续不断的外敌入侵,以及数次大规模的农民起义,使整个高丽王朝处于内忧外患的交困中,但这没有阻碍其文化的向前发展。这一时期,高丽的科学技术有显著发展,主要表现在印刷术的发展、火药的制造和棉花的种植栽培等几个方面,13世纪前后,金属活字的首次使用,这是高丽为世界文化做出的巨大贡献之一。此时的史学、文学更是空前发展,在朝鲜文化发展史上占有重要的地位,为其后朝鲜朝的文史发展奠定了坚实的基础。

第二节 高丽朝中后期的汉文文学与"假传"

  高丽前期是整个封建社会的上升期,政局安定、经济文化发展,文学也在统一新罗时期的基础上继续向前发展,文人辈出,涌现出诸如崔承老、李子

---

① 李岩等:《朝鲜文学通史》,北京:社会科学文献出版社,2010年,第259页。
② 《高丽史七十三卷·志卷·选举》,朝鲜劳动新闻出版社,1958年,第494页。

渊、朴寅亮、金富轼、郑知常等一批大文学家。然而,"文治极盛"之时,诗多"承平雅颂之音",这一时期的高丽文学总体上呈现逐步上升,稳中有变的发展态势,而真正使高丽文坛为之一振,呈现繁荣景象却是在"武臣政变"之后的高丽中后期。"武臣政变"不仅改变了高丽朝的政治格局,也改变了其文学的发展走势。高丽文章之盛正是从国运转衰之时开始的,从此直至恭愍王即位前的近200年间,是高丽文学,特别是汉文文学发展的高峰期。

一、 高丽朝中后期汉文文学的繁荣

高丽时期是朝鲜封建文明进一步成熟的时期。高丽光宗九年(959年),科举制度的实施是朝鲜汉文文学发展史上一件划时代的大事。它使得儒家思想在社会制度方面的地位得以确立,随之儒家的礼仪和学制也走向完备,从而进一步普及了儒家思想,使其深入到整个知识分子心中。高丽的科举分为制述、明经两科,其中以制述科也就是进士科最为知识分子所推崇,而制述科又以诗、赋、颂,及时务策为主要考试科目,涵盖了诗和文两个方面。科举制的实施对高丽中后期汉文文学的繁荣起到了重要的促媒催化作用。

高丽中后期汉文文学的繁荣,还与其特殊的时代有着紧密的联系。所谓政令一弛一张,文章一盛一衰。"武臣政变"后,武人当政,大肆杀戮文人。"海左七贤"中的李仁老和林椿都是在这场劫难中侥幸逃脱的人,林椿更是全家遭难。武人的跋扈专权,对文臣的肆意残害,以及朝政的紊乱,无疑是对文人的当头棒喝,从此文人们失去了政治前程。即使崔氏掌权之后,对文臣的打击稍有缓和,他们也充其量不过是武官们的幕僚而已,而且经常过着朝不保夕、提心吊胆的生活。这样境地使得一些文人视做官为畏途,他们既不满朝政,又无可奈何,只得或隐遁山林之中,或埋头于书斋之内。一方面,把诗文作为发牢骚派遣愁闷和自我安慰的工具;另一方面,严酷的政治环境已经把文人推上了矛盾的最前线,所以包括那些隐居世外的文人在内,他们对社会的关注和干预的程度都比以往加深了,"承平雅颂"之音消失了,发出的是对人格和个人价值的呼唤。武人专政,使文人在政界失去其领地,这对个人来说或许是陷入穷途,但却使他们获得一个机会,可以尽情投身于文学之中,探求文学真正的境界。所以,当文学远离了政治,似乎发现了自己至佳的境界,它反而成为促进文学发展的动力。

高丽中后期汉文文学的繁荣主要表现在:首先,各种文学体裁全面开花。朝鲜后世之文,其体皆备于高丽。诗歌领域的律(五律、七律),古(五古、七古),绝(五绝、七绝),词、赋、曲,抒情诗、叙事诗、乐府、歌行等全面发达;散文领域的四六骈俪体、古文体、时文、政论、辩说、序跋、奏议、书说、赠序、诏令、传状、碑志、杂记、游记、笔记、箴铭、颂赞、哀祭、诔祝、小品等都得以充分发展。假传也是从这一时期发端,并形成一股持续的创作潮流,延伸到朝鲜朝末期。从这一时期的汉文创作上看,无论诗文,朝鲜文人以非母语汉文创作的滞涩感几近消失,从此以后,"汉文真正成了朝鲜文人的书面母语"①。其次,涌现出了一大批诗文作家,其中不乏李齐贤、李奎报这样足以与任何中国一流作家比肩的大文人;同时还有林椿、李仁老、金克己、崔滋、崔瀣、李榖、李穑等大量个性突出、风格鲜明的诗文作家;此外还产生了"海左七贤""耆老会""后老会"这样的文人团体。他们以高涨的爱国情感,自觉的民族意识和社会责任感,以及孜孜不倦的探索精神和独具感染力的艺术境界缔造了高丽汉文文学发展的一个高峰。第三,高丽中后期是朝鲜诗歌理论逐步形成和明显发展的时期。朝鲜迄今保存的四部稗说体诗话著作李仁老的《破闲集》、李奎报的《白云小说》、崔滋的《补贤集》、李齐贤的《栎翁稗说》均出现在此时,它们记录本国的诗文逸事,发表诗文见解,批评文坛时弊,开创了朝鲜古代文论的先河。此外,金富轼编撰的《三国史记》确立了朝鲜史书的体例,为朝鲜传记文学的发展奠定了基础,此后,朝鲜传记文学也兴盛起来。一然编撰的《三国遗事》作为一部野史著作,则保留了大量朝鲜古代民间文学的资料,成为研究朝鲜古代神话、传说、民间故事珍贵的史料。

二、 高丽朝中后期汉文文学繁荣的基本特点

高丽中后期的汉文文学达到了一个相当高的水平,呈现出繁荣的发展态势,其主要特点表现在如下几个方面。

首先,高丽中后期文学的繁荣表现为这一时期的汉文文学是在一个高基点上发展起来的。这是由于它继承了崔致远等开拓的新罗汉文文学的丰富文学成果。由于没有自己的文字,朝鲜古代三国以前的文学创作受到很大的局限。汉字以及随之传入的儒家思想,为朝鲜汉文文学的发展提供了土壤。新罗实现半岛统一后,慧超、金乔觉、崔成佑等文学家,特别是"东方儒学之宗"崔致远的汉文诗文以其卓越的思想艺术成就开朝鲜汉文文学之宗。从中国后周归化的双翼等人直接参与了高丽朝科举制的创立,所以高丽的科举制直接借鉴中国比较成熟的科考经验,在制度上为汉文文学在高丽朝高水平的发展提供保障。高丽文学受中国宋朝文学的影响至深。从文宗(1046—1083)开始,高丽与北宋的关系发展稳定,出现汉文化输入的高峰。高丽诗文受宋朝文学,特别是苏轼、黄庭坚的影响最大,这些都为高丽汉文文学在中后

---

① 李岩等:《朝鲜文学通史》,北京:社会科学文献出版社,2010年,第267页。

期高基点发展准备了必要条件。

其次,各种体裁、题材全面发展。高丽时期,特别是中后期,是各种文学体裁得以确立的时期。此内容前文已经有所提及,此处不再累述。就题材而言,表现出创作题材意向丰富,思想性高的特点。高丽前期政治稳定、国家发展,加之统治者的大力扶植、奖掖,汉文文学风气兴盛。安定的社会氛围反映在文学作品中就容易产生对"太平盛世"歌颂和文人闲情雅致的抒发,但这一时期,也不乏优秀的汉诗作者,如崔承老、朴寅亮、郑知常等,在他们的作品中,忠君、爱国、歌咏祖国的名山大川、咏古、言志题材的诗歌已经不绝于耳,题材已经相当广泛。高丽中后期的汉文文学更是与当时国内外的局势相对应,在主题上挣脱了前期"承平雅颂"、歌功颂德、粉饰太平的窠臼,诗文中反映现实主题、历史题材、生活主题、爱情主题,社会批判意识,民族意识等主题应有尽有,体现了高丽文学民族观念的高度自觉。

第三,艺术性高。高丽中后期汉文的繁荣,导致了朝鲜文艺思维的空前发达,其作品在审美视域和审美创造力方面均表现出极高的艺术水准。文人们已经能够自如驾驭汉文文学的诸种艺术体裁,使用各种艺术手段表情达意,而毫无生硬搬用之嫌,汉文已经成为高丽文人的书面母语,但朝鲜文学毕竟不等同于中国文学,它有其自身的发展规律,同时又与自身所处社会、历史、文化现实紧密相连,以"海左七贤"、李奎报、李齐贤创作为代表的汉文文学因为其表现内容与整个国家民族休戚相关,所以在艺术上就能够产生情感真实、意境深刻、描写生动,语言民族化的特点。

第四,高丽文学的繁荣表现为直接受到政治的奖励和推动。高丽第十九代明宗以前的君王大都是好文之主,他们带头提倡汉文文学创作,有的更是亲身参与其中,其政治具有强烈的"文治"倾向。高丽第六代成宗、第八代显宗、第十代靖宗、第十五代肃宗、第十六代睿宗,包括以荒淫无道著称,直接酿成"武臣政变"的第十八代毅宗,都在诗赋方面有较高造诣。他们以王权的力量直接对文坛施加影响,如第八代显宗,曾表彰先儒,追任统一新罗时期的大诗人崔致远以"内史令"之职,并赐封"文昌侯",从祀文庙;此后还曾追封大儒薛聪以"弘儒侯"。睿宗以"好儒学"而称,《睿宗唱和集》就是其与词臣的唱和诗集。

第五,高丽文学的繁荣表现为高丽文人虚心学习中国唐宋诗文的优秀成果。我们知道文学的发展往往不是直线进行的,而是随着社会政治、经济、风尚的不断变化而改变的,高丽汉文文学也是如此,它随着政权的更迭和社会矛盾的转化经历了多次变化。高丽初期,接续新罗遗风,其诗崇尚唐风,"金石间作,星月交辉,汉文唐诗,于斯为盛。"①可见高丽初期唐诗汉文的盛行。对诗歌而言,初李杜外,晚唐诗风在很多文人中产生了重要影响,郑知常等一代士人就是其中的代表。《高丽史》云:"知常为诗,得晚唐体。"徐居正《东人诗话》也说"郑诗,语韵清华,句格豪毅,深得晚唐法。"晚唐诗风对高丽初诗坛的影响。到了高丽中期,诗风遂转,宋诗逐渐取代了唐风,特别是北宋中后期苏轼、黄庭坚的诗歌,在高丽文人中产生了极大的影响,"杜门读苏黄两集,然后语遒然、韵铿然、得作诗三味"②。于文而言,则推崇韩愈、苏轼。崔滋在《补闲集》中说:"学诗者对律句体子美,乐章体太白,古诗体韩苏。若文辞,则各体皆备于韩文"③,"凡为国朝制作,引用古事,于文则六经、三史,诗则《文选》、李、杜、韩、柳,此外诸家文集不宜据引为用。"④可见唐宋诗文在高丽文人心中的地位,他们"泛学诸家体"⑤,创作出许多不朽之作。李仁老的《续行路难三首》很明显就是受李白《行路难三首》的影响写成,然而其思想、内容则完全基于高丽武人统治的现实而作,具有强烈的揭露性和批判性。假传亦是高丽文人的舶来之物,李奎报在《李史馆允甫诗跋尾》中评价李允甫的《无肠公子传》时说:"其若《无肠公子传》等嘲戏之作,若与退之所著《毛颖》《下邳》相较,吾未知孰先孰后也。"⑥可见其中的模仿与学习是出于自觉的。

　　高丽中后期产生的假传体作品与高丽汉文文学的繁荣紧密关联,它既是高丽汉文文学繁荣的产物,同时也是汉文文学繁荣的体现。

三、 高丽朝汉文文学与假传体文学的关联

　　首先,高丽假传继承了此前文学的审美情趣。我们知道审美观念、审美情趣的形成离不开一定社会风气和思潮,它是一个作家的世界观、文艺观的综合体现。高丽假传是在"武臣政变"的社会现实和唐宋文学,特别是宋文学的影响下产生。其最早的创作者林椿是"武臣政变"幸免于难的文人,所以他笔下的《麴醇传》《孔方传》也是高丽假传中最具批判性和揭露性的作品。假传寓言的说理训诫性质和含而不露的表情达意方式,非常适合在专制恐怖统治的时代,达到既讽世谕人,又保命安身的目的,同时也符合文人士大夫的审美情趣,所以假传传入朝鲜后,很快成为高丽文人爱重的文体。"以用事为

---

① 《韩国诗话选·崔滋:补闲集序》,第57页。
② 《韩国诗话选·崔滋:补闲集卷中》,第149页。
③ 《韩国诗话选·崔滋:补闲集卷上》,第81页。
④ 《韩国诗话选·崔滋:补闲集卷中》,第151页。
⑤ 《韩国诗话选·崔滋:补闲集卷上》,第81页。
⑥ 徐居正:《东文选》(第四),(韩国)学习院东洋文化研究所,1970年,第53—54页。

博"是朝鲜古代诗文的特点,喜欢大量运用典故,特别是中国的古代典故,这种审美旨趣在高丽以前的汉文文学中已经有所体现,高丽时期更是深受宋文学的影响,在喜好使事用典方面显得更加突出,李奎报在《全州牧新雕东坡文集跋序》中说:"夫文集之行乎事,亦各一时所尚而已。然今古以来,未若东坡之盛行,尤为人所嗜者也。岂以属辞富赡,用事恢弘,滋液之及人也,周而不匮故欤。自士大夫至于新进后学,未尝斯须离其手,咀嚼余芳,皆是。"《东明王篇》本来是记述高句丽的开国之王东明王朱蒙,却引用了中国三皇、伏羲、神农氏、燧人氏、女娲、黄帝、太昊、颛顼、唐尧、汉高祖、汉光武帝等十二位帝王的传说,这与高丽假传的风格非常一致。韩愈的《毛颖传》、苏轼的《万石君罗文传》、秦观的《清和先生传》等作品传入高丽,正好与此前高丽文坛的审美情趣相契合,二者一拍即合,由此开启了朝鲜绵亘不绝的假传创作潮流。当然,高丽假传的产生也是文人士大夫审美情趣的体现。高丽时期的汉诗中有一类"咏物"诗,花草树木、鸟兽鱼虫、文房用品等等都是这类诗歌咏叹的对象,李奎报的一系列咏物诗就是其中的佼佼者,特别是其中有一部分写物品用具的如"草堂三咏"《素琴》《素屏》《竹夫人》,《咏笔管》《砚池诗》等所描写的对象都是假传体作品经常出现的传主。其中《竹夫人》一诗更是以拟人化的笔法,将竹具比作夫人,"竹本丈夫比,亮非儿女怜。胡为作寝具,强名曰夫人。搘我肩股稳,入我衾裯亲。虽无举案眉,幸作专房身。无脚奔相如,无言谏伯伦。静然最宜我,何必西施嚬。"这首诗运用了多个中国历史典故,梁鸿孟光举案齐眉、卓文君夜奔司马相如、刘伶妻谏酒等等,写法上也与假传颇为类似。文房四宝、酒、钱、竹具、手杖、花草等是假传中最常见的主人公,同时这类意象也是"咏物诗"中经常咏叹的对象,体现了文人审美情趣。

其次,高丽假传继承了高丽汉文文学中的社会批判精神。高丽汉文文学在文学观念上崇尚春秋笔法。崔滋在《补闲集》中说:"诗之作,本乎比兴讽喻,故必寓托奇诡,然后其气壮,其意浓,其辞显。"[①]褒善贬恶,针砭时弊是其优秀的文学传统。郑知常、李奎报、李齐贤,以及"海左七贤"的诗文在这方面都有很高的成就,特别是李奎报,无论是诗歌还是散文,都在对封建社会现实的揭露与批判上,达到了现实主义文学高度。高丽假传继承了这种精神,它较中国假传更具批判性和现实性。中国假传从韩愈的《毛颖传》后,在思想内容上的社会批判锋芒大大减弱,文字游戏的味道日渐强化,创作呈现出日益"雅化"的倾向,针对现实的锋芒更多地让位于纯粹的个人智力、才情的消遣、戏谑。而高丽假传则不然,从现存的几篇作品来看,几乎篇篇都有极其鲜明

---

① 《韩国诗话选·崔滋:补闲集序》,第80页。

的立场,褒贬分明。《麴醇传》中,作者林椿对麴醇和陈后主的批评,实际上将批判揭露的矛头直接指向了当时高丽昏庸的国王和阿谀奉承的文臣。《孔方传》也是如此。作者通过孔方的形象,讽刺批评了那些"圆其内,方其中,善趋时应变","性贪污,而少廉隅"①的官僚,他们结党营私,为谋取个人利益,不惜陷害忠良,具有强烈的现实性和批判性。林椿的假传作品深刻反映了"武臣政变"前后高丽政治黑暗的现实。其他几篇假传作品也是这样,它们或鞭挞、或褒扬当时社会中存在的不合理现象或道德品质,因而具有现实意义。

第三,高丽假传继承了滑稽的风格和诙谐的旨趣。朝鲜民族性格中有幽默风趣的一面,其古代诗文中,有许多以滑稽取胜的作品。如最古老的诗歌《龟旨歌》《薯童谣》风格都是诙谐、滑稽的。《薯童谣》以乡札标记法记录的歌词,翻译成汉语就是"善花公主,偷偷嫁了人。每到夜晚,就搂着薯童走了"②,歌词诙谐,表现了老百姓对最高统治者的嘲弄和揶揄。在传统民间文学中,寓言的发达也与之有关。《三国遗事》记录的一些民间故事如《射琴匣》就带有诙谐的色彩。高丽诗歌散文中许多作品也皆有这种谐趣,李奎报的《命斑獒文》《呪鼠文并序》《驱诗魔文效退之送穷文》等作品,蕴含了寓言的成分,"以文为戏",然而又多有所指摘。假传继承了这种诙谐的旨趣,其作品运用多种艺术手法,处处体现滑稽幽默的艺术风格。

第四,高丽假传继承了高丽汉文文学妙趣横生的语言描写艺术。高丽是朝鲜汉文文学走向成熟的时期,文人们已经能够自由运用汉语书面语进行各种文体的创作而毫无生涩之感。李仁老、林椿、李奎报等人在语言的运用上已经达到炉火纯青的境界,足以与同期中国文坛大家匹敌,"俞文公升旦,语劲意淳,用事精简;金贞肃公仁镜,凡使字必欲清新,故每出一篇,动惊时俗;李文顺公奎报,气壮辞雄,创意新奇;李学士仁老,言皆格盛,使事如神,虽有躅古人畦畛处,琢炼之巧,青于蓝也;李承制公老,辞语遒丽,尤长于演诰封偶之文;金翰林克己,属辞清旷,言多益富;金谏议君绥,辞旨和裕;吴先生世才、安处士淳之,富瞻浑厚;李史馆允甫、林先生椿,简古精雋,陈補闕澕,清雄华靡,变态百出"③,各家在语言运用上的呈现出百样的特点,其创作水平之高,由此可见一斑。他们的诗文语言或庄或谐,旨到意到,体现了不凡的语言驾驭能力,许多诗文表现出妙趣横生的艺术特色,在这一方面李奎报最为突出,他的散文《慵讽》《驱诗魔文》等就是其中杰出的代表。高丽假传继承了这样的语言艺术,将妙趣横生的语言发挥到了极致。

---

① 徐居正:《东文选(第四)》,(韩国)学习院东洋文化研究所,1970 年,第 28 页。
② 韦旭生:《朝鲜文学史》,北京:北京大学出版社,1986 年,第 21 页。
③ 《韩国诗话选·崔滋:补闲集(卷中)》,第 93 页。

第五,高丽假传体现了民族文化及其传统精神。高丽假传虽然在形式写法上借鉴韩愈《毛颖传》以来的假传,在内容上又以中国历史典故为穿插背景,但是它的思想内核仍然闪耀着崇节俭、尚节操、追求理想与正义的民族文化精神。李谷的《竹夫人传》通过被人格化的烈女竹夫人与贞男松大夫高风亮节的情操的赞美,隐讳地鞭挞了忠烈王以后,外敌入侵,社会动荡,及时行乐风气的蔓延下,淫乱无度的男女关系和污浊不堪的社会风气。虽然这种节操观念与宋代理学的影响不无关联,然而作品表现出来的竹夫人那种无语坚毅、讲究信用、执贞守节、默默奉献的精神都是朝鲜民族所崇尚的道德品质。此外,高丽假传突出表现出"重农抑商"、排斥货币商品经济的思想也是朝鲜传统思想的体现。这些思想在《孔方传》《楮先生传》等作品中都有不同程度的反映,特别是《孔方传》,作品直接将铜钱拟人,批判了金钱"与民争锱铢之利,低昂物价,贱谷而重货,使民弃本逐末,妨碍农要"①,"蠹国害民"的危害性。这种认识显然是儒家商品货币观念的体现,但也是朝鲜封建自给自足的自然经济体系下传统的"重农抑商"观念的反映。此外,众多作品或直接以酒为传主,或将酒作为次要"人物"形象让其登场,亦是朝鲜民族久远的爱酒文化的体现。这些都充分说明高丽假传紧紧植根于自己本民族的历史文化,"借用的是唐宋的瓶子,而装的却是高丽的酒"②。

第六,高丽假传继承了传统民族文学以塑造人物形象为中心的叙事传统。朝鲜叙事文学有着悠久的历史,古朝鲜时期的神话《檀君》,三国时期的神话《东明王朱蒙》《朴赫居世》,以及民间故事《金庾信》《鼻荆郎》《薯童》《延乌郎与细乌女》等;统一新罗时期的传奇《花王戒》《殊异传》中"竹筒美女""老翁化狗"等带有传奇性质的故事,以及《兔子传》这样的寓言故事,再到高丽时期以《三国史记》为代表的史传和文人文集中具有较高艺术成就的传记文学作品来看,以及李奎报的著名叙事长诗《东明王篇》来看,以人物形象塑造为中心是高丽叙事文学的一贯传统。从以后朝鲜朝的小说来看也是如此,大部分的作品以"某某传"为篇名就充分说明了其叙事文学的这一重要特征。而高丽假传正处于叙事散文向小说发展的过渡阶段,可以说,假传是朝鲜小说的雏形。假传虽然以物的拟人化形象为主人公,作品在描写传主"物性"特征的同时,又十分注意"人物"独特性格的描写与刻画,使之又兼具"人性"特征,而且篇篇假传的主人公性格迥异,形象鲜明,具有独特的人格魅力,其中,封

---

① 林明德主编:《韩国汉文小说全集》,"中国文化大学"(台北)、韩国精神文化研究院(首尔),第133页。
② 金宽雄、李官福:《中朝古代小说比较研究》(上),延吉:延边大学出版社,2009年,第250页。

建时代贪官权臣的形象"麴醇",贞洁烈女的形象"竹夫人"这样的人物甚至堪称典型环境下的典型形象,而且这种虚构的人物描写与刻画,完全出自作者的自觉意识,其性质已经十分接近小说人物形象的塑造。

高丽朝假传体文学正是脱胎于高丽朝中后期特殊的时代环境和繁荣发展的汉文文学,在继承前期文学发展的优良传统的基础之上,从创作产生伊始就表现出蓬勃的生机与旺盛的创作趋势,当然其产生与发展与高丽时期勃兴的传记文学和悠久的寓言传统有着密切的关联。

第三节　高丽时期的传记各体

清人章学诚在《文史通义》中说:"录人物区为之传,叙事迹者区为之记。"[①]传记原来是记录某一个人生平事迹的文字,应该属于历史学文体范畴,只有那些带有较强文学性的作品,才可归入散文之中。朝鲜高丽时期是散文特别是传记文学大幅发展的时期。高丽的传记文学到了12世纪前半期已经显示出成熟的面貌。这一时期的传记可以分为一般传记和文学性较强的传记两大部分。我们所说的传记文学应该具备以下三个方面的要素,首先,它是历史性文字,要求有人物、事件、地点等必须完全真实,符合历史事实。它与传记小说不同,对这些基本要素的虚构和想象是不被允许的。其次,它应该以一种意识情感贯通全篇,用一种审美的眼光审视人物的一生。还有,在他的内容中,应该不乏描写性文字、典型环境,以及其中的人物活动(包括心理活动),用细节描写等手段,刻画出栩栩如生的人物形象。从高丽时期传记体的流行情况看,却很少完全符合上述三种基本特质的作品,这与中国古代传记文学的状况基本一样,但应该指出的是,在高丽的传记文学作品中,诸如"把一人一世的言行思想,性格风度,及其周围环境,描写得极微尽致的"(郁达夫《传记文学》)作品也有一些,如金富轼《三国史记》中的列传,文人文集中的一些散传作品等,都可以证明这一点。

一、 高丽朝——朝鲜古代传记文学的勃兴

1. 高丽以前的朝鲜古代传记文学

朝鲜是历史意识相当早熟的国家之一,其古代的史官文化也非常发达。朝鲜三国时期的统治者们已经深谙修史的重要性。《三国史记·新罗本纪》载:(真兴王)"六年(545年)秋七月,伊飡异斯夫奏曰:'国史者,记君臣之善

---

① 章学诚:《文史通义》,吕思勉评,上海:上海古籍出版社,2008年,第73页。

恶,示褒贬于万代,不有修撰,后代何观?'王深然之,命大阿湌居柒夫等,广集文士,俾之修撰。"①新罗在真兴王时编修了《国史》;百济编修了《书记》,《三国史记·百济本纪》载:"古记云:'百济开国已来,未有以文字记事,至是,得博士高兴,始有《书记》'"②;高句丽则修有《留记》百卷等史书,(婴阳王)"十一年(600年)春正月,遣史入隋朝贡,诏大学博士李文真,约古史为新集五卷、国初始用文字,时有人记事一百卷,名曰《留记》,至是删修。"③这些都表明朝鲜至少从三国时期便已经形成了比较成熟的史官制度,而且修撰了大量史书。遗憾的是,这些史书已经失传,我们无法看到其中的具体内容。但从《北史·高句丽传》《旧唐书·高丽传》等中国史书的记载来看,在北朝、隋唐时期,《史记》《汉书》《后汉书》《三国志》等史书已经传入朝鲜,其中优秀的传人篇章、寓褒贬于记事的史传写法,自然会对朝鲜三国时期的史书撰写产生刺激作用,可以推测,修撰于三国时代的这些史书中已经有相当的数量篇幅的人物传记,而且其中不少内容已经具有一定的文学色彩。此外,现存朝鲜三国时期的一些碑志,如《唐刘仁纪功碑》(新罗文武王三年):"……君名仁愿,字士元,雕阴大斌人也。"④俨然已经是典型的人物传记了,文中虽有诸多阙文,但仍可窥得其不凡的文采;再如,立于414年的《高句丽广开土王陵碑》,这是高句丽长寿王为其父广开土王立的陵碑,全文总共千八百余字,碑文开始部分叙了高句丽建国始祖邹牟王,即朱蒙的建国神话,以及广开土王抗击倭寇的斗争事迹,具有一定的传记色彩。

统一新罗时期,私人修史盛行。《三国史记》记载金大问"作传记若干卷,其《高僧传》《花郎世记》《乐本》《汉山记》犹存"⑤。由此可见,这些作品到金富轼生活的高丽中期仍在流传,但今已失传。如今虽然已经无法知晓《高僧传》《花郎世记》等著作的具体内容,但可以肯定的是它们都是传记。《三国史记》中的几篇有关花郎徒的列传,应该是参考了《花郎世记》写成的。此外,金大问流传到高丽的传记类作品还有《鸡林杂传》。这一时期还出现了金长清长达十卷的《金庾信行录》,这是对三国时期新罗的传奇名将金庾信生平的详细记录,该书也已散佚。《三国史记》中的列传篇幅最长的就是金庾信的传记,其中不少材料应该是来自这部《金庾信行录》。透过《三国史记》可以推断这应该是一部非常详细,而且成熟的传记文学作品。此外,在金石文方面,金

---

① 金富轼:《三国史记》,首尔:乙酉文化社,1977年,第37页。
② 同上书,第221页。
③ 同上书,第182页。
④ 朝鲜总督府编:《朝鲜金石总览》,首尔:亚细亚文化社,1976年,第17页。
⑤ 金富轼:《三国史记》,首尔:乙酉文化社,1977年,第432页。

富轼提到了薛仁宣撰《金庾信碑》、崔致远撰《鸾郎碑序》、佚名撰《贞菀碑》等,这些碑文都是统一新罗时期的人物传记。

由此可以推知,朝鲜三国时期和统一新罗时期的传记文学已经比较成熟,其中的一些篇章,已经较生动地刻画了人物形象,但是由于历史的原因,其中大部分作品已经湮没在历史长河之中,今天我们仅能依靠残存的资料,以及后世史料的记载探得一二。但无论如何,三国时期和统一新罗时期,传记文学的发展已经为高丽传记文学的勃兴做好了充分的准备。

2. 高丽传记文学的勃兴

高丽朝时期(918—1392)大体与中国五代、宋、辽、金、元同步,是朝鲜封建文明进入成熟期的阶段。前半期的大约250年间,高丽统治者对内奖文劝农,对外则实行了灵活务实的外交政策,所以这一时期政治稳定、经济发展,是高丽朝社会经济的上升期。从中后期开始,随着统治阶级内部矛盾的日益激化,权力争夺斗争的逐步升级,相继发生了李资谦之乱(1126年)和妙清叛乱(1135年),到了毅宗末年,又爆发了武臣叛乱,进入武臣专政的时代,加之,周边契丹、蒙古少数民族政权的多次侵袭,给高丽国家造成了巨大损失。这些使得国家处于不稳定的状态,高丽朝走向了衰落。高丽前期统治者的重文政策,以及科举制度的实施,确立了儒家思想在高丽王朝意识形态上的主导地位;而历代国王笃信佛教,广修寺庙,大兴佛事,使得佛教思想在高丽也非常发达。由于统治者的提倡,同时劳动人民也需要精神寄托,佛教逐渐代替了朝鲜民族固有宗教成为下层人民的主要信仰。高丽时期的传记文学反映了时代的这些特征,呈现出全面勃兴的发展态势。首先,从文类上看,高丽时期的传记囊括了几乎所有类型的传记。史传文学如《三国史记》,类传如《海东高僧传》,专传如《均如传》,传状如权近的《牧隐行状》,自传如李奎报的《白云居士传》、崔瀣的《猊山隐者传》,假传如林椿的《麴醇传》《孔方传》,李奎报的《麴先生传》《清江使者玄夫传》等。此外还有大量的碑铭,以及文集自序等。高丽末期,还出现了大量家传文章。其次,从作品的数量上看,仅在《东文选》中"传"目下有文章28篇,在"记""序""祭文""碑铭""墓志"等目下,更存有大量带有传记性质的文章,其数量是前代无法比拟的。第三,从传记的艺术水平上说,高丽时期的汉文传记创作已经相当纯熟,《三国史记》暂且不论,还有如李奎报的《卢克清传》,林椿的假传这样思想、艺术均达到很高境界的作品。第四,从对后世产生的影响上看,高丽时期的传记为朝鲜朝的传记文学的繁荣奠定了坚实的基础。《三国史记》作为半岛现存最早的官修正史,为后代史书撰写的规范之作。林椿、李奎报等人的假传体寓言散文,开了朝鲜假传体文学创作的先河。

3. 高丽传记文学勃兴的原因

高丽传记文学的勃兴,首先与高丽前期施行的重文政策和科举制度是紧密相关的。重文政策使得以儒家经典为主要内容的汉文化在上层社会中得到普及,而科举考试要考赋、策论和经义文,这对散文和骈文的写作都提出了很高的要求,加之,汉文作为当时朝鲜官方书面文字,在国家政治、法律、外交,以至日常事务等方面广泛应用,写文作赋成了文人的基本技能,所以高丽的散文和诗歌一样发达。其次,朝鲜自三国时代起就开始大量从中国搜求名著,输入典籍。高丽建国初期便与宋朝建立了频繁的政治文化的交流往来。为推动儒学教育,更是从宋朝输入了大量书籍,高丽史臣曾多次向宋朝奏请文章,据《宋史》载,"愿赐板本《九经》书,用敦儒教"[1]。由此,可以想见,唐宋文章在高丽的广泛流布。此外,高丽文坛一向十分推崇韩愈和苏轼,特别是北宋的诗文革新运动,对高丽产生了深刻影响。高丽文人在散文方面推崇韩愈、苏轼。崔滋在《补闲集》中就说:"凡为国朝制作,引用古事,于文则六经、三史,诗则《文选》、李、杜、韩、柳,此外诸家文集不宜据引为用。"[2]又说:"近世尚东坡,盖爱其气韵豪迈,意深言富,用事恢博,庶几效得其体也。"[3]李奎报在《李史馆允甫诗跋尾》中说:"其若《无肠公子》等嘲戏之作,若与退之所著《毛颖》《下邳》相较,吾未知孰先孰后也"[4]。这些时人的论述清楚地指出了韩愈、苏轼等人的文章对高丽文学的影响。高丽传记正是在上述因素的共同作用下,走上蓬勃发展的道路。

二、 高丽时期的传记各体

高丽时期的传记体裁几乎涵盖了后世朝鲜汉文传记的全部类型,但其各体呈现出的样貌又表现出发展不平衡的特点。这种不平衡主要表现在,高丽时期的传记各体中,有的体裁类型一经出现就达到了很高的创作水平,如林椿的《麴醇传》《孔方传》,李奎报的《麴先生传》《清江使者玄夫传》等成熟的假传,其中不乏超越中国唐宋假传的传记作品;也有如《三国史记》本纪、列传这样正在形成中的,比较成熟的史传作品;同时还有诸如《殊异传》中带有传记性质的纪异,《三国遗事》佛教故事中的许多具有传记色彩的写人记事的篇目,这些作品如果以传记文学的眼光去衡量考察,显然还不成熟,但是其中的传记性质却又是朝鲜传记文学发展中的重要链条,不能忽视。出现这种不平

---

[1] 《宋史·外国三》,北京:中华书局,1985年,第14042页。
[2] 《高丽诗话选·崔滋:补闲集卷中》,第151页。
[3] 《高丽诗话选·崔滋:补闲集卷中》,第150页。
[4] 徐居正:《东文选》(第四),(韩国)学习院东洋文化研究所,1970年,第53页。

衡的原因,大概是由于朝鲜文学既遵循着本民族固有文学的内在规律向前发展,同时又难以避免地受到中国文学带来的巨大外在影响,对于如潮水般涌入的外来文化、文学的影响,朝鲜文学以及文人在本民族文化、文学自身特点的基础上,进行了有选择的接受造成的。举一个简单的例子,中国唐宋时期的假传作品随着北宋诗文革新运动传入朝鲜,假传以文为戏,诙谐幽默的艺术风格符合朝鲜民族性格中风趣幽默的一面,而朝鲜文人又爱好"用事恢博"、风格幽默的作品,加之当时高丽中后期武臣专政的政治环境,文人们需要用曲折、隐讳的方式表达褒贬的立场,所以《毛颖传》等假传作品一经传入,就很快为高丽文人所接受,并积极进行创作,参与假传创作的林椿、李奎报、李詹等都是高丽文坛或政坛响当当的人物,所以这种传记体裁从开始就达到了非常高的艺术水平。而高丽传记的其他类型则不然,《三国史记》成书大概在13世纪中叶,之前中国的史传文学的经典《史记》《汉书》等均已传入朝鲜,显然金富轼在编纂过程中也受到了这些史传经典的影响,"凡例取法马史",但是《三国史记》中的本纪和列传却没有完全按照中国史传体例进行编纂,而是在其固有史学撰写方式的基础上,进行了有选择地接受,所以,以中国史传文学的衡量标准来看,《三国史记》中的列传尚未形成完整的人物传记模式,应该说不是编纂者金富轼的能力没有达到,而是他在本民族固有史学、文学现实需要的基础之上,对中国史传体例、写法进行有选择性接受的结果。

三、《三国史记》——朝鲜史传文学的典范

《三国史记》修编于高丽朝仁宗二十三年(1145年),是朝鲜现存最早的官修正史,在体例上基本采用了中国正史的写法。全书共有本纪二十八卷,其中新罗本纪十二卷,记录了新罗建国始祖朴赫居士到敬顺王,共56位国王;高句丽本纪十卷,记录了高句丽建国始祖东明圣王到宝藏王,共28位国王;百济本纪六卷,记录了从百济建国始祖温祚王到义慈王,共31位国王。年表三卷,以中国和朝鲜三国的纪年相对照,作三国年表。志九卷,记录了三国时期祭祀、乐、色服、车骑、器用、屋舍、地理、官职等方面的情况。列传十卷,记录了金庾信、乙支文德等52个历史人物。编纂者金富轼在《进三国史记表》中说,"今之学士大夫,其于五经诸子之书,秦汉历代之史,或有淹通而祥说之者。至于吾邦之事,却茫然,不知其始末,甚可叹也。"[①]对于三国时期之历史,虽中国史书有所记载,但毕竟其史书"详内略外,不以聚载"[②],而三

---

① 金富轼:《三国史记》,首尔:乙酉文化社,1977年,第1页。
② 同上。

国时期流传下来的"古记"则"文字芜拙,事迹阙亡"①,进而使得"君后之善恶,臣子之忠邪,邦业之安危,人民之理乱,皆不得发露,以垂劝诫"②,所以"宜得三长之才,克成一家之史,贻之万世,炳若日星"③。作为朝鲜现存最早的官修史书,《三国史记》"冶文史于一炉",不仅具有重大的史学意义,同时其文学价值亦不容小觑。诚然,《三国史记》的文学价值是多方面的,它有关文学的记录,勾勒出三国文学史的面貌;"它保存了许多三国时期的文学作品,包括书面文学作品和由口头文学形成的各种神话、传说、故事"④具有重要的文学史料价值;而从史传的角度,它"凡例取法于马史"⑤,秉承了中国史传传统"美恶并举,褒贬分明"的笔法,"以人系事",塑造了一批性格丰满、形象鲜明的人物,在立传标准、谋篇布局、人物塑造、体例结构等方面均颇得司马迁精髓,是朝鲜传记文学的扛鼎之作,为朝鲜叙事文学树立了典范。

首先,在立传标准上,《三国史记》列传中所记述的人物,包括著名将领、政治家、文人学士、下层官吏、平民百姓,虽然从篇幅上仍以上层政治人物为主,但涉及的范围向整个社会延伸,包括了一些下层官吏和非政治性人物,这与司马迁《史记》的立传标准是颇为接近的。从《三国史记》列传所反映的内容来看,虽然金富轼选取这些人物带有宣扬忠孝节义思想的目的,但"主要人物是一定阶级和倾向的代表,因而也是他们时代的一定思想的代表,他们动机不是从琐碎的个人欲望中,而正是从他们所处的历史潮流中得来的。"⑥所以作为封建御用文人的金富轼以这样的标准进行编纂创作也是无可厚非的,但它客观上表现出金富轼在选择立传对象时没有把官职、功勋大小作为最主要的立传标准,从这一点上看是与司马迁的史传精神相一致的。

其次,在谋篇构思上,《三国史记》也往往采用《史记》的手法,在列传的开头抓住人物性格上的主要特点,用几个字或一两句话加以概括点明,先让读者对传主的特点有一个总体印象。这样的开头往往又分几种情况。第一种是直接概括传主的特点,《三国史记》传人其目的固然有记录史实的一面,但也有宣扬忠勇孝义思想的目的,所以作品往往开头直接言明传主的特点,褒贬倾向十分鲜明。如《孝女知恩传》的开头:"韩歧部百姓连权女子也,性至孝。"又如《乙支文德传》的开头"乙支文德,未详其世系,资沈鸷有智数,兼解

---

① 金富轼:《三国史记》,首尔:乙酉文化社,1977年,第1页。
② 同上。
③ 同上。
④ 徐建顺:《〈三国史记〉的文学价值研究》,博士学位论文,北京,中央民族大学,2003年。
⑤ 徐居正:《东文选》(第二卷),(韩国)学习院东洋文化研究所,1970年,第244页。
⑥ 《马克思恩格斯选集》(第四卷),北京:人民出版社,1972年,第343页-344页。

属文"①,接着叙述他智退隋军的事迹表现了他沉着有智慧的特点,而《遗仲文诗》又表现了他善文的一面。再如《实兮传》的开头:"实兮,大舍纯德之子也,性刚直,不可屈以非义。"②,接着叙述其为佞臣进谗言而被贬,时人劝其向主申辩,但他以古例言明"佞臣惑主,忠士被斥,何足悲乎?"突出了其刚正不阿的性格特点。第二种是点明传主的身份、职业。这样的开头在集中以将领为传主的四十四卷最多,如《黑齿常之传》的开头:"黑齿常之,百济西部人,长七尺余,骁毅有谋略,为百济达率,兼风达郡将。"他之后的事迹与其将帅的身份关系特别重大。《三国史记》这样的开头结构,往往成为一篇传记的纲领,为后文的叙述定下了基调。在结尾部分,《三国史记》中有些篇目也和《史记》一样,写完传主的生平,但传记尚未结束,在传记的结尾续写与传主有关的家人亲朋事迹,这样的结尾往往能够起到在传末激起余波。如《强首传》写到强首死后,其家人将官府所赠衣物匹段,"归之佛事",随后又写了强首的妻子生活拮据,官府听说后,"请王赐租百石",而强首的妻子却坚决推辞不受的事迹,从另一个侧面,加强了对强首生前清廉品行的刻画。这样的结构方式,体现了金富轼确实是自觉运用文学艺术的表现手法多角度、多层次地进行人物刻画。

第三,传记文学是以描写刻画人物为中心,人物能否建立,是评判传记文学价值的重要标准。从《三国史记》来看,作为朝鲜传记文学的典范之作,在人物塑造上,《三国史记》是以刻画了一系列性格分明、栩栩如生的人物形象而为后世所称道,编纂者往往抓住人物性格中最突出的特点进行着力刻画,这一点也与《史记》是相通的。如本纪中的国王形象,就突出了朴赫居世的仁义、炤知王的多情、真兴王的儒雅、善德王的先知、景文王的憨直、次大王的刚愎自用、故国川王的谦恭等。此外,还有一些人物,作者则通过浓墨重彩地渲染,多角度、多侧面地对其进行塑造,这一点在《金庾信传》中体现得最为突出。《金庾信传》在《三国史记》共 10 卷列传中占了三卷,这样的编排方式在中国的史传中是见不到的,即使是以描写刻画人物著称的巨著《史记》也没有这样的现象。这一方面彰显了金庾信这个人物在朝鲜历史上的重要地位,而另一方面也体现了金富轼人物列传编纂的不拘一格,通过这样大篇幅的全方位立体塑造,更凸显了朝鲜民族英雄金庾信的传奇人生,而好"奇"也是司马迁《史记》撰写的一个重要特征。

第四,从体例结构上,《三国史记》的列传基本上开始向司马迁《史记》开

---

① 金富轼:《三国史记》,首尔:乙酉文化社,1977 年,第 10 页。
② 同上书,第 443 页。

创的"一人一代记"的结构的发展,除个别篇章因材料局限,没有对传主的基本情况作介绍外,大部分列传以传主的姓字、乡里、家世以及外貌、性格中的某一方面,或某几方面开篇,再叙述其生平事迹(多为生平的一个片段),个别传记已经比较完整,写到了传主的死亡,甚至其子孙的情况;其中6篇传记的篇末有作者以"论曰"的形式,发表评论。诚然,《三国史记》中的列传还尚未形成完整的人物传记模式,但可以看出,它的写法已经自觉地在向"一人一代记"的人物传记形式靠拢,是朝鲜史传模式最终形成的重要过渡。

四、《三国遗事》——朝鲜传记文学的遗珠

《三国遗事》是高丽朝后半期出现的一部带有野史性质的重要文献,作者是著名僧人一然(1206—1289)。"三国遗事"顾名思义,不是以记录历史为根本目,而是以纪事为旨要的书籍,但它的纪事客观上起到了补史的作用,所以它是一部重要的历史著作;由于编纂者一然高僧的身份,所以其中必然有许多宣扬佛法的内容,所以它又是一部重要的佛教著作;同时这部书中保存了大量朝鲜古代民间文学资料,具有极高的文学价值,所以它也是一部重要的文学著作。

《三国遗事》全书由五卷九部分组成,第一、二卷是"纪异",第三卷是"兴法""塔像",第四卷是"义解",第五卷是"神咒""感通""避隐""孝善"。从传记角度讲,《遗事》中带有传记色彩的篇目主要存在于"纪异""感通""避隐""孝善"中。我们知道,一般史传中的历史人物传记是从传主的名姓、里籍写起,再叙述人物的生平活动,具有一定的程式套路;而还有一类传记,它们只专注于人物事迹某个重要方面,加以生动具体的描写,并在思想上进行发挥,从而使这些传记文,既具有思想性又富有极为感人的艺术魅力,这部分作品恰恰是传记文学中的佳作,《三国遗事》中具有浓郁传记色彩的篇目正是属于后者。而《三国遗事》对朝鲜古代传记文学的贡献主要在于它在写人记事中表现出的卓越艺术感染力对后代传记文学在人物形象塑造方法上的巨大启示作用。

《三国遗事》中写人记事的卓越之处表现在它能够成功调动各种艺术手法,凸显人物的性格,将人物事迹写得精彩动人。试举一例加以说明。朴堤上[①]的传记在《三国史记》和《三国遗事》中都是精彩的篇章,而且各有千秋。堤上用计谋让被日本扣为人质的新罗王子返回祖国后,自己独自留在日本慷

---

① 《三国史记》中的朴堤上即《三国遗事》中的金堤上,两本书中关于堤上的记录情节大同小异,无疑说的是同一人,姓氏不同,概由于在新罗,朴、昔、金是三个大姓,只有王公贵族才能享有。堤上由于为新罗立了大功,所以赐姓王公贵族姓。

慨赴死,关于这一段的内容在《三国史记》中记载为:

> 归堤上于王所,则流于木岛。未几,使人以薪火烧烂肢体,然后斩之。①

在《三国遗事》中记载为:

> 于是囚堤上,问曰:"汝何窃遣汝国王子耶?"对曰:"臣是鸡林之臣,非倭国之臣。今欲成吾君之志耳,何敢言于君乎?"倭王怒曰:"今汝已为我臣,而言鸡林之臣,则必具五刑。若言倭国之臣,必赏重禄。"对曰:"宁为鸡林之犬豚,不为倭国之臣子;宁受鸡林之棰楚,不受倭国之爵禄。"王怒,命屠剥堤上脚下之皮,刈蒹葭,使趋其上。更问曰:"汝何国臣乎?"曰:"鸡林之臣也。"又使立于热铁上,问:"汝何国臣乎?"曰:"鸡林之臣也。"倭王知不可屈,烧杀于木岛中。②

两相比较,明显是后者更为生动、具体、感人。《三国遗事》写人记事的艺术手法对后世传记文学产生了巨大的影响与启示。

首先,《三国遗事》野史的性质,使得编纂者不必过分苛求于史实,这样作者在创作过程中便有了更多的主动性和创造性。在《三国遗事》中,作者为了强调人物性格中的某个方面,借以传达自己的思想理念,在塑造人物时增加了更多想象的成分。黑格尔说过:"最杰出的艺术本领就是想象。"在传记作品中,作者一般是根据人物所处环境,通过想象,补写出人物在特定环境中的对话或独白,人物的神态或心理。上面举到的堤上与倭王的对话,应该就是一然在相关史料记载的基础上运用想象加工改写而成的。通过想象补写出的对话,凸显了堤上在日本残暴的统治者面前不畏惧强暴,不贪图富贵的英雄气概和民族气节。结合一然所处的高丽后期,正是国家饱受蒙元残暴干涉内政的时期,一然是自己国王成为他国人质屈辱经历的见证人,所以,堤上身上视死如归的爱国精神,和不屈不挠的民族气节就显得更加难能可贵,这也正是作者所要极力宣扬的,所以作者在这里通过合理想象,使人物形象更为生动鲜明。

其次,《三国遗事》中的写人记事,往往选择传主最有代表性的事迹,并以

---

① 金富轼:《三国史记》,首尔:乙酉文化社,1977年,第424页。
② 一然:《三国遗事》,权锡焕、陈蒲清译,长沙:岳麓书社,2009年,59页。

浓墨重彩地描绘再现传主的形象,这一点,对于朝鲜后世的文人杂传、假传等传记形式的影响深远。我们知道,传记为突出传主的某一性格侧面,往往选取最具代表性的几件事做细致的描述,《三国遗事》在这方面,可谓极尽能事。如《遗事》中的"善德王知几三事",《易·系辞》中说"几者,动之微吉之先见者也。""几"就是事物的细微征兆。作品通过对这位女主的三件逸事,一件是唐太宗送牡丹画,善德王通过画中无蝴蝶,判断"此花定无香";第二件是青蛙聚集鸣叫,善德王通过青蛙发怒的迹象,判断有敌兵偷袭;第三件事是女王未生病时,就预见出自己离世的具体时间及安葬地点,一然是通过这三个突出的事迹,展现善德王善于抓住细微征兆来判断事物的能力,借以突出她特殊的聪明才智。后两件事今天看来虽具有神秘色彩,但它蕴含着人们想要把握未知世界的梦想,具有审美意义。《三国遗事》在写人记事时就是以这样叠加的方式集中凸显人物的性格,使其更加鲜明。

第三,《三国遗事》在写人记事时,多用细节描写,把人物写得精彩动人。如"太公春秋公",这篇文章虽然是记述金春秋的史记,其中很多内容将笔墨放在了统一三国的新罗名将金庾信身上,但其中金庾信的妹妹"文姬"这个不甚起眼的人物却给读者留下了深刻的印象,其原因便是篇中精彩的细节描写。作品在写金春秋的婚事时,写了文姬的两件事,一件是她向姐姐宝姬"买梦",另一件是她借给金春秋缝衣服的机会而与之定情的事。尤其是"买梦"一段,姐妹俩对话的细节描写,虽然只是日常小事,但姐妹俩不同的个性,以及妹妹文姬聪明有心机的形象跃然纸上。《三国遗事》中大部分神话、传说、故事的篇章并非严格意义上的传记,但作者一然在将这些作品书面化的过程中所运用的写人记事的艺术加工手法,对朝鲜传记文学人物形象塑造表现手法的成熟确实起到了巨大的影响作用。

五、 高丽朝其他传记

高丽时期的传记除《三国史记》中的史传和《三国遗事》中一些带有传记色彩的篇章外,还有体裁形式众多的"散传",以及"专传"、传记体小说,这些传记思想上与时代之音相契合,艺术上日臻成熟,表现出勃兴的发展态势。

1. 文人文集中的传记

高丽文人文集中的传一般是以散传的形式出现。所谓散传就是"一人一传,但不单独成书,以单篇流行,或散见于各家文集中的个人传记"[①],包括传状、碑铭、自序等作品,这类作品在中国自东汉末期兴起,唐宋以后的传记文

---

① 陈兰村主编:《中国传记文学发展史》,北京:语文出版社,1999年,第7页。

学珍品大都产生于这里。朝鲜由于高丽以前的文人文集存世不多,其中的传记今已难以考察,高丽时期是汉文文学发达的时期,各体散传也纷起于这一时期。高丽散传有家传,如李穑的《郑氏家传》、郑以吾的《星主高氏家传》;自传如李奎报的《白云居士传》、崔瀣的《猊山隐者传》;行状如权近的《牧隐先生行状》等;"别传"如李奎报的《卢克清传》,李穑的《宋氏传》《吴全传》《朴氏传》,李崇仁的《草屋子传》《裴烈妇传》等等;此外还有谏文以及数量众多的"墓志铭"等类型。

  文学把握着时代的脉搏,是时代声音的回响。李仁老为林椿整理编辑的《西河先生文集》是高丽现存较早的个人文集,说明存世的高丽文人文集均产生于高丽中后期。从这一时期传记反映的内容来看,正与时代契合,反映着高丽朝文人知识分子的思想和行为,以及其所折射出的社会风貌。首先,这一时期的传记反映了科举考试成为读书人的晋身之阶,文人对于功名热衷追求的时代风貌。崔瀣"稍壮慨然有志于功名"(《猊山隐者传》),即使是像李穑笔下的"宋氏"这样性情超脱之人,亦不能免其俗,也"尝一赴场屋",但终因"文字不蹈绳墨,虽有奇趣,不可羁束"而为"有司不取"(《宋氏传》)。科试这条晋身之阶对于大多数读书人来说绝非坦途,所以,他们"科兴必入场屋",但"屡举不第"者大有人在。(《朴氏传》)从另一个侧面也反映出高丽科举之盛。其次,高丽后半期是封建统治阶级内部矛盾斗争尖锐,同时也是外敌不断侵扰,百姓惨遭涂炭,民族矛盾上升的时代。这一时代特征在传记中也多有反映。统治阶级内部的权利的争斗,最终遭殃的永远是无辜百姓,在《节妇曹氏传》中,就有这方面的内容反映"妇女小儿……溺海水殆尽"。《裴烈妇传》则写的是一位抗倭战士的妻子,在倭寇进入村庄后,被追杀而来的敌人残忍杀害的事情;另一篇《烈妇崔氏传》写的也是一位惨死于倭寇屠刀之下的妇女。这些篇章从百姓普通人遭际的角度,写出了当时罹乱的世情。第三,大敌当前,国家危亡之时,更需要彰显民族气节,上述传记篇章歌颂了高丽女性不向外敌屈膝的高尚行为。在另一则郑道传写的《郑沉传》中,记叙了高丽末年(1371年)郑沉一船人在济州航海途中,与倭贼相遇,在寡不敌众的情势之下,船上将领及众人皆欲投降,唯有郑沉一人"决意与战",终"自投水以死,而舟中人皆降贼"。最后,只有郑沉一个人牺牲,乡人"皆惜其死之不幸,而愚其"。作者通过郑沉这一人物表达了对那些在生死面前,"为义与名"而视死如归者的赞颂之情。

  从艺术上,高丽时期的文人散传日臻成熟,有着自己的艺术特色。这个时期传记的人物描写向性格化发展,不注重人物全部精力的叙述,而侧重写人物的性格。如李奎报的自传《白云居士传》主要标榜自己蔑视功名利禄,亲近自然的生活态度。《卢克清传》则主要赞扬卢克清在"可激贪竞"的世风下,不贪图钱财,清白为人的高尚品格。权近的《优人孝子君万传》主要描写了君万的孝行。传记中作者的态度倾向鲜明,写人叙事带有强烈的感情色彩。如《裴烈妇传》在叙述裴氏为免于倭贼的凌辱,英勇就义后,作者慨叹道:"裴一妇人,而其视死如归,骂贼之言,虽古忠烈士蔑以加焉。"①作者的爱憎之情溢于言表。

2. 碑铭

碑铭属于"散传"的一种,在此单独将其拿出加以介绍。三国时期就出现过如《高句丽广开土王陵碑》这样的碑志,经过统一新罗时期的发展,高丽时期出现了大量的墓志铭等碑铭,仅在《东文选》中的"碑铭""墓志铭"的条目下,就选有文章百余篇。我们知道,碑文往往保存着许多珍贵的史料,具有重大的历史文献价值。从文学的角度看,其中不少篇目不仅有人物、事件的记录,而且也有环境的渲染、细节的刻画,以及丰富情感的展露,它们也是高丽传记文学的重要组成部分,为高丽传记文学的发展做出了重要贡献。尤其是墓志铭一体,数量很大,而且也往往成为文人精心构思,驰骋文笔的文章载体,出现了不少佳作。墓志铭是古代墓碑文的一种,中国的唐宋年间是碑铭文质量全面提高的时期,出过不少如韩愈《柳子厚墓志铭》这样的名篇。朝鲜汉文文学自高丽起便有诗文宗唐、宗宋的风气,所以高丽时期是朝鲜碑铭文大盛的时期,其中优秀的作品在记人物生平事迹时具体、生动,且有感情,有文采,写的质朴凝重,条理清晰,用语典雅,表现出一种特殊的风格。如李齐贤的《彦阳府院君金公墓志铭并序》就在一般墓志铭记录主人公的生平履历的基础上,加入了一些细节描写,使人物的性格更加生动。再如李穑的《栗亭先生尹文贞公墓志铭》通过回忆与主人公往昔交往的细微琐事,流露出的真挚情感,令人感动。

3. 其他传记作品

高丽时期也出现了一些专门的人物传记,如觉训撰录的《海东高僧传》。《海东高僧传》是朝鲜"僧传"的嚆矢之作,是高僧觉训在高丽朝高宗二年受王命编纂而称,记录了此前朝鲜17位高僧大师的生平事迹,其中不乏一些文学价值较高的篇章。《释惠业传》记录了高僧惠业于唐代贞观年间经中国"往游西域"求法的事迹。一路上"涉游沙之广漠,登雪岭之崟岑。每以清晖启曙,即潜伏幽林皓月。沦霄乃崩末路轻生,徇法志切"②。惠业这种排除万难,

---

① 徐居正:《东文选》(第四册),(韩国)学习院东洋文化研究所,1970年,第42页。
② 觉训:《海东高僧传》,首尔:乙酉文化社,1975年,第177—178页。

"舍身求法",顽强取经的精神,体现了他对信仰的虔诚和孜孜不断的追求,对后人有着鼓舞的力量,是佛教传记积极思想因素的体现。《圆光传》是《海东高僧传》中较长的一个篇目,记录了新罗真平王时期高僧圆光法师的事迹。关于圆光法师的传记见于中国唐代道宣所著《续高僧传》,编纂于高丽初期的《新罗殊异传》有《圆光法师传》一文,该书已经散佚。《殊异传》中的这篇文章在存于《海东高僧传》和《三国遗事》之中。对照《海东高僧传》和《三国遗事》中有关圆光法师两篇传记的内容,可以看出《海东高僧传》中的《圆光传》在内容上杂合了《续高僧传》《殊异传》《三国史》中的相关记载,应该说较《唐高僧传》中朴实的人物记录,更侧重于对圆光法师神异经历的突出,而更加接近于传奇的特性。佛教传记《海东高僧传》不仅反映了朝鲜僧人的政治和宗教活动,具有历史认识意义,而且在写人记事上,虽然其人物形象虽略显纤薄,但已经开始注意人物形象的塑造,个别篇章具有传记文学意义。

《均如传》是朝鲜高丽时期赫连挺撰写的高丽高僧均如的传记,全名为《大华严首座圆通两重大师均如传》。均如(917—973),俗姓边氏,新罗末年生于黄州北荆岳南麓遁台叶村。《均如传》全文由"降诞灵验""出家请益""姊妹齐贤""立义定宗""解释诸章""感通神异""歌行化世""译歌现德""感应降魔""变易生死"十个部分组成,详尽地反映了高僧均如的生平事业。其传记文学的价值主要有以下几点:第一,夸张奇幻的想象。真实性本是传记的第一要义,而《均如传》作为一篇僧传,加入了奇幻想像成分,突显其非同凡人的神异性。传记对于均如大师神异的出生是这样描写的,其母在六十岁时"梦见雌雄双凤,皆黄色,其天而下,并入己怀"而怀有身孕。他出生后由于容貌丑陋而被父母抛弃,幸有比翼鸟覆遮其体,这样的描写包含了浓郁的奇幻和夸张色彩。第二,《均如传》每一部分抓住一两个细节,强调其性格中的某一侧面,整篇传记通过不同角度的刻画,使得均如的形象丰满而立体。这种全方位立体的进行人物塑造在朝鲜以往的传记中是不多见的,是高丽传记中的佼佼者。作品第一部分通过均如"神奇的出生""丑陋的容貌""双鸟的庇佑"、尚在襁褓中便善读能记等细节,突出均如"异"的特点。第二部分,通过"俟师请益""亲奉师粥"表现了均如修业以勤,奉师以诚的特点。第三部分"姊妹齐贤",通过为秀明讲经,表现了均如精通佛理。第五部分"解释诸章",列举了均如法师的大量释著,如《搜玄方轨记》十卷、《孔目章记》八卷、《五十要问答记》四卷等,体现了均如很高的文学素养,以及"以洪法利人为己任"的追求。第三,《均如传》的文学价值还表现在记录了均如大师创作的11首《普贤十愿歌》,这是高丽时期乡歌的重要代表。第四,《均如传》的语言以散文为主,叙事生动平易、自然流畅。如作品记叙了均如出生后,"容貌甚丑,无可伦比。父母不悦,置诸街中。有二鸟比翼连盖□身。行路人见其异,遂寻家而缕陈之。父悔母恨,而收育焉。"作品以白描的手法记叙了均如父母始弃而悔的过程,语言十分简洁流畅。

六、 高丽朝假传体文学的史传特征

高丽时期是朝鲜传记文学大踏步发展的时期,其诸体传记从体例形式,反映社会的深度广度,写人记事的表现手法等方面,都为假传体的产生打下了坚实的艺术基础,同时也为其后朝鲜小说的诞生做好了必要的准备。高丽中后期假传体文学的集中涌现绝非偶然,这些作品不仅与中国唐宋韩愈、苏轼等人假传创作的影响紧密相关,更是直接继承了高丽初期以来快速发展的传记文学的成果。从艺术形态上,假传是融合史传、寓言、小说等艺术形式的特点,形成的一种独具特色的艺术形态。它继承史传寓褒贬于叙事的精神,采用"一人一代记"的史传结构;如散传一样,突破了史书收录对象的限制,为拟人化的物品立传;"杂以虚诞怪妄之说"①;同时又兼具寓言"藉外谕之",既有故事性,又有寄托性的特点。从结构框架上,假传完全采取史传"一人一代记",以拟人化的手法为物立传。开头写传主的姓字、籍贯、祖先世系,主干部分结合拟写事物的特点,描写传主的形象性格,及生平事迹,最后一般写到传主的死亡及其子孙后代,篇末有作者的论赞。在人物形象的塑造上,假传虽然是以拟人化的物为传主,但是文人们总是能够抓住物品性质上的特点,采用传记文学常用的外貌描写、细节刻画、语言描写等艺术手法,将所拟物品的特性渗透到文章中的字里行间,以此塑造"人物"形象。在讽刺的艺术手法的运用上,《太史公自序》中说:"《春秋》采善贬恶,推三代之德,褒周室,非独刺讥而已"。假传继承了史家"刺讥"的艺术手法,将作者的褒贬之意以讽刺的手法表现出来。在主题认识的真理性上,高丽假传产生于"武臣之乱"之后武人专治时期的黑暗统治之下,其作品的主题较中国假传,特别是宋代以后的假传更具批判性和现实性,这些作品寄寓了作者对乱世统治的揭露,抒发强烈的愤懑之情,具有深刻的揭露性。林椿的《麴醇传》和《孔方传》通过对酒和钱拟人化的描写,总结了它们在历史上的功过是非,影射和批判了统治者的贪婪与无耻。虽然作者的立场无法跳出封建地主知识分子的局限性,但从历史发展的角度看,这些观点无疑在当时具有真理性和进步性。在惩恶扬善的道德伦理观念上,古代文章作家多主张劝善惩恶,而传记文学具有以人为鉴,

---

① 魏征等:《隋书·经籍志(卷三十三)》,天津:天津古籍出版社,2000年,第174页。

以史为镜,辨善恶,明得失的认识教诲作用,所谓"善善恶恶,贤贤贱不肖"①,所以宣传"惩恶扬善"的道德伦理在传记文学中表现得更为突出,朝鲜传记也是如此。假传继承了史传这一传统,在作者的观点立场上均褒贬分明,有着鲜明的态度。《麴醇传》《孔方传》对于奸权佞臣的批判和揭露,《竹夫人传》对于女子守节操的封建伦理道德的褒扬等等,都体现了这一点。在文化载体的传承上,高丽产生的一系列假传作品,大多取材于与文人日常生活息息相关之物,酒(《麴醇传》《麴先生传》)、纸帐(《楮生传》)、竹器(《竹夫人传》《竹尊者传》)等,体现了文人特殊的爱好旨趣,产生这种现象一方面与中朝文人共同的儒道传承文人审美爱好相关,另一方面,与中国宋朝相类似,高丽前期在统治阶级的大力扶持奖掖下,实行的是崇儒重文政策,汉文化的发达和科举制的实施,使得翰墨书斋、科举功名成为读书人生活的重心,文房用具、醇酒,以及梅、竹等读书人心目中高洁品质的象征等与这种生活密切联系之物自然便成了他们表情达意爱用的载体。在诙谐、滑稽、谐谑的形态上,"以文为戏"是中国古代文学史上一股绵延不绝的审美创作传统,其特点是以滑稽、谐谑笔触进行创作。这一点与朝鲜民族性格中风趣幽默的一面相契合,朝鲜传统文化中盛行的"假面剧"就是生动体现。此外,在传统民间文学中,寓言的极其发达也说明了这一点,所以,高丽假传中也处处体现出诙谐、滑稽、谐谑的特点。作品采用谐音、双关、夸张等俳谐笔法,将与拟人化的传主有关的典故、趣闻、佚事,张冠李戴,移花接木,制造诙谐、幽默的喜剧效果。在语言风格上,高丽初年,骈体文在高丽文坛占据着主要地位,这一方面固然与中国魏晋六朝以来的文风影响有关,另一方面,也与骈体文具有要求语言对偶、句式整炼、讲求声韵音律的特点,就像格律诗一样,对于母语非汉语的朝鲜文人来说比较容易上手有关。其后,在高丽文坛散文逐渐取代骈文,同样也是受中国唐宋古文运动,以及宋代诗文革新运动的影响,同时朝鲜文人汉语书面语水平日益娴熟,他们已经能够自如驾驭古文抒情写意。从金富轼的《三国史记》之后,散文的正统地位就逐渐得以确立。假传作品在语言上,以散文为主,具有传记语言平易自然的特点。

第四节　朝鲜寓言传统与假传体文学

朝鲜有悠久的寓言发展历史,丰富的创作成果,以及特殊的演进轨迹和体制类型。古朝鲜时期的神话、传说中,已经蕴含了大量寓言的因子,三国以

---

① 司马迁:《史记·太史公自序》,北京:中华书局,2005年,第2493页。

后更是形成了一股绵延不绝的寓言传统,其创作一直延续到朝鲜朝末期。高丽中后期出现的假传与朝鲜寓言有着密切的关系,现存有文字记载的朝鲜最早的寓言之一——三国时期薛聪的《花王戒》就具有假传的一些特征,朝鲜朝从假传发展而来的以植物拟人的寓言小说《花史》以及《玉皇纪》《四代纪》《四代春秋》等更是与之有血亲关系,由此可见假传是连接朝鲜早期寓言与寓言的高级形态寓言小说链条中的重要环节,朝鲜古老的寓言传统也与高丽假传的出现,并持续创作有着密不可分的联系。

一、 朝鲜的寓言发展与假传

1. 古朝鲜、三国时期——朝鲜寓言的萌芽孕育

檀君神话是流传至今,有文献记载最有影响力的关于朝鲜民族起源的神话。这则神话见于《三国遗事》"纪异·古朝鲜",记录了中国唐尧之时,有神人降于太伯山①檀木之下,名之为檀君。故事雄奇瑰丽,主要描写天神桓雄下降人间,理化世间,并与经受住考验的熊女成婚,生下王俭,是为檀君,定都平壤城,国号朝鲜,御国1500年,后归隐于阿斯达,为山神,享年1908岁。神话反映了古朝鲜原始社会的图腾崇拜思想,部落间关系的演变,其中不仅曲折地反映了古朝鲜族源,以及建国的历史,而且还给人以寓言式的哲理启迪:熊和虎祈愿成人,而熊的成功,虎的失败,说明唯有经得起考验,克服得了艰难险阻才能够成就大事,带有一定的教育训戒的性质,产生了寓言的萌芽。此后,三国的建国神话,高句丽的解慕漱神话、新罗的朴赫居士神话、百济的伽耶国的首露王神话,都是以充满民族自豪感的奇幻瑰丽的想象,为其开国始祖描绘一个不凡的来历。神话中的大胆形象和一些带有普世性的哲理认知启迪了寓言的产生。除此而外,保留至今的三国时期的民间传说故事中更是带有了许多寓言的成分,记录于《三国史记·纪异》中的《射琴匣》是有代表性的一则。讲述了新罗第二十一代国王毗处王在老鼠、乌鸦、池中老翁的提醒下,射破琴匣捉奸的故事。故事虽篇幅短小,但情节曲折,构思巧妙,富有悬念,特别是其中老鼠能说人话,而乌鸦给人带路这种带有拟人化的情节设置,已经具有了寓言的性质。

古朝鲜三国时期的神话、传说中已经蕴含了寓言的萌芽,从驰骋想象的艺术思维、拟人化的形象设置、通过矛盾对立推进情节发展的叙事方式,以及带有咒术性的哲理启示等方面,为真正意义上的寓言的出现做好了准备。

---

① 平安北道妙香山。

2. 三国时期、统一新罗时期——朝鲜寓言的出现

三国末期的《龟兔之说》是朝鲜现存文献资料中记录的最早的寓言故事。这则寓言故事记录在《三国史记·金庾信列传》中。新罗二十七代善德王十一年(643年)，百济进攻新罗，新罗大臣金春秋请命出使高句丽请援。高句丽国王宝藏王乘机向新罗国勒索割让麻木岘与竹岭地区，金春秋拒绝而被囚禁。在危急关头，金春秋以三百步青布贿赂宝藏王的宠臣先解道，先解道暗中给他讲了《龟兔之说》这样一个寓言：

> 昔东海龙女病心，医言："得兔肝合药则可疗也。"然海中无兔，不奈之何。有一龟与龙王言："吾能得之。"遂登陆，见兔言："海中有一岛，清泉白石，茂林佳果，寒暑不能到，鹰隼不能侵，尔若得至，可以安居无患。"因负兔背上，游行二三里许，龟顾谓兔曰："今龙女被病，须兔肝为药，故不惮劳，负尔来耳。"兔曰："噫！吾神明之后，能出五脏，洗而纳之。日者小觉心烦，遂出肝心洗之，暂置岩石之底，闻尔甘言径来，肝尚在彼，何不回归取肝？则汝得所求，吾虽无肝，尚活，岂不两相宜哉？"龟信之而还，才上岸，兔脱入草中，谓龟曰："愚哉汝也！岂有无肝而能生者乎？"龟悯然而退。①

《龟兔之说》具备寓言的所有要素，是一篇典型的寓言。它篇幅短小，结构紧凑，通过虚构的故事情节，意在说明在强敌面前，要讲究策略，懂得迂回，从而保全自己，具有明显的教育性，同时讽刺了敌人的愚蠢，语言采用通达的文言，精炼而诙谐，极富表现力。从先解道"子亦尝闻龟兔之说乎？"的提法可以看出，这则寓言当时在民间已经广为流传了。《龟兔之说》在故事情节上，与印度佛经故事"虬与猕猴""龟与猕猴"的故事极为类似，明显受印度佛经故事影响，改变了故事的主角，褪去了宗教的色彩，体现的完全是新罗人的审美习惯和普通百姓的智慧。作品中还掺加有中国文化的因素，兔子自称"神明之后"，吸收了中国民间传说，与韩愈《毛颖传》中的表述如出一辙。此外，这则寓言镶嵌在史书之中，其将不宜直接言明的道理，以故事巧妙暗示给对方的表述方式，以及所起到的政治作用与《战国策》中"麋与猎者"(《楚策三》)"鹬蚌相争渔翁得利"(《燕策二》)、"南辕北辙"(《魏策四》)、"两虎相斗"(《秦策二》)等等寓言故事所起到的政治作用颇为类似，体现了朝鲜与中国类似的"重史""重政"的文化特点。这则寓言故事深受朝鲜人民喜爱而广为传颂，朝

---

① 金富轼：《三国史记》，首尔：乙酉文化社，1977年，第395页。

鲜朝时期在其基础上被铺衍成著名的寓言小说《兔公传》。

《花王戒》是统一新罗时期一篇著名的文人寓言,记载于《三国史记·薛聪传》,作者是新罗著名文人薛聪。薛聪(654—701)是新罗神文王时代的人。关于这则寓言的背景,《三国史记》中说:"神文大王,以仲夏之月,处高明之室,顾谓薛聪曰:'今日宿雨初歇,薰风微凉,虽有珍馔哀音,不如高谈善谑以舒伊郁,吾子必有异闻,盍为我陈之。'"① 看来这是薛聪与神文王闲来聊天时讲的一则讽喻故事。《东文选》收录《花王戒》,题名为《讽王书》。《花王戒》全文如下:

> 昔花王之始来也,植之以香园,护之以翠幕,当三春而发艳,凌百花而独出。于是自迩及遐,艳艳之灵,夭夭之英,无不奔走上谒,唯恐不及。忽有一佳人,朱颜玉齿,鲜妆靓服,伶俜而来,绰约而前。曰:"妾履雪白之沙汀,对镜清之海,而沐春雨以去垢,快清风而自适。其名曰蔷薇。闻王之令德,期荐枕于香帏,王其容我乎?"又有一丈夫,布衣韦带,戴白持杖,龙钟而步,伛偻而来。曰:"仆在京城之外,居大道之旁。下临苍茫之野景,上倚嵯峨之山色,其名曰白头翁。窃谓左右供给虽足,膏粱以充饥肠,茶酒以清神,巾衍储藏,须有良药以补气,恶石以蠲毒。故曰:'虽有丝麻,无弃菅蒯。凡百君子,无不代匮。'不识王亦有意乎?"或曰:"二者之来,何取何舍?"花王曰:"丈夫之言,亦有道理,而佳人难得,将如之何?"丈夫进而言曰:"吾谓王聪明识理义,故来焉耳。今则非也。凡为君者,鲜不亲近邪佞,疏远正直。是以孟轲不遇以终身,冯唐郎潜而皓首。自古如此,吾其奈何!"花王曰:"吾过矣,吾过矣!"②

《花王戒》是一篇具有假传特征的寓言,首先,它以拟人化的手法,以花草世界比拟人间王国,以花为主人公,将"蔷薇"比拟为美女或受国王宠幸的奸佞之徒,"白头翁"比拟为朝中的忠直之士,统治他们的则为"花王"。作者紧扣所拟写事物本身的特质,以此为基础,突出其所象征的人物性格。"蔷薇"属落叶灌木,有攀援或蔓生的特性,枝上密生小刺,有红、粉红、白、黄等多种颜色,初夏开放,芳香宜人,十分美丽。作者根据"蔷薇"的这些特征,将其刻画成"朱颜玉齿,鲜妆靓服"的美女形象,"伶俜""绰约"既是蔷薇的特点,也是美女的写照。"白头翁"是一种具有清热解毒功效的草药,因其近根处有白毛

---

① 金富轼:《三国史记》,首尔:乙酉文化社,1977年,第431页。
② 同上。

寸余,形似白头老翁,故名白头翁,多生长在高山、山谷及田野地区,所以作者说他"居大道之旁,下临苍茫野景,上倚嵯峨之山色",这是根据它野生的特点;"良药以补气,恶石以蠲毒"是白头翁的药用功效,而"良药""恶石"都是比喻逆耳而有益的规劝的常用典故,是忠臣直士人敢于进言品质的比喻。这种以拟人化手法塑造人物形象,将花草的特质与人的形容品性巧妙双关,是假传进行人物塑造所惯用的手法。其次,《花王戒》中多处使用中国成语典故,也是其假传特征的体现。作品在416字很短的篇幅中,使用了"孟轲不遇""冯唐皓首"两个怀才不遇的事典,意在言明"凡为君者,鲜不亲近邪佞,疏远正直",满腹才学忠直之士,往往得不到当权者的重用。此外,寓言中还引用了诗典,"虽有丝麻,无弃菅蒯。凡百君子,无不代匮。"这首诗出自《左传·成公九年》:"诗曰:'虽有丝麻,无弃菅蒯;虽有姬姜,无弃蕉萃。凡百君子,无不代匮。'言备之不可已也。"丝麻是古代正规衣料,菅蒯也是可以编织的一类茅草。意思是,纵有丝麻,也不要丢弃蒯草,有了美女,也不要抛弃糟糠之妻。白头翁引用该诗,意在用"菅蒯"比喻朝中的忠直敢谏之士。"佳人难得"出自《汉书·外戚传》李延年的《北方有佳人》。上文提到的"良药以补气,恶石以蠲毒"则是运用了古代中医药学中认为治疗顽固疾病必须使用猛烈药物的理论,后来"良药""恶石"也常用来比喻逆耳的忠言。作者旁征博引,使用了这一系列典故,无非是要突出"亲贤远佞"的主旨。当然,《花王戒》不能算作是一篇假传,它不具备假传最重要的"传"体特征。但是这篇作品对高丽假传的出现无疑起到了一定的影响作用。薛聪是"新罗十贤"之一,他完善了借用汉字音训记录朝鲜国语的"吏读",高丽显宗时代,追赠他为"弘儒侯",配享文庙,其对朝鲜文化的影响地位再一次被提高,所以他唯一传世的作品无疑会受到朝鲜文人的追崇。而《花王戒》与假传在体制创作上又是如此接近,朝鲜朝由假传发展而成的著名寓言小说《花史》《花王传》《四代纪》《玉皇纪》《四代春秋》等作品更是直接取材于这篇《花王戒》。由此可见,薛聪及其《花王戒》产生的深远影响也是朝鲜假传兴盛的一个原因。

薛聪为神文王讲述完《花王戒》的故事,"王愁然作色曰:'子之寓言诚有深志,请书之以谓王者之戒'"[①]。这是"寓言"一词在朝鲜现存古代文献中最早的记录。从神文王的这句话,以及《花王戒》的创作来看,朝鲜最迟在公元7世纪已经有书面记载的寓言作品传世,而且已经具备了完整的"寓言"观念。《龟兔之说》和《花王戒》是三国至统一新罗时期朝鲜寓言的代表。这两篇作品一篇来自民间,另一篇出自文人之手,从它们丰富的思想内涵,纯熟而

---

① 金富轼:《三国史记》,首尔:乙西文化社,1977年,第432页。

多样的艺术表现手法,以及高超的散文、骈文的语言驾驭能力来看,当时朝鲜民间已经有非常广泛的群众寓言基础,和深厚的文人作家创作底蕴,可以说,朝鲜寓言在三国、统一新罗时期已经非常发达,为高丽假传的出现做好了必要的准备。假传在高丽时代产生,其直接的影响者当然是韩愈、苏轼等人的假传作品,但是亦不能忽视它与朝鲜寓言之间的密切关系。

二、朝鲜假传体文学产生的土壤

熟悉朝鲜文学的人知道,朝鲜古代文学是沿着国语文学、汉文学两条路线发展的,它们既并行不悖,又彼此交叉,互相影响。假传的出现可以说是横亘于这两者之间的一种独特的文学现象。从表面上看,朝鲜假传是唐宋假传直接影响的产物,是地地道道的舶来之品;而实质上,它与朝鲜民族的文学审美情趣与审美表达方式相暗合,所以这种在中国文学史上并不起眼的文学样式,自从传入朝鲜之后,迅速为高丽文人所接受,并产生持续上千年的创作潮流,而且在此期间,无论是它的主题内容,还是艺术结构都得到充分发展,在朝鲜文学史上划出一抹独特的亮色。这个特殊的文化现象背后的原因值得我们去深深思考。

首先,朝鲜假传产生的政治环境。朝鲜最早的假传是林椿的《孔方传》和《麴醇传》。林椿是12世纪人,具体生卒年代不详,《高丽史》列传记载,林椿"以文章鸣世,屡举不第。郑仲夫之乱,阖门遭祸,椿脱身仅免,卒穷天而死。"此后,陆续出现的假传作者李奎报(1168—1241)、李允甫(生卒年不详)、释息影庵(1196—1258)、释惠谌(1170—1234)、李穀(1298—1351)、李詹(1345—1405)等都生活在高丽中后期。可见朝鲜假传集中地出现在"郑仲夫之乱"之乱(1170)以后的高丽中后期。这一时期的高丽朝始终处于内忧外患之中,内经武臣政权的迭变,数次大规模的农民起义;外经契丹、蒙古的侵扰,及后来元朝的政治压迫。所以,高丽假传的集中出现,绝不似宋代文人那种在诗酒饮宴、歌舞升平生活中,形成的俳谐戏谑之风。恰恰相反,它是武臣对文臣严厉控制、对社会残暴统治之下,文人们敢怒不敢言,只好借以曲折隐讳地表达文人们对社会上丑恶现象的批判和揭露的艺术形式。其次,朝鲜假传产生的外部影响。朝鲜假传产生的时代,亦是高丽诗话产生的时代,正是宋代文学思潮影响强劲之时。欧阳修对韩文倍加推崇和提倡,推动了文学家们依照自己的选择和需要去学习、模仿韩文,使骈四俪六的文风为之一变,古文真正取代了骈文,成为文章之正统。高丽中后期的文坛深受北宋诗文革新运动的影响,在散文方面对韩愈、苏轼倍加推崇。高丽的主要假传作者李奎报、李穀、李詹不仅对《毛颖传》情有独钟,而且对韩愈另一篇俳谐之作《送穷文》也是钟爱有加,李奎报的《驱诗魔文效退之送穷文》,文章标题已经表明是《送穷文》的仿作,他的《命斑獒文》《咒鼠文》也都是类似的作品。李榖的《吊党锢文》、李詹的《斥邪气文》等都是《送穷文》的仿作。这些文章与假传类似,都是以诙谐轻松的笔调来表达严肃的主题,所以假传在高丽兴起的创作潮流就不足为奇了。朝鲜假传在产生创作之初,无论是体裁形式,还是艺术风格,都与韩愈作品类似,而且韩愈笔下的"中书令毛颖"还常常在朝鲜假传中"做客";秦观笔下的"清和先生"亦是朝鲜文人所钟爱传写的对象。但需要指出的是,这股外来影响虽然极为强势,而高丽假传反映的确是当时深刻的社会现实,从其反映思想内容的深度和广度,以及对现实揭露和讽刺的批判力度上来说,朝鲜假传超过了中国假传。第三,朝鲜假传产生的文学创作氛围。高丽时期是朝鲜汉文文学全面发展繁荣的时期,但在文学观念上,并没有完全接受中国所谓正统的文学观念的影响,文人们并不认为《毛颖传》一类嘲戏文章是离经叛道的作品。李奎报更是以相国之尊亲身示范,模仿韩愈的《毛颖传》而写作假传,他还积极宣传、鼓励后学的假传创作。崔滋在《补闲集》中说,李奎报"能谦下于人,凡有一善,必褒奖若出己右。弱冠时,作麴秀才传。李史馆允甫,初登第时效之,亦作无肠公子传,公见之而甚善。每唱于词林,曰:'近得能文者李允甫,真良史才也'"。在李奎报这样的文学领袖的倡导提携之下,朝鲜假传创作蔚然成风,许多有影响力的文人都参与了假传创作,高丽时期的李榖、李詹,朝鲜朝时期的林悌、柳梦寅、权韠、张维、林泳、安鼎福、李颐淳、柳学本、李钰等,都是政坛或文坛响当当的著名人物。这么多有影响力的人物积极投身于假传创作,它的声名与创作水平自然也就提高了。

三、 朝鲜假传体文学论略

文学是有民族性的,每个民族的文学都有自己发展的独特道路。古代朝鲜文学虽然深受中国汉文文学浸染,形成了国语文学、汉文文学两条线索共同发展的道路,但不可否认的是,无论国语文学,还是汉文文学,反映的都是朝鲜民族的思想感情和社会生活,即使是同一体裁的文学作品也各自表现出不同的思想、艺术特点,以及在各自民族文学史上特殊的发展轨迹。假传就是这样一个典型的文学案例。高丽假传体文学既有小说的成分,也有寓言的血统,但是从广义上说,它又是属于散文(传记)的范畴。首先,可以宏观上将假传视为散文的范畴。这里的散文是广义上与韵文、骈文相对的,不押韵、不讲对仗的一切"散文"作品。我们知道,韩愈、柳宗元等倡导的古文运动就是针对骈文提出的,《毛颖传》《送穷文》一类文章就是在古文观念指导下创作而成的,所以无论是唐宋假传还是朝鲜假传,这类文章在语言上一扫骈四俪六华丽的文风,具有描写平铺直叙,语言质朴自然的特点。其次,假传绝非一般的散文,它有故事性,以艺术虚构为前提,以塑造"人物"形象为本质,通过丰富的想象,虚构出一个神奇的情节为其骨架,以中国古代某一朝代为环境依托,通过对"人物"的外貌、语言、心理、神态等方面的描写进行人物塑造,具备小说的文体特征,所以它可以属于萌芽期的小说范畴。第三,假传中又含有深刻的矛盾冲突体系,滑稽、诙谐、讽刺等艺术特色,以自然物或心性的拟人手法,通过假托的故事传达作者的思想,或说明某种道理或教训,从而达到劝诫、讽刺的目,从这个角度说,它又可以属于寓言文学的范畴。朝鲜假传从高丽中后期产生后,创作一直持续到朝鲜朝末期,在这期间,从拟写对象、文体形制、表现手法,到作品反映的主题思想等方面,完全突破了中国假传的框架,发生了深刻而复杂的变化,这是朝鲜假传创作长盛不衰的动因,也是其艺术魅力的独特彰显。朝鲜假传开辟了另一个艺术世界,那里有多姿多彩的艺术形象,复杂多变的艺术体系,寓意深刻的思想内涵,可以说,这是一个无可争辩的成功的文学艺术领域。

第五章　高丽假传体文学的思想意蕴

高丽朝后半期,以林椿《麴醇传》《孔方传》为端倪,相继出现了一系列假传作品,如李奎报的《麴先生传》《清江使者玄夫传》、李允甫的《无肠公子传》、释惠谌《竹尊者传》《冰道者传》、李榖的《竹夫人传》、李詹的《楮生传》、释息庵的《丁侍者传》等。从体制形式上看,高丽假传无疑是直接受中国唐宋假传影响而产生的,但是这些假传深刻地反映了高丽后期的政治、经济,社会风尚,较中国假传更具现实性和批判性,具有很高的思想艺术价值,其成就直追假传的嚆矢之作《毛颖传》。高丽假传是承接朝鲜寓言和小说发展的重要链条环节,是朝鲜汉文散文成就的突出代表,是朝鲜汉文文学史上占有重要地位的文体之一。

第一节　林椿的"二传"分析

林椿[①]是高丽中后期著名的诗人,也是高丽假传体文学创作最早的躬行者。收录于其文集《西河先生集》中的《麴醇传》《孔方传》是现存最早的两篇假传作品。林椿很早便以诗文名世,是"海左七贤"的核心人物之一。李仁老曾称赞他:"先生文得古文,诗有骚雅之风骨,自海而东,以布衣雄世者,一人而已。"[②]崔滋也说:"椿之文,得古人体。"[③]林椿诗文创作与他自身的遭际紧密相连,所以他的作品总是透露着沉郁的现实性,即使是"以文为戏""幻设为文"的假传作品也不例外。毅宗二十五年(1170年)发生的"武臣政变",林椿"阖门遭祸,椿脱身仅免"[④],对他有着切肤之痛。从此他苟活于世,过着贫病交加、颠沛流离的生活。林椿是这场政治劫难的受害人和见证者。而酿成这场政变的重要原因便是毅宗长期奢侈淫乐、荒废朝政,而他手下的文臣又不尽人臣之责,专事阿谀奉承,一心聚敛营私。林椿对这样的政治现实深恶痛绝,《麴醇传》中的陈后主"沈酗废政",麴醇"迷乱王室,颠而不扶"就是这一现

[①] 林椿(12世纪后期),字耆之,号西河。
[②] 《韩国文集丛刊:西河先生集·序》,第207页。
[③] 《韩国诗话选·崔滋:补闲集卷中》,第130页。
[④] 《高丽史(卷三)·列传·林椿》,朝鲜劳动新闻出版社,1958年,第196页。

实的真实写照。林椿与李仁老、吴世才等人模仿魏晋时期的"竹林七贤",结成文学团体"竹林高会",文学史称之为"海左七贤"。他们为躲避政治迫害而遁迹山林,寄情诗酒,以诗文来排遣胸中愁闷,这样的内容在其假传作品中均以假托的形式有所反映。林椿虽少有才名,很早便"以文章鸣世",为时人所推举,但他恃才自傲,不屑墨守八股成规,因而"屡举不第"。他曾痛心疾首地指出:"近世取士,拘于声律,往往小儿辈咸能取甲乙,而宏博之士多见摒抑。"①一语中的道出这样的考试制度,往往使那些平庸之辈能够登榜,而真正的饱学之士却被排挤在外。《麴醇传》中的麴醇就是一个"以挈瓶之智,起于瓮牖,早中金瓯之选,立谈樽俎",最终贻误国家的平庸之辈。林椿以艺术形象的方式,对科场弊病进行了辛辣的嘲讽。作为高丽假传体文学的开山之作,林椿的《麴醇传》和《孔方传》就是以这样充满现实寓意的思想内容,将朝鲜假传带上了一个很高的起点,为近千年的创作发展积奠定了坚实的基础。

一、《麴醇传》的文化阐释及其思想意蕴

《麴醇传》是现存第一篇高丽假传,也是一篇以酒拟人的假传杰作。《释名》中说:"酒,酉也,酿之米曲。酉,怿而味美也。"酒本是人们生活中的一种饮料,适当饮之能够沁人心脾,令人神形愉悦。《汉书》中说:"酒者,天之美禄,帝王所以颐养天下,享祀祈福,扶衰养疾,百福之会。"酒在祭祀、敬神、养老、奉宾等诸多领域都发挥着重要作用。然而,"酒色令人枯"(嵇康《代秋胡歌辞》),酒也不可避免地有其消极的一面。特别是在"家天下"的古代社会,当统治阶级"颠覆厥德,荒湛于酒"时,就会给国家社稷带来极大的危害。《史记·殷本纪》中关于纣王:"以酒为池,悬肉为林","为长夜之饮"的记载;《金楼子·箴戒篇》中有:"车行酒,骑行炙,百二十一日为一夜"的记载,对统治者纵情酒色,不理朝政,醉生梦死的生活进行了生动的再现,所以儒家思想历来提倡"节饮"的"酒德"。《尚书》中说:"无若殷王受之迷乱,酗于酒德哉";《诗经》中也有:"既醉以酒,既饱以德","醉酒饱德,人有士君子之行焉"。可以说,酒德观念是儒家酒文化思想的核心。《大戴礼记·少问》中记录了孔子对三代兴亡的总结,其中有"禹崩十有七世,乃有孙桀即位。桀不率先王之明德,乃荒耽于酒,淫泆于乐,德昏政乱……乃有商履代兴","武丁卒崩,殷德大破,九世乃有末孙纣即位。纣不率先王之明德,乃上祖夏桀行,荒耽于酒,淫泆于乐,德昏政乱……乃有周昌。"将酒与邦国兴亡的政治教化联系在了一

---

① 徐居正:《东文选》(第一),(韩国)学习院东洋文化研究所,1970年,第470页。

起，所以酒色误国几乎成了一种传统的观念。所谓"酗酒废政"，历代有识之士不断地以各种形式警戒世人特别是统治者不要沉湎于酒色之中。林椿的假传《麹醇传》就是这样一篇作品。

《麹醇传》将酒拟人，为之立传，以"醇"为主人公，将故事的背景设置在拥有悠久酿酒历史和酒文化的中国。作品叙写了"麹"家族在中国周、魏晋、南北朝、唐等朝代的兴亡盛衰；暗含着作者林椿对酒文化的理解与认识；大胆地影射了高丽毅宗荒废政务、沉迷酒色昏庸无道的统治，以及他手下的文臣非但不尽臣子之责向君主进谏，劝善规过、议论兴革、兴利除弊，反而为了一己私欲"迷乱王室，颠而不扶"的政治现实。林椿以过人的胆识大胆揭露当朝政治痼疾，所折射出的寓意耐人寻味，给人以深刻的启迪和教训。《麹醇传》无疑是高丽假传体文学中一篇上乘之作。

麹醇，字子厚，其先陇西人也。九十代祖牟，佐后稷粒蒸民有功焉，《诗》所谓："贻我来牟"是也。牟始隐不仕曰："吾必耕而后食矣。"乃居畎亩，上闻其有后，诏以安车徵之，下郡县所在敦遣，命下臣亲造其庐，遂定交杵臼之间，而和光同尘矣。薰蒸渐渍，有蕴藉之羡，牟乃喜曰："'成我者朋友'也，岂不信然？"既而以清德闻，乃表旌其间焉。从上祀圆丘，以功封中山侯，食邑一万户，食实封五千户，赐姓为麹氏，五世孙辅成王，以社稷为己任，致太平既醉之盛。康王即位，渐见疎忌，使之禁锢，著于诰令，是以后世无显者，皆藏匿于民间。

至魏初，醇父酎，知名于世，与尚书郎徐邈偏汲引于朝，每说酎不离口，时有白上者："邈与酎私交，渐长乱阶矣。"上怒，召邈诘之，邈顿首谢曰："臣之从酎，以其有圣人之德，时复中之耳。"上乃责之。及晋受禅，知将乱，无仕进意，与刘伶、阮籍之徒为竹林游，以终其身焉。

醇器度弘深，汪汪若万顷波水，澄之不清，扰之不浊。其风味倾于一时，颇以气加人。尝诣叶法师，谈论弥日，一座为之绝倒，遂知名，号为麹处士。自公卿大夫、神仙方士，至于厮儿牧竖，夷狄外国之人，饮其香名者，皆羡慕之。每有盛集，醇不至，咸愀然曰："无麹处士，不乐。"其为时所爱重如此。太尉山涛有鉴识，尝见之曰："何物老妪，生此宁馨儿！然误天下苍生者，未必非此人也。"公府辟为青州从事，以嵩上非所部，改调为平原督邮。久之叹曰："吾不为五斗米折腰向乡里小儿。当立谈樽俎之间耳。"时有善相者曰："君紫气浮面，后必贵，享以千钟矣。宜待善价而沽之。"

陈后主之时，以良家子拜主客员外郎。上乃器异之，将有大用意，因以金瓯覆而选之,擢迁光禄大夫礼宾卿,进爵为公。凡君臣会议,上必使醇斟酌之。其进退酬酢从容中于意。上深纳之曰:"卿所谓'直哉惟清,启乃心,沃朕心'者也。"醇得用事,其交贤、接宾、养老、赐酺、祀神祇、祭宗庙,醇优主之。上尝夜宴,唯与宫人得侍,虽近臣不得预。自是之后,上以沈酗废政,醇乃以箝其口而不能言。故礼法之士,疾之如仇,上每保护之。醇又好聚敛营资产,时论弊焉。上问曰:"卿有何癖?"对曰:"昔杜预有传癖,王济有马癖,臣有钱癖。"上大笑,注意益深。尝入奏对于上前,醇素有口臭,上恶之曰:"卿年老气渴,不堪吾用耶。"醇遂免冠谢曰:"臣受爵不让,恐有斯亡之患,乞赐臣归于私第,则臣知止足之分矣。"上命左右扶出焉。既归,暴病渴,一夕卒。无子,族弟清,后仕唐,官至内供奉,子孙复盛于中国焉。①

根据故事情节,麹醇的祖先是陇西郡人,九十代远祖牟(大麦)曾辅佐后稷。后稷是周的始祖,曾被尧帝举为"农师",教民耕种,被认为是开始种植稷和麦的人,所以《诗经·周颂·思文》中说:"贻我来(小麦)牟。"牟起先不愿做官,说明酿酒的技术在后稷的时代还没有被人类所掌握,大麦只是作为百姓的口粮果腹之用。后来皇上听说他有后代,颁布诏令派安车去迎聘他,并命令臣下亲自登门拜见,这样与牟的后代在杵、臼间定下了交情,这实际暗示了人们春捣粮食的过程,是酿酒的最初步骤。然后再"薰蒸渐渍",也就是使粮食经过蒸、煮、浸、泡等过程而发酵,产生酒醇厚的气味,从而酿造出清醇的美酒。酒产生后开始在国家的祭祀活动中发挥作用。赐牟的家族姓"麹"氏,"麹"就是酿酒时引起发酵作用的媒介物。后来,牟的五世孙辅佐周成王,在国家治理上担负重任。酒在政治舞台,在人们的生活中发挥着越来越重要的影响,同时酒的负面作用也越来越突出地显现。周康王即位后,逐渐疏远猜忌麹氏,并发布禁锢麹氏的诰令。此后,麹氏家族隐姓埋名地生活在民间。林椿在这里以形象的拟人手法,梳理了中国悠久的酿酒历史。后稷"教民稼穑",让人们通过辛勤的劳作生产出粮食。粮食既是百姓口中果腹的食物,同时又是酿酒的主要原料,所以将"牟"(大麦)作为酒的祖先,并且说其"有功于民"。酒是人类历史上的一项重要发明,它能够满足人们享乐的需要,使人精神愉悦;同时它又在国家的祭祀等政治宗教活动中发挥重要作用,这就超越了它本身的意义,而成为人类文化的一种载体,但是,如果统治者不加节制,酒与美色、金钱等交织在一起,就扰乱朝纲,引发祸乱,甚至危及国家的统治。周

---

① 徐居正:《东文选(第四)》,(韩国)学习院东洋文化研究所,1980年,第27页—28页。

公旦辅佐成王时颁布《酒诰》就是汲取商纣灭亡的历史教训。

曹魏初年,麴醇的父亲酎显露声名,跟尚书徐邈交情甚深。徐邈经常称道麴酎,从不离其口。当时有人禀告皇上说徐邈与麴酎私自结交,长久下去会助长祸乱。皇上发怒,召见徐邈责问他。徐邈叩头谢罪说:"我与麴酎结交,是因为他有圣人的德行"。此后魏晋交替,麴酎知道天下即将大乱,打消了仕进之意,与刘伶、阮籍等人闲游竹林,寄情山水,度过一生。魏晋时期,社会动荡,士林间刮起一股嗜酒之风,文中提到的几个人物徐邈,及其后的刘伶、阮籍等人都是当时著名的嗜酒文人。林椿与李仁老、吴世才、赵通、皇甫沆、咸淳、李湛之等"以文名世者"七人"慕晋之七贤"在"武臣之乱"后,仿效中国的"竹林七贤",结成文人团体"海东七贤",他们"每相会饮酒赋诗、旁若无人"①。"海东七贤"主要活动在 12 世纪末,高丽明宗时期,这是高丽政治最黑暗恐怖的时期,在武臣集团对文臣的大肆杀戮的高压政治统治下,文臣都是敢怒而不敢言。林椿等人的境地与魏晋之交的"竹林七贤"颇为相似,当时司马氏要代魏而立,政治斗争异常激烈,对文人实行了高压统治,文人们不仅无法施展才华,更需要时刻担忧性命安危,于是以"竹林七贤"为代表的文人不得不以清谈、饮酒、佯狂来排遣苦闷的心情。作者在这里举出刘伶、阮籍,一方面因为他们都是嗜酒文人的代表,契合文章主题,另一方面,也影射了作者自身的生存境地,及其不卑不亢的人格追求。

麴醇器宇不凡,清莹透彻,风格品味倾绝一时,豪气过人。他曾经拜谒叶法善,整日高谈阔论,在座的人都为之倾倒,由此而名满四方,号为麴处士。从公卿大夫、神仙方士,到孩子、牧童,以至于外族人、外国人听闻他的香名都很钦羡。每当有盛大的宴会,如果麴醇不来出席,人们都会觉得索然无味。从这里开始讲到作品的主人公麴醇,作者通过酒家族祖孙几代人的经历,叙述了酒在不同历史时期的地位和作用,将故事拧成一股线。随着酒为越来越多的人所爱重,说明酒文化已经深入世道人心,它在社会政治生活中占有重要地位,发挥着巨大作用,甚至到了"无酒不欢""无酒不成席"的地步。从这里作者笔锋一转,借用"竹林七贤"之一的山涛评价王衍的一个典故"何物老妪,生此宁馨儿,误天下苍生者,未必非此人也",暗示出酒在人生活中虽然有许多积极的意义,但是如若发挥不得当的话,就会成为贻误天下苍生的罪人。作者以陶潜"不为五斗米折腰向乡里小儿"的典故反讽盛名之下的麴醇已经不满足于小的成就,而要追求千钟俸禄,"待善价而沽"。

南朝陈后主时,麴醇以良家出身被任命为主客员外郎。皇上特别器重

---

① 《韩国诗话选·李奎报:白云小说》,第 6 页。

他,被选为国家的栋梁之才,擢升其为光禄大夫,又加官为礼宾卿,进为公爵。凡是君臣会议,皇上一定让麴醇出面应酬安排。麴醇也不负众望,应对得从容得体,游刃有余,深得皇上赏识。麴醇参与主持国家很多大事,从接待宾客、奉养老人、到祭祀神灵祖先都离不开他。"酒以为祭祀、养老、奉宾而已,非以为日常食之物也。"不常饮酒,不乱饮酒,仅止于重大活动之时,这是酒文化中酒礼的重要表现之一。而事实上,人们往往做不到这一点,所以作品紧接着描写,皇上曾经举行夜宴,唯有麴醇与后宫嫔妃侍奉参加,其余的人即使近臣也不得参加。自此以后,皇上常常酗酒,荒废政事,而麴醇却闭口不加劝阻,所以朝中礼法之士都对麴醇疾之如仇。麴醇又喜欢聚敛钱财,更加恬不知耻地说自己有"钱癖"。林椿从两个角度影射了酒与美色、金钱相连,彼此助涨,不加节制的话,就会败坏朝纲,滋生腐败,扰乱社会风气,甚至危及国家的统治,这是为正直礼法之士所不容的。最后皇帝借口麴醇有口臭,被罢官免职。麴醇谢官回家后暴病而亡,他没有子孙,有个同族的弟弟麴清后来在唐朝担任了内供奉的职务,麴氏家族又在中国兴旺发达起来。

对酒文化的阐释是《麴醇传》重要的内容特色。中国有着悠远的酿酒历史,并形成了博大精深的酒文化。酒文化影响着政治经济、社会生活的诸多领域,其文化效应历来为文人所重视。林椿的《麴醇传》认为酒文化的源头始于人文始祖之一后稷,始于五谷的耕作生产。酒伴随着原始农业的发展进入锄耕阶段后产生,它由粮食酿造,是一种特殊的饮料。酒对于人具有生理和心理两种价值。从生理上看,酒能够舒经活络、消解疲劳,是劳动者喜好之物。从心理上看,酒能娱人,凡有酒的地方,就有笑声、歌声和欢乐。古人认为,酒在娱己的同时,还能娱神,将酒看作神圣之物,对酒的使用也极其庄严神圣,非祀天地、祭宗庙、奉嘉宾而不用,所以《麴醇传》说酒在很古老的时候便"从上祀圆丘"。酒是人类上古科学文明的载体之一,是劳动人民生产经验的总结和智慧的结晶,它丰富和改变了人们的生活,经过代代传承,成为中国文化的一个组成部分。《麴醇传》中所描写的酒家族的老祖宗"牟"即大麦,一方面它是古代人工酿酒的主要原料,"曲麦之英,米泉之精,作合为酒"(白居易《酒功赞》);另一方面,在作者看来,它更象征了酒文化的萌芽之神。因为酒正是通过对牟所代表的粮食性状的改变而产生,由充饥果腹之物变成了满足人类某种精神需求的物质,并由此发展产生了酒文化。酒对于人类的生活发挥着重要作用和积极的贡献。对个人而言,酒在人的精神生活中,能够遣郁闷、除苦痛、激灵感、增胆识;使人在悠然欲仙的境界中,心智空灵,胸怀坦荡、思想诚真、情感丰厚;对于社会事务而言,"酒以成礼",宫廷宴飨、庆功喜寿、迎来送往、婚丧嫁娶等都离不开酒,"酒之为德久矣,类帝禋宗,和神定人,以济万国,非酒莫以也"(《后汉书·郑孔荀列传》),正所谓"百礼之会,非酒不行"(《汉书·食货志下》)。酒的作用有着积极的一面,但是如果运用不得当,不加节制,肆意泛滥,又会产生许多消极影响和负面作用。对于个人而言,不节制的肆意酗酒,会摧毁人身体健康,麻痹神经,让人疯狂,使人意志消沉,道德沦丧。酒与美色相伴,成了令人腐朽堕落的罪魁祸首的代名词,"沉湎酒色""纵情酒色""酒色财气""酒色之徒"等,都极言酒色对于人的危害。历史上,多少帝王将相因为沉迷酒色,而荒废政事,最终落得国破身亡的下场。酒与金钱相伴,使人走上贪婪的迷途,他们到了利益之徒手中,便成了牟取暴利的工具,既腐蚀朝政,又危害社会。酒与不道相伴,往往会使人做出许多丧失天良、泯灭良知之事。所以,"酒礼"是酒文化的核心,而"节饮"是其中最重要的内容。"庶群自酒,腥闻在天,故天将丧于殷"(《尚书·酒诰》),商纣王背离德治,亡于酗酒。"君子之饮酒也,一爵而色温如也;二爵而言斯;三爵而冲然已退。"(《礼记》)酒本身并非害人之物,饮酒也未尝不可,其正反作用的症结就是是否有节制,所以,提倡"节饮"的酒德是酒文化的重要内容。

通过上述分析,林椿将主人公麹醇活动的时代背景设置在中国南朝陈国亡国之君陈后主的时代,其寓意是显而易见的。陈后主(553—604),名陈叔宝,字元秀,是南北朝时期南朝陈国皇帝,公元 582—589 年在位,他在位期间大建宫室,生活奢侈,不理朝政,日夜与妃嫔、文臣游宴,制作艳词。作者对陈后主和麹醇的批评,实际上是映射当时的毅宗及其周围的文臣。毅宗是高丽朝第十八代王,1146—1170 年在位。"在高丽历代国王中,像毅宗这样以骄奢淫逸为能事的国王是少有的"①。他在位 25 年间,"徒惑溺于文华风流"②,一直过着荒奢淫逸的生活。他"作离宫于大内之东,多构池台亭榭,穷极侈丽,与嬖幸诸臣赋诗唱和,日夜酣歌,流连忘返。"③不仅如此,毅宗还"崇奉道教及佛教,斋醮游幸之费用颇多"④,举行各类道场、法会、饭僧活动,给百姓造成巨大经济负担。而他周围的文臣不但不积极进谏,反而阿谀奉承、助纣为虐,"敲剥于民以供给之"⑤,背地里更与僧侣一起,趁机大肆聚敛财物、作威作福,蔑视武臣,最终酿成了"武臣之乱"。1170 年,武将郑仲夫、李方义等人趁毅宗到京郊寺庙普贤院游乐的机会,发兵包围寺院,将随国王出游的全

---

① 朝鲜民主主义人民共和国科学院历史研究所:《朝鲜通史》,吉林省延边朝鲜族自治州《朝鲜通史》翻译组译,长春:吉林人民出版社,1973 年,第 429 页。
② 林泰辅:《朝鲜通史》,陈清泉译,上海:商务印书馆,1934 年,第 34 页。
③ 同上。
④ 同上。
⑤ 同上。

部文臣与侍从杀害,又回到开京屠杀了大批文臣、胥吏,然后废除毅宗,将其流放到巨济岛,拥立毅宗的弟弟明宗登位。其后的三十年,武臣内部展开了激烈的斗争,权力不断更迭。最终,明宗二十六年(1196 年)武臣崔忠献在这场相互倾轧的斗争中取得了胜利,从此崔氏一族把持朝政 60 余年,开始了武臣专政的时代。而林椿正是这场动乱的直接受害人,"郑仲夫之乱,阖门遭祸,椿脱身仅免,卒穷天而死。"①这场政治浩劫彻底改变了林椿的生活,所以他对毅宗时期,国王的沉迷酒色、昏庸无道,臣下"不献可替否",反而专以迎合为事的现实深恶痛绝。这样看,荒淫的陈后主与高丽毅宗是何等相似,麴醇正是那些祸乱纲纪的奸佞之臣的化身,《麴醇传》的强烈现实意义和大胆的讽刺批判可见一斑。

作品中的麴醇凭借着"挈瓶之智",被皇上器重,覆之以金瓯,并委以重任,从此一路扶摇直上,位极人臣。林椿作这样的描写是有所指向的。他将讽刺和批判的矛头直接指向了高丽朝的人才选用制度。林椿少有才名,"志远且大"。对于科举考试这一大多数封建文人唯一的晋身之阶,应该说心中还是有所希冀的。在"武臣政变"之前,林椿曾"求试于有司,凡二举而不中"。政变之后,林椿阖家遭难,从此生活陷入困顿,入围应试是他改变现状的唯一出路,"其所以取仕进而具裘葛,养孤穷者,非此术莫可,故出而乃取"②。但是,林椿"性本旷达,好问大道,不乐为世俗应用文字"③。他认为,在"拘于声律"④八股框架下的文章,"工则工矣,非有所谓难者,诚类俳优者之说"⑤。恃才自傲、不拘俗礼的个性,使他不屑屈从于八股取士的窠臼,再加上势利小人从中作梗,林椿"依违迁就……三举,而须鬓几白,又辄废"。为了生计,林椿也曾违心地试图迎合科场规则,但终"屡试不第",以布衣了却一生。这样的经历使他心中总是充满激愤,"科第未消罗隐恨,离骚空寄屈平哀"⑥。所以林椿对于像麴醇这样倚仗小小的才能博得统治者的欢心,非但不能尽忠职守,反而"以科第为富贵之资","迷乱王室,颠而不扶",贻误国家的人深恶痛绝。就如他在"论赞"中所说,这类人"卒取笑于天下",终将被天下人所嘲笑。而这种笑对于林椿来说却是含泪的笑,其中他对不公平的人才选用制度的批判、不满之情溢于言表。

---

① 《高丽史(卷一〇二)·列传·林椿》,朝鲜劳动新闻出版社,1958 年,第 196 页。
② 徐居正:《东文选》(第二),(韩国)学习院东洋文化所,1970 年,第 471 页。
③ 同上。
④ 同上书,第 470 页。
⑤ 同上书,第 471 页。
⑥ 林椿:《次友人韵》。

《麹醇传》是林椿散文的重要代表作之一,作品充分显示出作者非常熟悉中国的历史与文化,具有渊博而雄厚的知识储备。林椿熟知中国的酒文化,他将自己对酒的理解与态度巧妙地融入到作品当中。显然,作者对酒并不反对,"麹氏之先有功于民,以清白遗子孙",麹醇的祖先为人清白,以清德著称,并在祭祀、宴会等国家事务中发挥重要作用;至于魏晋之时,其父麹酎与徐邈、刘伶、阮籍等人为伍,也表现出不与世俗合流的气节,这都是作者所肯定的。但是,麹醇为了一己富贵之私,非但没有尽到臣子忠心辅佐进谏之职,反而极尽献媚之能事,谄事陈后主,使其宴饮无度,朝政荒废;同时他又聚敛财物,滋长祸乱于朝,这些是作者所不容的,也是文章所要揭露和批判的。从作品对酒正反两方面的态度中,寄托了林椿清白做人,趣尚高远,不为苟合取容于世的人生观。而这一切,作者并没有通过说教的方式处理,而是通过中国史实典故的自如运用含蓄巧妙地表现出来,体现出作者深厚的历史知识文化底蕴。如作者讽刺麹醇对财物的贪婪无度,引用了西晋著名政治家、军事家、学者杜预自称有"传癖",称王济有"马癖",和峤有"钱癖"的典故,将和峤换做麹醇,张冠李戴,讽刺了麹醇的贪财。此外,林椿对于中国典籍也了若指掌,运用自如。如作品对《诗经》:"贻我来牟";《晋书·王衍传》:"何物老妪,生此宁馨儿!然误天下苍生者,未必非此人也";《晋书·陶潜传》:"吾不能为五斗米折腰拳拳事乡里小儿耶";《论语·子罕》:"求善价而沽之";《尚书·尧典》:"直哉惟清";《尚书·说命上》:"启乃心,沃朕心"等成句的直接化用,都体现了作者渊博的学识。需要指出的是,作品说:"康王即位……著于诰令","诰令"指《酒诰》,这是周公旦辅佐周成王时害怕他贪图安乐,重蹈商纣灭亡的覆辙而发布的禁酒令。本篇将其记为康王时代,是作者误记,还是出于叙事需要而有意为之,目前尚无法考证。

二、《孔方传》的主题思想意蕴

《孔方传》是与《麹醇传》齐名的假传。古代铸造货币中最重要的一种就是方孔的圆钱。《汉书·食货志》中说:"钱圆函方",三国孟康注:"外圆而内孔方也"。而最早将"孔方"用于文学作品中,则源于西晋鲁褒的《钱神论》一文:"钱之为体,有乾坤之象。内则其方,外则其圆……为世神宝,亲爱如兄弟,字曰孔方"。文章以恣肆酣畅的笔法抨击了金钱能够使人"无德而尊,无势而热"的丑恶社会现象;金钱的力量无处不在、无孔不入,"钱之所在,危可使安,死可使活;钱之所去,贵可使贱,生可使杀",具有很强的时代针对性,产生了一定的影响。此后张扩《东窗集》之《读钱神论偶成》、李季可《松窗百说》之《孔奴》、程敏政《新安文献志》之《孔元方传》、戴名世《南山集》之《钱神问对》、汪懋麟《百尺梧桐阁文集》之《上士钱氏传》等,都以此鲁《论》为基础敷衍而成。"孔方"更是成为了金钱的代名词。对金钱的拜物教古今一也。鲁《论》中说:"亲爱如兄""见我家兄",将金钱视为已兄;而袁宏道在读《钱神论》后慨叹说:"闲来偶读《钱神论》始识人情今益古;古时孔方比阿兄,今日阿兄胜阿父!"《清人杂剧》二集叶承宗敷衍《钱神论》而作《孔方兄》,更是以讽刺的口吻,将金钱从"孔方老师",抬高到"孔方家祖",认为还不够,最后直接称之为"家父亲"才算好。可见金钱对人心的腐蚀,笔锋犀利,真可谓"有堪使'鬼'愿非谬,无任呼'兄'亦不来"(沈周《石田先生集·咏钱》)。

　　林椿的《孔方传》也是一篇以金钱拟人的假传。作品以"孔方"为金钱的化身,而金钱与美酒之间存在着微妙的关系,麴醇就曾说自己有"钱癖",所以《孔方传》可以视为《麴醇传》的姊妹篇。林椿一生贫困潦倒,特别是"武臣政变"使他彻底失去了生活的根底。为了躲避祸乱,他携病妻"避地江南几十余载"①,回到京师后,甚至没有"托锥之所";参加科举考试又屡试不第,完全失去了生活上的经济来源,只能依靠朋友的接济勉强糊口度日,维持生活。"诗人自古以穷诗,顾我为诗亦未工。何事秀来穷到骨,长饥却似杜棱翁"是林椿困窘生活的写照。这样的生活遭际,使他对货币金钱的负面作用有着更加冷峻的认识。诚然,从《孔方传》反映出林椿对于货币经济的观念是偏于保守的,但是"其有才不见用,流落天涯,羁游旅泊之状,了了然皆见于数字间,则所谓诗源乎心者,信哉。"

　　　　孔方字贯之,其先尝隐首阳山,居崛穴中,未尝出为世用。始黄帝时,稍采取之,然性强硬,未甚精练于世事。帝召相工观之,工熟视良久,曰:"山野之质,虽蕞苴不可用。若得游于陛下之造化炉锤间而刮垢磨光,则其资质,当渐露矣。王者使人也器之,愿陛下无与顽铜同弃尔。"由是显于世。后避乱徙江浙之炭鑪步,因家焉。父泉周大宰,掌邦赋。方为人圆其外方其中,善趋时应变,仕汉为鸿胪卿。时吴王濞骄僭专擅,方与之为利焉。虎帝时,海内虚耗,府库空竭,上忧之,拜方为富民侯,与其徒充盐铁丞,仅同在朝。仅每呼为家兄不名。方性贪污而少廉隅,既总管财用,好权子母轻重之法。以为便国者,不必古在陶铸之术尔,遂与民争锱铢之利,低昂物价,贱谷而重货,使民弃本逐末,妨于农要。时谏官多上疏论之,上不听。方又巧事权贵,出入其门,招权鬻爵,升黜在其掌,公卿多挠节事之。积实聚敛,券契如山,不可胜数。其接人遇物,无问贤

---

① 《韩国诗话选·李仁老:破闲集》,第47页。

不肖,虽市井人,苟富于财者,皆与之交通,所谓市井交者也。时或从闾里恶少,以弹棋格五为事,然颇好然诺。故时人为之语曰:"得孔方一诺重若黄金百斤。"元帝即位,贡禹上书,以为:"方久司剧务,不达农要之本,徒兴管权之利,蠹国害民,公私俱困。加以贿赂狼藉,请谒公行,盖负且乘致寇至,大易之明戒也。请免官,以惩贪鄙。"时执政者,有以谷梁学进,以军资之将立边策,疾方之事,遂助其言,上乃领其奏,方遂见废黜。谓门人曰:"吾顷遭主上,独化陶钧之上,将以使国用足,而民财阜而已。今以微罪,乃见毁弃,其进用与废黜,吾无所增损矣。幸吾余息,不绝如缕,苟括囊不言,容身而去,以萍游之迹,便归于江淮别业。垂缗若冶溪上,钓鱼买酒,与闽商海贾,拍浮酒船中,以了此生足矣。虽千钟之禄,五鼎之食,吾安肯以彼而博此哉?然吾之术,其久而当复兴乎!"晋和峤闻其风而悦之,致资巨万,遂爱之成癖。故鲁褒著论非之,以矫其俗。唯阮宣子以放达,不喜俗物,而与方之徒杖策出游,至酒垆辄取饮之。王夷甫未口尝言方之名,但称阿堵物耳,其为清议者所鄙如此。唐兴,刘晏为度支判官,以国用不赡,请复方术,以便于国用,语在《食货志》。时方设已久,其门徒迁散四方者,物色求之,起而复用,故其术大行于开元、天宝之际,诏追爵方朝议大夫少府丞。及炎宋神宗庙朝,王安石当国,引吕惠卿同辅政,立青苗。时天下始骚然大困,苏轼极论其弊,欲尽斥之,而反为所陷,遂贬逐,由是朝廷之士不敢言。司马光入相,奏废其法,荐用苏轼,而方之徒稍衰灭而不复盛焉。方子轮,以轻薄获讥于世,后为水衡令,赃发见诛云。①

作品说孔方的祖先曾经居住在首阳山的石窟洞穴中,不曾为世间所用,到了黄帝时,开始稍加选用。然而,他的祖先个性倔强,还不太精明干练。这些内容暗示了中国在黄帝时期已经开始懂得运用采掘、冶炼金属的技术。然而,此时的技术尚不发达,所以,作品描写他的祖先个性倔强,还不太精明干练。随着生产技术的发展,古人逐渐掌握了锤炼、刮垢、抛光的铸造工艺,这样"则其资质,当渐露矣",他的秉性素质就能慢慢显露出来。从周代,孔方的父辈开始掌管国家的财政,金属货币登上了经济舞台,开始发挥作用。秦始皇统一货币,货币在国家政治经济事务中的作用越来越重要。于是作品描写孔方自汉代开始,任鸿胪卿;汉武帝时任命为富民侯兼盐铁丞。作品通过对孔方性格、行事方式的生动描写刻画,巧妙地揭示了金钱诸多的负面作用。首先,

---

① 徐居正:《东文选》(第四),(韩国)学习院东洋文化研究所,1980年,第28—29页。

作品描写孔方性格趋时善变、贪利忘义，缺少方正的品性操守。他总管国家财用，以子母相权之法，与百姓争利；而且左右物价，使价格时高时低；轻贱粮食，看重财物，使得百姓舍弃耕读，而追逐商业利益，妨碍了农事。其次，作品又描写孔方善于讨好权贵之人，经常出入其门庭，买权卖官，官爵的升迁罢黜都被其掌控。为了追逐财富，朝廷高官甚至不惜丢失名节来侍奉他。孔方喜欢聚财敛物，家中券契堆得像山一样高，数也数不清。再次，孔方待人接物，唯金钱至上，不问人品性是否端正，即使是市井之徒，只要是有钱的人，都与之相交。而且他不事生产，不务正业，整日以棋游戏为事。此外，孔方还好然诺，喜欢许诺，正所谓"拿人钱财，替人消灾"，助涨了社会上的不良风气。这些在作者看来都是由于对金钱的追逐所造成的负面影响。对于是否发展货币经济有人主张，也有人反对。作者列举了汉代吴王刘濞、汉武帝刘彻、唐代的刘晏、宋代的王安石、吕惠卿等人主张发展货币经济的人物；以及汉元帝时的禹贡、汉文帝、宋代的司马光、苏轼等人作为反对者的代表。林椿在作品中历数了这些历史人物在各自所处时代实施的抬高或贬抑经济货币的不同政策，亮明了自己的观点。显然，林椿的立场站在了对货币经济完全否定的一面，他认为，"若元帝纳贡禹之言，一旦尽诛，则可以灭后患也。而止如裁抑，使流弊于后世"，当初如果汉元帝能够采纳贡禹所提的建议，彻底摒除货币的话，就可以免除后来的祸患了。然而，那时仅仅是抑制消减了其势力，这就给后世留下了无穷的弊端。

全文围绕着古代货币形状、原料、材质、冶炼、铸造工艺，以及中国各个历史时期货币经济政策等内容虚构了"孔方"这个"人物"的传奇人生。林椿以拟人化的笔法，让他穿越时空，活跃于中国的各个朝代，"以人系事"，使之与不同时代的人物发生联系，其间有褒、有贬，寓褒贬于行文叙事之中，旗帜鲜明地亮出了作者的态度和观点。

首先，作品通过追忆回溯孔方祖先世系的形式，回顾了中国上古时期的冶金技术的发展。林椿将铜视为孔方的祖先，古代中国铸造钱币的主要材料是铜。作者采用双关的描写手法，表面上写孔方的祖先如何逐渐显露，为世所用，而实际上则写的是黄帝时期，铜的采掘及冶炼。黄帝是传说中，中原各部落的共同祖先，姬姓、号轩辕氏、有熊氏，是中华民族人文始祖之一。相传对后世华夏文明影响深远的养蚕、舟车、衣冠、文字、音律、医学、算术等技术文明都创始于黄帝时期。按照林椿的认识，在传说中的黄帝的时代，我们的祖先已经开始探索金属采掘冶炼技术了。到了周朝，孔方的父亲"泉"掌邦赋，管理国家财政。"泉"在古代也指钱币，《周礼•外府》中就说，"货泉径一寸，重五铢，右文曰货，左文曰泉，直一也。"孔方的父亲"泉"已经是金属货币了。中国最早的货币是贝,这点从中国文字的结构就可以看出,凡是同价值有关的字汇,绝大部分的部首从"贝"。后来由于真贝的数量不够,人们就用蚌壳、软石、兽骨仿制品替代它,最后用铜来铸造,金属货币产生。在各国历史中,牲畜、布帛、贵金属等都曾充当过货币,最后固定在金、银上。货币具有价值尺度、流通手段、贮藏手段、支付手段、世界货币等职能,其中前两项为基本职能。那么林椿的《孔方传》或是中国最早以"孔方"拟称货币金钱的作品西晋鲁褒的《钱神论》为什么选择以铜钱拟人作为货币金钱的象征,而不选择金银呢?这是因为中国货币发展史有其独特的一面,货币的各种职能,在中国并不集中于一体。金银在中国自古既是保藏价值的工具,同时也作为国际购买的手段,有时也作为价值尺度和价格标准。但中国古代没有铸造金银币,也不用金银为流通手段;流通手段基本上都是用铜钱。铜钱铸造的形态从秦始皇开始基本固定为外圆内方的方孔圆钱,象征天圆地方,这是中国人最早的宇宙观。方孔圆钱的这种铜钱形态在中国封建社会的两千多年里除大小、重量间或有所不同外,基本没有改变,所以林椿、鲁褒的作品抓住了方孔圆钱作为历史上的最主要流通手段的地位以及形态上的特点,将"孔方"作为金钱货币的化身。

其次,林椿在作品中着力刻画了孔方外圆内方,"善趋时应变"的性格,以此来象征货币金钱的本质特性。它随着时代而浮动,根据社会变动而变化,它如同水银一样没有常性,人类社会想要掌控它,但又随时随地被其所掌控。封建国家的经济基础是自给自足的自然经济,这种经济的主要部门是农业。农业是古代决定性的生产部门,为人们供给最基本的生活资料,农业生产的状况直接关系到国家的兴衰存亡,统治者都把发展农业当做"立国之本",把商业,有时甚至包括手工业,当成"末业"来加以抑制。"重农抑商"是中国历代封建王朝最基本的经济指导思想,强调重视农业、以农为本,限制工商业的发展是这一指导思想的根本。从商鞅变法规定的奖励耕战,到汉文帝的重农措施,都是"重农抑商"思想的体现。林椿在《孔方传》中明确指出"贱谷而重货,使民弃本逐末,妨于农要"[1],揭示了追逐货币利益给国家的政治和百姓的生活造成了种种负面影响。作为封建文人,他更多地看到的是官场上由于对金钱利益的追逐而产生的卖官鬻爵、权钱交易等种种弊端。作品深刻地揭示了金钱对人性的腐蚀作用。孔方"性贪污而少廉隅",这是一切社会贪官污吏贪婪无度,利欲熏心的真实写照。出于对金钱的狂热追求,他们"积实聚敛",家中"券契如山",盘剥的都是民脂民膏。这种行径引发了多少社会问

---

[1] 徐居正:《东文选》(第四),(韩国)学习院东洋文化研究所,1970年,第28页。

题,有时甚至造成社会动荡,酿成一幕幕人间悲剧!

第三,作品详细地历数了金钱"蠹国害民"危害人心、危害社会的一系列罪状。它"与民争锱铢之利,低昂物价,贱谷重货,使民弃本逐末,妨于农要";它"巧事权贵,出入其门,招权鬻爵"掌控朝政人事任免大权;只要有钱,"接人遇物,不问贤不肖,……苟富于财者,皆与之交通";它使人整日"以弹棋格五为事",不务正业;使社会产生拜金主义的不良风气,"得孔方一诺重若黄金百斤"。这些都是货币的消极作用的表现,货币出现以后,造成社会分化,增加贫富不均的程度,对农业生产,使得"稼穑之民少,商旅之民多,谷不足而货有余"①;对于官场政治,一些官僚为了谋取个人私利,结党营私,卖官鬻爵,甚至不惜陷害忠良。货币金钱使人丧失做人的基本操守和处事准则,"奸夫犯害而求利"②,为了金钱利益无所不为,只要有钱,不论善恶都与之攀附结交。危害更甚者就是被统治阶级用作剥削的工具,使百姓生活遭受巨大侵害,使天下"骚然而困",在作者看来,这些都是金钱带来的危害。作品借汉元帝时贡禹之口表达了自己对于金钱的态度:货币金钱造成国家"不达农要之本,徒兴管榷之利",造成"蠹国害民,公私俱困"的境地,更有甚者,使得官场上"贿赂狼藉,请谒公行",明目张胆地收受贿赂,"盖负且乘致寇至",长此以往,必定会给国家带来巨大的危机。林椿对于货币金钱完全持否定态度,把它看作万恶的根源。他产生这样的看法,除了因为货币金钱的发展,本身就会产生"拜物教"的消极影响外,还与作者所生活的时代特征紧密相关,《宋史》载:"(高丽)用米布贸易,地产铜,不知铸钱,中国所予钱,藏之府库,时出传翫而已。崇宁(1102年)后,始学鼓铸,有'海东通宝''重宝''三韩通宝'三种钱。"③作品反映了高丽中期以后,货币经济开始在封建母体中萌芽,对人们的物质和精神生活产生了很大影响的历史事实。林椿生活的时代,武臣官僚集团以武力窃弄国柄掌握政权后,更加肆无忌惮地行贿受贿,卖官鬻爵,聚敛钱财。金钱货币的产生,更加助涨了这股不良的社会风气,使社会变得愈加污浊不堪。加之林椿本人一生穷困潦倒,常常只能依靠朋友的接济勉强维持生计。这使他更加深刻地体会到在金钱面前,世情的冷暖、人心的善恶,对由金钱引发的负面消极作用的认识也就更加清醒而冷峻。

第四,作品还以形象的方式回顾了中国历史上,西汉、唐代、宋代实施的几次重要的货币政策改革。西汉吴王刘濞在其封国内大量铸造钱币、煮盐,减轻赋役,很快扩张了自己的势力,虽然他在"七国之乱"兵败后被杀,但是他

---

① 班固:《汉书(卷九一)·货值传》,上海:上海古籍出版社,1986年,第705页。
② 同上。
③ 脱脱等:《宋史(卷二百四十六)·外国三·高丽》,北京:中华书局,第14035页。

利用货币规律发展经济的改革,在当时是具有进步意义的。汉武帝时期,为了加强中央集权,武帝将冶铁、煮盐、酿酒等民间生意改由中央管理。特别是在元鼎二年(公元前115年),武帝禁止所属郡国铸钱,专令国家所属的上林三官铸钱,将各个郡国以前所铸之钱全被废除,非"三官钱"不得在国内流通。这样做将财政大权集中到了中央,收到了统一货币的效果,对中国的货币经济发展产生了重大影响。作品中"(孔方)与其徒充盐铁丞仅同在朝",说的就是武帝将冶铁、煮盐、铸钱的权利收归中央管理的史实。汉元帝时的贡禹提出"古者不以金钱为币,专意于农……宜罢采珠玉、金银、铸钱之官,无复以为币。"[1]这是想要回复到自然经济中去的保守的货币观点。很明显,林椿完全接受了贡禹的这种看法,在文章的结尾处以史臣的口吻说:"若元帝纳贡禹之言,一旦尽诛,则可以灭后患也。"作品提到李唐兴起后,刘晏任"度支判官"。刘晏是唐代著名的经济改革家和理财家,他实施的一系列财政改革措施,为安史之乱后的唐朝经济发展做出了重要的贡献,所以作品说"故其(孔方)术大行于开元、天宝之际"。此后,作品还提到了宋代的王安石变法。王安石当时以"因天下之力以生天下之财,取天下之财以供天下之费"为原则,从理财入手,颁布了"农田水利法"、青苗法、募役法、方田均税法等一系列改革措施。由于这次变法运动,触动了大地主大官僚阶级的利益,所以遭到他们的强烈反对。司马光曾经多次上书皇帝取消新法,加之,在变法过程中,许多不当的做法,最终这场轰轰烈烈的改革以失败告终。《孔方传》中的王安石、吕惠卿、苏轼、司马光都是这场经济改革的当事人和亲历者。我们看,作品中所提到的宋代以前几次重大的经济货币改革事件涉及了晋朝、唐朝、宋朝众多历史人物,其中有作者肯定的,如汉元帝、贡禹、苏轼、司马光;也有作者否定的,如刘濞、汉武帝、刘晏、王安石、吕惠卿。应该指出,作者对这些历史人物的评价是片面的,这是由于作者对金钱货币偏保守的立场看法决定的。但从客观上,《孔方传》梳理了中国古代货币经济政策改革史上的几次重大历史事件和历史人物,显示了其对中国历史的熟知程度,也从一个侧面反映了林椿对于国计民生的关心。

总之,《孔方传》以极其形象生动的笔触描绘了中国货币发展,及其与国家政治、百姓生活、社会发展之间的关系,以及货币金钱带来的负面消极作用。作者林椿站在封建儒家学者的立场上看到了商业资本、金钱货币给封建传统农业经济带造成极大的冲击,但由于作者所处历史和阶级的局限,使他不能认识到这种金钱资本的增长,将会导致新的生产方式出现,从而使封建

---

[1] 班固:《汉书(卷七十二)·王贡两龚鲍传》,上海:上海古籍出版社,1986年,第649页。

社会本身解体的历史发展必然趋势。但是这篇假传作品对封建社会的本质及其肌体中存在的痼疾进行了深刻揭露和批判,具有相当大的思想认识价值,值得我们关注。

第二节 李奎报的"二传"分析

如果说林椿的"二传"似韩愈《毛颖传》一样,是胸中积郁所发,那么李奎报的"二传"则更似苏轼作品,是四溢才华的展示。柳宗元曾对假传创作的动因作过这样的分析:"若壅大川焉,其必决而放诸陆,不可以不陈也"。李奎报也是极富才情,学识渊博、才华横溢之人。他"幼聪敏"①,"自诗书六经,诸子百家史笔之文,至于幽径僻典,梵书道家之说,……莫不涉猎"②。水满则溢,必须有所疏导,假传则为这些不吐不快的文人提供了一个绝妙的平台,供他们编组新知,消费新知。在假传作品中,他们依照自己的需要,自由组织编缀从各类典籍中得来的有关物与人的知识,肆意展示他们横溢的才情。李奎报③是朝鲜最负盛名的文学家之一,其成就体现在古典文学创作的诸多领域,但他写的传却不多,在《东国李相国集》中仅存有四篇,其中两篇便是假传,另两篇一篇为他的自传《白云居士传》,一篇为《卢克清传》。从内容来看,《白云居士传》主要标榜自己蔑视权贵、名利,亲近自然的态度;《卢克清传》赞扬了不贪图金钱、财富,清白做人的高尚品格。这些思想内容在他的假传《麴先生传》和《清江使者玄夫传》又均有所体现,可以说,李奎报的四篇传记都是他为寄寓理想人格而作。

一、《麴先生传》的思想内涵及其文化阐释

李奎报"弱冠时作《麴秀才传》",即本节所论述的《麴先生传》,这是高丽又一篇以酒拟人的假传力作。李奎报本是爱酒之人,因酷好琴、诗、酒三物,故又自号"三酷先生"。他可以不吃饭,但不能没酒喝,"每食不过数匙,唯饮酒而已"④,"遇酒则痛饮,以放浪于形骸之外。"作品中涉及的刘伶、陶潜都是魏晋时期著名的嗜酒之人。汉末魏晋之间,士林间饮酒之风盛行,"竹林七贤"、陶渊明等人就是其中的代表。社会情势的黑暗,畏逸忧祸,使他们不得不谨慎处事,甚至故作沉湎之状。《晋书·阮籍传》中说"籍本有济世志,属魏

---

① 《高丽史(第三)·列传·李奎报》,朝鲜劳动新闻出版社,1958年,第193页。
② 《韩国诗话选·李奎报:白云小说》,第8页。
③ 李奎报(1168—1241),字春卿,号白云居士。
④ 《韩国诗话选·李奎报:白云小说》,第10页。

晋之际,天下多故,由是不与世事,酣饮为常"。可以说,这是他们无奈的选择。李奎报二十岁左右作《麴醇传》,此时正是高丽朝"武臣政变"后,各派武人势力争权逐鹿的政治恐怖时期。与李奎报同期的"海左七贤"便是这种政治环境下的产物。士人们爱酒、嗜酒,因为酒能使人怡情,"忽与一觞酒,日夕欢相待"(陶渊明《饮酒》其一);酒又能使人忘情,"秋菊有佳色,裛露掇其英。泛此忘忧物,远我遗世情"(陶渊明《饮酒》其七);酒还能浇愁,"酒能祛百虑,菊解制颓龄"(陶渊明《九日闲居》)。然而,他们并非不知饮酒之弊端,嵇康的《代秋胡歌辞》中有:"酒色何物,自令不辜。歌以言之,酒色令人枯",直陈酒对人的危害。李奎报的这篇《麴先生传》也从积极的方面肯定了酒能够使人愉情、忘疲、欢宴的作用;但也以形象的方式指出宴饮无节带来的危害。

　　作品中的麴圣便是酒的化身,作者以此为寄托,寄寓了自己对做人、为官的感悟。当然,李奎报的这篇作品与林椿的《麴醇传》应该存在一定的影响关系,而且从李奎报在《七贤说》一文中流露出的对"海左七贤"浓厚的敬慕之情来看,他仿照林椿的《麴醇传》进行创作的可能性是很大的。所以,这两篇作品在内容上有一定的重合之处。但是,在创作上,李奎报也是一个"走笔皆创出新意","不蹈袭古人",喜欢大胆尝试的人。而且,他所处的生活环境,经历的人生轨迹与林椿也完全不同,所以两篇作品散发出的思想意蕴也是各有侧重。那么将这两篇题材相同的假传作品结合起来进行阐释,或许能够更加清晰地把握它们各自独特的思想韵味和艺术魅力。

　　　　麴圣,字中之,酒泉郡人也,少为徐邈所爱,邈名而字之。远祖本温人,恒力农自给,郑伐周获以归,故其子孙或布于郑。曾祖史失其名。祖牟,徙酒泉,因家焉,遂为酒泉郡人。至父醯,始仕为平原督邮,娶司农卿谷氏女,生圣。
　　　　圣自为儿时,已有沉深局量。客诣父,目爱曰:"此儿心器当汪汪若万顷之波,澄之不清,挠之不浊。与卿谈,不若与阿圣乐。"及长,与中山刘伶、浔阳陶潜为友。二人尝谓曰:"一日不见此子,鄙吝萌矣。"每见移日忘疲,辄心醉而归。州辟糟丘掾,未及就,又征为青州从事。公卿交口荐进,上令待诏公车。居无何,召见,目送曰:"此酒泉麴生耶?朕饮香名久矣!"先是太史奏酒旗星大有光,未几,圣至,帝亦以是益奇焉。即拜为主客郎中,寻转为国子祭酒,兼礼仪使。凡掌朝会、宴飨、宗庙蒸尝酌献之礼,无不称旨。上器之,擢置喉舌,待以优礼。每入谒,命舁而升殿,呼麴先生而不名。上心有不怿,及圣入见,上始大笑。凡见爱,皆此类也。性蕴藉,日亲近,与上无小忤。由是益贵幸,从上游宴无节。子酷、暴、醳倚父宠,颇横恣。中书令毛颖上疏劾奏,曰:"幸臣擅宠,天下所病。今麹圣以斗筲之用,幸登朝级,位列三品。内深贼,喜中伤人,故万人咬号,疾首痛心。此非医国之忠臣,乃实毒民之贼夫。圣之三子,凭恃父宠,横行放肆,为人所苦。请陛下并赐死,以塞众口。"书奏,子酷等即日饮酖自杀,圣坐废为庶人。鸱夷子亦尝善圣,故亦堕车自死。初,鸱夷子以滑稽见幸,与麹圣相友。每上出入,托于属车。鸱夷子尝困卧,圣戏曰:"卿腹虽大,空洞何有?"答曰:"足容卿辈数百。"其相戏谑如此。圣既免,齐郡、鬲州间盗贼群起。上欲命讨,难其人,复起圣为元帅。圣持军严,与士卒同甘苦,灌愁城,一战而拔,筑长乐阪而还。帝以功封为湘东侯。二年,上疏乞退曰:"臣本瓮牖之子,少贫贱,为人转卖。偶逢圣主,虚心优纳,拯于沈溺,容若江湖。有忝洪造,无润国体。前以不谨,退安乡里。虽薄露之垂尽,幸余滴之得存,敢欣日月之明,更发醢鸡之覆。且器盈则覆,物之常理。今臣遇消渴之病,命迫浮沤,庶一吐俞音,使退保余生。"帝优诏不允,遣中使赍松、桂、菖蒲等药物,就其第省病。圣累表固辞。上不得已,许之。遂归老故乡,以寿终。弟贤,官至二千石。子䤁、酘、酉央、酴,服桃花汁,学仙。族子,酉周、□、酸,皆籍属萍氏云。①

李奎报在全文千余字的篇幅中,以麹圣一生的宦海浮沉为中心,叙写了麹氏家族几代人的兴衰,作者实际上是在影射那些在王朝政治中历经曲折,而能够最终保持晚节得到善终的大臣,从而表现作者的为官之道,或者说对为官的态度。同时,作品又从头到尾都在暗示一种与人类生活紧密相关之物——"酒"。由于酒是一种特殊的食品,它不是生活的必需品,没有它,不会影响人们的正常生活;但它又为人们所深深喜好,具有多方面的功能,似乎人类社会又离不开它。作者正是抓住酒的这种矛盾特殊性,以麹氏家族几代人兴亡盛衰的境遇,反映的是当时国家统治者对于酒的政令,从中我们可以一窥当时社会的政治经济状况。

第一,作品通过麹圣的生长经历,描述了酒在东方与农耕文化之间的密切关系,这一点与林椿的《麹醇传》基本一致。与西方国家以果酒酿造为主的酿酒传统不同,中国酿酒的主要原料是五谷粮食,汉代刘安在《淮南子》中说:"清盎之美,始于耒耜",酒文化的发展与农耕文明紧密相随。李奎报的《麹醇传》和林椿的《麹先生传》从人物设置和情节安排都紧扣这种关系,将二者有机结合在了一起。

---

① 徐居正:《东文选》(第四),(韩国)学习院东洋文化研究所,1980年,第29—30页。

1. 两篇作品都将"麹"作为拟人化酒家族的姓氏,"麹"是酿酒的发酵物,从字形结构上就可以看出它是用麦或米等粮食经过罨制而成的。明代宋应星在《天工开物》中说:"凡酿酒,必资麹药为信,无麹,即佳米珍黍,空造不成",酒麹是酿酒的重要媒介之物,用酒麹酿酒是中国酿酒的精华,所以作者将"麹"作为酒家族的姓氏。当然以"麹"拟酒并非朝鲜文人首创,中国唐代的《开天传信记》已经把酒拟人化为"麹处士"。麹圣中的"圣"的典故出自《三国志·魏志·徐邈传》:"魏国初建,为尚书郎。时科禁酒,而邈私饮至于沈醉。校事赵达问以曹事,邈曰:'中圣人。'达白之太祖,太祖甚怒。度辽将军鲜于辅进曰:'平日醉客谓酒清者为圣人,浊者为贤人,邈性修慎,偶醉言耳。'"①。徐邈担任魏王曹操的尚书郎,当时曹操施行禁酒政策,而徐邈常常私自饮酒至酩酊大醉,赵达要他汇报公事,他竟然说:"我中了圣人"。徐邈平日宴客,称清酒为圣人,浊酒为贤人。李奎报根据这一典故称主人公为"麹圣"。《麹醇传》中"麹醇,字子厚","醇"和"厚"是指酒醇厚的味道。从主人公名字的不同,就可以一窥两篇文章的立足点是不同的。应该说作者在名字的取用上都加入了自己的人文关怀。"圣"除了代指酒以外,亦包含了李奎报对为官之道的态度,能够知足而退,方为官场上的"圣人"。林椿则以名、字凸显酒清白醇厚的特质,与麹醇贪鄙的性格形成鲜明而强烈的对比。

2. 五谷粮食是酿酒的主要原料,两篇作品选取了不同的角度,从不同侧面表现了酒文化与农耕文化紧密相连,是农耕文化发展中不可或缺的重要组成部分。《麹先生传》中追溯了麹圣家族的变迁发展,"远祖本温人,恒力农自给,郑伐周获以归,故其子孙或布于郑……祖牟,徙酒泉,因家焉……父醛,娶司农卿谷氏女生圣"。《左传·隐公三年》记载,"郑祭足帅师取温之麦。秋,又取成周之禾。周、郑交恶。"郑国祭仲率军队割了周朝温邑(今河南温县)的麦子。《汉书·地理志》记载,汉置酒泉郡,因其地有金泉,味如酒。酒是粮食酿造而成的,故说麹圣的远祖是温地人;"牟"就是大麦,而大麦酿成了酒,故说其祖先牟迁徙到了酒泉。"司农卿"古代掌管谷货、农业的官职。其源始自后稷,"舜二十二官,弃为后稷,播时百谷,盖其任也。周官冢宰之属有太府,下大夫"②。郑玄注曰:"太府,主治藏之长,若今时司农也,并司农之任"。《汉官》载:"初秦置理粟内史,掌谷货,汉因之。"汉景帝时名为大农令,武帝时更名为大司农。所以,作品中说,麹圣的父亲麹醛娶谷氏的女儿,生下了麹圣。《麹先生传》中作者巧妙地组织了关于酒和粮食的一系列典故,虚虚实

---

① 《三国志·魏志(二十七)》,天津:天津古籍出版社,第 79 页。
② 《初学记(卷十二)·官职部下》。

实,似虚而实,点出了酒与农耕文化的关联。《麴醇传》则是侧重酒从粮食的酿造加工的角度,叙写酒与粮食作物的关联。两篇作品相结合,完整地勾勒出从粮食到酒的历史发展和加工酿造过程。

第二,李奎报的《麴先生传》与林椿的《麴醇传》一样,也通过麴氏家族的升迁发迹,宦海浮沉,生动地反映了中国酿酒业的进步和历代的酒政史。

1.《麴先生传》中叙写了麴氏家族从麴圣的父亲麴醛时开始出仕,担任官职,任"平原督邮"。麴圣则仕途平顺,步步升迁,先后历任了"糟丘掾""青州从事""主客郎中""国子祭酒"兼"礼仪使"等职务。南朝刘义庆的《世说新语·术解》中说:"桓公有主簿善别酒,有酒辄令先尝,好者谓'青州从事',恶者谓'平原督邮'。"① 此后,"平原督邮"就成了浊酒、劣酒的隐语,而"青州从事"则用来指代清酒、美酒。作品中说麴醛始仕任"平原督邮",说明麴圣父辈的时代中国酿酒技术还不发达。而到了麴圣,他最初被辟为"糟丘掾","糟丘"意指积糟成丘,极言酿酒之多,沉湎之甚,说明当时的酿酒业已经非常兴盛了。而麴圣还没来得及赴任,就被征为"青州从事"。到麴圣时酿酒技术非常发达,已经可以酿造出"澄之不清,扰之不浊"的清醇美酒了。其后,麴圣步步高升,又被拜为"主客郎中,寻转为国子祭酒,兼礼仪使"。"主客郎中"是唐宋时礼部设置的掌管少数民族及外国宾客接待之事的官职,"国子祭酒"国子监是中国古代国立最高学府和官府名,传授儒家思想,其中最重要的礼仪就是祭祀,所以国子监的主管被命名为祭酒。这一官职自晋武帝咸宁四年始设,以后历代沿用。"酒以成礼",祭祀是酒在古代最重要的政治功用之一,祀天地、事鬼神、祭宗庙为内容的酒祭是酒文化的重要组成部分。此外,麴圣还兼任礼仪使,掌管朝会、宴飨、宗庙蒸尝的酌献之礼。这些都反映了酒在古代国家政治外交活动中发挥着重要的作用。

2.《麴先生传》和《麴醇传》以形象的笔端,以典故穿插,李奎报甚至请进了唐代韩愈《毛颖传》的中心人物中书令毛颖现身说法,以昭示围绕酒文化而展开的中国乃至朝鲜历史上酒政的实际样态。在《麴先生传》中,故事一开始就把麴圣的成长与中国历史上汉末魏初出了名的酒鬼徐邈联系在一起,以加强作品的文化氛围。汉献帝时,因连年的灾荒战乱,国家粮食匮乏,曹操曾经实行过非常严厉的禁酒政策,当时的人甚至忌讳说"酒"字。《麴先生传》中安排了中书令毛颖弹劾麴圣的场面,其言词既有条理,又符合逻辑,而且慷慨陈词,涌动着浓厚的政治色彩,反映的可能是中国唐代某一个时期所实行的禁酒策令。酿酒是粮食的再加工过程,而粮食是关系到国计民生的重要物资。

---

① 张万起、刘尚慈译注:《世说新语译注》,北京:中华书局,1998年,第694页。

由于酿酒能够带来高额利润,在历史上有时会出现酿酒大户大量采购粮食用于酿酒,与民争食的现象。当酿酒原料与百姓口粮发生尖锐冲突时,国家必须采取强有力的行政手段加以干预。在汉武帝以前,统治者并未把酿酒管理看作敛聚财富的重要手段,从汉武帝开始,酿酒与制盐、铸铁一样,成为国家填充国库的重要手段,而备受历代统治者重视。此外,封建时代自给自足的农业经济基础决定,在中国数千年的历史长河中,禁酒和醋酒,交替出现,成为粮食充裕与否的晴雨表,甚至成了社会强弱兴衰的历史见证之一,所以,酒政在历史的不同时期处于不断变化之中。

这方面内容,《麴醇传》比《麴先生传》表现得更加系统而深刻,更加全面地反映了中国几个有代表性朝代的统治者对于酒的政令。作品反映了西周统治者在推翻商代的统治之后,颁布了中国最早的禁酒令《酒诰》,"康王即位,渐见疏忌,使之禁锢,著于诰令,是以后世无显著者,皆藏匿于民间"。这部诰令告诫周朝邦国诸侯卿士百官,不能经常饮酒,只有在祭祀时,才能适当饮用;对于那些聚众饮酒之人,处以极刑。《酒诰》在中国历史上第一次提出饮酒要有节制的主张,成为了后世历代统治者禁酒时引经据典的根据。《麴醇传》亦以徐邈之典,表现了曹魏时期,曹操施行的禁酒令。从史籍的记载推测,在两晋时期,实行的主要是税酒[①]和禁酒交替的政策。税酒是一种对酿酒实行的比较宽松的政策,因为国家需要从中获取高额利润。两晋时期社会动荡,统治阶层生活腐化堕落,日夜饮酒作乐。一些名士,因不愿与上层统治者同流合污,但又畏惧其淫威,只能借酒浇愁,或雅集自娱,或隐逸自遣,或放荡荒诞,著名的"竹林七贤",以及"不为五斗米折腰事权贵"的陶渊明就是当时这股饮酒风气下典型的代表人物,他们的奇闻异事也就成为了中国关于饮酒、嗜酒著名的历史典故而为后世文人所广为传颂。《麴醇传》中的"及晋受禅,知将乱,无仕进意,与刘伶、阮籍之徒为竹林游,以终其身焉。……自公卿大夫、神仙方士,至于厮儿牧竖,夷狄外国之人,饮其香名者,皆羡慕之……其为时所爱重如此",反映的就是这样的时代特征。《麴醇传》最后说,"族弟清,后仕唐,官至内供奉,子孙复盛于中国焉"。唐代设殿中侍御史九人,其中三人为内供奉,掌管殿廷供奉之仪。而唐代的宫廷用酒,如皇室自用;赏赐大臣;招待外国使臣;宫廷祭祀等等,使用量非常大,在历史上也是罕见的。这一方面是皇帝为了显示国威,另一方面也是统治者笼络人心的一种手段,所以作品最后说,麴氏子孙"复盛于中国"。

酒在中国是一个伟大的文化创造,它不仅丰富了人们的社会生活,而且

---

① 税酒,对酒征收专税的酒政。

还能使人们进入精神上的一种愉悦状态和自我实现的境界,因此它被社会各阶层所广泛认可和喜爱,从而成为了人类文化的一种特殊存在物。但是由于酒所具有的独特引诱力,一些统治者官僚贵族沉湎于酒,当这种现象凸显成严重的社会问题时,最高统治者从维护本身利益出发,不得不采取禁酒的措施。当然不同历史时期对于酿酒所施行的不同政策,归根究底还是由经济利益所决定的。酒是一种高附加值的商品,酿酒业利润丰厚,酿酒能够给一部分人带来滚滚财源,但如果财富过分集中在一部分人手中,那么相对来说,国家获得的利益就要减少,这对国家的统治、经济管理,以及财政收入都是十分不利的,所以历史上,各朝统治者在对于酒的政策上变动频繁,从根本上说还是不同利益集团对经济利益的争夺引起的。当然,李奎报、林椿等人作为封建士大夫,他们更多看到的是酗酒成风对官僚统治者造成的腐蚀,以及这背后所折射出的种种社会政治问题。

第三,作品中的麹圣,如其称谓一样,在中国或东方历史上始终被奉为国家生活、人际交往,甚至国与国之间外事来往时的润滑剂。"酒食者,所以合欢也"(《礼记·乐记》),"古之饮酒也,足以通气合好而已矣,故男不群乐以妨事,女不群乐以妨功"(《晏子春秋》),酒有一种神奇的魔力,通过它,可以拉近人与人之间的距离,使陌生人很快彼此熟悉;使沉默寡言的人敞开心扉,倾吐心声,所以古人认为,酒能够"通气合好",饮酒可以加强彼此之间的交流,增进了解和友谊,所以它在人际交往、对外关系中也发挥着润滑剂的作用。《麹先生传》中说,拜麹圣为:"主客郎中",不久又升迁为"国子祭酒,兼礼仪使。凡掌朝会、宴飨、宗庙蒸尝酹献之礼"。"主客郎中""礼仪史"都是古代掌管国外事接待的官职。作品叙写了麹圣在朝会、宴飨等国家事务中处理得当,游刃有余,发挥了积极的作用,所以"无不称旨",令统治者十分满意。

第四,除了人际关系润滑剂的作用,酒作为一种特殊的文化存在,还与其能够促进思维,产生灵感的积极作用密不可分,这也是它被世人所普遍爱重的一个最重要原因,它丰富了人们的生活,帮助人们处于一种高度的兴奋状态,进入精神上的一种愉悦状态和自我实现的境界。李时珍在《本草纲目》中说:"酒,天之美禄也,面曲之酒,少饮则和血行气、壮神、御寒、消愁、遗性。"这些都是酒积极的功用,《麹先生传》中对这方面内容进行了生动的刻画。作品中说,"上心有不怿,及圣入见,上始大笑。凡见爱,皆此类也。"人高兴时饮酒,酒可以助兴;心情不好,思想苦闷时,酒又能够排解愁肠。作品描写了"齐郡""鬲州"的盗贼群起,皇上复用麹圣平叛的情节。《世说新语·术解》中说:

"青州有齐郡,平原有鬲县;'从事'言到齐,'督邮'言在鬲上住。"①"齐郡","齐"就是"脐",指人体的腹部;"鬲州","鬲"就是"膈",指人体的胃部。这两处发生了盗贼,实际上就是指人烦闷、愁苦,想喝酒。麴圣不负圣望,酒灌愁肠,一战而捷,筑"长乐阪",大胜而还。作者以滑稽幽默的笔法,写了酒"消愁"的作用。在这里需要特别指出的是,李奎报的《麴先生传》中将人的情绪、身体部位拟人的艺术手法,对后来朝鲜朝时期大量出现的《愁城志》《天君纪》《天君衍义》等一系列将心性拟人的"天君"假传小说产生了一定影响。此外,作品还写了麴圣与刘伶、陶潜等人为友,使之"忘疲""心醉"等。这些是酒对人思想和意志的有益的一面,但是,如果饮酒不加节制的话,就会麻痹人的思想、削弱人的意志,甚至腐蚀人的灵魂,这是酒的负面作用。这也是高丽这两部以酒拟人的假传作品所着力要表达的思想内容。《麴醇传》有关内容在前文已经提及,这里主要论述一下《麴先生传》。作品中的麴圣在国家各类礼仪、外交事务中表现突出,深得皇上赏识,更为重要的是,皇上与其"日亲近",越来越依赖他,由是"益贵幸,从上宴游无节"。麴圣的三个儿子恃宠而骄,恣意横行,终于惹来了杀身之祸,麴圣因此也被罢官免职。无节制地沉湎于酒,可以使一个君王不问政事,整日寻欢作乐;也可以使官僚贵族结党营私、危害朝政,严重时甚至影响王朝大业。中国历史上"周幽王烽火戏诸侯";十六国时期前赵的国君因刘曜嗜酒而丧命;前秦的国君苻生昏罪丧国等等,所以酒历来被人们认为是腐蚀统治阶级,导致国家衰败的起因和社会动荡的源头。《麴先生传》中,作者借毛颖之口,痛心疾首地历数了酒给王朝统治带来的危害,说它"非医国之忠臣,实乃毒民之贼夫。"

　　第五,《麴先生传》通过麴圣一波三折坎坷的一生,生动折射出封建社会中一个官场人物宦海沉浮的人生进行曲。麴圣幼年时因为有一定的才能已经崭露头角,备受夸赞。成人后,由"糟丘掾"到"青州从事",经公卿交口推荐,而待诏公车,随即拜为"主客郎中""国子祭酒,兼礼仪史",一路扶摇直上,平步青云,"幸登朝极,位列三品"。所谓"器盈则覆",麴圣备受恩宠的同时,其子恃宠而骄,横行一时,遭到朝中忠直之士的弹劾,而受到了惩罚。他的三个儿子被诛杀,麴圣被贬庶人。其后,因国家需要,麴圣被重新起用,为国立功,加官封侯,而此时的麴圣能够知足而退,回归故里,最后得到了善终。可以说,麴圣的一生构成了一部完整的封建士人宦海三部曲,体现了作者李奎报"见几而作"的为官理念。从作品所描述的麴圣一生的经历所反映的内容来看,《麴先生传》也隐讳地表达了李奎报对当时统治者的不满,和对清明朝

---

① 张万起、刘尚慈译注:《世说新语译注》,北京:中华书局,1998年,第694页。

政的渴望,但是就作品揭露现实的力度来看,其批判的锋芒显然弱于林椿的《麴醇传》,这与李奎报本人的生活态度是紧密相关的。作品中描写麴圣与刘伶、阮籍等人为友,"每见移日忘疲,辄心醉而归",其实就是作者本人生活的写照。他在自传《白云居士传》中说,自己"尝以酒自昏,人有邀之者欣然辄造,径醉而返"①,作者想要通过与陶渊明一样的以"弹琴饮酒以此自遣"的生活方式,表现自己"性放旷无检,六合为隘,天地为窄"②,不为世俗所囿,旷达的胸襟和高远的志向。

李奎报的这篇《麴先生传》对后世产生的影响还是很大的。与他同时稍晚的李允甫创作的《无肠公子传》就是在这篇作品的直接影响下产生的。崔滋在《补闲集》中说,李奎报"弱冠时,作麴秀才传。李史馆允甫,初登第时效之,亦作无肠公子传。"此外,由于李奎报在朝鲜文坛的领袖地位,其《麴先生传》中的某些艺术表现手法更直接影响到后来朝鲜朝假传的发展。

二、《清江使者玄夫传》的主题思想及文化内涵

《清江使者玄夫传》是李奎报另一篇重要的假传。这是一篇动物拟人的假传,作品将乌龟拟人作为主人公,是高丽时期唯一一篇以动物拟人的假传。"清江使者"出自《庄子·外物》:"宋元君夜半而梦人被发窥阿门,曰:'予自宰路之渊,予为清江使河伯之所,渔者余且得予'",后来古人常以"清江使"代指龟。宋代梅尧臣的《龟》诗中亦有"王府有宝龟,名存骨未朽。初为清江使,因落豫且手"。"玄夫"是龟的别号,韩愈《孟东野失子》中有:"再拜谢玄夫,收悲以欢忻"的诗句,玄夫,指的是大灵龟。整篇作品是以《庄子·杂篇·外物》中的"神龟"寓言为基础,利用《初学记》③卷三十"鳞介部"龟第十一中,辑选的有关龟的典故材料,搜罗选择中国历史上其他关于龟的典故,精心组织、编排、敷衍而成。

> 玄夫,不知何许人也。或曰,其先神人也。兄弟十五人,皆体巨,绝有力焉,天帝所命扶五山海中者是已。《玄中记》曰:"鳌巨龟也。"至子孙,形寝小,亦无以力闻者,唯以卜筮为业。相地之利害,不常厥居,故其

---

① 徐居正:《东文选》(第四),(韩国)学习院东洋文学化研究所,1970年,第31页。
② 同上。
③ 《初学记》是唐代类书。徐坚辑撰,共三十卷,分二十三部,取材于诸子群经、历代诗赋及唐初诸家作品,体例略仿《艺文类聚》。书中保存了很多古代典籍中的零篇单句。李奎报的《清江使者玄夫传》中的典故材源出自《初学记》的结论,参考了王小平先生《高丽和朝鲜初期的假传体小说》一文,特此说明。

乡里世系不得详焉。远祖文甲,尧时隐居洛滨。帝闻其贤,聘以白璧。文甲负奇图来献。帝嘉之,因封洛水侯。曾祖自言上帝使者,不言其名,担"洪范九畴"授伯禹者是也。祖白若,夏后时铸鼎于昆吾,与翁难乙致力有功。父重光,生而有文在左胁,曰:"月子重光,得我者,匹夫为诸侯,诸侯为帝王。"因采其文名之。玄夫尤沉邃。其母梦瑶光星入怀,因而有娠。始生,相者曰:"背法盘丘,文成列宿,必神圣之相乎!"及壮,覃研历纬,凡天地、日月、阴阳、寒暑、风雨、晦明、灾祥、祸福之变,无不逆知。又学神仙行气导引,不死之方。性尚虎,常介而行。上闻其名,使使聘焉。玄夫傲然不顾,乃歌曰:"泥涂之游,其乐无涯;巾笥之宠,宁吾所期。"笑而不答。由是不能致。其后,宋元王时,豫且强逼之,将致于王。未及谒,梦有人玄服辎车而来,告曰:"我清江使者也,将见于王。"明日,豫且果以玄夫来谒。王大悦,欲爵之。玄夫曰:"臣为豫且所强,且闻王有德,故来见耳。爵禄非本志,王岂欲留而不遣耶?"王欲放遣,因卫平密谏,乃止。即调为水衡丞,又迁授都水使者,俄擢为大史令。凡国之施为注措,动作兴亡,事无大小,莫不咨而后行。上尝戏曰:"子神明之后,且明吉凶,不早自图,落豫且之谋,为寡人所获,何也?"玄夫曰:"明有所不见,智有所不及,故尔。"王笑之,其后莫知所终。至今,搢绅间有慕其德,用黄金铸像而佩之者。胄子曰元绪,为人所烹。临死叹曰:"行不择日,今而见烹。虽然尽南山之樵不能溃我。"其慷慨如此。次子曰元宁,浪游吴越间,自号洞玄先生。次子史失其名,形极小,不能卜,唯升木捕蝉,亦为人所烹。其族属或有得道,至千岁不死,所在有青云覆之者;或隐于吏,世号玄衣督邮云。①

作品首先按照人物传记惯用的体例,从玄夫的始祖开始,追溯其家族的世系渊源。玄夫的始祖是受天帝派遣背负海中神山的大鳌,此典出自《列子·汤问》,说的是渤海东面有无底之谷,名叫"归墟",天下之水都倾注到那儿。那里有岱舆、员峤、方壶、瀛洲、瀛洲五座仙山,"而五山之根无所连箸,常随潮波上下往还,不得暂峙",所以天帝派十五只巨鳌分三班交替以首顶着仙山,使之不再随波晃动。作品将龟虚拟为巨鳌的后代。由于龟具有超乎寻常的生命力,"龟之言久也,千岁而灵,此禽兽而知吉凶者也"②,所以中国古人认为它是一种有灵性的动物,而将其奉为神灵,"何谓四灵?麟凤龙龟,谓之四

---

① 徐居正:《东文选》(第四),(韩国)学习院东洋文化研究所,1980年,第30—31页。
② 《初学记(卷三十)·洪范:五行》。

灵"①。大龟背负甲上的神奇的纹路,被上古的人们认为是上天的意志,所以认为以龟占卜最为灵验,于是龟成了占卜物最理想的选择。李奎报这篇假传就是以神龟卜筮的线索来结构全篇的。远祖文甲背负奇图来献,"奇图"指的应是"河图";曾祖担负着"洪范九畴"授伯禹,孔安国认为洛书即"洪范九畴";祖父白若夏后时铸鼎于昆吾,出自《墨子》:"昔日夏后氏使飞廉折金于郴山,以铸鼎于昆吾,使翁难乙灼白若之龟是也"②;父重光左胁生而有文,出自《史记·龟策列传》"江南嘉林,龟在其中,常巢于芳莲之上。左胁书文曰:'甲子重光,得我者匹夫为人君,有土正;诸侯得我者为帝王。'"③"文甲""白若""重光",或为龟的代称,或为以与龟相关的典故敷衍化用而来,追溯了玄夫的祖上神异的世系,不凡的来历,意在突出玄夫正宗的血统,清白的身家。玄夫生而有异,其母梦见瑶光星入怀而有娠,出生后"背法盘丘,文成列宿"是神圣之相。《运斗枢》中有"瑶光星散为龟",《礼统》中有"神龟之象,上圆法天,下方法地。背上有盘法邱山,玄文交错,以成列宿。"玄夫学习行气导引等神仙不死之术,《史记·龟策列传》中有"龟尚生,不死。龟能行气导引。"行气导引是道家修习的一种气血调理方法,可以益寿延年,据说这种方法是模仿乌龟善于闭气的习性而来。这一部分作品叙写了玄夫出生的神异,以及他的博学多才,身怀绝技,为统治者想要网罗他做好了铺垫。玄夫不应帝王之召,以歌明志的情节,完全化用了《庄子·秋水》中的一个寓言故事:"庄子钓于濮水。楚王使大夫二人往先焉,曰:'愿以境内累矣!'庄子持竿不顾,曰:'吾闻楚有神龟,死已三千岁矣。王巾笥而藏之庙堂之上。此龟者,宁其死为留骨而贵乎?宁其生而曳尾于涂中乎?'"。作品中李奎报将庄子换成了玄夫,表现了玄夫不事权贵、崇尚自由的性格品质。接下来是本篇最主要的情节,玄夫被豫且所逼迫侍奉宋元王一段,也是敷衍化用《庄子·杂篇·外物》中"神龟"的寓言故事。《庄子》"神龟"的故事是说,春秋时期,宋国国君元王半夜梦见一个披散着头发的人来见他,并对他说:"我来自宰路,是清江的使者,被派遣去见河伯,被宋国的渔夫余且逮住了。元君梦醒,令人占卜,占卜说:"这是神龟。"元君天亮后立即召见余且。余且果然网到了一只白龟,献给元君。元君既想把龟放了,又想把它杀了,犹豫不决。令人占卜,占卜说:"把龟杀掉用来卜筮,吉。"于是杀了龟,用龟壳占卜,十分灵验,七十二钻都没有失算。最后,庄子借孔子之口道出了文章的主旨:"神龟能见梦于元君,而不能避余且之网;知能七十二钻而无遗筴,不能避刳肠之患。如是,则知有所困,神有所不及也。

---

① 《礼记·礼运》。
② 《初学记(卷三十)·墨子》。
③ 《初学记(卷三十)·史记·龟策列传》。

虽有至知,万人谋之。"李奎报假传的主旨也基本上承袭了《庄子》寓言,明确地点出了"明有所不见,智有所不及",即使是能够明察秋毫的圣人,也会有考虑不周全而出现差错失误的时候,为人处世,要处处小心谨慎的主旨。此外,作品还交代了玄夫三个儿子,以及其族中后代的情况。大儿子元绪为人所烹,典出自刘敬叔的《异苑》。其余两个儿子,一个浪游吴越间,另一个亦善捕树上的鸣蝉,最后也被人所烹,典出自《南越志》。"元绪""元宁""玄衣督邮"均为龟的别称。这些内容都可以从《初学记》中找到典故的材料来源。需要指出的是,《清江使者玄夫传》与《初学记》中所引曹植的《神龟赋》的主题大体相近。

作品中的典故涵盖了有关龟的神话传说、民间习俗、奇闻异事等,作者将这些材料了无痕迹地化用于行文之中,使之成为故事发展的有机组成部分,没有任何生搬硬套之感,读之娓娓道来,引人入胜。"对于作者来说,它们具有消费知识的性质。在将阅读中国各种典籍得来的有关物与人的知识编缀成传的过程中,他们得到的是编组新知、消费新知的乐趣。"①但是作者的创作绝不仅限于此,从作品的内容上看,作者是有切肤体会,有感而发的,也是有所指向的。玄夫是一个血统纯正、情操高洁的人。他才华横溢,身怀绝技,淡泊名利,只希望继承祖业,清清白白的生活。然而事与愿违,这样有才有德的贤人,正是历代君王统治者千方百计想要拉拢利用的对象。但玄夫始终不愿卷入到复杂的官场政治斗争中,一再婉言谢绝官方的利诱、君王的敬请。无计可施的朝廷及其臣下,只能用诡计来引他上钩,无奈他也只能屈就于统治者的幕僚之下。文章说没有人知道玄夫的最终的结局,实际上读者知道玄夫的结局就是他所不愿享受的"巾笥之宠",也就是说他没有摆脱被杀取壳,成为一个占卜之物的命运。玄夫既能够预知吉凶,却不懂得早为自己图谋,而落入渔夫之网,又不能救二子于烹,这真是一个莫大的讽刺。作品通过这样一个故事,说明人世间、官场上的风波险恶是无法避及的。庄子认为这是时运所致。在《秋水》中,庄子也援引了"仲尼厄于匡"一事,他借孔子之口,表达了自己的看法,"我讳穷久矣,而不免,命也;求通久矣,而不得,时也。当尧、舜而天下无穷人,非知得也;当桀、纣而天下无通人,非知失也;时势适然。夫水行不避蛟龙者,渔父之勇也;陆行不避兕虎者,猎夫之勇也;白刃交于前,视死若生者,烈士之勇也;知穷之有命,知通之有时,临大难而不惧者,圣人之勇也。由,处矣!吾命有所制矣!"而李奎报则将作品主旨落脚在"明有所不见,智有所不及",所以为人处世,当慎之又慎,是他宦海浮沉,处事为官之路

---

① 王晓平:《亚洲汉文文学》,天津:天津人民出版社,2009年,第365页。

的经验和感悟。

李奎报的两篇假传作品《清江使者玄夫传》和《麹先生传》都可以看作他处世、为官之道的经验感悟。李奎报出生于京畿道黄骊县一个寒族世家。他"九岁能属文,时号奇童。稍长,经史百家佛老之书一览辄记"①,22岁时"拔出于千百人中,署为第一"②。他对自己的才华非常自信,以文华国,建功立业是他人生理想的追求。然而现实总是残酷的,年轻时的李奎报恃才自傲,狂放不羁,明宗二十年,他23岁"登同进士第,嫌末科,欲辞之"③,在父亲的严厉干预和无旧例可循的情况下才作罢。为此,他喝醉了酒对前来恭贺的客人说:"予科第虽下,庸讵知不三四度铸门生者乎"④,其高傲张扬的个性可见一斑。李奎报爱憎分明,敢于直言,他甚至曾当面评价与之为忘年交的"海左七贤","未识七贤内,谁为钻核人",引得"一坐皆有愠色"⑤。他这种恃才自傲的个性不可能见容于世。李奎报30岁那年,宰相赵永仁、任濡、崔诜、崔说等人联名上书"荐公请补外寄,以备将来文翰之任",却因被人挟私怨窃走推荐的奏折,而终未成事。这件事对他的打击之大可想而知。李奎报虽然二十多岁时便以文名世,但直至他及第十年后的32岁时才初入仕途,其间经历的曲折可想而知。《麹先生传》作于李奎报"弱冠"未步入仕途之时。少年闻名的李奎报,与作品中的主人公麹圣何其相似。麹圣在"公卿交口荐进"下,待诏公车,从此扶摇直上,平步青云。从麹圣的仕途晋升之路来看,与李奎报当时涉世未深,对前途信心满满的思想特征是吻合的,所以此时的李奎报对于仕途的感悟是"见几而作","知足自退"。从李奎报的为官仕途之路来看,中间虽多次遭人陷害,历经坎坷,但是在官场上摸爬滚打近四十年,最终登上了宰相高位的他,应该说对"见几而作"的处世之道,已经是了然于心,游刃有余了。而且,李奎报确实也做到了"知足而退",68岁以后,他虽高居国相之尊位,却一再提出辞官的请求,终于在70岁时致仕,74岁时"以寿终",践行了他自己的为官理念,然而这其中又饱含了多少凄许与无奈。

《清江使者玄夫传》的具体创作年代限于资料,我们不得而知,但是从作品表现的思想来看,作者应该是有感而发的。"立身扬名""兼济天下"是李奎报的理想,在封建时代实现这一理想的唯一道路就是仕途之路,所以李奎报的一生是积极入仕的一生。他32岁踏入仕途,出任的第一个官职是泉州牧

---

① 《高丽史(卷一〇二)·列传:李奎报》,朝鲜劳动新闻出版社,1958年,第193页。
② 徐居正:《东文选(第二)》,(韩国)学习院东洋文化研究所,1970年,第479页。
③ 《高丽史(卷一〇二)·列传:李奎报》,朝鲜劳动新闻出版社,1958年,第193页。
④ 同上。
⑤ 同上。

司兼掌书记的微职,这个职位也是他通过不断向当权者进献诗文,努力争取而来的。但没过多久,由于他耿介的性格,不屈于"贪且偃肆"的通判,被诬陷遭到贬谪。35 岁时,"东都叛",朝廷招募"修制",其他人"皆以计避",李奎报慨然从军,出任"兵马录事兼修制"。一年多后,大军凯旋,朝廷论功行赏,"奎报独未得官",李奎报激愤地写下了"猎罢论功谁第一,至今不及指纵人"的诗句,失落与不满之情不言而喻。这件事对李奎报的打击触动很大,但也促成了他政治思想的转变与成熟。此后,李奎报继续给当权执政者上书求仕,进献文章,所作《茅亭记》受到权臣崔忠献的"嘉赏",此后"忠献屡招致走笔赋诗"。李奎报以出众的文笔才华受到当权者的重视,开始受到提拔。诚然李奎报仕途的转向与其横溢的才华紧密相关,但更加重要的是,屡遭挫折后,他已经认识到狂傲的个性是其求仕的最大障碍,看到了谦虚谨慎对于为官的重要性。李奎报在《上闵常侍湜书》以林椿"恃才傲物,竟不登一第,至穷饿而死"为反例,表达了"士当以谦恭畏慎为志"的认识,他说"况文章者,特一小伎耳。虽有锦肠秀肝、奇丽之蕴,除知己外,非任人人所敬而畏服者也。若以此自负,凌侮人物,必遭殴击拉折之辱",不仅如此,"其陷不测之祸亦审矣"①。官场的历炼使李奎报从一个恃才自傲,放言无忌,充满豪气的年轻人,成长转变为一个谨言慎行,成熟老练的官场老手。然而,伴君如伴虎。在动辄得咎的官场上,即便谨言慎行,小心翼翼,如履薄冰,也难以避免横生的灾祸,李奎报 63 岁时,在一次宴会上,有人被权臣误解,以为不恭,而李奎报仅仅因为坐在这个人的旁边,而被判大罪,遭到罢官和流放猬岛的重罚。虽然次年即被召回,但李奎报的仕途热情大受打击,李奎报对官场和仕途已经彻底绝望,难怪他在《清江使者玄夫传》中发出"察至微,防未兆,圣人容或有差……况其余哉……呜呼!可不慎乎?"的慨叹,由此也延伸出对官场风气的深刻批判。

第三节 高丽佛教僧侣的"假传"

高丽假传中有三篇僧侣的作品,其中释慧谌的《竹尊者传》和《丁侍者传》特别值得瞩目。根据李奎报所撰《曹溪山第二世故断俗寺主持修禅社住赠谥真觉国师碑铭并序》②,释慧谌(1178—1234),俗姓崔氏,名寔,字永乙,自号无衣子,出生于全南罗州和顺县。慧谌早年丧父,二十五岁又丧母,在高丽"禅之中兴祖师"③佛日普照国师知讷(1158—1210)所住曹溪山为母祭祀后

---

① 徐居正:《东文选》(第三),(韩国)学习院东洋文化研究所,1970 年,第 1 页。
② 徐居正:《东文选》(第四),(韩国)学习院东洋文化研究所,1970 年,第 278 页。
③ 季羡林、吴亨根等:《禅与东方文化》,北京:商务印书馆,1996 年,第 305 页。

出家，成为知讷的弟子，从此一心修禅。知讷入寂后，慧谌成为曹溪山修禅社第二世。此后24年，慧谌以其独特的禅思想在朝鲜广施教化，高丽高宗三年（1216）被推戴为大禅师。他未经僧科而被任命为大禅师，这在当时是没有先例的，由此亦可见慧谌的影响力。慧谌于高丽高宗二十一年（1234）甲午六月二十六日入寂，高宗赠谥为"真觉国师"。慧谌著三十卷《禅门拈颂》是其禅思想的代表作。除了在禅佛思想上的超高造诣外，慧谌才机纵横，能诗善文，著有《无衣子诗集》两卷。他喜欢以文学形式阐发禅宗哲理，酷似中国宋代之惠洪觉范。《竹尊者传》中的诗赞，引用的便是惠洪的《崇胜寺竹尊者赋诗》。

一、《竹尊者传》的文化阐释及禅宗意蕴

《竹尊者传》是慧谌创作的一篇以竹拟人的假传。"尊者"在佛教用语中指的是智德具尊的人。作者将称竹为"尊者"，旨在颂扬竹的品性、道德和节操。慧谌是高丽朝最著名的禅宗和尚之一，其佛门僧侣的身份决定了他所创作的假传无论是思想内容，还是艺术形式都具有浓厚的"禅"味。而禅宗的修持讲究的是"悟"，慧谌假传最突出的特点就是以文学形象的艺术方式，表达作者禅思想的体悟。作者将所拟写对象的文化意蕴，融合到其禅佛思想中，体现了东方儒、释审美思想相互契合的一面，同时也寄托了作者的人格理想。

尊者姓萧，讳洒然，字此君，长沙之祖，玉泉之弟。其父母乡贯，莫得而详。好游渭水之滨，湘江之岸，酣风醉月，饱雪饫霜，则其骨冷神清，节高调远，概可知也。唐之萧悦，宋之老泉、文与可，本朝丁公等，皆知音也。最厚且亲，又能写真，其所写者，世以为珍。尊者之德，不可胜记也。略记有十种，一才生便秀，二渐老更刚，三其理调直，四其性清凉，五其声可爱，六其容可观，七虚心应物，八守节忍寒，九滋味养人，十多材利世。有时办供，能招瑞凤，或处现通，解化狞龙。虽遍界分身，而常住崇圣寺，时人献尊者之号。或问："既称尊者，理应无累，云何却受二妃之泪？"曰："唾面待自干，况是泪痕斑？"问："智力勇果，不受欺诈，云何容受王化铜马？"曰："欲知吾道大，不与物情背。"问："一悟永悟更不疑，云何五月十三迷？"曰："君不闻乎，大智如愚。"问："曾为香岩老，开何秘要门？"曰："我今无说说，汝可不闻闻。"问："山阴隐士云何云，不可一日无此君？"曰："应恐暂离真善友，无端惹得俗情薰。"问："海岸孤绝处，补陀洛迦山。助扬何佛事，侍立碧岩间？"曰："日日霑甘露，时时作梵音，涓尘补海岳，聊助大悲心。"问："避地远耻辱，可名为智人。胡为秀铁面，漫坏吾师真？"曰："解脱打文殊，时称大丈夫。云门棒释迦，世号真作家。彼既非

傲慢,我亦无惭报。可谓知恩人,方能解报恩。"问:"净因云,'此君代我说法。'未审代说何法?"曰:"令人见则袪烦热,便是浑身广长舌。"问:"所守恒一,不易其质。何故清平园里,或短或长,多福寺中,一曲一直?"曰:"曲也只如是,直也只如是。长短而复尔,思之可知矣。"其对人机辩类如此。洪觉赠之以诗曰:"高节长身老不枯,平生风骨自清癯。爱君修竹为尊者,却笑寒松作大夫。未见同参木上座,空余听法石于苊。戏将秋色供斋钵,抹月批风得饱无。"无衣子亦于己丑年冬,有诗赞曰:"我爱竹尊者,不容寒暑侵。年多弥励节,日久亦虚心。月下弄清影,风前辈梵音。皓然头戴雪,标致生丛林。"其子有玉板长老,东坡器之之辈,尝访之,饱参而去云。①

《竹尊者传》是一篇非常独特的假传。作品以竹拟人,叙写了竹之尊者之德。慧谌选取了竹这样一个极富东方文化意蕴的植物作为参悟的对象,采用佛教禅宗主客问对的形式,传达了其对"竹"品质的体悟。整篇作品充满禅机,洋溢着浓重的禅佛宗教色彩。

"松竹梅岁寒三友,桃李杏春风一家",竹是东方最富文化意蕴的植物之一,也是最能体现东方审美情趣的意象之一。"竹之为物,草木中之有特操者欤?群居而不倚,虚中而多节,可折而不可曲,凌寒暑而不渝其色。……使人观之,其胸廓然而高,渊然而深,泠然而清,挹之而无穷,玩之而不可亵也。其超世之致,与不可屈之节,与君子为近,是以君子取焉。"②人们爱竹,是因为竹的生长习性与自然属性,与东方许多民族的传统精神相契合。从文中作者归纳的竹之十"德":"才生便秀""渐老更刚""其理调直""其性清凉""其声可爱""其容可观""虚心应物""守节忍寒""滋味养人""多材利世"的自然属性中,升华出的人格、品质、风貌,超越了其物性特征,拥有了刚直、隐忍、虚心、包容、坚贞等广泛而深刻的人文内涵,其中,竹之虚心挺直、高风亮节之特性,更成为了东方儒家各民族所崇尚的虚怀若谷、奋发进取的崇高气节的象征。从《诗经》开始,竹已经被赋予了人的精神与品格,作为文学意象与君子高尚情操紧密相连的审美意象为人吟咏。"修竹千竿,牵挂历代诗人",竹成为了文人墨客口中吟咏、笔下描绘的爱用意象。以竹为题材的诗、书、画珍品不胜枚举。作品中提到的唐代的萧悦、宋代的苏老泉、文与可等人都以爱竹而闻名。萧悦是中唐著名的画家,尤善画竹。白居易曾作诗称赞他说,"萧郎下笔

---

① 林明德:《韩国汉文小说全集》(卷六),"中国文化大学"(台北)、韩国精神文化研究院(首尔)共同刊行,第112—113页。
② 《王国维文集》(第一卷),北京:中国文史出版社,1979年,第132页。

独逼真,丹青以来唯一人",所画之竹"举头忽看不似画,低耳静听疑有声",使人如入竹林,达到乱真的程度。苏老泉即苏轼,他也是写竹、画竹的高手。苏轼曾作诗云"可使食无肉,不可居无竹。无肉令人瘦,无竹令人俗。人瘦尚可肥,俗士不可医",对竹之爱慕可见一斑。文与可是苏轼的表兄弟,以工于画竹而著称,有"墨竹大师"之美誉。苏轼兄弟对他十分敬重,苏辙曾写作《墨竹赋》赞美他笔下的墨竹,能把竹子的情态写得细致逼真,富于诗意。而苏轼则更进一步,在绘画题记《文与可画筼筜谷偃竹记》一文中,对文与可注重作画体验"胸有成竹"的绘画理论进行了独到的阐释,并发表了自己对文与可高超的画技和高尚的画品的精深见解。《竹尊者传》中说这些人与"尊者""最厚且亲,又能写真"是其"知音"。竹甚至成为时政盛衰、文人仕途顺逆的气候标。每当世风浇漓,正直文人仕途失意之时,以竹寄兴言志的诗词歌赋便会大兴。"萧然风雪意,可折不可辱"(柳宗元《竹》),竹迎风傲雪,自强不息的气质,正与儒家士大夫"富贵不能淫,贫贱不能移,威武不能屈"的精神相吻合。而此时,竹篁生处,远离尘俗,静谧优雅,成为了失意文人的大好去处,青翠雅静的竹林,自然而然便成为他们托身之所,高洁坚贞的竹之品性,更是他们的寄兴之物。竹之人文意蕴成为了东方文人理想精神的最佳诠释。

佛教自印度传入中国后,在中国以儒家思想为主导意识形态的封建社会的土壤里,巧妙利用佛教思想开放性的特点,吸收了儒家传统的人性论学说与道家的主静思想,并将印度佛教文化与中国固有文化加以融会贯通,形成了禅宗这样一个具有鲜明中国特色的教派。其中,在重视道德价值,以及人性修养的方法上,禅宗表现出与儒家思想存在诸多契合之处的特点。"儒与释,形不同而心则同。其为教虽异,而趋善守正之意则无异。"(《禅僧正堂诗卷序》)慧谌思想中也有儒、禅一致的一面,"认其名,则佛儒向异,知其实,则儒佛无殊"(《曹溪真觉国师语录法语》)。作品《竹尊者传》则是慧谌儒佛一致理念的具体体现。

"中国哲学所追求的人生最高境界,是审美的而非宗教的"①,在这一点上儒释道均不例外。托物言志是儒学爱用的表达方式,从自然物象中体悟禅意也是禅宗参禅的方式,这样,众多相同的审美意象便孕育而出,"青青翠竹,尽是法身;郁郁黄花,无非般若",竹——便是其中的典型代表。慧谌的《竹尊者传》是以北宋著名禅宗和尚惠洪所作《崇胜寺竹尊者赋诗》为立意基础撰写而成。这首诗歌描述了崇胜寺一支秀出的竹子,赋予它清癯的人格和高洁的佛性。慧谌进一步生发,从竹"酣风醉月,饱雪饫霜",体现出的"骨冷神清,节

---

① 李泽厚:《中国美学及其他》,《美学述林》,1983年第一期。

高调远"的特征,与禅思想中"清净自性"的静观心态相契合,作者以禅家的眼光审视竹,其所见超出竹之行迹本身,他将竹之清冷、高远、虚空等文化意蕴,渗透到禅佛隐忍、容受的精神体悟之中,从竹之意象升华出禅佛的智慧与境界。

《竹尊者传》采用主客问答的形式,围绕竹的意象,以作品中虚拟人物之间充满禅机、禅趣的对话的方式,阐释作者佛禅思想的体悟。这种问答,实际上是禅宗教育、接引门徒的重要方法之一。问答的语言,往往是看似怪异、荒谬、不可解的语句,很多问答无头无尾,让人莫名其妙,有时甚至是通过姿势,来触发弟子的悟性。而禅宗主张大疑才能大悟,这些使人摸不着头脑的言语,正是"起疑"的手段,因为难以得到确切的解释,就更能启发人苦苦思索。慧谌是高丽朝最著名的禅宗和尚,在禅思修持上,他十分强调"话头"的重要性,"看话一门之禅法"[①]是慧谌禅思想的特色。所谓"话头"就是"禅门中把古德的行迹言句拣选出来成为话头,加以探究商量来悟禅。"[②]所以,《竹尊者传》中的问答,表面上给人以直观的印象,但又难以索解,而作品正是要通过这样的言语,引导读者去揣摩、体悟作品的主旨,体现了禅宗所谓的"绕路说禅""言语道断"的特点。然而,《竹尊者传》毕竟不是佛教教义,而是一篇文学作品,特别是作者采用了假传这样一种极富寓意的文学形式,以拟人形象的方式,阐释禅佛形而上的思想。作品设置了一个虚拟人物与尊者之间一问一答九组对话,通过尊者意味深长而又不失假传幽默风趣特点的回答,传达了作者的禅思想。

作品围绕竹意象,将中国的神话传说,历史典故,与禅宗参禅的"话头"巧妙地组织在一起,将竹的人文意蕴进行了禅解。

首先,"虚心应物"之竹品格。"虚心应物"是慧谌归纳的竹之"十德"之一。中心虚空是竹的物性特点,"应物"则是人们从对竹使用价值的开发而升华出的人文意蕴。"应物"包含着不同侧重点的多重内涵。"竹心空,空以体道,君子见其心,则思应用虚受者。"[③]君子应该从竹心虚空中想到要虚心求道,"水能性淡为吾友,竹解心虚即我师"(白居易《池上竹下作》)。儒家思想历来强调"满招损,谦受益"的虚心求教精神,而竹心虚空,叶向下的特点恰与之契合,"虚心竹有低头叶,傲骨梅无仰面花。"(郑燮《题竹梅图》)以竹之虚心应物,喻谦虚求教是竹之虚中空心第一层意蕴。作者由此生发出"受二妃之

---

① 季羡林、吴亨根等:《禅与东方文化》,北京:商务印书馆,1996年,第318页。
② 孙昌武:《诗与禅》,台北:东大图书公司,1994年,第4页。
③ 白居易著:《白居易集笺校》(卷四三),朱金城笺注,上海:上海古籍出版社,1988年,第2744页。

泪","唾面自干"的容受的思想。"二妃之泪"出自张华《博物志》(《初学记》引)载:"舜死,二妃泪下,染竹即斑。妃死为湘水神,故曰湘妃竹。"湘妃泣染斑竹的典故本来意喻女性坚贞的爱情,此处用以赞美竹之包容心。"唾面自干"典出自《新唐书·娄师德传》,"其弟守代州,辞之官,教之耐事。弟曰:'有人唾面,洁之乃已。'师德曰:'未也,洁之,是违其怒,正使自干耳'"。意思是说,别人往自己脸上吐唾沫,为了让对方平息愤怒,不擦掉而让它自干,形容受了侮辱后的极度容忍。由这两个典故,作者生发出竹之虚中空心第二层意蕴,即佛家"虚空含容一切身语意业者"①的所谓"虚空容受"思想。其次,不悖物情,大智若愚之竹智慧。竹有"节",其生长是节节向上,直达青云,"谁家新笋破新泥,昨夜西风到竹西。借向竹西何限竹,万竿转眼上云梯"(郑燮《题画》),说的就是竹破土而出,节节向上的特性,所以竹又是世人眼中,生机盎然、不断攀登的象征意象,"孤生崖谷间,生此凌云志"(杨载《题墨竹》),借以比拟坚忍不拔,虚心猛进,奋发向上的人格,"虽然一尺让他高,来年看我掀天力"(郑燮《题画》),喻意韬光养晦、蓄势而发的进取精神。慧谌从竹的生长特性和这些丰富的人文意蕴,从竹的顺势而上,参悟到只有"不与物情背",不违背世态物情,尊重事物发展的归路,才能涵盖万物,真正体现佛法有容乃大的广博精神,这就是禅思想中所谓"平常心是道","一切声色事物,过而不留,通而不滞,随源自在,到处理成","春有百花秋有月,夏有凉风东有雪"②,不苛求,顺势而为思想的体现。这也是慧谌从竹守节如一的品性中领悟到的竹之智慧。第三,超凡脱俗之竹品行。作品中提到"一日不可无此君",此典出自《晋书·王徽之传》。王徽之,字子猷,是东晋大书法家王羲之之子。王子猷对竹的热爱近似乎痴迷,他"尝寄居空宅中,便令种竹。或问其故,徽之但啸咏,指竹曰:'何可一日无此君耶?'"。"此君"后来成了竹的代称,《竹尊者传》也采用了这个典故,说"尊者"字"此君"。慧谌借此典,将竹喻为"真善友",喻意如果没有此君的陪伴,恐怕会被俗世凡情所熏染。我们知道,佛家是出世的。竹之宁静淡泊、超凡脱俗的风姿,正应和了佛家超脱红尘之外的理想。第四,所守恒一,知节守志的竹之志向。作品说,竹虽"或长或短","一曲一直",但"曲也只如是,直也只如是,长短亦复尔"。作品意在说明无论长短、曲直,守节如一,不易其志是竹的本质。"竹节贞,贞以立志。君子见其节则思砥砺名行,夷险一致"(白居易《养竹记》),作者意在赞颂竹无论顺逆,都能坚守本质的可贵品质。作品的最后,慧谌以对竹的一首偈颂,点名了文章的主

---

① 朱芾煌:《法相辞典》,北京:商务印书馆,1939年,第1169页。
② 《无门关》,转引自李泽厚:《新版中国古代思想史论》,天津:天津社会科学院出版社,2008年,第164页。

旨。作者爱竹,是爱其不畏寒暑,年高励节,日久虚心,始终如一的品质。从竹的品质,参悟出竹之智慧,以启发人生。人的一生不可能一帆风顺,有顺境,便会有逆境,即使身居高位、享尽荣华,也难免会遭遇尴尬和窘困的境地。这个时候,就要学习竹的隐忍包容,虚怀应物,要耐得住清苦和寂寞,要敢于挑战人生,从而完成自我的一次次蜕变,逐渐走向成熟。同时,也要学习竹熟谙进退之节,韬光养晦的智慧,悄无声息地修炼自我,绸缪而缜密,忍辱负重地去实现自己的目标。还要学习竹清正淡泊,不流于俗,高洁自守的品质,这是竹给予我们的启发。

通过以上分析,我们看到,慧谌将东方儒家竹文化所蕴含的丰富人文内涵与佛教自性修养相融合,借竹这样一个在儒家文化圈具有广泛价值审美认同基础的审美意象宣扬佛理,体现了朝鲜古代哲学思想的发展,具有儒、佛思想文化相融合的趋势。朝鲜朝的文人成伣已经清楚地看到了这样的特点,并且进行了鞭辟入里的论述。他在《虚白堂文集》中的《禅僧正堂诗卷序》一文中,以儒家学者的立场,阐发了其对朝鲜儒、佛思想关系的理解。文章说:

> 有浮屠正堂者,以其卷轴求言于余。余应之曰,余学孔子者也,惟彝、伦仁义之是守,师学释氏者也,绝类离伦,入山惟恐不深,甘与草木而同腐,其道固不同。而师借言于我,我为师言之,是犹圆枘椭之不侔也。然师慕吾徒,而求之切,故请以正之一字而论之。
>
> 方寸之间,虚灵不昧者,心也;一团镜智,妙湛不动者,亦心也。具众理而应万事者,心之发也,戒定生慧,而觉照众生者,亦心之发也。心得其正,则万物之性,即吾之性;众生发肤,即吾发肤。苟或失其心而不得正焉,则我自我,而人自人,吾之善端,无以扩充而推远,吾之功德,难以普及于无边。必使吾儒去邪而从正,释亦舍邪而归正。心既正,道岂有不正者乎?大而言之,天地得其正,则风雨时而寒暑节,品物遂而生养全。不得其正,则草木句萌,不遂其生;禽兽鱼鳖,不得其宁,而万类皆至于颠倒矣。就吾一身言之,吾身受命于天,亦天地之一气,呼吸喘息,进退而作,固当守之以正,而勿使悖焉耳。悖焉则吾心非吾心,吾气非吾气,未免为魔障之所恼耳。师居,即山之虚牝也;师行,即云水之界也。结跏趺坐,面壁不言,是静得其正也;浮杯飞锡,行吟诗偈,是动得其正也;架上楞严看遍了,是寻法而得其正也;庭前柏树坐相对,是悟理而得其正也。然则为禅之道,枯木死灰云乎哉。身虽入定而烦恼未脱,心虽俨思而邪念遽起,则岂可谓之正乎?今儒与释,形不同而心则同,其为教虽异,而趋善守正之意则无异。故终以正字,为吾师赠。

儒、佛二家的思想从立足点上各有所重，大相径庭。儒家关切社会的治理，佛家则关心的是人生痛苦的解除，那么与此相适应，儒家重视社会伦理建设，"惟彝伦、仁义之是守"，佛家则"绝类离伦"，"甘与草木而同腐"，侧重众生的解脱，所以儒家入世，佛家出世，"其道固不同"。然而"方寸之间，虚灵不昧者，心也；一团镜智，妙湛不动者，亦心也"，在重视心性的修养的问题上，"必使吾儒去邪而从正，释亦舍邪而归正"，儒、佛思想又表现出某种互动和融合，正所谓"儒也，释也，老也，皆名焉而已也，非实也。实也者，心也。心也者，所以能儒能佛能老者也。……知此乃可与言三家一道也。"①儒、佛两家在心性的修养上虽然旨归各异，却有着相通的价值观，"心正"才能"道正"，由此两者相互影响、渗透，形成了重德、自强、宽容、忍受的人文价值审美旨趣。高丽后期的禅宗僧侣慧谌创作的假传《竹尊者传》正是儒、佛在心性修养问题上，相容贯通的文学阐释。作品选取了竹这样一个为儒、佛共同崇尚、爱好的审美意象比德，从佛理上颂扬了其高风亮节、坚贞向上、虚怀应物、隐忍容受的理想人格，以文学形象的方式，印证了朝鲜思想发展，"儒与释，形不同而心则同，其为教虽异，而趋善守正之意则无异"这样的发展趋势。

二、《冰道者传》之禅思与禅趣

《冰道者传》是高丽中后期著名禅僧无衣子慧谌创作的又一篇充满禅思、禅趣的假传。作者以"冰"拟人，将"冰"作为主人公，并为之立传。以冰为题材的假传，在中朝假传作品群中都是十分鲜见的。我们知道，冰在东方也是极富人文意蕴的审美象征物之一。"冰，水为之而寒于水"，因其晶莹剔透、寒凉清澈的自然属性，而以冰"言人高洁如冰之洁"②，使其成为了高洁、磊落人格品行的象征。也是由于冰有这样的自然属性，所以常常被用来阐发佛理，"众生本来即佛，如水与冰"；"离心无佛，离佛无心；亦如离水无冰，亦如离冰无水"（《达摩悟性论》），冰也成为佛家喻意的常用意象。

实际上，在中国哲学史上对冰这个自然物之意象，很早便引起哲人们的关注和思索。《淮南子·俶真训》中说："夫水嚮冬则凝而为冰，冰迎春则泮而为水，冰水移易于前后，若周员而趋，孰暇知其所苦乐乎？"③物质的生成和消亡，人类的生息问题，自古也是人们不断探知和求索的哲学命题。《庄子》中说："知死生存亡之一体，……劳我以生，息我以死"④；《知北游》中说："人之

---

① 《紫柏老人集卷九·长松茹退》。
② 应劭《风俗通》，《文选》，卷四十七。
③ 转引自钱锺书：《管锥编》（第三册），北京：中华书局，1979年，第1011页。
④ 同上。

生,气之聚也,聚则为生,散则为死……以化而生,又化而死。"①宋代大儒张载在《正蒙·太和》中说:"气之所聚散于太虚,犹冰之凝释于水。"而人类之生生息息,恰似冰水之消融凝结,"人之生,其犹冰也,水凝而为冰,气积而为人;冰极一冬而释,人竟百岁而死"②;"死为休息,生为役劳,冬水之凝,何如春冰之消?"③先哲们均将冰水凝消拿来譬喻生命的诞亡。佛家释书更是以此为惯喻,《首楞严经》中说:"始终相成,生灭相续,生死死生,生生死死,如旋火轮,为有休息。阿难,如水成冰,冰还成水。"④高丽禅僧慧谌的这篇《冰道者传》便是将冰这一释家惯用的意象拟人化,以文学形象的方式阐释形而上的禅思。

  道者,姓阴氏,讳凝净,字皎然,水乡人也。父曰玄英,母曰青女。其母梦见风霜,觉而有娠,十月而诞。通身莹若琉璃,禀质硬如铁石。幼依风穴寺,洁志律身,面目阴冷,凛然不可犯。既壮,历参寒山、霜华、雪窦,皆密受印记。陆沈沟壑,世莫有识之者。无衣子一见而奇之,乃举以立僧,因号为冰道者,自是名播诸方。韶州令阳奕夫,以太阳寺请,不赴。阴城守严大凝,雅信此道,虚寒豁席,致公出世,衲子辐辏。开堂日,有问:"师唱谁家曲?宗风嗣阿谁?"曰:"开雪窦口,出霜华气。"问:"法无取舍,为什么不赴太阳请?"曰:"非干汝事。"问:"寒向火,师为什么不向火?"曰:"我不畏寒。"进云:"转生作熟时,作么生?"曰:"我不受食。"问:"三师诸佛在火焰里,转大法轮,师还甘也?"无衣子曰:"云月是月,溪谷各异。"问:"赵州道,想料上方兜率天也,无如此日,煮背师还肯么?"曰:"我不似穷鬼子。"问:"如何是室内一盏灯?"曰:"看看。"问:"腊月大烧山时如何?"曰:"休休。"言多去道转远。乃云:"吾心似秋月,碧潭清皎洁,无物堪比伦,教我如何说?"良久云:"晓天云净浓霜白,千峰万峰锁寒色。"众皆异之。公平生不食而不饥,不浴而不垢,肋不至席,迹不蹑尘,冬不开炉,夏不结制。至冬月,衲子煎点之夕,公必赴之,俎豆其中。不言不笑,兀坐达旦,目不暂瞬。衲子爱之忘去,常示众曰:"休去歇去,冷湫湫地去,一条白练去,盖不忘霜华血脉也。"一日告门人曰:"吾灭度后,不得烧取舍利,眩惑时人,可全身葬于古乡中,切嘱,且嘱。"因说偈曰:"通身不昧个灵光,透秀穿皮绝讳藏,莫讶须臾成水去,示无常处是真

---

① 转引自钱锺书:《管锥编》(第三册),北京:中华书局,1979年,第1011页。
② 同上书,第1012页。
③ 同上书,第1011页。
④ 同上书,第1012页。

常。"言讫,泊然而化,谥曰融一禅师,塔曰澄明,其剃发受具之所,阅世坐夏之数,皆不详云①。

慧谌的这篇《冰道者传》是借哲学上物质之生灭、生命之诞亡的观念,以刻画冰道子这个拟人化人物纯洁、古朴一生的品性和最后不得不"随性"消融的曲折故事,以此来隐喻物质生灭、生命轮回的关系。这虽然是一个无奈的选择,但就像作品中所说"莫讶须臾成水去,示无常处是真常",在作者看来,这才是生命的真谛。《冰道者传》与《竹尊者传》相比,有较为完整的故事情节和人物形象。作品以冰拟人,虚构了冰道者的一生,这实际上就是水结冻、成冰、消融的过程。作者将冰的自然属性、人文意蕴与禅宗佛理巧妙地融合在一起,紧扣冰的特点,塑造了冰道子这样一位不食人间烟火,不贪人间享乐,坚守清净节操的佛子形象,歌颂了他冰清玉洁,不趋炎附势的高尚品格。作品亦采用禅宗问对的方式,其间蕴含了许多禅思想的哲理。

首先,作品以冰拟人,紧扣冰的特质,从其自然属性中,升华出历史中有关冰的人文意蕴。"冰心与贪流争激,霜情与晚节弥茂"(《宋书·陆徽传》),"一片冰心在玉壶"(王昌龄《芙蓉楼送辛渐》),"如冰之清,如玉之洁,法而不威,和而不亵",冰在古代东方文化中早已凝结成儒家文人心目中操守清白、心地清明、纯洁高尚品质的象征。作品采用使事用典的手法,从冰道者的姓字、籍贯、家世等方面,围绕冰的意象组织了一系列与之相关的典故传说,从各个侧面凸显其冰清玉洁的高洁品质。传记称冰为"道者"。道者,是"修行佛道之称。《释氏要览》曰:'智度论云:得道者,名为道人。余出家者,未得道者,亦名道人。道者亦同此说。'后谓禅林之行者云道者,投佛寺求出家而未得度者。"②道者,名叫阴凝净,字皎然,水乡人。凝净、皎然用以形容冰的明亮与洁白。其父母是玄英与青女。玄英,指冬天。《尔雅·释天》:"冬为玄英。"青女,是传说中掌管霜雪的女神。《淮南子·天文训》:"至秋三月……青女乃出,以降霜雪。"道子出生在初冬的农历十月。他通身好似琉璃一样晶莹剔透,体质像铁石一样坚硬。他幼年时,居住在风穴寺。他自幼便能够洁志律身,面目严冷,凛然而不可侵犯。这些都是从冰的特质出发对冰道子形象的刻画,突出他洁身自律、刚正不阿的高尚品质。道子长大后,先后参拜了寒山、霜华、雪窦诸位大师。这里作者采用了双关的手法,他们的称谓"寒""霜""雪"均为与冰相关的意象,而且他们又都是唐宋时期的禅宗的名僧。作者以

---

① 林明德:《韩国汉文小说全集》(卷六),"中国文化大学"(台北)、韩国精神文化研究院(首尔)共同刊行,第131页—132页。
② 丁保福:《佛学大词典》。

此寓意冰道子为禅宗之传人,是得佛家真传的高僧。其次,"冰,水为之而寒于水",它无论是固态,还是液态,都始终如一保持其本色。由此升华出坚守如一、不易其志的品质,从这一角度出发,冰又常常作为佛教宣扬佛理的象征意象,而备受禅佛的青睐。"为三冬所冻,即名为冰;为三夏所消,即名为水。若舍却冰,即无别水;若弃却众生,则无别菩提。"(《达摩悟性论》)水,为隆冬所冻,凝结成冰;为炎夏所消,融解成水,形制上虽然发生了改变,但仍不易其本质,"离心无佛,离佛无心;亦如离水无冰,亦如离冰无水"(《达摩悟性论》)。慧谌从冰、水"明知冰性即是水性,水性即是冰性。众生性者,即菩提性也"的关系中,体悟到"心常而身灭"的佛理,他认为"四大之身有生灭,而灵魂之性,实无生灭"(《真觉国师语录》),传记中,作者说"莫讶须臾成水去,示无常处是真常。"用冰的泊然而化,形象地阐发其禅理体悟。第三,作者幽默地设置了道者不赴太阳奕邀请的情节,并通过主客间的四组问对,反复强调道子与火的格格不入,以"云月是月,溪谷各异"的回答,强调人各有其志,传达了作者对固守冰清之志,冰洁之心,冰纯之操守品质的赞美。作品最后说冰道子"所短者,恶热而已,然趋炎附热,道者所忌",再一次颂赞了固守佛理、佛戒、佛道,冰清玉洁,不趋炎附势的高尚节操。第四,作品表现了作者不羡人间烟火,不慕红尘享乐,坚守清净的"清净自性"的禅思想。作品说,道子"平生不食而不饥,不浴而不垢,肋不至席,迹不蹑尘,冬不开炉,夏不结制",他"不言不笑,兀坐达旦,目不暂瞬",不被任何外界的俗事所扰,心外无物,一心禅修,最终"大振霜华、雪窦之道",唯有通过这样的禅修,才能真正体悟禅佛之真境,将禅宗佛法发扬光大。

《竹尊者传》和《冰道者传》是朝鲜高丽时期两篇重要的假传作品。其作者慧谌以佛教僧侣的身份参与创作假传,从内容和形式上,突破了中朝以往文人士大夫假传创作的框架,为其发展注入了新的生机与活力。特别需要指出的是,慧谌的这两篇作品,表现出假传的创作开始转向内省,向重视人的心性修养的方向发展,同时假传的社会批判锋芒亦开始有所减弱。当然,慧谌的作品呈现出的这样的特点,根本上是由其佛教僧侣的身份决定的。但无论如何,《竹尊者传》和《冰道者传》两篇作品,实为此后朝鲜朝以心性拟人的"天君"假传体寓言小说大量涌现之端倪。

三、释息影庵及其《丁侍者传》

《丁侍者传》是一篇将竹制手杖拟人立传的假传作品。手杖俗称拐杖,古时又名"扶老","策扶老以流憩,时矫首而遐观",是年高者或体力活动不便者的常备之物。苏轼的《定风波》一诗咏叹道"竹杖芒鞋轻胜马",将手杖意喻为老人行动护身之器具。而自古以来,手杖也常常被文人雅士借来寄意,"杖有铭,所以寓劝诫之意",文人常在手杖上,刻上表达心志,寓以深意的文字。刘向著名的《杖铭》中说"历危乘险,匪杖不行;年耆力竭,匪杖不强;有杖不任,颠跌谁怨?有士不用,害何足言?"将才学之士比喻为扶人行走的手杖,以"有杖不任"讽刺统治阶级"有士不用",流露出对饱学之士难以得到重用施展才情的惋惜之情。苏轼也曾经作过:"于乎危,于忿是,于乎失道于嗜欲,于乎相忘于富贵"的"杖铭"以自警。

《丁侍者传》的作者释息影庵是高丽中后期进行假传创作的另一位僧侣。他的生卒年代不详,大约是生活在崔忠献家族掌政时期(1196—1258)的僧侣。息影庵善嘱诗文,与当时的文人士大夫交游频繁,是高丽著名的诗僧之一。《丁侍者传》是他以假传体的形式写的一篇关于丁字形手杖的嘲戏之作。作品没有因循"一人一代记"的人物传记体例的框架模式,而是假设了一个丁侍者与作者对话的场景,读之令人倍感轻松、诙谐。

> 立冬日昧爽,息影庵在庵中倚墙睡,闻外有庭拜问讯声,云:"新到丁侍者参。"怪而出视之,有人焉,形纤而长,色默而光,赤脚高撑若觚斗,玄睛挺露若瞋□,彳亍而入,孑孑而立。息影庵始而瞿然,顷而呼曰:"子前来,姑有闻于子,且子何名为丁?何自而来?抑吾素不识子面,子而称'侍者'何以?岂有说乎?"言未既,丁雀跃以进,徐其辞而谨对曰:"古初有圣人,其首牛者曰'庖牺'吾考也,其身蛇者曰女娲,吾姚也。生吾林中,弃而不育,霜雹暴之,则若悴而死,而风雨恩之,则若荣而生,而历寒暑千百,而后长而成人材,绵代迄于晋,俗而为范氏家臣,始学油身之术。降于唐,僧而为赵老门人,又加铁嘴之号。于后游定陶,遇丁三郎于涂,熟瞪而谓曰:'见子形上横下竖,宜以吾姓累汝姓。'吾固当因而不革焉。凡吾职在扶持,人人使吾,吾贱且劳矣。然非其人莫敢使,故吾所扶持盖寡,惟其不遇,失所归附,流寓海宇,为土偶所笑,今而久矣。昨天哀吾奇,命之曰:'命汝为花山使者,其往奉职,师事之惟谨。'吾闻命欣跃,双脚以来,愿长老容受。"息影庵曰:"德哉!丁上座古圣之遗体也。角不崩壮也,目不逃勇也。漆身以念恩仇,信也、义也;铁嘴以捷问对,智也、辩也;职扶侍,仁也、礼也;择偶归附,正也、明也。集斯众美,长生不老死,非圣即神,乌可企也?予不敢有一于此,不当子之所友,况所师乎?华都复有山花其名者,国庵老和尚,住彼山二年,山虽同名,人不同德。天命子往者,非于此,盖于彼也。子往矣。"因为歌而送之曰:"丁哉!趋而之

乎国庵之庭。予匏瓜于此,不若汝丁。"①

"丁侍者"实际就是一支经过漆身,手柄加了铁嘴的竹制手杖,其"形上横下竖",故以"丁"为姓。作品写了丁侍者拜访息影庵,自称为伏羲、女娲的后代,生而被弃于林中,承风雨的恩露,才得以成长,历经寒暑,终于成材。在晋朝时学习油身之术,在唐朝时又被加封铁嘴的名号,从此以扶人于颠跌为业。但长久不得志,流离失所,因土偶所荐,故前来投奔。息影庵认为它有信、有义、有智、有仁、有礼,且能言善辩,具有贤明的德行,所以将他推荐给另一位高僧。

息影庵的这篇假传赞扬了侍者择人而侍,扶人危持的高洁人品和敬业操守。整篇作品节奏明快,情趣盎然,应该是息影庵为给老朋友赠送手杖而作的一篇嘲戏之作。

第四节 高丽其他假传体文学作品分析

高丽时期,除了林椿、李奎报,以及释慧谌、释息影庵的上述几篇假传外,还有李允甫的《无肠公子传》、李榖的《竹夫人传》、李詹的《楮生传》等几篇作品,其中李允甫以蟹拟人的《无肠公子传》今已散佚不存。从李奎报在《李史馆允甫诗跋尾》中说:"其豫友李史馆允甫,诗挟风人之体,赋含骚客之怀,其若《无肠公子传》等嘲戏之作,若与退之所著《毛颖》《下邳》相较,吾未知孰先孰后也"。从这样的评价来看,这篇作品应该是一篇假传佳作。此外,李榖、李詹的假传创作成绩亦较为突出,具有一定的现实意义。

一、李榖及其《竹夫人传》

竹是一种具有很高使用价值和艺术欣赏价值的植物,它为中华民族文明的发展进步做出了不可磨灭的重要贡献。《礼记》曰:"日短至则伐木取竹箭。"《河图》曰:"少室之山,大竹堪为甑器。"《山海经》曰:"竹林在焉,大可为舟。"《本草》曰:"竹叶一名升斤,竹花一名草花。"《尔雅》又曰:"东南之美者,有会稽之竹箭焉。"《罗浮山记》曰:"邛竹,本出邛山,张骞西至大夏所见也。而此山左右时有之,乡老多以为杖。"《丹阳记》曰:"江宁县南二十里慈母山,积石临江,生箫管竹。"《晋书》曰:"元康二年,巴西界竹生花,紫色,结实如

---

① 林明德:《韩国汉文小说全集》(卷六),"中国文化大学"(台北)、韩国精神文化研究院(首尔)共同刊行,第129页—130页。

麦。"①古代劳动人民在长期的生产实践和文化创造活动中，逐渐认识和掌握了竹的特性，对竹材进行了广泛的开发利用，从日用竹器、供食用的竹笋、建筑材料、书写材料，到管乐器、兵器、猎具、医药、交通工具的制造等等，竹材的使用几乎覆盖了古人生活的各个方面。竹广泛的使用价值是人们爱竹的主要原因之一，但更为重要的是，竹特有的生长习性与自然形态，与中华民族许多传统精神相契合，从竹的品性中，升华出的人格、品质、风貌，超越了物质，拥有了广泛而深刻的内涵，凝结为中华民族独特的品格、禀赋和美学精神象征。白居易的《养竹记》中便说："竹似贤，何哉？竹本固，固以树德，君子见其本，则思善建不拔者。竹性直，直以立身，君子见其性，则思中立不倚者。竹心空，空似体道，君子见其性，则思应用虚者。竹节贞，贞以立志，君子见其节，则思砥砺名行，夷险一致者。夫如是，故君子人多树为庭实焉"。人们所赋予竹的诸如"本固""性直""心空""节贞"等精神品质，使它成为了蕴含特殊审美价值的载体，人们爱竹、赏竹、咏竹、画竹，竹成为了中华民族独特的审美意象。文人墨客以竹铭志，借竹抒情，用竹喻人，使竹超越了物性，而具有了"人性"，成为文学艺术中重要的表现题材。中朝两国以"竹"拟人的假传正是这一文化现象的具体写照。中国宋代"竹"题材的假传有张耒的《竹夫人传》、吕南公的《平凉夫人传》（竹枕）、刘子翚的《苍庭筠传》（竹子）、蔡戡的《青奴传》（竹几）等作品。《竹夫人传》以竹拟人，叙写了竹夫人的一生，是一篇中规中矩的假传作品。

李穀(1298—1351)字中父，号稼亭，是李齐贤的门人，牧隐李穑的父亲，高丽末期著名的学者、诗人。他曾在中国元朝翰林国史院担任检阅官，回国后担任重要的文职，参与修撰忠烈、忠宣、忠肃三朝实录。李穀性格"端严刚直"，"为文章操笔立成，辞严义奥，典雅高古"②，著有《稼亭集》二十卷，其中的《竹夫人传》是一篇非常重要的假传作品。这篇假传将"竹"拟人，称其为夫人，并为之立传。"竹夫人"本是古人对炎夏时使用的竹制卧具的戏称，前文所提到的中国宋代竹题材的假传大都是写这种器具的。而本文虽亦将作品的主人公称为"竹夫人"，但所描写的对象是竹子，较竹制的睡具有了更大的表现空间。作品通过对竹夫人一生对贞操的坚守，表达了作者对这一品质的歌颂，其间涵盖了众多中国古代竹文化内容。值得注意的是，《竹夫人传》与李穀另一篇传记《节妇曹氏传》相呼应，反映了作者理学思想影响下的节操观念。作者累次撰文传达相似的内容，与高丽末期污浊的社会风气不无关联。

---

① 此处所引均转引自徐坚：《初学记》，北京：中华书局，1960年。
② 《高丽史·列传：李穀》（第三），朝鲜劳动新闻出版社，1958年，第304页。

夫人姓竹名凭,渭滨人筼之女也,系出于苍筤氏。其先识音律,黄帝采擢而典乐焉。虞之箫,亦其后也。苍筤自昆仑之阴徙震方,伏羲时,与韦氏主文籍,有大功,子孙皆守业为史官。秦之虐也,用李斯计焚书坑儒,苍筤之后寝微。至汉蔡伦家客楮生者,颇学文载笔,时与竹氏游。然其人轻薄,且好浸润之谮,疾竹氏刚直,阴蠹而毁之,遂夺其任。周有竿,亦竹之后,与太公望钓渭滨,太公作钓竿曰:"吾闻大钓无钩,钓之大小在曲直,直者可以钓国,曲者不过得鱼也。"太公从之,后果为文王师,封于齐,举竿贤以渭滨为食邑。此竹氏渭滨之所起也,今子孙尚多,若箖、篯、君、筵是已。徙扬州者称篠、簜;入胡中者称篷。竹氏大概有文武干,世为笳、篮、笙、竽礼乐之用,以至射渔之微,载在典籍,班班可见。唯甘性至钝,心塞不学而终,至箦隐而不仕,有一弟曰"筕",与兄齐名,虚中直己,善于王子猷。子猷曰:"一日不可无此君。"因号此君。夫子猷端人也,取友必端,则其人可知。娶益母女,生一女,夫人是也。

总角有贞淑姿,邻人有宜男者,作淫词挑之。夫人怒曰:"男女虽殊,其抱节一也,一为人所折,岂可复立于世?"宜生惭而去,岂牵牛子之辈所可觊觎也?既长,松大夫以礼聘之。父母曰:"松公,君子人也。其雅操与吾家相侔。"遂妻之。夫人性日益坚厚,或临事分辨,疾捷若迎刃而解。虽以梅仙之有信,李氏之无言,曾且不顾,而况橘老、杏子乎?或值烟朝月夕,吟风啸雨,潇洒态度,无得而状。好事者窃写其真,传之为宝,若文与可、苏子瞻尤好焉。松公长夫人十八岁,晚学仙,游谷城山,石化不返。夫人独居,往往歌《卫风》,其心摇摇,不能自持。然性好饮。史失其年,五月三十日,移家青盆山,因醉得枯渴之疾,遂不理。自得疾,依人而居,晚节益坚,为乡里所推。三邦节度使惟箇与夫人同姓,以行状闻,赠节妇。①

作品中的竹夫人与人一样有名、有姓、是父母所生,有出处的人。夫人姓竹,名叫凭,是渭水边人士竹筼的女儿,苍筤氏的后代。她在孩提时便显露贞洁贤淑之姿,长大后,嫁给人中君子松大夫,从此性格日益坚毅厚重。松大夫仙逝后,竹夫人搬家到青盆山,因醉酒而得了枯渴之疾。晚年的竹夫人节操更加坚定,为乡里所推崇,朝廷封为"节妇"。故事情节虽然简单,却包蕴了丰富的竹文化内涵;在人物形象的刻画上,作品亦通过简笔素描的手法,塑造了一位封建淑女的动人形象;在她的身上寄托了作者的理学思想。

---

① 徐居正:《东文选》(第四),(韩国)学习院东洋文化研究所,1980年,第33—34页。

作品首先以回顾竹夫人祖先世系的方式，历数了中国古人对于竹材的开发和利用，叙写了竹子的多种文化功用。首先，管乐器的制作材料。作品中提到竹夫人的祖先"篔"，是生长在水边的大竹子；"苍筤"，是青色的幼竹。《易·说卦》疏云："竹初生之时，色苍筤，取其春生之美也。"作品说其祖先在黄帝时代"典乐"，主管音乐，虞舜时代的箫也是其后代。《吕氏春秋·古乐》中说"昔黄帝令伶伦作为律"；《风俗通》中说"舜作箫，其形参差，以象凤翼"。中国古代乐器的起源和发展与竹材有密切的关系，古人利用竹子的中空性，制作了多种管乐器，伶伦以竹管截取制作"律管"。吹奏乐器中的律管、笛、竽、笙、箫、篪等，均以竹子制成，所以文中说竹夫人的祖先在黄帝时期掌管音乐。第二，竹简用作文字书写材料的功用。作品说伏羲的时代，苍筤氏与韦氏一起"主文籍"，子孙皆为史官。韦氏就是编联竹简的皮绳。东汉蔡伦改进造纸术以前，用皮绳串联的竹简是古人主要的文字书写材料。作品说"楮生……其人轻薄，且好浸润之谮"，诙谐幽默地点出纸张轻、薄、吸水力强，便于书写的特点。"遂夺其任"，沉重的竹简自然就被这种轻便经济的书写材料所取代。第三，竹作为礼器、兵器、猎具等器物的制作材料。以竹材做成的"笾""簠"等都是古代祭祀时所使用的礼器，此外作品还提到以竹还可用于制作箭、钓竿等兵器或猎具。作品最后说"竹氏之先，有大功于世"，正是鉴于竹器的这些使用价值有感而发的。

竹子为世人所喜爱，亦由于它承载了东方人理想的道德情操。竹自然物性中的节、直、坚、虚心、向上等特点，被赋予了丰富的人格、道德美的内涵。其中的"节"就是东方传统美德范畴之一。"节"的内涵相当丰富，"守节""节操""晚节""贞节""气节"等等都有各自不同的所指。这篇《竹夫人传》抓住"贞节"旨在歌颂"竹节贞"，女性坚贞的道德品质。作品将竹夫人的一生分成童年、出嫁成婚后的成年、丧夫寡居后的晚年三个时期，以不同的描写手法，刻画其一生坚守节操的高贵品质。

竹夫人从童年开始就是一位贞节的淑女，她严词拒绝邻家男子的挑逗。宜男，就是黄花菜，又名萱草、忘忧草。牵牛子，就是牵牛花。作者形象地将这两种植物拟人，描写成对竹夫人有非分之想的男子，从侧面描写竹夫人从小就具有封建淑女坚贞的美好品质。夫人长大后嫁与松大夫为妻，"松大夫""松公"，指松树，《秦始皇本纪》载，秦始皇在泰山封禅，曾在一棵松树下躲避暴风雨，因这棵树护驾有功，封它为"五大夫"。"五大夫"是秦汉时的爵位名。作品采用多种艺术手法，从不同角度刻画了成人后竹夫人的品质。首先，作品抓住竹子的特性，采用双关的手法。"迎刃而解"，本指破竹的方法，引申为解决问题要抓住关键，典出自《晋书·杜预传》："今兵威已振，譬如破竹，数节之后,皆迎刃而解",此处用来形容竹夫人遇事善于剖析事理,解决问题能够把握事情的关键,刻画了竹夫人善于处事,精明强干的一面。第二,采用衬托的手法。作品将梅花、李花、橘树、杏树拟人,以他们的特点,衬托竹夫人的品质。"梅仙有信",梅与竹同列岁寒三友,冬春开花,独放于百花之前,是报道春天信息的花使,故说其有信。李氏无言,典出《史记·李将军列传》:"桃李不言,下自成蹊",指人德才兼备却从不宣扬自己。第三,以白描手法,摹写竹夫人在风雨中,吹箫、饮酒的不凡风度。第四,列举以画竹著称的文人,凸显世人对竹高洁品质的喜爱。梅、兰、竹、菊是文人画的常见题材,宋代以后出现了许多专事墨竹的画派、画家,文中提到的湖州派的文与可、苏轼都是写竹的高手。接着作品写年长夫人十八岁的松大夫晚年学仙,游历古城山,石化不返。此典出自《史记·留侯世家》圯上老父赠《太公兵法》与张良,约定 13 年后济北相见,古城山下的黄石即是老者所化。古城山,又名黄石山,在今山东省阿县境内。丈夫仙去后,竹夫人独自居住,常常吟诵《卫风》,"其心摇摇不能自持"。《诗经·卫风·淇奥》开篇有:"瞻彼淇奥,绿竹猗猗"的诗句,《毛诗传疏》谓此诗"以绿竹之美盛,喻武公之质德盛。"这是竹与文学很早结缘的诗篇。"摇摇不能自持",是双关的写法,既是描写竹在风中摇曳,同时也写出了夫人丧夫后的孤独寂寞和悲痛欲绝的心情,以致几乎把握不住自己的情感,唯有借酒消愁,极写竹夫人凄楚的晚景,字里行间渗透着作者无尽的同情。"移家青盆山""得枯渴之疾""晚节益坚",是写竹子被人移栽到盆中,逐渐枯萎,但仍坚硬不屈。"三邦节度使惟箘"是作者虚构的人物,语出自《书·禹贡》:"惟箘簬、楛,三邦底贡厥名。"《蔡沉·集传》:"箘簬,竹名……盖竹之坚者,其材中矢之笥",箘是一种竹子,所以文章说他与夫人同姓。最后,作者借史氏发表议论,赞扬竹氏祖先的贡献,及竹夫人的贤良才德,为她无子而终感到叹息,认为"天道无知"的说法,确非虚言。上天不了解人间的善恶,行善之人往往不能得到善报。作者鸣不平的同时,也寄托了他对世事的慨叹。

李毂是高丽理学先驱,这篇《竹夫人传》也颇具理学味道,作品将竹子无语坚毅,默默奉献的品质和女子坚守节操紧密结合,描写了一位封建淑女的形象。李毂的这种节操观念明显受到理学思想的影响。李毂生活的时代,是元朝统治者自上而下大力传布、倡导理学的时代,也是程朱理学传入高丽,并开始广泛传播的时代。而在儒学"三纲五常"思想理论中的女性问题上,"妇女重贞节的观念,经程朱的一度倡导,宋代以后的妇女生活,便不像宋代以前。宋代实在是妇女生活的转变时代。"①而元代更被认为是"提倡贞节之极致"②,"妇女贞节观念得到强化"③的时代。在元代,夫妇之间的人伦秩序被提高到君臣之义,"丈夫死国,妇人死夫,义也",元朝统治者也特别注重表彰这种"节烈"的典型。李穀曾两次入元为官,他在元朝看到了当时统治者对这种节烈事迹的表彰,"余尝游中国见以贞节旌表,门闾相望,初怪其多也。伏惟朝廷以无其节有其财,或冒名规避征役。每令察官宪司责问有司,乃知厚人伦,敦风俗之美意也"④,当时的元朝统治者及道德风尚对节烈的提倡与表彰程度可见一斑。而反观高丽朝,对待这些"妙年而寡,抱节至老"的贞节烈妇,"官不为恤,人不见知,悲夫!"⑤倘若"曹氏得闻于朝(元朝),将大书特书,溢于简册,光于州闾,岂终湮没者哉?"⑥李穀正是在这样的理学思想的影响下,创作《竹夫人传》《节妇曹氏传》等作品,宣传妇女修身砺节的事迹,歌颂她们坚守节操的品格,以此达到"厚人伦,敦风俗"的教化目的。《高丽史·烈女传》载有传记12篇,其中除高丽高宗时期的《胡寿妻俞氏》和高丽元宗时期的《玄文奕妻》两篇传记外,其余10篇所记载的烈女人物全部生活在恭愍王(1352—1374在位)以后理学思想开始传播的高丽末期,12篇传记中的10篇反映的是因遇倭乱匪盗等突发侵袭事件,妇女为不污其身,而为夫死烈的内容,由此可见其受宋元理学思想中的节烈观念影响之深。

二、 李詹及其《楮生传》

文房四宝是假传作品爱用的拟人化题材。假传的开山之作《毛颖传》便是以毛笔为题材,此后,唐代的《管城侯传》《即墨侯传》《好时侯楮知白传》《松滋侯易玄光传》,以及宋代《万石君罗文传》等均以此为题材。《楮生传》是一篇以纸张拟人的假传作品。作品以纸张的拟人化人物楮生为主人公,叙写了他在汉、晋、梁、北齐、西魏、陈、隋、唐、宋、元、以致于明朝各代的经历,表面上铺陈了纸张在历朝的政治、文化、社会生活中的作用,表彰了纸的功绩,实际上楮生的形象象征了封建时代的文人士大夫。楮生地位的变化正是封建时代一代又一代知识分子浮沉荣辱经历的写照。《楮生传》的作者李詹(1345—1405),字中叔,号双梅堂,是高丽末期著名政治家,文人。李詹为人正直,敢

---

① 陈东原:《中国妇女生活史》,上海:上海书店,1984年,第139页。
② 同上书,第177页。
③ 章义和、陈春雷:《贞节史》,上海:上海文艺出版社,1999年,第95页。
④ 徐居正:《东文选》(第四),(韩国)学习院东洋文化研究所,1970年,第33页。
⑤ 同上。
⑥ 同上。

于直谏,曾因弹劾恭愍王时的权臣李仁任而遭到贬斥流放达十年之久。朝鲜朝太祖七年(1398)任吏曹典书,后晋升为艺文馆大提学,著有诗文集《双梅堂集》,《楮生传》收于其中。我们知道朝鲜的朝鲜朝与中国的明朝创立的时间大体相仿,从作品的内容一直叙写到明朝来看,这篇作品应该创作于朝鲜朝初期,作者的晚年。

  生姓楮,名白,字无玷,会稽人也,汉中常侍尚方令蔡伦之后。生之生也,浴兰汤,弄白璋,藉白茅,故濯濯也。其同母弟凡十九人,皆与之亲睦,造次不失其序。性本精洁,不喜武人,乐与文士游。中山毛学士,其契友也,每狎之,虽点污其面,不拭也。学而通天地阴阳之理,达圣贤生命之源,以至诸子百家之书,异端寂灭之教,无不识记,征之斑斑可见。汉策士,以方正应科,遂上言曰:"自古书契,多编竹简,兼用缯帛,并不便。臣虽不腼,请以心代之。如其不效,请墨之。"和帝使验,果能强记,百无一失,方策可不用也。于是褒拜楮国公、白州刺史,统万字军,遂以封邑为氏。树肤、麻头、鱼网、袜根四人亦同奏,率以不完如奏免。既而学长生之术,不衡风雨、不食壁鱼,每于荐七日吸阳精、祛尘坱,熏其衣,而静胜焉。

  晋左太冲,作《成都赋》,生一见记诵,人竞传写。虽雅相知,罕得接见。后受王右军墨迹,而其楷法妙天下。仕梁臣太子统同撰《古文选》,以传于世。承召,与魏收同修国史,以收好恶不公,谓之秽史。请辞,愿与苏绰,同考计帐,诏许之。于是朱出墨入,综覈明白,人称其能。其后,得幸于陈后主,常与狎客安学士辈赋诗于临春阁。及隋军度京口,陈将密启告急,生秘不开封,以此陈败。大业间,与王胄、薛道衡事炀帝,共吟庭草、燕泥之句,寻以帝不欲人出其右,遂见疏略,则卷而怀之。唐兴,置弘文馆,生以本官兼学士,与褚遂良、欧阳询讲古论前,商榷政事,以致贞观之治。及宋兴,濂洛诸儒,共阐文明之治。司马温公方编《资治通鉴》,谓生为博雅,每与资焉。会王荆公用事,不喜《春秋》之学,指谓"断烂朝报"。生不可,遂斥不用。逮于元初,不务本业,惟商贾是习,身带钱贯,出入茶坊酒肆,校其分铢,人或鄙之。元亡,侍于皇明,方见宠任,其子孙甚众,或世史氏,或门诗家,草封禅录,登庸在官者,知钱谷之数;从戎者,记兵甲之初。其职虽有贵贱,而皆无旷官之谪。自以为大夫之后,举皆带素云。①

---

① 徐居正:《东文选》(第四),(韩国)学习院东洋文化研究所,1980年,第48—49页。

作品将书写用的纸张拟人,塑造了楮生这一形象。东汉蔡伦改进了造纸术,从此纸张取代了木牍竹简成为了最主要的书写材料,因而作品将楮生说成是蔡伦的后代,并以此为起点敷衍了楮生在中国多个朝代的经历。而楮生的这些丰富多彩的人生经历正是这些朝代历史上发生的有代表性的政治文化事件,作者以此表现了纸在社会生活发挥的重要作用,表彰了纸的功绩。当然作者也没有隐讳,在个别历史时期,楮生的一些"不光彩"的行为。李詹以这种"褒贬",含蓄地反映了他为政治国的思想理念。

首先,作品以充满谐趣的笔法,叙写了纸的产生、特性、应用、及广泛普及。楮,就是楮树,树皮可以造纸,"楚人以楮为纸"(苏易简《纸谱》),"楮生"将纸拟人化为一个书生。在韩愈的《毛颖传》中楮先生曾"客串"出场,"颖与绛人陈玄、弘农陶泓及会稽楮先生友善"(韩愈《毛颖传》),此次在李詹的《楮生传》中,"楮生"作为主角登场,并说到"中山毛学士,其契友也",与《毛颖传》遥相呼应。"会稽"今浙江绍兴的古称,古代盛产名纸。蔡伦(61?—121)字敬仲,十五岁入宫为宦官,和帝亲政后,升任中常侍,后兼任尚方令,主管宫内御用器物和宫廷御用手工作坊。《后汉书·宦者列传》中说:"自古书契多编以竹简,其用缣帛者谓之为纸。缣贵而简重,并不便于人。伦乃造意,用树皮、麻头及敝布、鱼网以为纸。元兴元年奏上之,帝善其能,自是莫不从用焉,故天下咸称'蔡侯纸'。"① 李詹将《后汉书》中的这段记载作为楮生的上书巧妙地敷衍入文,幽默地叙写了纸张的优越性及推广普及。楮生出生时,"浴兰汤,弄白璋,藉白茅"写造纸所用的原料,浸泡、蒸煮等步骤。"树肤、麻头、鱼网、袂根"都是古代造纸所用的主要原料。作者把这些内容以拟人化的手法进行加工,戏说成楮生出生时的情况及入仕时同时被举荐的人,增添了文章的谐趣。传记对楮生姓、名、字、出生、性格、外貌的介绍都紧扣纸张的特点,"楮生,名白,字无玷,……,故濯濯也。……性本精洁,……,不冲风雨,不食壁鱼,……吸阳精,祛尘埃,……",都是描写纸张洁白无瑕,存放时应注意干燥,定期曝晒,以防止其受潮、虫蠹、染尘的特点。

其次,作品选取了中国自晋以后至明朝,具有代表性的政治文化事件,以叙述楮生遭际的方式,暗含了作者的褒贬,体现了作为政治家的李詹为政治国的思想理念。西晋左思,字太冲,其《三都赋》颇为当时称颂,一时间人们竞相传抄,以致"洛阳为之纸贵"。东晋王羲之,曾任会稽内史,领右将军,所以作品称之为"王右军"。王羲之以书法闻名天下,人称"书圣"。南朝梁武帝萧

---

① 范晔:《后汉书》(卷一百八),上海:上海古籍出版社,1986年,第1022页。

衍的长子萧统,是梁朝的太子。萧统对文学颇有研究,他召集文人学士,广集古今书籍三万卷,编集成中国现存最早的文章总集《文选》。魏收是北齐的文学家、史学家,他奉命编《魏书》时声称:"何物小子,敢共魏收作色,举之则使上天,按之则使入地。"①魏收以个人好恶编史的态度,褒贬不公,人称其编写的史书为"秽史"。苏绰,南北朝时期西魏的大臣,《北史·苏绰传》载:"绰始制文案程式,朱出墨入,及计帐户籍之法。"陈后主,名陈宝叔,是南朝陈的亡国之君。他在位时,大建宫室,穷奢极欲,用沉香木修建临春、结绮、望仙三座楼阁;他亲近狎客,不理朝政,日夜与妃嫔、狎客游宴,制作艳词。588年,隋军攻陈。当贺若弼一部攻入京口(在今江苏镇江,是长江下游的军事重镇),边人告急,陈叔宝仍然在饮酒,不予理会。隋将高颎攻克陈朝宫殿后,见告急文书还在床下,连封皮都没有拆开,陈后主的昏庸程度可见一斑。作品中戏说是楮生私下里没有打开告急文书,导致了陈朝的灭亡。隋炀帝是中国历史上著名的暴君,野史《隋唐嘉话》中说,薛道衡作《昔昔盐》,其中"暗牖悬蛛网,空梁落燕泥"一联最为脍炙人口,引起隋炀帝的妒恨。薛道衡因此入狱,被逼自尽。据说薛道衡临刑前,炀帝曾问他:"更能作'空梁落燕泥'否?"在唐代楮生入弘文馆,任学士,与褚遂良、欧阳询谈古论今,商榷政事,为贞观盛世立下汗马功劳;在宋代后又与周敦颐、程颢、程颐诸儒致力于理学的发展,并为司马光修撰《资治通鉴》助力。王安石当政时期,为了推行变法,他提出"天变不足畏,祖宗不足法,人言不足恤"(《宋史·王安石传》),以推翻圣人和经书的权威,并讽刺《春秋》是"断烂朝报"。元朝说楮生"不务本业,……,身带钱贯……",是说元朝以后,货币经济的繁荣,纸币的流通。明朝又是封建文化繁荣的时期,作品说楮生"方见宠任",在社会文化的各个领域发挥着自己的作用。

《楮生传》是纸张的传记,褒扬了纸在历史文化传播中的功绩,也暗含了作者的贬抑。首先,李詹十分崇尚史典之法。他在及第后曾上书恭愍王,陈述撰修信史的重要性,并进言国王应"亲近史臣,言动施为令悉书之"②,他认为,"此乃殿下观感修省之机也",国王可以有机会省察自己为政的得失。所以在《楮生传》中,提到楮生的经历中,有三次关乎编史:一次因魏收编"秽史"而主动请辞;另一次是不同意王安石关于《春秋》的看法而遭到排挤;还曾助司马光修著《资治通鉴》。这些内容均体现了李詹崇尚"史典之法"的态度。其次,"敦本"思想。李詹认为"民为邦本,农为养民之本,……,故人君必敦本

---

① 李百药:《北齐书》(卷三七),上海:上海古籍出版社,1986年,第2559页。
② 《高丽史(第三)·列传·李詹》,朝鲜劳动新闻出版社,1958年,第454页。

抑末……"①,所以作品描写楮生在元朝,"不务本业,惟商贾是习,身带钱贯,出入茶坊酒肆,校其分铢,人或鄙之",这实际上反映了作者反对用纸张制造货币为商业服务。他批评这种行为是"不务本业",认为锱铢必较的商业行为应该受到鄙视。第三,作者认为为人臣者应尽职守责,"职事虽有贵贱",但都应各司其职,各尽所能,"登庸在官者,知钱谷之数;从戎者,记兵甲之初"。这样才不会因为不称职而受到讥讽。作品含蓄地影射了高丽末期,朝纲不振,官僚们"旷官尸禄以自安"②的不良官风。

---

① 《高丽史(第三)·列传:李詹》,朝鲜劳动新闻出版社,1958年,第457页。
② 同上书,第454页。

第六章　高丽假传体文学的艺术特色

第一节　高丽假传体文学的登场及其艺术化历程

高丽朝中后期,以林椿、李奎报等人的创作为端倪,假传这一独特的文体正式登上了朝鲜文坛,并形成了一股持续的创作潮流一直延续到朝鲜朝末期。说假传独特,主要是由于其体裁上兼有传记、寓言、小说诸种体裁的特点,它的体例形制完全遵循史传的形式结构全篇,"叙事处处皆得史迁精髓"①,就其客观性叙述而言,与史传同轨;它的为文立意又颇得寓言"幻设为文""藉外论之"的旨趣,"其流实出于庄周寓言"②;而它又产生于"始有意为小说"的时代,是"唐人作意好奇"的产物。假传体制上的这种非纯粹性的特点,使其较之一般的传记和寓言,具有更大的兼容性和艺术发挥的空间,是一种可塑性强,又极具艺术感染力文学创作领域,所以这种体裁一经传入朝鲜,便很快被当时的高丽文人所接受,创作产生了一批兼具思想与艺术价值的优秀作品。

一、高丽朝假传体文学的拟人化艺术

传记文学是写人的艺术,人物形象的塑造是传记文学的灵魂。假传是一种特殊的传记,其最大文体特征,就是通过拟人化手法刻画艺术形象。它以拟人化的器物、植物、心性等为主人公,以大胆的想象虚构了作品的人物和情节,其思想神韵、精神寄托、语言笔法一切都遵循正史人物列传的写法。假传中的一些优秀作品甚至产生了登峰造极、升堂入室的艺术效果。而假传体裁所运用的以拟人化的手法塑造人物形象的特点是其走向艺术化历程的关键。黑格尔说过"最杰出的艺术本领就是想象"③,拟人化便是艺术想象的结晶。高丽假传以拟人化的艺术手法,塑造了一系列既具一定个性,又有丰富文化内涵的"人物"形象,建构了一个充满人文意蕴的艺术世界。

---

① 林云铭:《韩文起》(卷七),清康熙年间刻本,第6页。
② 沈德潜选:《唐宋八大家古文》,宋晶如注释,北京:中国书店,1987年,第107页。
③ 黑格尔:《美学》(第一卷),北京:商务印书馆,1979年,第357页。

我们知道,拟人是一种修辞手段,其艺术效果庶几可称之为"拟人化"。拟人化手法,是把人的性格、特点等加诸外界事物,使之人格化,并让人格化了的事物充当艺术作品中的一系列的角色,表达一些不便直接描述的内容,或以此追求审美意义的某些目的。拟人化的特点在于"拟",把客观事物当成人,这样就创造了主客体交融的艺术世界。拟人审美功能的实现在于"移情",主体"并不是对着对象或和对象对立,而是自己就在对象里面。"① 假传的"假"便是虚构,其虚构的对象是拟人化的器物。高丽假传在拟人化的过程中,展现出不同的特点。

首先,高丽假传以拟人化的手法塑造人物,"拿我作测人的标准,拿人作测物的标准,……把人的生命移注于外物,于是本来只有物理的东西可具人情,本来无生气的东西可以有生气"②。高丽假传作品或紧扣事物的形状特征,或抓住事物的性状特征,对拟写事物进行拟人化的艺术处理,让抽象的思想感情在物的身上得以赋形,使之既贴合其本身的物性,同时又闪耀着人类智慧的光芒,具有生动性。《麴醇传》和《麴先生传》是抓住美酒清滢醇厚的特点,以醇酒拟人;《孔方传》是将古代外圆内方的铜钱拟人;《清江使者玄夫传》是以龟拟人;《竹夫人传》抓住竹子固、直、节、坚等特性,以竹拟人;《楮先生传》紧扣纸张的功用,以纸拟人;《竹尊者传》是以竹虚空应物的特性,对竹拟人的又一篇假传;《冰道者传》是紧扣冰的物理特性,以冰拟人;《丁侍者传》是将上横下竖的"丁"字形手杖拟人。酒、钱、龟、竹、纸、冰、手杖等物品通过作者充满艺术想象力的拟人化艺术加工,摇身一变,活灵活现地登上了高丽文坛,开始了他们不同寻常的艺术人生。

其次,高丽假传以拟人化的情节结构篇章。情节是"某种性格、典型的成长和构成的历史"(高尔基《和青年作家谈话》)。高丽假传将人物置于拟人化的情节当中,使人物活跃其中,通过情节的展开,描写刻画人物。如林椿的《麴醇传》设置了麴醇的祖先与杵、臼定交的情节:

……遂定交杵臼之间,而和光同尘矣。薰蒸渐渍,有蕴藉之羡……

作者将酿酒原料以及酿酒的过程的拟人化,以此展开情节,推动故事的发展,实际暗示了人们舂捣粮食,酿酒的最初步骤,然后再"薰蒸渐渍",也就是使粮食经过蒸、煮、浸、泡等过程而发酵,产生酒醇厚的气味,从而酿造出清醇的美

---

① 北京大学哲学系美学教研室编:《西方美学家论美和美感》,北京:商务印书馆,1980年,第272—273页。
② 朱光潜:《文艺心理学》,上海:复旦大学出版社,2011年,第33页。

酒。再如,陈朝时,麴醇为陈后主所重用的情节:

> 醇得用事,其交贤、接宾、养老、赐酺、祀神祇、祭宗庙,醇优主之。

说麴醇参与主持国家很多大事,从接待宾客、奉养老人,到祭祀神灵祖先都离不开他,实际上意在言明酒在人们的日常生活以及国家事务中是有其积极的一面的。再如李詹的《楮生传》:

> (楮生)既而学长生之术,不冲风雨、不食壁鱼,每于荐七日吸阳精、祛尘垓,熏其衣,而静胜焉。

将纸张存放忌潮湿、虫蠹、灰尘的特性,拟人化为楮生学习长生之术的情节,增添了文章的趣味性。

第三,高丽假传拟人的时代历史化。受史传传统的影响,朝鲜古代的汉文文学与中国一样,无论哪一种文体,都带有强烈的时代意识,有褒善贬恶的功利目的。假传也是如此,其主人公虽然均为拟人化的物品,但几乎每个人物都活灵活现于一定的历史环境之中,通过人物的生活经历,描写人物,传达作品的主旨。如《麴醇传》,林椿将麴醇活动的时代背景设置在中国南朝陈朝的亡国之君陈后主的时代。作者对陈后主和麴醇的批评,实际上是映射高丽毅宗及其周围的文臣;以陈后主沉迷酒色,荒淫无道的统治,影射毅宗的昏庸无道。再如《孔方传》作品将孔方的主要活动时代设置在汉代,通过孔方的拟人化活动,记录了汉代吴王刘濞、汉武帝、汉元帝时期的货币政策,意在表达作者对于追逐货币利益给国家的政治和百姓的生活造成了种种负面影响的观点立场。又如《清江使者玄夫传》,作者将玄夫的主要活动的历史背景设置于春秋时期的宋国宋元王的时代,则主要是为了敷衍化用《庄子·外物》中关于"神龟"的寓言故事,应该说,李奎报的两篇假传其时代感较之林椿的作品要淡漠一些,但透过其引用的历史典故,不难判断人物的生活时代。《楮生传》历叙了楮生在中国汉、晋、梁、陈、隋、唐、宋、元、直至明代的生活遭际,实际上是作者有意识地选取了这些历史时期,中国政治文化生活中一些有代表性的历史事件,暗含了作者褒贬的态度。

第四,高丽假传拟人的情感化。拟人是通过客观形象来传达人的思想感情,从而使拟写对象具备人类抽象的情感,因而具有了生动性。这里所谓的生动性,按照黑格尔的理论说,"就是具有较明确的形象,便于感性关照……"①。拟人化就是把抽象的思想感情转化为形象,实现"感性关照",从而显现出角色独特的艺术魅力。高丽假传作品中的一些人物形象已经具备了较为丰富的人类情感,李穀的《竹夫人传》是其中突出的代表。如:

夫人独居,往往歌《卫风》,其心摇摇,不能自持。然性好饮。

这是作品对竹夫人的丈夫松大夫离世后,悲痛与寂寞心情的描写,既是竹子迎逢摇曳,同时也是竹夫人孤独落寞情感的写照,只能依靠饮酒来消解自己的愁情。又如,释息影庵的《丁侍者传》:

……吾闻命欣跃,双脚以来,愿长老容受。

寥寥数语,传递了丁侍者前来投奔时欢欣鼓舞的情态。再如《清江使者玄夫传》:

胄子曰元绪,为人所烹。临死叹曰:"行不择日,今而见烹。虽然尽南山之樵不能溃我。"其慷慨如此。

玄夫的长子元绪被人烹煮,临死前的这段慨叹,流露出心有不甘的悲愤之情。当然,应该指出的是高丽假传作品中的拟人化人物流露出的情感还是比较单一的,但从作品的行文中仍然可以窥得其在通往更加丰富的人物情感描写的艺术探索之路上所做出的尝试。

二、 高丽朝假传体文学的人文化题材

题材作为一部作品所描写的具体对象,是作品主题、思想赖以存在的基础。题材往往来自于作家自己生活的经验。高丽假传作品,大多取材于与文人日常生活息息相关之物,如酒(《麴醇传》《麴先生传》)、纸张(《楮生传》)、竹器(《竹夫人传》《竹尊者传》《丁侍者传》)等,体现了文人特殊的审美旨趣,产生这种现象,一方面与中朝两国文人共通的儒道传承的审美爱好相关,另一方面,与中国宋朝的情况相类似,高丽前期在统治阶级的大力扶持奖掖下,实行崇儒重文的政策,汉文化的发达和科举制的实施,使得翰墨书斋、科举功名

---

① 黑格尔:《美学》(第二卷),北京:商务印书馆,1979年,第130页。

成为读书人生活的重心,文房用具、醇酒,以及"岁寒三友"等读书人心目中高洁品质的象征等与这种生活密切联系之物自然便成了他们表情达意爱用的载体。此外,高丽中后期,"武臣政变"后,文人们经历了高丽政治最恐怖的时期,大批文臣遭到放逐,他们隐遁山林、寄情诗酒,面对世风浇漓、人心不古的黑暗社会现实,松、竹、梅成了他们高尚人格的精神寄托,美酒、笔墨纸砚成了他们生活中的伴侣,集中产生于这一时期的高丽假传,在题材的选择和艺术加工上自然表现出浓郁的人文化气息。

1. 高丽假传体文学在选材上,均以极具东方文化意蕴的审美意象为题材,具有选材人文化的特点。

从选材类型上看,高丽假传作品的题材主要涉及这样两种类型,首先,酒题材。这一时期以酒为题材的假传有林椿的《麴醇传》和李奎报的《麴先生传》两篇作品。东方特别是中国有着悠久的酿酒历史和发达的酒文化。酒文化影响着政治、经济和社会生活的诸多领域,其文化效应历来为文人所重视。酒的作用发挥得当,能够丰富人们的生活,成为人际交往、国家关系的润滑剂;但如果发挥不当,则有可能成为腐败朝政、祸国殃民的导火索。由于酒对人类社会具有这样迥然不同的正反两方面的效应,所以文人对之既爱又恨,酒题材也就成为高丽文人假传最早选择创作的题材,这两篇作品也堪称高丽假传中思想艺术价值最高的精品。这两篇作品对高丽假传的发展起到了巨大的示范效应,朝鲜朝时期创作产生的一批"心性"寓言小说,酒的拟人化形象成为每篇作品必然登场的"人物",由此可见林椿、李奎报作品影响之深远。其次,以竹、龟甲、纸、钱、冰等极具东方儒释文化内涵的审美意象为题材。高丽假传中有三篇以竹为题材的作品,李榖的《竹夫人传》、释慧谌的《竹尊者传》、释息影庵的《丁侍者传》。应该说,竹是中国最富文化意蕴的植物,具有很高的使用价值和艺术欣赏价值,为中华民族文明的发展进步做出了不可磨灭的重要贡献。竹特有的生长习性与自然属性,契合了中华民族许多传统精神,从竹的品性中,升华出的人格、品质、风貌,超越了物质,拥有了广泛而深刻的内涵,凝结为中华民族儒释文化中独特的品格、禀赋和美学精神的象征。《竹夫人传》从"竹节贞"的角度出发,塑造了一个节妇的形象;《丁侍者传》则从竹使用价值中,塑造了一位扶人于颠跌的侍者形象;《竹尊者传》是一篇禅宗僧侣创作的充满禅机的作品,它从竹"虚空应物"的特性出发,将东方儒家竹文化所蕴含的丰富人文内涵与佛教自性修养相融合,借竹这样一个在儒家文化圈具有广泛价值审美认同基础的审美意象宣扬佛理。龟是一种有灵性的生物,中国古人将其视为吉祥的象征。特别是在上古时期,人们认识自然、征服自然的能力还十分有限,对自然界充满敬畏之情,宗教迷信之风炽盛,国家大事小情,事无巨细,必须请示鬼神,预测吉凶祸福,形成了影响深远的巫蛊文化。而大龟背负甲上的神奇的纹路,被上古的人们认为是上天的意志,所以认为以龟占卜最为灵验,于是龟甲成了占卜物最理想的选择。李奎报的《清江使者玄夫传》便选择神龟卜筮的题材。纸张是文房四宝之一,也是举世公认的中国古代的四大发明之一,对人类文明的进步做出的贡献自是不言而喻,李詹的《楮生传》选择了以纸张为题材。金钱又是一种无时无刻不左右着人们的生活,同时又令人极爱又恨的特殊物品,林椿站在封建正统儒家文人的立场上,选择了金钱的题材,创作了充满战斗意味的优秀假传《孔方传》。冰在古代东方文化中是儒家文人心目中操守清白、心地清明、纯洁高尚品质的象征,冰水之见的转化关系又使之成为佛教阐发佛理的重要意象之一,释慧谌的《冰道子传》便是一篇以"冰"为题材,将儒、释文化中,对冰意象的理解巧妙融合的假传。高丽假传都选取古代东方与人们的日常生活紧密相关,同时又极具文化意蕴的意象为题材,为读者构建了一个光怪陆离,充满艺术想象的人文意象世界。

2. 高丽假传的题材具有强烈的人文化特点,还体现在作家们对题材的艺术加工处理上。

作家的创作活动就是"把内在世界和外在世界作为对象,提升到心灵的意识面前"①来进行思考,深入地分析和理解它的内在意蕴,当作家掌握了这种材料的内在意蕴之后,反过来他又以这种意蕴作为他创作的旨意,来对材料进行加工、改造,通过对材料的重新组织、安排、删削、扩充,使材料能够充分表现自己的创作意图。高丽假传作者在对题材进行艺术处理时,尝试运用多种艺术手法,不断加强人与文化之间的亲和关系,凸显出文化在人类生活中的重要作用。首先,高丽假传在叙写主人公祖先世系时,往往将其附会成辅佐某位华夏人文始祖的功臣,以彰显其悠久的历史文化,以及与人类生活的息息相关。《麴醇传》中,麴醇的"九十代祖牟,佐后稷粒蒸民有功焉",后稷是周的始祖,曾被尧帝举为"农师",教民耕种,被认为是开始种植稷和麦的人,酿酒的主要原料便是大麦等粮食。《孔方传》中,孔方的祖先,在黄帝时代,为黄帝所发掘、征用,从此以后方显露于世。黄帝是中原各部落的共同祖先,是中华民族人文始祖之一。相传对后世华夏文明影响深远的养蚕、舟车、衣冠、文字、音律、医学、算术等技术文明都创始于黄帝时期。林椿认为,在传说中的黄帝时代,已经开始探索金属采掘冶炼技术了。《清江使者玄夫传》中,玄夫的"远祖文甲,尧时隐居洛滨。帝闻其贤,聘以白璧。"《竹夫人传》中,

---

① 黑格尔:《美学》(第一卷),北京:商务印书馆,1979年,第40页。

竹夫人的祖先"(苍筤氏)识音律,黄帝采擢而典乐焉。……伏羲时,与韦氏主文籍,有大功"。《丁侍者传》中,丁侍者说他是伏羲与女娲的后代。高丽假传的这种艺术处理方式,一方面固然与韩愈《毛颖传》的奠基示范作用有关。韩愈的此种艺术处理,是对中国汉魏以来在门阀制度的影响下形成的好将古代名人牵引入自家谱牒的庸俗社会风气的讽刺和嘲弄,并以此增添文章幽默、诙谐的趣味。释息影庵的《丁侍者传》将侍者说成是伏羲女娲的后代,更多的便是要达到这种谐趣的艺术效果。而林椿等人的作品,笔者以为,作这样的艺术处理,则确实表现出所拟写事物悠久的文化历史和其中蕴含的丰富文化意蕴,并且与文章的主旨紧密相关。其次,高丽假传题材处理的人文化特点还表现在其作品主要采用"使事用典"的艺术手法。高丽假传作品通常将故事发生的背景设置在中国,围绕作品的主人公,引经据典,大量使用与之相关的历史文化典故,几乎是言必有所出,置辞字字有据,叙事言之凿凿,然而一切又是围绕着一个拟人化的物品。正如前文所论述的,高丽假传的题材均选择了极具中国文化意蕴的审美意象,而关于这些意象,早已经形成了大量精炼、浓缩的词句供人征引。大量中国历史文化典故的使用,使高丽假传在题材的艺术处理上,表现出突出的人文化特点,这同时也是高丽假传体文学体裁特点上的一个显著标志。

第二节　高丽假传体文学的创作方法

我们知道文学创作方法多种多样,但归结起来"主要的'潮流'或'流派'共有两个;这就是浪漫主义和现实主义"(高尔基《谈谈我怎样学习写作》)。假传具有寓言恣意想象的特点,其驰骋文墨,设幻为文,"以文为戏"的创作手法,体现了浪漫主义主观性和幻想性的特点。假传又具有史传"皮里阳秋"的特点,其褒善贬恶,寓褒贬于叙事,"以文为史"的创作手法,又具有一定的现实主义客观性和真实性的特点。高丽假传体文学在继承韩愈《毛颖传》开创的这种将浪漫主义和现实主义巧妙融合的创作方法,并在此基础上进一步发展,形成了独具魅力的艺术风格。

一、　高丽朝假传体文学的浪漫主义艺术精神

假传的"假"就是虚构。高丽假传以奇特大胆的想象,虚构了一个个绮丽多彩的艺术世界。在那里,拟人化的主人公超越时空的界限,幻化成一个个充满人文意蕴,又活灵活现的人物,活跃于各个历史时期;夸张、荒诞、嘲讽、双关、谐音等俳谐艺术手法的运用,又为拟人化的主人公披上了一层诙谐、幽

默的外衣。高丽假传以其浓郁的浪漫主义色彩,启迪着文学想象空间的不断扩展。

1. 拟人化主人公的二重文化象征意味。

朱光潜先生曾经说过:"在文艺中概念应该完全溶解在意象里,使意象虽是象征概念而却不流露概念的痕迹,好比一块糖溶解在水里,虽然点点水之中都有甜味,而却无处可寻出糖来。'寓言'大半都不能算是纯粹的艺术,因为寓言之中概念没有完全溶解于意象,我们一方面见到意象,一方面也还见到概念。"①高丽假传中的"意象"就是拟人化人物,"概念"就是拟写事物所蕴含的文化意蕴。应该说,假传中的拟写的事物并没有完全融入到人物角色当中,达到水乳交融的境界,而是不时游离于形象之外,表现出拟人化主人公的二重文化象征意味。而这并非是假传人物塑造上的艺术"缺陷",相反恰恰是假传体裁的文体特色。这样的充满想象力的创作方法,使读者在阅读过程中,随时都需要为了理解人物形象以及其所象征事物的文化内涵,而保持阅读注意力的高度集中和紧张,这正是柳宗元《读韩愈所著毛颖传后题》中所谓"若捕龙蛇,搏虎豹,急与之角而不敢暇"的阅读感受。以林椿的《麹醇传》为例,作者将酒拟人,塑造了"麹醇"这一人物形象。作品对麹醇祖先世系的介绍,实际上概括了酿酒的原料及酿酒的过程;对麹醇性格的刻画,实际是醇酒的色、味、形的特征;对麹醇的生平事迹的叙述,实际是酒在人们日常生活和国家事务中发挥的作用;而麹醇贪赃枉法、惑乱君主,则实际是酗酒无度,给国家和社会造成的危害;而贯穿其中的各个历史时期,人们对麹醇祖先及其本人的不同态度,又是各个历史时期统治者对酒的政策和态度的曲折而隐讳地反映。所以,我们看到,一篇《麹醇传》通过对传主一生经历的铺叙,既塑造了麹醇这样一个有血有肉,性格分明的人物形象,同时又展现了中国悠久的酿酒历史和丰富的酒文化。可以说,这篇作品既是文学的,也是文化的;既具历史文化性,同时又兼具文学趣味性;在拟人化主人公的身上,体现出二重文化象征意味。

2. 多种多样的浪漫主义艺术手法的使用。

高丽假传作品以夸张、荒诞、传奇的艺术手法,将与拟人化传主有关的典故、佚事、趣闻,张冠李戴、移花接木;同时又展开丰富的想象,让拟人传主与真实历史人物之间发生的故事,制造出亦真亦幻的喜剧场景,极具浪漫主义幻想色彩。林椿在《麹醇传》中将西晋山涛评价王衍的一句话,

---

① 朱光潜:《文艺心理学》,上海:复旦大学出版社,2011年,第182页。

> 何物老妪,生此宁馨儿! 然误天下苍生者,未必非此人也。

张冠李戴,用作对主人公麴醇的评价;《孔方传》中,将《史记·季布栾布列传》"得黄金百,不如得季布诺"一典,移花接木,巧妙地运用到对孔方性格的性格描写中,说其:

> 颇好然诺。故时人为之语曰:"得孔方一诺重若黄金百斤。"

把对季布一诺千金,言而有信的可贵品质,张冠李戴,用作形容孔方贪婪、好轻易许诺性格,造成以微末之物模仿庄重之举的巨大的反差,形成将小"装作大,吹成大,扮演大的角色"①从而营造出浪漫的喜剧性效果。又如李榖《竹夫人传》中一段对纸张取代竹简,成为主要书写载体历史的拟人化的描写,

> 至汉蔡伦家客楮生者,颇学文载笔,时与竹氏游。然其人轻薄,且好浸润之谮,疾竹氏刚直,阴訾而毁之,遂夺其任。

"轻薄"本是纸张的优点,作者在这里却以双关的手法,用它来形容纸的拟人化形象楮生轻浮的个性。"好浸润之谮"此典出自《论语·颜渊》中"浸润之谮",用以形容楮生喜欢暗中挑拨离间,说人的坏话,而实际上"好浸润"又可以形容纸张在吸水性、渗透性方面的优点。这样将同一语汇的两个差距甚远的意义突然之间交叉组合,正应和了普多普关于双关手法的喜剧机制理论:"善于迅速地寻找和运用词的狭窄的、具体的、直接的意义,并且用它来取代交谈者所指的那种更加一般或宽泛的意义,这也是一种俳谐"。让拟人化传主与真实历史人物发生故事,也是高丽假传展开天马行空艺术想象的常用的手法之一。《清江使者玄夫传》中宋元王与玄夫;李榖《竹夫人传》中,竹夫人的祖先竹竿与姜太公;李詹《楮生传》中楮生与王胄、薛道衡共同侍奉隋炀帝等。有的作品《丁侍者传》甚至让拟人化主人公与作者直接展开对话。还有的作品直接展开想象,直接虚构出荒诞不经的情节,像《麴先生传》中,麴圣被罢免后,齐郡、鬲州盗贼群起,朝中用兵无人,再次起用麴圣平叛的情节:

> 齐郡、鬲州间盗贼群起。上欲命讨,难其人,复起圣为元帅。圣持军严,与士卒同甘苦,灌愁城,一战而拔,筑长乐阪而还。

---

① 伍蠡甫:《西方文艺理论名著选编》,北京:北京大学出版社,1986年,第454页。

作者发挥大胆的想象,说"齐郡""鬲州"发生盗贼,实际是人思想苦闷,想要借酒消愁。而麹圣也果然不负众望,酒灌愁肠,筑"长乐阪",大胜而还。构思奇特、情节荒诞,一切却又合情合理,读之令人不禁哑然失笑,颇具喜剧意味。

3. 以轻松、风趣、幽默的语言为艺术形象的描写刻画服务。

文学是语言的艺术。高丽假传体文学极富浪漫主义色彩的艺术特点还体现在其独具一格的语言描写上。高丽假传作品在语言上,以散文为主,具有传记语言平易自然的特点,由于其所描写对象的特殊性,假传作品又表现出能够以形象性的语言,既准确把握拟人化传主的物性特点,同时又兼顾其人性的一面,语用双关,体现了假传风趣、幽默的俳谐艺术特征。《麹醇传》中对麹醇外貌的描写:

> 醇器度弘深,汪汪若万顷波水,澄之不清,扰之不浊。其风味倾于一时,颇以气加人。

准确抓住盛酒器皿的形状,酒色清澈,酒香袭人的特点,巧妙利用双关的修辞手法,刻画了麹醇器宇轩昂、豪气逼人的个性特征,诙谐而幽默。《麹先生传》中,皇上对麹圣倍加器重的一段情节的描写:

> 上器之,擢置喉舌,待以优礼。每入谒,命舁而升殿……

形象地描写了皇上对麹圣十分器重,让他担任喉舌部门的重要职位。麹圣觐见,皇上还命人抬他上殿,如此描写足见皇上对他的器重程度。细心的读者很容易明白这样的表述,用双关的手法,诙谐地写出了人们在喝酒时,用酒器盛酒,以喉舌品酒,抬着装酒的坛子而已,幽默的味道十足。《丁侍者传》中,对侍者"雀跃以进","闻命欣跃,双脚以来"等形体动作的描写,一方面形象地刻画了侍者对于拜见长老,欢欣雀跃高兴的行状;另一方面也暗示了人在手杖的扶持下,行动的敏捷,轻松而幽默。

二、 高丽朝假传体文学浪漫色彩妆点下的沉郁现实

假传在高丽崛起的一个很重要原因在于其作品对现实弊端进行了辛辣的讽刺,从中表现出了深刻的社会现实性。我们知道,中国假传从韩愈的《毛颖传》以后便罕有兼具思想性与艺术性的精品问世,更多的作品成了文人们展现智力、消遣才情、游戏文字的工具,其泛滥程度甚至引来不少学者的抱

怨:"乃近世操觚家,凡遇一器一物,莫不有传,滥觞可厌。"①这也是假传在中国文学史上地位不高的主要原因。《四库全书总目提要》中的《广谐史》对这种文学现象的评价可谓一语中的:"一时游戏成文,未尝不可少资讽喻。至于效尤滋甚,面目转同,无益文章,徒烦楮墨,搜罗虽富,亦难免于叠床架屋之讥矣。"而高丽假传则不同,它们秉承了韩愈《毛颖传》表现出的寓伤心叹惋、愤世嫉俗于诙谐滑稽之中,将浪漫主义的创作方法与现实主义的深沉意蕴有机结合的创作精髓,把强烈的反抗意志和对理想的追求,通过大胆的幻想,借助于拟人化人物的经历、故事曲折地表现出来,所以,高丽假传的每一篇作品都有让人深思,让人联想的问题,文章的字里行间都渗透着作者的情感,表现出创作者对现实弊端沉郁冷静的思考。

首先,高丽假传体文学以拟人化的笔法,塑造了一系列颇具现实性的人物形象。麹醇、孔方、麹圣、玄夫、竹凭、楮生、竹尊者、冰道者、丁侍者,以及作品中大大小小的次要人物,他们中的多数都能够从生活中找到原型。作者以清醒、冷峻的眼光审视他们,或褒扬,或批判,通过这些人物的经历,传达作者的对现实理性的思索和泾渭分明的态度。林椿《麹醇传》中的麹醇,早年便立有青云之志,"吾不为五斗米折腰向乡里小儿。当立谈樽俎之间耳";麹醇得势之后,不但不尽臣子之职,反而迷惑皇上,使之沉迷酒色,荒废政务,"上以沈酗废政,醇乃箝其口而不能言。故礼法之士,疾之如仇,上每保护之。醇又好聚敛,营资产……"麹醇正是那些凭借小的才干位极人臣,不但不积极尽忠职守,反而对上阿谀奉承、对下贪赃枉法的奸佞之臣的化身,具有一定的概括性和典型意义。高丽朝毅宗时期的林宗植、韩赖等文臣就是麹醇形象的现实原型。作者通过麹醇的形象,对他们扰乱朝纲、迷乱王室的罪恶进行了大胆的揭露。《清江使者玄夫传》中,李奎报塑造了玄夫这样一位隐士的形象,他虽身怀绝技,但不愿陷入仕途政治斗争中尔虞我诈的泥淖,"泥涂之游,其乐无涯;巾笥之宠,宁吾所期?"无计可施的朝廷,只能使用诡计来诱使其上钩,最终玄夫也没有能够摆脱牺牲性命为统治阶级服务的命运。玄夫形象是高丽武臣专政时期,不满武人的残暴统治,隐遁山林,寄情诗酒的文人的象征。在武人的高压统治之下,他们虽满腹经纶、才情四溢,却不能够左右自己的命运,随时会落得兔死狗烹、鸟尽弓藏的可悲下场。《竹夫人传》中的竹凭被作者塑造成一位一生坚守贞操的封建淑女形象。行文中,作者虽然对烈女守节的行为推崇备至,但从文中对松丈夫死后,竹夫人"独居,往往歌《卫风》,其心摇摇,不能自持"的描写,客观上反映了在封建三从四德贞操观念的桎梏

---

① 转引自王晓平:《亚洲汉文文学》,天津:天津人民出版社,2009年,第357页。

下,女性不能自由追求幸福,凄苦孤寂的人生。从这一点上说,竹夫人是无数背负着沉重的贞操观念,过着悲苦凄凉人生的封建女性的化身,具有很强的现实性。

其次,高丽假传体文学,往往在充满浪漫色彩的艺术描写中,渗入作者对现实理性地思考。作品关注的是现实中严肃的社会问题,流露出文人强烈的载道意识。这些作品或是出于对统治阶级腐朽统治的愤慨,或是感慨于宦海沉浮的无奈,或是传达作者本人的为政治国理念,熔铸着作者强烈的思想感情,具有一定的社会现实指向。我们看《麴醇传》是怎样描写统治阶级耽于享乐,沉迷酒色的,作品中说:

上尝夜宴,唯与宫人得侍,虽近臣不得预。自是之后,上以沈酗废政,醇乃以箝其口而不能言。……醇又好聚敛,营资产。

林椿这样的描写并非凭空想象,而是有史实依托的。据《高丽史》记载,高丽第十八代国王毅宗在位期间,一直过着荒淫无耻、奢侈放荡的生活,他整日同文臣一起,吃喝玩乐,纵情享受。国王的近臣也就是文臣,对毅宗极尽谄媚之能事,经常作诗赋盛赞毅宗为"太平好文之王",称赞其"治国有方""恩德无量"……;而对下则中饱私囊、作威作福,终于酿成了武臣政变,引来了杀身之祸。所以,林椿在作品结尾处的论赞中,控诉麴醇之流"迷乱王室,颠而不扶",贻误了天下苍生。林椿的另一篇假传《孔方传》也有着深刻的现实意义。高丽中期以后,朝鲜国内的商品经济迅速发展,商业活动频繁,城市也随之日益繁荣;对外则与南宋的贸易活动往来频繁。商品经济的发展使货币在人们日常生活中,发挥的影响越来越大。人们的经济观念也随之发生了转变,追名逐利、唯金钱至上成了当时社会的风尚。为了追求金钱利益,官僚们卖官鬻爵,商人们囤积居奇,农民弃农从商……《孔方传》中所描写的"低昂物价,贱谷而重货,使民弃本逐末,妨于农要。……方又巧事权贵,出入其门,招权鬻爵,升黜在其掌,公卿多扰节事之。积实聚敛,券契如山,不可胜数。其接人遇物,无问贤不肖……"正是这种社会现实的真实写照。李詹的《楮生传》中(楮生)"逮于元初,不务本业,惟商贾是习,身带钱贯,出入茶坊酒肆,校其分铢,人或鄙之"的描写,也折射出高丽末期,纸币流通,货币经济的繁荣的社会现实。作者站在儒家学者的立场上,批评锱铢必较的商业行为是"不务本业",认为应该受到社会的鄙视。而作者的这种态度本身却恰恰反映了高丽末期商品经济繁荣的客观现实。

总之,高丽假传体文学在创作方法上,将浪漫主义的艺术精神与现实主义的思想内涵紧紧结合在一起。它不是如实地对生活加以再现,逼真地表现事物的具体风貌,而是以通过大胆的艺术想象,采用拟人化的人物,离奇的情节等浪漫的艺术想象,来象征现实世界;以夸张变形的艺术形象,折射现实世界中不道、腐败与阴谋;作品以缤纷活跃的艺术想象代替了冗长乏味的理性论述,再现了一个别样的真实世界。

第三节　高丽假传体文学的艺术分析

假传从中国传入朝鲜,迅速为朝鲜文人接受,并以此体裁展开创作实践,形成了一股持续不断的创作潮流,一直延续到朝鲜朝末期。高丽假传是朝鲜假传文学发展的起点与基石。与假传在中国出现的情形类似,中国自唐代韩愈《毛颖传》问世后,历代仿作频出,然而再也没有出现超过韩文的假传作品,"昌黎之前,未有此文,此昌黎之文所以奇。有昌黎之文,踵而效之则陋矣"①。高丽假传从最早林椿、李奎报的创作开始就站在了一个很高的起点之上,他们作品,特别是林椿的《麴醇传》和《孔方传》无论是从寓意深刻的思想内涵,还是复杂多变的艺术体系,均达到了后人难以企及的高度,而无以超越。但与中国亦步亦趋的效仿之作不同的是,假传从高丽末期起,首先从创作主题,继而从文体形制,艺术手法等方面逐步转向,发生了深刻而复杂的变化,完全突破了中国假传的框架,向小说化的道路迈进,表现出勃勃的生机和旺盛的生命力,而这一切均是以高丽假传体文学积累的丰富思想艺术成果为基础的。从这一点上说,高丽假传体文学无疑是朝鲜文学发展史上一个成功文学艺术领域。

一、高丽朝假传体文学的象征艺术

文艺大半是象征的。假传文体的最大特征就是通过拟人化的艺术手法刻画人物形象,而拟人化的本质就是象征。高丽假传体文学在艺术上最重要的特征之一就是通过象征表现作品的主题意蕴。所谓象征,"就是通过感性直观形象隐喻或暗示某种精神意蕴的方式"②。高丽假传作品选取酒、钱、竹、冰等极具象征意味的人文意象为作品题材,以物拟人,巧妙地利用事物本身的基本特征构思,塑造艺术形象。通过对拟人化了的感性形象进行描写与刻画,引发读者的联想、想象和情感体验,从而曲折地传达作者对某种社会现

---

① 焦循:《雕菰集(卷一八):书韩退之毛颖传后》。
② 林兴宅:《象征论文艺学导论》,北京:人民文学出版社,1993年,第234页。

实的思考与感悟,而这一切均是通过象征的艺术手法得以实现。

1. 高丽假传作品象征手法的运用分为两个层面。

首先,作品通过类比性象征手法,建立拟写事物与象征意之间的类比、比附关系。类比性象征方式引起的是观念的联想,是由具体的表象向抽象观念的推进和升华。如《竹夫人传》中,竹节与女性坚守贞节;《竹尊者传》中,竹的空心与人虚心应物的品质;《丁侍者传》中,手杖与扶持人于颠跌的功用;《冰道者传》中,冰的纯洁与人冰清玉洁的节操;《清江使者玄夫传》中,龟甲与卜筮、占卜的功用;《楮生传》中,纸张与文人士大夫等。竹与贞节、虚心应物;冰与冰清玉洁,这些表现与观念的对应关系,具有历史文化积淀而形成的因果性,因此通过习惯性联想就能获得形象表征的观念。而手杖的扶持功能,龟甲的卜筮功能,则是在人类长期使用过程中形成的固定的象征关系。纸张与文人士大夫,他们的关系虽然不具有确定性联想,但二者之间在特定的语境中,是很容易凭借相似点联系起来的。此外,还有几篇作品,如林椿的《麴醇传》《孔方传》,李奎报的《麴先生传》,它们所拟写的事物与象征意之间不能简单地概括为某种比附关系。一方面这些作品塑造的人物形象、蕴含的思想内容比较复杂;另一方面,酒、钱等不是普通的器物,它们与国家的政治经济、人们的社会生活有着紧密的联系,在某些特定的历史环境下,它们甚至能够左右国家的兴亡命运,所以这类意象不能简单地概括、比附为某种固定的象征意义,而是具有更加复杂、多变的象征意义。如《麴醇传》中,麴醇的祖先牟。牟是大麦,在作品中,一方面象征了供人类果腹生存的粮食,另一方面也象征了酿酒的原料。从用作充饥的粮食到祭神、娱己的美酒,其过程象征了人类文明从物质需求,向精神需求的巨大飞跃。这些都是从与酒有关的意象中,派生出来的复杂象征意义。

其次,高丽假传在类比性象征手法运用的基础之上,作品又采用表现性象征手法,通过拟人化人物形象的塑造、情节的设置,构成一种隐喻性、暗示性情景,激发读者的想象和情感体验,传达作品更深层次的思想意蕴。"表现性象征方式引起的是主体的想象和情感体验活动,是心灵沉入表象世界之中,进入客体、拥抱客体,实现心物同一,主客互渗,从而获得生命的表现。"①正是这种象征手法的运用,赋予了拟人化形象以生命,使其活跃在故事情节中,并且为传达作者的创作意图服务。《麴醇传》中,作者设置了酒的拟人化形象。麴醇的父亲麴酎在魏晋交替之际,知天下将要大乱,与刘伶、阮籍等饮酒赋诗,寄情山水的情节。酒在这个情节中,象征了一种消极避世、隐遁山林

---

① 林兴宅:《象征论文艺学导论》,北京:人民文学出版社,1993年,第233页。

的生活方式;更深层次地影射了作者林椿在高丽"武臣政变"之后自身的生存境地,及其不卑不亢的人格追求。其后,作者又设置了南朝陈后主时,麴醇为皇帝宠幸,大肆聚财敛物、祸乱朝政的情节,借麴醇的形象,象征了那些为人臣子,却不尽人臣之道的贪官污吏。李奎报的《麴先生传》,作品通过酒的拟人化形象麴圣一波三折的坎坷一生,生动地象征了封建文人知识分子宦海浮沉的人生之路。高丽假传体文学正是通过象征的艺术手法,展现了作品中所蕴藏的丰富思想意蕴。

二、 高丽朝假传体文学的俳谐艺术

高丽假传艺术上另一个显著的特征是其俳谐艺术。假传作品将微末之物拟人化,赋予其人格,采用史传列传这种庄重的体例为之立传,并通过谐音、双关、夸张、用典、荒诞等艺术手法,实现以"微末之物模仿庄重之举"①,从而构成作品生动、活泼、谐谑、风趣、莞尔多讽的艺术风格。

1. "以史为戏"

高丽假传体文学继承了韩愈《毛颖传》开创的"以史为戏"的创作方法,从体制结构、语气口吻上处处模仿史传,而且模仿得神情俱见,惟妙惟肖。在结构框架上,除几篇僧侣的作品外,高丽假传完全采取史传"一人一代记"形式,以拟人化的手法为物立传。开头写传主的姓字、籍贯、祖先世系,主干部分结合拟写事物的特点,描写传主的形象性格,及生平事迹,最后一般写到传主的死亡及其子孙的形式,篇末附有作者的论赞。

《孔方传》:

> 孔方字贯之,其先尝隐首阳山,……,方性贪污而少廉隅,……,方子轮,以轻薄获讥于世,……,史臣曰……。

《麴先生传》:

> 麴圣字中之,酒泉郡人也。……远祖本温人,……,圣自为儿时已有沉深局量,……遂归老于故乡,以寿终……。史臣曰……。

---

① 刘宁:《论韩愈毛颖传的托讽旨意与俳谐艺术》,《清华大学学报》(哲学社会科学版),2004年第二期。

《竹夫人传》：

> 竹夫人姓竹名凭，渭滨人箦之女也，系出于簹筤氏。其先识音律，……总角有贞淑婆……晚节益坚，为乡里推，……。史氏曰……。

作品以这种庄重的笔法，将传主的性情面目、传奇一生描绘得绘声绘色、历历在目，而当读者想到，这一切事件、行为的主体，不过是我们日常生活中一个普普通通的器物时，诙谐滑稽的俳谐意趣便自然产生了。

2. 使事用典

大量考证并附会历史典故，以此为基础，虚构拟人化人物一生的经历和家世是高丽假传常用的俳谐艺术手法之一。刘勰在《文心雕龙》里诠释"用典"，说"据事以类义，援古以证今"，即引用古今事类成辞，表情达意的创作方法。高丽假传作品巧妙运用众多与拟人化传主相关的典故、趣闻、佚事，虚构人物的籍贯、世系和生平经历，以张冠李戴、移花接木的方式，虚虚实实，在文字间游戏历史，挥洒自如。故事情节虽为虚构，却又一本正经、煞有介事，读来莞尔之余又发人深省，插科打诨又不失风雅，制造出诙谐幽默的艺术效果，体现了高丽文人对中国历史文化典籍达到了烂熟的程度。他们能够将这些典故游刃有余地运用在文章作品中，使其成为文章的有机组成部分，为表现主旨服务。

王国维在《人间词话》中说过，"文章不使事最难，使率多亦最难。不使事，难于立意；使事多，又难于遣词。"这其实是说，使事用典是需要创作者具有很高的艺术驾驭能力的，运用得当的话，能够丰富文章的内容，给文章平添光彩，增强作品的艺术感染力；而运用不得当的话，就会造成画蛇添足的现象，反而削弱文章的艺术效果，使文章成为废人猜解的文字游戏。高丽假传个别作品在使事用典方面也存在生搬硬套、牵强附会的现象，如《楮生传》在结尾论赞的部分，仅仅因为纸的发明者蔡伦的"蔡"姓关系，便从"蔡本周之同姓"出发，牵扯附会了春秋时期蔡国，哀侯、缪侯、庄侯、平侯等数位国王与当时晋国、齐国、楚国等大国的对外关系。这种写法不仅给普通读者造成了阅读理解上的困难，而且其内容本身也脱离了文章的主旨，颇有卖弄、炫耀才学的嫌疑，是不足取的。

3. 双关

双关是高丽假传俳谐艺术又一种常用的手法。作品巧妙地利用词语在一定的语言环境中的多义和同音的条件，有意使语句具有双重意义，产生言在此而意在彼的修辞效果，以此加深寓意，增强语言的谐趣感。如《麴醇

传》中，

> 上乃器异之，将有大用意，因以金瓯覆而选之，擢迁光禄大夫礼宾卿，进爵为公。凡君臣会议，上必使醇斟酌之。其进退酬酢从容中于意。

"器异之"，"器"如果理解为名词活用成动词，就是"器重"的意思，表达皇上对麴醇异常地器重；又可以理解为名词的意动用法，就是"以之为异器"，暗示盛酒的器具。"金瓯"既指黄金大酒杯，又可代指国家。"斟酌"，倒酒不满曰斟，太过曰酌，此处用其引申义，反复考虑、安排国家政事。作品用"挈瓶之智"表面上形容麴醇智慧短浅，实际上又可理解为酒用瓶子装着。双关修辞格的应用在《麴先生传》中表现得更为突出，作品中麴圣仕途晋升的官职"青州从事""主客郎中""国子监祭酒"既是官职名称，又均与酒密切相关。"沉深局量""心醉""交口荐进""香名""蕴藉"等，既在文中具体语境中有特定的含义，又都切合酒的特点。假传作品采用双关的手法，收到了以微末之物模仿庄重之举带来的风趣、幽默的艺术效果。

4. 夸张

夸张也是高丽假传俳谐艺术常用的手法之一。假传中的夸张运用得也非常巧妙而，它采用言过其实的方法，突出拟写事物的本质。如《楮生传》中描写楮生博学强记的人物特点：

> 学而通天地阴阳之理，达圣贤生命之源，以至诸子百家之书，异端寂灭之教，无不识记，征之斑斑可见。

这里如果是描写一个实实在在的人，那么这样的描写无疑是夸张的，而假传妙就妙在它实际上描写刻画的对象是用来记录文字的纸张，那么这样夸张的描写便又合情合理。假传正是通过人与物这样的错位，营造幽默的艺术效果。再如《麴醇传》中，作者引用了晋初杜预嗜《左传》、王济嗜马、和峤嗜钱的典故，将和峤贪钱成癖张冠李戴给麴醇，并夸张地描写了麴醇与皇上的对话，说自己有"钱癖"。作者以这样地描写将一个权臣的嘴脸活灵活现地展现在读者面前，讽刺了高丽毅宗时期的文臣与僧侣，他们营私聚敛、中饱私囊，又恬不知耻，最终成为扰乱朝纲、贻误国家的祸首。《冰道者传》对道者有这样的描写：

> 公平生不食而不饥，不浴而不垢，肋不至席，迹不蹑尘，冬不开炉，夏

不结制。

这样夸张的描写既贴合故事中人物佛门高僧的超凡脱俗,又极尽体物之妙。一方面穷尽其相,惟妙惟肖地描绘所传之物的形态,另一方面又以夸饰的手法极言其出尘不染的冰清玉洁。

5. 荒诞的情节

高丽假传还通过荒诞的故事情节,使人物超越时空的界限,自由往来穿梭于各个历史时期,如《麴醇传》《孔方传》《楮生传》《丁侍者传》等作品。《楮生传》中的楮生出生于汉代,活跃于两晋、南朝、隋、唐、宋、元、直至明朝。《丁侍者传》中的侍者自称是伏羲和女娲的后代,在晋朝"学油身之术",在唐朝又加"铁嘴之号",经土偶推荐,前来拜见作者息影庵,如此荒诞不经的故事情节,实际上就是描写了一支经过漆身、加铁嘴的拐杖。假传作品这样的情节处理方式,便于作者从各个历史时期,采摘适合表现作品主题的素材,运用到作品中,为表现文章的主旨服务;同时这种大胆的想象,荒诞的故事情节亦为作品增添了浪漫色彩和喜剧成分。高丽假传还十分善于加工典故构成荒诞的情节,达到幽默的效果。如《麴先生传》中麴圣与鸱夷子友善关系的一段描写,

> 鸱夷子亦尝善圣,故亦堕车自死。初,鸱夷子以滑稽见幸,与麴圣相友。每上出入,托于属车。鸱夷子尝困卧,圣戏曰:"卿腹虽大,空洞何有?"答曰:"足容卿辈数百。"其相戏谑如此。

鸱夷是指盛酒的革囊。汉代杨雄《酒赋》曰:"鸱夷滑稽,腹如大壶,尽日盛酒,人复藉酤。"李奎报在《麴先生传》中化用这个典故,将鸱夷拟人化为麴圣的朋友。麴圣获罪,祸及鸱夷子,隐喻了官场的朝不保夕,人人自危。而鸱夷子与麴圣充满戏谑的一问一答,语带双关,诙谐幽默。

高丽假传的俳谐艺术,其意并非止于谐谑,而是有所讥讽。从表面上看,作品将人们日常生活中司空见惯的事物拟人化,赋予其人格的魅力,并模仿庄重之举,使之穿梭活动于庙堂之上,有的人物甚至承担左右国家兴衰命运的喉舌之职。这种描写固然极为可笑,但从作品创作产生的特殊社会历史文化背景上看,读者又不难从中体会到,俳谐的背后,实际上讽刺了这种庄重之举背后的荒诞,表现了"辞虽倾回,意归义正"的莞尔多讽,从这个意义上说,讽刺亦是高丽假传体文学艺术上的一个特点。

三、高丽朝假传体文学的小说化艺术倾向

中朝文学有一个共同的特点,就是受史传文学影响至深,假传文体便是在"以文为史"的创作传统之下,从传记中剥离产生的。"从古典小说与史传文学的艺术渊源来考察,从'记事贵真'到'以虚补真',再至'虚实相生',终于'寓实于虚',这恐怕是史传文学向小说发展的一条清晰脉络。"①假传正处在"虚实相生"的阶段,其距离"寓实于虚"的小说仅有一步之遥。孙昌武先生认为,韩愈《毛颖传》一类作品,"从文体上,介乎寓言和传记之间","是体现了新的散文观念的作品","利用了小说的笔法"②。王运熙先生说:"韩愈和柳宗元自己也写了近于小说的作品。韩愈写了《毛颖传》……"③这些论述都指出了假传的小说化倾向。高丽假传体文学是在朝鲜寓言、散文和传记文学全面发展的基础上,受中国韩愈《毛颖传》等假传作品的直接影响而创作产生的,其艺术已经具备了小说的某些特征,具有浓郁的小说化倾向。它使朝鲜叙事文学从叙事散文向小说发展的道路上,前进了一大步。后来朝鲜叙事文学的发展走向也证明了这一点,朝鲜朝时期的小说中很重要的一支——假传体寓言小说就是从高丽假传直接蜕变而来的,从这个意义上说,高丽假传是朝鲜小说的雏形。

1. 虚拟的人物形象

小说的基本审美对象是人,人物形象的描写刻画是小说艺术的中心。高丽假传作者开始有意识地通过虚构人物形象,来传达作品的思想内容。胡应麟在评价《毛颖传》一类文章时曾指出,这些作品在的人物:"子虚、上林不已,而为修竹、大兰;修竹、大兰不已,而为革华、毛颖;革华、毛颖不已,而为后土、南柯;故夫庄、列者诡诞之宗,而屈、宋者玄虚之首也。后人不习其文而规其意,鲁莽其精而猎其粗,勿惑忽其日下也。"④这段话虽存贬抑,但也明确指出假传因人物虚构而具有小说色彩。高丽假传作品中的主人公麴醇、孔方、麴圣、玄夫、楮生、竹夫人竹凭、竹尊者、冰道者、丁侍者等,这些人物均为半人半物、亦人亦物的形象。作品描写这些虚构的人物时,不是以说教议论的方式进行简单化处理,而是采用了诸如人物对话、心理描写等多种多样的艺术手段,全方位、立体化对这些人物进行描写刻画,将人物形象有血有肉地展示在读者面前。对话描写如《麴醇传》中,作者通过麴醇与皇上的一段精彩的对话

---

① 汪道伦:《中国古典小说与史传文学艺术渊源探微》,《齐鲁学刊》,1985年第四期。
② 孙昌武:《柳宗元评传》,南京:南京大学出版社,2002年,第296页。
③ 王运熙:《汉魏六朝唐代文学论丛》,上海:上海古籍出版社,2002年,第248页。
④ 胡应麟:《少室山房笔丛》,北京:中华书局,1958年,第375页。

描写，将一个大言不惭、恃宠而骄的权臣形象刻画得活灵活现、生动有趣。《清江使者玄夫传》中皇上与玄夫的一段对话描写：

> 上尝戏曰："子神明之后，且明吉凶，不早自图，落豫且之谋，为寡人所获，何也？"玄夫曰："明有所不见，智有所不及，故尔。"

皇上的言语表现了其以计谋虏获玄夫后的得意洋洋；而玄夫的回答也表现出他应对机敏，同时也道出了作品的主旨。心理活动是人物行为的基础，高丽假传中虽然还没有直接对人物的心理进行刻画，但是已经出现通过人物的行为、动作展现人物内心世界的简单描写，表明假传在艺术上向小说的靠近。如《竹夫人传》中，

> 夫人独居，往往歌《卫风》，其心摇摇，不能自持。

的描写，表现了竹夫人在丈夫仙逝后，孤独寂寞的心灵感受。《丁侍者传》中，

> （尊者）言未既，丁雀跃以进，徐其辞而谨对……

尊者话还没说完，侍者便欢欣雀跃以近，并向尊者娓娓道地介绍自己的身世。作品通过这样的动作描写，使侍者溢于言表的兴奋心情跃然纸上。虽然，在高丽假传作品中这样的心理描写、对话描写较之成熟的小说，还显得十分单薄，但毕竟已经展露了其向小说化跃进的端倪。

2. 离奇曲折的情节

高丽假传的情节主要围绕虚拟传主的经历展开，以严谨的史传笔法去写想象的内容，为物立传，具有鲜明的"幻设为文"的性质。其情节不仅写出传主的家世、出身、遭遇和结局，而且还围绕拟写事物的特性，从其能力、好恶、为人处世和品德等方面进行描写，情节层峦起伏，故事丰富完整。作品的故事情节对人物的来龙去脉，前因后果都交代得十分详尽，与传奇小说讲究故事的曲折离奇十分接近。而且，大多情节是作者从表现主旨的需要上出发进行设置，有些优秀作品的情节甚至表现出一波三折，跌宕起伏的特点，其离奇虚构的情节显示出浓郁的小说化倾向。《麴先生传》叙写了麴圣凭借"醇德清才"一路扶摇直上，成为皇帝的心腹；因其子骄纵，遭人弹劾而获罪辞官；后因国中发生盗贼之乱，而复用立功，从此声名更加显赫；麴圣深谙"器盈则覆"的为官之道，功成乞退，最终得以颐享天年。麴圣的经历堪称一部典型的封建

官僚宦海浮沉的三部曲。其中,麴圣遭到中书令毛颖弹劾,他的三个儿子服毒自尽,他本人也被"废为庶人";以及后来国中的齐郡、禹州间盗贼群起,麴圣再次被征用为元帅,一战而捷,立下大功。这两处关键的情节,既是麴圣一生经历的两次转折,同时也是作品的高潮。再如《竹夫人传》,作品主人公人生不同的阶段,分别设置有代表性的故事情节。竹夫人童年时代,便严词拒绝男子的挑逗和非分要求;成年后嫁给同样品德高尚的松大夫为妻,性格日益坚贞;丈夫离世后,夫人独居,然而晚节益坚;最后移居青盆山,患消渴之疾,无后而终。故事情节完整而曲折,展现了竹夫人一生坚守节操的坚贞品格。

3. 环境描写

环境是小说三要素之一,包括自然环境和社会环境。高丽假传中的虚拟主人公往往置身于大的社会背景之下,通过典故,与所拟写事物相关的历史人物和历史事件发生关联,从而表现作品的思想内容,这是高丽假传环境描写的惯用手法。如《麴醇传》中,作者主要将主人公麴醇的活动背景设置在中国南朝的陈朝陈后主时期。作品这样的处理方式是非常具有象征意味的,将麴醇叙写为陈后主的宠臣,并极写其惑主乱政的危害,通过这样描写,以及具有强烈象征意味的社会环境的设置,影射本朝腐败的政治。《孔方传》中,作者让孔方活动于汉、晋、唐、宋之间,通过一系列典故,让孔方与重视钱币的历史人物吴王刘濞、汉武帝、和峤、刘晏、王安石;和轻视甚至主张取消钱币的历史人物汉元帝、贡禹、鲁褒、王夷甫、司马光等发生关联,以此来表达作者的褒贬。汉、晋、唐、宋时期,政府实行的货币经济政策则成为人物活动、故事情节展开的背景条件。当然仅仅有这样的社会环境描写还不足以说明假传的小说化倾向,高丽假传中的个别作品中也透出了自然环境描写端倪,虽然这样的描写只是有零星反映,但也体现了假传在向小说化的环境描写迈进。如《竹尊者传》中:

(尊者)好游渭水之滨,湘江之岸,酣风醉月,饱雪饫霜……

渭水之滨,湘江之岸是言竹所生长的环境,而风、月、雪、霜的描写,则意在凸显尊者"骨冷神清,节调高远"的品质。《竹夫人传》中:

或值烟朝月夕,吟风啸雨,潇洒态度,无得而状。

"烟朝月夕"的环境描写,意在衬托夫人吟风弄月的潇洒气度。而作品此处的描写,实际是摹写了绘画大师们墨竹画的风韵,是真正情景交融的描写。

4. 小说的笔法

高丽假传体文学大量运用了想象、细节描写等小说笔法。这些作品往往以追溯传主的身家世系为开篇,而且个个来历不凡。麴醇的九十代祖牟,是辅佐后稷的功臣;孔方的祖先为黄帝所起用;玄夫的祖先是神仙;丁侍者自称是伏羲、女娲的后代等等。这些充满浓烈传奇色彩的描写,读之犹如远古的神话,令人浮想联翩。高丽假传口语化、生活化的语言描写,所表现出的朴实、婉曲、生动、活泼的语言特点,也体现了其小说化的倾向。高丽假传的语言以散文为主,具有传记语言朴实、平易、自然的特点。如《麴先生传》:

麴圣,字中之,酒泉郡人也,少为徐邈所爱,邈名而字之。远祖本温人,恒力农自给,郑伐周获以归,故其子孙或布于郑。

语言平铺直叙,朴实自然。假传作品的语气又一本正经地模仿《史记》列传的口吻,而叙述的却是一个普普通通的日常物品,这种庄重和微末的落差,使得其语言越是凝重,就越显得可笑,营造出诙谐幽默的戏仿氛围。高丽假传作品叙述语言口语化、生活化,生动而活泼。如《麴先生传》中,麴圣与鸱夷子的对话描写:

圣戏曰:"卿腹虽大,空洞何有?"答曰:"足容卿辈数百。"其相戏谑如此。

作品以充满生活情趣口语,语带双关,生动而活泼。再如《麴醇传》中对麴醇的外貌描写:

醇器度弘深,汪汪若万顷波水,澄之不清,扰之不浊。其风味倾于一时,颇以气加人。

这些叙述传主的外貌的语言,在单行奇句中,兼用骈词俪语,极尽体物之妙,而且也语带双关,一方面穷形尽相,惟妙惟肖地描绘所传之物的形态,另一方面又以此隐喻醇酒的清冽的特质,完全是史传叙人的口吻。二者契合无间,令人读之忍俊不禁。但需要指出的是,高丽假传体文学在行文中用典过多,也影响了语言的鲜明和生动。

第四节　高丽假传体文学的人物形象分析

人物是传记的核心,人物形象能否建立是传记作品成功与否的关键。假传的传记性质,决定它必须以人物塑造为中心。高丽假传体文学通过多种多样的艺术手段,塑造了一系列独特的亦人亦物、半人半物的艺术形象。这些形象虽是器物的拟人,但仍然来自于现实生活,具有一定个性,象征了当时社会中的某类人,带有若干典型意义。在这些人物形象身上渗透、承载着作者的思想感情。

一、高丽朝假传体文学人物形象性格的流动性和复杂性

高丽假传成功塑造了一系列充满现实意义的人物形象。这些人物既有拟写器物本身的物性特征,同时又来自现实生活,而且开始向个性化发展,一些作品中的人物形象已经表现出一定的流动性和复杂性。在这方面,林椿的《麴醇传》和李奎报的《麴先生传》是高丽假传体文学作品中的佼佼者,其有血有肉的人物形象塑造,代表了高丽假传艺术的最高成就,堪称假传艺术的典范。

《麴醇传》和《麴先生传》都是以酒为题材,塑造了拟人化的官僚形象。虽然这两篇作品中的一些典故运用和个别细节描写有雷同之处,但麴醇和麴圣两个人物表现出的个性却大相径庭。麴醇未登仕途之时,便表现出青云之志,"吾不为五斗米折腰向乡里小儿,当立谈樽俎之间耳"。他凭借酬酢自如、应对得体、能言善道的才能,得到君王的重用后,便恃宠而骄,一手遮天、肆无忌惮地聚财敛物,被天下人所诟病。而李奎报笔下的麴圣则不同,他自儿时便表现出心胸宽广,"心器当汪汪若万顷之波";有深沉的度量,处事不惊,"澄之不清,挠之不浊"。麴圣踏上仕途后,平步青云、官运亨通。然而在他志得意满之时,却因与皇上宴游无节;纵容三个儿子横行放肆,而遭到弹劾罢黜,同时殃及子孙。后来他虽然又立下大功,得到了更高的封赏、爵位,但他能够吸取之前"器盈则覆"的惨痛教训,明白"知足自退"的为官之道,从而保持了自己的晚节,得到了善终。麴醇和麴圣都是封建时代官僚的典型代表。他们身上有共性,都能言善道,凭借处世圆滑,待人接物面面俱到的交际本领,为人所赏识,从而得到皇上的宠信,扶摇直上,位极人臣。林椿描写麴醇与人"谈论弥日,一座为之绝倒",以至于"每有盛集,醇不至,咸愀然曰:'无麴处士,不乐'"。在朝堂之上,麴醇"进退酬酢从容中于意"。皇上盛赞其"直哉惟清,启乃心,沃朕心"。李奎报笔下的麴圣八面玲珑的为人处世之道不在麴醇

之下。麴圣与人交往，能够使人"移日忘疲，辄心醉而归"，从而得到"公卿交口荐进"。在国家事务中，麴圣大小事务"无不称旨"；在阿谀谄媚的本领上，但凡"上心有不怿，及圣入见，上始大笑"。对麴醇、麴圣这样臣子的宠信终于给国家的统治造成了危机。麴醇使"上以沈酗废政，醇乃以箝其口而不能言"；而麴圣则"从上游宴无节"。由此可见，麴醇和麴圣都是八面玲珑、巧舌如簧，善于阿谀谄媚佞臣官僚的象征。而这两个人物的性格又有着本质的不同，麴醇在得意之时，更加肆无忌惮，利欲熏心，即使遭人诟病，亦不知收敛，表现出狂妄自大的一面。麴醇还"好聚敛，营资产"，非常贪得无厌。当皇帝问其嗜好时，他竟然大言不惭地说自己有"钱癖"。其性格中不知天高地厚，恬不知耻的一面展露无遗。而麴圣则不同，应该说他还是有一定才干的。在平定"齐郡""高州"贼乱之时，麴圣"持军严，与士卒同甘苦"，而且"灌愁城，一战而拔"，表现出非凡的军事领导指挥才能。他深谙官场上尔虞我诈的斗争，"发醢鸡之覆"，明白"器盈则覆，物之常理"的道理，表现了其识时务的一面。性格决定命运。正是由于麴醇、麴圣两个角色性格上的这些差异，最终导致了两个人完全不同的结局，麴醇终被罢免，"暴病渴，一夕卒"，暴病而亡；而麴圣做到了"知足自退"，"归老故乡，以寿终"。

我们看，麴醇和麴圣这两个人物的性格都是比较复杂的，作者将人物置于活动的故事情节之中，让他们的个性在情节推进的过程中，通过人物自身的言行举止表现出来。两个人物的性格不是凝固不变的，表现出一定发展变化的流动性。而且两篇作品在表现人物性格的复杂性时，不是将各种性格简单相加、罗列，而是展现了人物在自身经历中，逐渐变化成熟的过程，符合人物性格发展的逻辑。同时这两个人物都能够在现实中找到他们的原型，具有比较广泛的代表性。他们是高丽中后期，权奸佞臣的象征，作品通过这样的人物形象，反映了朝鲜高丽朝中后期，国王昏庸无能、沉迷酒色；佞臣当道、朝政腐败的黑暗现实，具有深刻的现实意义。

二、高丽朝假传体文学人物形象塑造多种多样的描写手法

高丽假传中还有一类作品，其主人公形象看似比较单一，如《竹夫人传》，这类作品的主人公形象往往是作者理想人格的承载和象征。但是经过仔细推敲我们不难发现即便是对这类主旨比较单一，说教意味较为浓重的作品，作家描写人物形象时，也没有仅仅对其进行简单化、平面化处理，而是将人物置于情节故事中，在情节的推进过程中使之愈加丰满动人，从而使人物形象得以建立。《竹夫人传》中的竹夫人，被作者塑造成一位知节守贞的封建淑女形象，这是其性格的主要方面，也是作者所要极力歌颂的理想品格。但作者

在具体的人物形象处理过程中,并没有简单停留于此,而是通过多种艺术描写手法,从几个不同的侧面展示了竹夫人性格中围绕坚守贞操这一主要方面,多角度地进行刻画,挖掘了其性格中复杂的一面。

《竹夫人传》是以歌颂女子坚守节操主题的传记,在塑造人物的手法上,作品通过对人物形象的细节描写和侧面烘托两个角度,对人物进行了比较立体化的塑造。

首先,在对人物形象的细节描写方面,作者通过外貌描写、语言描写、神态描写、心理描写、对比描写等手法,对人物进行刻画。如作品中说,夫人"总角有淑姿",仅以"淑姿"一词,形容夫人孩提时代便拥有优美的体态和美好的姿容,虽然没有浓墨重彩的外貌细节描写,却也给读者提供了更多联想和想象的空间。"窈窕淑女,君子好逑",在邻人宜男作"淫词"挑逗夫人时,作者通过人物的语言描写,"男女虽殊,其抱节一也,一为人所折,岂可复立于世?"表明了作者的立场态度,这样的对话也颇能传达人物的情绪和口吻,凸显了夫人的宁折不弯的个性。"宜生惭而去,岂牵牛子之辈所可觊觎也?"竹夫人的义正言辞,与宜男的自惭形秽形成了鲜明的对比。作品又描写夫人"或值烟朝月夕,吟风啸雨,潇洒态度,无得而状",作品以白描的手法,对其神态进行了刻画,彰显了其不染世间烟尘,临风潇洒的态度。就是这样一位品性高洁的女子,她并没有获得应有的幸福。作品又通过心理描写,刻画了竹夫人在丈夫去世后,无以名状地孤独寂寞之情。夫人"独居,往往歌《卫风》,其心摇摇,不能自持,然性好饮"。竹夫人并非不需他人的关心与倚靠,但是在封建礼教的束缚下,她不能够自己选择追求幸福的生活,"其心摇摇,不能自持"表明她也曾动摇过,而且几乎到了不能把持自己的境地,坚贞战胜了动摇,但孤独与寂寞始终无以排遣,唯有通过酒精来麻醉自己,最终因"醉得枯渴之疾"而终。

其次,在对人物形象的侧面描写方面,作者在行文中通过他人的言行来烘托刻画人物。作者设置了另一位以品性高洁的人物松大夫的形象衬托竹夫人。以竹夫人父母的话说就是"松公,君子人也,其雅操与吾家相侔。"虽然在整篇作品中,松大夫并没有正面出场,这个形象就是用以烘托夫人的操行高雅,淑女与君子相配,达到一加一大于二的效果。作者还以同样具有令人称道品行的梅仙和李氏,衬托竹夫人个性中也具有她们"无言"与"有信",讲信用,不夸耀自己的品行,使夫人的个性更加丰富。此外,作品还通过作者的直接议论,叙写了竹夫人性格中"临事分辨,疾捷若迎刃而解",处理问题果敢决断的特质。然而就是这样一位贤良淑德、坚守节操、品行高洁,具备相当的处事能力的女性,她的坚守贞操没有给她带来幸福的生活。作者虽然也看到了在这种封建礼教的束缚下,女子凄苦悲凉的人生,但阶级的局限性使其不能够找到问题的症结所在,反而为压制人性的礼教摇旗呐喊。应该说,作者在塑造竹夫人这一形象的过程中,也感到了困惑,感到了女性的悲凉与无助,只能发出"天道无知"这样无奈的空叹。从这一点上看,竹夫人的形象同样也具有强烈地现实性,她代表了在封建三从四德、三纲五常封建伦理道德的束缚下的女性形象,具有典型意义。

三、 高丽朝假传体文学人物形象的现实性

人们的存在就是他们的实际生活过程。高丽假传文学中的人物形象虽为半人半物,亦人亦物的拟人化形象,然而他们存在的基础仍然是广泛的现实生活。高丽假传作品塑造了形形色色、琳琅满目的拟人化形象,在亦真亦幻的场景中,既有主要人物,也有起衬托作用的次要人物;既有作者热情歌颂的正面人物,也有辛辣讽刺的反面人物。他们与真实的历史人物交织在一起,代表了当时社会现实中某类人,具有深刻的现实性。

《孔方传》中的孔方是高丽假传作品中具有突出现实性的人物形象。作品将金钱拟人,塑造了一个亦商亦官的形象。作品抓住金钱的特性,将之置于中国汉、晋、唐、宋之际历史上几次大的,有代表性的经济政策改革的时代,使之与追求重视货币金钱的历史人物和轻视甚至主张取消钱币的历史人物发生纠葛,在两方激烈的矛盾斗争中,亮明作者的立场和观点。在人物形象的塑造上,作者从几个不同的方面描写刻画了孔方的性格。作者对金钱的观念是保守的,在是否发展货币经济的立场上持否定态度,所以在作品中,孔方所象征的形象是作者批判的对象。作品中的孔方时而以不择手段谋取利益的商贾形象出现,"善趋时应变"是他的本性。商人具有趋利的特性,那么与利益相关,孔方自然就表现出善变的个性。为了"与民争锱铢之利",他"低昂物价,贱谷而重货"。为了追求利益的最大化,他"接人遇物,无问贤不肖,虽市井人,苟富于财者,皆与之交通";他不事生产劳动,与"闾里恶少,以弹棋格五为事",带坏了社会风气,"使民弃本逐末,妨于农要"。时而作者笔下的孔方又摇身一变,成为卖官鬻爵、陷害忠良、结党营私的腐败官僚的代表。他"性贪污而少廉隅",对上"巧事权贵,出入其门,招权鬻爵,升黜在其掌";对下又"颇好然诺",花钱便给办事,使得朝廷上下"贿赂狼藉",造成贿赂成风、"公私俱困"的局面。孔方身上具有逐利的商人和封建贪官两类人的典型特征。作者抓住这两类人在贪图钱财,谋求利益上的共同特点,塑造了孔方这一人物形象,应该说是具有深刻现实性的。

《清江使者玄夫传》中的玄夫也是一个非常具有现实性的人物形象。他

学富五车，但生性淡泊，又不愿仕进，"泥涂之游，其乐无涯；巾笥之宠，宁吾所期"，是他退避保身的乱世生存之道。玄夫深谙为人臣子鸟尽弓藏、兔死狗烹的下场，一再婉拒统治者的盛情邀请，然而"明有所不见，智有所不及"，最终他也未能摆脱统治者的威逼利诱，只得就范。玄夫的形象在作者李奎报生活的高丽朝武臣专政时期是非常具有现实象意义的，他象征了在武人专政的高压统治之下，宁可放浪山水，寄情诗酒，也不愿充当武臣的幕僚、帮凶、傀儡的知识分子形象。

高丽假传体文学中的个别为了烘托传主而设置的次要人物也具有一定的个性和现实性。《麹醇传》中的陈后主是封建时代昏君的典型代表。他沉湎酒色，荒废朝政；是非不分，忠奸不辨，对待麹醇这样扰乱朝纲，危害国家的奸人佞臣，他的态度竟然是"上大笑，注意益深"，非但发现不了其奸佞本质，反而更加亲近关注他。这里陈后主既影射了高丽朝著名的昏君毅宗，同时也是封建社会昏庸无道统治者的象征。

高丽假传体文学较朝鲜文学史上先前的叙事散文在人物形象的塑造上有了长足的发展。创作者们有意识地将人物设置在具体的环境背景之下，采用多种多样的描写手段和艺术表现手法，将人物置于矛盾冲突之中，让人物通过自己的行为举止展现其个性，从而传达出作者的思想感情。但是，需要指出的是，高丽假传体文学在人物形象塑造上，其笔法还略显稚嫩，除个别塑造相对成功的人物，大多形象性格较为单一、呆板。但是高丽假传作品毕竟在人物形象的塑造上，进行了大胆而有益的尝试，积累了丰富的创作经验。套用鲁迅先生的一句话，高丽假传可以说是朝鲜叙事文学"始有意为小说"的开端。

第七章　高丽假传体文学在朝鲜文学史上的地位和影响

第一节　高丽假传体文学对中国相应体裁文学的继承

假传文学是朝鲜文学发展史的重要组成部分，它在朝鲜文学史，特别是朝鲜小说史上占有十分重要的地位。高丽假传是朝鲜假传文学发生、发展的起点，亦是其思想艺术成就的制高点。从林椿、李奎报等文人进行假传创作之初，高丽假传便以深刻的社会文化思想内涵、独具特色的艺术魅力为朝鲜假传文学的发展树立了标杆。然而，高丽假传并非凭空产生、一蹴而就，它是在中国文学的长期浸润下，对中国相应体裁文学的直接继承中应运而生。高丽假传"从中国受到的直接影响来自以《毛颖传》为始的拟人小品，间接的影响则来自史传文学。刺激其在朝鲜大量产生和流行的因素，则与唐宋传奇文学的'冲击波'有关。"①

一、高丽朝假传体文学对唐传奇浪漫主义艺术手法的吸收

驰骋想象，幻设为文是假传文学重要的艺术特点。高丽假传体文学就是以虚幻的"人物"故事，融历史传说和现实忧愤于一炉，用奇特而大胆的想象，虚构出一个个瑰丽多彩的艺术世界，奇诡变幻、妙趣无穷而又发人深思，而这正是对中国唐传奇浪漫主义艺术手法的直接继承。

传奇"作意好奇，假小说以寄笔端"②，是"有意为小说"的开始。高丽假传体文学对唐传奇浪漫主义艺术手法的继承，首先表现在题材的选择。翻开传奇作品，一股"鸟花猿子，纷纷荡荡"之风扑面而来，在光怪陆离的传奇世界中，各种人格化了的草木灵异、仙佛鬼怪令人眼花缭乱。唐传奇有数以千计的作品，其中以人格化的神仙灵异和身怀绝技、法术的奇人异侠为主要描写对象的作品占据了绝大多数；即使是如《李娃传》《莺莺传》这样基本以现实主

---

① 韦旭生：《韦旭生文集》（第三卷），北京：中央编译出版社，2000年，第206页。
② 鲁迅：《中国小说史略》，北京：人民文学出版社，2006年，第71页。

义创作方法创作的作品,其世俗主人公身上也往往笼罩着一层光环,具有浓厚的理想化色彩,而带有浪漫主义的因素。唐传奇的这种充满浪漫意味的选材无疑启迪了高丽假传体文学。醇酒、金钱、竹器、龟甲等拟人化物品成了高丽文人们选择描写的题材。他们以丰富的幻想把这些与文人生活息息相关的日常用品拟人化,通过大胆的想象,使之打破时空的界限,参与到各个时期社会历史发展的进程中,并设置了种种充满俳谐意味的矛盾冲突,而这些情节正是高丽现实社会矛盾的反映。假传中的拟人化人物形象,有着与人一样的喜怒哀乐、七情六欲,麴醇的阿谀奉承、贪财枉法、恃宠而骄;孔方的趋时应变、聚敛营私、好逸恶劳;麴圣起初的恃幸擅宠,在经历了罢官丧子之痛,领悟到为官处世之道后的知足自退;以及竹夫人的坚贞守节;竹尊者的虚心应物;冰道者的冰清玉洁等等,高丽假传中的人物固然与拟写之物的物性特征紧密相关,但又何尝不是以人性善恶的真实写照而承载作者的理想呢?其次,唐传奇浪漫主义艺术手法启迪了高丽假传真正将艺术幻想作为描绘现实、再现现实的重要手段。在唐传奇中,幻想成为作者表现现实的一种自觉手段。作家们往往不从正面着笔,而是巧妙地虚构故事,把真实隐藏在奇妙的幻想之下,通过幻想来反映现实、评价现实,寄托自己的不平、愿望和理想。文人们根据自己的创作意图,展开想象的翅膀,在幻想的海洋中自由翱翔,其想象力之丰富、奇特、谲丽使传奇在魏晋志怪、志人的实录传闻(包括鬼怪的传闻)的基础上,在异、趣的方向上迈进了一大步。唐传奇这种将真实隐藏在奇妙的幻想之下的艺术手法启发了高丽假传作者的创作。高丽假传体文学中反映的高丽社会的官场黑幕、仕途丑闻等现实内容,虚构了拟人化的人物与中国真实的历史人物之间发生的故事,把高丽官场上那些营私舞弊、卖官鬻爵、贪赃枉法的官僚胥吏,嗜酒好色、忠奸不辨、不理政事、昏愦无道的君王,以充满创造力的幻想的手段,似实而虚,虚虚实实地呈现在读者面前,营造出"若捕龙蛇、搏虎豹,急与之角而力不敢暇"的审美效果。第三,高丽中后期是唐宋文化大量涌入的时代,《太平广记》《博异志》等唐宋传奇在朝鲜广为流传,深受读者的喜爱。高丽假传在意象选择和表现手法上,大量吸收和借鉴了唐传奇,以及魏晋六朝以来志怪的养分。如林椿的《孔方传》在立意上明显受到西晋鲁褒《钱神论》的影响,以孔方指代金钱的称谓便源出于此。而在拟人对象的选择,表现手法上,唐代谷神子的传奇集《博异志》中的《岑文本》一文明显影响了林椿的《孔方传》。《岑文本》中的主人公"上清童子元宝"便是铜钱的化身,作品描写他"外服圆而心方正,相时仪也",与《孔方传》中"圆其外方其中,善趋时应变"的描写如出一辙。又如从李奎报的两篇假传中,明显看出他在创作过程中吸收、利用最多的便是《太平广记》和唐代类书《初学记》中的材料。正是唐宋传奇作意好奇，大胆想象的这股强劲的冲击波，波及了高丽文人，他们中的一部分文人选择以假传这一体裁形式，将充满浪漫意味的幻想与沉重的现实有机融合，创作产生了一系列独具艺术魅力的假传作品。

二、高丽朝假传体文学对中国传记文学成就的继承

唐人李肇在《唐国史补》中说："韩愈撰《毛颖传》，其文尤高，不下史迁"；明人胡应麟也将假传的开山之作《毛颖传》视为韩愈史笔的明证，他说"以昌黎《毛颖传》之笔，而驰骋古人，奚患其不史也"，说《毛颖传》"足继太史"；清人林云铭亦评价《毛颖传》"叙事处处皆得史迁精髓"[①]，韩愈的《毛颖传》成了后世假传创作自觉向史传看齐的力量。高丽假传体文学便全面吸收中国史传文学中的精华，其作品无论是从体制结构，人物塑造的方法，还是辞气口吻等各个方面，无不悬以《史记》为代表的中国传记文学为矩矱。

应该说，高丽假传得力于史传文学的传统是极为明显的。首先，表现在体制结构上。高丽假传除了篇名均冠以"某某传"外，如《麴醇传》《孔方传》《麴先生传》《清江使者玄夫传》《竹夫人传》《楮生传》《冰道者传》《竹尊者传》等；篇章结构也完全模仿由《史记》列传开创的"一人一代记"的纪传模式。我们知道，从《史记》的人物传记开始，中国古代传记在篇章结构上已经形成了一个相对固定的叙述模式。在人物传记中，通常一开篇便对传主的姓字、乡里、家世以及外貌、性格等作简括介绍；再叙述其生平事迹（多为成年后的经历），最后写到传主的死亡及其子孙的情况；篇尾以"太史公曰"的形式进行论赞。高丽假传中的大部分作品在篇章结构上完全承袭了这种结构，于篇首叙拟人化人物的籍贯，兼及家世、个人才质；文章的主体部分介绍人物的生平事迹，并于篇末以史氏的名义发表作者的评论。这些都体现了高丽假传与中国传记文学的血缘关系是何等紧密。其次，表现在注重作品的历史感与时代感。《史记》作为史学著作，非常重视历史感与时代感。司马迁在表现传主的历史感时，往往将叙述传主个人生平与记述重大历史事件紧密结合，高丽假传巧妙地学习了《史记》的这一特点。假传作品紧扣拟人化的主人公的物性特点，在叙述传主一生经历时，围绕拟人化器物组织材料，将与之有关的历史文化典故珠连成串，让人物自如穿梭于中国广阔的历史舞台之上，与真实的历史人物发生关联，构成既不乏历史的厚重感，又充满谐趣的故事情节，从而含蓄地影射高丽社会的现实矛盾，表达作者的思想感情。在记叙拟人化传主的生平时，假传作品将主人公置身于一系列中国重大的历史事件之中，使之

[①] 林云铭：《韩文起》（卷七），清康熙年间刻本，第6页。

参与其中，并发挥重要作用，以此达到对历史的消解与戏谑，产生诙谐幽默的艺术效果。如《楮生传》，作品将楮生置于南朝陈国的亡国之乱中，将历史上记载的隋将高颎在攻克陈朝宫殿后，见告急文书还在床下，连封皮都没有拆开一事，戏说是楮生"秘不开封，以此陈败"。再如，《孔方传》，作者让孔方几乎参与了中国宋代以前几乎所有重大的经济货币改革事件。再次，表现在人物形象的塑造上。由司马迁开创的纪传体文章之基本特点在于写人，即对人物形象的描写和刻画积累。《史记》对后世文学，特别是以小说为代表的叙事文学最重要的影响之一也是它在人物形象塑造上成功的艺术经验。《史记》"以人系事"，以人物为纲组织历史材料，具体地记叙人物的生平，抓住最能反映人物风貌的具体事例，采用多种多样的艺术手段描写刻画人物形象的特点无疑给了高丽文人非常直接的启示。高丽假传在描写人物时，学习了《史记》善于抓住人物的特征的一面。我们知道，史传是传人的，每个人都有自己独特的一面，如性格特征、外貌特征、职业特征，人品、爱好、特长等等；而假传是传物的，不同的事物也有自己独特的物性特征。假传体文章秒就妙在其作者能够紧紧抓住物的特性，将其形象地转化为人的特征。《麴醇传》紧扣醇酒色、香、味，及酒在国家社会事务中的功用等特征来描写麴醇；《孔方传》则抓住铜钱的形状，金钱腐蚀人心的消极作用，货币与国家政治经济的关系等方面来描写孔方；《竹夫人传》是从修竹的东方文化象征意蕴的角度塑造竹夫人这一形象的。

三、 高丽朝假传体文学对唐宋假传文学的直接学习

唐宋假传与高丽假传的嫡亲血缘关系是不言而喻的，它对朝鲜高丽假传体文学的产生和创作起到了直接的促酶作用，高丽"拟传体散文就是直接学习韩愈《毛颖传》而作的"[①]。李奎报在论及其友人李允甫以蟹为拟人对象的作品《无肠公子传》时曾说："其若《无肠公子传》等嘲戏之作，若与退之所著《毛颖》《下邳》相较，吾未知孰先孰后也。"可见，高丽假传作家们对韩愈《毛颖传》的模仿是出于自觉的。李奎报更在其假传作品《麴先生传》中，直接将中书令毛颖请来客串，足见其先后的影响关系。

高丽假传体文学对唐宋假传文学的学习和借鉴是多方面的。首先，表现在题材的选择。高丽假传作者选取的拟人化对象大多为与文人生活旨趣息息相关之物，从目前可以查找到的几篇作品来看，几乎都可以从唐宋假传中找到类似题材。如，宋代有多篇假传以酒为题材，其中最为著名的是秦观的

---

① 李岩等：《朝鲜文学通史》，北京：社会科学文献出版社，2010年，第493页。

《清和先生传》;以纸张为题材的假传最早的是唐人文嵩的《好时侯楮知白传》,宋以后以文房四宝为题材的假传更是层出不穷;以竹为题材的作品也为数不少,最著名的有张耒的《竹夫人传》;以蟹为题材的有宋人高似孙的《郭索传》。当然,我们不能说高丽假传作品的题材完全模仿了唐宋假传,但至少在题材类型的选择上,唐宋假传给予了高丽文人以有益的启示。第二,表现在文章的体制结构。高丽假传学直接借鉴了《毛颖传》的体制结构,从拟人化主人公的祖辈、家系、籍贯写起,写到主人公本人,最后以"史氏"的名义加以评论。需要指出的是,《竹尊者传》《冰道者传》《丁侍者传》三篇由僧侣创作的假传作品在结构上突破了这一范式,这表现了高丽假传作品对假传文体的发展。第三,表现在作品的艺术手法上。高丽假传学习了唐宋假传大量考证、附会历史典故串联故事情节的艺术手法。当然这一点也与高丽中后期文坛"宗宋"的风气不无关联。第四,表现在作品的艺术风格上,高丽假传继承了唐宋假传寓庄于谐、诙谐幽默的艺术风格。这些内容前文已有详细论述,此处便不再赘述。

诚然,高丽假传体文学的产生和创作是在中国文学,特别是唐宋文学的强大辐射下催生的,但是,我们知道,"单纯的模仿本来就不是发展,只有在传统的基础上进行扩充才可称为发展",①一种文学现象的产生、发展和变化,外来因素只能起到侧面辅助的影响,其真正的动因始终来自这一事物的内部,内因起着决定性作用。高丽假传体文学也是如此,其产生、发展离不开孕育她的母体。高丽汉文文学经过三国、统一新罗、高丽朝前期的不断积累,到中后期的已经相当发达,其传记文学也已呈现出相当成熟的面貌,这些都为高丽假传的破茧化蝶做好了充足的准备,来自中国相应体裁的文学则起到了促酶和催化的作用。正如韩国学者金俊荣所指出的"朝鲜传奇文学在执着的取舍过程中得到发展的,所以不能因受到中国传奇文学的影响而完全称之谓属于中国系统的文学或者是没有理由不认为它是在我国的正常发展形式。"②

第二节　高丽假传体文学在朝鲜古代
叙事文学发展史上承前启后的作用

高丽假传是朝鲜汉文文学发展成熟的产物,它继承了高丽中期以前传记

---

① 赵润济:《韩国文学史》,张琏瑰译,北京:社会科学文献出版社,1998年,第154页。
② 金俊荣:《韩国文学概论》,首尔:莹雪出版社,1980年,第275—276页。

文学、寓言文学、传奇文学的优秀成果,在高丽中后期叙事文学的发展过程中异军突起,结出丰硕的艺术成果,形成高丽文坛上一抹亮丽的风景。它在朝鲜古代传记小说类文学的发展中具有举足轻重的地位,特别是在朝鲜小说史上,"它是连接新罗殊异传和李朝汉文小说的中间环节"①,起到了承前启后的作用。高丽假传在思想艺术上积累的丰富经验,为朝鲜朝叙事文学的发展提供了坚实的基础。"高丽时期的稗说文学②,从内容上看具有传记文学的要素,从形式上看又取传记形态,应该说,它已经为进一步向小说发展做好了充足准备。"③

一、高丽朝假传体文学直接影响了朝鲜朝的假传创作

首先,高丽假传直接启发,并在一定程度上拓展了朝鲜朝假传文学题材的选择。

高丽假传在创作实践中,积累了丰富的题材,醇酒、金钱、龟、蟹、纸张、竹器、冰等意象进入了文人们的审美视野,他们以丰富的想象力和高超的艺术手法将这些独具人文象征意味的物品拟人化,赋予了它们鲜活的生命和独具魅力的人格,使之活灵活现地出现在作品之中,这无疑给后世文人以莫大启发。

朝鲜朝时期创作产生的假传作品,一部分延续了并高丽假传的选材线路,产生了丁寿冈以竹为题材的《抱节君传》,权鞸以蟹拟人的《郭索传》,柳学本以猫拟人的《乌圆传》等作品。这些作品与高丽假传一样,选取与文人日常生活相关联的题材进行创作,或寄托封建文人的人格理想,或体现了他们的兴趣爱好。如《郭索传》将生活在芦苇丛中的螃蟹拟人作为主人公,塑造了一个甘愿远离世俗,不贪慕荣华富贵,节操高雅的"佳公子"形象。郭索"宁游戏污渎之中自快,无为有国者所羁"④,崇尚自由,不事权贵的处事之道颇似李奎报笔下的清江使者玄夫;作品更将林椿笔下的麴醇请来"客串";此外,作者还在文末的论赞中,借"太史公"之口,表达了对李允甫在《无肠公子传》中以"无肠"讥讽郭索的不满。这些都清楚地说明了其与高丽假传题材选择的先后影响和继承关系。另一部分作品则突破了自唐宋假传、到高丽假传一直延

---

① 金宽雄、李官福:《中朝古代小说比较研究》(上),延吉:延边大学出版社,2009年,第252页。
② 此处指高丽的假传文学。
③ 赵润济:《韩国文学史》,张琏瑰译,北京:社会科学文献出版社,1998年,第105页。
④ 林明德:《韩国汉文小说全集》(第六卷),"中国文化大学"(台北)、韩国精神文化研究院(首尔)共同刊行,第89页。

续的这种带有封建文人审美情趣的题材框架,选择将人体器官、烟草、人的心性等题材作为描写对象,如宋世琳的《朱将军传》、成汝学的《灌夫人传》、李钰的《南灵传》、张维的《冰壶先生传》等。这些作品的题材选择反映了随着时代的变迁,社会风尚的转变,使得文人们对客观事物关心的范围在不断发生变化,"像《朱将军传》这种戏谑滑稽作品的出现,可以说是对假传所表现的过分的警戒性的反驳"[①]。同时人们对于文学审美功能的认识也在悄然发生着变化。

其次,它为朝鲜朝假传积累了丰富的创作经验。

高丽假传将从唐宋假传继承而来的艺术经验进一步发展,拟人化象征艺术手段;采用史传的体例结构全篇;以典故串联故事情节的章法;用双关、谐音、比喻等俳谐手法营造诙谐幽默的喜剧效果等等,都为朝鲜朝假传提供了可资借鉴的宝贵创作经验。朝鲜朝的大部分假传作品沿袭了高丽假传的体例结构和艺术表现手法,并在此基础上有所发展和创新。传统假传如《抱节君传》《郭索传》等作品承袭了高丽假传的形式和表现手法,采用"一人一代记"的体例结构;以典故串联情节,有的作品甚至在一些典故的使用上,原封不动地使用了《竹夫人传》《竹尊者传》等作品中的素材。如,《抱节君传》中就直接沿用了《竹夫人传》中黄帝令伶伦作律、姜太公钓鱼、秦始皇封松大夫等典故素材。而我们更加应当看到,高丽假传对朝鲜假传艺术创新的启发。朝鲜朝的一些假传作品,如《女容国传》,突破了"一人一代记"的模式,出现了多个物件同时作为主人公的作品。而在艺术表现手法上,朝鲜朝后期的假传表现出典故逐渐减少,甚至不用典故的特点,加强了对主人公本身行为的描写,通过人物之间的矛盾冲突的展开推动情节的发展,柳学本的《乌圆传》是其中的代表。这些变化表现了朝鲜假传在前人基础之上的艺术创新,反映了假传在小说化发展进程中的摸索前行。

二、高丽朝假传体文学对朝鲜朝假传体寓言小说的产生和繁荣提供了榜样

朝鲜朝时期,在高丽假传的直接影响之下,朝鲜文坛出现了《花史》《四代纪》《四代春秋》《玉皇纪》《愁城志》《天君纪》《天君衍义》《天君本纪》《心史》等一大批带有浓厚假传性质的寓言小说。这些作品从题材选择,体制结构,表现手法等方面,均与高丽假传一脉相承,可以将其视为假传体裁的进一步升级,然而它们又不同于传统意义上的假传。它们已经完成了假传小说化的进程,演变成了真正的小说。如果说,以往高丽假传是在中国叙事文学的强大

[①] 赵东一:《韩国文学论纲》,周彪、刘钻扩译,北京:北京大学出版社,2003年,第114页。

辐射、影响之下而产生的,那么,到了朝鲜朝,它终于走上了独立发展的道路。这些作品在朝鲜文学史上被称为寓言小说,有的韩国学者直接将其称为"假传体小说"。这股假传体寓言小说的创作风潮一直持续到朝鲜朝末期,是朝鲜汉文小说重要的一支,占有非常重要地位。

首先,高丽假传启发了朝鲜朝寓言小说拟人化题材由具体向抽象演变。

朝鲜朝中后期,假传体寓言小说创作题材上呈现出一种新的变化,即拟人的对象从具体事物转向抽象事物,而且拟人对象也扩大了,产生了一系列以心性拟人的"天君"小说,如《天君传》《愁城志》《天君纪》《天君衍义》《心史》《天君实录》等。这类作品基本上均采用史传的形式,将人的"心性"及与之相关的性、情等主观情感拟人化,通过对"四端七情"或善恶矛盾引发斗争的描写,表现作者对道德修养自我完善的理性思索,同时作品中也隐晦地反映了朝鲜朝中后期复杂的社会矛盾。这股"天君"小说创作风潮的出现,固然与朝鲜朝时期五百年的性理学研究注重心性问题探讨的潮流密不可分;另一方面,也与前期高丽假传体文学的影响不无关联。高丽假传中有几篇作品,如《竹夫人传》《竹尊者传》《冰道者传》,已经开始透露出重视人的道德修养的思想倾向,朝鲜朝以心性拟人的"天君"小说在此基础上,借助程朱理学思想,将"伦理道德修养哲学"通过小说的形式发挥到了极致。"天君"小说中的拟人化对象,既有四端(仁、义、礼、智)、七情(喜、怒、哀、乐、爱、恶、欲)、志、悔、敬等性理学研究范畴下的抽象观念;也有耳、目、口、舌,五脏六腑等人体器官;还有笔、墨、纸、砚、美酒、金钱等假传体的老主顾,拟人化的对象空前扩大了。

其次,高丽假传的"史传框架"启发了朝鲜朝寓言小说体例形式的发展。

高丽假传体最重要的特征之一,就是在体例结构上模仿《史记》的人物传记,采用"一人一代记"的形式为拟人化的人物立传,在叙述套路上形成了一个相对稳定的模式。朝鲜朝的寓言小说在这种"一人一代记"结构方式的基础之上,尝试采用多种多样的结构模式进行创作。《天君纪》袭用了高丽假传的结构模式,采用纪传体的形式,为"天君"立传,开头写"天君"的姓字、籍贯、家世渊源,而后叙述其事迹,篇末以"太史氏曰"的形式对作品进行总结;《心史》以编年体的形式,为"天君"作本纪,记叙了"天君"在位三十年的事迹,兼以阐释与之相关的性理学义理,并在每年事件叙事结束后,均以"史氏"的名义对前文所叙之事加以褒贬,阐发作者对人物事件的评论;《天君实录》采用"实录体",构建全文;《天君衍义》采用章回体的形式。朝鲜朝寓言小说在结构形式上的发展,使得作品的容量增加了,其所能够承载的思想内容也就更为复杂了。但是,万变不离其宗,虽然朝鲜朝寓言小说的体例形式发生了巨大变化,但是,由假传固定下来的叙述模式并没有在这些作品中消失,而是以

"小单元"的形式,直接转化为作品不可或缺的有机组成部分。

朝鲜朝的假传体寓言小说中还有一类以植物拟人,借描写花草世界反映人间百态的作品,如《花史》《四代纪》《四代春秋》《玉皇纪》等作品。这类作品与《三国史记》中记载的新罗薛聪的《花王戒》一脉相承,高丽假传恰恰在这一发展过程中起承前启后的作用。《花王戒》为其提供了灵感来源,而数百年的高丽假传创作则为其积累了丰富的创作经验。"如果将《花史》按陶、东陶、夏、唐等分成若干部分进行观察,就可以看到,《花史》在体裁上同……假传体小说并没有什么不同"①,体制结构上在高丽假传的基础上,以编年体的形式,"重新整合,引申为长篇,……这是一部假传体小说的集大成者。"②

三、 高丽朝假传体文学的创作精神对后世小说的影响

假传嚆矢之作韩愈的《毛颖传》问世之时,便在当时的文坛上引起了一场不大不小的争论,罪之者言其"不以文为制,而以文为戏","文章之甚纰缪者";赞其者言其是"有益于世"之作,一时之间对它的评价可谓毁誉参半。《毛颖传》以微末之物模仿庄重之举,这样的叙事结构形成了诙谐的笔意,戏谑了庄严,将读书人心目中的庄重的文体请下了"神坛",同时又与作者内心托讽的旨意互为表里。韩愈的这种托讽之意与俳谐的笔法由于在形式和内容上都不同于"正经"的宗经征圣之文,触动了文章道德家的神经,于是惹发了一些人的怪怒和嘲笑。韩愈的文坛挚友柳宗元力排众议,以一篇《读韩愈所作毛颖传后题》为其正名,从"俳又非圣人之所弃"的角度出发,肯定了文学游戏性和娱乐性的功能。虽然后来随着韩愈及其文章在文坛上地位的变化和时代思潮的改变,学界对这样的"嘲戏"之作的态度越来越宽容,到了明代胡应麟的一句"今遍读唐三百年文集,可追西汉者仅《毛颖》一篇……",显然这样的评价又有些矫枉过正,但总算给《毛颖传》彻底翻了案。然而,在中国假传创作比较集中出现的唐宋时期,已经出现了"传奇、话本等比较成熟的叙事文学形式,所以它在中国古代小说史上无足轻重",然而,朝鲜文人却是将这种"舶来"文体真正发扬光大者。

高丽朝是朝鲜历史上思想相对开放和包容的时期,儒家思想虽然开始逐渐占据思想界的主导,但是由于当时的朝鲜真正成熟意义上的小说还没有产生,儒学思想中将小说视为"小道"的贬抑、排斥的思想尚未真正触及高丽文人;加之高丽中期"学苏"风气的盛行,苏轼的文章大行于世,所以文学思想界

---

① 金台俊:《朝鲜小说史》,全华民译,北京:民族出版社,2008年,第53页。
② 同上书,第54页。

对待假传这种已经初具小说性质的文体采取了接受的态度。林椿、李奎报等人又是当时文坛的佼佼者和领军人物,他们以高度的社会责任感和使命感,选择为正统文人所不屑的假传文体进行创作,其作品表现出的敢于以恣意汪洋的想象和托讽、俳谐的笔法进行创作的精神,以及强烈的警示性都给予后世小说以激励。到了朝鲜朝,随着中国小说的大量流入和传播,其读者逐渐增多,小说文体在文人士大夫中间的影响也日渐显露,这时,深受中国封建传统文学观念影响的"正统"文人再也坐不住了,他们对小说采取了否定和排斥的态度,将小说视为洪水猛兽,认为它是"小道""邪种""异端",根本登不上文学的大雅之堂。在这样的思想氛围笼罩下,应该说朝鲜小说的发展是步履艰难的,就连在文坛上已经享有盛誉的大文学家朴趾源的小说创作都会受到种种非难。朴趾源的儿子宗侃在整理父亲的遗稿时,就因为考虑到当时的士大夫轻视小说为稗官小品的情况,特别为其父《两班传》《许生传》等九篇小说的创作附上了简单的释说,以"古来文章家固有似此游戏之作,不必废也"[①]为其开脱,正是想要从高丽假传这类"游戏之作"的创作渊源中获得支撑。朴趾源"九传"所表现出的托讽、俳谐的思想艺术特点,追根溯源都可以在高丽假传中找到它的苗脉。如在《许生传》中,朴趾源对待金钱的看法,显然是在高丽林椿《孔方传》认识基础上的发展和进步。林椿看到了对金钱的过分追求会"蠹国害民",危害人心、危害社会,但囿于时代和阶级的局限性,林椿对金钱采取了全面否定的态度。朴趾源则在此基础上能够以更加理性的态度看待问题。作为爱国的经世家,朴趾源客观地看到了商品关系的发展和货币的流通对人民生活所起的作用,他在作品中所要批判和揭露的是货币的过剩和垄断性的经商行为给国家人民造成的危害。从《孔方传》到《许生传》我们看到了时代的发展,文人思想观念的进步,但没有改变的是正直知识分子关心国计民生的责任感和使命感,而这也有高丽假传创作精神星火传承的一份功劳。

四、 高丽朝假传体文学对朝鲜古代小说观念的影响

高丽假传体文学是在高丽朝中后期,国家动荡罹乱,社会矛盾尖锐;而思想文化空前活跃,文学、艺术初现繁荣,并取得相当高发展水平的时期产生并发展起来的。它脱胎于高丽繁荣发展的汉文文学,在朝鲜悠久的寓言传统关照之下,广泛继承此前叙事文学积累的丰硕成果,同时吸收了中国志怪、志人、传奇、传记文学的优秀成果,在唐宋假传的直接影响下孕育而生。虽然目

---

① 金明河:《燕岩朴趾源》,陈文琴译,李启烈校,北京:商务印书馆,1963年,第114页。

前存世的高丽假传仅有作品不足十篇，但这些作品从关心国计民生的角度出发，在思想上，敢于对当时黑暗腐败的朝政、社会上存在的丑陋现象进行大胆地讽刺与批判；在艺术上，表现出驰骋想象、构思巧妙、委婉多讽、寓意深刻的独特艺术魅力，并且对朝鲜朝的叙事文学，特别是小说艺术的发展起到了承上启下的重要作用。它上有传承，其后更是沿着自己的轨迹发展，在朝鲜古代小说中独树一帜，最终形成了假传体寓言小说；同时又对朝鲜朝各种类型的小说均产生了不同程度的影响和辐射。应该说，假传是朝鲜叙事文学诸种类型中，发展得最为充分，最为成功的一种。正是由于高丽假传独特的魅力，及其在朝鲜朝的持续创作发展，以及它在朝鲜古代叙事文学发展史上的重要地位，所以，千百年来受到了文人、学者们的持续关注。在逐渐深入的研究中，高丽假传的文学魅力和艺术价值也日渐清晰地呈现在世人面前。

诚如上文所述，高丽假传是朝鲜小说文体产生前的最后准备，在朝鲜小说发展史上起着承上启下的作用，它不仅对后世朝鲜叙事文学的发展影响深刻，而且它启发影响了朝鲜文人小说观念的形成。高丽时期，小说文体尚未成熟，朝鲜叙事文学尚处于所谓"稗说文学"①的发展阶段，影响尚未形成气候，朝鲜文坛还未形成清晰的小说观念。但是随着大量中国志怪、传奇作品输入，高丽假传作品陆续创作产生，文人们开始逐渐认识到所谓"稗说"，亦即带有小说性质的文章具有使读者放松、消遣、娱乐作用的功能。李奎报将假传视为"嘲戏之作"，而崔滋《补闲集》中说，其可"资笑语，……，游焉息焉，有所纵也"②的观点，都从审美娱乐功能的角度肯定了假传等所谓稗说类作品的价值。不仅如此，他们还看到了假传具有史传"镜人""龟鉴"的作用，崔滋说，其文中"有鑑戒存乎数字中"，而李奎报则盛赞进行假传创作的李允甫"真良史才也"。朝鲜朝时期，文人们在此基础上，更加从"托物寓意""托讽"认识到的假传的文体价值，这也是朝鲜朝大量假传体寓言小说产生的一个因素。朝鲜朝假传寓言小说名作《花史》的跋文说，"夫寓言托物，古人多用其体者……全以无情之物，托有情之事"，作品以"花之王国"三个王朝四代君王的荣盛兴衰，呈现朝鲜封建王朝的缩影，寄寓了作者的政治理想以及对朝鲜封建社会种种弊端的批判。"托讽"则是在此基础上对假传文体价值更深入的认识。高丽假传中表现出的大胆的讽刺，在朝鲜朝时期已经被升华总结为艺术规律，"晓人之方，莫尚乎讽，讽者，託物以形，诸辞形则著著，故能动也"③，

---

① 稗说文学是指神话、传说、稗说等叙事文学。
② 《高丽诗话选·崔滋：补闲集（卷下）》，第186页。
③ 张孝铉等：《校勘本韩国汉文小说·寓言寓话小说》，首尔，高丽大学校民族文化研究院，第314页。

这时的文人已经能够从理论的层面,认识到讽刺手法的运用所能够产生的卓著艺术效果,"故讽所以能益也"。朝鲜朝文人在创作实践的基础上,从理性的角度,开掘出假传"寓言以纪之,滑稽以掩之"①的文体特征,体现了朝鲜文人对假传文学认识的日趋成熟。

---

① 张孝铉等:《校勘本韩国汉文小说·寓言寓话小说》,首尔,高丽大学校民族文化研究院,第315页。

第八章　朝鲜朝社会与假传体文学

第一节　朝鲜朝前期的社会和思想文化政策

　　李氏王朝的建立，意味着一个新兴封建势力登上了朝鲜的历史舞台。收拾高丽末叶国家和社会动乱局面，整顿政治、经济和思想文化方面的诸多问题，是这时期新王朝所面临的重要课题。李成桂政权之所以能够站稳脚跟，主要原因在于在各个领域大胆进行了一系列改革，使李朝封建政府以新的面貌出现于东北亚世界之中。

　　之前的高丽末叶，内忧外患深重，可是恭愍、祸、昌、恭让等末代暗主相继而立，以大兴佛事、土木、游兴为能事。于是经济濒临破产，国库空乏，国防长期懈怠，深受外敌威胁。加上朝臣之间，派争不息，矛盾重重，有亲元派与亲明派之争，革新派与守旧派之矛盾，更有尊王旧臣对戴李派之间的激烈斗争。所谓戴李派，就是推戴和跟随当时掌握国家重权的李成桂，暗中图谋易姓革命的大臣系列，此派大都为改革图新之人物。此派人物的中坚，有裴克廉、赵浚、郑道传、权近、南訚等，李成桂的易姓革命成功以后，这些戴李派为李成桂积极谋划新政。

　　出身于高丽王朝的李成桂和很多新老朝臣，深谙经济基础在新朝发展中的关键作用，对事关国计民生的一系列经济部门进行了重大调整和改革。李朝政府首先采取措施整理土地账簿，对全国所有土地进行重新丈量和登记，以查清实录田和漏报田的实结数。实际上这项工作于高丽末叶李成桂掌控朝政时就已开始。当时李成桂一派看到，由于大地主和官僚贵族连年的土地兼并，土地制度混乱不堪，而高丽封建政府也已经无力回天，纪纲危在旦夕，没有精力和力量掌管土地问题。很有政治眼光的李成桂发现，土地不断集中于土豪和世臣大族手中，大土地所有者们的横行霸道，不利于自己掌控国家大权。于是他一边按照自己的意图更换国王，肃清崔莹等勋旧反对派势力，一边便着手土地整理事业。首先，李成桂一派一边查清隶属国库之田的同时，还没收和清理寺院之田产归国有；其次，宣布暂时对全部公私田一律征收田租；还有，设置给田都监，对京畿道等六道进行量田，将所有土地登入国家册档之中；又有，在夺权前一年的1391年5月，李成桂一派在整顿土地制度的基础上实行给田制，把可收租田分给朝廷机构、两班官僚和亲信，称此为"科田法"。李成桂的这种土地改革措施获得一石二鸟之效，既沉重打击了各种以巨大财产为依托的政治势力，也为自己进一步夺取政权打下了政治基础。

由于实行了这样的土地改革，李成桂一派于1392年驱逐恭让王建立朝鲜王朝时，国家可控土地已大大增加，统治阶级内部已形成较为稳定的秩序，这些都从根本上保障了政权的顺利过渡。但是由于当时高丽王朝尚未灭亡，其土地改革不可能彻底，当然留下了很多旧王朝积弊。朝鲜朝建国以后，为了巩固统治基础，继续进行土地改革和经济振兴政策。建国初，李朝政府继续反复进行土地丈量工作，结果又查出了大量隐报的土地，使全国的土地面积大增。与此同时，李朝政府还进一步清理出很多寺院土地。高丽王朝笃信佛教并纵容寺院占有大量土地，使国家可控收入大大减少，尽管高丽末叶在李成桂的主导下对其采取过措施，但还是漏掉了许多隐报土地。李氏王朝一建国，便实行"抑佛扬儒"的思想政策，对佛教施加压力，坚决抑制其发展，并进一步清理和没收曾漏查的寺院土地。为控制更多的剥削对象，李朝政府专门设置都监府，清理奴婢数量，将高丽末被迫沦落为奴婢的大批良人改回原来的身份，而且将许多私奴婢改为公奴婢，从而刺激这些社会底层百姓的积极性。这些措施使国家获得大批纳税人、服兵役来源和徭役对象，因为过去的这些私奴婢或私民不承担国家兵役和徭役之负担，成为了"于国无用之口"。作为稳定国家经济收入的另外一个措施，李氏王朝政府还实行了"号牌法"和"五家作统法"。这是李朝政府为确切编制户籍，把农民束缚于土地，掌控兵役、徭役来源的一种手段。根据这个号牌法，两班阶级按官职等级分别佩带象牙牌、鹿角牌、黄杨木牌、桦木牌，牌上记载官职、姓名、住址；一般农民佩带普通木牌，记姓名、住所、脸色、有无胡须等；奴婢佩带的号牌则记主人姓名、本人年龄、身长等。这一号牌法实施以后，全国查出了许多户籍中遗漏的人口。这一措施还可以防止人口从土地的流离。所谓"五家作统法"，就是以五户为一邻保，由保长掌握保内人口的动向和变化，并以连环保的形式负担国家负担的制度。李朝政府虽然实行了这些严厉措施，想以此控制百姓，把农民拴在土地上，但人民的流亡和反抗斗争始终不断，遇灾年流民成群结队，起义军此起彼伏。李朝建国初期，国防制度无正规之态，不仅有高丽以来存在的私兵制，而且军队混乱，这些都对加强新的封建专制制度大为不利。所以整顿国防，加强军队体制，是建国初期李朝政府急于解决的重要问题。私兵制曾是高丽末叶豪族和官僚贵族与中央对抗、争权夺利的工具，也是削弱中央集权，导致高丽王朝灭亡的根源之一。新朝建立伊始，李成桂深明此道理，决意废除私兵制，首先将自己长期豢养的私兵部队——义兴亲军，与高丽王朝遗留下来的三军总制府管辖下的国家军队合并。第三代太宗时则正式以国家政策的名义废除私兵制，从此高丽以来长期存在的私兵形态彻底销声匿迹，所有军队均被掌握在国家手中。这对加强李氏王朝的中央集权，巩固封建统治，起到了重大作用。

整顿官制、重树森严的等级体制，是朝鲜王朝加强中央集权的另外一个重要措施。在中央权力机构的设置问题上，李朝统治阶级虽借鉴了高丽的中央官制，但在关键问题上进行创新，使权力高度集中于国王一人身上。高丽时期，国王手下设立司宪府和司谏院，在任命九品以上官吏时，必须经过与这两个部门的商议后才能够定夺。但到了朝鲜朝，在四品以上官吏的任免问题上，国王不受朝廷机构的限制，不经过任何机关的同意，可自由行使王权。还有，高丽时期在国王下面设都评议使司，凡国家大事须经过这一机构的评议裁推，而后才能够付诸实施。朝鲜朝建国以后，淡化了这些机构的作用，国权逐步往国王一人身上集中，以加强封建专制统治。李氏王朝建国以后，对朝廷官制进行了大调整，以议政府为最高权力机构，并加强了其下属各个机构的职能。但之前已经把君权推为至高无上的地步，属于国家的一切权力尽归于国王，议政府的领议政、左议政、右议政三丞相议国事，之下有一品左右赞成和二品左右参赞等协办官员，最后经国王同意方有效。管人事的吏曹，掌管封建礼仪、教育、科举、外事的礼曹，掌管财政、征租税收和户口的户曹，掌管法律、刑务、镇压反抗者事务的刑曹，掌管国防、军队、武官事务的兵曹，掌管手工业、山林、河海、湖泊等事务的工曹，时谓"六曹"，都是议政府属下的重要行政机构。除了这些机构以外，中央还设了"三司"，所谓"三司"就是司谏院、司宪府、弘文馆。前二者为中央的检察谏议机构，后者又称玉堂、玉署、瀛阁，与司谏院、司宪府一起，为"言论三司"之一。其前身为"藏书阁"，主要职能为管理经书、史籍，处理朝廷文翰来往，应答国王咨询等，很多朝廷显要一般都经过此馆而出。在朝鲜朝社会里，此三司地位虽不高，但在朝廷事务中，却具有很大的权限。朝鲜朝初期，巩固中央集权的另一个重要举措，是重新整理地方行政，使一切权利向心于中央。李朝政府将全国划分京畿、黄海、江原、平安、咸镜、忠清、庆尚、全罗等八道，各个道下又设州、府、郡、县，分别派遣牧使、府使、郡守、县令（或县监）管理。这些地方官吏概由国王直接任命，行使行政权、司法权、军权，替国家监管收取租税贡赋、摊派各种徭役、招征兵役等事务。

鉴于军队在巩固王权中的重要地位，李氏王朝加紧改革军制，重组军队系统,以加强国家武力体系。李朝政府规定在全国范围内实行义务兵役制,规定满十六岁到六十岁的良人壮丁有服兵役的义务,服役时间为中央正兵每年两个月、地方留防军每年服役三个月,水军则每年分两次,每次服役一个月。服役期间所需经济负担,均由军人自己担负,全国实行军户制度,以保证军队来源。李朝政府规定中央正兵、地方留防军、水军,必须由良人成分来组成,这些人基本都是农民出身,服兵役时自带武器、军服和军粮。国初李朝的中央军分五卫,来自各个地方的军人分别编入五卫,接受训练和执行任务。兵曹统管全国的军队,其手下设置五卫都总府、中枢府、训练院三个军管机关,具体处理军务。五卫都总府掌握实际军权,执行日常军务;中枢府主要负责军内人事和其他杂事;训练院负责军队训练、考核。在军队中,掌握实权的往往是文官,武官常处于付次地位。李朝的地方留防军,主要由陆军和水军组成,各个道有统辖道内军队的机关——主镇,其下有巨镇,管几个郡县的军务,再下有以一个郡县为单位的诸镇。各道有一至三人不等的节度使,其中一人须由地方观察使兼任,其下巨镇、诸镇将领,常由地方守领兼任。这些都充分反映了李氏王朝专制体系的严密性,以及其政治体制的空前加强。

  一系列的改革措施和政治体制的再整备,使得朝鲜朝社会秩序得到了空前巩固,社会生产也随之得到了很大的改善。朝鲜朝政府深谙"农为天下之大本"之理,首先发展农业生产,实行了一系列的劝农政策。政府积极奖励开垦,严防可用地的荒弃,注重水利建设,鼓励运用新的农业技术,改进生产方式。于是全国的耕地面积迅速增加,粮食产量明显提高,国家的经济状况逐步得到好转。政府还引导农家取消休闲耕地的易田法,推行了每年的照常耕种法,由此大大提高了总产量。在此基础上,还鼓励农民采用轮种法。不久之后,为了保障轮种的丰收,还推广施肥法。这些措施都大大提高了农民的积极性,使他们逐步自主地接受各种农业技术,施行一年两熟法、两年三熟法。李朝封建政府还重视水利灌溉,向各道发出通令调查和登记可改造土地、闲置的水利设施、需加固的水坝数等,要求加以修复和利用,并设堤堰提调,专门管理河湖之堰堤事务。在封建政府的劝奖下,到了15世纪中叶,光是全朝鲜的水库就达三千余存处。除此之外,还推广脚踏水车灌溉,改进选种法,扩大灌溉面积,为提高水稻产量奠定了基础。这时期的朝鲜各地,在过去的水直播、散种法、旱直播和移苗法基础上,开始普及先进的插秧法。随着劝农政策的实施,耕地面积的增加,先进农业技术的运用,朝鲜全境的粮食产量大大增长,国家储备粮也达到了相当可观的程度。在朝鲜朝政府的奖掖下,这时期的经济作物也得到显著发展,棉花、苎麻、桑、楮、莞、竹、漆树等经济作物的栽培,极大地促进了手工业的发展。

农业的发展,带动了工商业的兴起。朝鲜朝初期的手工业,主要有官营手工业和民间手工业两大方面。前者主要有朝廷直管手工业和地方官衙所管手工业;民间手工业可分个体专业工匠手工业和农民家庭手工业。朝廷官营手工业,由工曹掌管运营,而工曹之下有缮工监、尚衣院、军器监、造纸署、司饔院、校书馆等三十多个部门,直接管理运营。朝廷直管手工业,主要生产社会上层所需奢侈品,制作各类武器,如各种纺织品、陶瓷品、文具、金银装饰品、螺钿细工品、花纹席、火药、弓矢、枪、剑、铳筒等。据《经国大典》,地方官营手工业,有二十七种手工业部门,三千五百余名工匠从事生产活动。这时期带有专门性质的手工业作坊长足发展,其中有些种类专门化程度很高,如铁器、农具、器皿、锅、玉器、金银细工品、纸、笔、墨、砚台、漆器、网巾、纱帽、栉、香粉等。这时期的家庭手工业也有很大的发展,如麻布、棉布、夏布、绢、绸等纺织品等和竹木、木器席子等日常用品,解决了社会需求。朝鲜朝前期,采矿业和冶炼业也有很大的发展,铁、铜、金、银等社会急需的矿物,为制造农具、武器、器具和各种奢侈品,提供了充分的基础。尽管这时期的手工业有很大的发展,但是在自给自足的封建小农经济占主导地位的社会条件下,农民的家庭手工业还是占有主导地位,加上封建朝廷和各个阶层官僚、官衙的残酷盘剥下,它的发展不得不受到极大的限制。

朝鲜朝前期农业和手工业的发展,在一定程度上促进了商业的振兴。在封建政府的默认之下,手工业品、农民的剩余粮食、药材、水产品、山货等广泛流通,为当时商业的勃兴起到了重要作用。当时在汉城和几个大城市允许发展市廛,在市面上市廛商铺栉比接连,所售物品种类繁多,各个商铺间人山人海。除了市廛商业活动之外,当时还大力发展个人商业活动,街面上个人店铺数量无数,很多人利用自家门面开设简陋店铺,进行生意,活跃了市场。这时期流动于各地的小包袱商的活动也非常活跃,他们来往于城市和农村之间,满足各方对商品的购买需求。在这种兴旺的商业活动中,有一部分人迅速发迹,拥有大量资金,从事大规模商业买卖,成为了真正意义上的富商大贾。各类买卖的兴盛自然催生了集市贸易,尽管封建政府百般压制集市的发展,但随着商品流通的发展,集市越来越活跃,到了16世纪在很多地区铺开。商业的发展带动了几大商业中心城市的形成,如汉城、平壤、开城作为地区和全国的商业中心城市,各地的诸多商品在这里集散,带动了全国商业的发展。但是沉浸于崇儒轻商意识的朝鲜朝封建政府,出丁重农抑商的考虑,对商业处处设限,甚至严加控制,使得跃跃欲振的商业活动受到限制,严重阻碍其发展。

另一方面,社会经济的发展,为封建统治阶级提供了享受奢侈腐化生活的可能性。为积累更多财富,以保障更加富贵的生活,那些王公贵胄和很多两班官僚乃至豪族集团,进行残酷的盘剥和贪污腐化活动,使广大农民、手工业者深受其害。朝鲜朝封建统治阶级对腐化奢侈生活的欲求日益增大,其国家机构也日渐膨胀,加上由于科田、功臣田、别赐田的不断增加,国家能够支配的公田逐步减少,其国家财政也随之紧张。为解决这些矛盾,朝廷虽采取了一系列具体措施,但社会矛盾已经开始浸入封建机体的骨髓,这些都无法从根本上解决问题。封建统治阶级深知已无法通过正常吸血机制满足对财富的欲求,于是他们巧立名目,在农民和手工业者的租税、贡赋、杂税等上面做手脚,还利用欺骗人口、田结、贡物等伎俩巧取豪夺。在此基础上,劳动人民还担负繁重的徭役,从事筑城、屯田、修路、运输、采矿、炼铁、兴修水利等各种重体力劳动。在上下层封建统治阶级的多重残酷压榨和盘剥下,不少下层人民破产,或逃亡成为流民、或沦为奴婢。走投无路的下层百姓,最后不得不走向反抗的道路,以自己愤怒的肉体和精神,给统治阶级以沉重打击。1426年2月咸镜道农民和汉城奴婢的纵火斗争、1428年4月京畿地区的白丁起义、1446年10月平安道农民起义、1469年全罗道农民起义等就是在这种情况下发生的。历史上称为"太平盛世"的15世纪,实际上也是一个矛盾重重的时代,与封建统治阶级穷奢极欲的生活相反,下层人民仍然过着痛苦不堪的生活,他们反对封建压迫和剥削的斗争此起彼伏,编写出一幅可歌可泣的阶级斗争史。

第二节 朝鲜朝中期士林与勋旧二派之矛盾与斗争

自朝鲜朝第十代国王燕山君(1495—1506)至第十五代光海君(1609—1623)统治的一百三十年间,可称为朝鲜朝发展之中期阶段。在此之前的一百多年间,李氏朝鲜王朝一直走在发展的道路上,政治、经济达到了空前的进步,社会逐步呈现出了繁荣景象。不过自成宗登基以后,社会隐藏的各种矛盾逐渐表面化,为以后燕山君时期的社会动荡埋下了隐患。掌权以后的成宗发现,当时的勋旧大臣势力过于膨胀,几乎主导着朝廷内外的大小事情,这严重威胁王权。为了巩固自己的统治地位,成宗决意牵制勋旧大臣势力,伺机任用过去备受压抑的士林派文人。其中的代表金宗直,受成宗的重用,在履职的过程中极力扩充自己的势力,任用士林派文人为言官和弘文馆官僚,从而掌控言路和决策权。因为在当时,言官和弘文馆官僚作为国王的近侍,可参与重要国事的商议。在成宗和金宗直等近臣的庇护下,士林派文人逐步在朝廷掌握要职,与既成勋旧派分庭抗礼,成长为不可忽视的政治力量。

这些士林派官僚,以儒家思想为武器,揭露勋旧势力的独断专行和利欲熏心,以及架空朝政的卑劣行为,但是士林派的这些言行,也同样受到勋旧势力的抵制和反击。李朝中期的这种斗争,实际上反映了大土豪大地主阶级和地方中小地主阶级之间的利益关系和意识形态。李朝中期的士林,由当时的在野性理学者和在乡品官组成,一般代表着中小地主阶级的利益。自从成宗王为了抑制代表大地主阶级利益的勋旧派文人而引进并重用以来,士林派文人形成一股势力,逐渐成为了不可忽视的政治集团。

朝鲜所谓的"士林",其含义大体与中国类似,主要指文人士大夫阶层或有文士身份的知识分子群体。对中国汉代士林,陈寿在《三国志》中说:"乘犊车,从吏卒,交游士林。"三国魏陈琳在《为袁绍檄豫州》中也道:"自是士林愤痛,民怨弥重,一夫奋臂,举州同声。"后来士林一义被广泛使用,如唐罗隐《寄前户部陆郎中》诗:"出驯桑雉入朝簪,萧洒清名映士林。"明杨慎《升庵诗话》卷三:"近世知学六朝初唐,而以饾饤生涩为工,渐流于不通,有改'莺啼'曰'莺呼''猿啸'曰'猿唤',为士林传笑。"这个"士林"一语,在朝鲜封建的李氏朝鲜社会中也被广泛地转用,专指学习和探索儒家知识和学说的文士。但是在朝鲜朝前半期,"士林"则主要指学习和研究程朱理学,固守儒林操守的文人知识分子。它的源头可追溯至高丽末叶,其时高丽上层从中国元朝输入所谓的性理学,从中发现儒家学说的哲理深度,义理之学的精神本质。他们的成分较为复杂,一是他们中的有些人来自于中小官宦之家的子弟或地方的留乡品官阶层。二是他们中的有些人为高丽时期盛行的私学派的后裔,因以儒家义理反对李成桂的易姓革命而受到排挤落乡,只能在乡精进于程朱理学。这些文人中的许多人逐渐成长为在乡地主,并以此为经济基础展开社会、学术活动,保存实力和地位。三是为科举考试而专门学习儒家经典的知识分子或他们中的精英阶层。到了朝鲜朝上半期,这一阶层的人数量激增,显然成为了这时期极其重要的政治势力,甚至这一阶层的人后来也逐渐成为了士大夫阶层的重要力量。由于经济基础、学问关系和政治利益等种种原因,他们与生俱来就与勋旧派势力存在分歧,以其为夙敌,对其持批判的态度。

从渊源上讲,这些士林派大都为国初的私学派后裔,在学问上推崇程朱理学,主张王道民本政治,以伦理道德政治、清议朋党政治、言论政治、学术政治为其参政的基本手段,成为了当时散发着蓬勃朝气的、极具影响力的政治势力。他们常主张的政治观念是,在政治上反对王权专制、否定宰相中心的政治体制,体现以尊重士林公论为前提的言论、学术的三司中心之制。他们在经济上则强调所谓的"务本抑末",主张巩固地主——佃户之制,安定中小地主阶级的收入和生活,反对阀阅大土豪的土地兼并。他们在社会结构上,比中央集权更重视乡村自治，要求通过社仓、乡约和书院等形成乡村共同体，以仪礼、宗谱、礼学等的普及实现身份秩序的安定，实现安居乐业的理想社会。从这样的思想观念出发，他们往往以义理、道德和天道自期，攻讦霸道政治和物质的贪欲主义，从而形成了一种独特的士林政治。因为这种士林政治代表着日益向上的中小地主阶级利益，在当时呈现出浸润社会发展的勃勃生机。第九代成宗王自其君储之时已深感勋旧大臣势力过分膨胀，已经开始威胁到王权，产生刻不容缓之想。当他继位之后不久，以牵制勋旧大臣作为巩固王权之策，从朝廷人事任用开始下手。

士林政治的登场，终结了过去勋旧派势力独霸政坛的局面，开启了朝鲜朝政治多元化的新格局。当初士林政治的形成，有诸多主客观原因，可以说其中王室与勋旧势力的矛盾、儒家士林逐渐形成并羽翼日益丰满、社会阶级矛盾急剧尖锐化则是主要原因。而士林派登上政治舞台，则得益于三大方面的因素：

一是得益于成宗王的"崇儒重文"政策。成宗王是李氏王朝第七代世祖的孙子，其祖父在位十三年即殂谢，传位二子晄，是为睿宗，晄短命，第二年即去世，嗣子年幼，迎立世祖长子暲（此前早卒）之二子娎，即为成宗。成宗当时才十三岁，世祖妃贞熹王后尹氏垂帘听政，七年后成宗满二十岁，乃正式执政。成宗自小喜读儒家经典，有厚实的汉学基础，对当时佛老之学的抬头有自己的看法。执政以后，他首先反对崇佛之倾向，严制僧法，禁发度牒，就连祖父世宗建于宫内的佛堂也移于宫禁之外，又听儒臣之谏命撤京城内外的尼舍。成宗生性好学，热衷于文教，经常与儒臣切磋学问，屡幸太学，设讲经义，谈论古今。他还在太学建"尊经阁"，朝廷设"养贤库"，修缮龙山废庙为读书堂，赐暇文臣读书于此，谓之湖堂。成宗执政第九年，设置弘文馆，专置学士，令其侍讲经史，将有识之士荐于玉堂、湖堂之职，以优待之。他还劝奖出版事业，刊印经史，颁给诸道，还命学士编纂出刊《东国通鉴》《东国舆地胜览》《东文选》《乐学规范》《经国大典续录》《后妃明鉴》《杜诗谚解》等书，使国人习读之。同时成宗还刻意培养士林，从中挑选贤俊，以振作士林之气。仰仗成宗的这种扶植政策，朝鲜士林大振，从中人才辈出，制度文物由是大备，崇文之气蔚然可观。成宗的这种崇儒重文意识，无疑为士林派文人被朝廷和社会受到重视奠定了政治基础。

二是成宗王即位以后锐意励精图治，一心想摆脱勋旧派政治势力的掣肘和制约，构筑一个新的政治秩序的愿望，在客观上为士林派势力进军政治舞台提供了绝好的机会。朝鲜朝初期的所谓勋旧派，就是对李成桂一派推翻高丽王朝有功的勋臣，或李氏王朝赖以依靠的那些大官僚贵族势力。这种势力到了朝鲜朝第九代成宗王时期,其成分已经改变为国初老勋旧势力的子孙一代,朝廷为了巩固政权对老勋旧势力的子孙实行照常的优待政策。随着李氏王朝君王的不断更迭,其对国家政权的控制力日益下降,新旧社会矛盾也不断产生,社会急需政治、经济和思想文化的再次改变。在这个过程中,勋旧派贵族和朝廷勋臣作为既得利益者始终充当着社会矛盾和恶劣风气的始作俑者,使得李氏王室处处受制于他们,一时难以摆脱各个方面尴尬的局面。自从成宗王李娎即位以后,这种局面开始动摇,以至于千方百计地牵制他们,登用新的士林派势力。喜爱儒术、精通汉学的成宗自从全面掌握朝政以后,一心想构筑"崇儒重文"的社会局面,自然疏远勋旧派势力而亲近士林派文人了。从整个李氏王朝的统治进程来说,这无疑是一场政治改革。从此士林派及其所代表的中小地主阶级重见天日,作为一股新的政治势力,获得了步入政治舞台的机会。

第三,士林派的代表人物金宗直被重用,为士林派全面与勋旧势力分庭抗礼打下了重要的人事基础。金宗直是成宗王为实行"崇儒重文"政策而看上的文人,也是为抑制勋旧派势力过分膨胀而刻意起用的新进文人。金宗直出身世代文翰之家,自幼受学于家学,能文擅诗,世祖四年中文科,历任修撰、校理、监察等职。他自年轻时发奋于诗书,对经史和诗文颇有研究,一生著述丰富,他的《堂后日记》《彝尊录》《青丘风雅》《东文粹》《庆尚道地图》《地志》等著述,在当时学界和士林中影响广泛,因此深受成宗及其王室的信任。金宗直以学问和诗文,长期主导岭南学派,在士林中始终确保着领袖地位。当时在金宗直门下受业者甚盛,尤其是其中岭南士林居多,后来的著名文人金宏弼、郑汝昌、曹伟、金馹孙、南孝温、金孟性、俞好仁、金䜣、朴汉柱、表沿末、康伯珍、李宗准、郭承华、孙仲暾等都是他的门徒,大都为岭南出身。除了这些著名文人以外,金宗直门下还出现了大量活跃于文坛的有识之士,如权景裕、柳顺汀、权五福、蔡寿、金铨、崔溥、李昌信、姜谦、李继孟、李穆、许盘、南衮、任熙载、李胄、洪裕孙等就是其中的佼佼者。从急于抑制勋旧派势力的成宗来说,金宗直是再好不过的宰辅人选,不仅学脉纯正,学识渊博,而且门徒云布,影响广被。从另一个角度看,金宗直的被重用,对士林势力登上政治舞台提供了绝好的组织基础。金宗直的这些门徒除了文气寒暄、履践道学之外,皆善诗文,才华横溢,都是朝野中负有声望者。自从金宗直被成宗重用之后,这些人声倾一世,互相推誉,气味相投,俨然形成了士林之一股势力。自此以后士林派和勋旧派之间的俨然对立,乃至党同伐异的激烈斗争在所难免,甚至后来士林派内部的分裂、分派的趋势也在所难免了。

实际上,这时期的勋旧派也拥有诸多文人学者,其中不乏学问和文学上颇有成就的著名学者。因为所谓的勋旧派就是勋臣旧族乃至其子孙后代，由于对王朝有功，勋旧大臣及其子孙代受朝廷的信任和优待，成宗之前一直受到国家的重用。因勋臣旧族一直处于社会上层，具有雄厚的经济基础和政治权利，其子孙后代一般都受良好的家庭教育和社会学校教育的熏陶。所以在这一阶层子女中，也出现了大量的文人学者，其中包括诸多国王宠臣和朝廷御用学者的文人。由于这样的社会环境和生活条件，他们中的很多人对现状则采取满足的态度，对现实政治也具有无条件拥护的立场。这一阶层的人虽对现状采取保守的态度，但他们为李氏朝鲜思想、文化的发展，也作出了不朽的贡献。大学问家郑麟趾、鱼叔权、崔恒、金守温、梁诚之、申叔舟、李克培、李克堪、韩继禧、郑兰宗、李克增、李克墩等，大文学家李石亨、权擘、姜希颜、徐居正、成任、姜希孟、卢思慎、成伣等都是属于勋臣旧族之后裔。这些李氏朝鲜国初勋臣贵族之后裔们，世居京畿地区，代代为国禄重臣，过着优渥自适的生活。这些人学问积累丰实，尤长于典礼及词章，士林派文人崛起之前的国家官撰翰墨之业，皆出自这些勋旧派后裔们之手。由于世代家传加后天经营，这些人一般家底殷实，足够保持大地主、大土豪之地位。其中如郑麟趾，是朝鲜朝初期的大儒学者，曾参与著述《资治通鉴训义》《治平要览》《历代兵要》《高丽史》等，还有朝廷制作高文大册，皆出其手。郑麟趾还喜治私产，家累巨财，广置田园，甚至为扩充家产不惜侵占邻近田亩，曾受时议之非难。这些勋臣旧族之后裔们，平时出入朝廷，经常参与国家文翰活动，家蓄万贯，所以其政治主张、思想意识自然就代表了大官僚、大地主阶级的利益，这是很自然的事情。特别是这些人对家产单薄、无深厚政治背景、被埋没于乡野之中而擅长性理之学和现实学问的新进士类来说，则完全属于既得利益者。一个代表上层官僚地主阶层的利益，而另一个则代表中小地主阶级和中下层官吏阶层的利益，各个方面无疑是天生的夙敌。自成宗登基以后，这两大政治、思想势力，曾展开了殊死的斗争。

第三节　朝鲜朝假传体文学之发展

我们知道，文学作品的形式和内涵，往往随着时代的变迁而呈现不同的形态。假传体文学在高丽朝中后期的汉文文学领域异军突起，创作产生了一系列作品，取得了相当高的思想艺术成就，呈现出旺盛的艺术生命力。朝鲜朝时期，假传体文学的创作并没有止步不前，而是延续了此前的势头，在前期创作的基础上进一步发展。

朝鲜朝假传体文学创作持续时间非常长，从初期到末期，五百年间不乏作手操觚染翰;而且创作群体相当广泛,不仅林悌、柳梦寅、权韠、张维等朝鲜朝著名文人纷纷参与其中,一些名不见经传的文人也对这一文体表现出浓厚的兴趣。他们创作产生了数以百计的假传作品,形成了一个庞大的作品群落。从作品产生时间的分布来看,前期的作品并不多,仅有丁寿冈的《抱节君传》、宋世琳的《朱将军传》、全韠的《郭索传》、金宇颙的《天君传》、林悌的《愁城志》、柳梦寅的《枫岳奇遇记》等为数不多的几篇作品。其中,心性拟人、自然现象拟人这些新的因素已经孕育其中,反映出朝鲜朝假传发生的新变化,并且预示了其未来的发展趋势。朝鲜朝假传创作的高峰出现在中后期,创作产生了大量作品,应该说期间不乏兼具思想性与艺术性的假传佳作,但亦难免因袭、模仿之作。

可以说,朝鲜朝文坛上形成了一股绵延不绝的假传创作传统。文人们看到了假传一类俳谐文章"解颐警人"的作用。这些文章不但可资劝戒讽喻,而且较之诗文有着更为广泛的阅读基础。他们认识到"诗文虽工,众莫之贵,不若著小说业话,非但稗补世教,众亦乐观"①,因而有意识地延续和继承这一传统进行假传创作。这是假传体文学创作蔓延朝鲜朝五百年历史的重要原因。朝鲜朝时期的假传创作在思想上和艺术上呈现出如下几方面的特点:

第一,儒家性理学思想成为朝鲜朝时期假传体文学中出现的新的思想因素。这一时期假传体文学的拟人化对象从具体事物转向抽象事物,产生了一批以人的心性,四端七情等理学概念范畴中人的主观情绪为拟人化对象和题材的假传作品和带有假传性质的寓言小说。1392 年,李成桂一派推翻了高丽王朝的腐朽统治,建立了国号为"朝鲜"的新的封建政权。王朝初建,百废待兴,首先亟需统治者收拾人心,从思想上控制百姓,以稳固和维护自己的政治统治。高丽朝是儒佛道思想,特别是儒佛思想并行的社会历史时期。高丽末期,性理学传入,并日益受到崇尚,而佛教被统治阶级利用而日益反动,弊端丛生,寺院占有的土地越来越多,由此滋生的腐败现象也愈演愈烈。有鉴于此,朝鲜朝统治者从建国伊始,就采取了"斥佛扬儒"的政策,大肆宣扬程朱理学,将其作为治国理民的理论基础和维护封建统治的思想武器。思想领域的这一特点当然会反映在文学的创作上。就假传体文学而言,以林悌(1549—1587)的《愁城志》、金宇颙的(1540—1603)《天君传》为端倪,陆续出现了林泳(1649—1696)的《义胜记》、禹秉钟的《天君传》、李钰(1760—1812)的《南灵传》等作品;以及黄中允(1577—1468)的《天君纪》、郑泰齐(1612—1669)的《天君衍义》、郑琦和(1786—1840)的《心史》、柳致球(1783—1854)的

---

① 转引自李家源:《朝鲜文学史》,第 802 页。

《天君实录》、郭钟锡(1854—1919)的《天君颂》等带有浓郁假传色彩的寓言小说。我们看,这一主题的创作从朝鲜朝初期,一直延续到末期,期间从未间断,深刻地反映了性理学思想在朝鲜哲学史、思想史上的重要影响和地位。这些作品虽然在思想意蕴上各有不同侧重,但都以程朱理学"存天理,灭人欲"的思想为主题。这是朝鲜五百年性理学研究在文学领域中的最直接、最具体的反映。这种以文学形象的方式阐释性理学思想的创作模式也是朝鲜文学史、思想史上一个非常独特的现象。

第二,朝鲜朝时期的假传体文学中,"褒善贬恶"的创作思维表现出从道德感化向伦理人生的转化。高丽时期的假传作品尽管为数不多,但所表现出的思想内容却是丰富多样的,而且往往带有较强的个性化创作色彩,如林椿的《麹醇传》《孔方传》将批判的锋芒直接指向当朝的最高统治者,大胆揭露当时社会上的一些不公与丑恶现象;李奎报的《麹先生传》《清江使者玄夫传》则带有个人对为官之道、黑暗仕途、险恶官场的冷峻思考;僧侣创作的假传则透过具体物象表现出对禅佛思想的体悟等等。与高丽假传不同的是,朝鲜朝时期佛教、道教、固有宗教,都受到不同程度的贬抑或疏离,儒家思想一枝独秀,彻底占据了思想意识领域的统治地位。"儒文化是哲学先验论和道德论的融合。它的一个重要涵义是,将伦理道德中心主义渗透于感知世界的认识论和方法论之中。"①儒学在发展过程中,其美学涵义也在不断扩充和延伸,从"诗言志"的道德化思维认知意识,发展向"文道合一""文以载道"的伦理求治思维认知意识,将审美艺术思维纳入到为政治服务的轨道中。这种艺术思维模式不仅对中国文学产生了深远的影响,亦不可避免地影响到朝鲜文学,特别是叙事文学。有这样一种说法,"中国小说是政治、道德观念的一种文学载体",这一论断虽有失片面,但也并非完全没有道理。朝鲜叙事文学在这方面是有过之而无不及。以朝鲜朝时期的假传作品为例,思想上一个很重要的特点就是"善必褒,恶必贬,其皈将以儆惧来许"②,注重反映儒教所推崇的王道思想,以及宣扬忠、勇、孝、义等道德观念,表现出强烈的政治说教成分与劝戒色彩。特别是假传体文学,朝鲜朝时期大量涌现的"天君"系列假传体作品,以及《花史》《花王传》《四代纪》《四代春秋》等节令植物假传体寓言作品,其核心思想都是在为儒家封建王道政治思想摇旗呐喊。假传是朝鲜朝时期宣扬儒家王道政治思想的一个文学阵营。

朝鲜朝假传体文学与时俱进,反映着社会的变迁和时代的风尚。高丽林

---

① 吴士余:《中国小说美学论稿》,上海:复旦大学出版社,2006年,第3—4页。
② 张孝铉等:《校勘本韩国汉文小说·寓言寓话小说》,首尔:高丽大学校民族文化研究院,第314页。

椿、李奎报等人的创作为假传体在朝鲜朝的发展奠定了一个相当高的基点。朝鲜朝时期,一部分文人继续沿着前人的脚步进行假传创作,《抱节君传》《郭索传》《南灵传》《钱神传》等都是这样的作品。然而时易世迁,这些作品虽然承袭旧体,但终究不可避免地打上了时代的烙印,其内容主旨反映着时代的变化。如朝鲜朝后期李羲老和李钰均以烟草为拟人化题材创作了两篇《南灵传》。烟草大概是在明末由南洋群岛的吕宋传入中国的,经由中国再传入朝鲜半岛。李羲老的《南灵传》曲折地反映了朝鲜朝后期,"草尚以风",民间吸食烟草风气之盛行,"今有七、八岁者,与南氏嬉,其父虽日挞而禁之,不得"。作者将烟草与美酒、声色相比,"大禹疏仪狄,宣尼放郑声,几后世之以麴蘖生色,蛊人也夫"①,凸显了烟草对人的毒害作用。再如金万镇在日据时期创作的《钱神传》。将钱拟人是假传中的一个旧题材,林椿的《孔方传》是这类作品鼻祖,也是朝鲜假传中的名篇。在《孔方传》中,林椿将铜钱塑造成一个"善趋时应变","性贪污而少廉隅"的形象,揭露了贪官污吏为了追逐金钱利益,而滋生的卖官鬻爵、权钱交易等种种弊端,深刻地揭示了金钱对人性的腐蚀作用。从这一角度出发,林椿对货币经济采取了全面否定的态度,在认识上具有一定的局限性。时代在发展,观念也在进步。同样是钱币题材的假传,《钱神传》表现出作者褒贬的态度就更加客观了。作者金万镇也看到了货币金钱的负面作用,他指出"孔方多权谋术数,祸人家国必矣",然而,较之林椿,金万镇的认识"夫知世之取祸者,无不由人所召,非孔方之过也"就更加客观,反映了随着时代的变化,文人的认识观念也在悄悄发生着变化。

第三,朝鲜朝假传体文学内容上表现出的浓厚的俳谐旨趣。朝鲜朝前期著名文人徐居正在《太平闲话滑稽传序》中说:"曰史曰经,固贤君贤相所以治国平天下之道也,至于稗官小说亦儒者以文章为剧谈,或资博闻,或因破闲,皆不可无者也",肯定了稗说文章的娱乐审美功能和广博见闻的认识价值。他认为"善戏谑兮,文武张弛之道"。这是对韩愈"以文为戏"的假传创作理念的直接继承。韩愈在《重答张籍书》说:"昔者夫子犹有戏,《诗》不云乎:'善戏谑兮,不为虐兮'。《记》曰'张而不弛,文武不能也',恶害于道哉?"②他以圣人言辞为据,指出假传一类所谓游戏文字能够调节人的情绪,使人放松心情的功能,并不害道。韩愈的文坛挚友柳宗元在《读韩愈所作毛颖传后题》一文中,从"息焉游焉"的角度,进一步肯定了俳谐文章的审美娱乐功能。徐居正的好友,著名文人梁诚之继承了柳宗元这样的观点,他指出,"吾夫子以博弈

---

① 转引自李家源:《朝鲜文学史》(下),第1367页。
② 韩愈:《韩昌黎文集注释》,阎琦校注,西安:三秦出版社,2004年,第204页。

贤于无所用心,以此比博弈,宁不万万愈乎?诗曰:善戏谑兮。记曰:一张一弛",认为滑稽游戏之文比之下棋游戏,更能够调节人的心情。徐居正等人虽然没有直接参与假传创作,但由他主持编订的《东文选》中收录了高丽朝几乎所有的假传体作品,可见他对这类文章的价值是予以充分认可的,而且徐居正创作了《太平闲话滑稽传》这样带有浓厚"游戏翰墨"的文人旨趣的作品集,更是从创作实践上对俳谐文章的肯定。假传适应了封建文人闲来以文字消遣娱乐的审美旨趣。它旁征博引,融汇古今,其丰富的思想文化意蕴具有广博见闻的认识价值。对于文人来说,假传也为他们消解才情,显示文笔才华提供了一个绝佳的平台。

第四,朝鲜朝时期的假传体作品的拟人化题材范围较前代上更加丰富,表现出文人知识分子对事物的关心领域越来越宽泛。文房四宝、岁寒三友、醇酒等都是假传作品中常见的意象。朝鲜朝时期,这些传统意象继续活跃在假传舞台之上,同时更加值得注意的是,在此基础上增添了不少新的意象,以纸扇拟人的《清风先生传》、以温身具拟人的《汤婆传》、以鹤拟人的《丁威传》、以黄莺拟人的《金衣公子传》、以猫拟人的《乌圆传》等事物均进入了文人的视野。我们看,这些事物仍然没有脱离文人生活及其审美雅趣的寰臼,因此蹈袭之作在所难免。此外,前文已经有所提及,朝鲜朝时期哲学思想领域的性理学的研究也反映到文学创作中来,丰富和扩大了假传的题材。这一时期产生的大量以心性、情感、欲望等以人的主观体验为题材拟人的作品。这是时代思潮的文学反映。朝鲜朝时期还出现了两篇以人体器官拟人的假传《朱将军传》和《灌夫人传》。虽然这些作品内容已经流入情色的猥亵,但也是当时社会风尚的真切反映。

第五,朝鲜朝时期的假传体文学的新的特征还表现在一部分作品在传统假传的基础上有了新的发展,较之前代作品更加具有小说化的倾向。首先,在体例形式上突破了"一人一代记"的模式,拟人化的主要人物由一个事物向多个事物发展。《女容国传》《义胜记》《又一东阁记》《四友列传》等作品的主要人物形象均不止一个。如《女容国传》中有孝庄皇帝以及十五位辅国大臣;《义胜记》中的主要人物有"天君""惺惺翁""孟浩然"等;《又一东阁记》中文房四友、梅、兰、竹、石等都出现在作品中;《四友列传》中"楮知白""管城子""石学士""墨玄翁"文房四宝作为人物悉数登场。其次,与上一点紧密相连,高丽假传作品采取"一人一代记"的人物传记模式结构文章,所以篇名往往以"某某传"命名,如《麴醇传》《孔方传》《竹夫人传》《无肠公子传》等。朝鲜朝时期,既然作品中的主要人物增加了,那么在写作形式也就更加灵活多样了。"志",如《愁城志》;"纪",如《天君纪》《四代纪》《玉皇纪》等;"本纪",如《天君本纪》;"列传",如《四友列传》;"实录",如《天君实录》等,这些史学体例均被运用到假传创作中。在此基础上,甚至产生了"章回体"的《天君演义》。《天君演义》是"天君"类假传中篇幅最长的一篇,全篇共 31 回,二万余字的篇幅已经称得上中篇小说的规模。假传的体裁形式发展了,作品的容量自然也就增大了,故事情节也就更加曲折,反映的内容也愈加丰富了。在描写手段上,传统假传的一个十分重要的特色就是大量典故的运用。作品的故事情节基本上是以与拟人化题材相关的中国历史上的典故为蓝本,敷衍附会而成。到了朝鲜朝时期,许多假传作品加强了对主人公行为本身的刻画与描写,通过角色间的互动展开情节,而典故的使用就相应地减少了许多,个别作品甚至极少使用典故,这样作品的内容也就更加通俗易懂。如朝鲜朝后期柳学本所作的《乌圆传》一文。这是一篇以猫拟人假传作品,"乌圆"是形容猫咪又黑又圆的眼睛。试具文中猫捕鼠一段,以见其详。

    圆尝值禁庐。昏夜有黑衣小贼,自内库偷入宫中,从复道,攀援欲上,见圆还入壁罅。圆知之,乃屏气潜伏于阃外。贼复入室,啮伤器物,窃食方丈之膳。圆用力一跃,扼其吭而殪之。

  文章逼真地描写了老鼠偷偷窜入房间,见到猫后,狡猾地躲如墙壁的缝隙中。而猫咪早已洞悉一切,抓住时机,扑向老鼠,咬住其脖颈,对其致命一击。作者没有使用任何典故,而是将生活中细致入微的观察,生动传神地写进作品之中,增强了作品的可读性。

  当然,这类作品在朝鲜朝的假传中仍属少数,典故的使用仍然是假传体作品的标志性特点之一,但这些变化毕竟反映了假传文学在小说化、通俗化道路上的徐徐前行。

  需要指出的是,上述作品中,其中曹圭喆 1927 年创作的《孔方传》,具永会 1927 年创作的《文房四友传》,李家源 1933 年创作的《花王传》等为数不多的几篇作品创作于大韩民国临时政府时期,也就是日据时期。这些作品无论是从思想内容,还是从体裁形式,均没有脱离传统假传的框架模式,可以看作朝鲜朝假传体文学创作的余韵,故一并放于此章介绍。

第九章　朝鲜朝前期假传体文学的始兴

第一节　朝鲜朝假传体文学之思想意蕴

朝鲜朝假传体文学创作持续时间非常长,几乎横亘了朝鲜朝五百年的历史。从现存的百余篇作品来看,这一时期的假传体作品所反映的思想内容既有连贯性,又展现了不同历史阶段的时代特征。透过这些作品所昭示的思想意蕴,从中可以一窥当时文人的精神风貌和思想视域。

朝鲜朝时期的假传体文学拟人化题材较之前代更加丰富多样,表现出文人知识分子对事物的关心领域越来越宽泛。在高丽假传酒、币、竹器、纸张等器物拟人化题材的基础上,选材范围进一步扩大。一方面,动物拟人化题材所占比例明显增多,猫、马、虎、黄莺、燕子、仙鹤等动物都以拟人化的形象进入假传作品;另一方面,拟人化对象由具体事物转向抽象事物,人的襟怀、心性、七情六欲等主观情感进入文人的假传创作视野,蕴含了丰富的思想意蕴,展示了朝鲜文人卓越的艺术想象力。

一、　朝鲜朝时期的假传体文学,文房四宝的拟人化形象悉数登场。这其中包蕴着中国古老的书契文化,寄寓了封建文人对文治盛世的向往之情

假传体从来就不曾属于平民文学,它的选材立意都脱离不了封建文人书斋生活的审美旨趣。笔、墨、纸、砚;梅、兰、竹、菊;香茗、美酒既陪伴着他们寒窗夜读,更寄托了他们空怀的理想,难以施展的抱负,和对高洁品性节操的追求。假传引经据典、因类譬喻、含蓄隐讳的艺术表现手法,满足了牢骚满腹的文人闲适之余,游戏翰墨,彰显文笔,释放才情的需要;同时他们所选取的拟人化意象中所包蕴的丰富文化内涵,也成为了文人或自警、或惩人的理想载体,这是假传体文学广受封建文人爱重的最重要原因。而这些意象中,笔、墨、纸、砚文房四宝又是假传体文学作品中出现频率最多的意象。从假传的嚆矢之作唐代韩愈的《毛颖传》为一支毛笔立传开始,它们就一直是中、朝假传作品中最常见的题材。高丽时期,李奎报在《麴先生传》中曾将"中书令毛

颖"请去客串；李詹的《楮生传》则是一篇直接以纸张拟人为题材的作品，文中"毛学士"亦作为楮生的契友登场。作品为纸张立传，以楮生的形象意寓了一代知识分子在历史上的功过是非。朝鲜朝文人承袭了这一传统传统，其假传创作的选材立意大都为这些与文人士大夫书斋翰墨生活息息相关之物。

这一时期，文房四宝的拟人化形象悉数登场。从现存的百余篇作品群落来看，这类以文具书契为拟人化题材的作品占据了绝大多数。这些作品既反映了封建文人书斋翰墨独特审美旨趣；寄寓了一代士人对于封建文治盛世的向往之情；同时也蕴含了中国悠久的书契文化。这些作品通常以笔墨纸砚中的某一物为拟人化传主，而其他三物则以传主的"契友"身份出现，(楮白)"与中山毛元锋、歙州陈玄、绛州石坦中友善"（林允默《楮白传》）；"(砚滴)与陶泓、毛颖、陈玄、云孙，定为神交"（闵应元《砚滴传》）。朝鲜朝末期，则出现了四个事物同时为主人公的作品，如申弘远的《四友列传》。朝鲜朝时期以笔拟人，有权擘的《管城侯传》、雷渊的《毛颖传补》、韩星履的《管城子传》；以墨拟人，有赵载道、金奭行的两篇《陈玄传》；以纸拟人，有林允默的《楮白传》；以砚拟人，有闵应元的《砚滴传》等。诚然，同类题材反复创作，势必在为文、立意上因循，而缺乏新意，但文学史上的这种独特现象，确实值得我们注目。

我们知道，文字之统一，书契之进步，文献之集中与传播，对于后世文化的发展具有决定性的推动作用。仓颉为中国文字第一次之统一。周宣王时，太史籀为第二次之统一。六国秦汉后，由李斯等就史籀大篆及其他古文，标准化为小篆，这是文字的第三次统一。文具书契是文字书写的途径和载体，文字之变化统一，又与文具书契息息相关。战国时除竹木简外已用帛书。墨也大约是在那时产生。当时所用之笔，主要为竹笔。至蒙恬，始有兔毛狼毫之笔，而墨丸亦逐渐造成。东汉蔡伦改进造纸术，是中国文化一大光荣成就。笔纸虽不始于蒙恬蔡伦，但这两大书写工具的改进，确实是秦汉不朽的功劳。汉初已有磨墨与砚、竹笔，即有了隶书；有了纸张，以及文房四宝齐备，楷书即取代隶书，成为正式的书体。笔、墨、纸、砚在传统文化中，不仅仅是书写的工具、文字的载体，更成为了文人士大夫的象征，承载着古代知识分子的人生理想和对文化进步的孜孜以求。

朝鲜朝前期权擘创作的《管城侯传》是一篇以毛笔拟人的假传体作品。权擘(1520—1593)字大手，号习斋。作品以传统假传"一人一代记"的人物传记的模式，为拟人化的事物毛笔立传，塑造了"毛记"这一形象，叙写了其传奇经历。

姓毛氏，名记，字述而，管城人也，其先自开辟以来，已出于世，时方鸿荒,人文未轩,结绳以治,不贵文士,故隐居秘迹,不求人知。又文献无徵,其世系不可考。至书契时,佐伏羲划八卦,与仓颉共作字,帝录功用之。毛氏自是始显,至周从孔子作春秋,获麟而见绝于鲁,遂聚族隐居中山,秦始皇之时,蒙将军恬南伐楚,过中山,闻毛氏隐居其地,遂访其族,取其拔萃者,得毛颖焉。载之与归,荐于始皇,始皇乃封诸管城,号中书君,从丞相李斯工篆隶,斯奇之,甚相亲善。时焚坑祸起,海内儒生,无一免者。颖亦书生,几不能保,赖斯得脱。以寿终于管城,子孙因家焉。至魏、晋,出入钟、王家,以炫其能,人皆重之。其后或效五色瑞于江淹,或呈青镂异于纪少瑜。唐时毛花者,与李白神交,尝随白入便殿,同撰制诰,词意称旨。玄宗嘉之,敕官嫔十人,侍坐左右,其见宠如此。厥后有毛某者,史失其名,尝随柳公权,直谏为世所称,有毛椽者,与王珣相善,痦寐不离,珣甚敬重焉。五代时有毛锥子者,与史弘肇不相好,弘肇绝不复见,锥子亦不甚怒焉,历代君臣,皆不崇重,至有以尖头奴呼之者,简贤如此,时事可知。记父亢锐,娶同郡管氏女,生记。记质颖悟,自少时已有文章发越之气,与人论文,言辞爽秀,其锋不可当,虽喜动无静,然器宇不凡,唯以文学为业,不拘世务,号无心子。弱冠游京师,自公卿以至士庶,闻记名,无不请见,使为文章,操纸立就,人皆爱重,愿与之游。大臣荐记于上,上召见文德殿,谓记曰:"君有何能?"对曰:"臣倘得蒙收录,以备任使,则虽无长杠之才,亦可得副毫发之效。"上悦,使得诏中书,即拜中书舍人,未几升为中书令。是时,尚书令陶泓,客卿陈玄,中书侍郎楮知白,皆以文学得幸。记与三人结为胶漆,相得欢甚,时人谓之,"文苑四贵",每有诏令,及凡文翰之事,必使四人谋之,而记润色之功尤多。上每褒奖焉。久之擢拜文渊阁大学士兼中书平章事。盖爱立作相,置若左右也。每入朝,上待以优礼,呼毛学士,而不名。记性喜文恶武,乐与文士游,若武人请之,则虽不得已而往,不肯与之殷勤,由是武人多嫉之,或逸于上曰:"记性贪墨,无洁白称。"上曰:"吾用其文学,俾掌书翰,岂顾其他。"自是左右莫敢复言。上乃下诏曰:"盖闻有功不赏,虽唐虞不能以治天下,文渊阁大学士毛记,久典书籍,助成文治,厥功茂焉。其封记为管城侯,世世勿绝,留在中书,以辅朕躬。"记免冠顿首谢曰:"臣本微贱,遭遇圣主,官爵踰分,报恩未由,思欲尽心竭力,虽拔毛利天下,有所不惜,今老秃荒耗,不堪中书之任,请乞骸骨,退老封邑。"上欲不许,怜其衰老,乃从其请。记遂归管城,以寿终,子铦嗣。史臣赞曰:"毛氏世居管城,记以脱颖之资,在王左右,专掌文柄,文章功业,蔚然名世,终佩侯印。衣锦还乡,不亦美哉?"

文房用具的主要功能就是书写文字。作品以叙写主人公毛记祖先世系的方式，回顾了关于汉字起源的三种传说，即"结绳""八卦""仓颉造字"。《易·系辞·下》说："上古结绳而治，后世圣人易之以书契。"同样在《易·系辞·下》说："古者庖牺氏王天下也，仰则观象于天，俯则观法于地，观鸟兽之文与地之宜，近取诸身，远取诸物，于是始作八卦，以通神明之德，以类万物之情。"传说为左丘明所著的《世本·作篇》说："史皇作图，仓颉作书。"显然，《管城侯传》的作者将这些与文字书契发展有关的典故敷衍到了作品之中。"蒙恬造笔"是韩愈《毛颖传》中的一段情节：

秦始皇时，蒙将军恬南伐楚，次中山，将大猎以惧楚……围毛氏之族，拔其毫，载颖而归……封诸管城，号曰"管城子"。

朝鲜作者全擘几乎原封不动地引用了这段情节，可以看作朝鲜作者向中国这篇假传嚆矢的致敬，也是中朝两国假传一脉相承的明证。而毛记的祖先毛颖在"焚书坑儒"一劫中，仰仗李斯的庇佑，全身而退，得以寿终，则颠覆了韩愈《毛颖传》"积郁而发"的思想倾向，为全文蒙上了一层封建士人企望仕途通达的温情面纱。作者将毛笔视作贤能的象征，精心搜罗了众多与毛笔有关的历史文化典故，通过对传主毛记祖先的追溯，铺叙毛笔在政治、文化领域中的积极作用。

作品说毛记的祖先有的在魏晋时出入钟、王家；有的"效五色瑞于江淹"；有的"呈青镂异于纪少瑜"。这里钟指钟繇，王指王羲之，二者皆为魏晋时期著名的书法家。"五色瑞"即指"五色笔"，据钟嵘的《诗品》记载：江淹"文通诗体总杂，善于摹拟，精力于王微，成就于谢朓。初，淹罢宣城郡，遂俗冶亭，梦一美丈夫，自称郭璞，谓淹曰：'我有笔在卿处多年矣，可以见还。'淹探怀中，得五色笔以授之。尔后为诗，不复成语，故世传江淹才尽。""青镂"，指毛笔。《南史·文学传·纪少瑜》中记载："少瑜尝梦陆倕以一束青镂管授之，云：'我以此笔犹可用，卿自择其善者。'其文因此遒进。"王珣（349—400）是东晋著名书法家王导之孙，王洽之子，王羲之之侄。柳公权（779—866）是晚唐时期著名的书法家。"毛锥子"也是毛笔的别称。史弘肇（？—950年）是五代时的名将，其人素来重武轻文。《新五代史·史弘肇传》中记载："弘肇曰：'安朝廷，定祸乱，直须长枪大剑，若毛锥子安足用哉？'三司使王章曰：'无毛锥子，军赋何从集乎？'毛锥子盖言笔也"。"尖头奴"也是毛笔的代称。《魏书·古弼传》中记载古弼"以聪敏正直为太宗所嘉，赐名曰笔，取其直而有用，后改名弼。弼头尖，世祖常名之曰笔头。一日诏以肥马给骑人，弼命给弱者。世祖大怒曰:'尖头奴,敢裁量朕也!朕还台,先斩此奴!'",后来遂以"尖头奴"为毛笔的代称。

作品在进入传主毛记本人生平部分的叙写时,笔锋一转,没有采用使事用典的手法,敷衍故事情节,而是紧紧抓住毛笔的物性特征及其功用,通过对人物自身行为的描写和角色间的活动展开情节。尽管作品的情节尚显简单,但已经显现出朝鲜朝假传的小说化倾向较高丽假传进一步强化。作品叙写毛记自幼聪明过人,很小的时候便以文章显露于世。他与人交谈、论文,言辞爽秀,锋芒不可挡。成年后,与文士交游,得遇明主,平步青云,从中书舍人、中书令、文渊阁大学士兼中书平章事、直至官拜宰相,期间虽遭武人谗害,但为明主庇佑,最终封为管城侯,以寿终。文末,作者假史臣之口,大加赞赏毛记"以脱颖之资,在王左右,专掌文柄,文章功业,蔚然名世,终佩侯印",并发出"衣锦还乡,不亦美哉"的艳羡之辞。由此可以看出,作者通过这篇作品意在言明文章能够助人成就功业,从中可以窥见朝鲜封建知识分子的人生理想所在。

这篇假传是毛笔的小传,也是封建文人的颂歌。作者通过对毛记一生经历的叙写,承载了中国古老的书契文化,寄寓了无数封建士子理想的仕途之路。其后此类题材的假传,基本上沿袭了这样的思路,绝少有对社会的批判和发露,正如《文房四友传·序》中说"寓言也,竟未免途袭前辄,观者择之。"此外,李寿春在1896年,创作了一篇名为《文先生传》的假传,作品以"四友之主"文字为拟人化题材,可以说为文房四宝在朝鲜朝的游历画上了一个句号。

二、自然景物题材假传的出现,反映了封建文人的闲暇自适生活

朝鲜有着古老的动植物拟人假传创作传统,从统一新罗时期薛聪的《花王戒》开始,这股创作源流一直流淌到朝鲜朝时期。朝鲜朝时期的动植物拟人题材的假传在上出现分化,一类继续沿着高丽时期李毂《竹夫人传》这样的传统假传方向发展,出现了以竹拟人,如丁寿冈的《抱节君传》、李德懋的《管子虚传》,以松树拟人的如玄洲《大夫松传》,以梅花拟人的如柳致英的《梅生传》等作品;一类是沿着《花王戒》的创作足迹,以花之王国比拟人间世界,用花王国的盛衰荣枯隐喻人间世界的兴亡治乱,传达作者的封建王道思想。这类作品最典型的要数金寿恒、李颐淳、李家源分别创作的三篇《花王传》;此外,还有一类假传是在以往动植物题材的基础上之,进一步丰富和扩大了选材的范围,将自然界的山、水、石窟、洞穴、日、月等自然景象,纳入到拟人化对象的范畴之中,作品主要有朝鲜朝前期的《安凭梦游录》《枫岳奇遇记》等。这类作品是有创新性的,它们对后来朝鲜朝产生的节令季候假传体寓言小说的

创作颇有影响。

1. 柳梦寅之《枫岳奇遇记》

《枫岳奇遇记》是柳梦寅的一篇著名假传。柳梦寅（1559—1623），字应文，号於于，是朝鲜朝中期著名汉文学家。这篇《枫岳奇遇记》是柳梦寅所著"金刚山纪行"中的一篇，收录于《於于集·杂著》之中。"枫岳"即朝鲜名山金刚山，因秋日漫山红叶如丹，故又名"枫岳山"。作品以第三人称叙写於于柳先生病宿枫岳山表训寺，一日夜晚，应"坚白主人"的邀请，与众多奇人相会的故事。故事说：

> 於于柳先生，栖枫岳之表训寺，病三月始起，常夜登南楼，以自遣，忽有异人，状貌魁杰崭岩，使童子通名曰："坚白主人，请见先生。"令童子扶而再拜，撤席坐定。主人曰："余本斯岳之主，姓石，自开辟，吾石氏，封于斯地者，一万有二千，皆尚坚白，喜为公孙乞子同异之学。今先生，见客累月，请乘暇日，为奇遇。"俄而复有客通刺，自号清溪道流，字仲深，揖先生而言曰："我出自雁门，引仙派清流，循洞府，游于楼下，闻主人翁奉先生作佳会，敢来与席。"下复有客，身长十丈，垂苍胡披赤甲，欣然而来，问之童子，曰："此会稽张丈人，举族专住此岳，不知几十万。"先生奇其仪表，倒屣而迎之。复有客不知自何所，无语而来，倏尔而入坐曰："我出此岳，上下四方，随所往而游，今夜静山寂，寻根而归。"访其姓名，只曰："无心过客。"又有丹冠老仙，长颈耸身，翩跹而至曰："东峰之外有台，号金刚，有窟清且深，非但人踪不到，翔隼仰而不逮，余世栖其中，三十年前，与先生有旧，敢来拜。"又有客，飒然来过，使人肌骨清冷，讯之，乃青萍逸士，雄其名者也。未几，万壑俱明，众峰呈态，瑞光自东而来，主人惊喜曰："此我至明正素极圆元晦太清太夫人，自东海，从日出峰之左，穿松林来莅焉。"主人移席而请曰："今者日吉辰良，诸异毕会，会柳先生，久疴而苏，盖属一觞，慰诸？"太夫人曰："甚可，唯主人焉。"于是主人翁，使香城真仙，进青桂子各一盘，松林庵道释，进茯苓糕各一器，万瀑洞主，供紫葡萄蜜浆，九井洞灵，奉五味香饵，命卢峰，摘石芝，令弥坡，采紫芝，摩诃神人，呈松芽郁黄酒，陈狮吼鲸鸣梵呗铮鼓之乐，以娱之，复展红霞为彩牒，控东溟为砚池，偃五老峰为笔颖，请先生赋诗。先生放笔而题之，山鬼林夔皆泣焉。酒数行，太清太夫人，起而辞曰："今将趁木曙，历昆仑过玄圃，与西瀛仙子，相期于若木之虚。"遂下楼而去，满座回遑如失。已而，阴氛四合，山气溟蒙，主人翁蹙然变色曰："花山白居士复来矣。"先生徙倚而四顾，坚白主人，已成蟠蟠老叟，清溪道流，匿迹于深壑底，无心过

客,归于岭上,而会稽张丈人,支体下垂,苍鬐尽为皓须,无复昔日容颜。丈人顾请青萍逸士曰:"今我困矣,愿逸士,释我重负,看我万舞。"先生乃摄衣下楼,丹冠老仙从之,山无蹊径,地上之白,五尺矣。

作品中作为人物登场的"坚白主人"就是坚固、洁白的石山枫岳山。"坚白"出自战国时期哲学家公孙龙的《坚白论》。《淮南子》中说,公孙龙"别同异,离坚白",所以作品中的"坚白主人"说其家族"喜为公孙乞子同异之学"。此外,作品中的"清溪道流"就是清澈的溪流;"会稽张丈人"就是樟子松;"无心过客"就是云彩;"丹冠老仙"就是丹顶鹤;"青萍逸士"就是风,宋玉在《风赋》中有"夫风生于地,起于青苹之末";"至明正素极圆元晦太清太夫人"就是月亮;"香城真仙"就是桂树;"松林庵道释"就是松树;"花山白居士"就是雪。此外,"万瀑洞主"就是万瀑洞,"九井洞灵"就是九龙渊,"卢峰"就是毗卢峰,"弥坡"就是弥勒坡,"摩诃神人"就是摩诃衍,这些均为枫岳山的著名景观。《枫岳奇遇记》叙写了於于柳先生久病初愈后,夜深人静之时,行走游览金刚山所欣赏到的绮丽风景,这应该是作家柳梦寅以"假传"拟人化的艺术手法,创作的一篇写景游记散文。文章最为独特的地方,就是将一篇描摹山水风光的散文与假传的拟人化艺术形式结合在一起,从而使之具有了独特的艺术感召力。

金刚山随着季节的变换,在四季里有四个不同的美称。春季,在明媚阳光的照射下,巍然屹立的山峰,闪闪发光,远远望去就像是一块耀眼的金刚石,因此叫为金刚山;夏季,林木葱郁,松林云海,其景致可与蓬莱相媲美,故又称蓬莱山;秋季,枫叶似火,层林尽染,漫山红遍,又称枫岳山;冬季,草木凋零,奇岩怪石,石骨嶙峋,又名皆骨山。从作品的名称和所描摹的景物来看,当时应为暮秋时节。主人公於于柳先生病居枫岳山,常以夜登南楼赏景为消遣。夜静山寂之时,微风拂面。主人公慢步于山间丛林,飞瀑万千,碧潭盈盈。皎洁的月光透过层峦叠嶂的林木,洒落在幽静的小路之上。樟树、桂树、松树发散出缕缕幽香;丹顶鹤在林间翩然起舞。主人公不禁为眼前之景所深深迷醉。俄尔,乌云遮蔽了月光,顿时浓雾弥漫,阴冷的山风笼罩四合。初雪飘然而至。远山披上了一层厚厚的银装;樟子松被积雪压弯了枝身;溪流匿迹于大雪之下;风刮得越来越猛……主人公下楼自己探视,山中的小路已经掩埋于瑞雪之下。一会儿的工夫,地上的积雪已经五尺深了……

作者笔下的枫岳山夜色是一幅流动的画面。起初,在皎洁的月光下,周围的一切是那样的安详、静谧。然而风云突变,一场大雪不期而至……作者通过奇幻的艺术想象力,将眼前的胜景拟人化为活灵活现的人物。以艺术化的形式,展现了这幅美景,既是客观景物的生动反映,同时又充满了感情色彩。石山、溪流、清风、仙鹤、浮云、月亮都化作活生生的人物,前来慰问大病初愈的主人公。人在陈痾大愈后,自然感到身心畅快,即使是平日里司空见惯的景物,都会倍觉亲切、可爱,更何况是如此人间胜景。这篇游记中所描绘的情景,处处体现了情与景的交融,展现了人与自然紧密贴合的一面。作者通过这种拟人化的艺术手段描写自然景观,使得文章不仅带有游记散文写景状物的特征,同时更赋予了客观的自然景物以灵魂,给无情的山水加诸了浓厚的情感色彩。这样的艺术处理方式,大大增强了作品的审美艺术感染力,从而给人留下了深刻的印象。

2. 赵缵韩《大夫松传》的讽刺艺术

"岁寒,然后知松柏之后凋也。"松,在东方士人文化中是坚强不屈、品性高洁的象征。松、竹、梅更被誉为"岁寒三友",成为文人士大夫抒情言志所惯常吟咏的对象,经常出现在文艺作品当中。《大夫松传》就是朝鲜文人赵缵韩假松树,抒写情志的一篇假传。赵缵韩(1572—1631),字善述,号玄洲,是有名的"后五子"之一,著有诗文集《玄洲集》。赵缵韩创作有多篇假传《大夫松传》《汤婆传》是其中的代表。

《大夫松传》是一则寓意深刻的假传体文章。作品以《史记·秦始皇本纪》中所记载的秦始皇昔年在泰山封禅,曾在一棵松树下躲避暴风雨,因这棵树护驾有功,将其封为"五大夫"这个传说为线索,采用拟人化的笔法,为松树立传的一篇假传。其曰:

> 大夫讳松,少字木公,以其质之木强也。系出徂徕,或曰:"其先亦柏翳之后,居山林,以高尚见称,至秦时,兄弟五人,俱隐居于泰山之阳。始皇帝东巡而还,猝遇大风雨,依五公而止息,为其所荫庥,得免沾湿之患,遂大喜,特以大夫爵之,仍以有号焉。"大夫之于秦,可谓屈节者非耶? 如使大夫有知,当秦之为帝,直与鲁连蹈东海而死矣。卒不得辞禄逃世,如商山之四老,桃园之主人,如大夫者,可谓贞乎否耶? 其后汉果灭秦,使萧何治未央,尽赤大夫之族,而刀锯焉。大夫之于秦,名小屈而蒙大僇,吁其可悲也夫! 太史公曰:"余登太山,其上尚有五大夫村,五公之于大夫,非有所干,而彼自外至,则公何屈于邻里,见退唯其命,如其贞如其义也?"

作品中的大夫松,就是松树的拟人化人物。作者紧扣松木的质、性特征,以及东方文人所赋予其的文化意蕴,为其敷衍了姓、字、籍贯,以及祖先世系。"木公"合之为"松",松木质地坚硬,其籍贯"徂徕"是今天山东省泰安县东南,这里历来以多美松而闻名于世,《诗经》中便有"徂徕之松,新甫之柏"的诗句;《水经注》中亦有徂徕"山多松柏"的记载。松大夫的祖先柏翳,又名大费。根据《史记·秦本纪》中记载,柏翳是五帝中颛顼的后代,嬴姓的始祖。这样就将松大夫就与秦始皇嬴政自然的联系了起来。《史记·秦始皇本纪》记载:始皇"上泰山,立石,封祠祀。下,风雨暴至,休于树下,因封其树为五大夫。"文中的大夫松就是因为这样一个偶然的机会,被秦始皇封为"五大夫"①,成了强秦的臣下。于是世人诟病五大夫松屈节于强秦。后来汉灭秦,汉高祖刘邦派宰相萧何监造未央宫,将泰山之五大夫松全部砍伐,用工具锯之、砍之。作者以为,五大夫在秦得小官,而在汉却蒙受大羞。松树原本挺拔耿直、耐寒高尚,但因暴君秦始皇的虚名封爵,而蒙受屈节的冤屈,实在令人痛惜,后人应该为他的悲惨遭遇鸣不平才对。在作者看来,如果"五大夫"能够预知强秦的残暴统治,一定会像鲁连蹈海、商山四老、桃园主人一样,辞禄避世,归隐田园,保持气节。鲁连,即鲁仲连,是战国时的名士,鲁连蹈海这则典故出自《史记·鲁仲连邹阳列传第二十三》。据载,鲁仲连在秦军围困赵都邯郸之时,鲁仲连以利害进言赵魏大臣,驳斥了魏国大将新垣衍的投降论调,劝阻尊秦为帝,他说:"彼(秦昭王)即肆然称帝,连有蹈东海而死耳",表现出宁死也不受强敌污辱的气节与情操。"商山四老"指的是秦朝的四位博士东园公唐秉、夏黄公崔广、绮里季吴实和甪里先生周术。他们为了躲避焚书坑儒之祸,隐居于商山。汉灭秦,高祖刘邦想要废掉太子刘盈,另立赵王如意时,刘盈的母亲吕后经张良策划,约请四皓出山。四人"偕入汉廷,一语悟主",改变了刘邦废太子的初衷,终使刘盈做了汉惠帝,从而立下大功。他们原本可以高官厚禄颐养天年,可是却功成身退,重返商山,终老山林,"商山四老"成了有名望的隐士的典范而为后世所传颂。作者以大夫松与鲁连、四老相较,意在传达一种荡然肆志,不为名利所羁,功成而不受赏的人生境界。当然,我们知道,大夫松仅是自然的植物,它不可能辞禄而遁世,作者只是以松性比德,向人间社会提出龟鉴。

三、以酒的拟人化形象"欢伯"为主人公的假传作品,反映了动荡乱离的社会环境下,朝鲜文人知识分子的苦闷与彷徨

醇酒是假传体文学的常见的拟人化题材,而且在朝鲜文学史上还产生了以此为题材的《麹醇传》《麹先生传》这样非常重要的假传作品。朝鲜朝时期,众多文人继续选取这一意象为创作题材,但所反映的思想内容已经与高丽假

---

① 五大夫,是秦汉时的爵位名称,位列二十等爵的第九位。

传大相径庭了。这一题材的作品有林悌的《愁城志》、柏谷的《欢伯将军传》、池光翰的《醉乡志》等。

《欢伯将军传》是朝鲜朝中期封建文人柏谷（1604—1684）创作的一篇以酒拟人的假传作品。"欢伯"作为酒的代称最早出自汉代焦延寿的《易林·坎之兑》："酒之欢伯，除忧来乐。"作品中的主人公欢伯将军曹糠已经与林椿笔下的麴醇和李奎报笔下的麴圣大不相同了。麴醇和麴圣等形象既蕴含了中国悠久的酿酒文化，以及酒在社会政治文化生活中的正反面作用，同时，其人物象征了当时社会中的某类人，具有一定的典型意义。而在朝鲜朝时期的假传作品中，文人笔下醇酒的功用的重点发生了变化。在这些作品中酒不再承担祭祀、朝会、养老的重要职能，也不再是交贤、会友、酬宾的润滑剂，而是突出描写酒在麻痹人的神经，驱愁解闷的作用。从这些作品中，可以窥见朝鲜朝中期以后，动荡乱离的社会、党锢纷争的残酷现实给文人知识分子思想带来的冲击，他们看不到自身的前途和摆脱困境的出路，唯有通过酒精的麻醉，驱赶心中的愁情。其故事曰：

> 将军姓曹名糠，夏禹氏时宋人夷狄之裔也。糠既长，事商纣，当武王伐纣，奔酒泉变姓名，自称曹糠，逮降衷元年，有大盗割据愁城，恣凶稔恶，鞠毒炽虐，厥势未遏，将陆梁于灵台之境，其时天君赫怒，欲举兵伐之，无可为将者。玉觞无味，凤夜忧之，召其臣有武略者，主爵都尉瓮伯，高阳令麴生，平原督邮醇于贤，使各陈可将之策。瓮伯对曰："臣使酒成癖，人皆谓狂，不能当长子之任。"天君曰："朕所恃者尔三人，今皆有迷酗之病，谁可将乎？"三人者对曰："必欲伐愁城，以酒泉人曹糠为将可也。其人醇厚猛烈，有江河之量，细大包容，与士卒同甘苦。昔在神爵年间，奉王命讨贼于壸口，建盖世之功，非曹糠无可为将者，非臣等比也。"天居即日召曹糠于酒泉，拜为大将军，发新丰兵十千，发曹丘兵十万，发兰陵兵五十万，发云安兵十万，皆属之。天君谓将军曰："打破愁城，则当封之以欢伯地，欢伯地人民林林总总，于于居居，千村万户，一月千酿。无是非之争，讼牒之烦，军旅之事，偷薄之习，真熙熙皞皞之俗也。朕待将军奏凯之日，将军往钦哉。"天君又以郎官清、力士铛、青州从事，往助征讨之役。将军直到愁城下，雉堞峥嵘，旌旗蔽天，贼势大炽。行阵高设，城门壮固，道途崭严。将军乃与郎官清、力士铛、青州从事约曰："尔清，率新丰兵，攻城之东；尔铛，率曹丘兵，攻城之西；尔从事，率兰陵兵，攻城之南。我率云安兵，自城北助尔等进攻，得势若建瓴，此城之破如破竹。"一时鼓鼓，登城大击之，大盗出降，愁城平，大盗首，悬之灵台之下，天君大

悦曰："曹将军能折冲于尊俎之间,以成破愁城之功,不可无旌赏。封将军于欢伯地,分愁城之地,使郎官清、力士铠、青州从事各守之。"

作品中的"天君"就是指人心,古人将心脏视为人的思维器官,认为它是统领全身的主宰。《荀子·天伦》中说:"心居中虚,以治五官,夫是之谓天君。""愁城"就是心中积郁的各种悲愤愁苦。"主爵都尉瓮伯""高阳令麴生""平原督邮醇于贤""郎官清""力士铠""青州从事"等均为酒的代称。作品说,大盗割据愁城,恣意行凶,而天君手下大将却一个个沉迷酗醉,不堪委用。危急时刻,曹糠担以重任,率领数十万大军,运筹帷幄,一举攻破愁城。得胜还朝后,天君将曹糠封于"欢伯地"。作者笔下的"欢伯地""一月千酿,无是非之争,讼牒之烦,军旅之事,偷薄之习,真熙熙皞皞之俗也"。作者将之幻想成为一个远离是非、没有牢狱、没有战争,民风淳朴,怡然、和乐的世外桃源。然而具有讽刺意义的是,这是现实中并不存在这样的理想之境,唯有通过醇酒的麻痹才能到达的彼岸世界,由此折射出朝鲜知识分子胸中的苦闷。

在这里需要指出的是,虽然朝鲜朝时期酒题材的假传作品为数并不多,但是酒的拟人化形象"欢伯"作为心性拟人假传和具有浓厚假传性质的"天君"寓言小说中最重要的反面人物形象,几乎在每篇作品中均有登场。

四、动物拟人假传作品大量涌现,反映了朝鲜假传的寓言倾向进一步加强

高丽时期,李奎报的《清江使者玄夫传》、李允甫的《无肠公子传》是以龟、蟹拟人的假传作品。朝鲜朝时期,动物题材的假传作品大量涌现,而且拟人化选材对象较此前也大大丰富了,鹤、燕子、虎、马、猫、黄莺等动物形象进入了朝鲜朝文人的视野。这与中国假传题材发展的特点完全不同。朝鲜朝假传题材的这一特点与其发达的寓言传统不无关联。这一时期,以动物为题材的假传体作品有全韠的《郭索传》、崔孝骞的《山君传》、雷洲的《屈乘传》、赵龟命的《乌圆子传》、柳本学的《乌圆传》、绿此的《燕子传》、柳致遇的《丁威传》、梅泉的《金衣公子传》等。

1. 崔孝骞之《山君传》

《山君传》是朝鲜朝中期文人崔孝骞(1608—1671)创作的一篇以虎拟人的假传作品。许慎《说文解字》卷五"虎部"中说虎是"山兽之君";李时珍在《本朝纲目》中也说:"虎,山兽之君也"。虎,一向被人们视之为百兽之王;它又是十二生肖之一;并且与古老的图腾崇拜有着紧密的联系,所以虎这一动物身上包含着丰富的思想文化意蕴。在中国文学史上迄今尚未发现以此为题材的假传体作品,所以创作产生于朝鲜朝中期的这篇《山君传》就显得非常

独特。作者崔孝骞以虎为拟人化对象,取其"山兽之君"的称谓,精心搜罗、组织、编排了一系列中国历史文化中与虎有关的典故,创作了这篇假传。其故事曰:

  山君之先,与天皇氏同出摄提,治艮方有功,序于卯神之上。有三子,长曰:"寅伯",次曰:"寅仲",又其次曰:"寅叔"。其为人剽悍有威,戕贼人物,人皆避之。至有巢氏,教人均构木,以备不虞,以风氏为帝,以气类相从,卒师事之。又用其计,教畋获兽,以实庖厨云。历数世,有曰惟寅,避尧于箕山之阳,与巢父相善,尝谓曰:"圣人在位,礼让成风,击石拊石,百兽率舞,我爪牙之士也,将无用武之地,可以去矣。"遂隐不出云。周道衰降而春秋,天下大乱,大吞小,强并弱,纷纷籍籍,草野涂血,乃顿足而起,戾声而言曰:"时可以出矣!"过赵,见蔺相如、廉将军而悦之,遂为刎颈之交。适楚,见弃儿在林中,叹曰:"噫,异人也!"使其妻乳而养之,累日不死,楚人异之。牧如旧,遂别其姓曰:"班。"锡以名曰:"于菟",班寅伯本姓,于菟寅伯旧号也。及长,为楚令尹,有名当世。其后为添名姓。有孙曰:"彪",以文章,遂为大家,有孙曰:"貂",封定远侯,人称以"虎头将军"。王莽篡汉,汉光武起白水,举义师征之,惟寅九世孙号曰:"戾虫",莽闻其勇,请求于戾虫,戾虫率其同姓数百,战于昆阳之野,会天寒大雨,莽卒冻饥,汉兵食多乘胜逐之,戾虫与其同姓数百皆股战,赴河而死,自是之后,余党散落,伏于大山窾岩之下,刮磨豪习,与麋鹿为群,世莫知其有无。是时有"狸生"者,黠而多谋,性又捷疾,乃聚族而谋曰:"当今豪杰惟我独,况又先入者当王,我即为王,尔等其可辅之,否乎?"皆曰:"诺。"狸生大悦,遂王为君。有熊公者,闻而怒之,击地而歌曰:"狸生一竖子耳。何敢僭位,以乱天纪乎?"于是,率其族,斩木为兵,登山抵掌大呼,士皆震恐,狸生大惧,自度不能支,面缚出降,熊公释不杀,自立为君,众皆慑服,莫敢复言。戾虫有孙曰:"素威",乃仰天叹曰:"吾家凌替已久,致令赤子弄兵,不亦辱先人,而坠家声耶?"乃出令曰:"吾世世将家,人莫与能争,而彼熊者,乘我绪衰,擅立国号,大逆无道,惟汝毛公等,咸造听令。"毛公等相聚谋而曰:"素威神明之后,且有威望,我倚名族,亡熊必矣。"各以其兵属焉。素威乃击鼓起士,角者牙者爪者,无不毕至,素威乃以风为马,以云为旗,负隅而阵,登城而呼熊曰:"汝何敢叛?"熊顾谓素威曰:"我为王耳!"素威大怒,鼓噪而进,士无不一当百,呼声动天地,三合三胜,乃获熊而杀,王之群盗悉平,毛公等相议曰:"凡我毛族,不置君,无以镇之,今将军诛乱,功德宜为君。"乃尊素威即位于泰山之阳,国号"耽",改元"建武",以寅月为岁首。素威即位,乃以羆为左右相,鹿豕为膳宰,各以功分职,而独将军印,非其族,不予,令狐生为谋臣,以巧言令色见宠,时或假威而行,人多恶之者。令狐生进曰:"所谓贵为君者,肆志纵欲,威盖天下,刑之而不敢怨,杀之而不敢怨者,乃为君之道也,莫如严法刻刑,以制群下。"君大然之,日事威毒,宗戚大臣,多戮死者。其子变谏曰:"刚强必死,仁义必王。吾先祖,以仁见称于庄叟,虽以威猛得天下,而岂可以威猛治之乎? 宗戚子弟,皆我骨肉,而或有相残之酷,又无尺地之封,此非长久之道也。昔秦始皇灭六国定天下,而子孙宗族为匹夫,故项氏一呼赢氏,遂灭,人至今笑之,请封宗室以疎戚等级之。"君大悟曰:"微汝言,几败乃公事!"遂命大臣,封宗室,有曰:"丕豹"者,有曰"建寅"者,有曰"朱虎"者,有曰:"白额"者,有曰:"雾隐"者。召丕豹谓曰:"北方素多豪杰号称难制,故命汝为阴山侯,汝其治之。"召朱虎谓曰:"楚、越之间,多智勇士,剽疾难御,故命汝为衡山侯,汝其治之。"召白额谓曰:"巴蜀道险,一夫难敌,所守非亲,或化为狼,故名汝为巴山侯,汝其治之。"召雾隐谓曰:"洛阳天下之中,四面受贼,又多其人机巧,故命汝为终南侯,汝其往,深居简出,毋贻父兄忧。"其他宗戚子弟,以次受封,散处名山,遍满中国,夷狄者不可胜数,而皆统于君,又申命曰:"天下一宗,慎无反,底贡皮革,毋替尔职。"皆顿首再拜而退。赞曰:"天皇氏以后,凡立国者,或数世而亡,或七八世而亡,或数十世而亡,独山君,万世一姓,传之无穷,难矣哉! 然徒事威暴,不尚仁义,使麒麟驺虞,远迹而不臣,惜哉!"

东汉思想家王充在《论衡·物事篇》中将十二地支"以十二辰之禽效之",即所谓十二生肖。"寅,木也,其禽虎也"。"寅虎"后是"卯兔",故作品中说"序于卯神之上。"虎是十二生肖之一,中国生肖最突出的是以虎纪年,夏历建寅,以虎配寅,虎居首位,而且中国的虎生肖,又源于远古生灵崇拜和图腾崇拜,在历史上发展成对虎尊崇的社会观念,形成了系统的虎文化。作品以回顾"山君"祖先世系的方式,追溯了人类对虎观念形态的变化,其中蕴含了历史悠久的虎文化。远古洪荒的原始人类,其生活方式几乎与兽类没有多少区别,抵御不住自然力量的侵害,特别是对虎豹等猛兽十分恐惧。随着人类的不断进化,认识自然、抵御自然灾害的能力也在不断加强,特别是火的发现和使用,人逐渐能够依靠集体的力量进行捕猎,甚至可以捕捉到凶猛的老虎,所以山君的祖先避祸于"箕山之阳"。而人类在与虎的长期搏斗中,认识到虎是难以征服的力量,认为虎的神威可以为己所用,于是将虎与战争结合到一起,所以作品描写到，在征伐不断、诸侯逐鹿的春秋战国时期，隐匿山中的山君的祖先伺机而出。其后作品敷衍了"余菟"、班姓的由来等几则著名的与虎有关的典故。楚人称虎为"余菟"，《左传·宣公四年》中有这样一段记载："初，若敖娶于䢵，生斗伯比。若敖卒，从其母畜于䢵，淫于子之女，生子文焉。夫人使弃诸梦中，虎乳之。子田，见之，惧而归，夫人以告，遂使收之。楚人谓乳穀，谓虎於菟，故命之曰斗穀於菟。以其女妻伯比，实为令尹子文。"这段记载说的是楚国大夫令尹子文被母虎哺乳的故事。而东汉的班固在《汉书·叙传》中自述班姓的由来，他说："班氏之先与楚同姓，令尹子文之后也。子文初生，弃于梦中，而虎乳之。""楚人谓虎'班'，其子以为号。秦之灭楚，迁晋、代之间，因氏也。"班固一方面证实"斗穀於菟"这件事，又言明了班氏后代以虎为姓之由来。作品又化用了《汉书·王莽传》中，篡汉的王莽建立了一支以虎、豹等野兽组成的特殊部队的情节。王莽与刘秀在昆阳城外决战时，刘秀率领的3000名敢死队将王莽的军队杀得大败。当王莽放出野兽部队时，突然遇到狂风暴雨，出笼的野兽顿时乱了阵脚，最后全军覆没。其后，作者通过狸、熊、虎对王位的争夺，以及虎建国后的施政措施，反映了作者施政以仁，分封同姓的治国理念。古代很多正直文人将虎与封建统治的苛政联系在一起，"苛政猛于虎"，作品以隐喻的曲笔，贬责世风的衰败。

2. 柳学本之《乌圆传》

《乌圆传》是另一篇著名的动物题材的假传作品。其作者是18世纪的文人柳本学。柳本学，字伯教，号问庵，其父为朝鲜朝著名文人柳得恭。作品为猫的拟人化形象乌圆立传。故事说：

> 乌圆字午直，鲁人也。其先有乌公者，游魏人西闾之门，善捕家鹿。闾爱之，给俸日百钱，封为百钱君。母梦巨斗覆身，孕三月生圆。幼甚孱劣，不能自持，及长状貌精悍，骁勇绝伦，眼光烁烁，其瞳至午，则纤如线。有以善词荐，荐于其君。其君甚爱之，常置左右，坐之以氍毹，赐之以鱼肉。圆必伏而食之，饱即曲卷而眠，或终日不觉。君亦不罪之，其亲宠如此。圆为人刚猛剽戾，力折群小。每朝着玄衣缟裳，谔谔声唱而入。群小皆惊避之。其君尝与圆戏殿上，偶触其鼻甚冷，君惊曰："何汝鼻之冷也？"圆悚而对曰："臣有病鼻，四时皆寒，至夏至，则少热。"君笑之，命疡医赐乌药水灌之，终不瘳。圆尝值禁庐。昏夜有黑衣小贼，自内库偷入宫中，从复道攀援欲上。见圆，趱入壁罅。圆知之，乃屏气潜伏于罅外。贼复入室，啮伤器物，窃食方丈之膳。圆用力一跃，扼其项而殪之。君嘉其功，封为乌程侯，食邑于乌鼠山。圆辞曰："此所谓'鼠窃狗偷'之盗，臣

安敢受封?"君不听。圆由是气益骄,娼害同类。与猎者卢令有隙相争。令以拳搏之。圆不能当,批其颊,大嗔之,入诉于君。君不悦曰:"乌程侯而受搏于猎者,焉用之?"自此,宠少衰,而且年老,貌甚龙种,尤嗜好眠,不能制群小。君憎之。一日,侍左右,君去如厕,圆暗噁床炙,见君走入床下。君怒曰:"不能除鼠窃之盗,而反效鼠乎?"乃劾不敬。收乌程侯印绶,盛以鸱夷,弃之于道。圆仅得脱,寄食于人家。然善偷,人甚恶之。其后病死。子孙甚多,遍于国中。

作品紧紧抓住猫的生理习性展开描写。猫的眼睛而在黑暗中,瞳孔可以张得又圆又大,故名之为"乌圆",而在强光下,瞳孔则会收缩成一条线,故其字为"午直"。作品写乌圆的鼻子"四季皆寒"、贪吃、嗜睡等,都十分贴合猫的生理特征。作品中的猫捕鼠是一段非常精彩的描写。"黑衣小贼"就是指老鼠。文章传神地描写了入夜后,老鼠偷偷爬入房间,发现有猫之后,钻入壁缝躲藏,自以为危险解除后,则开始肆无忌惮地啃损器物,偷吃食物。而猫在发现老鼠后,并不急于出击,而是屏息潜伏,待老鼠放松警惕后,伺机扑向老鼠,咬住其脖颈,对其发出致命一击。这样生动地描写是建立在作者平时对生活细致入微观察的基础之上。值得注意的是,不同于大多数假传体作品惯用典故的特点,柳本学的这篇《乌圆传》中只使用了"卢令"和"鸱夷"两个词语典故。《诗经·齐风》中有一首名为《卢令》的诗,其中的"卢"是指齐国的田犬;《战国策·齐策》中记载:"韩子卢者,天下之疾犬也。"此后"卢令"常被人作为良犬的代称。"鸱夷"就是革囊。《战国策·燕策二》中记载:"昔者五子胥说听乎阖间,故吴王远迹至于郢。夫差弗是也,赐之鸱夷而浮之江。"《史记·伍子胥列传》中记载:"吴王闻之大怒,乃取子胥尸盛以鸱夷革,浮之江中。"春秋时代武王夫差把功臣伍子胥装入革囊中抛到江中一事,所以本文中说在乌圆老不堪用后,君将其"盛以鸱夷,弃之于道"。除此而外,作者基本上按照猫的生活习性,通过角色之间相互关系的变化展开描写,构建情节的,表现出与一般的寓言故事趋于相同的特点。

我们知道,猫的对手,一个是它所追捕的老鼠,一个是它所害怕的狗。这篇作品巧妙地利用了这两对关系展开情节。作品描写猫捕鼠,突出了其机智、威猛,它以捕鼠立功,获得主人的宠信,从此飞黄腾达;描写猫与狗的冲突,被狗打了一拳,它不是狗的对手,只好向主人诉苦,从此一蹶不振,开始走下坡路。作者这样的描写,准确地抓住了猫的优势和劣势。乌圆得宠后,不能继续施展才干,发挥优势,反而在与狗的争斗中将自己的缺陷暴露无遗,所以它遭受了失败。最后,乌圆因老不当用,又犯了猫喜欢偷食的老毛病,主人不念旧功,将它无情地抛弃。作者借"太史公"的名义发出议论说:"乌圆之所可称者,即刚猛能慑群小。而及其老也,与猎者争哄,又窃其君之膳。此所谓'耄荒失其常者'耶?夫人有初有终,诚亦难矣!然,圆有捕贼奇功,而以微过见黜,功不能掩过,岂不冤哉?"乌圆值得称道的是他刚直威猛,能够震慑群小。而到了老年,却跟猎者争斗,又偷窃了君主的膳食。这难道是他老糊涂了吗?一个人要做到有始有终,真是难啊!但是乌圆曾立有捕贼的奇功,仅仅以微小的过失就被贬黜,功劳不能抵消过错,真是冤屈啊!由此我们可以总结出这篇假传的主旨,首先是做人应该扬长避短,善始善终,保持晚节;其二是讽刺了君主刻薄寡恩,这也《毛颖传》以来众多假传作品的主题之一。

3. 权韠之《郭索传》

蟹,在中国古老的饮食文化中,很早便被认为是一种美食。东汉郑玄所注的《周礼·天官·庖人》一书中便有:"荐羞之物谓四时所膳食,若荆州之鱼,青州之蟹胥";东汉郭宪在其所撰写的《汉武洞冥记》中也说:"善苑国尝贡一蟹,长九尺,有百足四螯,因名百足蟹。煮其壳胜于黄胶,亦谓之螯胶,胜凤喙之胶也"。自魏晋以降,吃蟹、品蟹更逐渐成为一种闲情逸致的文化享受而为读书人所钟爱。《世说新语·任诞》篇中记载,晋朝的毕卓嗜酒"右手持酒杯,左手持蟹螯,拍浮酒船中,便足了一生矣。"吃蟹与饮酒、赏菊、赋诗一起,作为金秋时节的风流韵事,成为彰显文人士大夫闲适生活的重要内容。而蟹也成了抒写文人墨客情志的一个主题意象,大量出现在文辞诗赋之中。咏蟹作为一种题材广泛进入文人创作创作视域,各种体裁的作品不胜枚举。北宋文豪苏轼便有"不到庐山辜负目,不食螃蟹辜负腹"之诗。此外,有关蟹的辞赋更是不胜枚举,陆龟蒙有《蟹志》,杨万里有《糟蟹赋》,高似孙有《松江蟹舍赋》等等。

朝鲜高丽后期,李允甫创作的《无肠公子传》是目前朝鲜发现的最早一篇以蟹拟人的假传作品。其后李朝时期的权韠创作的《郭索传》是又一篇以蟹拟人的假传佳作。权韠(1569—1612)字汝章,号石洲,是朝鲜朝前半期著名文人。权韠出身于两班家庭,其父权擘曾两度以书记官的身份出使明朝,参与过中宗、仁宗、明宗等历代实录的编撰,其兄长们也均为当时的知名诗人。受到家庭环境的影响,权韠从小就喜爱诗文创作,表现出与众不同的创作才能。才华横溢的权韠在19岁时参加司马试的初试和复试,都高中状元,但由于"一字误书"而被取消了状元资格。从那以后,他再也没有参加科举考试。此后,虽因诗名而做过一些如"童蒙教官"一类的小官,但观其一生,大部时光都是以布衣的身份度过的。权韠生性柔善,好以诗酒会友。以蟹拟人的《郭索传》中便包蕴着他无意仕途、放浪湖海的处世理念。

《郭索传》以"一人一代记"的形式,将蟹拟人,塑造了一个隐士郭索的人物形象,并为其立传。从思想内容上看,作者以反论的形式对《无肠公子传》进行了反拨。文章篇幅不长,仅有不足六百字,却对蟹的"前身后世"进行了系统的梳理,从另一个角度对中国的品蟹文化进行了另类阐释,期间饱含着作者处世立身的人生观。其故事曰:

> 郭索者,吴人也。其先曰:"匡"。佐神农氏,得治胃气,理经络之术,尝客游秦,秦人多病虐者,匡至门,虐辄已。自是郭氏重于秦。匡子曰:"敖",敖干越王勾践,是时,越王,方委国政于斗蛙,蛙素习之郭氏,小之不为礼,乃去。自敖历九代至索,索生而性躁,然有物外高致,避世亡在泽中,蹒跚勃窣于芦苇间,务灭其迹,不欲上人齿牙间。江湖人,往往知其处,造而请,索不得已而与之游,人虽盛设杯盘以待,然非其好也。有荐索于上者,上曰:"昔者太史奏,'井鬼之分,必有异人',岂索邪?"使使强致之,欲授以喉舌之任,索两举手加额而谢曰:"陛下有命,臣虽赴汤镬,所不敢辞,然臣介士也,薄于世味,宁游戏污渎之中自快,无为有国者所羁。"因沫涕饮泣。上怜其志,且以其家世,有横草之功。诏以九江二浰、松江、震泽,为索食邑。郭氏散处江湖间者众,而独索能以风致自显,所与游,率韵人佳士,最与醴泉曹醇善,相许以气味,人或请醇,索时时与俱往,虽有悲愁忧悒者,索与醇在其左右,则必欣然乐也。汉将彭越之后,有曰:"蜞"者,学优孟之术,能像索形貌。人视之,不能别也。然蜞外托君子,而内实阴贼,士大夫莫肯待以腹心云。汉武帝时,有郭解者,任侠行权,丞相公孙弘,以法诛之。或曰:"解即索之先也。"或曰:"非也。"世莫知其然否。
>
> 太史公曰:"郭索,佳公子也。刚外而黄中,其学易者耶?观其披坚执锐,凛然有横草之气,而卒死于草泽,悲夫!世或以无肠讥索,岂不过也?"

作品的主人公郭索与《无肠公子传》中的主人公不同,他不仅有有身份、地位的祖先,而他本人也是一位有着物外高情的隐士。作品叙写了他谦虚、谨慎,不喜张扬高洁性格,说他处事低调,想要"避世亡在泽",隐逸于江湖之中。当有人向皇帝举荐他时,他让而不往,最后无奈被迫入宫,国王想对其授予"喉舌之任",委任要职,但郭索固辞不受,最终,国王怜悯其志向,对其授以食邑。此后,郭氏一族,散落在江湖之中,与他交游者均为"韵人佳士",而关系最为密切的要数"曹醇"。他们意气相投,能够使"悲愁忧悒者"欣然而乐。

作品的主人公郭索,实际就是螃蟹的拟人化形象。作者紧紧抓住蟹的状貌、味道、生长环境、食用功效等特点敷衍、刻画人物形象。首先,作者以追溯郭索祖先世系的方式,用拟人化的笔法叙写了蟹的食疗作用。郭索的祖先名"匡"。"匡"有疗救之意。作者将郭索的祖先敷衍为辅佐神农氏的一位悬壶济世者,说它"得治胃气,理经络之术",暗示了蟹具有"散诸热,治胃气,理筋脉,消食"的食疗功效。其次,作品按照螃蟹"性躁",味道鲜美,生长分布环境等特征,塑造了一个有着高洁品性的隐者形象郭索。我们知道,螃蟹性子躁动,胸部、背部覆以硬甲,以横行步态爬行,作品抓住了螃蟹的这些特征,在描写刻画郭索这一形象时说他"生而性躁","披坚执锐",曾立下"横草之功"。而螃蟹多生活于塘泽湖畔,所以作品说他"避世亡在泽中,蹒跚勃窣于芦苇间"。此外,螃蟹是公认的食中珍味,且营养丰富,配以诗酒,更显文人风雅。魏晋之后,品蟹更成为文人士大夫闲适生活的重要内容。所以作品描写郭索与酒的拟人化形象曹醇友善,常常与文人雅士结伴相游。第三,作者颂扬郭索为"佳公子",通过这一形象,寄托了石洲放旷山水、隐逸山林的处世哲学。

最后,作者以"史臣论赞"的形式,指出"世或以无肠讥索",这是一个不公正的评价。蟹虽然没有立下丰功伟绩,但是他"披坚执锐",始终没有丢掉正直文人的责任感和道德良知。这在作者看来是值得称誉的。

五、 心性拟人的假传,反映了朝鲜朝性理学研究向文学领域的渗透

朝鲜朝假传作品中还有一个非常重要的类型就是将人的"心性"及儒学范畴中所谓"四端"即仁、义、礼、智;"七情"即喜、怒、哀、惧、爱、恶、欲等主观情感拟人化。这是朝鲜朝各类假传中最重要,也是最具特色的题材。朝鲜朝时期的此类作品不仅数量庞大,而且艺术价值也相当高,因为参与创作的文人如林悌、黄中允、郑泰齐、郑琦和等人均为朝鲜朝时期的大儒。这一题材的假传创作持续时间长,几乎横亘了朝鲜朝五百年的历史;在体例上也突破了假传体"一人一代记"的模式,出现了本纪、实录、演义等多种形式,并最终发展成为真正意义上的小说。

1. 金宇顒之《天君传》

金宇顒(1540—1603)的《天君传》是这类作品的开山之作,它是作者根据其师曹植创作的《神明舍图》写的一篇文章。作品以文学的形式来解说抽象的理学心性原理。所谓"神明舍"就是指"心性"的家,这里住着"天君"。曹植的《神明舍图》主要传达了"神明舍"如果由"敬"和"义"掌管内外的话,"天君"就会太平。金宇顒在这一基本意思的基础之上,构建了一个天君治理的国家。天君的名字就叫做"理",他在"太宰敬"和"百揆义"的辅佐下,"群臣大

和,国内大治"。但天君喜欢微服出游,而且行踪不定。为此"敬"多次向天君进谏,天君非但没有采纳,反而被"懈""傲"等奸臣所迷惑,驱逐了"敬"。"义"也离开了朝廷。从此,朝纲废弛,叛军四起,国家危在旦夕。此时公子"良"警策天君,天君幡然醒悟,重整旗鼓,在大将军"克己"、公子"志"的辅佐下,镇压了叛乱。天君正位于神明殿,"义"和"敬"重新回到天君身边,分治内外,国家恢复了往日的太平盛世。篇末,作者借太史公之口,表明了文章的主旨:"予观天君之为君也,其赖乎太宰敬之辅乎!其治也以相敬,其乱也去敬,其还也以复敬,其配上帝也以敬,其统万邦也以敬。一则太宰,二则太宰。呜呼!得一相而兴,失一相而亡,人君可不慎所相与?"作品通过天君治理国家的一治一乱,强调了"敬"对于人的心性修养的重要性。"敬"是理学重要概念之一,是理学家成圣修养的重要工夫之一。"敬"是去恶从善的"治心""治本"的关键,所谓"要之,用工之要,俱不离乎一敬。盖心者,一身之主宰,而敬又一心之主宰也"①。此外,这篇作品虽然是理学思想的文学图解,但其中也通过天君身边的忠臣和奸臣之间的矛盾斗争,表明奸臣当道则天下大乱,唯有忠臣才能保持国家的太平安宁,强调了忠良在国家政治中发挥的重要作用,从而使作品具有了一定的现实性。

《天君传》是"天君"假传体寓言中的早期作品,它是朝鲜朝早期性理学研究的文学反映。随着朝鲜理学思想研究的深入,"天君"假传体寓言反映的内容也更加丰富。林泳的《义胜记》就是其中典型的代表。

2. 林泳之《义胜记》

《义胜记》是林泳在16岁创作的一篇心性拟人题材的假传作品。林泳(1649—1696),字德涵,号沧溪。其故事曰:

> 天君即大位元年,登灵台,御明堂。泊乎无为,澹乎自持,荡荡乎无能名焉。君之民,鼓腹而游,咸曰:"一哉!吾君。"越三年,君之德渐不克于初,有盗乘其衅,欺凌我,残害我,梏亡我,剪刈我,年年而贼日滋,君之国几不振。君遂遁于荒,周流四海,若晋公子之在外者十余年,时或有思归之年,隐然而萌,油然而生,盗贼纵横,道路拥隔,有志未救,且如赤子之早离乡,迷不知其归。适有一人,自称"惺惺翁",稍除国贼,唤君而归,复即于大位,以其求而得之,如项梁得楚王故事,王之名又与楚王同,遂号"义帝",火德王,行夏之时,遂下教曰:"朕顷者德不有终,大盗肆虐,周流八纮,莫适所从,赖天之灵,返于安宅。继自今,七正九官,其交正予,

---

① 李滉:《增补退溪全书》,首尔:成均馆大学出版部,1971年,第208页。

毋令否德,再致向来之乱。且我家家法,尊贤为大,其令惺惺翁,位冢宰,行王事,百官总己以听。"于是益明习国家事,民莫不大悦,然而余寇未殄,间或乘时而至,常以此为腹心之忧。君于是募于国中曰:"有能恭行王罚,殄灭余贼,吾将位以上将,与之分阃。"有孟浩然者,其为人也,有至刚至大之气,尝为孟子所养,故冒姓孟氏,于是遂应募,自言:"千万人吾往。"君乃以为元帅,尊之至养之至,与谋国事。自是后有寇至,则辄破走之。越二年,将大举兵,以讨余贼,浩然承王命,誓于众曰:"嗟汝六师!咸听予言。惟贼侮乱天常,败度败礼,自古亡其国败其家戕其身,未必不由此焉。宁不痛心?加以顷乘我国新造,敢肆其毒,以至邦国倾覆,主上播越,凡有血气者,孰不愤惋?今汝或作吾君之爪牙,或作吾君之心膂,或居喉舌之要,或任股肱之辅,汝尚一乃力。勖哉!惟口出号兴戎,予言不再。"誓罢,遂行军。浩然乘意马,披忠信甲,拥仁义盾,前竖勿字旗,遵大路而行,出师以律,观者叹曰:"此真将军。"遂深入其阻,至贼界,有大海经其南,曰:"宦",乃贼第一要害处,波涛汹涌,沃日滔天,前船既覆,后来者不止,崩樯败楫,曾不知几千,而讨罪之师,往往至此而回军,有关曰:"名利",有山曰:"忿",有壑曰"欲",皆贼之倚以为险者也。浩然命将士,超其海,透其关,摧其山,填其壑,人莫有御之者,于是贼悉平,其后醜虏变诈百出,有屈强于一隅,议更举兵以剿之,惺惺翁谏曰:"先王耀德不观兵,惟帝念哉。诞敷文德,不七旬,可格虞廷之顽苗矣。"君曰:"义人也。"遂罢兵而敷教,舞干戚于两阶,效虞帝故事,余贼皆来服。

故事说,天君即位后,广行无为之治,国内臣民安居乐业,对天君的统治大加称颂。但是过了三年,天君渐渐不能克制自己,保持自己的德行。于是盗贼的势力日益壮大,更伺机寻衅,侵伐国家。无奈之下,天君只能逃遁荒野。此时,有一人自称"惺惺翁",他助天君剪除了部分叛贼,辅助天君回归王位。因为天君的名字是心,与楚义帝熊心的名字相同,于是天君改号"义帝"。义帝命令"孟浩然"为大元帅讨伐叛贼余党。孟浩然乘"意马",披"忠义甲",持"仁义盾",深入讨贼,渡过波涛汹涌的"宦海",冲破"名利"险关,铲平"忿"山,填平"欲壑",终于荡清了贼寇。《上蔡语录》中说:"敬是常惺惺法"。"常惺惺"是说敬义之心的状态,即经常保持清醒,无私欲杂念。"惺惺翁"便是惺惺的拟人化,取其清醒、机智的意思。而"孟浩然"则取浩然之气的意思,《孟子·公孙丑上》中曰:"吾善养吾浩然之气……其为气也,至大至刚,以直养而无害,则塞于天地之间。""孟浩然"便是取正气,正大刚直之气的意思。由此可以看出,作者通过这篇作品想要说明做人与为官,都要时刻保持清醒机智的头脑,以胸中浩然之正气,摒除心中膨胀的私欲。

3. 张维之《冰壶先生传》

张维(1587—1638),字持国,号溪谷,是朝鲜朝中后期著名文人,著有文集《溪谷集》。《冰壶先生传》的立意大概取自中国唐代著名诗人王昌龄的诗句"一片冰心在玉壶",将士人冰清玉洁的胸怀拟人化,是朝鲜假传中一篇非常独特的作品。其作品曰:

> 先生之先,族类甚众,而家世清寒,常喜居山泽田野间,自待不甚简贵,虽布衣寒士请交,未尝拒之,顾独不为肉食者所喜,世传其业,诗人词客,多称道其美。先生生而疏秀,风味爽嫩可喜,谈者吃吃不容口。及长,相者以为"当有菹醢之祸。"宋太宗时,以谗遂拔其族,迁之盐泽,居无何,气味大变,人以岁寒期之。时学士苏易简,嗜酒疏宕,不喜膏粱子弟,欲得快士,以託心腹,久之未得其人,恒若饥渴焉。有以先生为言者,遂延至其家,处之瓮牖之中,会易简病酲,中夜热中,独行庭除闲,遂遇先生于雪中,欣然与之谈,先生亦为之倾倒,遂陈老氏"虚心实腹"之义,孔子"疏食饮水"之乐,易简咀嚼良久,爽热而悦,不啻刍拳于口,自是酲病顿愈,既而言之于上,上亦叹赏久之,遂赐号为冰壶先生,命史臣记之。冰壶先生之名,一朝遂满于天下,然先生,自此遂患中虚之病,未岁竟卒,闻之莫不惜之。先生既卒,其宗族子孙,多冒其号,然其遭遇之盛,未有如先生者。论曰:"物之遇不遇,莫非命也。要之,亦时而已矣。夫以先生在淡泊寒苦,世之贫人穷士,犹皆厌而斥之。易简贵者也,乃独为其所知,至以徹闻于天子,得美号以终,传之不朽,是固有命,亦幸会其时焉耳。冯唐之锄铻,一言而动万乘,苏子之辨书,十上而说不行。是故得时者无贱、失时者无贵。呜呼!岂独先生也哉?"

作品中的冰壶先生出身清寒,喜居山泽田野之间,自待不甚简贵。他常以布衣寒士为友,不被肉食者所喜,其高贵品性常常被诉诸诗人词客笔端而称颂。由于其清白的个性,相者预测其必然有"菹醢之祸"。果然,宋太宗时受人谗害,流配于僻地盐泽,百般受苦。时有大学士苏易简,放达不羁,不喜膏粱子弟,欲得心友,以吐心迹,求才若渴。恰有人介绍先生,二人遇之若久逢知己,互相倾倒,苏易简之心热病也一愈如洗。二人谈老子"虚心实腹"之哲理,分享孔子"疏食饮水之乐",无有不谈。苏易简常咀嚼良久,爽热而悦,觉得"酲病顿愈"。于是将先生推荐给皇上,"上亦叹赏久之",遂赐号为"冰壶先生",并命史臣记之,从此冰壶先生之名扬于天下,无人不知。不过,这以后,先生患"中虚之病",未几竟离开人世。活得健康勃发的冰壶先生,自从受到名家知遇之恩、天子嘉赏和世人追捧之后,开始萎靡不振,乃至死亡。这象征着一个正直人士"虚心实腹",无为淡泊人生追求的结束和真正清白一生的终点。冰壶先生是封建社会中那些清白无瑕士人或凭良心、良知生活的知识分子的象征。在那腐朽的封建社会中,真正冰清玉洁,淡泊无争,无愧于自身良心的人是很难生存的,但它恰恰是那个时代正直知识分子所向往的理想人格境界。

六、 其他假传

朝鲜朝假传体作品中还出现了将人体器官拟人化立传的作品。典型的代表是收录于宋世琳(1479—?)《御眠楯》中的《朱将军传》和成汝学(1563—1630)《续御眠楯》中的《灌夫人传》。这两篇作品分别以男性阳物和女性玉门为拟人化题材的假传。它们"多混于浮辞亵语,属诲淫之作",内容充满鄙俗的谐趣。但是《松溪漫录》中说,就是这样的"诲淫"之作,"郑士龙(湖阴)序其首,何耶?"像郑士龙这样的大儒为其作序,可见这样的书籍在当时的士林间还是有一定市场的,它们"巧妙地突破了充满禁锢的朝鲜学界设置的道德警戒网"①,是"对假传所表现的过分的警戒性的反驳"②。可以说这是朝鲜朝时期的两篇"另类"假传。需要指出的是,朝鲜朝时期,多篇心性题材的"天君"小说中出现的象征美色、情欲的人物形象"越白"都是女性玉门的拟人化形象,也从另一个侧面反映当时社会风尚。此外,温身具(《汤婆传》、杵(《杵召传》)、纸扇(《清风先生传》、烟草(《南灵传》)、梳妆用品(女容国传)等事物都被朝鲜朝文人用以"引物譬喻",作为拟人化传主表情达意,反映了文人对客观事物的关心范围越来越广,体现了朝鲜朝假传体作品选材的多样性特点。安鼎福的《女容国传》是其中比较具有代表性的一篇作品。

1. 安鼎福之《女容国传》

《女容国传》又名《女容国平乱记》《孝庄皇帝妆台纪功录》《女容国史》。这是一篇将铜镜、梳子、手巾等女子日常梳洗妆扮之物拟人化作为主人公,带有浓郁假传性质的短篇寓言小说。以梳妆之物为题材进行假传创作,并非朝鲜首创。中国唐代司空图(837—908)在韩愈的《毛颖传》后创作了一篇类似题材的《容城侯传》。作品将铜镜拟人化为容城侯金炯,将与铜镜的材质、性状、用途等相关典故组织起来并敷衍故事。作品以铜镜光亮无尘的性状隐喻

---

① 金台俊:《朝鲜小说史》,全华民译,北京:民族出版社,2008年,第34页。
② 赵东一:《韩国文学论纲》,周彪、刘钻扩译,北京:北京大学出版社,2003年,第115页。

清正廉洁之士,道出在仕途官场中,清廉之士虽然能够"挟奸邪以事上者",但往往遭到"疵陋者"的"恶忌",所以作者假太史公之口,发出了"不善晦匿,果为邪丑所嫉,几不能免,噫! 大雅君子,既明且哲,以保其身,难矣哉"的慨叹。后来,明朝嘉靖年间的陆奎章仿照韩愈《毛颖传》,作《香奁四友传》二卷。陆奎章在《香奁四友前传序》中说:"览唐司空图为镜立《金炯传》,窃谓其于镜意尚有遗,不揆作《金亮传》补之,而复取镜所牵连者并为立传,题曰《香奁四友》,以配文房之四焉"①。所谓"香奁四友"曰"金亮、木理、房施、白华,乃镜、梳、脂、粉也"②。朝鲜朝安鼎福创作的这篇《女容国传》题材亦取自女子梳妆之物。

安鼎福(1712—1791),字百顺,号顺庵、橡轩,是朝鲜朝著名的实学家、史学家,所著《东史纲目》是朝鲜一代史学名著。此外,安鼎福还著有《橡轩随笔》《覆瓿》等,收于《顺庵集》中。《女容国传》是《覆瓿·杂录》中的一篇寓言小说。这是一篇带有拟人假传特点的寓言小说。作品将女子的容貌和与梳洗打扮相关的器物拟人化,虚构了一个国家"女容国"。在这个国家中,女主人便是"皇帝",铜镜、梳子、胭脂、粉黛等器物就是辅佐他的"大臣";而人们日常生活中司空见惯的梳洗打扮之事俨然成为了"国家大事",整篇作品诙谐幽默,趣味横生。故事梗概如下:

女容国开国时,国中有十五位辅国大臣,共同掌管孝庄皇帝的奁台——灵虚台(梳妆台)之事。丞相铜圆清(铜镜),辅佐于皇帝左右。每当皇帝容貌不端,衣冠不整时,丞相就会及时加以劝谏,所以皇帝对其十分器重,片刻也不离开他。其他十五位大臣分别是,太傅朱铅(胭脂)、少傅白光(粉)、皓齿将军杨树(牙刷)、水军都督盥净(脸盆)、武卫将军布洗(手巾)、殿前指挥使布掩(随身携带的手巾)、参军校尉磨零(肥皂)、刑部侍郎芳鼻(香)、总戎使润颜(朱砂)、安抚使白圆(面粉)、都指挥使蜡容(蜡油)、平将军镊强(镊子)、督御史钗延(簪子、钗)、前将军梳快(梳子)、后将军梳真(篦子)。这十五位大臣各尽其责、尽心竭力地参与政务。皇帝也励精图治,每天鸡鸣便起床,召集众臣在凌虚台商讨国家大事,一时间国内风俗淳美、政令英名,国家大治。此后,皇帝渐生怠惰之心,逐渐废除灵台朝会,不再召众臣商议国家大事。丞相也只好闭门不出。皇帝除了偶尔召盥净、梳快外,其他大臣均退去不用。没几个月,便国家大乱,盗贼四起。首领是自称黑面大王的垢里公(污垢),占领了广耳山(耳朵),然后一步步入侵内地,没多久,便攻陷五岳山(面部隆起部

---

① 侯忠义:《中国文言小说参考资料》,北京:北京师范大学出版社,1985年,第507页。
② 同上书,第508页。

位)。见此情景,铜丞相虽忧虑不已,但因许久没有被召见,不敢冒然进宫向皇帝报告。四方盗贼日渐猖獗,虱痒占据黑头山(头发),毛松(毛刺)侵占峨眉山(眉毛),黄染(牙垢)攻陷白石山(牙齿)。一天,皇帝自觉神气不安,召见铜丞相,登上凌虚台眺望,才发现盗贼四起,国家危在旦夕。辅国大臣自告奋勇,各施其能,对敌寇发动进攻,讨平了乱贼。皇帝神清气爽、龙颜大悦,大摆筵席,论功封爵,犒赏三军。大臣们感激皇恩浩荡,各勤劳其职,从此天下太平。

这篇小说篇幅不长,故事情节比较简单,寓意也十分清晰明了,就是通过"女容国"的一治一乱,传达了帝王应明白所谓业精于勤,荒于嬉的道理。为君治国者必须励精图治,切不可贪图一时安逸。这就像女子要随时修饰自己的容貌,人要经常洗漱保持清洁一样。

《女容国传》在人物形象的塑造和俳谐旨趣上表现出浓厚的假传特征。

首先,作者依照器物的性状、功能,塑造人物形象。作品中辅佐皇帝的十五位大臣,就是紧紧抓住梳洗装扮工具材质、形状、功能用途进行人物塑造。作品在描写以铜镜拟人的丞相这一形象时,将其命名为"铜圆清",字明镜、号鉴先生,并说其"面圆神清、光彩照人",紧扣了古代镜子铜制的材质、圆形的形状、清澈光亮的特性,以及照己鉴人的功能用途。其他众臣的原型均为化妆品、化妆工具。作者或以物品的名称直接为其命名,如朱铅就是胭脂铅粉,唐代杜甫《北征》诗云:"移时施朱铅,狼籍画眉阔";或采用谐音的手法命名,如"杨树"就是"养齿"的谐音;或以物品功能命名,如"芳鼻""润颜"。入侵"女容国"的盗贼首领"垢里公"就是污垢,"虱痒"就是虱子,"黄染"就是牙垢。盗贼所侵占的各地就是人体头部各处,"广耳山"就是耳朵,"峨眉山"就是眉毛,"白石山"就是牙齿,"五岳山"就是面部隆起各部。

其次,《女容国传》的语言诙谐幽默,描写生动有趣。如作品对孝庄皇帝听闻国中大乱,与丞相等上凌虚台四下观望所见情景的描写:

地方荒废,黑头山上,草木杂乱,虱养之党,散居四方,纵横于林木之间;五岳中间,垢里公大臣,黑旗黑袍黑甲兵,行行成寨;白石山前后,黄染一军太盛,自谷口山内至赤唇关,皆其所据。

人如果长时间不洗头、不梳头,头发就会长得杂乱无章,更有甚者还会生长虱虮。作品将人的头顶形象地称为"黑头上"这里发生了盗贼,自然便是"草木杂乱,虱养之党,散居四方"。而人如果经常不洗脸,脸上的褶皱处,便会有污垢。作品描写"垢里公"率领的部队是"黑旗黑袍黑甲兵,形容他们列队整齐地安营扎寨,是"行行成寨"。"白石山"前后就是牙齿内外。长期不刷牙,不保持口腔内的清洁卫生,就会滋生牙垢。而作品将泛黄的牙垢拟人化为黄染大军描写得惟妙惟肖,生动有趣。内乱已生,如何克敌制胜,恢复国之锦绣山河?作品这一部分堪称全文描写得最为出彩之处。先看对平定黑头山一段的描写:

> 快(梳快)以一支军,袭黑头山,虱虮不敢对敌,各自逃命,或走广耳山,或匿上林苑,梳快不能擒。梳真领一队点头军,前括后袭,尽擒虱虮宗族。

治理杂乱的头发,自然需要用到梳子;而清理藏在发中的虱虮,自然就要用到梳齿更加密集的篦子。虱虮清理干净,头发梳理整齐,还要涂抹发蜡,扎起发髻进行保养和固定,作品描写道:

> 黑头山已平,乃使蜡容,以镇黑头山前面,钗延镇黑头山后。

再看灌井率领水军大破垢里公一段的描写:

> (皇帝)召灌井,为水军大都督,布掩为前军校尉。与磨零,袭垢公大寨,垢公力尽,投水而死。乃与布洗,尽扫贼党,还奏其功。皇帝大悦,心甚爽快赏三军,乃命润颜、芳臭,镇五岳之界。

以拟人化的手法,再现了使用毛巾、肥皂等物洗去脸上污垢,并涂抹润肤的过程。

最后看描写皓齿将军杨树率军大破黄染大军的一段。作者先对杨树进行了外貌描写,说他:

> 白袍银铠,持梨花枪,总督一枝兵,腰长,下锐上丰,相貌堂堂,威风凛凛。

而对他剿灭黄染一党则描写道:

> 先入谷口山,从赤唇关小路,急激之。黄染自恃城险固,不肯就服。皇帝,又命一队水军,以助其战。黄染不能当,率其宗族,入水而死。

《女容国传》采用拟人化的艺术手法,以诙谐幽默的笔法,以女子梳洗打扮的化妆工具,比拟自己理想中的国家的治理,意在提醒统治阶级治国要励精图治,用人要人尽其才,切不可贪图一时安逸,而犯下误国弃民的过错。从假传文体的发展上看,一方面,这篇《女容国传》突破了高丽朝以来假传体作品"一人一代记"的结构模式,将作品中的主要人物扩充到十几个;另一方面,《女容国传》打破了传统假传以各类典故构建故事情节的叙事模式,更加注重通过矛盾冲突的设置推进情节;第三,作品运用外貌描写、语言描写、心理描写等多种手法进行人物刻画。这些特征说明《女容国传》已经从带有小说性质的假传,发展为真正意义上的寓言小说。

朝鲜朝是假传体文学创作繁荣的历史时期。这一时期的假传作品从创作题材上较之前代大为丰富,但是就像假传在中国的发展一样,"子虚、上林不已,而为修竹、大兰;修竹、大兰不已,而为革华、毛颖;革华、毛颖不已,而为后土、南柯;故夫庄、列者诡诞之宗,而屈、宋者玄虚之首也。后人不习其文而规其意,鲁莽其精而猎其粗,勿惑于其日下也"[①],其内容也是"行宋儒程朱之说,大体虽不出其范围"[②]。然而,假传作为朝鲜古代汉文文学中发展最为充分的文体之一,所取得的成就是令人瞩目的。

2. 玄洲之《汤婆传》的警戒艺术

汤婆,又名脚婆,是古人在冬季用来取暖的一种温身用具,一般以铜、锡制成,形如扁壶,在其内注入热水,塞好塞子,为防烫伤并延缓热度降低,通常会在外面包上几层布。清人赵翼在的《陔余丛考·竹夫子、汤婆子》中说:"今人用铜锡器盛汤,置衾中暖脚,谓之'汤婆子',或以对竹夫人。按,此名虽不经见,然东坡有致杨君素札云:'送暖脚铜缶一枚,每夜热汤注满,塞其口,仍以布单裹之,可以达旦不冷。'然则此物亦起于宋,其名当亦已有之。按,范石湖有脚婆诗,则是时并有脚婆之称也。"由此可见,这种暖具最迟在中国宋代已经出现在百姓的日常生活中,并且成为一种文学意象,进入文人创作视野。北宋文人黄庭坚的《戏咏暖足瓶》一诗便是以此为题材。"千钱买脚婆,夜夜睡天明。天明更倾泻,盥手有余温",这是一首叙写诗人日常生活琐事的五言小诗。我们知道,唐宋时期是中朝两国政治、经济、文化交往非常频繁的时期,而苏黄的诗文在朝鲜又备受推崇,由此可以推测"竹夫人""汤婆"这些文学题材意象是那时传入,并进入到朝鲜文人的创作视野。高丽朝末期,李穀曾经将竹拟人,创作了一篇著名的假传《竹夫人传》,而在其后的朝鲜朝时期

---

① 胡应麟:《少室山房笔丛》,北京:中华书局,1958年,第375页。
② 林泰辅:《朝鲜通史》,陈清泉译,上海:商务印书馆,1934年,第134页。

又相继出现了数篇以暖身具汤婆为题材的假传作品,玄洲的《汤婆传》就是其中较早的一篇代表作。

汤婆,铜山人也,以圣王之裔,世居临汝之汤泉,其兄孔方,有功封白水,大用于世,唯婆也。口小腹膊,色丑质刚,器甚浅而性甚温,于人无所不容,每隆冬盛寒,则吸沸热体,以媚于人,知与不知,邀辄往从,虽帷薄床第之内,不以亵狎为嫌,一见即开心见诚,连被而卧,手拍其肩,而不为避,足加其腹,而不为怒,唯以婉顺弗咈为务,于其所招,不为冷热态,老少贫贱,无所取舍,而唯命之趋,磨肌戛骨,而犹固其贞,暗不欺心,无愧无怍,妇道忌佞,而尤长于默,人或不谨其独,而视若不见,闭口不洩,其体乍寒,则不为小留,虽遇三黜,亦无愠色,以此无不爱近,其卫足之功,暖脚之劳,虽黄香之孝其亲,莫能及焉。唯其貌不称德,而恬退自守也。少不嫁,老无子,以暖求容,只卜其夜,而废其三时,寡居无徒,竟为茶僮爨婢所轹虐,以漏疮终于家,婆可谓薄命也夫!太史公曰:"婆非以色事人者,未尝干人,而有容人之量,未尝谄人,而有悦人之才,和而不流,狎而不亵,进退唯其命,如其贞如其义也?世之粉饰狐媚,事一人而二心者,尽以婆为鉴也哉?"

玄洲的这篇《汤婆传》篇幅虽不长,但却寓意深刻。作者采用拟人化的手法,对暖身具的物性特征,特别是它在日常生活中暖脚、温身的作用进行了人性化解读。作品以暖身具的质地、形状特征,对汤婆的出身、外貌进行了精心刻画。古代暖身具一般由铜、锡制成,故文中说汤婆是"铜山"人;金属货币的主要成分亦为铜,所以作品将钱的拟人化代称"孔方"附会为汤婆的兄长。汤婆"口小腹膊,色丑质刚,器甚浅而性甚温"这些体貌特征都是暖身具形如扁壶,以小口注水的生动再现。《汤婆传》是一则以物拟人的假传,它最大的特点是几乎没有使用典故,而是完全以主人公的质性、用途展开描写。我们知道,暖身具一般只在冬季使用,其他三季基本都会被人束之高阁,作者据此描写汤婆"虽遇三黜,亦无愠色",表达了作者面对人生的起起落落,淡定达观的生活态度。人们使用暖身具时,往往将其置于被衾之中,暖足、暖腹,故作者说人们对汤婆"手拍其肩,而不为避,足加其腹,而不为怒,唯以婉顺弗咈为务",由此传达了作者能容人所不能,宽广开阔的胸襟气度。

总之,古代暖身具形色质朴、刚健无华,是寻常百姓家之常见日用物品。作者正是根据温身具的这些特征,以及它在生活中的功用,刻画了汤婆这个拟人化人物的形象,在其身上加诸了作者所赞赏的人性品格,对其进行了人性化解读,其目的在于褒扬那些身处社会底层,默默无闻,但却心胸宽广,能够一心一意为他人无私奉献的普通人,同时也对那些专事粉饰邀宠,三心二意之人发出了警示。

3. 尹光启之《杵君传》

《杵君传》是一篇以古代舂米农具"杵"为拟人化题材的假传作品。杵臼是农业文明的产物,作为一种农业生产工具,杵在中国的产生出现很早。根据史书记载,杵臼是由黄帝时候的雍父发明。《世本》云:"雍父作臼杵,舂也。"①宋衷注:"雍父,黄帝臣。""杵臼之利,万民以济。"②杵,是中国农业文明发展的产物,在古代粮食、药材加工中发挥了很大的作用。朝鲜李朝中期文人尹光启创作的这篇《杵君传》便将这种古老的农具作为拟人化对象,精心组织安排了中国历史上大量与之相关的典故、传说,通过对杵氏一族家族变迁的叙写,回顾了这一农具的产生、发展历程,并以此塑造了一位能者、智者的形象——杵君。

尹光启,号橘屋,著有《橘屋集》。《杵君传》一文出自该文集。其作品曰:

> 杵君者舂陵人也,史失其名。昔燧人氏始出,燎毛饮血,杵氏之先隐于木石间,即神农氏有天下,始教人耕,继以陶唐、有虞氏即位,后稷桥艺五谷,耒耜之利,遍于有土,人得以食之,有雍父者荐杵氏,以石生为媒,揄扬于一世,向之择焉而不精者,咸就而正焉,经曰:"惟辟玉食。"杵氏实有功,遂封于舂陵郡,岁入凡若干,石宗族往依焉。其后代微贱,多寄于闾阎民家,日佣自给。吕后时,戚夫人有罪,髡钳衣赭,自卖于杵家,闻者怜之。其后梁鸿与其妻孟光,俱隐不仕,遂定交于杵氏,每举案,必齐眉以进,事在汉史。先是,舂陵俗善歌,多从杵氏游,及百里奚卒,其民相与巷哭罢市,杵氏门庭寂寞者,殆数岁。后始复旧,其子孙,世为舂陵相,号舂陵杵,家世祖气舂陵。舂陵者,白水乡也。晋石崇好水利田园,遍天下杵氏宾客入其门者近三千人,遂与石氏为婚,是生君,君性确行坚,蜂腰鹤胫,喙长三尺,能一食数斗,于时俯仰,未尝少懈,其妻石氏尝有病,人蹑足语,劝令改娶,君即口头谢曰:"糟糠之妻不下堂。"终不肯,石亦贞方自持,不改始操,每食,必君许乃食,君亦赖以糊口,是以重之苦之。友箕生,性轻躁,君戏之曰:"簸之扬之,糠秕在前。"惟喜妇人,每朝夕近焉,虽蹴踏之,亦无所怒,人或以此少之。诗人方干尝梦君,得"香粳任水舂"之

---

① "龙然舍丛书":《世本作篇》,第5页。
② 《五十二病方》,北京:文物出版社,1979年版,第131页。

句,以为神助,后人多祖此,君之名,遂重于世。初仕将作监,累官至户部郎,致老在家,岁歉则低头缄口,终默不洩,邻里罕得见其面,岁穰则远近坌集,施与不绝,前后斥其余,以及余人者甚多,自离乱以后,杵氏一门,流落在外,与石氏离婚,甚至有不免水火者。太史公曰:"杵氏先祖,出自春陵,韩愈氏作毛颖传有云,'明眼八世孙娥,得神仙之术,骑蟾蜍入月'世传,当其时,有杵氏一人,亦随以往,遂为毛氏用,其子孙在世,多处药铺茶肆中,惟君世为农,至君始显,犹不废父祖业,汉时,张苍定刑法,杵氏与焉,及杜预造连机碓,实用杵氏旧制,其姓名源流,史氏多阙云。"

作品从杵君的祖先世系写起,勾勒了杵氏一族的兴衰宠辱,塑造了杵君这一拟人化人物形象。杵君是农业文明的产物。中国农业文明始于神农氏,后经陶唐、有虞氏到了后稷时代农耕技术大有提高。作品描写杵氏一族的祖先原来隐居于木石间,一直到了后稷时代,由雍父将杵君推荐给神农氏,于是他开始显露名气。杵氏是中国饮食生活的巨大贡献者,所以《尚书·洪范》记载说其:"惟辟作福,惟辟作威,惟辟玉食。"杵氏因有功,被封春陵郡,享受朝廷的俸禄。其后,杵氏后裔逐渐微贱,多寄于民家,靠自给自足维持生计。据说,汉高祖的宠姬戚夫人被吕后陷害,自卖于杵家。戚夫人因母子不得相见,而自作歌一首,读令人感伤不已。汉章帝时,名士梁鸿曾与妻孟光隐居霸陵山耕种自给,与杵氏建立了亲密的关系。后来,社会动荡,求助于杵君的人减少,杵氏门庭冷落。直到数年后,才又有所恢复,其子孙时代任春陵相。后晋石崇好水利田园,邀请天下杵氏三千人。此时杵君与石氏之女结合,二人举案齐眉,十分和睦相爱,互相不离不弃。杵君与簸箕为友。簸箕虽然生性轻佻,但能够与之和平相处,而且虽朝夕蹴踏之,亦无所怨。从此,杵君之名为世人所看重,诗人墨客亦常赞扬之。晚唐诗人方干便曾经作"落叶凭风扫,秋粳任水舂"之诗句称赞杵君之德。后来杵君由于深得朝廷信赖,累官至户部郎,可是战乱纷扰,杵氏一家流落他乡,与石氏分离。杵君在历史上功劳甚多。嫦娥奔月在天庭捣药,杵君即往助一臂之力;而其子孙多在人间药铺茶肆中助力,汉时张苍制定刑法,杵君参与其中,杜预创制连机碓,实际上也用的是杵君旧制。由此可见,杵君的一生与伴随着中国社会历史的发展而俯仰、升降。他任劳任怨,多做善事,与人和善,为中国人的生活和文化发展立下了汗马功劳。但同时,杵君谦虚谨慎,从来不张扬自己,勤勤恳恳为人服务。

作品中的杵氏一族是农具杵的拟人化形象。作者从燧人氏、神农氏、陶唐氏、有虞氏,写到了教人耕种的后稷,发明杵臼的雍父。作品首先通过叙写杵君的祖先，回顾了中国农业文明的起源，以及农具杵臼在人们生产生活中发挥的重要作用。燧人氏相传是华夏人工取火的发明者。他发现钻木可以取火，于是教民熟食，结束了远古人类茹毛饮血的历史，开创了华夏文明的历史。神农氏发明木质农具耒，他教民稼穑饲养，被后世尊为农业之神。经过陶唐氏、有虞氏，到了后稷时代农耕技术有了显著提高，其重要标志便是耒、耜、杵、臼等农业生产用具的发明和推广。从此，"耒耜之利，遍于有土"，百姓得以温饱。杵、臼是农业生产用具进步的典型代表。杵臼利用木石的撞击所产生的摩擦力和撞击力，对谷物类粮食进行去皮脱壳的农业生产工具。有了它们，人类便可以得到更加精细的粮食，从而给中国人的饮食生活带来了巨大变化，所以，《尚书·洪范》说："惟辟作福，惟辟作威，惟辟玉食。"正因为如此，作者在文中以双关的笔法，描写杵氏被封春陵郡，享受朝廷的俸禄。其次，作品中杵氏一族的兴衰变迁，实际上反映了古代农业收成的丰歉变化。还有，杵作为人类生产生活中常备的一种用具，不仅在农业生产领域发挥着重要作用，它还亲历了历史的风云突变，见证了许多历史人物的兴衰宠辱。作者搜罗、编排了中国历史上一系列与杵相关的神话、传说和历史典故，处处写得有根有据，表现了作者对于中国历史、文化的熟稔。杵与戚夫人的渊源记载于《史记》之中。戚夫人是汉高祖刘邦的宠妃。高祖驾崩后，吕后大权在握，随即把戚夫人囚于永巷，剃其头发，身戴枷锁，穿褚红囚衣，罚其服舂米的劳役。戚夫人因而作歌自叹曰："子为王，母为虏，终日舂薄暮，常与死为伍。相离三千里，当使谁告汝？"作品中戚夫人"髡钳衣赭，自卖于杵家"的一段描写便是敷衍了这段历史。而关于梁鸿、孟光与杵臼之典则见于《后汉书·梁鸿传》。据载，梁鸿之妻孟光，"状肥丑而黑，力举石臼"。此外，作者借神话玉兔持杵捣药的故事，将假传之嚆矢韩愈《毛颖传》的主人公毛颖先生请进作品中，由此足见中朝假传之先后传承关系。第四，作者假"太史公"之口，总结了杵臼除了在农作物加工方面的用途外，还在药铺、茶肆作为舂捣工具被广泛使用。西晋学者杜预更是依据杵臼原理，创制了以水为动力的谷物加工工具——连机碓。这些都是杵为人类生活所作出的巨大贡献。

4. 纸扇拟人之《清风先生传》

《清风先生传》是朝鲜朝中期文人柏谷（1604—1684）创作的一篇以纸扇拟人的假传作品。这篇作品没有如传统假传一般将叙述的重点放在拟人化传主前身后世的介绍上，而是别出心裁地将描写的重点置于纸扇功能上，并以此演绎了一出激烈的政治斗争。而实际上，这只是炎炎夏日，纸扇扇凉驱热功能的拟人化处理。此外，值得一提的是，作品将高丽朝以纸张拟人的著名假传《楮生传》中的楮生，请来客串为传主清风先生的"远祖"。这样的艺术处理,一方面固然是紧扣了纸扇的材质特征,但另一方面,这也是柏谷在向前代作品致意,体现了两代作品之间的传承与借鉴。《清风先生传》之故事曰:

> 先生姓楮,号仲素,会稽人也。远祖知白,与管城子共事秦始皇,有宠名,遂显焉。其子孙繁衍,历事诸国,皆有功,恩宠不及素焉。先生性清洁,虽以轻浮取讥,胸中无一点渣滓,故人皆爱重之。与湘江孤竹君相善,交契甚密,帖帖若一体,然清标凛然,风彩动人,人之遇之者,毛发皆为之竦然,故自号清风。岁至和元年春三月,太昊言于天君曰:"臣以春官,秩满当递,祝融以例应收臣代,臣窃观其人,气焰甚盛之渐,固不可使滋蔓,蔓难图,君其早厚之计。"君曰:"若之何?"太昊曰:"臣闻会稽有一人,姓楮名仲素,与湘州孤竹君,合纵缔结,常抱洒六合之气,欲清君侧之恶,舍其人,其谁欤?"君曰:"诺"。其年夏五月,祝融果用事,势焰果爀爀,炙手可热,燎原之祸,朝夕将发。天君不胜闷郁,用太昊言,招仲素,素闻命即趋,未至阙,风声气概,倾动皇都,既至命置帷幄中,日与谋议,仲素进退周旋,左右辅翼,涤去烦忧,务令清净,凡百执事,尽心趋风,奸细之徒,莫不从风而靡,自此祝融权势稍退,见仲素,则辄为之避,不敢使气焉。君尤亲爱仲素,不啻若故人也。由是二人,遂乘嫌隙,一日融之友刑部侍郎蓐收,谓融曰:"君何不剪去仲素耶?不去,终必为所祸,君其慎之。"融曰:"彼恩宠方盛,而且与吾有隙,吾虽假舌于苏·张,其于君不信听何?子则与仲素,曾无纤芥之怨,凡所言似陟公议,子其为我图之。"于是融与收,日夜谋除仲素之计,而仲素不知焉。秋八月,蓐收以金官,当途专权,而融则递破以踰月矣。收自莅职来,惟仲素是图,而未得闲,十五日夜,君御清凉殿玩月,夜深,露气甚寒,君方拥衾思睡,时仲素在侧,自持亲昵,摇摆甚至,因忤上意,恩遇还歇,收训知仲素触上之事,乘闲诉于君曰:"君知仲素何如人耶?其人轻躁无行,动静随人,虚带清寒之名,每伤中和之气,不可久施恩宠,且与水官颛顼,风期暗合,若或同事,祸将不测,君受十寒之患,而四方之冻,其谁解之?易曰:'履霜,坚冰至。'君念其哉!"君即日废仲素,放置夹城中,终不收用,惜哉!先生以知白之孙,世守家业,一朝因太昊见荐。能制祝融之或,有大勋劳,而卒为入手所谗,一斥不复用,君亦少恩哉!

扇子是一种常备的日用品,每到炎炎夏日,人们便以扇扇风,驱赶暑热。扇子在几千年的使用过程中,甚至成为了一种文化符号,被赋予了政治道德含义,承载着士人的人格理想。汉代傅毅的《扇铭》中称扇子"冬则龙潜,夏则凤举。

知进知退，随时出处"。在这里，扇子被赋予了"行藏惟时"品格。柏谷的这篇《清风先生传》便是一篇以扇子中最为常见的纸扇为拟人化对象的假传作品。但是，与一般假传体作品不同的是，这篇作品没有简单地采用使事用典的手法将中国历史上有关折扇的典故、佚事钩挂串联成文，而是以夏秋季节之岁时特征为立足点，请进了太昊、祝融、蓐收等中国神话传说人物，以虚拟的笔法构建了一个充满象征意味的世界，并在这里上演了一出激烈的政治权利斗争，含沙射影地反映了当时李朝朝廷中士大夫间激烈的党争。

　　清风先生是纸扇的拟人化人物，纸扇又称折扇，扇面由纸制成，而扇骨则有竹质、木质等材质。作者紧紧抓住纸扇的物性特征，为清风先生敷衍姓、字、籍贯、祖先世系，以及它"虽以轻浮取讥"，但"胸中无一点渣滓"的性格特征。扇子最为重要的功用自然是扇风驱热，作者依据这一功能特征，塑造了它清风凛然，风采动人，人之遇之者无不肃然起敬的形象。

　　作品中的清风先生由太昊引荐给天君。当时祝融想要发动叛乱，他来势汹汹，气焰非常嚣张。于是太昊氏把清风先生荐予天君，以防范祝融的叛乱。在祝融叛乱一触即发之际，天君招用清风先生。清风先生应招进京，他气宇轩昂，威震皇都。入朝之后，清风先生出谋划策，进退周旋，游刃有余，很快成了天君的左膀右臂。在清风先生的帮助下，制衡了祝融的势力，除去了天君的心腹大患。从此朝堂上的奸佞之徒，无不闻风丧胆。祝融的权势逐渐消退，他见到清风先生唯恐躲避不及，再不敢颐指气使。从此，天君对清风先生的恩宠更加厚笃。也正因如此，祝融与清风先生交恶，成为政敌。祝融的友人刑部侍郎蓐收，进一步离间二人，并图谋谗害清风先生。蓐收在天君面前谗讥清风。在多次的挑拨离间之下，天君终于动怒于清风先生，废黜清风，将它放置于匣中，从此再不起用。清风先生原是楮知白的后人，一向以清白自律，不想一朝受人之引荐，伴于君侧以后，便不可避免地卷进政治旋涡之中，一切都不能自主，最终受人谗害，落得个惨淡的结局。由此，作者发出了"君亦少恩"的慨叹，讽刺了封建最高统治者兔死狗烹、鸟尽弓藏的薄情寡义。

　　作品中的太昊、祝融、蓐收、颛顼等形象都是中国古代神话传说中的人物。太昊即为伏羲，被认为是中华民族的人文始祖。祝融是传说中的火神，《礼记·月令》中说：(夏季)"其帝炎帝，其神祝融"。蓐收为传说中的秋神，《礼记·月令》中曰：(秋季)"其帝少皞，其神蓐收。"天君则是指人心，被认为是全身的统领。作者以丰富的想象，构建了一个由天君统领的朝廷，太昊、祝融、蓐收这些传说中的神话人物则是大臣。他们上演的这场尔虞我诈的政治纷争，实际上表现的就是夏秋季节，岁时更迭，气候变化的自然现象。夏日炎炎，祝融势炽，自然需要纸扇扇凉，于是清风先生见用。而夏去秋至，天气日渐凉爽,纸扇自然就会被逐渐冷落,最终束之高阁。作者以丰富的想象,将岁时更迭的气候特征拟人化,以寓言的形式,图解了李朝的政局,隐讳地反映了统治阶级内部激烈的党争和尔虞我诈的人际关系。

第二节　朝鲜朝"天君"系列拟人假传体文学

朝鲜朝中后期,拟人假传体作品的创作呈现出一种新的变化,即拟人化的对象从具体事物转向抽象事物,产生了一系列"天君"拟传体作品,如《天君传》《愁城志》《天君纪》《天君衍义》《心史》《天君实录》等。这类作品基本上均采用史传的形式,将人的"心性"及与之相关的性、情等主观情感拟人化,通过对"四端七情"或善恶矛盾引发斗争的描写,展现了作者对道德修养自我完善的理性思索,同时隐晦地反映了朝鲜朝中后期复杂的社会矛盾。与高丽朝以来的拟传体作品相比,此类作品在继承前代的基础上,无论是思想内容,还是艺术形式均有很大突破,同时"天君"拟人假传体作品创作持续时间长,几乎绵亘到朝鲜朝末期,而且产生了相当数量的作品,是朝鲜文学史上一个非常独特的文学现象。

"天君"是心性的拟人,指人的心。《荀子·天论》中有:"心居中虚,以治五官,夫是之谓天君",首次将人心谓之"天君"。而将心与天紧密联系在一起,则是儒家圣学先贤们的普遍共识。"尽其心者,知其性也;知其性,则知天矣。存其心,养其性,所以事天"《孟子·尽心上》;"天道即性也,故思知人者不可不知天,能知天斯能知人矣"(张载);"只心便是天,尽之便尽性,知性便知天……"(《二程集·遗书卷二上》);"性者,即天理也,万物禀而受之,无一理之不具"(《朱子语类》);"四方上下曰宇,往古来今曰宙,宇宙便是吾心,吾心便是宇宙"《象山全集·杂说》;"所谓汝心,却是那能视听言动的,这个便是性,便有天理"(王阳明《传习录》)等等。我们知道,中国哲学是围绕"究天人之际"展开的,"天人之际"的核心不是天,而是人。而人的问题实质上就是心,所以心性问题一直是中国哲学,特别是儒家哲学的一项基本理论。在性理学中,"心"处于至高的地位,"心者一身之主宰;意者心之所发,情者心之所动,志者心之所之。"[1]"盖合理气,统性情者,心也。"[2]这里均把心看作是一个人的主宰。性理学传入朝鲜后,在某种程度上,对心性问题的关注程度较之中国表现得更为突出,这一点从自16世纪中叶朝鲜朝末年持续不断的"四七

---

[1] 黎靖德:《朱子语类》(卷九八),北京:中华书局,1994。
[2] 李滉:《增补退溪全书》,首尔:成均馆大学出版部,1971年,第10页。

论辩"中便可一窥端倪。不同哲学家对这一问题的不同理解和阐释，也成为了儒家学说内部派别分歧的重要表现之一。但无论他们论述的具体所指如何，将心与天紧密联系在一起，认为心即天，即理，即宇宙。"天君"拟人假传体作品就是以"天君"喻人的心性，《天君纪》的开始便写道：

> 天君生有明德，渊澄玉莹，无一点尘累，实天授也。所居，不过方寸之地，而能牢笼天下万国，人皆称其虚灵不昧，必不久立天下之正位。至是，果即位，以其受天明命，故曰，"天君"，亦春秋。相继王于天之义也……

《天君衍义》的开始是：

> 初，朱明（即天君）所居，不过方寸之地，而能牢笼天下万物，人皆称其虚灵。且曰："有天德者，便可语王道，则朱明既有天德，当语王道，既能语王道，则必不久而立天下之正位也。"至是，果即位，以受天明命，故曰天君，亦春秋繫王于天之义也。

《心史》中，作者更是直接点出"天君"之称的由来：

> 天君之称，始见于荀子，而范浚心箴，特褒扬之，盖君者，统万邦而发号出令者也。心为一身之统，而四肢百骸，罔不禀于心，然后，能全其天。天君者，天生之君也，无位而尊，无体而大，其可不探其本而为之纪哉？

《天君实录》的开始是：

> 其（指天君）仁如天，其知如神，极于无际而无不通，入于无伦而无不贯，前乎上古，后乎万古，而无不徹，近在跬步，远在万里，而无不同……

我们可以看到，"天君"类作品正是循着这样的思路来给主角"天君"定位的。而"天君"系列拟人假传体作品在朝鲜朝的持续出现也是这一哲学问题在文学领域的延伸。同一题材、体裁的作品在一段时间内反复为不同作家所使用，必然有其深刻的社会思想根源。"天君"拟人假传体作品在朝鲜朝时期大量涌现亦与当时严酷政治斗争的社会环境，以及重视性理学研究的时代精神紧密相关。

朝鲜朝是一个内忧外患动荡不断的历史时期。除却两次大规模反对外来侵略(即壬辰倭乱1592—1598、丙子之乱1636—1637)的斗争外,最能牵动知识分子神经的恐怕是"世祖篡位"以及国内频繁的"士祸"和无休止的"党争"。

朝鲜士人自古以来便有重名节、尚义理的传统。正是这样一条纽带,将一代又一代知识分子紧紧联系在一起,他们如沙场上的勇士一般为了国家和民族的利益前赴后继。端宗(1453—1455)幼年即位,其叔父世祖(1456—1468)设计篡权夺位。当时的名士大儒成三问、朴彭年、河纬地、李垲、柳成源、金文起六人认为"国有定嗣,苟有夺之者,非吾主也",誓死效忠端宗。这六人及其家人全被杀死,史称"死六臣"。当时的儒者中,许多人因愤慨于世祖的篡位行为,以忠臣不事二君之志,以废人自处,杜门自靖,摒绝世事,其中最著名的是金时习、权节、元昊、李孟专、赵旅、成聃寿等所谓"生六臣"。随后朝鲜朝又发生了造成无数新进士林牺牲的"四大士祸"。

"四大士祸"之一的"戊午士祸"发生在1498年,缘起为朝鲜经术文章的一代儒宗金宗直(1431—1494)对于世祖篡夺端宗权位之事在成宗(1470—1494)时作了一篇《弔义帝文》。文中以楚怀王比端宗,以西楚霸王比世祖,隐然含有批评世祖,同情端宗之意。金宗直的弟子金阳孙在燕山君(1495—1506)时担任史官,在编纂《成宗实录》时将其师的这篇文章编入"史草"(即史书初稿),并写有"宗直尝作《弔义帝文》,忠义奋发,见者流涕"①的话语。燕山君是朝鲜朝著名的暴君,且不学无术,痛恨儒者文士。于是,在李克墩、柳子光等勋旧大臣的怂恿下,燕山君四年(1498,戊午年)以金宗直诋毁世祖,大逆不道等罪名,对金宗直挖棺斩尸,同时,将其门徒弟子数十人以同科的罪名,或谋害或流放。"甲子士祸"则发生在燕山君十年,即1504年。当时,燕山君为解决王室的财政危机,又对勋旧大臣进行了一次大屠杀,没收他们的全部财产。实际上,这次"士祸"连带着"戊午士祸"中幸存的士林也一并遭到杀戮,先后有八十余新进士林遇害。当时的名儒郑汝昌(1450—1505)被剖棺斩尸,金宏弼(1454—1504)则受极刑而死。"己卯士祸"发生在1519年。赵光祖(1482—1519)是金宏弼的门生,也是一位想要实现"内圣外王"王道政治的大儒。他被任为显要官职后,实施了一系列欲使国富民强的改革措施。这些措施触犯了特权阶层的利益,由此引发了"己卯士祸"。赵光祖被赐死,七十余位士贤或被处死,或遭流放。"己卯士祸"对士林是个致命打击,根据士林主张实行的改革政策几乎全部被推翻,幸存的士林也都隐居各地。"乙巳

---

① 转引自李甦平:《韩国儒学通史》,北京:人民出版社,2009年,第23页。

士祸"中,朝鲜中宗为钳制勋旧大臣,再次录用士林。但在1545年,又遭到当时掌权者尹元衡一派的排斥,又有柳仁淑、柳灌等遭到惨烈牺牲。直到16世纪60年代中叶开始,士林派逐渐掌握了朝政,从此势力大为扩张,最后政府变成了清一色的士林派。而士林派的掌权并没有消除封建统治阶级内部的矛盾。这种矛盾又转化为士林间的斗争,即"党争"。士林内部的党争是那些早已担任高官显爵,拥有大片土地的老士林同虽已为官但政治经济基础尚很薄弱的后起士林之间围绕录用官吏问题展开的。老成派称为"西人",少壮派称为"东人"。他们围绕各自的利益,在此后的200年间展开了激烈的斗争,派别错综复杂,给国家的政治统治和经济发展造成了巨大危害。

"生六臣""死六臣""士祸""党争"等政治屠杀给读书人造成了巨大心灵冲击,面对学者之间的残杀,面对人心之惟危,他们将关注的目光投注到邪理横行的社会和正直之士悲惨的命运,更加深切地认识到人的心性修养的重要。在仕途上看不到出路的知识分子对人性倾注了更多的关心,如对人性的善恶、邪正及其根源的探究;注重去恶从善自我道德内在修养的提升等等。于是,他们以四端七情、人性善恶、理发、气发、人心、道心等内容为主题展开热烈的辩论。其中,人的道德情感即所谓"四端",与自然情感即所谓"七情"关系的讨论,更成为了朝鲜朝五百年性理学研究的一个主旋律,可以说这也是朝鲜儒学的一大特色。"天君"拟人假传体作品也正是这样的社会思想文化氛围中的产物。

儒学何时传入朝鲜,目前尚无定论。学界一般推测,早在三国时期随着汉字传入半岛,儒家的伦理思想意识也随之传入,并逐渐融入古代朝鲜的社会规范之中。372年,高句丽设立太学;百济古尔王(234—286)时期制定了沿袭《周礼》的中央官制;新罗时期流行的融合了儒家思想的花郎道精神,以及7世纪中期设立国学等等。这些史实说明三国时期,儒家的社会制度、礼仪习俗、孝悌忠信等规范已经在朝鲜确立。高丽朝初期,太祖王建(877—943)的统治纲领《训要十条》虽包含了佛教、道教以及民间信仰等内容,但尤其强调了仁政和王道思想。958年高丽朝科举制度的实行以及成宗(981—997在位)时期确立儒学为治国之道,基本确立了儒家思想在高丽朝意识形态上的统治地位。而儒学真正对朝鲜社会变革起决定性作用则是在丽末鲜初。1289年,集贤殿大学士安珦(1243—1306)从元朝带回了《朱子全书》和朱熹的画像,并向弟子传受理学,标志着理学思想传入朝鲜半岛。我们知道,外来文化对一个国家的影响,是不能脱离这个国家固有文化传统的。理学传入朝鲜后,在为当时的主导力量士大夫们学习、吸收、实践的过程中,根据现实需要,与其固有文化传统相融合,逐步形成了朝鲜性理学,呈现出独特的理论特点。朝鲜"儒学的特征在于不仅注重纯粹的道德性,而且还追求实现这种道德性的现实制度和力量"①,"其整个理论走向更倾向于建立着重于人的修养的道德哲学"②,在某种程度上可以说是一种"伦理道德修养哲学"③。而最能够反映朝鲜性理学特性的问题就是关于"四端七情"的讨论,这也是朝鲜朝时期产生大量"天君"拟人假传体作品的理论思想根源。

朝鲜朝有着五百年的历史。在这五百年中,性理学集中探讨的问题就是"四端"与"七情"之间的关系。"四端"是孟子为了论证其性善说而提出的,出自《孟子·公孙丑上》:"恻隐之心,仁之端也;羞恶之心,义之端也;辞让之心,礼之端也;是非之心,智之端也。人之有是四端也,犹其有四体也",也就是仁、义、礼、智四种道德观念的开端。"七情"出自《礼记·礼运》指的是喜、怒、哀、惧、爱、恶、欲七种人生而具有的自然情感。发端于高丽朝末期的"四端七情之辩"(简称"四七"之辩)一直延续到朝鲜朝末期,时间跨越五百年之久。其中最主要的辩论发生于16世纪李退溪与奇高峰、李栗谷与成牛溪之间。而在此之后,几乎每一位性理学者都直接或间接地参与了这场著名的辩论。可以说,朝鲜朝五百年的儒学史就是关于"四端七情"论辩、研究、探讨的历史。"四端七情"学说也成为了朝鲜性理学理想的政治理论基础学说。

哲学是时代的灵魂,反映着时代的脉搏。处于时代洪流中的知识分子以不同的方式发表自己对这一哲学问题的见解。"心学之于人,大矣。自濂洛诸贤,以至我朝名硕,或为注解,或为图说,言之极备,辨之已祥……"④众多儒学者除了通过注解论说的形式直接发表其心性思想理论以外,朝鲜学者还十分乐于使用"以图解说"的形式来表达自己的性理学思想。"以图解说"具有深入浅出、直观明白、易晓易记的长处。朝鲜学者抓住了这一形式的特点,将其运用到自己理论框架的建构中,如阳村权近的《入学图说》共40篇图说;退溪李滉著名的《圣学十图》;南冥曹植的《龙马图》《洛书》《孤虚旺相》《理气图》《心统性情图》等24图;此外,还有栗谷李珥的《性情图说》《人心道心图说》等等。这种以"图"示"说",以"说"释"图",用"图""说"的形式阐释性理学成为了朝鲜性理学研究的一种风尚。朝鲜性理学研究的另一个重要途径或方式是采用文学创作的形式直接阐释学者的思想和观念。

我们知道,哲学思想领域的时代精神不可能不反映到文学创作中,而

---

① 崔辰英:《韩国儒学思想研究》,邢丽菊译,北京:东方出版社,2008年,第149页。
② 李岩等:《朝鲜文学通史》,北京:社会科学文献出版社,2010年,第537页。
③ 同上书,第538页。
④ 张孝铉等:《校勘本韩国汉文小说·寓言寓话小说》,首尔:高丽大学民族文化研究院,第411页。

借助一种文学样式直接阐释哲学思想,并产生了数量相当的作品,而且每部作品又形成了不同的思想内容和艺术特色,这就不能不说是朝鲜文学史或思想史上的独特现象了。"取物引喻,经传之眼藏,借人立名,稗诡之心诀。将透经传之奥旨,而先用稗诡之余习,则其遣辞下语,能不矛盾矣乎?然欲人易晓,莫如引喻,欲人必信,莫如立名。主论既正,用意颇详,则看是纪者,观过斯如知仁矣。"①采用文学形式阐释心性思想可以说是性理学说在文学上的图解。创作者根据自己对心学的不同理解,用形象的方式进行阐释、说明,这是对心性问题的艺术剖析。"天君"拟人假传体作品的开山之作金宇颙(1540—1603)的《天君传》便是奉老师曹植之命创作的。曹植曾创作《神明舍图》来解说抽象的心性原理,让金宇颙根据这张图说撰写一篇文章,以更好地阐释说明抽象的概念和原理。"神明舍"指的是"心性"之家,这里住着"天君"。"天君"拟人假传体作品中多次出现的"人物"形象,如"喜卿""怒卿""哀卿""乐卿""爱卿""恶卿""欲卿"等诸大臣;"仁""礼""义""智""信"等诸贤臣,均是"四端七情"的直接拟人化形象,是"四端七情"思想学说在文学作品中的直接反映,正如郑琦和在《心史》"总论"中所言,"至若土地山水台榭官爵之称,俱出于性理群书"。可以说,"心性"系列拟人假传体作品是朝鲜朝五百年性理学研究在文学领域的体现,它们承载了文人士大夫对道德自我完善的理性思考,同时也是朝鲜朝中后期政治现实的投影。

第三节 黄中允《天君纪》对性与理关系的艺术化

黄中允(1577—1648),号东溟,朝鲜朝中期的官僚文人。光海君时期(1608—1623在位)任左副承旨,1620年,黄中允曾作为正使出使明朝,在朝鲜与明朝的对外关系中发挥过一定作用。后在1623年"仁祖反正"的宫廷政治斗争中,光海君遭到废黜,黄中允亦受牵连,罢官流放11年,直到1633年,才获赦回归故里,此后再未出任官职,72岁去世。在其作品集《东溟先生文集》卷七的"天君纪序"中有"崇祯癸酉仲秋东溟老夫序"的记录,崇祯癸酉即1633年,也就是朝鲜仁祖11年,黄中允获释的这一年。由此可以推知,《天君纪》大概就创作于他流配的这段时期。在"天君纪序"中,作者表明了其写作这篇寓言是"备述其从前迷误,……盖欲其从此自警自勉……。"②如前文

---

① 张孝铉等:《校勘本韩国汉文小说·寓言寓话小说》,首尔:高丽大学民族文化研究院,第411页。
② 《东溟先生文集》,首尔:景仁文化社,第567页。

所述,朝鲜性理学研究的一个很重要的特点就是十分注重人自身的道德修养,即儒家之所谓"修身"。处于巨大政局变革漩涡之中而深感无力的黄中允自然而然将对社会、人生的思考转向自身,即其所谓"述迷误"以"自警自勉"。

一、《天君纪》产生的时代背景

《天君纪》大概创作于1623—1633年,黄中允流配海南、瑞山等地这段时期。发生在1623的"仁祖反正",这一朝鲜历史上最大的宫廷变乱,必然对黄中允及《天君纪》的创作产生过重大影响。

17世纪初的朝鲜党争频繁,政局动荡。七年"壬辰倭乱"(1592—1598)留下的伤痛尚未抚平,朝鲜又面临着辽东新兴女真力量的崛起,衰弱的国力和尖锐的内外矛盾,使得朝鲜国力衰败、民不聊生。光海君李珲,万历三年乙亥(宣祖八年,1575)四月生。生母为恭嫔金氏。初封光海君。李珲自幼足智多谋,其长兄临海君李珒(李珲同母兄)虽为世子,但是不为宣祖所爱。身为庶次子的李珲自幼便被视为王位的合理继承人选,他也表现出了更多的本领和野心。万历二十年(1592),"壬辰倭乱"爆发,临海君李珒被俘,宣祖仓皇出奔平壤,命令十七岁的李珲摄政国事。李珲收集流散的军队和义兵,号召通国勤王。李珲的这个举措振奋了朝鲜的民心、军心,起到了全国团结一致打击倭寇的作用。万历二十一年,日本撤出汉城,退守釜山,并将掳获的临海君和顺和君两位王子送还,倭乱暂时告一段落。万历二十三年,宣祖册封光海君为世子,并上表明朝请求批准。明朝答复其:"继统大义,长幼定分,不宜僭差",遂不许。光海君由是对明朝暗有怨言。万历二十四年、三十三年,朝鲜又两次上表请求易储。

当时的明朝也正为立储的一事闹得鸡飞狗跳,遂均不许。宣祖末年,宣祖仁穆王后又生一子(永昌大君,1606年生),弃嫡立庶,与儒家宗法观念不合,使得朝廷中的北人因此分裂为以李尔瞻为首、主张拥立光海君的大北派和以柳永庆为首、主张拥立嫡子的小北派。小北派在光海君即位后受到打击,柳永庆被赐死,小北派分裂成清小北和浊小北,而大北派则又分裂成骨北、肉北和中北三派。万历三十六年,宣祖大王病逝,事实上的世子光海君嗣位,并上表明朝,自称权署国事,请求册封。万历皇帝恶其专擅,不予理睬。但是当时东北亚的形势已经发生了变化,新兴的女真势力对明朝构成了严重威胁。为了确保东北边疆无虞,明朝在拖延了几个月之后,为了拉拢朝鲜,于是年十月册封李珲为朝鲜国王。李珲即位后,按照朝鲜官方史书的说法,是"昏乱日甚,幽废母后,屠兄杀弟"。李珲即位后,宣布仁穆王后为废妃,囚禁在西宫(庆云宫)。对其王位威胁最大的两个人——其同母兄宣祖长子临海君,和年仅两岁的弟弟宣祖嫡子永昌大君,则分别于 1609 年和 1614 年被害。

1616 年,努尔哈赤基本统一女真各部,建立后金政权,并于 1618 年,正式与明朝决裂,发兵攻破辽东重镇抚顺。面对后金的挑战,明朝经过近一年的准备,于 1619 年春发动了大规模的围剿,志在必取。战前,明朝令朝鲜出兵助剿。朝鲜私下认为"老酋(即努尔哈赤)桀骜,虽以中朝兵力,未能必其一举而剿灭",但又不敢拒绝明朝的要求,于是采取敷衍、拖延之策,建议明军"但当陈兵练武,以作虎豹在山之势,更观伊贼之作为,相机而动",并且只答应将军队开到义州等边境地区。在曾于朝鲜抗倭战争中立过卓著战功并深得朝鲜军民爱戴的明军主帅辽东经略杨镐的严厉申斥下,朝鲜还是不得不派出了万余军队,前往助战。3 月,明军在萨尔浒被努尔哈赤击败。由于光海君"实无战功之意",他在战前密谕朝鲜军队"观势向背,使庙势为移兵先击之",所以朝军只有左营将军金应河力战而死。努尔哈赤对朝鲜致书笼络,称"尔朝鲜以兵助明,吾知非尔意也,迫于其势有不得已。且明曾救尔倭难,故报其恩而来耳"。如前所说,在即位问题上,光海君对明朝已有不满之心,因此他主张在尽量不得罪明朝的情况下开展灵活外交。在光海君坚持下,朝鲜致书后金,称自己臣服明朝是"大义所在,固不得不然",而与后金的"邻好之情,亦岂无之",希望双方"各守封疆,相修旧好"。朝鲜与后金的往来引起了明朝的警惕,大臣徐光启奏称:"鲜、奴之交已合",建议派官员"监护其国"。光海君闻讯又惊又怕,连忙遣使至北"辩诬"。

我们知道,当时的朝鲜是一个深受儒学浸染的国度,尤其是"壬辰倭乱"后,朝鲜举国上下都感激于明朝的"再造之恩",光海君在后金与明朝政权之间的游离政策,加之其政治上的残酷统治,使光海君处于众叛亲离的境地,最终导致了"仁祖反正"事件的发生。明天启三年(1623,光海君十五年,仁祖元年)春天,在李珲左右任事的亲侄绫阳君李倧见李珲身患疾病,于是令心腹陪臣向光海君建议,将西人平山节度使李贵教练兵马五百人调入京城"防御"。三月十二日,发生宫廷政变。李贵、李适、金自点等人在仁穆王后和新崛起的南人势力的协助下,召集军队在绫阳君(即后来的仁祖)的别墅内会合。当晚,仁穆王后手下在庆云宫内举火为号,李倧率领李贵等人以救火为名攻入庆云宫,发动宫廷政变,将李珲绑缚,押到仁穆王后面前接受训斥,然后宣布废黜其王位。此次政变史称"仁祖反正"。宫廷政变后第二天,即三月十三日晨,二十八岁的绫阳君李倧即位,是为朝鲜朝仁祖。大北派的李尔瞻、郑仁弘等被赐死。被废黜的光海君则被石灰烧瞎双目,流放于江华岛。因此次事件而受到牵连的大小官吏亦不在少数,黄中允便是其一,是年便被流放。创作于其流配期间的《天君纪》表现出的对王权、王道的思考自然有对这一重大历史事件的反省。而作品反映出的以精神修养内在收敛为主的思想内容,又表现出作者对现实功利的恐惧和对义理的期盼。

二、《天君纪》的思想内容

《天君纪》是朝鲜朝"心性"拟人假传体作品的代表作之一。"天君"是"心性"的拟人。作品按照"心性"的平静→迷惑→恢复→回复的过程建构基本框架,是作者对心学修养问题的思考,旨在警示人应当时刻保持清醒、机智,以诚、敬之心,用仁、义、礼、智、信等道德情感约束自己的喜、怒、哀、乐、爱、恶、欲等自然情感。作品在此基础上,增加了天君身边忠臣、奸臣之间的矛盾与斗争,加强了作品的现实性;又引入毛颖、欢伯等以往拟人假传体作品惯常登场的"人物"形象,并将人的五官、脏器等进行拟人,为作品带来了趣味性,体现出"假传"作品创作在内容上的继承与沿革。

  天君即位之初,都"神京",目、鼻、耳、口"设官分职","各司其司","书职于外";喜、怒、哀、乐、爱、恶、欲"分为七卿""朝夕侍侧","奔走于内";毛颖(笔)、陈玄(墨)、楮知白(纸)、石中虚(砚)封卿侯,"筑诗城,起骚坛"。每日"以吟风咏月为事,雕虫小技为务",不知收敛,"而渐至浮夸虚诞之域"。天君任"己私",宠喜卿、乐卿、欲卿。惺惺翁(清醒、机智)屡次向天君进谏,非但未被采纳,反被恶卿、怒卿、己私等奸臣们所谗陷而被黜。从此,天君日日出游于"江亭野亭之间,柳陌花街之间"玩物吟诗,乐而忘返。越白(美色)、欢伯(醇酒)乘虚而入,天君深陷其中不能自拔,投避酣眠国睡乡。惺惺翁前来勤王,向天君举荐主一翁(专一、专心)。主一翁又荐来诚意伯,制勿字旗,点义兵,披仁甲,以"志""气"为左右先锋,击溃欢伯、越白,平定叛乱。随后,在主一翁等的建议下,天君诛己私,摒欲卿于四夷;筑灵台,重修诚意关;惺惺翁、主一翁、诚意伯交荐五贤士,仁(恻隐之心)、礼(辞让之端)、义(羞恶之端)、智(是非之端)、信(诚实)。于是,国内大治。

1. 作品反映了"心统性情","情发中节"的理学观念。
《天君纪》开篇记叙了天君(心)的"家传"渊源,梳理了"心"学在中国赵宋以前的发展。"心"学在中国由来已久:"……其先与天皇氏,并生而鸿荒朴略";到陶唐氏(帝舜时代)开始显露于世;其后更为"周公、孔子所尊尚",到战国时的孟轲便与之"造次不离",孟子尝曰:"操则存,舍则亡,出入无时,莫知其乡者,惟心之谓欤!"但不为当时统治者所用;"……厥后汉、唐千百年来,心之苗裔散逸于天下,有同鸡犬之放,无一人收拾";"至赵宋,有濂(周敦颐)、洛、关、闽诸公,复引而相亲切。天君便是其后裔,他"生有明德,渊澄玉滢,无一点尘累,实天授也。所居,不过方寸之地,而能牢笼天下万国,人皆称其虚灵不昧……"即位后,"以其受天明命,故曰,'天君'……"。这是儒家心学理论在中国发展的一个缩影。"心统性情"说由张载提出,朱熹则是集大成者。"心统性情"把"心"分为"性"与"情"两个方面,"性,心所具之理,而天,又理之所从出也"。"性"是"天理",来自本体世界,它是所谓"未发",也称作"道心"。它的具体内容则是"仁""义""理""智""信"等封建伦常规范,是纯粹理想。另一方面是"人心"即"情",属于"已发"的现象世界,它的具体内容是"恻隐""善恶""辞让""是非"等观念情感、心理状态。它是有感性成分或与感性因素相关的,分为七情,即喜、怒、哀、乐、爱、恶、欲。而对"心性"表现出前所未有的关注,则是性理学传入朝鲜后呈现出的一个显著特点。朝鲜朝性理学集大成者退溪李滉曾这样说过:"要之,兼理气、统性情者,心也。而性发为情之际,乃一心之几微,万化之枢要,善恶之所由分也。"《天君纪》所描写的"国家"由最初的"平静"而"迷惑",正是由于感性的七情无节制的放纵所导致的。放纵私欲,"养口体逸四肢,凡彩色声音",惟心所欲。所谓"克念作圣,罔念作狂",如此而"致寇至",终于引来了灾祸。如何能够"恢复"最终而"回复"?作品借"惺惺翁"之口提出了解决途径:唯有"禁七人泛滥之渐,而日深于涵养,广开仁义之府,恢拓中和之域,则保邦于未危,而危可使安,制治于未乱,而乱可使泰"。这里,作品强调了正君心,"情发中节",常怀清醒、专一、诚意之心,由仁义礼智信五常"引君当道",陶冶人的道德情操,只有这样才能正确、合理地统治国家,国才能大治,此即所谓"修己治人"的内圣外王之道。

2."酒色"误国误身的思想观念。

作品中描写天君由于放纵"七情""己私"而"招寇至",引来了灭国的祸端:越白(美色)和欢伯(醇酒)。

>……其姓越,名白,字治之。本贯下蔡阳城人也,其先祖有曰,'妹喜'者,攻灭夏桀之国,有曰,'妲己'者,讨覆商辛之社,有曰,'褒姒'者,自褒而乱于周幽王,举伪烽而杀戮。有曰,'西施'者,自越而寇于吴夫差,掩面巾而被屠。至汉而有赵飞燕,至唐而有杨太真,皆能一举而败其国。今此越白,即其裔也。

色被看作误国误身的元凶这一观念在东方有着悠久的历史。鲁迅先生曾不无调侃地在《阿Q正传》中说过:"中国的男人,本来大半都可以做圣贤,可惜全被女人毁掉了",这种观念大概在朝鲜也是适用的。在"心性"假传体作品中,造成"天君"(心性)迷惑的祸首便是"美色"。美色又往往被塑造成"越白"这一形象,并加诸众多传说、典故,凸显其无以复加的美丽,来极言其祸国殃民的危害性。相传古代越国和齐国多出美女,汉代枚乘《七发》有"越女侍前,齐姬奉后"的诗句,"越女齐姬"成为了美女的代名词。杜甫《壮游》诗有"越女天下白,镜湖五月凉"的诗句,意思是说越女是天下最美丽的女子,"越白"便是由此而出。作品中提到"越白"的籍贯"阳城""下蔡"在今安徽省凤台县,是战国时楚国贵族的封地。宋玉的《登徒子好色赋》中有"嫣然一笑,惑阳城,迷下蔡",此后,"阳城""下蔡"常被用作盛出美女的地方。"妹喜""妲己""褒姒""西施""赵飞燕""杨太真"更是封建卫道观念下最著名的"红颜祸水",作品将"越白"说成是她们的后裔,其寓意不言自明。果然,在其媚惑下,天君深陷,"势力不能敌,竟致大败"。

"欢伯"是《天君纪》中,扰乱、迷惑天君(心性)的另一祸源,也是"心性"假传体作品中惯常登场的"人物"。"欢伯"作为酒的代称最早出自汉代焦延寿的《易林·坎之兑》:"酒之欢伯,除忧来乐。"其后,许多文人便以此为典,作诗撰文。宋代杨万里《和仲良春晚即事》诗之四中写道:"贫难聘欢伯,病敢跨连钱";金代元好问《留月轩》诗中有,"三个成邂逅,又复得欢伯;欢伯属我歌,蟾兔为动色"。酿酒、饮酒在中国起源甚早,"黄帝时为宗庙大礼使,以和洽神人功,封合欢伯",远古时期,先民们便以酒祭祀祖先以示诚敬。而到了魏晋以后,酒更是成为了封建文人生活中不可或缺的部分。酒也成为了诗词歌赋中出现频率最多的意向。《天君纪》中说,"……刘伶称之为大人先生,作颂以美之",指的便是竹林七贤之一刘伶写的《酒德颂》。酒对于封建文人而言,已是一种习惯、一种风尚、更是一种寄托。然而酒又易使人沉湎其中,与败德乱性联系在一起,所以它又是放纵欲望的源泉。因而它既为文人所爱,也为之所恨。在这种爱恨交织的矛盾情感作用下,酒在朝鲜"心性"假传作品中,或作为"驱愁将军",或作为"欢伯将军"反复出现。在以探讨心性道德修养为创作旨归的《天君纪》中,酒与色一起,被塑造成误国误身的反面形象,警示人要"遏人欲"。

3. 持敬修身,完善自我道德修养。

"天君"深陷于"越白"的诱惑而无力自拔,又为"欢伯"所困更加孤立无援,是在惺惺翁、主一翁、诚意伯等"忠臣"的协助下,最终战胜欲望,恢复心性平和的。惺惺翁、主一翁、诚意伯三个形象在性理学理论中各自有典,《康熙字典》中对"惺"的释义是"静中不昧曰惺",有"静""悟"的意思。《上蔡语录》中有:"敬是常惺惺法。""常惺惺"是说敬义之心的状态,即经常保持清醒,无私欲杂念。"惺惺翁"便是惺惺的拟人化,取其清醒、机智的意思。作品说他"通古今,达事理,务引君以正"是"开国拓基"者。当"天君"被外欲迷惑,处于危难之际,惺惺翁忠谏被谗;当天君困于"酣眠国",惺惺翁举荐主一翁和诚意伯,而最终辅佐天君驱除外欲,恢复本性。"主一翁"也是敬的拟人。《论语·学而篇》:"敬者,主一无适之谓。"程子曰:"主一之谓敬,无适之谓一"。《天君纪》中,天君设高坛,行大礼,拜主一翁为大将军,"俾专征伐,冀得驱除,伏惟赐佑"。"主一翁"又举荐"诚意伯"。《大学·诚意篇》中有:"所谓诚其意者,毋自欺也,如恶恶臭,如好好色,此之谓自谦,故君子必慎其独也。"天君封诚意伯为相,修筑诚意关。可以说惺惺翁、主一翁、诚意翁三位一体,均是"敬"的范畴。"敬"是程朱理学重要概念之一,是理学家成圣修养的重要工夫之一,是去恶从善的"治心""治本"的关键,所谓"要之,用工之要,俱不离乎一敬。盖心者,一身之主宰,而敬又一心之主宰也"①。宋明理学认为"敬"有四义:主一无适,整齐严肃,常惺惺法,身心收敛,即"敬以直内",认为"敬"是完善道德修养,内心所应持有的态度。"把个敬字抵敌,常常存个敬在这里,则人欲自然来不得。"②人只要持敬修身,主一无适,便可以实现"诚敬""明人伦",从而摒己私,去人欲。这也是《天君纪》所要表现的主要思想内容。

三、《天君纪》的艺术特色

《天君纪》具备假传体作品的一般特点,内容上,将心性及"四端""七情"等性理学概念拟人化,以戏谑的笔法探讨其中的关系;结构上,《天君纪》采用纪传体的形式,为"天君"立传,开头写"天君"的姓字、籍贯、家世渊源,而后再叙述其事迹,篇末以"太史氏曰"的形式对作品进行总结;表现手法上,典故、象征等手法的大量使用。然而,《天君纪》亦表现出不同于其他作品的特点,最为突出的便是"人物"形象的塑造。我们知道,文学作品中的人物形象能否建立起来,个性化是一个基本尺度。特别是以记载人物经历为主要内容的传记文学,人物形象的塑造可以说是其创作的一个基本维度。虽然拟人假传体作品的人物情节都是作者虚构的,但其写作格式、作品用语完全遵循传记的创作模式,为拟人化的传主立传,所以,以"人物"为中心形成故事情节也是假传体作品的立身之本。假传体作品发展到朝鲜朝时期,无论从内容还是形式,已经形成了一套相对固定的模式,特别是"心性"系列假传体作品说理倾向更为明显,加之作品中登场人物往往十分固定,所以人物性格有概念化倾

---

① 李滉:《增补退溪全书》,首尔:成均馆大学出版部,1971年,第208页。
② 转自冯友兰:《中国哲学史》,重庆:重庆出版社,2009年,第8页。

向,相同形象在不同作品中表现出来的思想性格小异而大同。然而这部《天君传》在"人物"形象的塑造方面较之同类作品是出色的,特别是反面"人物"形象的刻画更为突出。在这里,作者根据所拟写对象本身的特点,加诸丰富活跃的艺术想象,采用多种表现手法,将笔下的人物刻画得活灵活现,惟妙惟肖,读之趣味盎然。

1. 作品能够抓住最能反映所拟写对象的特点进行"人物"塑造。

假传体作品体裁上最突出的特点是采用拟人化的手法为器物等立传。作品表面上是写虚构的人物,实际上其创作的关键在于要能够紧扣拟写器物的特点。《天君纪》中,登场的大小主次各类"人物"有四十一人。作者对其中的正面人物中如"天君""惺惺翁""主一翁"等,反面人物中如"越白""欢伯""己私""欲卿"等进行了着重描写。假传体作品是寓言的一种,寓言的创作目的是"谈理",用假托的故事或对自然物拟人的手法来说明某种道理或阐释某种教训,以讽刺或劝诫社会上存在的某些现象。正如前文所分析的,"心性"假传体作品的大量出现与当时朝鲜朝性理学盛行,儒士文人大谈"心性"是紧密相关的,创作的目的是为了更加形象地阐释"心统性情",以及"存天理,遏人欲"的理学观念,所以作品中的正面形象,特别是惺惺翁、主一翁、诚意伯、五常君等均是为了说理而设置的概念化形象,文学意味不强。而在一些次要"人物",特别是反面形象的塑造上,作者往往能够抓住其主要特点,将其刻画得形象而生动。如"欢伯"形象的塑造。酒与东方封建文人有着特殊密切的关系,以酒为题材的文学作品可谓俯首皆是,不胜枚举。在假传体寓言作品中,酒也是经常为文人所拟写的对象,高丽时期林椿的《麴醇传》、李奎报的《麴先生传》等就是其中的代表。到了朝鲜朝时期的"心性"拟人假传体作品中,酒的拟人化形象"欢伯"更是篇篇登场的"人物"。《天君纪》在处理这个"人物"形象的时候,直切酒的特点。如对欢伯的外貌描写:

> 神彩清滢,气象雄烈,一表无俗味,尝以大器自许。

"人物"的外貌描写首先从外表上给人以印象。作者用短短不足二十字,便从醇酒的色、性、味、形方面的特点出发,概括出欢伯的外貌特征,读之可以感受到其外貌必定是气宇轩昂,细细品味又十分契合酒的特点,巧妙而有趣。再看作品对欢伯动作描写。欢伯攻打天君城池,路遇"口官",与之交战:

> 口官卷舌掩口而退,欢伯大势已入,据唇舌之邦,将卷白波,而直下于喉关矣。

这段描写，一方面凸显了欢伯进攻的排山倒海之势，另一方面也是人大口喝酒样貌的直观写照。

> 欢伯雄暴酷烈，千人自废。然，不能温和，常使气自盈，喜人之狂妄，而不喜人恭谨。不量其器，从欲折冲樽俎，是自速其满招损耳。

这是一段以主一翁的口吻对欢伯性格的介绍，言其暴烈、狂妄、刚愎自用的性格，处处紧扣烈酒的特性。作品紧扣酒的特点，从外貌、动作，以及他人叙述等角度刻画"欢伯"这一形象，可以说达到了形神兼备的艺术效果。

2. 作品通过"人物"的言行，突出其性格特征。

我们知道叙述语言在肖像描写、环境描写、背景介绍、连贯情节等方面具有不可低估的作用，但用于表露人物的性格、思想就不如人物自身的语言得力。因为它是客观性的叙述，是静的语言；人物自身的语言是自我表现，具有动态。如果能够化动为静，动静结合，让人物个性在动态中表现出来，就能增加真实感和形象感。可以说人物形象从概念化向个性化迈进，个性化的语言是第一步，也是关键的一步。《天君纪》中大量使用了富于个性化的语言，突出了"人物"性格，推动了情节的发展。在群佞臣谗谏"惺惺翁"时，怒卿、欲卿、己私等的语言描写就体现了它们不同的特性所指。

> 怒卿……抗声奏曰："惺惺翁之拍击臣等，有不足恨，乃敢以陛下为一作狂的人，此实谓，'狂童狂'也，且之意也，岂人臣所忍发于口者耶？"

"怒卿"冲冠之怒气跃然纸上。己私谗谏之言：

> "臣本与欲卿一心人也。谬为七卿所荐，得侍陛下，虽不能使陛下，逸于的人，而诚欲推而纳诸逸境，此实诸卿之所知也。今者惺惺翁，嫉臣太甚，劝陛下杜绝，臣与此翁，水火冰炭，势不两立，请陛下屏黜小臣，以快惺惺翁之心。"

"己私"与"欲卿"皆为七情中欲的拟人化，作品将两个形象叠加，凸显欲望给人道德修养带来的危害性。而这段对白描写则形象地表现了一个巧舌如簧的奸臣欲擒故纵的伎俩。

3. 在针锋相对的斗争中展示"人物"的特性。

《天君纪》中描写了几次激战，如天君初战大败于越白，这段本来描写得是天君为女色所困,身陷赋穴(女性生殖器),但读来全无鄙俗之感,相反越白的诡计多端、天君的傲慢轻敌活灵活现地展示在读者面前。主一翁设计迷惑越白一段。主一翁派遣志帅、气伯分别假扮自己迷惑越白,"越白初为主一翁所败,再为主一翁腰击,今又见主一翁在此,一主一翁,何处处出也?"在针锋相对的鏖战中,主一翁设锦囊计迷惑越白,终而将其大败,形象地刻画出主一翁沉着、冷静、机智的特点。再有,张万回(肠)与欢伯大战而败的这段描写,读来让人更觉忍俊不禁。

  天君内臣张万回也。初名九回,以能饮食,故人谓,"万回",九回亦喜,而遂自称万回,为人包含清浊,无所失性,又深沉人不得测其浅深者也。天君壮其言,喜而遣之曰:"君若敌住想,欢伯自缩,吾何忧哉?"万回安营于胸关之上。欢伯笑曰:"汝持饭囊肉袋耳。本斗筲之器,怎当我耶?"万回怒曰:"鼎鼎之来,我一呼吸一举手,而使汝自尽。"遂激雄而鏖战。战方酣,欢伯令火兵将,冲其中坚,火兵将,姓秋,名露,与战国时秋胡同姓,而性甚毒,威甚猛烈,为人猛且燥者也。万回者自卯至酉,不能支撑,扶头而走。

张万回是大肠的拟人化,作品紧扣肠与酒的特性,写得这场"对决"妙趣横生。此外,《天君纪》语言流畅自如,作品中的一些写法如作品中对某些战事的描写,以及"如此,如此""这般、这般"等语言的使用,可以看到中国讲史类话本小说的影响。而这一影响更多地体现在另一部"天君"拟人假传体作品《天君衍义》当中。

第四节 郑泰齐《天君衍义》对朱子学学理的艺术解构

一、郑泰齐与《天君衍义》的创作年代考

  郑泰齐(1612—1669),字东望,号菊堂,东莱人。据郑泰齐甥侄所著《天君衍义跋》载,郑泰齐"生而有奇质,三四岁能识字,详审字义,长者难于答问,六岁始学曾史,且解作句……十岁前,已通通史小学等书,十五六尽读经书及杂家书,十七八文词大阐赴试累魁,仁祖朝二十二中癸酉司马两试,二十四登乙亥谒圣科,初选槐院,旋移翰林,陞六历礼兵侍郎,两司玉堂天曹郎甲申,以应教超通政拜承旨兵礼吏曹议,仍兼知製教官序清显……"他"容姿明粹,气度雄浑,夙著忠厚之风,人皆以远到为期,不幸以姜相硕基女壻,坐丙戌狱

事,远谪六年而放"。1646年,郑泰齐受柳濯谋反一事牵连,遭流放。此后"仍以沉滞,孰不为之……享年五十八,无子……闲居,著是书,行于世,一时文士,皆传诵叹美之曰:'真奇文也。'"著有《菊堂俳语》。

《天君衍义序》中说:"时,阏逢执徐,季夏上浣"。"阏逢"是十天干中"甲"的别称,《尔雅·释天》中有:"太岁在甲曰阏逢。""执徐"是十二地支中"辰"的别称,《尔雅·释天》中有:"太岁在辰曰执徐。""阏逢执徐"便是甲辰年,这里应是指1664年。由此可以推知,《天君衍义》大概成书于1664年。《天君衍义》与其前期同类"天君"拟人假传体作品金宇顒(1540—1603)的《天君传》相比,两者在叙事结构上有些相似;与比其略早黄中允(1577—1648)的《天君纪》相比,两者更是在叙事结构、某些细节的具体表述上有诸多相似甚至雷同之处。但三者相较,《天君衍义》篇幅更长,登场人物更多,描写更加具体细致,演绎的事件也更为复杂。这几部作品前后的继承关系是显而易见的,可以推定《天君衍义》是在《天君纪》等作品的基础上写作而成,这也符合衍义类小说依傍"史传",敷衍成文的特点,当然这里的史传是"假传",是假传体裁的进一步发展。

二、 体例形式

郑泰齐的《天君衍义》是朝鲜朝时期"天君"假传体作品中篇幅最长的一部,约二万三千余字。它采用章回体的形式,共31回,每回均以七言诗句格式的题目向读者揭示该回目的主要内容。作品序文对《天君衍义》形式与内容进行了解说:

> 尝见史家诸书衍义,其立言遣辞,皆是浮夸,实虚而修之,有无而张之,分其事而别其题,未结于前尾,而更起于下回,盖欲易于引目,而务于悦人也。天君衍义一书,不知何人所作也。其目,凡有三十有一,设辞假称,形其无形,有文字之工,而多浮夸之病,绝类优人之祝福,而左右咳也。虽然,始言吾人,为私欲所挠夺,陷溺其心,失身花酒,将至于梏之反覆,而乃以一朝悔悟,羞前之为,就诚敬上决定,恁地明善而复其初,终之。其法则仿史氏衍义,而其说则本儒家工夫也。近来小说杂记,行于世者固多,而以其中表著者言之,来自中国者,剪灯新话、艳异篇,出于我东者,钟离胡庐、御眠盾等书,非鬼神诞之说,则皆男女期会之事,其不及诸史衍义远矣。况可与此书同日道哉?览者宜有以取舍之矣。

"衍义"一词始见于《后汉书·周党传》:"党等文不能衍义,武不能死君。"《文选》卷十潘安仁《西征赋》:"晋衍义以献说。"李善注:"《小雅》曰:'演,广、远也。'"衍义即指推演、详述道理。唐以后用于书名者有苏鹗的《苏氏衍义》、梁寅的《诗衍义》等。宋元时代普遍将当时盛行的"讲史"称"演史"。至元末明初罗贯中"据正史,采小说,证文辞,通好尚"(高儒《百川书志》)创作杰出的历史小说《三国志通俗衍义》始用"衍义"这一名称。该书卷首蒋大器《序》曾作这样的解说:"文不甚深,言不甚俗,事纪其实,亦庶几乎史。盖欲读诵者,人人得而知之,若所谓里巷歌谣之义也"。雉衡山人(杨尔曾)《东西两晋衍义序》说:"一代肇兴,必有一代之史,而有信史,有野史,好事者蒐取而演之,以通俗谕人,名曰衍义。盖自罗贯中《水浒传》《三国传》始也。"郑泰齐在序言中点出了"衍义"类小说"实虚而修之,有无而张之"虚实结合的特点。同时,这部书也采用了中国古典长篇小说的唯一形式——章回体。"朝鲜小说采用章回体,这篇小说大概是其嚆矢,故此值得注意。"①章回体同样与宋元民间说话中的"讲史"紧密相关。而就《天君衍义》作品本身来看,作者划分章回并非由于篇幅原因,概出于"分其事而别其题,未结于前尾,而更起于下回,盖欲易于引目,而务于悦人也"。所以从作品中我们可以看到,《天君衍义》虽然也以阐释性理学心性问题为其要旨,但相较其他"天君"假传体作品,其说理性有所减弱,而故事性则得到了加强。此外宋元"讲史"话本为吸引听众、读者,采用在故事情节的紧要关节处打住,增加悬念的做法也为《天君衍义》所借鉴,每回结束时均有"毕竟如何,下回便见"的收尾。"设辞假称,形其无形"则为"天君"假传自身的体裁特色。正如前文所述,假传在朝鲜朝呈现出的一个突出变化便是从过去的"器物"拟人向"心性"拟人过渡。这类作品将人的心性、四端七情等无形的主观情感拟人化,"形其无形","设辞假称",用传记的形式,"立言设教",阐述作者的观点。在内容上,如前文所述,朝鲜朝五百年性理学研究基本上是围绕着"心性"问题展开的。这一哲学思潮在文学上的直观反映便是出现了数部"天君"假传作品。反映"心性"问题,强调人必须加强自我道德修养便成了"天君"假传作品所要揭示的主旨。当然,每部作品在思想内容上均有不同的侧重点。"始言吾人,为私欲所挠夺,陷溺其心,失身花酒,将至于桎之反覆,而乃以一朝悔悟,羞前之为,就诚敬上决定,恁地明善而复其初,终之"便是《天君衍义》的主要内容。

三、 主题发掘

这部《天君衍义》是"天君"假传作品中篇幅最长,内容最丰富,文学色彩

---

① 赵润济:《韩国文学史》,北京:社会科学文献出版社,1998年,第253页。

也最为浓厚的一部,可以说,是此类作品的集大成之作,时人"传诵叹美之曰:'真奇文也'"。我们知道,人们总是用"千古奇文"来赞誉假传之嚆矢之作《毛颖传》。对《天君衍义》也冠之以"奇文"的美誉可见其非凡的思想艺术成就。就其主题思想而言,正如作者在序中所言:"其说则本儒家工夫也",《天君衍义》的主题直指性理学的"心性"问题,但其间亦蕴含着丰富的传统儒学思想,闪耀着智慧的光芒。同时,《天君衍义》的内容直指朝鲜朝昏愦的朝政,具有相当的现实意义。

《天君衍义》的内容梗概:

> 天君姓朱,名明,字明之,鬲县人(心在人身体中的位置)。作品首先借介绍天君祖先世系,梳理了儒家学说关于心的论述:从道心(《尚书·大禹谟》)→大人心→赤子心(《孟子·离娄下》)→惟精惟一(《尚书·大禹谟》)。朱明即位后,定都神京,筑心城,建神明之宫,改年号为太初,设四官承命于外:目官、鼻官、耳官、口官;七将军率职于内:驱愁将军(喜)、建威将军(怒)、怀戚将军(哀)、镇欢将军(乐)、扬仁将军(爱)、督过将军(恶)、五利将军(欲)。年轻时的天君励精图治,积极向上,设官分职,把国家治理得井井有条。但到了中年以后,开始懈怠,不思进取,好放浪为事。天君又在文场登月殿蟾宫,更加意得志满,不可一世。所谓"满招损"。正当天君洋洋自得之际,"欲生"乘虚而入,先以懒惰散漫的习性引诱天君,后以乖谬不正的行为引导天君。天君渐渐为其所蒙蔽,丧失了原有纯善的德行。尽管惺惺翁多次进谏,但天君却为周围的奸臣(督过将军、建威将军、欲生)的逸言所惑,将其斥退。无奈之下,惺惺翁解职辞位,离天君而去。从此,天君身边的奸臣更加肆无忌惮,诱惑天君恣意妄为。他们诱使天君将神明法殿原来悬挂的"太极图""性情图""舜跖图、无逸图,换做"唐玄戏太真图""吴宫醉西施图""李白举杯邀月图""山公倒着接罗图";又将原有殿门"义理门""礼法门"改为"风月门""燕喜门";并向天君灌输及时行乐的思想。于是,天君日日进出燕喜门,流连于柳陌花街之上,常常一连旬月,乐而忘返。趁天君沉湎于游乐,懒理政事攻防之机,"越白"(女色)发动攻势,诱降目官,暗通欲生。欲生说服其他七将军投降于越白。"天君"无奈,亲身赴战,深陷于越白设下的沉惑坑(喻女性生殖器)而不能自拔。这时,"欢伯"(酒)也助"越白"前来攻打天君。五利将军、驱愁将军、镇欢将军、扬仁将军潜通口官。欢伯顺势而入,所向无阻。天君虽偕大肠、小肠、朱肺、朱脾前去迎敌,但无奈不敌欢伯手下众将(皆为名酒)。其后,耳官、鼻官等也投降于"越白""欢伯"势力。

"天君"被困垓心,玉山崩殂,其余各官(身体的其他部位)也尽被二贼所陷,天君变得越来越孤独和衰弱。正当"天君"无比困窘之际,"黑甛"(睡梦)闻讯而来,将其导入"酣眠国"。在那里,"天君"备受梦魇的折磨,过着凄惨的日子。幸而精神招来魂氏、魄氏将"天君"救出。但无处可去的"天君"只能继续寄居睡乡,苟且度日。这时,有悔氏前来谏于"天君"。"天君"幡然悔悟,召回"惺惺翁"。"惺惺翁"举荐"主一翁"。"天君"亲授"主一翁"仁甲义刃,并拜其为大将军。"主一翁"又荐来"诚意伯"。"主一翁"命毛颖等四人撰写讨贼檄文,点义兵,以仁木为楯,义金为戟,制勿字旗,刻"毋不敬"之兵符,派遣"志帅""气帅"为左右先锋讨伐欢、越二贼。另一边,越白、欢伯与欲生也在密谋负隅顽抗的对策。主一翁采取步步为营、逐个击溃的策略先大败欢伯。接着,主一翁料得越白会以躯氏为突破口,便派建威将军、督过将军埋伏于"房州",粉碎了越白的诡计。越白一计不成,又生一计,派甘言哀求天君罢兵,又为主一翁所识破。越白无计可施,只能率心腹四将百娇、白媚、百嬿、百妙出兵应战,结果为主一翁大败。击退欢伯、越白后,主一翁斩欲生,修灵台,迎"天君"还都。天君褒奖惺惺翁、主一翁、诚意伯三杰。三杰推荐仁、义、礼、智、信五位贤士辅佐天君。越白、欢伯贼心不死,四处招兵买马,企图反攻,但为三杰辅佐下政治清明,攻防严备的国家吓退。最后"天君"论功行赏,起用忠臣,对"欲生"等奸佞之辈加以惩罚。

1. "存天理,灭人欲"的道德修养之方。

作品描写天君即位之初,"励精图治,庶几尧舜",目、鼻、耳、口;喜、怒、哀、乐、爱、恶、欲分职内外。天君治理的"国家"出现危机,是其"及至壮年,稍自懈怠,不喫紧自守,好放浪为事",直接的表现便是宠信"五利将军"举荐的"欲生",封其为"宠乐侯","慾生既得志,先以惰慢之习诱君,后以邪僻之行引君"。致使天君为私欲所蔽,逐渐滑向浮诞虚妄的深渊,最终招致毁身亡国之祸。在这里,我们看到,作品为天君设置了两组对立面,其一为"国家"内部的反面人物,即奸臣型人物,如五利将军欲氏;欲生等;其二为来自外部的敌对势力,如"越白""欢伯"等。"天君"深陷囹圄,危在旦夕,"有悔氏""惺惺翁""主一翁""诚意翁"等前来勤王,击欢伯、破越白、斩欲生、禁欲氏。后欢伯、越白率残部意欲反扑时,见天君国界壁垒森严,无机可乘,便自退去了。由此可见,天君治理的国家唯有先"内圣",而后方能"外王",方法便是"存天理,灭人欲"的道德修养。

孔子之所谓"克己复礼",《中庸》所谓"致中和,尊德性,道学问",《大学》所谓"明明德",《书》曰:"人心惟危,道心惟微,惟精惟一,允执厥中。"圣人千言万语,只是教人存天理,灭人欲。……人性本明,如宝珠沉溷水中,明不可见。去了溷水,则宝珠依旧自明。自家若得知是人欲蔽了,便是明处。只是这上便紧著力主定,一面格物,今日格一物,明日格一物,正如游兵攻围拔守,人欲自销铄去。所以程先生说敬字,只是谓我自有一个明底物事在这里,把个敬字抵敌,常常存个敬在这里,则人欲自然来不得。夫子曰:"为仁由己,而由人乎哉!"紧要处正在这里。①

《天君衍义》正是依照理学这种思想,塑造了一系列拟人形象,文学图解了程朱理学"存天理,灭人欲"的道德及修养之方。

宋代理学在前代儒学的基础上提出"心统性情",将"心"分为"性"与"情"两个方面,"性,心所具之理,而天,又理之所从出也"。性即天理,即所谓"道心",具体内容是孟子提出的仁、义、礼、智之四端;与其相对的是"情"便是"人心",具体内容是恻隐、羞恶、辞让、是非。"仁是性,恻隐是情,须从心上发出来,心统性情者也。性只是合如此底,只是理,非有个物事。若是有底物事,则既有善,亦必有恶。惟其无此物,只有理,故无不善。"②"性者心之理,情者心之动,心者充性情之主"。③ 性不是具体的事物,所以无不善。情则是具体世界中的事物,须从心上发出,所以有善恶,若"其流至于滥"者,则皆人欲,即所谓"人心"。"天君"治理之国家始治而乱,非由外物所致,而是天理为人欲所蔽。作者在人物设置上特别塑造了"五利将军"欲氏与欲生,这是颇具用意的。从作品中,可以看到"欲氏"之外其余六情,均为单个人物设置,唯有代表"人欲"的欲氏,在其上复加诸一个欲生,表达了"人欲""流而至于滥"的意图。作品介绍欲生登场时直接传达了作者这种思想:"盖欲生之先曰人心者,与道心同根生也。道心之用于帝尧也,人心亦随而来谒,尧知其泛滥,而常远之,其禅位也,谕诸舜曰:'人心惟危,不可不精察而斥之。'"正是在这样的情势下,天君才为外贼所困,然"人欲终不能全蔽天理,即此知天理为人欲所蔽之知,即是天理之未被蔽处。"④作品中的"有悔氏"便是这天理之未被遮蔽之处,有悔氏告于天君说:

---

① 《朱子语类》(卷十二),北京:中华书局,1986 年,第 8 页。
② 转引自冯友兰:《中国哲学史》,重庆:重庆出版社,2009 年,第 290 页。
③ 同上。
④ 同上书,第 292 页。

> 夫人情,逸则侈,穷则戚,侈则召祸,戚则思善,理也。

天君幡然悔悟,召来惺惺翁、主一翁、诚意翁,这三者所代表的皆是儒家理想的化身。朝鲜朝大儒李滉在名为《答金而精》的一封信中讲到:

> 今公欲做持敬工夫,而必欲求对病之药,则是于三先生之说,欲拣取其尤切己者行之。此则不需如此也。譬之治病,敬是百病之药,非对一症而下一剂之比,何必要求对病之方耶?……但今求下手用功处,当以程夫子整齐严肃为先,久而不懈,则所谓心便一,而无非僻之干者,可验其不我欺矣!外严肃而中心一,则所谓主一无适,所谓其心收敛,不容一物,所谓常惺惺者,皆在其中,不待各条别做一段工夫也……主一之"一"乃不二不杂之"一",亦专一之"一",非指诚而言。但能一,则诚矣。故《中庸》一言诚耳。①

在这段论述中,作品中的三个正面关键人物均有提及,也就是本文在《天君纪》中所论述的,惺惺翁、主一翁、诚意翁三位一体,均指向"敬"。面对外患,须"把个敬字抵敌,常常存个敬在这里,则人欲自然来不得。"②由是,"天君"在他们的辅佐下,斩欲生,禁欲氏,击退外敌,国家得以恢复清明。由此可见,实现"存天理,灭人欲"的方法是,要在内下功夫,持敬修身,从而达到"内圣外王"的儒家理想人格境界。

2. 得周情孔思、蒯贾垒曹墙、登月殿蟾宫——儒学理想之求知境界

在《天君衍义》"都督战霸荆围中"一回,写"文艺"向"天君"提出的利国之术是:

> 能使君博古通今,上可得周情孔思,中可蒯贾垒曹墙,下可登月殿蟾宫。

"天君"治理的"国家"就是人的身心,此处之"利国之术"实际上指的是利人之术,也就是读书人应追求的求知理想之境。科举考试是中国封建王朝选拔官吏的一项重要制度,自隋朝大业元年(605)开始实行,到清朝光绪三十一年

---

① 转引自金健人:《天君衍义的理念叙事》,《浙江大学学报》(人文社会科学版),2003年5期。
② 转引自冯友兰:《中国哲学史》(下),重庆:重庆出版社,2009年,第292页。

(1905)举行最后一次进士科考试为止,历经了1300年朝鲜的科举制度始于高丽朝光宗九年(985年),实际实施则始于朝鲜朝。到1894年止,科举制在朝鲜历史上存在了900余年。科举考试是东方儒生踏上仕途的一条必经之路。登月殿蟾宫、金榜题名、封妻荫子便成为芸芸儒子追求的人生目标。然而"月殿蟾宫,岂可安坐而登乎?"《天君衍义》形象地反映了读书人寒窗苦读,一朝折桂的过程。"先锻炼锋芒,务精蓄锐,以待一举"。十年磨一剑,"砺志磨钝,词锋政利"。科场一试则是"与老师宿将,争战于荆围之中,墨兵森严,笔阵纵横,砚中旗影,动龙蛇"。一举登科"即横驱直骤,独扫千群,真所谓一战文场拔赵旗者也。一时豪杰,蜂屯蚁聚于前者,皆望风拜服。"登科折桂后是"志满气溢",一副"扬扬自得之态"。这是千百儒生科考人生的一个缩影。然而,这并非求知的最高境界,在他看来,比"登月殿蟾宫"更高一层的是"劘贾垒曹墙"。杜甫的《壮游》中有"气劘屈贾垒,目短曹刘墙"的诗句。屈贾指的是屈原、贾谊,曹刘应指曹植、刘祯。这首诗是杜甫766年客居夔州时所作,自叙自己壮游的经历,可以看作其自传之诗。这两句诗展现了杜甫要与屈贾、曹刘争胜的豪情壮志。而此诗恰恰创作于杜甫科场失利之后。郑泰齐将其作为博古通今的中层境界,展现了其对更高文学艺术境界的勇敢追求。"得周情孔思"则被作者视为人生求知之最高境界。"周情孔思"语出自唐代李汉《韩昌黎文集序》:"日光玉洁,周情孔思,千态万貌,卒泽于道德仁义炳如也。"可以说"周情孔思"是道德仁义的具体表征,内恕孔悲,兼济独善,是根源于主体的价值自觉,也是自觉之努力工夫。作者将"周情孔思"作为求知的最高境界,强调了"性情与学养相济"①的道理,也就是主体性情人格在求知过程中的关键性作用。同时也表明了作者创作这部《天君衍义》的精神动源与终极关怀。

3. 作品将揭露的矛头直接指向当朝统治阶级为欲望驱使的权力斗争。《天君衍义》在第二十二回"主一翁先檄诸贼"中有这样一段描写:

> ……以耳目所睹记者,言之,万历年间,有昏主在上,欲生等既导之以荒淫,又以好爵,诱其臣,至于谋废母后,幽之西宫,当时之事,尚忍言哉?厥后,中兴之君聪明足临,数十年来,未闻有失德,而欲生等,又引飞燕,而入眩乱,百端蛊惑天聪,终至杀子妇而窜儿孙,人伦之变极矣。

---

① 李瑞明:《有境界自成高格——王国维"境界"说的价值自觉意识》,《文艺理论研究》,2010年,第一期。

这里的"昏主"指的是朝鲜朝第十五代国王光海君。文中涉及的"谋废母后，幽之西宫"之事发生在光海君即位前后。光海君李珲生于1575年，卒于1641年，1608年至1623年在位，是宣祖与后宫所生，庶出。宣祖晚年封他为世子。关于光海君立为世子以及日后其登位，均经历了一波三折，据《明史卷三百二十·朝鲜列传》载：(万历)"二十三年九月，昖奏立次子珲为嗣。先是，昖庶长子临海君珒陷贼中，惊忧成疾，次子光海君收集流散，颇著功绩，奏请立之。礼部尚书范谦言继统大义，长幼定分，不宜僭差，遂不许。至是复奏，引永乐间恭定王例上请，礼臣执奏，不从。二十四年五月，昖复疏请立珲，礼部仍执不可，诏如议。时国储未建，中外恫疑，故尚书范谦于朝鲜易树事三疏力持云"。① 然而在朝鲜国中，李珲已经成为事实上的储君。但其后不久的1606年，仁穆王后金氏意外生永昌大君，宣祖遂起"易树之意"，此时朝中南、北二党意见相左，宣祖将反对易树的北人郑仁弘等发配于北部边界。不久(1608年)，宣祖突然升遐，光海君登位。光海君在获得明朝认可这一环节上又几经波折。据《明史》记载，"帝(万历)恶其擅，不允，令该国臣民公议以闻"。明朝认为，"立国以长，万古纲常。该国素称礼仪之邦，岂可擅行废立，自阶乱亡……临海何以当废，光海何以当立。万口一词，神人相洽，然后具奏定夺，毋得少有扶同，致贻后悔。"②但是，当时中国的政局已经发生了变化，新兴的女真势力对明朝构成了严重的威胁，为了确保东北边境无虞，明朝在拖延了几个月后，于当年十月册封李珲为朝鲜国王。光海君即位以后，屠杀柳永庆等人，重用李尔瞻、郑仁弘等北人，不久宣布仁穆王后为废妃，囚禁在西宫(庆云宫)，又分别于1609年和1614年杀掉对其王位威胁最大的两个人，其同母兄宣祖长子临海君李珒和年仅两岁的弟弟宣祖嫡子永昌大君，这便是《天君衍义》中所言之"谋废母后，幽之西宫"。

此事对伦理纲常根深蒂固的朝鲜朝野造成巨大冲击，引来舆论一片哗然，成为了日后史书、文人评判光海君功过的主要依据。朝鲜官方史书，说光海君嗣位以后"混乱日甚，幽废母后，屠杀兄弟"。由此可见在一个深受儒家伦理纲常理念浸染的国家，这样的"无道"之举造成了怎样的影响，此事为光海君在朝鲜的统治埋下了隐患，亦成为日后宫廷政治斗争的口实、名分。1623年，明朝天启三年三月，在废妃仁穆王后和新崛起的南人势力的支持下，光海君的侄子绫阳君李倧发动宫廷政变，光海君被废，李倧即位，是为朝鲜宣祖。在仁穆王后呈予明朝的奏文中说：光海君"失道悖德，罔有纪极。听

---

① 《明史卷三百二十》，第8294页。
② 《明实录·邻国朝鲜篇》，第509页。

信谗言,自生猜隙。不以予为母,戕害我父母,虐杀我孺子,幽囚困辱,无复人理,屡起大狱,毒遍无辜。先朝耆旧,斥逐殆尽。政以贿成,昏墨盈朝,赋繁役重,民不堪命……"

那么对于光海君这样一个历史人物应当予以如何评价呢?实际上,光海君自即位起,励精图治,对内实行改革,为稳定民生而努力。他在位期间,颁布了大同法,规定只有拥有土地的地主才必须向政府缴纳粮食,免除没有土地的人民向国家交纳粮食的赋税,因此,大同法是一项救济贫民的革新法案。在外交政策上,迫于国力光海君政府采取了灵活机动的双向外交,尽量与后金保持友好关系,争取实际利益。在光海君的坚持下,朝鲜致书后金,称自己臣服明朝是"大义所在,固不得不然",而与后金的"邻好之情,亦岂无之?",希望双方"各守封疆,相修旧好"。这在今天看来,不失为英名的外交策略。然而,朝鲜与后金的往来引起了明朝的警惕,大臣徐光启奏称:"鲜、奴之交已合",建议派遣官员"监护其国"。光海君闻讯又惊又怕,连忙遣使至北京"辩诬"。我们知道,朝鲜与明朝一直是保持世代的宗藩关系,将明朝视为天朝,将明朝皇上视为"朝鲜君之君也"①,奉行"事大以诚"的事大政策。特别是在刚刚结束不久的历时七年的"壬辰倭乱"中,朝鲜在明朝的倾力帮助下,打退了日本的侵略,朝鲜举国上下无不感激明朝的"再造之恩",在这样的历史背景之下,光海君实行的在后金与明朝政权之间游离的外交政策势必招朝野的强烈反对。在昭敬王妃(即仁穆王后)上请明朝的疏奏中说:"李珲(光海君)积为不道,淫斥忍虐,烝乱之秽,行道掩耳,而其罪尤甚者,悖天朝卵翼之恩,怀枭獍豺狼之虑,阴通奴贼,谋我勇夫……"。加诸光海君在政治上的统治过于残酷,使深受儒家愚忠思想影响的朝鲜大臣、王室成员受到了觊觎王位的其他贵族蛊惑,使得光海君处于众叛亲离的境地,最终导致了朝鲜历史上最大宫廷政变"仁祖反正"事件的发生,使自己落得被废黜流放幽禁的下场。

《天君衍义》的作者郑泰齐是正统的儒家官僚文人,根植其心的纲常伦理道德决定了他不可能对光海君做出公允的评价,但作者以正直文人的胆识,敢于在作品中直接揭露当朝最高统治者,显示了其高度的社会责任感,同时大大增强了作品的现实意义。

四、艺术分析

《天君衍义》是"天君"拟人假传体作品中篇幅最长、规模最大、最具艺术感染力的作品。它艺术构思巧妙、登场人物众多、情节线索复杂、描写手法多

---

① 《明实录》,第559页。

样,而凡此种种又均与儒学学理紧密相连,读之不能不让人拍案叫绝。

1. 以文学形象图解儒学学理的艺术结构。

《天君衍义》的结构是独特的,它将文学形象和儒学学理巧妙融合在一起,以文学方式图解哲学学理。我们知道,中国儒家学说传入朝鲜之前,经过了相当长的发展历程,逐步形成了一套相对固定理念模式和概念范畴。中国儒家学说传入朝鲜之后,无论各家学说观点主张如何,大都基本袭用了中国儒学的这套理念模式和概念范畴,它在与朝鲜本土文化不断磨合的过程中,形成了自身独具特色的理论体系和研究方法。以文学创作的形式直接阐释学者的思想和观念,就是朝鲜性理学研究的一个显著特点,也是哲学问题向文学领域延伸的一种特殊表象。作品以"天人合一"的宇宙观构筑"天君"世界,将具体概念拟人化,使之以"人物"形象登场,并将抽象的学理内容融入故事情节发展之中,将哲学的理论体系,以形象的方式图解,谋篇布局,结构全文,这是"天君"假传作品在艺术结构上的独到之处。这一点在《天君衍义》这部作品中体现得尤为突出。

"天君"是"心性"的拟人,作品将儒家关于"心性"修养的学理贯穿在整部作品之中,可以说,《天君衍义》就是一部"心性"修养理论发展史,这也是构筑整部作品的基本框架基础。《天君衍义》将"天君"的家世追溯到上古之人皇氏,提出"道心"概念。《尚书·大禹谟》中有:"人心惟危,道心惟微,惟精惟一,允执厥中"这段话被宋儒看作"十六字心传",作品开始便引用了其中的"道心惟微"。蔡沈在其《书经集传》解释说:"人心易私而难公,故危;道心难明而易昧,故微",怎么办呢,就需要"惟精惟一",精以察之,一以守之。程颐说:"人心,私欲,故危殆;道心,天理,故精微。灭私欲则天理明矣。"作品在这样的理念下设置"人物",属于"道心"世界观范畴的"仁""义""礼""智""信"等,属于"人心"的"喜、怒、哀、乐、爱、恶、欲""欲生"等,属于修心养性方法论范畴的"惺惺翁""主一翁""诚意翁""志帅""气帅"等纷纷登场。"天理"直接作为"欲氏""欲生"的对立面在《天君衍义》中作为人物首次登场,更加凸显了该作品在"存天理,灭人欲"的性理主题下结构全篇的艺术特点。

在情节设置上,作品亦按照人欲泛滥,须存天理,灭人欲的理念,设计各方矛盾冲突。朱熹有云:"此心之灵,其觉于理者,道心也。其觉于欲者,人心也。……人心是此身有知觉有嗜欲,感于物而动,此岂能无,但为物欲而至于陷溺,则为害耳。故圣人以为此人心有知觉嗜欲,然无所主宰,则流而忘返,不可居以为安,故曰危。道心则是义理之心,可以为人心之主宰,而人心据已为准者也。故当使人心每听道心之区处方可。……然此又非有两心也,只是义理与人欲之辨耳。"朱熹认为人心虽然只有一个,但其源于性理则正,生于形气则私,也就是说,当人的道德修养合乎遵循义理,保存天性秉赋的善,便为道心;如果从感情欲望出发,无节制地追寻物质享乐而失去善性,那就是为人欲所陷,危害灾祸也会随之而来。《天君衍义》正是按照这样的理学观念安排情节。"天君"即位之初,为政清明,后陷溺于欲氏、欲生的蛊惑,引来灭国之祸,在象征"敬义"的忠臣辅佐之下,处死欲生,禁锢欲氏,驱除外患,国家得以恢复太平。

2. 性理学范畴下的"人物"体系构成

人物是小说三要素之一,描写人物,是小说的显著特点,能否塑造出生动的人物形象也是这篇小说成熟与否的标志。在人物形象塑造上,《天君衍义》在理学范畴下,把抽象的哲学概念,塑造成形象的人物,刻画了一幅由理学概念组成的"人物"群像图。在《天君衍义》的"人物"形象几乎涵盖了中国儒学心性理论中所有的概念,并且按照性理学体系构建出其"人物"关系体系。

我们知道,关于"心"的讨论并非始于宋明理学,在先秦的子学时代便形成了较为完整的"心"的范畴,认为"心"是具有思维功能的器官,是"身"的主宰。孟子最先将"心"与人体其他感官相对提出,认为"心"与生俱来便有思维功能,他说"耳目之官不思,而蔽于物。物交物,则引之而已矣。心之官则思,思则得之,不思则不得也。此天之所与我者。"较其稍晚的荀子提出:"天职既立,天功既成,形具而神生。……耳、目、鼻、口,形能各有接而不相能也,夫是之为天官。心居中虚,以治五官,夫是之为天君。"更加明确地指出"心"统领各身体各种感官,具有感觉和知觉的基本功能。《天君衍义》正是在这样认识的基础上,创造了"天君"治理的王国,并且按照人体各部位机能,塑造了目、鼻、耳、口四官;朱肺、朱脾、大肠、小肠、胆氏、肝氏、膻氏、膀胱氏、躯氏、黎首(头)等形象。这些均"是现实人实有感觉能力的形象化。"①此为《天君衍义》中的一类"人物"形象。而关于"心"以及心性修养的讨论,发展到宋明理学阶段,其理论体系已经达到了极为精深的程度,形成了一套庞大而繁复的概念范畴。有学者指出性理学是"以'道体'和'性'为核心,以'穷理'为精髓,以'主静''居敬'的'存养'为工夫,以'齐家''治国''平天下'为实质,以'为圣'为目的。"②构成《天君衍义》主要矛盾冲突的"人物"类型,正是基于性理学这样的研究范畴而设置的。这其中有来自内部的正面人物、反面人物,和来自外界的邪恶势力。

来自内部的正面人物,首先是属于性理学"道心"世界观范畴下的,仁、

---

① 金健人:《韩国天君系列小说与中国程朱理学》,《外国文学评论》,2003年第2期。
② 张立文:《宋明理学研究》,北京:中国人民大学出版社,1985年,第19页。

义、礼、智四端。孟子曰:"人之有四端也,犹其有四体也。""这是人虚化本质的抽象化"。① "恻隐之心,人皆有之;羞恶之心,人皆有之;辞让之心,人皆有之;是非之心,人皆有之。恻隐之心,仁也;羞恶之心,义也;辞让之心,礼也;是非之心,智也。仁义礼智,非由外烁我也,我固有之也。"② 此外,再加上西汉董仲舒所言之"信",塑造元仁、正义、文礼、周智、孚信五常,置诸天君左右,"引君当道"。其次是属于修心养性方法论范畴之惺惺翁、主一翁、诚意翁、气帅、志帅、有悔氏等。前文已经有所论述,惺惺翁、主一翁、诚意翁均属理学之"主敬"的范畴,作品直接点出"敬以直内,义以方外",这些均是理学矫正人心,疗救时弊的方略。来自内部的反面人物,首先是属于性理学"人心"范畴的喜、怒、哀、惧、爱、恶、欲七情。《礼记·乐记》云:"人心之动,物使之然也,感于物而动。"《礼记·礼运》云:"何谓人情? 喜、怒、哀、惧、爱、恶、欲。七者,弗学而能。"七情是人的心理活动,是感觉的心理反应,是与生俱来的,属于人的自然属性,有善恶之分。作品在欲氏形象的基础上,附加了一个欲生,突出如若泛滥于人欲,则会对人修养心性,完善道德品质的危害性。作品塑造这些奸臣型反面人物,说明人如果无节制地放纵情欲,便会丧失原本的善性,从而招致外祸。还有一类形象是来自外界的邪恶势力。我们知道,势力亦是由人物所构成。《天君衍义》中的邪恶势力主要是两股,其一是象征女色的"越白"一派,其二是象征醇酒的"欢伯"一派。这两派势力趁天君为欲望陷溺,不能自拔之机,乘虚而入,意在阐明"为物欲而至于陷溺,则为害耳"的道理。

此外,《天君衍义》在人物形象塑造上,假传作品的经典人物形象,如毛颖、陈玄、楮知白、陶弘等文房四宝的登场,体现了其与前代作品的一脉相承之处。

3. 抽象哲理与形象叙事融合的艺术构思。

将抽象的哲学义理与形象的文学叙事巧妙融合,是《天君衍义》叙事模式的一大亮点,也是其艺术价值的重要体现。抽象是哲学的根本特点,而形象化则是文学艺术区别于其他艺术门类的重要特质。《天君衍义》在构思上,将哲学与文学的这两种不同的特质,天衣无缝地融合到作品的情节当中,读之既无哲学义理的抽象感,亦无一般哲理小说的说教感,使人回味无穷,击节称奇。这种抽象哲理与形象叙事融合的构思特点除表现在"人物"体系构成上,还包含有两方面内容。

其一,《天君衍义》往往将富于哲理的典故、经典语录穿插其中,将抽象的

---

① 金健人:《韩国天君系列小说与中国程朱理学》,《外国文学评论》,2003年,第2期。
② 《四书白话注解》(影印本),长春:长春古籍书店,1982年,第255页。

哲理用形象的手法展现在读者面前,增强作品的训戒意义。

我们知道,中国古代哲学家并不十分重视著书立说,所谓"吾欲托之空言,不如见之行事之深切著明也。""太上有立德,其次有立功,其次有立言。"古代的先贤圣学讲究所谓"内圣外王"之道,将"实有圣人之德,实举帝王之业,成所谓圣王"①视为最高理想。至于不能实有圣人之德,不能实举帝王之业,不能推行圣人之道的,才退而立言,所以中国哲学缺乏西方或印度哲学那种逻辑体系严密,论证条分缕析的大部头著作,而是多为哲学家本人或其门生后学,杂凑平日书札、语录结集而成之。因此,中国哲学著作中的道德观点议论,往往失于简单零碎。但从另一个角度,哲人们为了能够更好地向同辈或后学阐明其哲学理念,又往往在书札、对话语录中,加入一些事例、故事,以增强其论说的形象性。而这些事例、故事逐渐凝固成为儒学经典的一部分为后人所津津乐道。儒学理论的这一特点为《天君衍义》所吸纳,所以我们在作品中常常可以看到一些经典故事、语录穿插其中,与作品本身的故事情节水乳交融地结合在一起,将作品原本要表达的抽象哲学义理形象地呈现出来,增强了作品的训戒意味。

在"妖兵乘虚入关门"一回中,作品在描写惺惺翁劝谏天君建造"诚意关"时,说了这样一段话:

> 人有屋室,而垣墙不修,不能防寇。寇从东来,逐之则复自西入,逐得一人,一人复至,不如修其垣墙,则寇自不至。"此宋儒之言也。诗曰"迨天之未阴雨,绸缪牖户,今此下民,孰敢侮余?"盖有国者,不可以不有备也。

"人有屋室"句出自《河南程氏遗书》,是程氏在论述"闲邪存诚,闲邪则诚自存"时举的一个例子,意在说明做好事前准备,防患于未然的重要性。而此处引用这一故事,恰恰是"惺惺翁"为了劝谏"天君"修建"诚意关",以防邪佞欲望的侵袭,与程氏哲理故事的内涵相暗合。后一句是出自《诗经·豳风·鸱鸮》。《鸱鸮》是一首寓言诗,全诗以拟人化的手法,借一只雌鸟之口,诉说生活的危难与艰辛,寄寓了诗人对当前处境的感慨和不平。"迨天之未阴雨"句是全诗的第二章,描写雌鸟趁天晴之时,加固鸟窝,以抵御自然灾难和人祸,成语"未雨绸缪"就出自该诗。

在"群邪交潜惺惺翁"一回中,"惺惺翁"由于督过将军(恶)、建威将军

---

① 冯友兰:《中国哲学史》,重庆:重庆出版社,2009年,第7页。

(怒)、欲生等佞臣的谗谏,而被"天君"斥退时,说了这样一段话:

> 先儒云,"前有一条大路,又有一条小路,明知合行大路,然小路面前,有一个物,引着自家,不知不觉,行从小路去,及至前面,荆棘芜秽,却自生悔。"此正天君之谓也。不从吾言,是不遵大路,而迷于欲生,是谓引去于小路也。

这段话中的"先儒"是指宋代的朱熹。语出自《朱子语类·训门人四·卷一一六》。朱子列举形象的哲理故事,道出了"天理人欲交战之机",即天理与人欲斗争的关键,是"须是遇事之时,便与克下,不得苟且放过。此须明理以先之,勇猛以行之。"然而"天君"没有做到这一点,"是不遵大路,而迷于欲生",陷溺于人欲不能自拔,最终招致亡国之祸。

由此,我们可以看到,《天君衍义》中,作者将哲理故事、经典语录巧妙地穿插文中,与小说的故事情节紧密结合,既增强了形象性,同时也使得说理更具权威性,从而增强了作品的训诫意义。

其二,《天君衍义》将儒学抽象的义理直接引入作品当中,使之成为推动情节向前发展的点睛之笔。

《天君衍义》是以拟人化的寓言写法,讲述人的心性理智与四肢五官、四端七情之间的复杂关系,强调人必须经过不断自我完善的斗争过程,才能达到理想的纯然之境,旨在揭示"存天理、灭人欲"的理学思想。小说中处处渗透着儒学学理内容,作者将许多抽象的义理直接引入作品当中,使之与作品有机结合在一起,承担起推动故事情节发展的重要作用,成为作品的画龙点睛之笔。

如,作品在开篇便引用了《尚书·大禹谟》中"道心惟微"一句话引出了"道心""人心"概念,直奔作品主题。作品又进一步以孟子引用孔子的一句话"操则存,舍则亡,出入无时,莫知其乡者"阐明"惟心之谓欤",即人心的特质。作品又引用程氏"有天德,便可语王道"引出"朱明""受天明命"登上"天君"宝座,从而展开故事情节。接着,作者以《论语·子罕》中"子绝四"引出毋意、毋必、毋固、毋我,儒家完善道德,修养人格的价值观念,从而使作品反面人物"五利将军(欲氏)"登场。又如,作品在"主一翁"上表征讨"越白""欢伯"二贼的檄文中,引用《孟子·告子尚》中"用大体之大人,而去小体之小人焉。夫均是人也,而为大体者,大人,为小体者,小人",阐明能思之心为人所特有之性,乃"天之所与我者",是为大体,亦即"道心"所指范畴;耳目之官,是人于禽兽所同有,是为小体,亦即易为外物陷溺的"人心"。人必须依照义理而行,方为

"大人",否则,则与禽兽同。作者又以"亲大人远小人"传达了儒家义理下的君臣关系。所以,我们可以看到,作品将这样抽象的学理融入其中,从中可以诠释出丰富的含义,扩展了作品的容量。再如,作者在作品末尾处直接引用朱熹"克得那人欲去,便复得这天理来"的语句,并在进一步点明"人欲者,即欲氏也,天理者,即遏击将军也",直接提出作品"存天理,灭人欲"的理学主旨。

诚如前文所述,抽象性是哲学思维的特点,形象性则为文学的特性,而小说更是一种侧重形象塑造,叙述故事情节的文学体裁。《天君衍义》在行文叙事中,把抽象的哲学义理概念塑造为生动的"人物"形象;把抽象的儒学学理融入到故事情节发展之中,采用抽象与形象相结合,并不断相互转换的叙事模式,使得整部小说处处渗透着理性的光芒。

(4) 表现手法

《天君衍义》是"天君"系列小说中最具艺术感染力的作品。作家紧紧抓住拟写对象的特征,在人物描写上合理而巧妙地运用多种艺术表现手段,将作品抽象的性理学主题生动而深刻的展现在读者面前。

《天君衍义》主要采取概括描写的手法,按照出场"人物"自身的特点,从家世渊源开始介绍,其间大量使用典故,体现了假传作品的一般特点。

> 欢伯者,酒泉郡人也,本姓玄氏。其始祖,名醴,以和合神人功,封合欢侯。醴生酸,性颇醇。娶麹秀才女,容于仪狄家,狄荐于大禹,禹初甘之,乃曰:
>
> "亡国者,必此人。"遂疏之,后改姓米氏,其后子孙不绝,有名醥者,欲干于卫武公,武公以为乱德之人,作诗以逐之。醥之裔醽,至晋,与竹林七贤,结为死友,刘伶称之为大人先生,作颂以美之。厥后,世有圣贤,有醇者,籍其荫,为祭酒。娶谷城人白粲氏,生子,是为欢伯。名酐,字美叔,神采清滢,气象熊烈,一表无俗味,尝以大器自许。任主爵都尉,后封醉乡侯,晚年,以滥罢,隐于店肆……

这是《天君衍义》中对"欢伯"的描写。"欢伯"是酒的拟人。作品从"欢伯"的身世入手,引用中国古代若干关于酒的典故,介绍其身家世系,增加了作品的容量,同时也暗含着作者对酒的态度,与"欢伯"在小说中作为"敌对势力"人物出现定位相吻合。首先,作者引用了"仪狄"的典故。根据《吕氏春秋》《战国策》等先秦典籍记载,仪狄是夏禹时代司掌造酒的官员,相传是我国最早的酿酒人。《吕氏春秋》中有"仪狄造酒"的记载。《战国策·魏策二》载:"昔者,帝女令仪狄作酒而美,进之禹,禹饮而甘之。遂疏仪狄,绝旨酒。曰:'后世必有以酒亡其国者。'"《天君衍义》直接化用了这一典故,通过大禹之口,道出了作者的态度,增加了作品的警示意味。接着,作者引用卫武公与酒的典故。卫武公(约前853年——前758年),姬姓,卫氏,名和,卫国第十一代国君,在位55年。有学者认为,卫武公便是西周"共和时期"的共伯和。《天君衍义》"作诗以逐之"的"诗"指的是《宾之初筵》,出自《诗经·小雅》。《毛诗序》说:"《宾之初筵》,卫武公刺时也。幽王荒废,媟近小人,饮酒无度,天下化之,君臣上下沉湎淫液。武公既入,而作是诗也。"郑玄注释曰:"淫液者,饮食时情态也。武公入者,入为王卿士。"《后汉书·孔融传》李贤注引韩诗云:"卫武公饮酒悔过也。"朱熹《诗集传》引此作《韩诗序》又《易林·大壮之家人》:"举觞饮酒,未得至口。侧弁醉讻,拔剑斫怒。武公作悔。"朱熹认为"按此诗义,与《大雅·抑》戒相类,必武公自悔之作。当从韩(诗)义"。周幽王时国政荒废,君臣沉湎于酒,武公入为王卿士,难免与他们一起饮宴,见他们的做法不合礼制,不敢直谏,"只好作悔过用以自警,使王闻之,或以稍正其失"。《宾之初筵》讽刺了酒宴中饮酒无度而失礼败德的行为。随后作品又引用了刘伶与酒的典故。刘伶,字伯伦,西晋沛国人,"竹林七贤"之一,崇尚老庄无为而治的思想,自云"天生刘伶,以酒为名",平生嗜酒,曾作《酒德颂》。刘伶在文中将"酒"称为"大人先生",宣扬老庄思想和纵酒放诞之情趣。

作者在描写"欢伯"这个人物时,以概括描写的手法,引用与酒有关的典故介绍其世系;在具体描写"欢伯"时,以白描的手法,紧紧扣住酒的"色""味""形"特征,以拟人化的笔法勾勒出"人物"的神貌。

又如《天君衍义》对"主一翁"这一人物的描写。"主一翁"是理学概念"敬"的拟人。作品在介绍这个人物时是这样描写的:

> 臣闻严州庄县恭肃里,有一士,姓庄,名敬,字直之,兢兢业业,居无惰容,实诗所谓,"相在尔室,尚不愧于屋漏"者也。自号主一翁,其先祖显于尧舜之世,孔孟颜曾,皆追宗之,其子孙衰微于汉唐之间,至赵宋,有周茂叔,始表而出之,河南程氏,称其作圣之师,勤学者尊事之,神宗时,尝从朱公掞,端笏正立于朝,严毅不可犯,班行肃然,其后,朱晦翁构一堂,揭号曰敬斋,以馆其孙,又作箴言,"出门如宾,承事如祭。"盖誉其端严不杂,而西山真德秀又于心经中,亹亹称道,主一翁实其宗派也。

作者假"惺惺翁"之口,以概括描写的手法介绍了"惺惺翁"的身家世系,实际上是对理学"敬"的观念在中国儒学史上的发展历程进行了梳理。"敬"是儒学中修身养性之方法，朝鲜朝大儒李退溪就曾经说过："敬是百病之药。"作者巧妙地借介绍惺惺翁姓名、性格特征之机，阐释了"敬"的含义，并引用《诗经·大雅·抑》中"相在尔室，尚不愧于屋漏"的诗句，用以比喻人即使在暗中也不做坏事，不起坏念头。《宋史·张载传》中便有"不愧于屋漏，不无忝，存心养性为匪懈。"点出了"持敬"工夫的具体要求。《易经·坤卦》有"君子敬以直内，义以方外"；《尚书·洪范》有："敬用五事"；《周礼·天官·小宰》有："三日廉敬"；《礼记·曲礼》有"毋不敬"；《左传·僖三十三年》有"敬德之聚也"。孔子、孟子、颜回、曾参也均有对"敬"的论述，如《论语》有"修己以敬"；《大戴礼记·曾子立孝第五十一》有"庄敬而安之"；《说苑·敬慎》载："颜回将西游，问孔子曰：'何以为身？'孔子曰：'恭敬忠信，可以为身。恭则免于众，敬则人爱之，忠则人与之，信则人恃之……'"《孟子·告子上》"恭敬之心，礼也。"这些就是文中所谓"孔孟颜曾，皆追宗之"。周茂叔即周敦颐，被认为是中国理学的开山之祖，清代学者黄宗羲在他的《宋儒学案》中说道："孔子而后，汉儒止有传经之学，性道微言之绝久矣。元公崛起，二程嗣之……若论阐发心性义理之精微，端数元公之破暗也"。《周敦颐集·通书·爱敬》中有"君子悉有众善，无弗爱且敬焉。善无不学，故悉有众善；恶无不劝，故不弃一人於恶。不弃一人於恶，则无所不用其爱敬矣。"在人性修养上，周敦颐虽也曾提出"敬"然而受道家思想影响，其道德修养思想内核是"主静"，"圣人定之以中正仁义而主静，立人极焉。"（《通书》）。周敦颐的弟子二程认为，"主静乃老氏之学"，而主敬则为儒家的正传，将"主敬"作为自己最具特点之思想。二程后学认为，此乃二程学说之根本法则，朱熹甚至说："程先生所以有功于后学者，最是'敬'之一字有力。"朱熹将敬作为道德及修养的工夫，"把个敬字抵敌，常常存个敬在这里，则人欲自然来不得。""出门如宾，承事如祭"出自《左传·僖公三十三年》，《论语·颜渊》中记孔子之言"出门如见大宾，使民如承大祭"。最后，作品又举出朱熹之后，理学的正宗传人西山真德秀。真德秀主张"穷理""持敬"，是对二程及朱熹思想的继承和发挥。

作者在描写"主一翁"这一人物时，抓住儒家道德修养工夫"敬"思想发展的脉络，将抽象的儒学义理用以塑造具体的人物形象，叙述间充满敬重之气，恰到好处地揭示了人物的特性，同时又将作者个人情感向背融入叙事之中，实为史家"论褒贬于叙事"特征的完美体现。

由此，可以看到，《天君衍义》在描写人物时，往往采用概括描写的手法，在描写反面人物时，作品往往采用引用典故的表现手法，一方面增加了作品叙事的容量，另一方面，也通过已经凝固的历史典故，增强作品的警示性；在描写正面人物时，作品则采用以抽象儒学义理塑造人物形象的手法，既体现了作品以文学形式图解性理学思想的特点,同时也表现出作家本人思想的倾向。这样的描写手法表现了作家的博学多才,体现了文人小说的特点。

综上所述,郑泰齐之《天君衍义》一书,内容"皆取于古圣经传中心学工夫"①,以拟人化的艺术手法,形式上"制之以演义之体裁"②,揭示了丰富的儒学义理,特别是对性理学之心学修养进行了形象化的阐释,是"一部心经正学,而文字简易,便于世人阅读"③,它将抽象的哲学义理用形象的文学艺术展现出来,是一幅性理学研究的文学图解;同时《天君衍义》又与朝鲜朝的社会现实紧密相连,反映了在"党政""士祸"痼疾困扰下的知识分子对人性道德的理性思考,是一部"有补于世道风教"之书。

---

① 张孝铉等:《校勘本韩国汉文小说:寓言寓话小说》,首尔:高丽大学民族文化研究院,第239页。
② 同上。
③ 同上。

第十章 朝鲜 16—17 世纪四色党争之文化性格与文学

第一节 党争的社会背景

进入 16 世纪以后,朝鲜王朝的商品货币经济进一步发展,中央和地方大地主豪绅的土地兼并日益加深。商品货币经济的发展开始多少动摇了李氏王朝的封建统治秩序,社会问题空前突出和复杂,使得其走向弱化一路,而这一切更促进了土豪劣绅阶层的扩大和一系列社会矛盾。这时期的中央和地方官僚们,除了受封建国家所赐予的科田、功臣田、私田等之外,还利用开垦山野荒地、买卖熟地等方式扩大可耕地,但他们还不满足于现状,以偷税漏税、高利贷、田民"投托"、强夺民田等手段不断扩充私有土地。朝鲜《宣祖实录》记录道:勋旧大臣沈铨,"人有第宅,百计抑占,民有良田,公然劫夺,多占膏饶之地,聚为农庄,招纳良贱,萃为渊薮……甚至强捕盗贼,屠歼一村之民,没其田土,掠为己物。"① 这一实例则充分说明当时的士大夫以极其恶劣手段截取民田的历史实况和下层人民悲惨的现实命运。在当时,土地私有化的不断扩大,严重影响了国家经济,大大缩减其收入来源,使其加大对农民的盘剥,这让下层农民不得不奋起反抗,从而打乱了平时的封建社会秩序。

16 世纪以来形成的大官僚地主阶级的土地兼并和土地制度的紊乱,给封建国家的政治和社会经济带来了一系列负面影响。

首先,封建官僚阶层私有地的不断增长和土地兼并的扩大,严重损害了国家经济基础。16 世纪以来,各代国王为了维持封建政权和统治秩序,不断给中央高层官僚赐予职田(科田)、功臣田、别赐田等大量土地,让其以收租积累财富,过上糜烂生活。同时在镇压每次的宫廷政变或地方势力的"反水"以后,都对其有功者赐予公田,以示国王的知遇和恩赐。加上官僚贵族和土豪们乘隙巧占国家公田,国家所能够控制的土地日益减少,财政收入也锐减。据 16 世纪初李氏王朝内需司的透露,国库的田税收入总额只有十万余石,达

---

① 《宣祖实录》(卷三),二年闰六月,乙巳。

到了很难维持政府开支的地步。

　　其次,官僚贵族私有田的不断增加和豪族势力土地兼并的扩大,造成了国王、王室和官僚贵族之间的矛盾。当时的大土地所有者,往往都是原来的勋旧阀阅势力或新进官僚豪族集团,他们在很大程度上直接影响国家人事权和地方行政权,甚至有些时候连国王和政府也奈何不得他们。在这种情况下,统治阶级内部的各种矛盾和相互牵制成为了不可避免的事情。还有,大土地所有者不仅以农民为牺牲品,而且也侵犯和损害了中小地主阶级的利害关系。握有国家大权的官僚豪族势力,为了扩大自己的利益,则利用手中的大权,混淆地方行政,夺占土地和奴婢,严重影响了地方中小地主阶级的基本利益。地方的这些中小地主阶级,往往都是士林中人,其羽翼尚未丰满,受损害而无处说话。在这种情况下,他们只能心中怨恨,忍气吞声,希望有朝一日扭转乾坤,见到光明之日。经常受到打击的中小地主阶级,观察和研究现行土地制度,提出了像"限田论""均田制"等土地改革要求,但往往以失望告终,缓和不了与大官僚豪族的矛盾。

　　又有,国家公有田和税收的减少使得政府财政锐减,而国家财政的日渐困难迫使它去加紧对人民的盘剥,这种情景不可避免地激化了社会阶级矛盾。为了缓和阶级矛盾,统治阶级采取了一系列思想、行政政策,使乡下农民"安分守己",从事生产劳动。"乡约"和"赈恤"政策等就是其中之一。根据当时统治阶级所提倡的《吕氏乡约》,所谓"乡约"则以"德业相劝""过失相规""礼俗相交""患难相救"等条目来构成,这些内容主要以儒家教条为内容,对安分、劝业和稳定社会起到了一定的积极作用。所谓的"赈恤"政策,就是天下受灾人民陷入饥馑之时国家赈济灾民的政策,这种政策原来包括减免赋税、发给"义仓谷"、必要时设置赈济场所熬粥发给饥民等内容,但由于国家财政困难、吏治腐败等原因,"赈济"往往流于空话。

　　再有,大官僚贵族的土地兼并、国家变本加厉的剥削和压迫,使人民陷于涂炭之中。加上遇到自然灾害或战争,广大下层人民更无路可走,流民遍野、饥民造反是常有的事情。不管封建统治阶级采取什么样的"赈恤"手段和化解政策,已经走投无路、忍无可忍的广大人民不得不举起起义大旗,占领县、州、府、郡,杀恶官,开国库,赈济百姓,给封建统治阶级以沉重打击。据《明宗实录》,其三年(1548)因自然灾害,全国饥荒,但国家未采取任何措施,饥民云集宫城门外,饿殍满野。明宗七年(1552),除了自然灾害以外,全国蔓延传染病,死尸满沟,农村"十室九空"。当时的学者李珥,在其《谏院陈时事疏》一文中云:

近年以来，政紊吏苛，赋繁后重，饥馑荐臻，疫疠继作，壮者散之四方，弱者填于沟壑。嗷嗷赤子，如彼栖苴，邑里萧条，田野荒芜，或至于百里之间，不见人烟。气象悲凉，令人堕泪。"

李珥是朝鲜朝明宗、宣祖时期的人，是当时国情的亲眼目睹者。他所描写和记录的这些情景，正是朝鲜的国耻"壬辰倭乱"发生之前的实际国情。这种情况在当时文人的记录中多有反映，说明在当时这是一个极其普遍的现象。江原道平昌郡守向朝廷汇报的一份奏折中说，郡中一邑原有500户人家，经过自然灾害和传染病的折磨，最后只剩下40户人家，但在上级的督促下，这40户照样担当500户的科税负担。

面对自然灾害、官吏们的恶政、官僚贵族的腐化生活和国王的腐朽无能，人民群众纷纷起来进行反抗斗争，一时谤文、檄语、流言满城，流民闹事、公私奴婢蜂起、百姓进攻县衙等成为了常有的新闻。不过广大下层人民逐渐认识到，仅靠逃离、个别反抗和分散的斗争解决不了根本问题，只有大家团结起来，拿起武器，以集体力量进行武装斗争，才能够有效打击封建统治阶级。在连绵不断的起义军中，声势较大、影响较深的队伍有燕山君时期汉城一带的洪吉童部队，中宗时期京畿一带的唐来、弥勒部队和全罗道灵光地区起义军，明宗时期黄海道地区吴连石部队，明宗末年扬州、开城地区的林巨正起义部队。这些起义部队袭击地方官衙，抢夺朝廷贡物，处置恶毒官僚，劫狱释放无罪良民，劫富济贫，搅乱了李氏王朝的封建统治秩序。这些起义部队规模有限，没有明确的战斗口号，也没有发动广大人民群众，这些都是他们最终起义失败的主要原因，但他们还是在森严的封建制度壁垒之下，沉重打击了统治阶级，显示了农民阶级的巨大力量。

正当李氏王朝的统治阶级沉溺于腐败生活，热衷于争权夺利的党争，又因国内人民反抗而手忙脚乱之时，当时的日本关白丰臣秀吉统一日本，剑指朝鲜半岛，企图以战争满足对外扩张的野心。朝鲜长期以来武备松弛，所实行的义务兵役制度因极其苛刻的"军布"和苛捐杂税而名存实亡。李氏王朝的中央和地方，都无抵御日寇入侵之兵，更缺乏兵器粮饷的储备，而各地水陆军将领，也都是怯懦之鼠辈。朝鲜宣祖二十五年四月（1592），做了多年侦察活动和充分准备的丰臣秀吉之二十万军，悍然发动了侵略战争。日军在半岛南端登陆，围攻釜山，庆尚道官方陆海军将领早被日军气势所吓倒，仓惶逃跑。但当地的军民在一些爱国人士的指挥下英勇抗敌，终因寡不敌众，使敌人跨过釜山向纵深进攻。宣祖王知道南方战局不利以后，不但不采取任何有力措施，反而放弃汉城向北撤逃，最后逃至义州。战争初期，日军顺利占领汉城、平壤等朝鲜重要地区,所到之处,杀人放火,无恶不作,朝鲜国土和人民陷入深重的灾难之中。面对万恶的侵略军,朝鲜各路爱国将领,组织力量痛击敌人,有效迟滞其进攻速度。特别是各界爱国志士,面对日本侵略者义愤填膺,组织义兵,进行了决死反抗,以游击战术给敌人以沉重打击。在朝鲜国土和人民陷入生死存亡之危机之时,中国明朝万历皇帝派遣军队入朝,与朝鲜军民一起夺回了平壤、开城、汉城等大小城市和广大地区,消灭日军有生力量,取得了一个又一个胜利。经过7年艰难抗战,中朝联军终于彻底打败日本侵略者,将其赶回日本,取得了最后胜利。

壬辰卫国战争给朝鲜国家和人民带来了严重的创伤,政治、经济、文化等各个领域都受到了深重破坏。对这种破坏所带来的严重后果,有一个叫尹国馨的僧侣在其《闻韵漫录》中记录道:"战后,人们流离四方,就连大家世族也几乎失去生活信念……尸横遍野,白骨如山,父母卖儿女,丈夫卖妻子……这次战争灾难之深和残酷,实为我国有史以来之首次。"战后不久,随之而来的饥饿和瘟疫,夺走了无数人的生命,流民满道,生灵涂炭,这就是当时社会实际惨状。对此《宣祖实录》记录曰:"自凤山至京城一带直路,荡无人烟,往来公差及商贾行旅,亦无过宿之地。"①因为战争人口大量减少和严重流散,出现了"田野未尽辟,污莱棒莽,满月萧然,畎亩阡陌,无迹可据。"②的荒凉景象。在如此惨重的战争创伤面前,朝鲜朝政府采取一系列政策措施,恢复政治、经济、文化的元气,使封建国家重新站立起来。但是当政的统治阶级把人民的各种困难和痛苦置之脑后,只想加强封建统治,寻求更多的剥削来源和新的盘剥方法,以满足自己贪得无厌的要求。他们实行的号牌法、刷还、复户、三手米、毛粮米、官隶米、五结收布、三结收布等,都属于为盘剥农民所实行的非法政策。此外中央和地方的大小地主阶级利用各种手段兼并土地,笼络劳动力,也想方设法榨取农民膏血,使得农民阶级在层层压迫和剥削之下,无法生活下去。

进入17世纪初期,朝鲜人民面前出现了又一个国外强悍的政治势力——后金。16世纪下半叶到17世纪初,我国东北的女真族完成奴隶制向封建社会过渡,成长为一股强大的政治势力。此时的明朝早已进入其衰弱期,无力继续经营其在东北的统治,而女真族系之一的建州女真努尔哈赤势力却日益强大,统一各部,于1616年在赫图阿拉(今辽宁新宾)正式建立了后金政权。后金政权建立后的第三年,努尔哈赤率兵发动对明战争,不久攻陷

---

① 《宣祖实录》(卷一百三十一),三十三年十一月,丁卯。
② 《宣祖实录》(卷一百五十九),三十六年二月,己亥。

抚顺城,成为严重威胁明朝和朝鲜的强大势力。后来明朝军队和后金军之间曾有过许多次战役、战斗,形势逐渐往对后金军有利的方向发展。在东北感到威胁的明王朝,曾多次求援于朝鲜王朝政府,而朝鲜王朝经过激烈争论,派遣军队增援过明朝军队。在这样的过程中,朝鲜王朝得罪后金,终于引来了1627年1月的后金军大举的入侵,遭到后金军残忍的蹂躏和掳掠,蒙受惨重损失。尽管同年三月朝鲜王朝政府和后金军达成和约,后金军撤退,但已经知道朝鲜政府柔弱可欺的后金人其后又发动了多次侵朝战争。对后金人的凌辱义愤填膺的朝鲜军民,自发组织义军与入侵者进行了顽强抗战,沉重打击了后金人的野心。1636年3月,皇太极去汗号称帝,改号为清,要求朝鲜王朝政府派使参加在沈阳举行的改元典礼,以表祝贺之意,并发通牒要求朝鲜国王仁祖称臣。始终把女真人看作"野人""夷狄"的朝鲜王朝,在军事威胁和无理要求面前,左右为难,迟迟未能给以答复。1636年12月,清太宗终于率十二万大军再度入侵朝鲜,以破竹之势直扑汉城,所到之处掳掠烧杀,给朝鲜政府和人民造成巨大损失和震慑。1637年1月,江华岛被清军攻破,逃避在那里的王室和大臣家眷,被清军俘虏,不久固守于汉城附近南汉山城的仁祖在主和派大臣的蛊惑下,于1月30日出城投降。仁祖承诺对大清行人臣之礼,还送押人质,贡岁币,与明断绝国交关系,而且助清攻明等无理要求。这样使爱国军民浴血奋战的成果一夜之间付诸东流,给国家和人民带来深重灾难。在这次战争中,"京城居民受祸最酷,余存者只是未满十岁之儿,年过七十之老人,而举皆饥冻垂死。"①清兵的两次入侵虽激发了朝鲜军民团结一致共同抗敌的民族意识,但其对朝鲜王朝政治、经济的打击和对人民生活的破坏也非常巨大,使得朝鲜在壬辰倭乱以后所做的复旧建设成果几乎付诸东流,不得不作重新的恢复计划和建设工作。尤其是自从向清军投降称臣以后的260年间,朝鲜王朝和人民一直深受清王朝的政治军事压迫和掠夺性经济盘剥,其负担和痛苦是可想而知的。

自从进入16世纪以后,朝鲜王朝经历了极其复杂而曲折的发展道路,其间也曾发生过无数次的大小政治事件、农民起义、两次反抗日本侵略的卫国战争、多次反对后金和女真政权大举武装入侵的反侵略战争以及国内围绕改革和守旧的激烈斗争。其间有多少次因被激化的阶级矛盾和为生存而发动的农民起义,几乎将矛盾重重的李氏王朝推向倾倒的边缘;其间发生的多次女真人和倭寇的武装侵略,使得朝鲜民族和李氏王朝政权陷入几近灭亡的危机之中;其间又发生过多少次、多少年的人为灾祸和自然灾害,让走投无路的

---

① 《仁祖实录》(卷三十四),十五年二月,癸酉。

人民离乡背井,变成无根流民,颠沛流离,饿死于山野。尽管这一切无一不与处处声称"万民之天"的君主和以"治国平天下"为要务的六路大臣有着密切关系,但绝大部分属于统治阶级的成员,有谁敢于承担造成这些社会危机、人民痛苦的责任呢?实际上这些社会问题无不与国王的荒淫无道、各路官僚大臣的腐化钻营、吏治的腐败残忍有关,与统治阶级内部无休止的党派争斗有关,与封建政府坑害人民的政治压迫和经济剥削有关。

朝鲜16—17世纪的党派之争,是在这样的历史背景和社会环境中形成和发展。如同斗牛场上的两头斗牛,不同的党派之间为了一些不起眼的事情抓住把柄,互相攻击,往往直至让对方彻底败北,甚至使对方付出生命代价和承受灭门的灾殃。细考朝鲜16—17世纪的党争史,引起"士祸"和党争的原因和理由各式各样,但实际上其本质都是共同的,那就是各自为了获取更多的政治、经济上的利益。正是因为这种利益和利害关系,党派中人之间一时格外团结,争斗之过程格外眼红和悬命,手段格外残忍。内忧外患是最重要根源之一。

第二节 四色党争的复杂过程和本质

围绕土地和其他利益而产生的纠葛,逐渐反映在大土地所有者和中小地主阶级之间的矛盾,而这种矛盾又反映为以勋旧大官僚贵族和新进士林之间的尖锐对立。同时,这些矛盾还进一步发展为党派之间的派系斗争,使得朝廷臣僚之间以分党分派的形式分裂为若干个党系。这样到了15世纪末,朝廷出现两股基本政治势力,一为在朝上层的勋旧派,一为在野的士林派势力。掌握有国家大权的所谓勋旧派,大都是些李氏王朝建国时的功勋大臣之后裔或各次平难时的建功者及其勋戚,而士林派人物大都是原在乡中小地主阶级的后裔,一般都通过书院、国学等教育而入官或等待授官的新进文人。经过长期的努力和酝酿寻求社会政治发言权的士林派文人,针对勋旧派官僚贵族的土地垄断和操纵国权,宣扬忠君仁慈和节俭廉洁,抨击勋旧派中人肆意霸占良田,擅权弄政,危害国家的行径,大力提倡"限田""均田"和"平田",以限制勋旧派势力的过度膨胀。在思想文化领域中,他们往往占据优势,提倡程朱理学为国是,以理论文章的方式攻评勋旧派势力的腐朽无能。后来由于朝政的需要或国王利害关系的变化,士林派势力逐渐占据优势,逐步被任命为重要朝臣,虽曾有过政治上的反复,但他们进军朝廷政坛已成历史的必然。

问题是士林派中人也毕竟是地主阶级中的一员,对利益或利害关系的诉求必定是他们的基本目的,这就决定了他们参政或一切言论行为的自私性。

同时这些士林派中人,大都是通过科举考试入官的文官,个个以饱学多识自诩,从而傲视万类,喜论辩,往往为一些枝叶性问题抓住不放,为一点蝇头小利斤斤计较。这些身份特征和心理因素,驱使他们往往深陷于过分的辩论、辩诬和苛刻的待人态度和对自身利益毫无差错的追索之中,所以道理明白却心胸狭隘是他们的共同特点之一。这样的阶级属性、身份特征和行为准则,便决定他们好斗的品性,为其后结成党派和进行党争埋下了伏笔。

在与勋旧派势力的角斗中,士林派势力偶遇一些历史的转折点,不失时机地抓住翻盘的机会,为自己寻找到站稳脚跟的立足点。如当士林派文人被勋旧派势力打压得无法抬头时,有一个历史性机遇不约而至,那就是成宗的即位。成宗继位后,发现勋旧大臣势力过分膨胀,几乎达到了无法控制的地步,这已对王权构成严重威胁。于是成宗经过一番周密的考虑,一边牵制勋旧派大臣,一边却任用士林派代表人物金宗直等,从而为巩固自己的统治,打下了人事基础。审时度势的金宗直,不失这一历史性机会,想方设法,极力扩大自己的势力。他与党派中核心人物商议,任命一系列士林派人物为言官和弘文馆官吏,掌管言路,弥补国王侧近。按李氏王朝的人事制度,言官和弘文馆官首吏作为国王近侍,可参与重大国事的商议,在朝廷中占据举足轻重的地位。在成宗王庇佑下,士林派势力逐渐在朝廷占据优势,其于中央政府掌握的权力逐步扩大起来,已完全形成了一定气候。在中央,已经掌握许多权力的士林派,不断揭露和谴责勋旧大臣的卑劣行径,减弱其在权利中心的力量,以扩大自己的影响。因为有成宗王撑腰,士林派在朝廷十分得势。面对新进士林的尖锐攻击,勋旧大臣一时无可奈何,只有忍气吞声。但是从来习惯于左右朝廷事务,尚有相当实力的勋旧派势力,并没有甘心于临时的败北,始终在伺机以进行报复。

1495年,成宗死,燕山君即位。一开始燕山君还是走成宗覆辙,对士林派势力进行笼络政策,并表现出一定的改革之意。所以在燕山君统治时期,士林派势力得以继续发展,形成了一股不可忽视的政治势力。愈是这样,士林派文人愈傲视勋旧派中人,于是在各个领域他们同勋旧大臣之间的矛盾更加激化。士林派标榜自己是程朱理学的传承者,主张按圣人之道行事,并对燕山君的暴行采取批判态度。于是燕山君和士林派之间,逐渐产生隔阂,加上勋旧派大臣的从中离间,矛盾越来越深化,最后达到了无法调和的地步。1498年,(戊午年)早已把燕山君和士林派之间的纠葛看在眼里的李克墩、柳子光等勋旧大臣,随即利用国王对士林派的不满,怂恿燕山君屠杀士林派,并没收其财产,把牵连的人全部从宫廷驱逐出去,这就是所谓的"戊午士祸"。在这一次士祸中,燕山君在勋旧派大臣的鼓惑下,杀害了金宗直的弟子金馹孙等许多士林派的中坚人物,还派人挖掘金宗直之墓,将其尸骨凌迟处斩,以解其恨。同时燕山君命令没收这些士林派大臣的全部财产,并把所牵连的许多人流配偏远孤岛,剩余的相关人员也全部从宫廷驱逐出去。

通过"戊午士祸"重新掌握朝政大权的勋旧派,继续加紧土地兼并和经济"掠夺",以弥补被士林派掌权所带来的损失。此时的燕山君,因没有人"忠谏"而更觉得自由自在,便不好好治理政事,肆无忌惮地沉湎于骄奢淫逸的生活,致使国家财政发生严重困难。为弥补财政不足,他加紧掠夺土地,大量增加贡纳,并打算没收勋旧大臣的土地。1504年4月(甲子年),燕山君的阴谋受到勋旧大臣的坚决抵制,于是燕山君对"大逆不道"的勋旧派心怀怨恨,一心想伺机铲除这些碍手碍脚的大臣。此时外戚任士洪顺水推舟,揭露燕山君生母尹氏被废黜的真相,意图借助燕山君之手铲除一些勋旧大臣。震怒的燕山君,一气之下使人杀害成宗大王淑仪严氏、郑氏以及两个弟弟安阳君和凤安君。不久燕山君要把废妃尹氏追崇为王妃,和成宗配祀,遭到权达手、李荇等大臣反对。残暴的燕山君把权达手处以斩刑,把李荇流放瘴地。燕山君还将当年赞成废死尹氏的尹弼商、李克均、成浚等一批大臣处以死刑,对已故韩致亨、韩明浍、郑昌孙、沈浍、李坡、郑汝昌等旧臣处以剖棺斩尸。这就是历史上闻名的"甲子士祸"。燕山君的暴政激起了国人的愤慨,更受到两班地主和文人们强烈反对。1506年,朴元宗等勋旧大臣动员军队逮捕并放逐了燕山君,拥其异母弟为国王,史称"中宗反正"。中宗即位后,不问派别任用人才,勋旧派中人和士林中人一起被起用,从而又埋下了下一次士祸发生的种子。勋旧、士林两派,动辄反目,以事相排,士林派为牵制勋旧大臣,提出"均田论"和"限田论",以程朱理学为指导理念,标榜以圣人之治为"理想政治"。士林派和勋旧大臣的对立日趋尖锐,南衮、沈贞等勋旧大臣于1519年(己卯年)使用阴谋诡计诬害赵光祖等士林派,以"叛逆罪"将他们判处死刑或流放。此谓史上"己卯士祸"。

"己卯士祸"后,中宗为了钳制日益膨胀的勋旧大臣,再次录用士林派。1545年(乙巳年)尹元衡一派又打击了士林派。这就是"乙巳士祸"。1565年尹元衡一派被逐,士林派重新上台。从此以后,士林派空前强大,掌握了中央的全部政权,政府变成清一色的士林派。

在勋旧、士林两派长期恶斗之际,中央和地方的贪官污吏们进行大肆的贪污和敛财活动,使原来已经穷乏的国家财政陷入更加困难的境地。京畿和地方中级以上官员自喜无人顾及,不安于职责,大肆进行损公肥私之活动,而下级吏胥们也以其职掌钱粮、赋税、典狱、户籍、兵役等权利,大行敲诈勒索、吮吸民脂民膏,横行乡里,胡作非为,加之各类地主和财主的盘剥,民生凋零,国家财力耗竭。

士林一派在16—17世纪李氏王朝复杂的历史风云中,由小变大、由弱至强,最终成为了一股不可忽视的政治势力。由于他们自小饱读圣贤书长大,以诗书礼义自期,所以格外看不起以功勋和血缘世袭荣达的勋旧派人等。特别是他们把朱子性理学奉若神明之学,认为自己是国家文明的主要担当者,标榜对越货商贾之类、为官贪婪之流嗤之以鼻,只为"治国平天下"而不断"修身养性"。然而当他们的社会地位发生变化,手里的权力越来越大,所管辖的行政权限越来越广的时候,他们的心理也开始复杂多变。他们在野的时候,为了将来有所出息而勤奋学习,也为了其田产之类不被大官僚勋旧势力所吞并而抗争,呼吁道德君子、忠君廉洁,但一旦时遇良机步入高官厚禄之位之后,他们的一切都在变,与勋旧势力的斗争也成为为生存和权利露骨的争斗。为了获取更高的官位,为了攫取更多的利益,为了一己之私,他们不惜攻击同类、整倒党友,甚至不惜兵刃相见。士林内部的这种分裂和相残,一开始的时候都是一些礼义之争,理论之分歧而引起的,或因政见之差异、个人之恩怨产生的。但一旦形成这种分歧或分裂,那就不得了,小则互相口头伤人,大则兵刃相向,演变成永远不可调和的矛盾。

士林派内部的这种矛盾和分裂,从组织上的结构来看,与其所属学派、门阀、血亲、学派好恶、门生等关系有着极密切的关联。朝鲜16—17世纪的党争,其发展过程的路线图式来看,呈现极其复杂的形态。简而言之,士林派内部以门阀、学派、门生等之疏异,老少、新旧思想之冲突,进而酿成争权夺利之争。1575年(明万历三年),因沈义谦、金孝元两人政争之反目,士类开始二分,即"东人"和"西人",真正的"党争"从此而开始。

宣祖七年开始的这一东人和西人两派之争,到其二十三年(1591)又在东人派内部分裂成南人和北人两派。宣祖三十三年(1601),北人派一时战胜南人派后,掌握了朝廷实权。不久,北人派又分裂为大北和小北两派。光海君元年(1609)大北派成功策划光海君登上王位,在其后的光海君执政期间,基本掌控朝廷事宜。当时壬辰战争刚刚结束,摆在封建的李氏王朝面前的最为紧迫的任务,为对内医治壬辰战争的创伤,对外加强武备,防止北方女真军入侵。客观形势又出现危机之征兆,但掌权的大北派统治集团只是热衷于党争,并未采取任何措施,从而社会舆论哗然,谴责之声四起。西人派则趁此良机派人四处造舆论,攻讦大北派,一心想置之被动地位而后快。又于仁祖元年(1623),西人派动用武力,驱逐了光海君和大北派原掌权人物,夺取政权。随即,他们便迎立仁祖,改组内阁,掌控朝廷事务,史称此为"仁祖反正"。这是一次武装政变,结果就连小北派也遭到镇压,北人派势力更是消失殆尽。

不久,掌握政权的西人派内部,又产生各种矛盾和分歧。一些在武装政变中起过重要作用的大臣,对新政权给予的评价和待遇十分不满。此时,已被任命为平安道兵马使兼副元帅的李适,曾为西人派夺取政权出过汗马功劳,但他对自己的待遇十分不满。于是1624年1月,他利用手中的军权动员宁边地区一万二千名士兵发动了武装叛乱,南下占领京城。但很快被从平壤追来的平安兵马使张晚部队击溃,叛乱终被平息。这次与叛军的战争,使国家军力消耗巨大,京城亦遭战祸洗礼,朝鲜朝政府对内对外都更加陷于困境。此后时间一长,西人集团内部,又出现过多次分裂,到仁祖八年(1630)分裂为老论和少论两派。这两派之间围绕朝政和日常问题的分歧和争斗,也是异常激烈,为朝鲜古代党争史留下了印记。

朝鲜16—17世纪的党争,每次的缘起和内容各有不同,但不管他们采取什么形式,标榜何种主张,喊出何种口号,其实质都是李朝统治集团内部权力之争日益激化的表现。对当时党争的政治本质,《仁祖实录》一针见血地指出:"其所争者宠利也,所贪者权势也,岂有协和徇公之理乎!"①朝鲜16—17世纪之党争的本质,一言以蔽之,就是已变成基本统治阶级的士林官僚贵族之间,争权夺利的斗争。如1623年西人派推翻大北派之后瓜分大北派头领朴承宗等人的"家舍田民"一事,就是其中的一例而已。由于他们都有这样的实际目的,所以不管哪一派掌权,对国内都没有进行过任何改革,反而助长了各种弊端;对外同样没有采取任何对策,以对付一次又一次的危机,从而贻误了诸多国事。激烈的党争不仅没有改变国家的困境,反而加深了李氏封建王朝的政治、经济、军事危机。结果,16世纪后期至17世纪前期,朝鲜社会无论在经济上,还是在政治上都面临着严重的危机。封建国家日益衰弱,阶级矛盾和统治集团内部矛盾日趋激化,国防军备不堪一击,终于招致从外部造成的"两难"。同样,在"两难"以后,国家衰退,经济凋零,民生涂炭,但封建国家无法自救,终于导致了一场轰轰烈烈的实学运动。

第三节 朝鲜16—17世纪四色党争的文化性格

作为朝鲜朝前期文人的延续,朝鲜朝中、后期文人也是以具有参政主体、学术主体、文学主体三而合一的复合性主体为特征。朝鲜16—17世纪的党争,深刻影响当时的封建政治,使之逐渐演变为复杂的朋党政治,具有独特的文化特征。很多文献资料显示,当时的朋党之争也不仅仅表现在单一的政治

---

① 《仁祖实录》(卷三),元年闰十月,辛亥。

层面上,而是与学术、文学等文化层面密切相关,往往互为驱动。在当时的历史与社会条件下,这种驱动无疑是以政治为轴心,所以我们在研究当时的社会文化时,应该密切关注朋党政治与学问、文学的关系,反过来又应该从学术、文学的角度审视当时的朋党政治。

因1575年沈义谦、金孝元两人政争之反目而开启的东、西党派之争,实际上是士林内部文人之间围绕某些利害关系而展开的政治角力。事实表明,以党争为首要的政治环境因子的李氏王朝中、后期,存在着多层面文化活动的结构性互动,而这个互动,既有各种文化活动的交叉与渗透,也有其相互的排斥与兼容,从而促成了文化的生成与繁荣,使这时期迎来了朝鲜学术、文学和其他文化的高峰。那么,这时期的党争,有什么样的基本特点呢?

1. 党争之文人特色

朝鲜16—17世纪的党争,是士林派内部围绕某些利害关系而展开的党派斗争,因而它首先是文人知识分子之间的派系角力。这些士林的形成,与李氏王朝崇儒重文的政策有着极其密切的关联,也与当时文人知识分子为自己的权利和立足于世而展开的艰苦努力关系密切。一开始,掌握政权的士林,为加强自己的政治势力,在各地设立书院,以培养学问、文学之士。在朝鲜,这种书院起源于书堂,书堂是士学儒学、祭祀孔孟的地方。后来这些书院逐步演变为士林派的地方组织,士林派为加强自己的政治地盘,大力开办书院。在朝鲜南方的各个地方书院中学习的士和经营书院的士林派逐步成为实权派,在政治、经济上拥有很大权势。尽管发生了多次士祸,但这些书院的存在成为了士林的坚实后盾,使士林势力不断壮大,同时还加强了学派与党派之间的联系,为以后朋党政治的形成发展起到了重要作用。士林为进一步加强书院组织,巩固政治地盘,制定了"乡约",以此作为书院组织体系中共同遵守的原则。"乡约"一般共有四项内容:一曰德业相劝,二曰过失相规,三曰礼俗相交,四曰患难相恤。宣祖五年(1573),士林派决定在全国试行乡约,目的是通过乡约的实行,扩大士林的政治势力,加强士林派政治地盘。士林一派一旦掌权后,其内部又发生了极为复杂的争权夺利的党争。一开始士林内部出现了两派,一派是早已担任高官显职,拥有了大片土地的老士林"西人";另一派是后起的少壮派"东人"。两派围绕着录用官吏问题展开了激烈的斗争,他们各自巧妙地利用自己势力范围内的书院,动员和组织人马,向对方发动攻击。后来东人内部围绕着对待西人的态度问题发生分裂,主张对西人采取温和态度的称为南人,主张采取强硬态度的称为北人,经过交锋,北人派一时占据上风。从此以后约二百年间,党争愈演愈烈,派别日趋错杂,斗争越来越深入,对国家和人民造成极大的危害。

2. 党争与学派有密切关系

朝鲜16—17世纪的党争，以不断分裂的党派的生成为前提，而这些党派则与当时的学派有着极密切的关系。李氏王朝建国后，曾围绕建立何种学术思想来巩固政权并将其深入人心，花费了一番心思。李氏王朝初期各代国王和御用大臣们，选择了排佛崇儒的原则，更以程朱理学为国家核心的学术思想，以至于将它提高到统治思想的地位。这样程朱理学自然成为了人们去温习和研究的对象，甚至成为了经营国家、个人腾达和社会思想文化的基本准的。于是李氏王朝成立不到一百年，程朱理学已基本深入人心，各种学派和学者林立，出现了大批颇有成就的性理学者和文学家。应该知道，作为高度发达的儒家学说的高端形态，程朱理学在自己的发展过程中吸收佛教等其他思想的有用因子，将儒家思想引向了哲理高度，使之成为中国封建时代最为丰富而深邃的哲学思想。一向以"礼义之国""儒家之国度"标榜的朝鲜封建王朝，毫无保留地吸收中国的这一思想文化遗产，意欲将海东朝鲜建设成第二个程朱之故乡。在封建王朝的奖掖和思想家们的努力下，程朱理学在朝鲜不断发展，代代产生大量著名的学术成果和学者，如赵光祖、李彦迪、李滉、李珥、金长生、成浑、宋时烈等学者就是其中的佼佼者。

值得注意的是拜师学艺、学成教育子弟、讲究座主门生关系，早已成为了朝鲜自高丽以来的文化传统。到了朝鲜朝这种文化习俗继续传承下来，在很多方面越发丰富和牢固；同时，注重师承学派、学脉关系，论究学统、学风系统，也早已成为了朝鲜学术界不变的传统。到了士祸和党争激烈的燕山君至宣祖王执政时期，朝鲜的性理学已经走过了二百多年的发展历程，陶冶出了一大批卓有成就的大学问家和思想家。同时在这个过程中，一代又一代学术大家的羽翼下，培养出了无数可以称得上性理学者的后起之秀。与在中国一样，围绕性理学的一系列重要问题，朝鲜哲学界也不断出现分歧和异说，进行了长期的论辩和争论。在当时性理学的研究和论辩中，成就最高、弟子最多、影响最大者，当属李滉和李珥。

李滉（1501—1570）是朝鲜朝时期的性理学家、诗人和哲学家，也是朝鲜朱子学派的著名代表，在学术界具有巨大影响力。他在哲学上，既反对以徐敬德为代表的唯物主义，又反驳当时盛行的主观唯心主义，只一心崇尚朱熹的客观唯心主义。认为"天地之间有理有气"，但"理在事先""理先气后"，"理为气之帅，气为理之卒"；还认为理是事物的"所以然"和"所当然"，是主宰和制约事物运动变化的关键。他还主张"先知后行"，反对"知行合一"，并认为人有两重人性，即"本然之性"和"气质之性"。他认为人有"聪愚之分"，具体地讲由于气质的"清浊"与"粹驳"，而有"上智""中人""下愚"之分。由于学问高深,李滉门下人才济济,其中赵穆、黄俊良、南致利、权好文、李德弘、郑惟一、郑逑、柳成龙、金诚一、禹性传等都是退溪显于世的弟子。此外,与李滉具有相似观点和经常一起交游的学者有李恒、曹植、郑之云、金麟厚、李彦迪、李仲虎、柳希春、鲁守慎、奇大升等。在后来的东、西党争中,这些人基本都成为东人系统或倾向于东人系统的人。

李珥(1536—1584)也是朝鲜著名的性理学者,与李滉一起形成朝鲜哲学之双璧。在哲学上,李珥持"理气兼发"的观点,认为世界是由"气"和"理"构成,"理气浑沦无间","实无先后之可言"。而后来他认为"推本其所以然,则理是枢纽根柢,故不得不以理为先。"他认为万化之生,"其然者气也,其所以然者理也。"其意思仍然是以"理"为万化之先和本。他还主张"有血气之身,然后有知觉之心",强调感觉器官在认识事物中的作用。在栗谷门下,也出现了一批优秀的学者,其中金长生、赵宪、韩峤、郑晔、李贵、黄慎、申晚退、吴允谦、姜沆、安邦俊等为出类拔萃者。此外,与李珥具有相似的哲学观而又交往甚密者,有成浑、宋翼弼、金集、郑汝立、柳梦寅、崔永庆等人。

李珥的学问观点也以程朱理学为宗,而兼学李滉之说,但在理气观、四端论等方面,与李滉有许多不同之处。如上所述,李滉认为"理气为二物",有二体,二用,遂以"四端为理之发,七情为气之发",后来又认为四端"理发而气随之",七情"气发而理随之"。而李珥则认为"理""气"并非二物,又不是一物,只不过是一体两面的东西。也就是说,其发之者"气",而所以发之者"理"。他还认为"四端者"不能"兼七情",而是"七情"兼"四端"而已,四端即是"七情"中之侧重"善"的一边,不可分两边而说。李滉和李珥在哲学和性理学问题上的严重分歧,自然导致了整个学术界的分歧和分裂。

朝鲜16—17世纪是学问日盛、学者辈出的时期,特别是以性理学为中心的儒学高度发达,迎来了朱子学繁荣期。学问的发达,意味着士林的隆盛,而士林的隆盛则标志着各类思想、学术观点分歧和摩擦的频发。如上所述,由于李滉和李珥的学问高深而存在学术观点上俨然的分歧,其手下又各自有一批优秀的学问弟子和学界挚友,难免学术思想和观点上出现对立。因为都是搞学问的士阶层,人人都以追尚真理而自期,有时气尚太高、言论太锐,往往伤及别人。同时士类之间,以学派门阀之殊异、老少新旧思想之差异,难免发生学问上的分歧和感情上的冲突。宣祖八年(1575),因沈义谦、金孝元两人的政争,退溪和栗谷系统的两个学派反目,从而士类二分。站在沈义谦一边者号西人,支持金孝元者称东人,西人多老成学者,东人多新进学者,喜尚名节。如此分派以后,大多数学者根据自己的门生、门派和理论追尚,亦依附二者之一。当时也有出入两间者,但不论哪一派,都相互攻击和排挤,"乙亥党论"由此开启。

至于党争之派中人,因为学派和学脉之关系,东人多李滉、曹植系统的人,其中尤以二人亲自培养之弟子为中坚。其中如柳成龙、金诚一、禹性传等,属李滉之门人。如金孝元、金宇颙、郑仁弘、崔永庆、郭再佑等,属曹植的门人。此外如郑述、郑琢等,同时出入李、曹二门。西人派的众子弟,都属于成浑和李珥的门人或友人,其中若沈义谦、朴淳、金继辉、郑澈、尹斗寿、尹根寿、宋翼弼等,都是成、李二人的学问友人,亦是西人中的中心人物。其他如赵洽、具宬等属牛溪门人,赵宪、李贵、黄慎、安邦俊、郑晔等人,都属于李珥门中人。

这类之党争,主要以笔舌为武器,随利害,攻人身。与燕山君时的士祸不同,党争的结果,不像过去之士祸,并无大的惨祸,但因具有政争的性质,故其党人之分歧与分化,愈益深刻和复杂。随着两派斗争的深入,东人分为南人和北人,北人中又分大北、小北。即使是大北内部,还分为中北、肉北、骨北三派,围绕利害,互不相让。不久,小北中又分清小北、浊小北。西人内部也不断派生党派,仁祖时有清西、勋西、老西、少西之分,而过一段时期又复融合。到了肃宗时,西人内部分歧不断,最终分为老论、少论。在这期间,南人派内部也有清南、浊南之分,围绕一些小事争论不休。在整个李氏王朝统治时期,这样的党争和党论连续不断,党内有党,派中存派,如同物理学上的核分裂,没有休止之日。这样的党争,遂成朝鲜朝数百年间无可拔除之永久性痼疾。

3. 四色党争实际上是现实利益之争

所谓党争就是党派之争,是有共同主义、共同利害的人结合在一起,排斥和攻击别人的一种争斗形态。党争以朋党之存在为前提,无朋党,也就无党争。这种朋党,原指同类的人为自私的目的,而相互勾结。这种朋党或党争,自古就有,是封建社会中无可避免的政治斗争形态之一,也是社会发展之极大障碍之存在。《国策·赵策二》曰:"臣闻明王绝疑去谗,屏流言之迹,塞朋党之门。"《史记·范雎蔡泽列传》"禁朋党以励百姓。"《晋书·郤诜传》"动辄争竞,争竞则朋党,朋党则诬枉,诬枉则臧否失实,真伪相冒。"在后来的历史上,朋党专指士大夫各树党羽,阴谋排挤,互相倾轧。唐中叶的牛李党争,宋仁宗时的欧阳修、尹洙、余靖之集结朋党等,都是其实例。朝鲜李氏王朝时的党争,都认为自从宣祖八年沈义谦和金孝元之东西分党开始。对党派之争自私的本质,宣祖时期的郑介清在其《节义清谈辨》中,列举诸多史实指出:

> 东汉节义,较以功名,则其高尚,犹可以激顽起懦。晋宋清谈,视之谋利,则其气岸,亦足以矫情镇物,其未知从事于圣门,而不循其义理之

安,张皇意气之发,以至于亡人之国,而不自知其为非也,亦无所辅于世教也。较然矣。盖节义底人,其心高视天下,而傲倪一世,出乎礼仪之规,不屑性命之正,使天下之人,皆有以自是而非人,终至于群狡并起、睥睨神器。至于清谈之类,则只是随波逐流底人,自以为不要富贵,而能忘贫贱,然而一边虽似清高,而那一边实未免招权纳货,亦使一时之慕效者,相率而为骄虚浮诞,卒无以为振起恢复之策,以成其篡夺之势。盖其节义,慕巢许,清净祖庄老,而筑底为弊。至于如此,而源其所始,皆不知有明德新民之学,而独善于彝伦之外,不究其视听言动之理,而自逸于检防之节。是皆衰世之所尚,而其得罪于圣贤中和之道者矣。后之为国者,其可不监乎哉?

郑介清本贯罗州,自小聪明好学,年轻时跟随学者朴淳学习,后见用,乃立志成为清官。好探求知识的他,后与李山海为友,因此遭到西人的嫉视。因为朴淳是西人,而李山海为东人,他的这种交友等于是叛党,"理当遭报复"。不久郑汝立之狱事发,郑介清被掌权的西人诬陷,以排节义而得罪名,杖流僻地而道死。在这篇文章中,郑介清历数东方历史上的党争,揭穿其自私的本质。在他看来,连魏晋南北朝时期的清谈,也只不过是为了谋私,"晋宋清谈,视之谋利"。他指出历史上所谓的清谈之类,"则只是随波逐流底人,自以为不要富贵,而能忘贫贱,然而一边虽似清高,而那一边实未免招权纳货,亦使一时之慕效者,相率而为骄虚浮诞,卒无以为振起恢复之策,以成其篡夺之势。"对这种清谈之类和党派之争,他十分疾恶,从而提倡"明德新民之学"和"圣贤中和之道"。

  古代良知之士,都认为"利害"乃党争主要的驱动力之一。实际上在这种"利害"面前,党人心中并无圣贤、君主和真正的义理,他们口口声称"国是"、圣人之道和礼义廉耻,但实际上行的是一己之私、一党之利,同样,他们处处以贤士、忠臣自居,以纠偏行礼论、朱子家礼之失自期,但实际上为的是整倒对手,掌握更多的权与利。当时很多进步学者看清党争的这种本质及其危害性,列举其恶劣的负面影响,采取极力反对和抵制的态度,但结果他们自己也难保清白,被卷入党争的漩涡。如被称为"海东哲人"的李珥,为了避免无为的党争,经常与各党派士类,讨论如何缩小或祛除嫌隙,同谋国事。为了实现自己善意的目的,他东奔西走,力辩十上卜,但结果导致许多疑谤和陷害,落得个孤立无援,连他自己的弟子也不理解他。他处处发现,士类之党争,唯以笔舌为武器,随利害,攻人身,为之能事,但面对险恶的现实,倍感无能为力。

  著名的实学思想家李瀷(1681—1763),也把党争的现实目的看作为了获取更多的权势和利益,党人行为准则的内在动力在于利害得失。他出生于世代南人家庭,亲眼目睹父亲李夏镇以党派斗争受祸,流配绝地,哥哥李潜因攻击老论派而被打成逆贼死于杖刑。所以,他自小决心不入党派,不做与党派有关的事,虽早年科举入格,但去官在家精进于学术事业。作为实学思想家,他一生著述颇丰,其中也有许多有关党争的研究文章。他的《论朋党》一文,就是其中的一篇,文中对朋党的心理期望和现实目的进行了具体的论述。他在此文中,一针见血地指出:"朋党生于争斗,争斗生于利害。利害切,其党深,利害久,其党固,势使然也。"①朋党往往是为私利目的勾结同类,所以与别的党派争斗是他的本性所在。那么,为什么争斗呢? 那就是为了利害,利害越切身,党锢就越深,利害越久,其党就越牢固,这些都是其本性和客观形势所然,这是再明白不过的事情。所以从本质上说,朋党也就是排斥异己的宗派集团,自古人们对它提防不已。即使是上古圣人,对它也没有什么好感,《尚书·洪范》云:"无党无偏,王道荡荡。"孔子要求"君子群而不党",荀子也认为士大夫应该"出于其门,入于公门;出其公门,归于其家;无有私事也"。韩非子尤其反对结构朋党,断定"结党营私,足以亡国"。对朋党的危害性,《汉书·游侠列传序》更曰:"背公死党之义成,守职奉上之义废。"可以看得出,李瀷的上述论断,完全出自于东方历史的经验教训。

对朋党的产生根源,李瀷亦有自己的观察和总结,得出了一系列合理的结论。其中,他认为社会分配及待遇的不公和选举制度的紊乱,乃是朋党产生的原因之一。他在《论朋党》中还说明道:

> 殊不知利害之源犹在,其失将不胜救矣。假使今日同盂而斗,明日各案而饱,去其所由斗,则彼一时訾诟之衅,将见贴然息而无复余嗔矣。故妻妾斗于室,必有一非,然其非未必使之至此,宠有所未遍也。兄弟斗于墙,必有一非,然其非未必使之至此,财有所未赡也。国之朋党,何异于是,源其初,不过一人之善恶,一事之轻重,不免有心诽口讪。此何等毫末,而内焉掴血相薄,外焉吠声纷吼,不见有旗鼓斧钺之令,而人人怀不旋踵意思。何者? 今使大廷之上,集百僚而辨臧否,各是其是,各非其非,然而让秩逊禄,各无倾陷摈斥之患。则是非自是非,朝廷一朝廷,何至于分朋分党戈戟之日相寻也! 然则朋党何从而有乎? 盖选举繁而取人太广也,爱憎偏而进退无恒也。②

---

① 《星湖先生全集》(卷四十五),《杂著》。
② 同上。

无论是国家还是一个家庭，争斗会有可能随时发生，但每一种争斗都有其所以然的缘由，而研究这些争斗的原因至关重要。一室妻妾之间不和，争斗于日夜间，原因可能在于恩宠不均；一家兄弟之间不睦，争斗于饭桌之上，原因可能在于财产分配不到位。无论是妻妾之不和、兄弟之不睦，其中必有一非，但是问题根本不在于有没有"其中一非"，"其非未必使之至此"，关键问题在于"利害"。一个国家的事情也无非如此，从外部表现上看，"不免有心诽口讪"，"此何等毫末，而内焉捆血相薄，外焉吠声纷吼，不见有旗鼓斧钺之令，而人人怀不旋踵意思"，"今使大廷之上，集百僚而辨臧否，各是其是，各非其非"，但是究其深层原因，也无非是事关"利害"。如果人人能够"让秩逊禄，各无倾陷摈斥之患"，这个世界定将是和谐太平，人人以礼相待，根本看不到争斗之类的事情。在李瀷看来，产生朋党的另一个原因，是选举制度有问题。他认为"选举繁而取人太广，爱憎偏而进退无恒"，从而造成了人心浮躁、人人争上游的现象。

4. "国是"之争的党派文化性质

这里所谓"国是"，不是一般行政措施问题，而是事关国家现状和前途的治国之本；"国是"取决于治国之本的大议论——"国论"。这种"国是"或"国论"，在党争森严的16—17世纪的朝鲜王朝，往往表现为党争论辩的主要议题或党派斗争的工具。这种"国是"和"国论"，往往以为国家生存讲究策略或谋发展的名义出发，但由于被党争各派所利用，它逐渐演变成各党派以此立身之本和辩驳对方之资。所以这时期的"国是"和"国论"，脱离其原来的意义，演变成党争的理论工具，反而对国家和百姓造成严重的负面影响。

（1）现举第十七代国王孝宗时宋时烈等提倡的"北伐论"来说，当时的朝鲜君臣认为，"我朝三百年来，服事大明，其情其义，固不暇言。而神宗皇帝再造之恩，自开辟以来，亦未闻于载籍者。"于是孝宗王则以"光复大明，天下为己任"之志，倡议北伐，开始做大量的准备工作。这种"复明抗清"的意识和政策，带有许多主观色彩，对国家利益来说是一种不理智的行为。因为与正处于上升阶段的清王朝武力对抗，等于是鸡蛋碰石头，其结果是可想而知的。围绕孝宗的"北伐论"及其政策，当时的西人派和南人派分歧严重，西人大都持支持意见，而南人大都持坚决反对的立场。对当时的朝鲜王朝来说，"北伐"与否，事关国家和民族存亡的大是大非问题，更是一个马虎不得的"国是"问题。无论是主张复明还是抗清，主战与主和，均事关国家与民族命运，所以士大夫应该共同关注，做出正确的结论才是正道。但是在当时四色党争的国家政治环境中，各派各执所见，不能合而为一，如此重要的"国是"问题，却变成了党派争斗的工具。

(2) 作为"国是"问题的"礼讼之争"。

朝鲜王朝以国家政策规定"斥佛扬儒",以朱子学为国学和正统思想的王朝,格外注重礼义范节,礼义范节在很多场合上升到"国是"的地位。当时朝鲜王朝的"礼义之争",主要围绕国王、王后、王子、王孙、嫔妃丧礼时的持丧时间、服饰、参礼等问题而展开,也显示出极其复杂的状态。《荀子·礼论篇》第十九云:"丧礼之凡,变而饰,动而远,久而平","丧礼者,以生者饰死者也,大象其生以送其死也","三年之丧,何也?曰:称情而立文,因以饰群,别亲疏贵贱之节,而不可益损也"。中国古代儒家的这些人生礼义思想,在朝鲜则产生了深远的影响,特别是朱熹的《家礼》传入以后,整个社会将其看成不可动摇的"金科玉律"。不过在士大夫内部党派之争十分激烈的16—17世纪,这种"礼义之争"逐渐演变成复杂的派别争斗的工具。不断分裂的不同时期的各派,围绕国王、王后、王子、王弟、嫔妃等殡丧的时间、服饰、殡礼等问题,进行无为的纷争和过激的争斗。如第十七代孝宗时期的"礼讼"之争,就是其中一例。而在孝宗死后的丧礼问题上,属于西人的宋时烈一派与南人一派展开争斗,其中一个问题就是孝宗之父仁祖的继妃慈懿大妃的服丧时间,南人主张三年,宋时烈则主张期年说,最后宋之西人赢诉。

(3) 事关国家存亡问题的"北伐论"。

这是朝鲜朝仁祖、孝宗王时期朝野议论纷纷的对外问题上的"国是"之争之一。自李氏王朝建立以后,即与中国的明王朝建立友好交邻关系,特别是壬辰战争时明朝派军队与朝鲜军民一起打败日本侵略者以后,朝鲜人都把明朝看成对朝鲜有"再造之恩"的兄弟国家。此后中国国内形势多变,后金势力崛起,与明王朝主动摩擦,继而双方处于长期战争状态。在一些紧要关头,朝鲜根据明朝的要求出兵与明军配合作战,但由于种种主客观原因,明王朝最终被后金人打败,失去经营了二百七十余年的汉族政权。清王朝入主中原以后,长期沉浸于"小中华"意识的李氏王朝,心中实在不是个滋味儿,但由于客观形势不得不承认清王朝的合法性,并迫于其军事压力举国称臣。一向亲明并沉浸于传统华夷观的朝鲜人,一开始实行外认而内不承认的政策,但是随着清王朝政权的日渐巩固和强大,朝鲜人逐渐觉得不改变传统华夷观念就很难适应新形势,而且很难保障本国的安宁和发展。不过从另一个方面,围绕如何对待与清的关系问题上,朝鲜王朝内部却始终存在强硬派和亲和派之间的分歧和矛盾。很多人在传统华夷观念和现实利益面前,还没有转过弯子,于是围绕这个问题朝廷内部曾展开过激烈的争论。后来这个争论被党派之争利用,逐渐成为批评或打倒对手的手段,国是之争演变成党派之争。这样的争论到了第十七代孝宗王时期可谓达到了高潮,如孝宗的信臣、西人宋时烈念朝明两国三百年友谊,痛恨"夷狄"满人入关打败明朝夺得中华政权,心中郁愤不已。他在写给孝宗的诤言中说:"不幸顷者丑虏肆凶,举国沦陷,堂堂礼义之邦,尽污腥膻……逆虏复肆弑逆,日月所照,霜露所坠,凡有性命之伦,莫不有不共戴天之义。况我国实赖神宗之恩,壬辰之变,宗社已墟而复存,生民几尽而复苏。我邦之一草一木,生民之一毛一发,莫非皇恩之所及也。然则,其在今日所以冤毒愤痛者,天下孰如我哉!"从而他要求具有同样观点的孝宗王,以卧薪尝胆之精神,"期以五年、七年,以至十年、二十年","扫清中原",复明伸义,以"正名明理,以守吾义"。① 按照这样的"春秋大义"观念,孝宗王生前真的为"北伐中原"作积极的准备工作。这种观念在西人中颇有市场,但它遭到南人和西人中"明晰者"的强烈反对和谴责,因为当时的清王朝正如日中天,与它对抗实际上是以卵击石,更何况"以弱小出兵以北伐",等于是自取灭亡。在围绕这一"北伐"问题的党派之争中,孝宗抑郁而死,宋时烈备受打击,免官流派绝岛,最后一场国是之争演变成了激烈的党争,几人忧愁,几人以此而荣升。

5. 四色党争中士人的文化心理。

作为文化生态大环境,一元化的高压政治、专制体制、思想文化政策,自然培育了士人的奴性和谄谀之风。再加上因党派之争权利层和士类二分,这种奴性和谄谀之风被表现为党派之内的生存规则。

王夫之在评论高宗时期士人的去就行藏时指出:

> 人之欲有所为者,其志持之已盈,其气张之已甚,操必得之情,则必假乎权势而不能自释。人之欲有所止者,其志甫萌而即自疑,其气方动而遽求静,恒留余地以藏身,则必惜其精力而不能自坚。二者之患,皆本原于居心之量;而或逾其度,或阻其几,不能据中道以自成,要以远于道之所宜而堕其大业,皆志气之一张一弛也。夫苟驰其志气以求安于分量之所可胜,则与于功立名之事,固将视为愿外之图,而不欲与天人争其贞胜。故严光、周党、林逋、魏野之流,使出而任天下之重,非徒其无以济天下也,吾恐其于忠孝之谊,且有所推委而不能自靖者多也。诚一驰而不欲固张,则且重抑其情而祈以自保。末流之弊,将有不可胜言者矣。

王夫之在此点出了士大夫和士人主体之两种心理走向及其弊患,这种概括基本符合宋代士大夫和士人的心理内涵特征。这两种心理走向,一是作为特殊

---

① 宋时烈:《宋子选集・己丑封事》,胡双宝、韦旭升整理,北京:中华书局,1999年,第112页。

人群的士大夫和士类"人之欲有所为者,其志持之已盈,其气张之已甚,操必得之情,则必假乎权势而不能自释",这种类型的士大夫或士类叫做"逾其度"者;一是"人之欲有所止者,其志甫萌而即自疑,其气方动而遽求静,恒留余地以藏身,则必惜其精力而不能自坚",这种类型的士大夫或士类叫做"阻其几"者。此二者的弊患跪各异,但"皆本原于居心之量",而导致士大夫和士人缺乏"居心之量"的基本原因,则在于"不能据中道以自成",从而"要以远于道之所宜而堕其大业"。无论是"逾其度"者,还是"阻其几"者,其根源皆在于"志气之一张一弛"之间。"其气过张","则必假乎权势而不能自释",而"驰其志气以求安","其志甫萌而即自疑,其气方动而遽求静,恒留余地以藏身,则必惜其精力而不能自坚"。前者有使气贪婪和膨胀权势欲之嫌,后者则有"重抑其情而祈以自保""无以兼济天下"之怠慢之意,这些都是不得不担心的"末流之弊"。

  中国明末清初王夫之的这一番话,不仅切中了中国历代党争中士大夫和士人的心态,而且也对分析朝鲜16—17世纪党争中士大夫和士人心态,有着重要的借鉴意义。与中国一样,朝鲜的"朋党之恶",也是其士大夫和士人群体"不能居中道"而"党同伐异"所导致。因为是"不能居中道"而坚持儒家"天下为公"之原则,士大夫和士人才为一派之利害勾心斗角,非欲将对方置于死地而后快。同时值得注意的是,朝鲜朝中后期的士大夫和士人因"朋党之争"而不能够"据中道以自成",也不完全是因为自身的"居心之量",实际上有时它与"国是"这个高度"为公"之要事和当时专制的政治与文化息息相关。"逾其度"就是依仗这个"国是",假乎权势,排斥异己;而"阻其几"者,也同样在以"国是"为依据的党同伐异中被人受阻和排斥,才"重抑其情而祈以自保"的。朝鲜朝的"国是",是在封建制度、君权和士大夫"兼济天下"的士本位意识的合力下产生,其本意应该是"为国而对公"而"进言",但在实际操作中因错综复杂的关系和原因,滋生出严重的"朋党之争"。从文化心理的角度看,士大夫和士人自小原有"兼济天下""治国裕民"的儒家精神和"士出仕以光宗耀族"的远大抱负,但在朋党交恶的时代背景下,难免一属"派中人"。在党派之争十分激烈的当时,党派往往是家族性的和学脉性的,所以绝大部分士大夫和士人几乎无不属于某个党派。在这种情况下,士人即便有经世之才和回天之力,也必将陷于现实困境之中,为了生存最后不得不从属于某个党派。一旦属于某个党派,必然处于你攻我伐的激烈争斗之中,不管是胜是败,受到多大的利益或伤害,其命运必然与派系息息相关。在这个过程中,大部分士人的心态极其复杂,儒家积极进取精神、个人功名观、现实利益之需、个体喜怒哀乐感情之发散等等,构成着士人主体文化心理之思阈。

6. 党争与文人的文学创作。

文学是客观生活的反映,也是其主体心灵的创造。而任何一个创作主体都生活在一定的客观环境之中,每个创作心灵都不可能离开包括政治影响在内的社会时空而存在,尤其是身处政治旋涡或社会牵连的文人,其创作出来的作品不能不浸透着具体环境的因素。朝鲜16—17世纪发生的激烈党争,其主体大都为能文能诗的文人。朋党之争直接或间接地影响了他们的仕途进退和生活命运,有些人卷入其中而身陷囹圄,有些人虽未完全被卷进,但也受所波及之影响而难尽兼济天下之才,彷徨于政治旋涡外围之边缘。无论是哪一种境遇,作为一个士人都是痛苦不堪的事情,是一个灵魂受震颤的过程。感情上的这些洗礼,不时震撼着他们的心灵,感受到复杂的心理感怀和不尽的创作冲动,不断刺激着他们以文学形式抒发艺术情感的渴望。

第十一章　朝鲜朝节令植物寓言之人文特色

四时更替本属自然现象,《礼记》有云:"天有四时,春秋冬夏。"古代朝鲜与中国一样,是一个以农耕生产为基础的农业社会,人们长期习惯于"顺天",特别是合规律性的四时季候、昼夜寒暑、风调雨顺对生产和生活的巨大作用在人们观念中留有深刻的印记。朝鲜又是一个儒家思想占主流意识形态的儒教国家,"参天地,赞化育""天人合一"思想和"文以载道"的诗教观念深入人心。朝鲜朝时期创作产生的《花史》、黄中允的《四代纪》、南夏正的《四代春秋》一类作品正是这两种观念合流的产物,"夫天有四时,日月寒暑,风雨霜露,无非教也。其间,虫兽草木,莫不因时,衰亡美恶,莫不同等"①。作品以一年中顺次更迭的四时节令,及生长孕育其中的草木植物为拟人化题材;"假岁功达王事,寓言以纪之,滑稽以掩之"②,采用滑稽幽默的艺术手法,传递儒家思想中理乱兴衰的王道思想;其中更蕴含了古代东方丰富的节令文化。这些作品与统一新罗时期薛聪的《花王戒》一脉相承,"古之薛弘儒者,有花王对,此盖踵以张大之也"③,是朝鲜朝寓言小说中一个非常重要的题材类型。

第一节　《花史》的思想意蕴及其"人物"形象

在东方审美中,文人知识分子有以"香草美人"自喻的传统,自然界的花草植物被赋予了人格的魅力,承载着文人们对美善的寄托,颂扬其馥郁的芬芳之美,表达的是对"仁""善"的追求。创作于朝鲜朝后期的《花史》,就是一部以花草植物"引类譬喻",寓实于虚,直指时政的优秀作品。

《花史》以花为主角,将花草及与之有关的自然现象拟人化,用"花之王国的兴亡史"影射和讽刺当时的政治与社会,含蓄地表达作者的观点与态度,是一部带有"假传"性质的寓言小说。它以人物刻画为中心,采用"寓论断于叙事"的手法,以编年体的形式,通过对"花之王国"三个朝代四位国王统治的"人事"历史过程的叙述,表达作者的思想主张,寄寓作者对社会政治的理想。

---

① 张孝铉等:《校勘本韩国汉文小说·寓言寓话小说》,高丽大学民族文化研究院,第314页。
② 同上书,第315页。
③ 同上书,第314页。

作品"布置回护,叙事收拾,颇得史家规矩",文章"抑扬起伏,铺张引谕处,多有正本救弊之意,诚是昭代一花谏也"①,表现作者对当时黑暗朝政和昏庸的君主的不满,对一心只图私利、不问是非曲直的奸人、佞臣的憎恨和谴责,隐讳地表达出作者对清明政治的追求和对劳苦大众命运的关心。然而这种表现绝不是单纯的诅咒、呵斥和呼喊,而是处处显现为一系列刻画得栩栩如生的审美形象。我们知道,单纯的情感发泄不可能成为美的艺术,只有当艺术家意识到了他的情感所包含的深刻的理性内容,并把他的情感对象化、客观化,具现为情理交融的艺术形象的时候,这才有美的艺术的产生。从这一点上说,《花史》对于艺术形象的刻画是成功的。其"人物"既具备所拟之物,即花草树木及自然现象"物性"的特点,同时又兼具"人性"的特征。读之既能感受到寓言虚构性、故事性、哲理性的特点,同时又兼备史传美恶并举,褒贬分明的特点。

在《花史》之前,高丽朝的《三国史记》中便记载了统一新罗时期的薛聪为劝谏国王而讲述的一则寓言故事《花王戒》。作品以花王国的国王比拟人间的国王,以"蔷薇"比拟迷惑国王的身边的宠侍佞臣,以"白头翁"比拟忠直之臣,揭示了"亲贤臣,远小人"的寓意。同样是花王国的题材,《花史》表现的内容更加丰富,揭示的寓意也更为深刻;在艺术表现上,作为寓言小说的《花史》既具备一般"假传"的特点,同时,其讽刺手法的运用,更增强了其艺术表现力。可以说,《花史》体现了儒家传统"怨刺"精神在思想上和艺术上的结合。在作品开篇序言中,作者道出了写作这部作品的由来:

> 太古之世无书,人与物冥异,草木有荣华芬芳者,如人之有道德文章。而人有书,记示于后,物腐而无传,悲。夫鱼以龙为王,兽以虎为君,黄蜂有衙,白蚁有国,则以花卉植物之美者,而独无君臣国家哉。古人以牡丹为王,芍药为相,则花卉之有君臣,尚矣。然牡丹主夏令而已,彼春花秋卉,亦岂无君长乎。兹以梅为冬春之王,牡丹为夏王,莲为秋王,略记其四王传统之序,及治乱得失之由。于是,君臣上下,荣枯贵贱,君子小人之分,与人同。然而惜乎,其历年无多,又不得传世也。虽然,其有荣华芬芳者,庶乎与人道德文章同,不朽于世欤。

作者以人的道德文章写花卉植物。在作者看来,花草世界正如人世间一样,有"君臣上下,荣枯贵贱,君子小人之分"。故作者以最具季节时令代表性的

---

① 李家源所藏笔写本《花史》。

梅花、牡丹、莲花媲于君;以松、柏、竹、桂等历来为古人视以高洁象征的植物配忠贞、贤臣;以杨絮、彩蝶等随风飘忽之物比谗佞;以飘风云霓为小人。花草虫等自然物被拟人化而具有了生命,充满着情感色彩,从而具备了非概念所能企及的审美特征,使得读者为"花王国"中种种奇丽幻美的形象所吸引,在美的欣赏中去体验和把握作者所要表达的思想情感。"用花卉比拟汪洋恣肆的奇思妙想,纵论政治兴亡"①,针砭时弊,是这部作品的价值所在。可以说,《花史》是"直承骚义"之作,"实是离骚后,初见文字也"②,是朝鲜"拟传"体小说的集大成者。

一、作者考论

《花史》的作者今尚存疑。依据现存版本,学界对该问题有三种看法,即林悌说,南圣重说和卢兢说。

过去一般文学史均认为《花史》的作者为白湖林悌,但这种说法没有得到确认。林悌生于1549年,卒于1587年,时值朝鲜朝宣祖年间,也是朝鲜朝党争最为激烈的时候。其创作主要有汉文诗、寓言小说等,主要代表作有《愁城志》《鼠狱说》等。

另有一种说法,认为《花史》是17世纪的南圣重所作。在"李秉岐的藏本《花史》中发现了统一版本的《花史》附有肃宗41年(1702年)壬午南圣重写有'余作花史'的跋,以及肃宗44年乙酉金良辅为其朋友圣重的作品《花史》所作的跋。……南圣重,字仲容,壶谷龙翼的儿子。肃宗37年跟随赵泰亿出使日本。"③韩国国文学者金台俊认为,将《花史》视为肃宗壬午南圣重所作比较合理。

还有一种说法,认为《花史》为18世纪的卢兢所作。卢兢生于1738年(英祖14年),卒于1790年(正祖14年),字如临,号汉源,1765年(英祖41年)中进士。1777年(正祖1年)被权臣陷害,流配渭源,1782年获释。李家源所藏笔写本《花史》卷头写有"公州卢兢著"字样。明确写有著者姓名,这在朝鲜朝英、正以前的版本中是很少见到的。书后跋文中有:

> 夫寓言托物,古人多用其体者,则复谁下词于其间哉?卢氏之此传,虽使庄周骋其辞,韩退之掉其舌,未能加半字,而减只句,诚是青邱中大椿也。虽赤县,未有能出其右者。盖此等文字,全以无情之物,托有情之

---

① 金台俊:《朝鲜小说史》,第56页。
② 李家源所藏笔写本《花史》。
③ 金台俊:《朝鲜小说史》,第54页。

事,事之搯胃撋肾,鈇目鈇心,弊尽自家无限肝肠而后已,多见其不自量也。美则美矣,不必如是效颦,可也。

的记录。"卢氏之此传"再一次确认了作者是卢兢的说法。此外,从作品内容来看,《花史》作者为卢兢的可能性也比较大。因为《花史》中有:

> 一家内,有红白小三党,中又有不偏者,谓之三色。其或各分于红白之外者,又谓黄党。朝廷上,色目纷然,英王不能禁。至是,红白余党,尚存形色,王亦出自红党,欲专用一边人。金带围、卫足等,协心交谏,务存调和,或红或白,不有彼此,而白党犹盛。

的内容。作品中"红""白""小"指的应该是"南""老""少"三党。我们知道,"党争"问题一直困扰着朝鲜朝的最高统治者。朝鲜朝前半期,经历了燕山君时期的几次"士祸",在付出沉重代价的基础上,士林战胜了勋旧大臣掌握了朝政。然而政府变成清一色的士林之后,原来勋旧大臣同士林之间的权势之争又转化为士林间的斗争,也就是党争。士林内部的党争是那些早已担任显要官职并拥有大量土地和奴婢的老成士林,同虽已为官,但政治经济基础尚很薄弱的后起士林之间围绕官吏的录用问题展开的。老成派称为西人,少壮派成为东人。士林派分裂成东西两派大约是在1575年,即宣祖8年。其后,大约在1591年,东人内部围绕着如何对待反对派西人的问题产生了分裂,主张对西人采取温和态度的称为南人,主张采取严格对立态度的称为北人。此后,各派势力均有消长,并在未来的二百余年间,展开激烈的斗争。大约在1683年西人又分裂成两派,即老论派与少论派。这样看,林悌生活的16世纪下半期,这"三党"还尚未形成。此外的"英王"很有可能指的便是英祖(1724—1776)。激烈的党争给朝鲜朝的封建政治经济造成了巨大危害,同时,这一无休止的斗争对王权也带来了很大的威胁,因此,17世纪末肃宗统治时期曾企图实行荡平政策以制止党争,但未能实现。到了18世纪荡平政策作为一个更加迫切的问题摆在了英祖的面前。

1725年,刚刚登位的英祖便企图强制推行荡平政策,以保证王室的安危和维护其对封建国家的统治权。他实行了一种遏制因党争引起官吏的集体黜免和残杀的政策,任用官职以老论为主,同时尽量任用少论、南人和北人。这一措施虽然起到一定的作用,但党争始终未能消除,随后不久,1728年,又发生了一直受老论派压制的少论派的武装叛乱。所以作品中说"英王不能禁"。作品中"至是,红白余党,尚存形色,王亦出自红党"则指的是英祖的继位者正祖时代的情况。正祖曾经公开有过"我是南人"这样的言辞,所以在正祖时期,"欲专用一边人",不少南人受到重用。然而政治势力此消彼长,反而是老论派的余势又逐渐抬头,与作品中"白党犹盛"的说法一致。从以上存本的情况,以及将书中内容与历史相互印证,可以说卢兢是《花史》作者的可能性很大。当然最终认定《花史》作者的研究工作有待于学界的进一步考证。然而,诚如李家源所藏笔写本《花史》书跋中所言,该作品"诚是青邱(指朝鲜)中大椎也。虽赤县(指中国),未能有出其右者"。这一评论是否言过其实,我们姑且不论,但就其丰富的思想内容和卓越的艺术手法实可谓青邱中之大椎之作。

二、 思想意蕴

《花史》以四季更替为序,以拟人化的笔法,描写了"花之王国"三个王朝四代君王的荣盛兴衰,作品的内容涵盖了东方封建王朝史中有可能发生的所有事件,如建国、迁都、文物制度、封侯、外戚专权、权贵的专横跋扈、军阀割据、农民起义、王朝更迭、统治阶级内部矛盾、人才的任用、宫闱爱情、科举考试、王族的奢侈淫逸、大兴土木徭役、国王的失道,乃至沉溺于方术等等,可以说作者向读者展示的是一幅朝鲜封建王朝的缩影,其中自然也寄寓着作者的政治理想以及对朝鲜封建社会种种弊端的批判。花开花落本属自然现象,而作品以四代君王的"荣华芬芳",将关注的目光投注到其所关心的"王事"上,而对各代君王的描写各有侧重,立体地反映了作者的儒家封建"治世观"。

首先,通过对四代国王的形象的刻画,寄寓了作者的王道理想。

作品描绘的第一个王朝是"陶"国,"陶烈王"是梅花的化身,可以说他是作者心目中圣明君主的化身。作品通过,选择贤良淑德的配偶;任用贤臣良将;友爱兄弟,同时自身也兼备明德谦恭的品质等几个方面,塑造了一个封建社会理想的明君形象,表达了作者"家国之兴丧,造端于夫妇……帝王之兴,必资辅佐之贤"的主张。在人才的任用上,要"用之勿贰,任之勿疑"唯有这样,才能"上责辅弼之效,下尽忠贞之节,国事成而王业昌"。陶烈王,封乌筠(竹)为相,任用秦封(松)、柏直(柏)为将,迎娶桂(桂树)为妃,这些植物在文人心中都是高洁、正直、气节、苍劲、挺拔的象征。作者对这样的明君、贤臣予以了极高的评价:

> 烈王之德,其盛矣哉!得贤相而定区宇,任良将而制阃外,无为而化,不战而胜,封同姓,而长其恩爱,褒忠节,以树其风声,虽昔殷周之治,蔑以加焉。然王树国于朴略之初,其历年无多,嘉言善行之见于简册者,

甚鲜。岂不惜哉?

作品描写的第二任国王是"陶英王","陶烈王"的弟弟,因其"移都东京",称为"东陶",建元"中和",治国五年。据载:

> 中和二年春二月,王移都东京。三月,王御东阁,亲试贡士三年,贬乌筠于黄冈,以李玉衡为相。四月,杀宫人桃夭夭…梅妃废死春草官…以杨贵人为妃…白凤车尚寿阳公主…以杨絮为金城太守。四年,密人黄范者,匈奴之别种也。白昆仑山,流入中国,阆处崖谷间,人谓之阆贼。至是,作乱。蜀主杜鹃称帝。杭州人姚黄自立,国号夏。五年,将军杨絮,遣将军石尤,弑王于江城。

陶英王登基之初,犹能励精图治,亲御殿试,选拔人才,虽然没有听丞相乌筠的劝谏而执意迁都,但仍不至于因此而亡国。陶王朝之由盛而衰是其后期贬斥忠良、奢靡荒淫、任人唯亲的昏庸统治,导致外戚专权、武人当政,最终使得外族入侵,国家分裂。陶英王宠爱杨贵人(杨树)、白凤车(蝴蝶)、黄栗留(黄莺),任用李玉衡(李树的花朵)、杨絮(杨树的飞絮),导致黄范(黄蜂)作乱,最后身死石尤(飓风)之手。

作者以中国唐王朝由盛而衰的历史,唐明皇"先明后暗"的政治为蓝本塑造了"东陶"王国及"陶英王"的形象。作者在论赞中直接点出:

> 异哉!英王之世,与昔唐玄宗之时,酷相似也。玉衡,似林甫,杨絮之横,似国忠,密人之乱,似吐蕃,石尤之变,似禄山,梅妃废而杨妃宠,且先明后暗之政,似开元、天宝之治乱,何其似甚也?

实际上影射了本国昏庸的国王以及混乱的朝政。朝鲜高丽朝,仁宗时期,发生了外戚李资谦之乱,一些重臣遭到杀害,国王也为乱臣所房获,王朝遭到重创。1127年,仁宗借助西京(平壤)的两班和僧侣的力量,肃清了敌对势力。以妙清为首的西京势力要求迁都不成,便发动叛乱,史称"妙清之乱"。1146年仁宗死后,其子毅宗即位。"在高丽历代国王中,像毅宗这样以骄奢淫逸为能事的国王是少有的"。[①] 他在位期间,不断征用士兵和农民修宫殿、建离

[①] 朝鲜民主主义人民共和国科学院历史研究所《朝鲜通史》,长春:吉林人民出版社,第429页。

宫。他一年数次带领数以百计的朝臣到离宫和寺院游玩；此外还曾连续多次摆设名为"饭僧"的招待僧侣的宴会，每次参加者竟达数万人之多；全国各地的佛教寺院纷纷举行为国王祈祷长寿的所谓"法会"，为期动辄千日乃至万日。这些庞大的开支均通过各种途径转嫁到老百姓身上，此外文臣、僧侣也通过各种方式对百姓进行无休止的盘剥，终于造成民怨沸腾，各地的农民起义频频爆发。而统治阶级内部，由于高丽朝奉行重文轻武的政策，武臣集团不能直接搜刮人民，加之文臣长期以来蔑视武臣，终于导致了"武臣之乱"。1170年，武臣郑仲夫、李义方等人趁毅宗去开京近郊的寺庙普贤院游乐的机会，发动军队包围寺院，把随同国王的所有文臣和内侍全部杀死，继而回到开京又杀死了一批文官，废黜毅宗，将其流放巨济岛，立其弟为明宗，从此开始了长达一个世纪的武臣统治时期。作者将本国的历史巧妙地为其披上了两层外衣，往者以逝，来者可追，隐晦地表达了其"述往事，思来者"，"以史为鉴"的史家"补弊起废"，以兴王道的政治理想。

作品描写的第二个王朝是"夏"。石尤弑英王后，迎立姚黄。姚黄是为"夏文王"，定都洛阳，建元"甘露"，治国六年。

> 甘露元年夏四月，王御南薰殿，朝诸侯……封石尤为风伯……立魏紫为后，花薬为夫人，以迩侍金带围，为承相。二年，诏求陶后，得英王孙梅玉，封为侯，使奉陶祀。置柏府、槐院、紫微省、翰林院、蓬莱馆，皆以文学英俊之士，充其任。……于是，朝廷清明，文物烂然。八月，王亲诣芹宫释菜，仍与诸生讲论，杏坛槐市，士林咸集，菁莪朴棫之化，蔚然復兴。征夹谷处士倚兰不起。三年，流海棠于长沙。五年，风伯入朝，最承恩遇，出入非常……杀谏者荆楚。绿林贼叶青兵起，旬月之内，天下响应，六年夏六月，王游于后苑，为野鹿所咬，少女乘时进毒，遂殂落。

作品中的"姚黄""魏紫"均为牡丹的名贵品种，"金带围"是芍药的名品；"芹宫""杏坛""槐市"都是古代学校、学宫或是授徒讲学之处，"释菜"则为古代入学时祭祀先圣先师的一种典礼。"夏文王"立国之初，重视教育，培养了大批有用的人才；任用了一批"文学英俊"之士，使得"朝廷清名，文物灿烂"，"菁莪朴棫之化，蔚然復兴"，呈现出一派欣欣向荣的景象。然而，朝廷内部愈演愈烈的党争，和"夏文王"任用石尤，并娶其女为妃子，使得"夏朝"由治而乱，最终灭亡。如果说东陶国的历史，作者旨在"以史为鉴"，"述往事，思来者"，含蓄地影射朝鲜混乱的朝政的话，那么这一部分作者便是将讽刺、批判的矛头直指当朝政治，以辛辣的笔触谴责了植根于朝鲜朝统治阶级内部无法祛除的痼疾党争。

> 初,东陶之世,武陵之桃,为国大阀,门楣婵赫,子孙蕃茂,且以外戚,争尚奢侈。有名碧者,性独高洁,晚习绮纨,与其友白雪香,齐名一世。同持守白之论,莫王爱之,共置玉堂。又有名柳者,渭城之外裔也。一名曰少。小年英名,最出于诸桃之前,时人互相称誉。仍以今党,一家内,有中立不褊者,谓之三色。其或各介于红白之外者,又谓黄党。朝廷上,色目纷然,英王不能禁。至是,红白余党,尚存形色,王亦出自红党,欲专用一边人。金带围、卫足等,协心交谏,务存调和,或红或白,不彼此,而白党楷盛。海棠不能出气,讥刺朝廷,金带围白上,流之。是时,黄党亦有见黜城外者,仍赐名黜墙。

朝廷官员分成红党、白党、黄党等派系,"色目纷然"。面对党争,英王不但不禁,反而由于其本人出自红党,而专用红党之人,贬斥其余两党。作者将花王国的党争直接与中国唐代"牛李党争"和宋代"川洛党争"作比,写出了党争对于封建中央集权统治造成的巨大消耗,更是对面对党争束手无策的国王进行了辛辣的讽刺。

党争是根植于朝鲜朝统治阶级内部的痼疾,朝鲜朝第七代国王世祖(1456—1468在位)利用自己扶植的势力篡夺了侄儿端宗的王位,夺取政权后大肆屠杀反对派和正统知识分子。此后朝鲜朝政坛上的不同政治派别的倾轧就再也没有停止过。15世纪末到16世纪中叶相继发生的"戊午士祸"(1498)、"甲子士祸"(1504)、"巳卯士祸"(1519)、"乙巳士祸"(1545)等一系列屠杀士林的流血事件。直到16世纪60年代中叶开始,士林派掌握了朝政,统治阶级内部矛盾又转化为士林间的斗争,即"党争"。处于时代漩涡的作者在写到花王国的"党争"时,不无同感地慨叹到,"唐文宗常曰,'去河北贼易,去朝廷朋党难。'读史至此,未尝不掩卷叹也。谓之党祸,酷于边乱,……,谓其破党,难于制贼……书曰,'无偏无党,王道荡荡'"。

导致夏朝灭亡的另一个原因是"文王"重用奸人,沉迷美色,贬斥忠良。弑杀陶英王的石尤被封为风伯,"最承恩遇,出入非常",文王不听宰相金围带的劝谏,执意纳风伯少女为才人,从此"怠于视朝,颇事侈靡。求天下怪石,作假山,植奇木异草,嵌空苍翠,烟岚生其下。作四香阁、百宝栏,皆以沉香、珠翠为饰,一遵杨国忠故制,时,设万花会于其中,以为屏障,亦唐之遗事也。"不仅如此,夏文王还听信谗言,杀死了直谏的忠臣。内忧终于引来外患,百姓起义,天下响应。而此时的文王还沉湎于少女的美色之中,"六年夏六月,王游于后苑,为野鹿所咬,少女乘时进毒,遂殂落。"

第三个王朝是唐。夏亡后,杜若、白芷等推立水中君为王,都于钱塘,国号南唐,白莲是为唐明王。建国之初的南唐,唐明王"开井田,行钱币",任贤良;且依仗"深沟高垒"的地利因素,免为外界涂炭,"众生支安,国家殷富。于是,水衡之钱,多至巨万,川泽鱼鳖,不可胜食。在下者,业于治丝,在上者,朝夕量珠而已。"建国三年时,成功抵御外敌入侵,可以说,此时的唐明王是个明君。就在这一年,来了个道人对国王说:"说经,则天雨四花,莲胎降生于极乐世界"。国王大悦,设置水陆道场,花费的钱财在亿万以上,每天与朝臣们朝夕说经,国事荒废。对于忠臣的谏疏置之不理,五年,王听信方士长生之言,"饮白露有疾,疾呼左右,左右之人,皆饮露,口喑不能言。王不胜忿恚,再曰:'荷荷。'"遂殂落。作品以讽刺的笔触,嘲笑了上层统治阶级迷信方术的荒唐行为。

《花史》以具体的"历史人物"和"历史事件"展现了"花王国"四代君王的兴衰荣枯,可谓"美恶并举,褒善贬恶"。在《花史》中,作者以史臣论赞的形式,直接表明了作者的褒贬。明君贤臣、高义之士受到了热情的歌颂,昏君佞臣、谲诳之士受到了无情的讽刺,进而对朝鲜政坛种种丑恶现象进行了大胆的批判。诚如作者在序言中所说,"(花之王国)君臣上下,荣枯贵贱,君子小人之分,与人同"。

此外,《花史》中还赞美了花之"荣不谢荣于春风,落不怨落于秋天","信""仁""公"高洁独立的品质,隐晦地表现出作者对朝鲜等级森严的门阀制度的批判,体现了作者朴素的平等思想,以及"庭草不除"淡泊名利的理想人格。作者在文末说:

> 天地之间,人是一物而已。花有千百种,则人固不如花之寿矣。天以花行四时,仁以花瓣四时,人孰知其信。荣不谢荣于春风,落不怨落于秋天,人孰知其仁。或生于堵砌之上,或生于粪溷之中,而不争高下贵贱,同其荣枯,则其公心,亦异人矣。然则,花者至信至仁至公,众且寿,而得天性之正者也。既众矣,何有乎为国。既信既仁矣,又如是至公,则何有乎为君。凡人有一艺之能,一分之才者,必欲夸矜一世,传之百代,施为于争功,伐录于简编,而花则不然。故知其天性之美者,惟人中之君子。是以,宋濂溪先生,庭草不除,与自家意思一般。君子欲与之一般,则其性之全其正,可知。彼区区于言语文章,孜孜于功名事务之间,亦安得全其性,复其正耶。

所谓"天行有常",天地间万物均有其盛衰荣枯的规律。花开花落,它们依时节而荣枯,正是践行这一规律的典范。"花王国"中没有高低贵贱之分,它们在各自的时节中,妖娆芬芳,尽情展示自己动人的身姿。在这里作者以草木形象构建了一个理想的世界与现实世界作比,隐喻了朝鲜严格的身份等级制度,对人个性的压制和对才华的埋没。

三、 艺术特色

《花史》不仅蕴含着丰富的思想内容,在艺术上也取得了卓越的成就。

《花史》是一部带有"假传"性质的寓言小说。这部小说无论是艺术形式,还是表现手法上均较前代"假传"体有了较大地发展。作品将花草植物以及与之有关的自然现象拟人化,"以无情之物,托有情之事",采用编年体的形式,叙写了花王国三代四位君王的更替,记录了一部"花之王国的兴衰史"。较之前代"假传"作品,采用纪传体的形式,专为一事一物立传,在形式上有了较大的发展。这样就使得作品的容量增加了,表现的思想内容也就更为复杂了。在艺术表现手法上,《花史》具备一般"假传"作品的特点,谐音、双关、使事用典等"假传"传统表现手法的使用。谐音修辞手法,如陶烈王的一份诏书曰:"予以孤根弱植,袭先遗烈,克新旧邦,奄有守内……肆学封典,与有分土……"其中,"克新旧邦"的邦即谐音"芳";"与有分土",分即与"盆"谐音,点出了其芳香的特质,和栽种在盆中的生活环境。双关修辞手法的使用,如作品中金带围对风伯石尤的一段评述:"风伯为人,反覆无常,喜则吹嘘,怒则吹折,此所谓治世之能臣,乱世之奸雄……"这段话描述了石尤的性格特点,同时,"反覆无常""吹嘘""吹折"又巧妙地点出了狂风的特性,一语双关,妙趣横生。大量取用中国历史典故是"假传"体作品的一大特色,本文也不例外,如文中追述陶王朝历史的一段话,

> 数世至古公楂,娶武陵桃氏女,生三子,王其长。桃氏生有美德,于归之日,宜至其家。诗人称美。尝梦游瑶池,王母赐丹实一枚,吞之有娠。

"生三子""于归""宜至其家",均出自《诗经》;"瑶池""王母"又是中国神话中的意向、人物。再如,滕六(雪)听说乌筠(竹)有贤能,封其为"孤竹君",出自唐诗"冻雪封松竹"。

在人物形象的塑造上,《花史》较前代"假传"体作品,借"人物"形象表达作者"怨刺"思想内容的基础上,更加注重形象内在的刻画,展现人物特定的

情绪,使之更加生动、丰满,更加具有"人性"。如前文所述,作品通过四位"花王国"国王形象的塑造,表达了作者深邃的思想内容,但这些"人物"绝不简单是内容的"载体",其形象本身也充满艺术魅力。如陶王朝第二代国王英王,作品除了描写其贬斥忠良、奢靡荒淫、任人唯亲的昏庸统治,最终落得身亡国灭的下场之外,还写出了他性格中多情的一面。如"杀宫人枖枖"和"梅妃废死春草宫"两个事件的描写:

> 夫人李氏,宠冠后宫。及枖枖入宫,芍芍有容姿,夫人心尝恶之,至于成疾。王怜之,命斩枖枖,慰其志,而夫人终不起。王追悼不已,常于竹宫,爇名香,怀梦草,以思之。初,王咏摽梅诗,乌筠谏不可娶同姓,王不听。及立为妃,有贤德,王尝赏赐明珠一斛,辞不受。至是,王新嬖杨贵人,妃遂宠衰,终死于春草宫。王哀之,亲制诔以葬。

李氏嫉妒宫人"枖枖"的容姿,而积恶成疾病,国王为了安慰她,杀掉枖枖,而终没有挽回爱人的生命。夫人逝后,王仍追悼不已。在这里,作者取用汉武帝怀揣"梦草"入睡,希望能梦到故人李夫人的典故,描写了陶英王的多情。在梅妃一事中,作者又取用唐明皇与武惠妃的典故,衬托了英王多情的一面。这样,陶英王这个"人物"的形象就更为鲜活丰满了。

此外,作品中如陶王朝两朝宰相乌筠的"忠直";夏王朝风伯的"专横""不可一世""反复无常";及风伯小女的"机警""善权术"的性格特征,也为作者通过各种艺术表现手法,刻画得惟妙惟肖,鲜活生动。

《花史》以活灵活现的艺术形象,简洁峻烈的笔法,描摹了"花之王国"的兴衰,透过植物的世界,将现实国家的治乱兴亡联系在一起,讽刺批判了封建王朝的种种弊端和黑暗统治。它是一曲清丽的赞歌,赞美了自然界花草"荣不谢荣于春风,落不怨落于秋天","至信至仁、至公"的美好;它也是一曲斗志高昂的战歌,鞭挞了现实"凡人有一艺之能,一分之才,必欲夸矜一世,……施为于争功"的丑恶。可以说《花史》是朝鲜朝时代最具异彩的作品。

第二节 《四代纪》的历史文化意蕴

《四代纪》是朝鲜朝中期著名官僚文人黄中允创作的又一篇具有假传性质的中篇寓言小说。作品将一年中顺序更迭的四时节令,以及生活期间的草木虫兽拟人化,并且将中国古代与自然季候相关的神话传说人物引入,以诙谐幽默的笔法,描写了一个想象奇幻、光怪陆离、却又充满现实思考的传奇世界。作品"假岁功,达王事",以拟人化自然界中的种种物态人情,寓人间王事政令之得失,字里行间渗透着作家对关心国计民生的忧患意识,具有强烈的现实色彩。

《墨子·天志中》说:"制为四时春秋冬夏,以纪纲之。"《四代纪》以一年中次序更迭的春、夏、秋、冬四时为四代,代立一国,元、夏、商、燕;每季三月,设三朝,朝置一王,书写十三位皇帝统治期间的理乱治兴。关于季节交替,古人认为是阴阳二气相争,拟写为战争。《四代纪》紧紧围绕春、夏、秋、东四时节气变化和物候特征,塑造人物形象,敷衍故事情节。小说的故事情节均展开于玄冥的残暴统治。玄冥即传说中的冬神,《礼记·月令》中有"(孟冬、仲冬、季冬之月)其帝颛顼,其神玄冥"之说。玄冥的酷烈统治之下,民不堪命,四海怨咨。作品引《尚书·汤誓》中"时日曷丧,予及汝偕亡",极言隆冬之严酷,百姓生计之艰难。元代开国皇帝太祖三元东皇帝王正顺应天时,起兵讨伐玄冥,大败玄冥大将滕六(雪神)巽二(风神),建立第一代国家,以正月为岁首,是为元纪,这就是四时中的春季。元代历经四朝,太祖三元东皇帝王正、仁宗木帝中和、明宗青帝太簇、衍宗闰帝季。作品紧扣春季草木萌生,万物复苏的时令特征,叙写了四位帝王在位时的政令实施。东皇帝在位三十年,设官分职,奖掖耕谷,奉行养民之政。仁宗木帝即位于春困之时,时逢回禄(传说中的火神)作乱,帝命雨师平定之。自是而后,海内太平。明宗青帝即位于农忙之时,施行劝耕政策。他有感于介子推的忠烈,命令天下人在寒食节祭祀祖先。他在位三十年间,四海清明,百姓勤于务农,安居乐业。衍宗闰帝即位后,以为天下太平,侈意渐生,宠幸魏黄、魏紫,又暗地里派遣内侍官胡蝶儿、花蜂子遍访国中美色。闰帝在位期间不理政务,日日莺莺燕燕,歌舞升平。杜宇(杜鹃)上书劝谏,帝犹不能自省。南海朱明见元代大势已去,率领大将羊角(旋风)生擒闰帝,元灭夏立。朱明即位后,奖励耕织,封来牟(大麦)为富民侯、木棉氏(棉花)为温德侯、公桑氏(丝绸)为锦城箔上侯。著名晚年时,欧阳憎(苍蝇)、有蚊氏(蚊子)、何急(跳蚤)危害国家,百姓无不被侵。朱明在位时,勤于养民,但晚年受累于欧阳憎之辈,连累了其德行。炎帝蕤宾在位时,夏至擅权。蕤宾本为古乐十二律中的第七律。古人将律历相配,十二律与十二月相适,蕤宾位于午在五月,故代指农历五月,仲夏之月。国中权臣祝融(火神)不满夏至擅权,图谋帝位,废炎帝,自立为帝,是为夏纪三世火帝。火帝重用炎臣(炎热)、伏庚(暑伏)。旱魃(传说中引起旱灾的怪物)阿附三庚,伙同螟、蝗等贼魁肆意为害,致使农业绝收,百姓饥馑,饿殍遍地。西方金天氏率金虎、白龙讨伐火帝,三庚之辈见时势已去,皆自尽。火帝也束手就擒,被金天氏流放,夏代灭亡。金天氏登帝位,建立商代。金天氏取金秋之意,他在位时,五谷丰登、瓜果皆熟,农民小歇,国中安宁。中宗白帝蓐收(传说中的秋神)即位后,锐意整顿乾坤,肃清海内氛瘴尘烟,廓清六合,天下皆服其色。商代三世肃宗金帝(季秋)生性残忍,以肃杀为心,在位期间天下萧然。幽州人玄英见商代时运已尽,威逼金帝禅位,玄英建国,是为太祖颛顼皇帝,定都幽州,国号燕。商太祖在位时杀隐逸君子黄华(菊花)。商代二世玄宗阴帝即位后,所行酷烈之政,数倍于颛顼,人民艰难度日。三世愍宗水帝统治期间,大寒小寒作威作福;百姓皆畏寒战栗,杜门闭户;国内大小城郭,冷无人烟。当此之时,东皇帝之苗裔东君者,率领仁义之师,打入东关之内,废愍宗水帝,燕代亡,完成了四季的轮回。

在《四代纪》中,作者通过驰骋想象,幻设为文的形式,以拟人化的笔法创造了一个充满想象力,光怪陆离的神奇艺术世界。然而,作者绝非单纯的蒐猎传奇,而是有意识地以游戏之笔,构建了一个充满象征意味的境界。作品以四时季候、草木虫兽的自然世界比拟人间社会,"引类譬寓",讽时刺世,针砭时弊,寄托了一个封建儒家文人的治国理想,承载了丰富的历史文化意蕴。

"仁政"是贯穿《四代纪》思想内容的主线。"施政以仁"是儒家治国的基本理念。"仁政"思想涉猎包含的内容十分广泛:在经济上,"夫仁政,必自正经界始"(《孟子·滕文公上》),即"为民制产"让百姓能够通过生产劳作,获得生活上的基本保障,这是封建国家政治稳定的基石;政治上"尊贤","尊贤使能,俊杰在位,则天下之士皆悦而立于其朝矣"(《孟子·公孙丑上》,任人唯贤,是健全政治的先决条件;军事上"不嗜杀人者能一之"(《孟子·梁惠王上》)。"仁政"的这些思想在《四代纪》中均有所体现。

首先,经济基础决定上层建筑,政治上施以"仁政"的基础是"为民制产"。在古代朝鲜、中国等以自给自足的自然经济为经济基础的封建国家,历来强调保护小农经济,以此来维持和改善百姓的生计,从而保持政权稳定。统治者很早便认识到农业在百姓生活、国家财富、社会安定中起到的重要作用,所以古代封建最高统治者自古便有"农者衣食之源,而王政之所先也"①的政治理念,采取重农政策。中朝历史典籍中,帝王耕籍田、祀社稷、祷求雨、下劝农令等重农政策不绝于史书。可以说,"重农"是封建治国思想的重要内容。"不违农时"、奖掖农耕等重农政策则是"重农"方略的具体措施。《四代纪》正是以这样的"仁政""重农"思想连缀全篇,构成作品的基本思想主线。《孟子·梁惠王上》说:"不违农时,谷不可胜食也。""春耕、夏耘、秋收、冬藏,四时不失时,故五谷不绝,而民有余食也。"《四代纪》中便反映了顺天应时,与民休

---

① 《世宗实录》(卷一百五),二十六年。

息,劝课农桑的重农思想。作品中,作者笔下的"仁君"无不以奖掖农耕为先。象征春季的元代太祖即位后便提出"王者政在养民",加封"谷实"为"谷城侯""林有菜"为"平原侯""田茂蔬"为"颉羹侯",其中的象征意味不言而喻。元代二世之君,因"百姓困于春穷"又进封谷城侯"谷实"为"开国公"掌管国家的赈济,以帮助那些刚刚开始春播的农民。象征夏季的夏代太祖朱明即位后"首以农为急务",封句芒为"劝农使",来牟为"富民侯",木棉氏为"温德侯",工桑氏为"锦城箔上侯";并"广贮水泽",兴修水利。句芒是中国古代神话传说中的木神,司掌树木的生长,《礼记·月令》中说:"其帝大白皋,其神句芒。"郑玄注曰:"句芒,少白皋氏之子,曰重,为木官。"朱熹注曰:"大白皋伏牺,木德之君。句芒,少白皋氏之子,曰重,木官之臣。"来牟就是大麦,《诗经》中有:"贻我来牟"的诗句。象征秋季的商代太祖金天氏即位后以"养民则致哺腹之歌,立朝则尽喉舌之任"为执政理念,封"全多利"(早稻)为光禄大夫、"饱德侯"。而作者笔下的中太平盛世也不外乎"禾黍丰登,瓜果皆熟,农民小歇",百姓丰衣足食、安居乐业的景象。《史记·太史公自序》中所说:"夫春生夏长,秋收冬藏,此天道之大经也。弗顺则无以为天下纲纪,故曰:'四时之大顺,不可失也'",作品中四代的更迭无不以"时事已尽"为由,体现了以农耕为本的封建经济顺天应时,遵守自然规律的思想特征。

其次,"尊贤使能"的用人方略。所谓一代之治,必有一代人才治之;一代圣君,必有一代贤才辅之,这是历史发展的一条基本规律。《书·咸有一德》中说:"任官惟贤才";《论语·子路》有云:"仲弓为季氏宰,问政,子曰:先有司,赦小过,举贤才",亲贤远佞,为政者任人以贤是古今共识。尊贤亦是《四代纪》中"仁政"思想主线的重要体现之一。元代二世仁宗木帝即位后,广求天下贤才,他向四岳说:"咨四岳,朕方急于用贤,夫岩壑山林之内,必有国家栋梁之才,卿其荐之。"此处的"四岳"相传是中国上古传说中的人物,尧曾向四岳咨询继承人选,"四岳咸荐虞舜"[1],尧遂传位给舜。舜年老时又问四岳:"有能奋庸美尧之事者,使居官相事?"[2]四岳又推荐大禹,"伯禹为司空,可美帝功。"[3]在《四代纪》中,作者将善于举贤荐能,发现人才的四岳请来,为作品中的拟人化帝王推举贤良。夏代太祖朱明是勤政爱民的贤明之君,但他晚年任用欧阳憎(苍蝇)、有蚊氏(蚊子),并放任何急(跳蚤)吮膏浚血,侵害百姓。作者认为,微瑕掩瑜,是"此帝之累德",从反面传达了作者亲贤远佞的"尊贤"的重要性。《四代纪》中,每一个王朝灭亡的轨迹,除"时事已去"的自然因素

---

[1] 《史记·五帝本纪第一》,天津:天津古籍出版社,2000年,第2页。
[2] 同上,第2页。
[3] 同上,第2页。

外,无不是末代王国之君忠奸不分、贤佞不辨带来的恶果:元代闰帝贪恋美色,宠信花蜂子、胡蝶儿、金衣子、乌衣生,从此"日以奢靡,游玩为尚";夏代火帝祝融重用炎臣、伏庚更奸臣,引来旱魃(导致旱灾的鬼怪)、螟蝗(害虫)等贼魁作乱;商代肃宗金帝,任用霜台(霜降)为御史,使得"幽兰玉芝等贤君子,摧败失所"。

再次,《孟子·梁惠王上》中有云:"'孰能一之?'对曰'不嗜杀人者能一之。'"不嗜杀也是儒家"仁政"的重要内容之一。《四代纪》篇末以"太史氏"之口,表达了作者好生累仁不嗜杀的施政观点。

> 东皇帝以阳春之德,应云霓之望,苏天下于既死之余,使人人物物,鼓舞于春台化日之中,盛矣哉!仁、明两宗,能心太祖之心,政太祖之政,天下滢然其玉烛也。夫何闰帝,纵侈心,淫邪色,致令国祚,瞥然残花之随水,是谁咎哉?清和帝亦应天顺人,无愧于东皇,而曾未二世,篡夺继兴,暴政相仍,虽无金天氏,其得不亡乎?商之太祖,革夏命,承天统,蒸者爽之,鬱者舒之,亦圣烈之君也。中宗不振,而肃宗嗜杀,嗜杀而能保有天下者乎?至于颛顼,名位不正,以暴易暴,群怨沸天,其子孙不永也,宜哉!大抵四代之君,如颛顼不足论,夏、商太祖,虽以累仁,而嗣立者,济之以虐,故国亡,而民不之惜者,何哉?无他,虐我则譬故也。惟元之闰帝,虽有荒淫之慾,而不为杀戮之虐,故天下之思东皇浃洽之泽者,无不惜其亡也,惟其人心之不忘也。其苗裔得以复兴于四代之后,是岂徒天运之循环而然欤?

元代之东皇帝王正、仁宗、明宗;夏代之清和帝朱明;商代之太祖金天氏均是作者笔下的贤德之君,他们为政的一个共同特点就是都能够应天顺人,以民本好生之心,哺养百姓;而肃宗、颛顼、阴帝、水帝等昏暴之君,无不是嗜杀成性。即使是作者持贬斥态度的元代末世之君闰帝虽然荒淫好色,贻误国事,但他"不为杀戮之虐",在作者看来仍有可恕。所以在四代之后,以仁心治国的东皇苗裔又得以复兴。我们知道,这实际上只是春秋轮回,季节更替,作者意在言明用严刑峻法强制人民服从,远不如用德治教化使人心悦诚服,其褒贬之态度不言自喻。

此外,在思想内容上,《四代纪》更是直接反映了17世纪前期,后金两次大规模入侵朝鲜,给朝鲜人民造成的深重灾难,具有强烈的现实性。1627年(农历丁卯年)二月,后金皇太极派阿敏等统帅3万名八旗兵入侵朝鲜。李朝政府在后金强大的军事压力下,被迫签订内容包括与明朝断绝关系,派王弟赴后金为人质,每年进献大批财物等条款的"江都之盟"。1636年(农历丙子年),皇太极改后金国号为清,并于该年12月以李朝"屡败盟誓""助明害我"为由,发动对李朝的第二次侵略战争。清太宗亲率12万大军渡过鸭绿江,直指李朝京都汉城。李朝国王仁祖逃离汉城,避入南汉山城,并将王室后妃、王子等送往江华岛。次年1月初,清军攻陷汉城,既而南下,包围南汉山城。与此同时,多尔衮率兵攻打江华岛,江华岛失陷,李朝王室后妃及王子等被俘。1月30日,仁祖率众臣出城向清投降,签订"城下之盟"。自此,李朝政府与清朝政府"革兄弟之盟,更为君臣之约"①,形成了所谓"朝贡"关系。"丁卯、丙子之乱"给朝鲜人民带来的深重灾难,据史料记载,当时"京城居民受祸最酷,余存者只是未满十岁之儿,年过七十之老人,而举皆饥冻垂死"②。《四代纪》中

> 朕尝观东极朝鲜国,与西虏讲和,虏使之侵惩者,岁不下四五度,所废棉布,动以万匹,朝鲜亦于春秋遣使,春曰春信,秋曰秋信,一使之行,又至万匹,此皆责出于民户,一丝一缕,民不得自衣,而尽输于椎剥之手,哀我民生,老少悬鹑,其始也。大儿来觅袴,小儿来觅襦,无不冀一免冻,而毕竟倚门而啼泣,朕未尝不为之怜恻。今尔就封,努力务种,凡朝鲜国民之赤立着,而先济之。

的一段描写,反映的就是这段历史。李朝一向奉明朝为正朔,所以贬称清为"西虏"。据史料记载,"丁卯之乱"后,在明朝与后金的战事期间,后金曾一次要求李朝政府提供"黄金一万两,五色布十万同(五十匹名一同),白金一万两,白苎布一万同,战马三千匹"③的岁币要求。而这些负担最后都要加诸于百姓身上,作品中"老少悬鹑","大儿来觅袴,小儿来觅襦,无不冀一免冻,而毕竟倚门而啼泣"就是当时百姓凄惨生活的真实写照。

第三节　从《四代春秋》看节令植物寓言小说之文化意蕴

《四代春秋》是朝鲜朝时期又一篇以春夏秋冬四时节令的变化,以及生长孕育其中的草木虫兽为拟人化题材的带有假传性质的寓言小说。作品与黄中允之《四代纪》在选材、立意方面存在大量相似或雷同之处。南夏正生活在

---

① 林泰辅:《朝鲜通史》,陈清泉译,上海:商务印书馆,1934年,第184页。
② 《仁祖实录》(卷三十四),十五年二月癸酉。
③ 同上。

17世纪末、18世纪上半期。《四代春秋》创作于作者晚年,与《四代纪》的创作年代相隔百年。应该说,两篇作品必然存在着一定的影响和借鉴关系。但出现这样的文学现象绝非简单的继承,而是有着深刻的历史、文化渊源。一方面,这种文学现象与封建儒家文人"引物劝戒","记善泛恶,丁宁于治乱兴亡"的诗教观有关。另一方面,这两篇作品均是依照中国古代历书《礼记·月令》,以及《山海经》《淮南子》等典籍中,与节令、季候相关的神话、传说,塑造人物、铺陈情节、结构全文。正如八溪郑亮钦在《四代春秋·序》中所言,作品"杂用百家语,殆无一句自出者,而珠贯丝牵,自成一家之体"。本节以《四代春秋》为例,探讨朝鲜朝节令寓言小说的题材来源及其背后蕴藏的丰富文化涵义。

《四代春秋》"其文则史,其事岁功也,取材于小正月令,存讽喻世道污隆,然志禁表露,言贵微婉,卒乃掩之,谈剧欢如也"。作品以季节变化为序,设置了分别象征春、夏、秋、冬的元、夏、商、北燕四个朝代,叙写了三元皇帝、仁宗皇帝、明宗和帝、衍圣皇帝、清和皇帝、威烈皇帝、金天皇帝、中宗白帝、肃宗武皇帝、玄元皇帝、穆宗皇帝、幽帝十三位帝王共384年的历史,其间"天时人事,交互成岁,故随时布令,人事居多"。作者秉承《春秋》史传的义理精神,紧紧抓住各个时节的不同季候特征,以天时寓人事,将自己对清明政治、贤明君主的企盼,包裹在四季纷繁变化之中,褒善贬恶于戏谑幽默之中,讽喻世道的衰微。

一、《四代春秋》反映的月令思想

古代朝鲜和中国一样,均以农业立国,所谓"农为天下之大本"。我们都知道,农业生产与季候的变化有着紧密的联系,特别是在自然经济占主导地位的古代,百姓更是完全靠天吃饭。季节的变化、时令的更替对生产劳动起着至关重要的决定性作用。司马迁在《史记·太史公自序》:"夫春生夏长,秋收冬藏,此天道之大经也。"中国劳动人民很早就注意从星象的变化、季候的更迭中总结规律,并使之广泛应用于天文、地理、人文等各个领域,形成了悠久灿烂的农业文明。月令思想就是其中重要内容之一。所谓月令思想是中国古代一种顺天应时,亦即顺应一年四季的变化而行事的思想。寒来暑往,春华秋实,一年四季的变化对于生活与生产的有着巨大的影响和制约。《管子·牧民》中说:"凡有天地牧民者,务在四时,守在仓廪。…不务四时,则财财不生;不务地利,则仓廪不盈。"一年四季中生物自有其生长的规律,人事则应顺之而行,不能逆天时,否则就会妨农事。知天时并依之设教施政,乃是国家的根本所在,是治理百姓、衍生财富的治国富国之道。不知天时,不顺时施政,国家必将衰败。这就把顺时施政与否,提到了关系国家治乱兴衰的高度。"月令"则是这种思想的规范化、政令化的产物,它实际上成为一种治国理政的方略。它既是天文运转、物候变化和农业生产的经验总结,也是以农事为主,政治、文化整体联动的行政月历。东汉蔡邕在《月令明堂纪》中指出:"因天时,制人事,天子发号施令,祀神受职,每月异礼,故谓之月令。所以顺阴阳、奉四时、效气物、行王政也。"①

下面我们以春季(元纪)为例,分别摘录部分内容,从中不难见其材源与《月令》之因缘。

	《礼记·月令》	《四代春秋》
孟春	太史谒之天子,曰:"某日立春,盛德在木。 命相布德和令,行庆施惠,下及兆民。 禁止伐木,毋覆巢,毋杀孩虫,胎夭飞鸟,毋麛毋卵。	盛德在木,毋伐大木,毋覆巢,毋麛,毋卵。 布德和令,行庆施惠,下及兆庶。
仲春	玄鸟至,至之日,以大牢祠于高禖。 是月也,安萌芽,养幼少,存诸孤。	玄鸟适至,以鸟纪官。 惠困穷,育幼稚,务在安养孳息,庶物繁滋。
季春	是月也,命野虞无伐桑柘,鸣鸠拂其羽,戴胜降于桑,具曲植籧筐,后妃齐戒,亲东乡躬桑,禁妇女毋观,省妇使,以劝蚕事……	上日陈菊衣,以祈蚕事,爰命川后鲛人,率巧妇鸠,姹女鸐,躬采桑于水滨,蚕于川室蚕室近川,故曰川室,分命九扈,以仓庚为农正,布谷为催耕使,戴胜为织纺课绩使,执羽节,驰行郊甸,以劝农桑,命太仆牧犊子,颁牧政,腾繁驹,遊牝于牧。

《四代春秋》不仅在材源上以《礼记·月令》为蓝本敷衍情节,在内容上更加体现了农业文明古老的月令思想。《月令》中指出,"凡举大事,无逆大数,必顺其时,慎因其类。无发令而干时,以妨神农之事。"顺应天时,不妨农事,是月令思想中行事所要遵循的基本原则,反映了古人"在特定的时间和空间里做特定事情"的敬授人时的观念。《四代春秋》正是秉承着"天时以授,民事以叙,王政于是成矣"的月令思想理念结构全篇。作品"天时人事,必参互成岁,故随时布令,人事居多",在具体情节内容的安排上也体现了《月令》顺时

---

① 蔡邕:《蔡郎中外集》(卷十)。

施政的思想。作者将月次更迭比拟为皇王的交替,逐月叙写天子的衣食住行及包括祭祀、农事等方面的各种政令。

元纪太祖(孟春之月)

太初元年甲寅,用青社,告于皇天后土,上下神祇,以祈年谷,俶载未耜,耕于帝籍,返执爵于太寝,命以劳酒,御緫章左个,肆观群牧,乃命太史曰:"盛德在木,毋伐大木,毋覆巢,毋麛,毋卵。"

元纪明宗和帝(仲春之月)

景明元年丙辰,帝御青阳右个,觐岳牧群后,命勃姑氏曰:"三之日于耜,农务方殷,惟时惜雨,田家望望,汝其祷雨于桑林,以候阴晴。"

夏纪昭帝(仲夏之月)

元年戊午,帝即位于太室南堂,建元正阳,发赤灵符,分授日直使者,使之巡游天下,禁除不祥。大雩,用蒲酒,禋于山川百源,暨先农、勾龙、后稷,以祈穀实,使甸人登黍。

商纪中宗白帝(仲秋之月)

泰清元年辛酉,御太庙,行养老礼,命有司,修法令,审刑狱,命祝宰,视牲牷,按蒭牧。

北燕纪幽帝(季冬之月)

元年乙丑,更腊为嘉平,建元嘉平,命凌人,凿冰,命农,计耦事,修田器,以待来岁之宜。

这些内容集中反映了月令思想中顺时施政的治国方略。

二、《四代春秋》之人物体系构成

首先,《四代春秋》等节令拟人寓言小说按照中国古代神话传说中的帝庭模式构建王室人物系统。正如人间有皇王统治一样，古人以绮丽曼妙的想象，模拟宫廷组织对自然世界进行了复制，在天上也构建了一个以上帝为中心的帝庭世界。《淮南子·天文训》记载说："东方，木也，其帝太皞，其佐句芒，执规而治春。……南方，火也，其帝炎帝，自佐朱明，执衡而治夏。……西方，金也，其帝少昊，其佐蓐收，执矩而治秋。……北方，水也，其帝颛顼，其佐玄冥，执权而冬。"明确以太皞、炎帝、皇帝、少昊、颛顼为五帝，而以句芒、祝融（朱明）、蓐收、玄冥为五帝之佐，形成了一个以上帝为中心的，包括上帝、五方地、五行之神等多层组织的帝庭世界。这样类似的内容在《吕氏春秋·十二月纪》及《礼记·月令》中皆有反映，只是在诸神的地位上，各种古籍记载略有不同。《四代春秋》正是在这种帝庭模式下，构建象征春、夏、秋、冬四季的元、夏、商、北燕四代王朝的十三位君主。元纪起于东方，上帝册太祖王政"为东王公，治东方土，……并太皞、勾芒之所履"，木德王。夏纪太祖为南方神人朱明，"都南郊，火德王"；三世之君祝融。商纪太祖金天皇帝少昊，"封于西土……金德王"；北燕太祖玄英为玄冥之孙，水德王；二世为穆宗颛顼等等，基本上是以传说中的帝庭模式构建王室人物。

其次，有了皇王，自然少不了臣下，《四代春秋》将中国古代神话传说中有关四时节气和国家祭祀的神祇人物直接请进作品担任文武百官。作品中的百官臣僚既包括星神、方神，也包括风、雨、雷、霆等诸神。作品中，夏纪太祖清和皇帝朱明令"火正黎司天，南正重司地，箕伯为镇南侯，丰隆为震泽侯"。《国语·楚语下》中说："乃命南正重司天以属神，命火正黎司地以属民，是谓绝地天通。""南正"当为方神，而"火正"则为主时定侯的大火星官。"丰隆"即云师。在《楚辞·离骚》中有"吾令丰隆乘云兮"的辞句。王逸《章句》中说"丰隆，云师。一曰雷师。"而"箕伯"与作品中提到的"飞廉""巽二""封夷"等均为不同历史时期，各地传说中的风神。《周礼·大宗伯》篇称，"以燎祀司中、司命、风师、雨师"。郑玄注："风师，箕也"，意思是"月离于箕，风扬沙，故知风师其也"。东汉蔡邕《独断》亦称，"风伯神，箕星也。其象在天，能兴风"。箕星是二十八宿中东方七宿之一，这里以星宿为风神。屈原生活的楚地亦有将风神成为"飞廉"的。《楚辞·离骚》中："前望舒使先驱兮，后飞廉使奔属。"王逸《章句》："飞廉，风伯也。"风神有时还被称为"巽二"，《易·说卦》中有"巽为木，为风"之说；唐太牛僧孺的《幽怪录》中亦有："若令滕六降雪，巽二起风，不复游猎矣。"唐代以后，风神亦被称为"封夷"。此为，"滕六""六出"是传说中的雪神；回禄、祝融为传说中的火神，《左传·昭公十八年》："郊人助祝史除於国北，禳火于玄冥、回禄。"杜预注："回禄，火神"。凡此种种不胜枚举。作者将中国神话传说中关于司长风霜雨雪神灵直接请进作品中承担角色。我们看光是风神,就提出四五种不同的提法类型,可见其对中国相关典籍已经了谙于心。

此外,在人物体系构成上,《四代春秋》继承了《花王戒》《花史》的艺术手法,将生长于不同季节的草、木、虫、兽以拟人化的笔法纳入到角色系统中来,诚为"古之薛弘儒者,有花王对,此盖踵以张大之也"。作品中,彩蝶、蜜蜂、柳枝、李子花、梨花、梅花、牡丹、杜鹃、青竹化身成为作品中的人物,推动故事情节的发展,传达作者的价值理念。此外,作品还将抽象的季候特征直接拟人,如"旱魃"就是大旱,"三庚"就是三伏等。

可以说,《四代纪》《四代春秋》一类节令植物寓言小说,将中国古代天文、历法、五行、阴阳等诸多文化因子,融入到作品的人物形象设置上,构成了一幅色彩斑斓、琳琅满目的人物画卷。读者甚至可以将其视为一部类书,通过阅读和学习,了解中国悠久的天文历法文化,为文化的交流发挥了一定的作用。相较于前期的《花王戒》《花史》等作品,虽然文章仍然没有摆脱劝善惩恶封建诗教观念的窠臼,而且大多数人物仅仅是借用了相关概念,在角色塑造上缺乏具体而微的细致描写、刻画,人物形象存在简单化、概念化的倾向。但无论如何,这种杂合多种文化因素的人物体系,是对以往植物题材寓言小说题材的进一步丰富,与"心性"拟人的天君寓言小说一样,表现出拟人化对象由具体事物向抽象事物转变的发展规律。节令植物寓言小说与心性寓言小说,是假传体文学在朝鲜发展的最高阶段;它们也成为朝鲜传记寓言中最具特色的两个创作领域。

三、《四代春秋》的讽刺艺术

寓庄于谐是寓言艺术的一个重要特征。在《四代春秋》中,作者有感于"世道污隆","假岁功达王事,寓言以纪之,滑稽以掩之",采用"讽"的艺术手法,将王事中种种不道之行为,不合理之现象进行了讽刺,表露其志向襟怀。"晓人之方,莫尚乎讽,讽者,託物以形,诸辞形则著著,故能动也。""讽"亦称讽喻,是一种转弯抹角、旁敲侧击、隐约含蓄、绵里藏针"婉曲"的讥评。鲁迅先生曾对讽刺艺术作过精辟的论述,他将"秉持公心,指摘时弊,……戚而能谐,婉而多讽"视为讽刺艺术的最高要求。《四代春秋》之作者南夏正"夙有元凯之癖,兼包三长之才",他虽"身在韦布,不得秉兰台之笔,汗青非任",但却怀着"慕鲁叟微阐之大旨","寓褒贬于笔削"之间,他创作的《四代春秋》"虽若滑稽,其事之谨严",而且"言贵微婉",诚为一篇讽喻佳作。作者以小寓言故事的形式,敷衍了中国典故"鸟尽弓藏、兔死狗烹"的寓意,对那些忘恩负义、薄情寡恩之人进行了辛辣的嘲讽。

帝出见刑徒,有以木索贯其鼻,加之以缧绁,押赴屠市,其行觳觫,隐其若无罪,而就死地,下车而泣,使之名,曰:"特。"问其族,曰:"古黄佛子之裔也。"佛子本神农氏之后,在周时,从青牛子,西之流沙,参黄而禅,封慈悲教,能劳筋苦骨,割肌鬻肤,以利天下,天下故称黄佛子。其后子孙,散处齐秦间,与宁戚五羖大夫,并举于槽枥之下,相齐桓公、秦穆公,执耳登坛,主盟诸夏,战国时居,即墨为田单,宗人奔恋,军庮骑劫,功存青社,名显诸侯,帝谓特是前代贤明之后,当十世宥之,为之税其缚而吊之,使之至前臆对,曰:"臣特夙遭险衅,失父祖业,鬻身为田家佣,其少也,崭然出头角,筋力颇健,老农甚爱我,使我从事于南亩,臣戴星而耕,见月而喘,躬秉耒耜,腹无宿饱,犹昏昏服劳,蚤暮不敢懈,老农视我如手足,一岁中,衣食,仰我而给,赋税,仰我而输,冠昏丧祭,仰我而办,今,我老矣,老农将不利于我,乃反束缚我,驱策我,必欲售我于庖丁之门,而取其直,臣有功于老农,如是之大,而今不知死所矣,昔,商君吴起大夫种,非不尽忠于其主,而卒就菹醢,鸟尽弓藏,兔死狗烹,从古皆然,臣何足说?"帝为之恻然,乃曰:"是子虽在缧绁,非其罪也。"起自从中,特拜为副轻车都尉,使之骖乘,召老农而罪之,因诏待制柳宗元,著禁令,令天下,有无故敢杀黄佛子裔者,与齐囿之杀麋鹿者,同罪。

作者以传统假传惯用的艺术手法为拉车、耕地之黄牛,组织了一系列中国历史上与牛相关的历史典故,作了一篇小传。"特"即指公牛。作者说它是神农氏之后"黄佛子之裔",为其附会了一个来历不凡的身份,增添了诙谐幽默的色彩。"黄佛子"亦代指黄牛,"沩山师见牛,辄拜称为黄佛子",出自禅宗的一则公案。"能劳筋苦骨,割肌鬻肤"是言黄牛役用、食用的价值。作品说他与"宁戚五羖大夫并举于槽枥之下"。宁戚是春秋时齐国的大夫,他出身寒微,早年怀才不遇,曾为人挽车喂牛,后辅佐齐桓公成就了"九和诸侯,一匡天下"的春秋霸业;"五羖大夫"是指春秋时期虞国的贤人百里奚。《史记·秦本纪》中记载,"乃使人谓楚曰:'吾媵臣百里奚在焉,请以五羖羊皮赎之。'……缪公大说,授之国政,号曰'五羖大夫'",百里奚以贤德之才,为秦穆公的霸业奠定了基础,所以作品说宁戚、五羖大夫"相齐桓公、秦穆公,执耳登坛,主盟诸夏"。作者在这里以移花接木的手法,为黄牛"特"牵强附会了一个非凡的来历,以此反衬它其后悲凉的下场。接着作品叙写了到"特"一辈,其家道中落,只能卖身于田间,一年四季辛勤劳作、不得间歇。老农一家四季的衣、食、赋税、婚丧用度全仰仗其劳力所得。而如今他老力衰,不能再为役使,老农非但没有让其颐养天年,反而要将其绑缚卖于屠户,换取钱财。作者由此皆黄牛"特"之口发出,"鸟尽弓藏,兔死狗烹,从古皆然"的慨叹。这既是作者对炎凉世态无奈地叹息,同时也是对那些卸磨杀驴,薄情寡义之人的讽刺。

第十二章　朝鲜朝人文寓言之思想与艺术

朝鲜朝时期,在士祸、党争不断的严酷的政治环境下,一些文士不能侍奉人君、辅国匡政,而面对社会的丑恶、朝政的腐败,又往往有所讥刺,于是,在他们的杂著散文中,出现了大量富于寓言色彩的文章,它们大多借助托梦游历梦游录的形式,表达与艰难时世不妥协的抗争与激愤之情,表现了他们虽身在江湖,而心忧天下的文人情怀,显露出可贵的锋芒与光彩。同时,这一时期,又是朝鲜儒学空前繁荣的时期,性理学大行于世,众多理学大家横空出世,形成众多流派、其思想异彩纷呈。这时,许多文人通过人文寓言的形式参与到这一思想碰撞的饕餮盛宴当中,他们将性理学范畴中的概念拟人化,用文学艺术的形象阐释各自的理学思想。

第一节　托梦游历与觉而叹世的梦游录类人文寓言

梦是一种特殊的心理现象,是在睡眠时产生的幻觉体验。梦与文学结缘由来已久,作家借助梦境构筑作品内容的文学现象早已屡见不鲜,甚至形成了一个蔚为壮观的作品群落,而"托梦游历"亦是朝鲜古小说重要的题材类型之一。这类作品"由朝鲜士大夫创作,叙述梦见古人亡灵奇特经历的作品"①,它"以梦为基本题材,通过梦游的形式表现作家思想和寓意的故事"②,"是朝鲜时代知识阶层的作家们利用寓言的修辞手法,将他们对现实的批判意识借助虚幻的梦境表现出来,以此吐露心怀,以梦铭志的一种特殊的文学形式"③。朝鲜以记录托梦游历内容为主要题材特征的"梦游类"文学是在《枕中记》《南柯太守传》等中国唐代传奇的直接影响下形成和发展起来的,高丽朝《三国遗事》中所记载的《调信》便是朝鲜这类文学的雏形。朝鲜朝初期,著名文人金时习仿照明朝瞿佑《剪灯新话》创作的《金鳌新话》是"韩国文学史上第一部具有真正的短篇小说因素并具有一定规模的传奇小说集"。这部传

---

① 转引自孙惠欣:《冥梦世界中的奇幻叙事——朝鲜朝梦游录小说及其与中国文化的关联》,北京:北京大学出版社,2009年,第1页。
② 同上。
③ 同上。

奇集中收录的诸如《南炎浮舟志》等篇目基本已经具备了梦游录小说的架构特征。16世纪初沈义的《大观斋记梦》则一般被认为是朝鲜梦游录小说的嚆矢之作。

在封建社会中，读书人的理想大都是青史留名、出将入相、建功立业，但严酷的现实击碎了大多数文人的梦想，他们不得不承认这只是黄粱一梦。然而现实生活的不如意，并没有使他们放弃建功立业、扬名立万的人生理想。当理想在现实中无法得以实现，于是他们便将内心的希冀搁置于梦境之中，表达了自己意欲借助梦境超越现实人生，通过虚幻的梦境，实现人生理想的内容。这些作品可以视为朝鲜朝知识分子精神世界的真实写照。《大观斋记梦》便是其中典型的代表。还有一部分知识分子，他们深受儒、道思想的影响，通过梦境来阐释理论主张，表达思想立场，体现了朝鲜朝知识分子特有的一种精神生活。《琴生梦游录》就反映了这样的内容。还有一类作品，如《安凭梦游录》，通过梦境表现了知识分子闲适隐逸的谪居生活。在梦游录作品中，诗宴是小说中的重要情节，几乎所有作品都是通过诗宴展现思想内容的。这样的艺术处理，一方面，是文人学者们在故意炫耀才学，同时亦可看出书写汉诗已经成了朝鲜朝知识分子的一种精神生活，表现出当时文人学士的一些风尚。

一、 申光汉《企斋记异》中的假传类梦游录

朝鲜朝前期，出现了一类将假传的拟人化笔法与梦游录托梦游历的结构相融合的作品。它们将虚拟的人物幻化入绮丽的梦境中，以一种特殊的艺术形式表达了朝鲜文人意欲克服现实矛盾，却被现实疏离的人生烦恼。借用假传体的形式，将事物的拟人化形象，通过梦游录的框架结构作品的则主要是申光汉《企斋记异》中的《安凭梦游录》《书斋夜会录》，以及林悌的《元生梦游录》、尹继善的《达川梦游录》等作品。朝鲜文人的这类作品继承了高丽林椿、李奎报等人假传创作的笔法，幻设为文，驰骋想象，融合了传奇文学"梦游录"一类文章的梦幻架构，以梦境映射现实人生，寄寓深意。

申光汉（1484—1555），字汉之，又字时晦，号洛峰、企斋、石仙斋、青城洞主。申光汉出身于朝鲜朝一个士大夫文人家庭。祖父申叔周在世宗时期曾担任过领议丞，父亲申洞曾任内资寺正。申光汉在1507年应司马试及第，1510年应文科及第，1513年被录用为承文院博士，此后，历任弘文馆副修撰、校吏、正言、工曹正郎、弘文馆典翰侍讲官等官职。1518年，由国王特命为大斯成，是年，在"己卯士祸"中被勋旧派弹劾，降职为三陟副使，后又被放逐到骊州，从此在此谪居长达18年之久。1538年，尹仁镜任吏曹判书，为"己卯

士祸"中遭到打击的赵光祖一派平反,申光汉得以官复原职。此后他一直在朝廷中担任要职。

申光汉能诗善文,是典型的道统士林。他推崇孟子和韩愈,在诗文创作方面则以杜甫为宗,著有《企斋集》,汉文传奇集《企斋记异》等。《企斋记异》创作于申光汉流放蛰居期间,文集收录了《安凭梦游录》《书斋夜会录》《崔生遇真记》《何生奇遇记》等4篇传奇小说。其中具有浓厚假传特征的是《安凭梦游录》和《书斋夜会录》两篇。

申光汉的创作在一定程度上受到金时习的影响。他的祖父申叔周与金时习是同一时代的人,而且两人曾一度交情甚密,"癸酉靖难"之后,金时习将申叔周视为仇敌。从两家早年的亲密关系可以推测,《企斋记异》很有可能是申光汉直接接触《金鳌新话》后,在其影响和启发下创作而成的。在申光汉的弟子申濩所写的《企斋记异跋》中,对申光汉的创作情况进行了这样的记述:

> 自古昔以来,不朽者有三,立言其一也。下经史子集而言,若齐谐稗官,是已。然而,之人之书也,徒能骋力于言语文字之末,顾于义理,空空焉,尚论之士,乌足取哉。记异一帙,即今赞成事,企斋相公所著也。尝游于翰墨,无异于奇,而自不能不奇;及其至也,使人喜使人愕。有可以范世,有可以警世。其所以扶树民彝,有功于明教者,不一再,彼寻常小说不可同年而语,即盛行于世固也。

中国古代知识分子有"立德、立功、立言"之所谓"三不朽"。跋文中说,申光汉"尝游戏翰墨",古代文人以小说创作为消闲的余技,认为登不上大雅之堂。然而,当时滑稽、稗说、传奇盛行,作者虽然"无异于奇",没有刻意求奇逐异,但身处其间,又"不能不奇",不能不受这种风潮的影响。而他的创作也没有摆脱"意存讽谏"的文人倾向,纵使采用了"使人喜使人愕"的传情故事,但仍然将其视作"有可以范世,有可以警世"的"觉世"文章,强调作品教诲众生,"有功于名教"的垂教范世的教化功能。

《安凭梦游录》是《企斋记异》中一篇假传性质颇为浓重的小说,是1524年至1538年,申光汉受"己卯士祸"牵连,隐居骊州元亨里时所做。作者将后花园中的花卉、草木、蜂蝶拟人,采用"梦游录"的结构,托梦游历,隐晦地传达了作者对时政的看法,以及在"党争""士祸"阴影笼罩卜,士人知识分子的心态。

作品讲述了在科举考试中屡次落第的书生安凭闲居于南山别业。他所居住的后园,种植了许多名花异草。暮春中的一日,安凭在后园被明媚的春色所陶醉,继而赋诗吟咏,倚靠在一棵老槐树下,口中喃喃自语道:"世传槐安之说,甚诞吁,亦怪哉!",便昏昏入睡。在梦中,安凭被一只蝴蝶引导,来到一个山洞前,又跟随青衣童子来到一所府宅前,在绛乐、安留两位侍女的引领下,来到朝元殿拜见女王,并受邀出席了一场盛大的宴会。席中与班姬、李夫人、玉妃、徂徕、首阳、东篱等众宾客以诗文唱和。宴罢,在归途中遇到一位未能参加花宴的美人,并听其哭诉,继而被迅雷惊醒。梦醒后,安凭认定后园中的各种花卉、松柏、彩蝶等就是梦中出场的人物,有所感悟。从此以后,心无旁骛,专意读书。

作品中,作者将自己受"己卯士祸"所累,遭罢官谪居的黯淡生活移入梦游的框架中。梦中的酒宴寓意了现实社会中权力阶层的聚会,由此,隐晦地表明作者身在江湖,心存魏阙的心态。作者撷取拟人化事物在中国文化中的典故建构了一个由花王牡丹所统领的花园王国。在这个五彩斑斓的花园王国中,出场人物均是花草植物的拟人化人物:国王是牡丹,侍女"绛乐""安留"分别是赤芍药、石榴,班姬、李夫人是桃花、李子花,徂徕先生、首阳处士、东篱隐逸分别是松、竹、菊,玉妃是梅,周氏是莲,其余歌舞诸妓则是各种杂花,归途中所遇到的美人是甜棠花。

与大多数通过梦境呈现出的理想境界折射污秽的现实世界为主要内容的带有一定批判性质的梦游录作品不同的是,申光汉笔下的梦想世界绝非净土,这里充斥着猜疑、妒忌、权力的倾轧等各种各样的问题。在作品导引部分中,作者描写了前来为安凭引路的两位侍女的一段对话。戏绛氏曰:"有何密语,见人即止?"绛氏笑曰:"适见贵宾第达姓名,复何呀乎!"

简单的调侃戏语,便可窥出这个花园王国中,人与人彼此间互不相信、险恶的人际关系。类似的描写还有在故事的结尾部分,安凭告辞出门后,遇到一位美人在门外哭泣,说其先人在开元末年得罪了杨贵妃,此事连累了后代族裔,千余年来一直受到不公正的待遇,所以她只能立于门外。如果将这样的细节和申光汉创作的时代联系起来,就不难看出它映射的正是当时在朝鲜政坛延续了数百年的痼疾党争、士祸,党同伐异、纷争不断的现实。在宴饮过程中,作者对出场人物的座次安排进行了详尽的描写,其间君臣主宾言语间的龃龉、调侃,也是当时朝鲜政治朝政混乱、纲纪全无的现实写照。我们知道,东方儒家文化讲究礼仪,人身份地位的高低、贵贱、尊卑泾渭分明。在《仪礼》《礼记》等典籍中,对日常生活座次尊卑都有一定的规则。特别是在官场上,更加注重礼仪,不能乱其制。而在《安凭梦游录》中,对于座次的安排,女王的安排随意,不成体统。

就南席欲坐,李夫人揖班姬,班姬让李夫人,久未定。王戏二人者曰:"昔李夫人以宠,班姬以疏,今日之坐,勿以爵,以色,可乎?"班姬整衿,笑对曰:"第以终风且暴之故尔,昔之班未知孰与李?且妾闻朝廷莫如爵。"遂就上座。

女王竟然以调侃、戏谑的态度,让李夫人和班姬以是否得宠安排座次,毫无王的尊严。而班姬也并未屈就,坚持认为座次应以爵位官职为准,因此毫不客气地坐了上座。作者设置这样的情节,应该是有所指摘,一方面映射出当时朝政的混乱,另一方面也反映了作者意欲重振朝纲的主张。此外,作品中的出场人物也各自有所指向。这些拟人化人物映射了当时朝鲜社会统治阶层的不同派系,反映了权力阶层内部的矛盾。徂徕(松)、首阳(竹)、东篱(菊花)三人因为违逆女王(花王)的旨意与行动而遭罢免,暗示了各政治集团之间的对立。从表面上看,虽然主人公安凭站在旁观者局外人的立场上,而从作品的细节表现上可以看出,其内心对秉持刚正不阿气节的徂徕等三人表现出的不畏强权的气概是钦佩的,由此也可以看出作者的态度和立场。席散后,归途中对哭诉的美人,主人公表现出同情的立场。美人象征了那些与富贵权力无缘的,被统治阶层排斥、放逐的人群,而这也正是身处困顿之中的作者现实生活的写照,所以在作品中的安凭对她所表现出的关切,正是缘于对自己在"党争"中遭到罢黜、流放处境的感同身受。作者通过设置这样一个人物,表达了他在与自己政治理想背道而驰的现实社会中,作为一个深受儒家思想熏陶的正直的知识分子,对于出世、入世问题的思考,同时反映出他内心的挣扎与矛盾。

作者通过对花园王国中出场人物的言行举止,及他们之间的矛盾纠葛的描写,将现实社会中的种种矛盾、不合理的现象,以及自身的人生遭际及思考,通过寓意的方式呈现出来。正如有研究者所指出的,与其他梦游录小说所不同的,或者说这篇小说的独特之处在于作者虽然在作品中呈现出了现实社会存在的各种问题,但作者是以一个冷眼旁观的第三者的角度看待问题,他无意于卷入这样的矛盾中去,而是试图置身事外,在这种矛盾中独善其身。尽管如此,从作品的字里行间中,读者仍然可以感受到作者思想微妙的倾向性。"沈义与申光汉出生于勋旧家庭,但两人的意识倾向却徘徊于勋旧与士林之间,沈义更倾向于勋旧派,中光汉则更倾向于士林派。"①作者在勋旧派

---

① 金贞女:《朝鲜后期梦游录的发展情况与小说史地位》,高丽大学研究生院,博士学位论文,2002年。

的出身和倾向于士林派的思想意识之间举棋不定,内心充满矛盾,他"无意于暴露矛盾,而是追求各阶层之间的和谐"①。所以在宴会中,梦游者安凭屡次告辞,一再谢绝花王的挽留,而在故事结尾处,被一声迅雷惊醒,回到现实中的安凭,确认了梦中所见到的王国忠的君主、臣下正是后园中的花、草、虫、鸟之后,从此再不踏足后园一步,表明了作者意欲逃避纷争,远离世俗的欲望和烦恼,诚意正心、修养心性、修己安人的道德修养观。

2.《书斋夜会录》

《书斋夜会录》也是一篇在梦游录的结构框架中,将笔墨纸砚文房四宝拟人化,带有假传性质的梦游录。作品主人公所身处的被社会排斥,穷困潦倒生活处境,正是作者因"己卯士祸"遭到贬斥,在骊州元亨里谪居时期生活的写照,而作品中所描绘的遭到主人抛弃的文房四宝的惨状也是作者对鸟尽弓藏、兔死狗烹的当权者提出的控诉。作品描写了一方"破碎了的砚台"、一支"没帽的磨损的毛笔"、一块"磨剩的墨"和一张被用来"盖酱台的宣纸"与儒生相交的过程,隐晦地表现了作者对现实政治的批判。而作品中,拟人化了的文房四宝各抒胸臆,书生为嘉许他们的功劳而为其举行葬礼的过程及葬礼之后文房四宝再次出现在书生的梦中的情节,则表现了作者希望能够重整旗鼓,再次得到重用的希望,同时也是对梦中经历在现实中的确认。

从作品中文房四宝的遭遇,以及他们同书生的讨论,到最后离别的叙事结构看,这篇作品与典型的梦游录在结构上还是有很大差异的。在这篇作品中,梦游录中惯常的入梦、梦觉的过程被作者有意处理得非常模糊,而题目本身"夜会录"似乎也在强调作者"非梦"的态度,所以从这个角度上说,这篇作品与典型的梦游录既有相似的结构,同时又略有差别,可以称作是一篇"类梦游录",然而,从作品的题材、情节、表现手法上来看,这篇作品同高丽时代假传体作品的亲缘关系似乎更加接近。高丽假传脱胎于中国唐宋假传,又有所发展。这篇作品将笔墨纸砚文房四宝拟人化,叙写他们老不见用,表现作者怀才不遇的内容,也是文人假传中最为常见的主题之一。采用人物传记的结构,以被拟人化事物在中国历史文化中的典故串联故事情节是高丽假传在情节结构上的特点。申光汉的这篇《书斋夜会录》在充分继承前代假传的基础之上,突破了以罗列记录拟人化事物典故的传记情节结构,撷取了"梦游录"的框架,对传统的主题意蕴进行了生发,加诸了时代的内容和更多的个人生

---

① 苏仁镐:《韩国传奇文学的唐风古韵》,焦艳、刘虹译,北京:民族出版社,2007年,第115页。

活体验,更多地表现了"采取不同生活姿态而相互对立的人类世界的面貌"①。

《安凭梦游录》《书斋夜会录》等作品产生的时间大约在1524年—1538年,与被视为梦游录小说嚆矢之作的《大观斋记梦》大概同一时期,可以说,这类具有假传特征的梦游小说是朝鲜梦游录作品定型前的分支。与其后的梦游录相比,它们叙事性更强,人物间具有一定的矛盾冲突,情节相对曲折,具有一定的故事性,与此后围坐谈论、直接讨论当代社会的现实问题,具有强烈教述性特点的梦游录作品还存在一定差距,因而这类作品的小说化特点也更加明显。

二、 沈义及其《大观斋梦游录》

《大观斋梦游录》又名《记梦》,是朝鲜朝托梦游历类作品的奠基之作。"大观斋"是李朝初期文人沈义的号。沈义(1475—?),字义之,是勋旧派的一员。沈义的曾祖沈龟龄顾命功臣,父亲沈鹰、兄长沈贞则是参与"中宗反正"的功臣,也是"己卯士祸"的发起人。沈义虽然出身勋旧派家庭,但他没有囿于党派界限,而是以包容的心胸希冀能够打破派别争斗。正是基于这样的立场,沈义在宦途中因直言不讳而屡次遭到贬谪,一生都不得志。出于对现实中"勋旧派"与"士林派"之间无休止的相互争斗和倾轧的强烈不满,沈义写下了这篇著名的《大观斋梦游录》。

《大观斋梦游录》大概创作于1529年。作者以第一人称的口吻续写了他在一个与当时混乱黑暗的现实世界大相径庭的理想国度中传奇的一生。这是一个"勿问贤否贵贱,勿论个限循资,唯视文章高下"的王国。在这个文章王国中,崔致远为天子,乙支文德为首相,李齐贤、李奎报分别为左右相,此外,金克己、李仁老、权近、李穑、郑梦周、李崇仁、柳方善、姜希孟、金宗直等文章名士皆位列朝臣。对于作者这样一个"落拓已久"的失意文人,终于得以在梦想王国中凭借着自己的满腹才学,获得国王的赏识并授以官职。此后,梦游者以文会友,尽情表达自己对于诗文创作的见解。当文川郡守金时习发动叛乱时,梦游者在大提学李穑的举荐之下,率军征讨,成功平定了叛乱,立下卓著功勋,被封为"安东伯",从此威名日著。此后,梦游者殚精竭虑,匡扶朝政,尽忠报国,在朝为官二十载,并与曹文姬、谢自然二位仙女缔结连理;与大唐天子杜甫及其友人李白会于词坛。最后,因有数位朝臣上疏奏其"尘骨未蜕",天子命其返还故乡。梦游者怀着不舍的心情突然惊觉,在昏黄的灯光

---

① 苏仁镐:《韩国传奇文学的唐风古韵》,焦艳、刘虹译,北京:民族出版社,2007年,第115页。

中,只有病重的妻子在侧痛苦的呻吟。

沈义的这篇《记梦》即《大观斋梦游录》被认为是朝鲜梦游录小说的嚆矢之作。作品以梦游者在梦中经历的一生为线索结构全篇,蕴含了丰富的思想内容。首先,作者描绘了一个由德才兼备的文人治理,志趣高雅的文章王国,与作者所处的党同伐异残酷的现实世界形成了鲜明的对照,书写了封建文人文章功名的人生理想,也寄寓了作者对于清明文治的向往之情。正如前文所述,沈义生活的时代适逢李氏朝鲜王朝"士祸"不断,政治统治非常黑暗的历史时期。自1498年至1545年相继发生了"戊午士祸"(1498年)、"甲子士祸"(1504年)、"己卯士祸"(1519年)、"己巳士祸"(1545年)等四次酿成无数新进士林牺牲的"士祸"。作者在这样残酷的现实中无以施展的才华,难以实现的理想,唯有在梦境中出将入相,一偿所愿。而文章功名,历来是儒家教育核心内容的重要组成部分。深受中国文化浸染的古代朝鲜亦是如此。自高丽时期仿唐制实施科举制以来,科举便成为朝鲜士子晋身立阶的重要途径之一。到了李朝更是以儒教治国,儒学具有了无上的权威,士子"学而优则仕"的观念更加深入人心,他们深信"文章尔雅"就可以步入仕途成就功名。《大观斋梦游录》别出心裁地精心构建了一个"文章王国",寓意了一个由文章通向功名的士子梦想。

> 上帝特设天子位,慰悦才士……今天子好文章,不问贤否贵贱,勿论个限循资,惟视文章高下,以官爵升降除授。天子取文章体制如唐律,人世位至崇品,领袖斯文,而文章半下,则皆执侯门扫除之役。布衣守终,白首羁旅,而文章高迈,则超拜公卿侍从之列。

作者幻想在这个文章王国中,从天子、首相到各级官员的选用都要靠自己文章的实力取得。于是,朝鲜历史上各个时期儒家思想的主要代表人物均出现在作品当中。例如朝鲜汉文文学奠基人崔致远成为当然的天子,高句丽杰出的将领乙支文德也因"文彩可惊"而入选要职为首相,高丽末期著名的学者和诗人李齐贤、李奎报为左右相,其他"腰犀顶玉,分司据地,职带馆阁"者也都是高丽名臣、学者。作者沈义本人也因"才美"而被授以"金紫光禄大夫,赐甲第一区",更娶张衡之女为妻,并且还因为与天子酌句、论诗颇和圣心,以及"啸却"叛将金时习而屡获褒奖和升迁。尽管最后沈义由于受到弹劾而被迫归乡,相国李穑却约他四十余年后再来此"共享富贵";尽管黄粱梦醒后深感"人生于世,穷达有数",梦想毕竟不是现实,但这种"曲终奏雅""劝百讽一"式的结尾更加凸显了作者对文章求功名的无限憧憬与执着追求。

其次，表达了作者的诗论观点。《大观斋梦游录》可以看作沈义阐释自己诗论主张的一篇文章，从中折射出作者对诗歌的语言与形式有着非常高的追求。他在文中说：

> 锻诗最苦，悲吟累日，仅能成篇，明日取读，瑕疵百出，辄复旬锻月炼，以声律为窍，物像为骨，然后庶可一蹴诗域。

作者认为写诗作文最重要的是炼字琢句，也就是所谓"锻诗"，需要诗人长时间反复认真地推敲之后，方可吟出佳句。

> 诗有句法，平澹不流于浅俗，奇古不邻于怪癖，题咏不窘于象物，叙事不病于声律，然后可与言诗。

作者认为作诗有着一定章法，诗歌的内容要贴近生活但不能流于浅薄，引经据典但不能生僻，题咏物像但不能拘泥于物像本身，不能因为囿于声律而破坏叙事。

三、崔晛之《琴生异闻录》

《琴生异闻录》是朝鲜朝前期文人崔晛创作的一篇梦游录作品。崔晛（1563—1640）字季生，号㓒斋，26岁及第，先后任曹参议、副提学、江原道观察使等官职。崔晛曾经向李滉的学生金诚一、张显光、权文海等学习，还向曹植的高徒金宇顒等人学习，并且对李滉和曹植的学问也有所涉猎。李滉与曹植因学问立场不同，加之发生在1589年的"己丑狱事"所引发的政治立场的分歧，形成了以各自为中心的"退溪学派"与"南冥学派"。崔晛则加入了"退溪学派"。这篇《琴生异闻录》便是在士林分裂的土壤中创作而成的。崔晛不仅长于经学，同时又善作文章，其作品收录于《㓒斋集》。

《琴生异闻录》中的琴生"跌宕不羁，常有远游之志"，是一个有远大理想和宏伟抱负的人。他"登山必登绝顶，观水必观大海"，认为大丈夫不能偏安一隅，做一个井底之蛙，而是要尽知天下万事，认为只有这样，才能体悟人生的真谛，于是他遍游朝鲜名胜古迹。一日，琴生行至岭南地区，于皎洁的月色中，在船上不觉入睡。梦中，琴生在一个书生的指引下，来到了一座悬有"清风立儒之门"的府邸，见到了冶隐吉再、占毕斋金宗旨、新堂郑鹏、松堂朴英，他们都是古代朝鲜著名的文人学者。四人劝诫琴生不可盲目效仿古人，指出真正的圣贤之道在于日常的"彝伦"之中，而不必远行去寻找。《尚书·洪范》

中说:"王乃言曰:'呜呼,箕子!惟天阴骘下民,相协厥居,我不知其彝伦攸叙。'"蔡沉在集传中解释说:"彝,常也;伦,理也。"南宋朱熹在《大学章句序》中说:"夫以学校之设,其广如此,教之之术,其次第节目之详又如此,而其所以为教,则又皆本之人君躬行心得之馀,不待求之民生日用彝伦之外,是以当世之人,无不学。"

接着,圃隐郑梦周也参与其中。四先生均以弟子之礼参拜迎接。其后,又有聋岩李贤辅、丹溪河纬地、耕隐李孟专、司艺金叔滋等文人学士前来拜会。众人坐定后,琴生鼓琴一曲,继而作诗一首,受到众人啧啧称赞。郑梦周又向众人提议以诗唱和,并且吟诵了两首。其后,众人依次作诗。琴生慨叹世风浇漓,郑侍中开解劝慰于他。"二处士"也以诗作赠与琴生。最后,郑侍中首先离席而去,其他"四老"和"二处士"也相继散去。正当琴生彷徨之际,鸡鸣天亮,琴生恍然从梦中醒来。作品中,与梦游者琴生一起谈诗论道的吉再、金宗直、郑鹏、朴英等人都是朝鲜道学的代表人物,也是作者的同乡。他们都是善山人。这篇文章既有作者对善山地区先贤的赞誉,同时也表达了作者的思想倾向。

第二节 辛辣的讽刺性与寓意的现实意义

一、全韠石洲之《酒肆丈人传》——对盲目跟从性理学现象的辛辣讽刺。

《酒肆丈人传》是全韠石洲创作的一篇具有辛辣讽刺意味的寓言小说。全韠生活的朝鲜朝前期,当时朝鲜实行"斥佛扬儒"政策,大理宣扬程朱理学,性理学研究蔚然成风,甚至产生了一种盲目跟从的不良倾向。《酒肆丈人传》作者虚构了"酒肆丈人"与宋儒邵雍关于理气等性理学问题的对话。作者以酒肆丈人的口吻"以酒喻道",讽刺了那些"折天地中和,离阴阳中会,漏神之机,泄道之密,以取媚于世"的人,批评了当时李朝思想界盲从的不正风气。故事曰:

> 昔者邵子居洛,一日乘小车,赏花于天津桥,憩于酒肆之傍,见一老翁鬒鬘蟠然,钩簾而坐,左手猎缨,右手指邵子曰:"汝非邵雍耶?"邵子拱而对曰:"然。"曰:"汝非折天地之和,离阴阳之会,漏神之机,泄道之密,以取媚于世者耶?若汝者,古谓之'天刑之民'。"邵子矍然逡巡而进曰:"夫子何罪雍甚耶?雍自少时,读先王之书,至于今四十余年矣。言不敢有悖乎理,行不敢有违乎道,夫子何罪雍甚耶?"丈人齌然而笑曰:"甚矣

难悟哉,子之惑也!居,吾语汝。至道之精,窈窈冥冥,至道之极,昏昏嘿嘿,二仪相轧,而万化出焉者,非有所辅相而然也。五气顺布,而四时行焉者,非有所裁成而然也。邃古之事,其君愚钝,其民朴鄙,不识不知,乃蹈乎大方,凡天地之间,有生之类,裸者、毛者、羽者、介者、鳞者、惴耎者、趯趯而啾唧者,咸得其所,若此之时,可谓'至得'也已。自伏羲画卦,而大和散,文王之演,孔子之翼,而元气磔。于是,天下智者,纷纷而起曰:'我善言易象。'相与跪坐而说之,为刚柔消长之辨者,盈满海内矣。是故云气不待族而雨,草木不待黄而落,日月之光益以荒。噫,作易之过也。今汝盗窃陈抟之余论,作为诡说,命之曰:'先天之学',诖奇以眩目,矜伪以惑世。噫,乱天下者,必子之言夫!"邵子曰:"雍闻天地之精,因卦以显,画卦之蕴,因辞以著,无非所以开物成务之道也。夫子以为'过',敢问有说乎?"丈人曰:"吾藏于酒肆,百有余岁,所酿日数十石,而其味不爽,故凡求酒者,不之旁舍,何则?以能知酒之性,而顺以成之也。吾于万物,唯酒之知,吾将以酒喻道可乎?夫酒之始也,浑然一气耳。乌有所谓'醇漓厚薄'者哉?至于醨之漉之,压之筎之,而后浊清分焉。于是醇者以漓,厚者以薄,而酒之性迁矣。夫至道之凝,非酒浑然欤?伏羲醨之,文王漉之,孔子压之,而今子又筎之,吾恐窈冥者昭然,昏嘿者的然,至道易矣。然则所谓'不敢悖'者,乃所以悖之也。所谓'不敢违'者,乃所以违之也。我率天地之性而已,何所知哉?顺天地之化而已,何所为哉?夫一气自运也,四时自行也,雨自施而物自壮也。而子亦放道而行而已矣。奈何窈窈焉知之,弊弊焉为之,以自圣哉?"邵子逶迤匍匐,以面掩地,定气耳后言曰:"夫子之论至矣。雍敢不敬承明训?然窃有疑焉,愿夫子中卒教之也。伏羲、文王、孔子,世所谓'大圣人'也。而夫子之言若此,然则彼三圣者,皆不足法欤?"丈人曰:"是故恶夫佞者,子归乎,吾口闭矣。"邵子趋而退,上车三失辔,憷然不自得者,闲。从者曰:"先生若有不豫色然。"邵子喟然叹曰:"我治圣人之术,亦已久矣,自以为'道在我'矣。今闻酒肆丈人之言,我诚小人也。不敢更论道,不敢更说易。"程子闻之曰:"隐者也。"使弟子往求之,肆已空矣。君子谓:"自古有道,而隐于市肆者,若严君平、司马季主之伦多矣。酒肆丈人,其言虽若不经,然往往与老、庄合,所谓'游方之外'者,非耶?"

作者将故事的时代背景设置在了中国的宋代,讲述了北宋著名哲学家、易学家邵雍在洛阳天津桥附近赏花,在一间酒肆旁休息的时候遇到了一个老翁。老翁认出了邵雍,斥责他为"天刑之民",是要受到上天要惩罚怪罪的人。邵雍不解其中的缘故,向老翁请教怪罪自己的原因。老翁认为天地之大道正如"五行顺布"、四时更迭一样,在于顺应自然界运行的规律,生活其间的人也是如此。古之先民,虽朴实粗鄙、不识不知,但却能够顺应自然,按照人的本性去行事。自从天下出现了伏羲、文王、孔子这些所谓的圣人之后,那些所谓的聪明人开始纷纷效仿,都声称自己是精通理学之人。他们坐在一起,成日空谈,进行一些毫无意义的辩论,都认为自己掌握的大道,而老者认为这种行为恰恰违背了自然本身的运行规律,所以才出现了云气没有充分的聚集就落下雨雪;草木没有充分的生长就枯黄凋零等反常的自然现象。老者认为,这都是盲目跟从性理学研究所招致的祸患。中国的儒家思想自高丽末叶传入朝鲜以后,逐渐成为朝鲜统治者维护封建社会秩序,加强专制统治的精神支柱。李氏朝鲜建立以后,统治阶级把性理学作为官方哲学大力推崇宣扬。本土化了之后的性理学成为了当时中小地主反对和限制勋旧豪强的理论武器,对巩固新王朝的统治,促使社会发展起到了积极的进步作用。但随着性理学思想在朝鲜的普及、推广,朝鲜学界的性理学研究又呈现出一种矫枉过正的局面。朝鲜的儒学者在"破邪显正"的旗号下,把自己学派以外的其他思想,如佛学、道家思想、阳明学等等,统统视为异端邪说,一概加以否定和排斥,将朱子学以外的学说一概斥为"异说"。越到后来,越表现出脱离实际,清谈空论的特点。而且朝鲜性理学研究内部又相继出现了各个学派之间各种无谓的论辩纷争,并被各种政治势力所利用,沦为了党派倾轧、争权夺利的工具,成为了严重阻碍社会进步的绊脚石。全韠石洲前瞻性地看到了朝鲜性理学研究所呈现出的发展态势,这篇《酒肆丈人传》通过一个隐逸于酒肆之中的老者与中国著名的理学家邵雍的论辩,对当时朝鲜学界"天下智者,纷纷而起曰:'我善言易象'"的这股盲目跟从性理学现象的辛辣讽刺。

二、赵缵韩玄洲之《海上钓客传》——对志大才疏之人的孟浪相讽刺刻画

赵缵韩(1572—1631),字善述,号玄洲,朝鲜朝中期著名文人,"后五子"之一,以诗文见长,著有诗文集《玄洲集》。《海上钓鳌客传》是《玄洲集》中一篇带有浓厚讽刺意味的寓言散文。文章说:

> 客不知何许人也。尝闻古之渔者,钓得大鲔焉。以其钓钓之,果得大鲔焉。大而无可食者,即舍其钓而去之。闻古之任公者,钓得大鱼焉。以其钓钓之,果的大鱼焉。大而无可食者,即舍其钓而去之。闻古之太公者,钓得王者,以集鹰扬之功焉。虽执其钓而叹曰:"如太公之钓者,可

谓善矣。然风云莫致,王者不常有,则吾宁舍是钓。而大之,以日月为钓,以虹蜺为竿,以天子之无义宰相为饵,钓东海之巨鳌,如龙伯焉。以快吾志足矣。"遂以其钓造东海,猝遇横海之鲸,仅以身免焉。鳌竟不得钓,误提钓而死于水,悲夫!

这是一则颇具讽刺意味的寓言。作品中的主人公"客"做事既毫无计划性,又无目的性,却又好大喜功,仅凭道听途说,就盲目行动。起先,他听说古时候有一个渔夫,曾经钓到大鲟鱼,他便用那个渔夫用过的鱼钩去钓,果然钓到了大鲟鱼,但是鲟鱼虽大,却没有什么可吃的,于是便扔了鱼钩,放掉了鱼。他又听说一个姓任的人,钓到了大鱼,于是他又用这个人的鱼钩去钓,果真又钓到了大鱼,但是鱼虽大,可是对他来说毫无用途,于是又扔了鱼钩,放掉了鱼。其后,他听说姜太公钓鱼,竟然由此受到了王者的重用,大显雄才。这回他没有贸然行动,好像接受了先前的教训,岂知作者笔锋一转,描写"客"的脑子里又酝酿了一个更加不切实际的计划,他要"以日月为钓,以虹蜺为竿,以天子之无义宰相为饵",去钓东海之巨鳌。其结果可以料想,他钓鳌不成,误以鲸鱼为巨鳌,提竿溺水而死。作者假太史公之口,说:"如客者,可谓志大而才不充者欤!鳌虽遇而其可钓乎?鳌固不可钓,则王者其可钓乎?只足以慑宰相之心,而终无所树立,客可谓'大言无忌,而无所成就'者欤!"由此,讽刺了像"客"一样志大才疏,只会空口说大话,最终一事无成之人。

三、溪谷张维之《蜃楼记》——对脱离实际而只能作"空中楼阁"梦现象的讽刺

张维(1587—1638)字持国,号溪谷,是朝鲜朝中后期著名的古文家。张维与李廷龟(号月沙)、申钦(号象村)、李植(号泽堂)并称"月象溪泽";在金泽荣所编《丽韩九家文》将其列为朝鲜古代九大古文家之一。泽堂李植曾评价他说:"气不累调,思不逾格,出之也肆篇成章。其理孔孟,其材则秦汉,其模范则韩、柳大家,以至骚赋词律,各臻古人阃奥,绝无世俗奇偏恆饤之病,自称一家语。于乎公之斯艺,可谓真善俱美,而无遗憾也。"《蜃楼记》是张维的文集《溪谷集》中一篇哲理性非常强的寓言。作品从海市蜃楼现象,引出关于"虚"与"实""幻"与"非幻""有"与"无"的探讨,是一篇充满哲学思辨色彩的寓言散文。

蜃楼在溟海中,结构窈冥,机巧神变,故莫详其制作,浮游无定,见灭无常,故莫指其方所。望之而有,即之而无,故莫测其近远云。《列子》书

曰：："有神山在渤海中，其上台观皆金玉，仙圣之种居之。其山无所根著，常随波往还。其后秦始皇好神仙，方士卢敖、徐市等皆言海中有仙人之居，去人不远。始皇喜其言，冬巡海上，若或见之。"自《列子》所记，其实皆指是楼，而其制作远近之详，诸书皆不能载，其始也，盖介氏之族经营焉。介氏世居海中，得神仙之术，能变化为幻，尝聚族而谋曰："吾属虽与鱼鳖为伍，实有仙灵之道。尝闻神仙好楼居，岂可无壮丽瑰杰之所，以称其神明哉？"遂相与吹嘘之。基以虚无，建以象罔，饰以忽荒，盖不日而轮奂矣。既成，大会落之，属子虚子记焉。或诘子虚子曰："子以是构也，为果实乎？"曰："依乎虚，焉得实，为果常乎？"曰："实尤不得，况常乎？亦倏焉而有，忽焉而无也已矣。不实不常，倏有而忽无则亦无幻也欤？"曰："然。然则为是者固幻，子又从而文之，兹非幻之幻哉？"子虚子曰："噫！子以幻果不足以为，亦不足以文耶？夫天下何往而非幻哉？天有时而踣，地有时而灭，则天地亦幻矣。天地犹幻，况其中之人与物与其事而非幻哉？阿房、未央、铜雀、五凤，此人类所谓宏固巨丽不拔之构也，倾天下之力而成之，竭词人之艺而文之，而今果有存者耶？自无而有，又自有而无，彼与此等矣。幻则均幻，实则均实，如之何其抑此而扬彼也。且海非吾国哉？而有时而尘矣，况吾期斯楼之久哉？有则安其有，无则任其无，及其无也，吾固不能使之不无，当其有也，吾安可不以为吾有哉？既以为吾有，无论幻与非幻，吾又何可不为文之哉？或者无以应。"虽为之记。

《史记·封禅书》《汉书·郊祀志上》中记载："其传在渤海中，去人不远……盖尝有至者，诸仙人及不死之药皆在焉。其物禽兽尽白，而黄金银为宫阙。未至，望之如云；及到，三神山反居水下，临之，风辄引去，终莫能至云。"这是对海市蜃楼景象的描写。我们知道，蜃景是光线在延直线方向密度不同的气层中，经过折射造成的结果，是物理性的虚幻现象。古人不明白其科学成因，信以为真，并为其附会了许多传说。关于蓬莱、瀛洲、方丈的"三神山"传说就是这样产生的。面对无法解释的自然现象，古代帝王将相听信方士之言，为了寻求永生，耗费巨大的人力、物力前往寻找长生不老药。因为它是人的幻觉，所以最终徒劳无获。秦始皇时，徐市入海求仙就是其中典型的一例。此后人们逐渐认识到，所谓"三神山"是海中出现的海市蜃楼的自然现象。元人于钦在《齐乘》卷一中说："盖海市常以春夏晴和之时，杲日初升，东风微作，云脚齐敷于海岛之上，海市必现，现则山林城郭，楼观旌幢，毡车驼鸟，衣冠人物，凡世间所有，象类万殊……呜呼神哉！然则《史》《汉》所称三神山，蓬莱、方丈、瀛洲，望之如云，未能至者，殆此类耳。……斯言足破千古之惑也。"朝鲜文人张维的这篇《蜃景记》就是从美丽蜃景奇观带给人的幻觉出发,将《列子·黄帝》中的记载的介氏,以及司马相如《子虚赋》中的子虚请到作品中,以主客问答对话的方式,探讨了"虚"与"实""有"与"无""幻"与"非幻"的辩证关系。作者认为,同海市蜃楼的光折射原理一样,人间社会的人、事、物也都处在"有"与"无"之变化之中。天地自然如此,人间事物也是如此。作品列举出历史上的统治者为了满足一己享乐的私欲,或达到某种政治野心,倾尽举国人力、财力、物力修建的阿房、未央、铜雀、五凤这些所谓"宏固巨丽不拔之构",而今都灰飞烟灭,消失于"无"。作品通过这样的描写,意在提醒人们"有"与"无","实"与"虚"都是处于不断的循环变化当中,"有则安其有,无则任其无,及其无也,吾固不能使之不无,当其有也,吾安可不以为吾有哉",人要节制自己膨胀的欲望。作品的主旨就是在传达作者顺应自然,无为而治的处世哲学。

第三节 柳梦寅的人文寓言《虎阱文》

柳梦寅(1559—1623),字应文,号"於于堂",朝鲜朝著名散文家,著有《於于集》《於于野谈》。《於于野谈》是古代朝鲜著名的故事书,其中的一些作品具有浓郁的人文寓言色彩,《虎阱文》便是其中的一篇代表作。故事说:

> 盖自天开子,地辟丑,人生寅,而三才者诸立,人于其中,参天地为万物灵,则天之生人,必异观于物,不以物害于人,是天之心也,然而残心暴性,以害生人,莫虎之甚,而受天之降,承地之育,终古为人患,是果天之心乎?非耶?夫天地至大,无物不容,包荒之量,不分善恶,使各赋其性遂其生,咸囿于化育之内,是则天之心也,惟在人,自谋其身,而自达其害耳。何者?遂古之初,人民少而草木多,四海九州,莽莽榛榛,人与众兽,嬉戏林薮间,乃至剽而掎之,狎而扰之,渐至为禽兽之害,众兽乃作,角者触,爪者攫,牙者咬,以贻害于人,人相与穴土巢木,以违其害,而又不得免焉,构室屋,围藩垣,以远其害,而不得免焉,甚至运智设巧,为矛为戟,为剑为弩,为网罟,为陷阱,防患之具权舆焉。于是天欲祛其害,特降洪水于尧时,使草木茂而禽鸟横,尧乃命益烈山泽,而禽兽去。命禹平水土,而生民粒。其后圣土作,辟园圃,广污泽,荒田畎,芜草树,而禽兽复至。周公作焉,驱而出之四海之外,令鸟迹兽蹄,不复交于中国六路。自是民各业其业、室其室,山林川泽,可得以入,而深山幽薮,尽为樵牧之场焉。我东僻在海隅,处中国九州之外,方数千里,隐隐然皆高山峻

岳,当益之焚之,周公之驱之,禽兽之归四裔者,至斯而至,民之居斯地避斯患,盖亦难矣。然自箕子受封,而东国之土,已中国之矣,礼制法度,政教器械,一如中国,环四域而耕凿室庐之,以迄我圣朝,民自民物自物,各安其生,二百年于兹。惟连之为邑,在两湖之交,东与俗离为邻,北与鸡龙为界,迥连智异,迤接大芚,皆名山巨岳,林密而谷深,虎之巢窟,产育于斯,固其所也。是故国家为民除患,尽厥归画,春而搜,秋而狩,网以打围,牢以设机,又命冯妇之徒,掷刃于负隅之猛,毛皮齿革,以充庭实,节目之贡,上国之币,方伯连帅之献,守令公私之需,无时或已,而佃猎之役,包山而络野,虎之畏人,有甚于人之畏虎,其日久矣。及至海寇作孽,兵燹,八路萧然,化成蓬荻,十里一家,百里一村,原隰莽苍,人迹夐绝,阳道消沮,阴沴自旺。虎之为灾,比今姑酷,彼民之流离转徙者,披荆棘,扫灰烬,以自庇风雨,绳枢桊牖,柴援不固,虎乃伺其鼾睡,侦其起居,搏而拿之,电骛风迈,虽贲、育、中黄,未暇措手足,呜呼惨矣! 而况自非上古登巢啄蠡之时,营营人事,憧憧往来,自不可已也。商旅负且载,不知日暮路远,遑遑蹊隧之间,而遇害者有之,村童野竖,穷樵远牧于幽蔚之处,而遇害者有之,输租应役,以夙夜而遇害者有之。采于山钓于水,以需朝夕而遇害者有之,遇害于耕,遇害于耘,遇害于汲,以捐性命于穷山草莱,而血肉狼藉,冤鬼夜哭者,不知其几许,则苟有一毫恻怛之心,宁不有泚于其颡。于是武人洪公,义夫也,遂奋然唾手,斫山木以为阱,长一丈,广五尺,攒栅为四壁,开一面为户板,引绳举板,着牙于阱中,系狗于奥,以为陷虎之机。功讫,手戟以伺,疲极而睡,梦一伥鬼,骑大虎,且啸且哭而前,揖洪而言曰:"吾将军何辜,而子仇之甚耶? 子谓'将军,残心暴性'而不知残心暴性者,莫人之甚,凡物之寓于两间,皆天之所生殖也,而人必害之。夫石有何辜,而必椎之磨之,磋之琢之,碎而为砾而百之,糜而为沙而万之。木有何辜,而必钜而斧之,斫之削之,爨于灶而灰之,断于沟而腐之。鱼有何辜,筌而罩网而缯,割其鳍脱其鳞,而鲙之。鸟何辜,矰而弋,罗而黏,拔其羽折其翼而炙。兽何辜,取以罥婴以镞,又陷以阱,刲肠割肚,尽其毛皮而鼎俎之。非特此也。人是同类,抑何负之有,而心以中焉,舌以伤焉,兵以刽焉、剔焉、刖焉、绞焉、斩焉,甚至族灭焉。凡人之暴,倍将军百千之,子徒知设机以陷将军,而不知人间平地,一步百千阱也?"洪曰:"不然,天于人为天,非人不成天,汝违天,宜死。"言讫,洪梦觉惊起视之,大虎已落于阱中矣。

作品开篇阐明了万物平等的朴素哲理。在远古的鸿荒时代,人与天地万物共同生活孕育其中,他们同生、同栖、同嬉戏,彼此之间毫无隔阂,"夫天地至大,无物不容,包荒之量,不分善恶,使各赋其性遂其生,咸囿于化育之内,是则天之心也"。人与兽为了扩张各自的生存空间,展开了攻击与防御。起先,兽处于主动,它们凭借坚硬的触角、锋利的爪牙对人类发起攻势,而人类只能躲避于洞穴、林木之中,不能抵御猛兽的袭击。渐渐的,人类学会建筑房屋、围墙,以躲避野兽的攻击。作者这样的叙写,意在说明原始人类在与自然界力量不断对抗的过程中,抵御侵害,自我保护能力的增强。而随着生产力的发展,人类运用自己的聪明才智,学会制造各种捕猎工具,来主动防御外来侵害。《孟子·滕文公上》记载:"当尧之时,天下未平,洪水横流,泛滥天下。草木畅茂,禽兽繁殖,五谷不登,禽兽逼人。兽蹄鸟迹之道,交于中国。尧独忧之,举舜而敷治之。舜使益掌火。益烈山泽而焚之,禽兽逃匿。禹疏九河,沦济漯,而注诸海;决汝汉,排淮泗,而注之江,然后中国可得而食之。"上古时代,林木茂密,鸟兽四散,可供人类开垦耕种的土地很少。在政治清明的时代,统治者采取有效措施治理天下,使百姓得以免受禽兽侵害,安居乐业;在政治混乱的时代,当权者开辟猎场,恣意游猎,以至芜草丛生,田地荒芜,使得禽兽复至,百姓流离失所。直至周公辅佐周王,将猛禽野兽驱赶出四海之外,由是,百姓才真正得以过上太平安定的生活。作品通过这样的描写,说明了人类与自然界禽兽之间在争夺生存空间的进退关系中,逐渐取得了主导地位。

作品接下来叙写,中国上古时期政治清明时被驱赶得无处藏身的生禽猛兽逃到了海东朝鲜,开始与那里的人民抢夺生存空间。东方朝鲜接受中国的文物制度,以在四周围耕作、凿井、筑屋防御野兽侵袭。朝鲜境内的俗离山、鸡龙山、智异山、大芚山等群山环绕,林密谷深,常有猛虎出没。而自从虎身、虎皮成为节日、朝贺的贡品和统治者奢侈生活之必需品以后,人对虎大肆捕杀,"虎畏人,远甚于人畏虎",老虎对人的畏惧,远远超过了人对虎的畏惧。可是到了海寇作孽,兵祸四起之时,人迹灭绝,虎患再起,人又深受其害。

因为痛恨猛虎害人,武人洪公奋起置阱,想要消灭天下之虎。在睡梦中,伥鬼骑虎前来质问洪公,虎有什么罪过,要受到人类的如此残害,向洪公代表的人类提出了"残心暴性者,莫人之甚,凡物之寓于两间,皆天之所生殖也,而人必害之"的控诉。石头、树木、鱼、鸟、野兽,世间万物无一不受到人的残害,就连人类自身也互相残杀,"心以中焉,舌以伤焉,兵以剋焉、剷焉、刖焉、绞焉、斩焉,甚至族灭焉",人类为了满足一己私欲,处处设置陷害他人的陷阱,"人间平地一步,百千阱也"。人要比虎凶残千百倍。洪公面对伥鬼的控诉,洪公诡辩说,天是人类的天,虎违背人的意愿就一定要死。洪公梦醒后,发现虎已经落入阱中被俘。

《虎阱文》是一篇带有浓厚庄周式讽刺色彩的寓言散文。作品通过人类发展进程中,不同历史阶段,以人与虎代表的自然界力量此消彼长对立,意在阐明万物平等的朴素世界观。作者柳梦寅生活的年代,党政激烈,不同党派为了各自集团的利益,互相倾轧,甚至残杀,许多人因此而阖家遭难。作者本人也曾深陷其中,遭到异己的不断排挤与陷害。在作品中,柳梦寅借伥鬼之口向不公平的世界发出了一连串质问,控诉了人的"残心暴性",大胆地揭露了"人间平地,一步百千阱也"的残酷现实。而篇末洪公说"天于人为天,非人不成天,汝违天,宜死",并将虎处死。人类将自身的意志上升为天意为自己的残暴行为开脱。人类把自己视作世间万物的主宰,行使生杀予夺的大权,对异己进行大肆屠杀。作者通过这样的描写,辛辣地讽刺了人类的残暴嘴脸。

柳梦寅的这篇《虎阱文》对朴趾源的著名寓言小说《虎叱》产生了深刻影响。从《虎阱文》中虎的"啸""哭",到燕岩《虎叱》中虎的"叱",可以看出,这种"人兽同性论"主张的进一步发展。

第四节 朝鲜古代杰出的文人寓言小说——《虎叱》

《虎叱》是燕岩朴趾源创作的一部极具讽刺性的杰出的寓言小说。朴趾源(1737—1805),字仲美,号燕岩,是朝鲜文学史上最杰出的文学家之一,是当时领袖文坛的一代宗师。其主要文学作品有《放璚阁外传》,长篇纪行文《热河日记》等。

朴趾源出身文学世家,其远祖朴尚衷是高丽末期一流文豪,李朝以后,朴趾源的先祖朴东亮、朴弥也是诗文大家。据载,朴趾源一直到15岁都不看书,16岁结婚,妻叔李校理给他一本《信陵君传》,他从句读开始,继而挥毫,竟洋洋洒洒写下数百言,令李校理大为惊叹。其后,朴趾源一发而不可收,三年足不出户,博览群书。就这样,燕岩凭借自己坚韧的学习毅力和无与伦比的卓越才华,19岁时就在文坛崭露头角。李应翼在朴趾源的《本传》中说:"先生魁颜貌,义气轩豁磊落,视天下事,无不可为,然不肯碌碌为诗文,以干有司,酒酣耳熟,亦或纵谈讥斥当途贵人及伪学欺世之流"是对燕岩才华、气度、文风的精准写照。朴趾源志存高远,胸怀远大的理想和抱负,然而在暮气沉沉的李朝后期刻板僵化的现实环境中并无用武之地,所以他只能在作品中抨击充斥在社会中的繁文缛节的陋习和行将末路的两班贵族以及腐儒老学。朴趾源才华横溢却半身沉沦,一直到44岁那年,他才有机会以布衣学者的身份随当年的入燕正史堂兄朴明源出使中国。临行前,他写了一首七绝《热河

途中诗》,记录了自己行将暮年,却壮志难酬的悲壮心情:

> 书生白首入皇京,
> 服着依然一老兵。
> 又向热河骑马去,
> 真如贫士就功名。

半生踌躇的诗人顶着满头白发,身着老兵的服装,跟随使团进入清朝皇京,耳闻目睹那里的文物制度,与当时的名士硕学交游唱和,既拓宽了眼界,又开阔了胸襟,怀揣着一颗赤诚之心,想要报效自己贫弱的国家。回国以后,朴趾源将所见所闻述诸笔端,写就《热河日记》二十六卷。本节所要重点介绍的《虎叱》便收入在其中的"关内程史"条中。

《虎叱》是一片带有寓言性质的小说。而寓言在当时是为所谓"正统"文坛所不屑的稗官杂体,登不得大雅之堂。但是朴趾源却微言大义,采用寓言这种假托的故事形式,对自然界的动物拟人化,以诙谐戏谑的文字对支撑着整个朝鲜封建社会"根底"的两班身份制度进行了辛辣的讽刺和嘲弄,不遗余力地对唯心主义腐儒的虚伪腐朽生活进行了无情的揭露,藉此真实地反映出朝鲜后期日薄西山的封建末世征候和封建统治思想以及整个封建社会机制的日趋糜烂的过程。朴趾源写作小说的目的就是力倡打倒腐败的道学思想,坚决走实学主义的道路,这都源自于他"立言设教","文须有补于世"的文学实用精神。燕岩把他的进步思想和对社会的不满融入到其小说中,极尽暗喻和讽刺,使他的实学思想和寓言小说结成了一种亲体关系,将他有关治乱,有关国计民生的实学思想,用一种讽刺幽默的形式加以阐释,充分发挥了寓言这种为正统文人所轻视的文体的真正意义和价值。

《虎叱》收辑在《热河日记》之中。《热河日记》是朴趾源 1780 年随朝鲜使节团访问中国时开始陆续写作,回国后又花费数年时间不断整理充实,最后得以完成的长篇纪行。关于《虎叱》一文的创作,朴趾源自云抄录自玉田县沈由朋家中墙壁上所贴的一张纸。他看后认为这是一篇"绝世奇文",便和郑生秉烛抄录,要"归令国人一读"。回到寓所后,燕岩发现郑生誊录的部分"无数误书,漏落字句,全不成文理",于是"略以己意,点缀为篇焉"。金泽荣在《韶濩堂集》中的《朴燕岩虎文跋》一文中,对该文的作者进行了考证,认为《虎叱》一文确为燕岩朴趾源所作,因燕岩恶"世俗伪儒之无实行,而好奇论,作此以讥之,而恐招怨谤,托彼以掩焉耳。"李朝后期,已经行将末路的两班统治阶级为了延续其统治地位更加反映出其反动的本质,对言论进行了极为严厉的管控。正是因为如此,朴趾源为避免招惹不必要的麻烦,将小说发生的背景设置中国的古国郑邑,给出场人物披上了中国外衣。

《虎叱》通过环环相扣的内容,一步步将故事推向高潮。其故事曰:

> 虎,睿圣文武,慈孝智仁,雄勇壮猛,天下无敌。然,狒胃食虎,竹牛食虎,駮食虎,五色狮子食虎于巨木之岫,兹白食虎,犬飞食虎豹,黄要取虎豹心而食之,猾(无骨)为虎豹所吞,囱食虎豹之肝,酋耳遇虎则裂而啖之,虎遇猛则闭目而不敢视。人不畏猛而畏虎,虎之威其严乎?虎食狗则醉,食人则神。虎食一人,其伥为屈阁,在虎之腋,导虎入厨,舐其鼎耳,主人思饥,命妻夜饮。虎再食人,其伥为彝兀,在虎之辅,升高视虞,若谷窄弯,先行释机。虎三食人,其伥为鬻浑,在虎之颐,多赞其多识朋友之名。虎诏伥曰:"日之将夕,于何取食?"屈阁曰:"我昔占之,匪角匪羽,黔首之物,雪中有跡,亍行疏武,瞻尾在脑,莫掩其尻。"彝兀曰:"东门有食,其名曰'医'。口含百草,肌肉馨香,西门有食,其名曰'巫'。求媚百神,日沐齐洁,请为择肉于此二者。"虎奋鬐作色曰:"医者疑也,其以所疑而试诸人,岁所杀常数万。巫者诬也,诬神以惑民,岁所杀常数万,众怒入骨,化为金蠶,毒不可食。"鬻浑曰:"有肉在林,仁肝义胆,抱忠怀洁,戴乐履礼,口诵百家之言,心通万物之理,名曰,'硕德之儒。'背盎体胖,五味俱存。"虎轩眉垂涎,仰天而笑曰:"朕闻如何?"伥交荐虎曰:"一阴一阳之谓道,儒贯之,五行相生,六气相宣,儒导之,食之美者,无大于此。"虎愀然变色,易容而不悦曰:"阴阳者,一气之消息也,而两之,其肉杂也,五行定位,未始相生,乃今强为子母,分配醎酸,其味未纯也。六气自行,不待宣导,乃自妄称财相,私显已功,其为食也,无其硬强滞逆,而不顺化乎?"郑之邑,有不肖宦之士曰,'北郭先生',行年四十,手自校书者万卷,敷衍九经之义,更著书一万五千卷,天子嘉其义,诸侯慕其名。邑之东有美而早寡者,曰'东里子',天子嘉其节,诸侯慕其贤,环其邑数里而封之曰,'东里寡妇之闾',东里子善守寡,然有子五人,各有其姓。五子相谓曰:"水北鸡鸣,水南明星。室中有声,何其甚似北郭先生也?"兄弟五人迭窥户隙,东里子请于北郭先生曰:"久慕先生之德,今夜愿闻先生读书之声。"北郭先生正襟危坐而为诗曰:"鸳鸯在屏,耿耿流萤,维鬵维锜,云谁之型。兴也。"五子相谓曰:"礼不入寡妇之门。北郭先生,贤者也。吾闻郑之城门,坏而有狐穴焉,吾闻狐老千年能幻而像人,是其像北郭先生乎?"相与谋曰:"吾闻得狐之冠者,家致千金之富,得狐之履者,能匿影于白日,得狐之尾者,善媚而人悦之,何不杀是狐而分之?"于是五子共围而

第十二章 朝鲜朝人文寓言之思想与艺术 433

击之,北郭先生大惊遁逃。恐人之识己也,以股加颈,鬼舞鬼笑,出门而跑。乃陷野窖,秽满其中,攀援出首而望,有虎当径。虎颦蹙呕哇,掩鼻左首而噫曰:"儒,臭矣!"北郭先生顿首匍匐而前,三拜以跪,仰首而言曰:"虎之德,其至矣乎! 大人效其变,帝王学其步,人子法其孝,将帅取其威。名并神龙,一风一云,下土贱臣,敢在下风!"虎叱曰:"毋近前! 曩也吾闻之,儒者谀也,果然! 汝平居集天下之恶名,妄加诸我,今也急而面谀,将谁信之耶? 夫天下之理一也,虎诚恶也,人性亦恶也,人性善,则虎之性亦善也。汝千言万语不离五常,戒之劝之恒在四纲,然都邑之间,无鼻无趾,文面而行者,皆不逊五品之人也,然而徽墨斧钜,日不暇给,莫能止其恶焉,而虎之家自无是刑。由是观之,虎之性不亦贤于人乎? 虎不食草木,不食虫鱼,不嗜麴蘖悖乱之物,不忍字伏细琐之物,入山猎麀鹿,在野畋马牛,未尝为口腹之累,饮食之讼,虎之道,岂不光明正大矣乎? 虎之食麀鹿,而汝不疾虎,虎之食马牛,而人为之譬焉,岂非麀鹿之无恩于人,而马牛之有功于汝乎? 然而不有其乘服之劳,恋效之诚,日充庖厨,角鬣不遗,而乃复侵我之麀鹿,使我乏食于山,缺饷于野。使天而平其政,汝在所食乎,所捨乎? 夫非其有而取之谓之'盗',残生而害物者谓之'贼',汝之所以日夜遑遑,扬臂努目,挐攫而不耻,甚者呼钱为兄,求将杀妻,则不可复论于伦常之道矣。乃复攦食于蝗,夺衣于蚕,禦蜂而剽甘,甚者醢蚁之子,以羞其祖考,其残忍薄行孰甚于汝乎? 汝谈理论性,动辄称天,自天所命而视之,则虎与人乃物之一也。自天地生物之仁而论之,则虎与蝗蚕,蜂蚁与人并育,而不可相悖也。自其善恶而辨之,则公行剽劫于蜂蚁之室者,独不为天地之巨盗乎? 肆然攘窃于蝗蚕之资者,独不为仁义之大贼乎? 虎未尝食豹者,诚为不忍于其类也,然而计虎之食麀鹿,不若人之食麀鹿之多也。去年关中大旱,民之相食者数万,往岁山东大水,民之相食者数万。虽然,其相食之多,有何如春秋之世也? 春秋之世,树德之兵十七,报仇之兵三十,流血千里,伏尸百万。而虎之家,水旱不识,故无怨乎天,仇德两忘,故无忤于物,知命而处顺,故不惑于巫医之奸,践形而尽牲,故不疚乎世俗之利,此虎之所以睿圣也。窥其一斑,足以示文于天下也。不藉尺寸之兵,而独任爪牙之利,所以耀武于天下也。彝卣蜼尊,所以广孝于天下也。一日一举而乌鸢蝼蚁,共分其馂,仁不可胜用也。逸人不食,废疾者不食,衰服者不食,义不可胜用也。不仁哉,汝之为也! 机穽之不足而为罝也,罘也,罠也,罦也,罬也。始结網弦者,哀然首祸于天下矣。有鈹者,毂者,殳者,斨者,厹者,稍者,锻者,鉈者,者,有礮发焉,声贛华岳,火洩阴阳,暴于震霆,是犹不足以逞其虐焉,则乃吮柔毫,合膠为锋,体如枣心,长不盈寸,淬以乌贼之沫,纵横击刺,曲者如矛,铦者如刀,锐者如钊,歧者如戟,直者如矢,谷者如弓。此兵一动,百鬼夜哭其相食之酷,孰甚于汝乎?"北郭先生离席俯伏,逡巡再拜,顿首顿首曰:"传有之,虽有恶人,斋戒沐浴,则可以事上帝。下土贱臣,敢在下风。"屏息潜听,久无所命。诚惶诚恐,拜手稽首,仰而视之,东方明矣,虎则已去。

　　农夫有朝薔者,问:"先生何早敬于野?"北郭先生曰:"吾闻之,谓天盖高,不敢不跼,谓地盖厚,不敢不蹐。"

作品描写了一个日近黄昏的时候,一只大老虎同依附于它生活的虎伥讨论它们的晚餐。伥鬼向老虎推荐了医生、巫者、儒生等人物。老虎认为,医生是靠胡乱猜疑为人治病,一年因其误诊而丧命的人数以万计;巫,就是诬蔑、欺骗,一年中被其迷惑而死的人数以万计,百姓对他们已经恨之入骨,其肉质已经有毒,所以不能吃他们。而儒生虽然张嘴诗书礼乐,满口仁义道德,但是他们违背事物发展的规律,贪天功以为己有,其肉一定僵硬梗塞,吃了难以消化。

　　郑国城邑有一位年近四十,不屑为官仕宦的儒生"北郭先生"。他是"天子嘉其义,诸侯慕其名",学德兼备的儒学者。然而这位表面上道貌岸然、满口伦常道德,备受他人尊重的君子,背地里却和年轻貌美的寡妇"东里子"私通已久。"东里子"也是"天子嘉其节,诸侯慕其贤"的贞节烈女。然而这位表旌闾里,远近闻名的寡妇却有五个儿子,而且"各有其姓"。一天晚上,北郭先生与东里子幽会时,不巧被她的五个儿子发现。他们认为北郭先生是公认的贤人,不会做出此等男盗女娼之事,那么与其母幽会之人必定是化作北郭先生的狐鬼,于是五个儿子一起进行围攻。心惊胆战,又害怕被人认出的北郭先生仓皇逃窜,不幸跌入野外一个粪坑。当他挣扎着从粪坑中爬出来后,一只大老虎又挡住了他的去路。为了保全性命,北郭先生极尽阿谀奉承之能事,向老虎讨饶。但老虎并不领情,而是将北郭先生狠狠地叱责一番后,扬长而去。当惊魂未定的北郭先生抬起头的时候天色已经大亮,老虎早已远去。早起下地干活的农民看到北郭先生的这幅狼狈样子迷惑不解时,北郭先生居然又摆出两班的架子,振振有词地为自己荒唐的行径巧言掩饰。这篇作品对朝鲜两班士大夫的无用、无能、无耻行径进行了辛辣的讽刺,无论是从作品蕴含的深刻主旨上,还是从其卓越的艺术表现力方面,这篇作品不仅在朝鲜文学史上占据着极其重要的地位,而且,它也是燕岩朴趾源能够屹立于世界文坛的一篇重要代表作。

　　《虎叱》这篇极具寓言特点的小说,虽然篇幅不长,却蕴含着深刻的寓意。

作品不管是从对当时社会的丑恶现象的揭露和批判上,还是从对当时社会的统治阶级地主两班士大夫的讽刺和嘲弄上在朝鲜古代文学史上都达到了前所未有的广度和深度,是朝鲜文学史上的扛鼎之作。

诚如前文所述,朴趾源的文学创作来源于"经世致用"的实学思想。作品《虎叱》篇幅不长,却对李朝后期的社会生活进行了深层次的描写,蕴含着丰富的寓意,淋漓极致地实践了他"有裨于翼道"的文学主张,从思想内容和艺术创作两方面践行了朴趾源的实学主张。

燕岩朴趾源以漫画式夸张的笔法,刻画了"北郭先生"、东里子等人物形象,对处于穷途末路的两班儒生,被封建礼教所表旌的所谓"节妇"进行了嬉笑怒骂式的讽刺,通过它们对朝鲜封建社会后期的末世征候进行了漫画式描摹。北郭先生是一个以清高自视,不屑为官的儒学者。他年届不惑,终日"手自校书者万卷,敷衍九经之义,更著书一万五千卷",因而备受国人敬仰,天子"嘉其义",诸侯"慕其名"。就是这样一个"仁肝义胆,抱忠怀洁,戴乐履礼,口诵百家之言,心通万物之理"的"朔德之儒",实际上却是一个人面兽心的好色之徒。在他与村东的寡妇偷情幽会之时,还不忘酸文假醋地吟诗作对,其表里不一的可笑嘴脸跃然纸上。当他的丑恶行径被人发现后,作者以反讽的笔触描写道:"礼不入寡妇之门,北郭先生,贤者也",此人必定是千年狐妖变化而成,进一步凸显了其伪善的真面目。而被撞破好事的北郭先生害怕被熟人认出,也不得不顺水推舟,装疯卖傻,"以股加颈,鬼舞鬼笑,出门而跑"。伦理纲常的守卫者却沦为了无视、破坏儒家道德规范的堕落者,这不能不说是小说对封建腐儒的一个莫大讽刺。仓皇出逃的北郭先生不慎跌入粪坑。当他好不容易从粪坑中爬出来后,又遇到了正在觅食的老虎。满身污秽的北郭先生早已吓得魂飞魄散,作品描写他"顿首匍匐而前,三拜以跪,仰首而言",在听闻老虎的叱责后,更是"离席俯伏,逡巡再拜,顿首顿首",并奴颜婢膝地贬低自己说:"下土贱臣,敢在下风。"其后他"屏息潜听,久无所命。诚惶诚恐,拜手稽首,仰而视之,东方明矣,虎则已去"。而老虎根本不屑于吃这样的人,它的一句"儒,臭矣",将一个表面上满口仁义道德,实际上胆小好色、奴颜媚骨的腐儒形象叱责得畅快淋漓。

《虎叱》不仅对儒者进行了辛辣地讽刺,更是将揭露和批判的矛头直接指向了整个儒教文化,以致整个朝鲜朝末世的封建统治。作者假虎之口说这些儒家的卫道士表面上"千言万语不离五常,戒之劝之恒在四纲",背地里"呼钱为兄,求将杀妻",是"天地之巨盗","仁义之大贼"。不仅如此,对百姓进行高压统治时"徽墨斧钜,日不暇给",这是对封建统治阶级披着三纲五常的外衣,滥用刑法的严厉谴责。不仅如此,作品还描写道"去年关中大旱,民之相食者数万,往岁山东大水,民之相食者数万。虽然,其相食之多,有何如春秋之世也?春秋之世,树德之兵十七,报仇之兵三十,流血千里,伏尸百万",谴责了人性的残忍,对统治阶级惨无人道的杀戮行为,以及封建礼教吃人的本质进行了大胆揭露。

《虎叱》中表现出来的这些内容与朴趾源对封建儒教和程朱理学的大胆反叛精神有关。朴趾源生活在封建统治已经逐步走向没落,但还以其强大的惯性左右着整个社会各个角落的时代。封建机器的各个部件都日趋衰老,社会罪恶日益加深,但却还涂着厚厚的道德的油彩,披着温情脉脉的"天道人伦"伪善的面纱。朴趾源清楚地看到了笼罩在迷离恍惚的道德油彩的光环下,掩盖在"天道人伦"面纱背后,人们麻木的心智。作品所着力塑造人物形象北郭先生及其虚伪腐朽的生活就是这一社会现实的艺术载体。此外,作品还对世间害人的庸医和惑世诬民的巫蛊进行了辛辣的讽刺。通过对东里子这样的节妇,却"有子五人,各有其姓"漫画式的描写,对污浊的社会风气进行了讽刺,而正是这样一个道德败坏的女子,还被封为"东里寡妇之间",影射了当时褒旌的滥用。这些丑恶现象都是封建社会的痼疾,它们像一个个毒瘤,侵蚀着封建社会的母体。而这样深邃的思想内容,朴趾源都以寓言的形式,采用诙谐幽默的方式提出,希望引起疗救的注意。

在艺术创作上,《虎叱》也体现了朴趾源实学派的文学观念。首先,《虎叱》本身所采用的寓言文体就体现了朴趾源在文体革新上的努力实践。朴趾源致力于为统治阶级视为"异端邪说"的稗官散文和小说创作,就表现出他敢于与传统思想和"末世"文风相抗衡的叛逆精神。在《随示录》中记载着这样一件事。一天,燕岩到族孙朴南寿家喝醉了酒,拿起《热河日记》的手稿朗读,当时在场的有南公辙、李德懋、朴齐家等当时文坛硕学。看着颇为得意的燕岩,酒醉的朴南寿冲燕岩嗤之以鼻,嘲笑朴趾源写作"稗官奇书",并企图夺下书稿用烛火烧毁。幸而当时南公辙及时加以制止,否则今天我们就无缘看到《热河日记》传世了。这件事,在《金陵集·朴山如墓志铭序》中也有记录,燕岩在酒醒之后,曾对朴南寿说过这样一段话,"山如(朴南寿的字)来前,吾穷于世,久已,欲借文章,而一泻块垒不平之气,恣其游戏尔,岂乐为哉?"①由此可见,《热河日记》中所收录的这些为正统文人所不齿的"稗官"杂文,是半生落拓怀才不遇的燕岩翁激荡胸中不平块垒的文学武器,更是他文体革新的大胆尝试。其次,朴趾源还提倡多样的艺术手法。他认为,在文学创作中,熟练地掌握和合理的运用各种艺术手段,是深刻而生动地表现作品思想内容,进

---

① 《金陵集》(卷十七),《朴山如墓志铭序》。

而增强作品艺术感染力的重要手段,所以他非常重视作家创作时运用多种多样的艺术手法。在《虎叱》的创作中,朴趾源将讽刺的手法运用得淋漓尽致。作者先是把他们塑造为被天子、诸侯所尊敬和表彰的有教养、有道德的人物,北郭先生满口诗书礼仪,东里子十里表旌,接着就安排他们做出与自己的身份地位极不相称的见不得人的男盗女娼的勾当,讽刺了他们言行不一。此后,北郭先生在丑行被撞破,仓皇逃跑之际,跌入粪坑,爬出后,又遇到前来觅食的饿虎时,跪地磕头求饶,向老虎阿谀的场景,更是讽刺了两班贵族在弱者面前色厉内荏,在权势面前又体面尽失的丑恶嘴脸。作者就是这样运用最辛辣的讽刺,把一众挂羊头卖狗肉伪装下人面兽心的腐儒们的丑恶行径嘲弄得体无完肤。可以说,讽刺手法是朴趾源创作惯用的艺术手法,人们甚至称他为擅长讽刺的出色的小说家。他的小说无论是刻画人物或描摹世态,都是把讽刺作为一宗重要的表现手法贯穿始终,使之为主题服务。《虎叱》中的讽刺通过情节发展或人物对话自然流露出来,意在言外,让事实本身说话而爱憎之情溢于言表。作者抓住人物性格的本质特征来突出讽刺性描写,讽刺语言表现出生动、精确、自然、质朴、尖酸而婉转等鲜明的特色。朴趾源正是通过淋漓尽致的讽刺,尖锐地暴露和批判了社会的弊病,意图引起疗救社会的注意力,强烈地表现了他改革现状的实学思想。

第十三章 动物寓言的思想艺术特色

动物寓言是寓言中数量最为众多的一类,许多经典寓言都是借助动物故事来讽喻人类社会问题的。与中国古代寓言较少使用动物故事不同的是,朝鲜从《三国史记》和《三国遗事》中保留的经典寓言,以及流传至今的众多民间寓言故事可以推论,动物故事是朝鲜民族爱用的寓言类型。朝鲜朝时期更是动物寓言创作繁荣的时期,产生了不少优秀的作品动物寓言作品,其中更有一些作品如《野鼠婚天》《兔公传》《鼠大州传》等在原有民间寓言故事的基础上,添加了时代的内容,增强了原有故事的劝诫讽喻性,发展成为篇幅宏大、寓意深刻的寓言小说,形成了朝鲜小说中一个独特的作品群落。

第一节 "兔鳖传"系列寓言的思想艺术特色

"兔鳖"故事是朝鲜民间广为流传、家喻户晓的寓言故事,随着时代的变迁,产生了众多版本,形成了一个独特的寓言系列。有关"兔鳖"故事的原型可以追溯到印度佛经《本生经》中一则《佛说鳖猕猴经》的故事,后经中国传入朝鲜半岛。在流传演变的过程中,故事的主人公由猕猴,换成了朝鲜人民更为喜爱的兔子。"兔鳖"故事在高丽朝金富轼编撰古代朝鲜第一部官修正史《三国史记》中便以成熟的寓言《龟与兔》出现,而后代文人又不断对其进行改编、充实,最终形成了《兔鳖传》《龟主簿传》《兔子传》《水宫歌》《兔处士传》等不同的版本。从这一文学现象可以透露出它在朝鲜的影响以及朝鲜人民对它的喜爱。

小说的故事梗概是:太古之时,东海龙王身患重病,百药无效,奄奄一息,整个龙宫水府上下不知如何是好,惶惶不可终日。忽然有一位道士请求拜见龙王。他在观形、察色、诊脉之后,说龙王已病入膏肓,唯有服食活兔子的肝才有痊愈的希望。于是龙王召集群臣,悬重赏奖励能够前往猎兔之臣。鳖主簿自告奋勇,前去捉兔。这一日,鳖主簿登上陆地,遇到了兔公的朋友鹿生请其指点迷津,终于在层岩绝壁之间找到了兔公。鳖主簿以龙宫水府洞天之境,以及"坐享富贵,乐极终天"的无忧奢华生活为诱饵进行哄骗。兔子听罢,不知就里,心有所动。于是,鳖主簿背着兔公进入海中,瞬息之间已至龙宫。

龙王听闻大喜，命人将兔公绑缚至殿内，告知原委。这时兔公才意识到自己上了当，但为时已晚。兔公急中生智，故作镇定地说自己禀受万寿山的精气，每天吃的是人参、茯苓、奇花、香蔬等事物，居住在层岩绝壁雨露霜雪之间，所以天地之精华，花草之馥郁皆深入肝脏，遂成良药，是天下之至宝。也正因如此，天下之人都想杀之，然后将兔肝据为己有。为避免杀身之祸，所以将肝取出，藏在深山的幽僻之处。兔公还埋怨鳖主簿愚钝，说他在来之前没有将来意说明白，以致延误了大事。听闻兔公之言，龙王起初半信半疑，但兔公言之凿凿。最终，龙王听信了兔公所言，命鳖主簿和兔公回去取肝。他们一出海滨，脱离了险境的兔公便摆脱了鳖主簿跳上沙岸，他用嘲讽的口吻贬斥了龙王的愚蠢和无能，然后向万寿山而去。鳖主簿恍然大悟，才知道自己上了兔子的当，无奈之下，只能回到龙宫，向龙王请罪。龙王也无可奈何，只能与群臣另商良策。最后，龙王采纳了鼋参军的建议，并派他上表于上帝。鼋参军乘白云上玉京，来到天宫，将龙王患病，非兔肝之外无药可治之事上表于玉皇大帝。于是，玉皇与诸仙商议。太乙进言说："东海龙王治平四海有功，不幸患病，实在令人同情"，并请求玉皇捉拿兔公，以救龙王之命。日光老不同意太乙的看法，他认为上天有好生之德，龙王与兔公虽有大小贵贱之分，但都是上帝的子民，而且他们生活的地方也井水不犯河水，岂有用兔肝医治龙王疾病的道理？他建议将二者带至天庭，公正无私地处理此事。玉皇听从了日光老的建议，并且派他为使者传召龙王；又派雷公前去追拿兔公。在玉皇殿前，龙王与兔公各陈其情。玉皇看毕，与群臣商议。日光老进言说，龙王以其患病，而乱杀无辜，希望玉皇能够秉公处置。玉皇采纳了日光老的建议，派雷公将兔公送回万寿山。此时，龙王亦不甘心，他暗自派遣亲信赤鲫公待到雷公走后，杀死兔公取肝。然而，赤鲫公慑于雷公之威，不敢下手，最终无功而返。故事的最后，龙王只能绝望的发出"天亡之秋"的慨叹，与赤鲫公痛哭而归。

这篇寓言小说的题材虽然取自古老的民间动物故事，但随着时代的变迁，在传写、改编过程中，又被赋予了时代的内容。古书《教坊之宝》中说："《兔鳖歌》为惩愚惩奸也"，可见，贬斥统治者是这篇小说的主题之一。然而，作品的寓意绝不仅仅限于此，它将讽刺和批判的矛头直接指向了封建国家的最高统治者，同时也对朝鲜当时社会上种种不合理的社会现象，以及身处社会最下层百姓生活的疾苦，通过讽刺幽默的形式加以艺术化再现，具有强烈的现实意义。

首先，作品揭露了封建统治者为了维护自身的利益，罔顾普通百姓性命的不道行为。作者借作品中人物之口，向这种损人利己的行为发出控诉：

> 东海龙王,有病而生,万寿兔公,无辜而死,则当死者生,宜生者死,广渊虽有好生之乐,兔公岂无恶死之心乎?

作者提出了生老病死,乃事物发展变化的普遍规律,而好生恶死亦是人之常情,但不能以世俗所谓身份之高低贵贱作为生杀予夺的标准,其中透露出朴素的民主观念,在身份等级制度极其森严的朝鲜朝是十分难能可贵的。

其次,小说中的兔公听到鳖主簿对于龙宫水府奢侈生活的描述后,立刻放松了警惕,轻率地跟随鳖主簿来到龙宫,结果差点丢掉了性命。作品通过这样的情节设置,一方面告诫人们不能贪图利禄,因为天下没有免费的午餐;另一方面也映射了兔公所象征的普通百姓艰难的生活处境。兔子之所以轻易被鳖主簿的花言巧语所迷惑,除了因为它贪图小利,另一个很重要的原因就是它在陆地上的生活是充满危险和苦难的。关于这一点,作品中有这样一段描写:

> 虞人樵夫,追逐于左右,赤鹫苍鹰,冲突于前后,声如雷霆,疾若星火,魂魄离体,肝胆委地。当此时也,江山风月,四时景概,何暇游览乎?其为祸者一也。风雪怒号,山鸣谷应,既无寸草,又乏酌水,饥寒到骨,悲怆满腹,于斯是时,碧桃红杏,山菜野蔬,何处取用乎?其为祸者二也。世界之人,皆欲食其肉而爱其毛,使健儿侠客驱驰韩卢,高声大喝,四围十袭,虽有贲育之勇,苏张之辩,岂有图生之望乎?先生之命,轻如鸿毛,危如累卵,不幸被卢,骨肉异处,则虽欲乘彼白云,至于帝乡,岂可得乎?其为祸者三也。

作者形象地归纳了威胁兔子生存的三大祸患。其一,"虞人樵夫,追逐于左右,赤鹫苍鹰,冲突于前后"。兔子经常需要躲避猎人和猛禽的猎捕。"虞人"是古代掌管山泽苑囿田猎的职官,指代那些依靠打猎为生的人们。其二,"风雪怒号,山鸣谷应,既无寸草,又乏酌水,饥寒到骨"。兔子还要抵御严酷恶劣的自然生存条件,时常处于饥寒交迫、食不果腹的艰难窘地。其三,"世界之人,皆欲食其肉而爱其毛",人类又有对兔皮、兔肉的需求。这些内容虽然都是兔子生存环境中所面临的困厄与挑战,然而正如高尔基曾经说过的那样:"动物故事不是动物故事",这也是下层百姓所遭受的层层盘剥和重压的拟人化再现。

《兔公传》寓意深刻,情节曲折,形象生动,语言质朴,是朝鲜古代寓言中的精品。

作品在"龟兔故事"的基础上,增添了鼋参军、赤鲤公、玉皇、太乙、日光老等若干形象,充实了故事内容,从而使得小说的故事情节更为丰满、曲折。小说成功地塑造了兔公、鳖主簿、龙王等拟人化人物形象。从这些形象身上均可以捕捉到当时社会某类人的特征,具有一定的典型性。兔公是作品极力塑造的拟人形象。它聪明、诙谐、足智多谋,遇到危险能够随机应变。作品通过这一形象,赞美了广大劳动人民勤劳、勇敢、智慧的优秀品质。而作品对它面对利益诱惑,而丧失理智,轻易上当的描写,也善意地讽刺了市井百姓为了蝇头小利而不顾一切的庸俗一面。鳖主簿则是当时朝廷中奸佞庸碌大臣的代表。它诡计多端、口蜜腹剑。为了讨好最高统治者,它不辨是非,助纣为虐,作品通过对这一形象的生动刻画,讽刺了统治阶级色厉内荏而又愚不可及的本质。此外,小说在不断充实完善的过程中,广泛使用民间的口语、谚语和典故,因而得到了一代又一代读者广泛的喜爱。

第二节 "鼠狱"系列寓言的思想艺术特色

鼠,是民间故事,特别是寓言故事中经常出现的"主人公"。在中国民间故事中,"老鼠偷盗""老鼠嫁女"是两个典型类型。深受中土文化浸染的朝鲜古代文化亦产生了众多此种类型的寓言故事,《野鼠婚天》《鼠狱说》《鼠大州传》等作品都是其中的代表。它们形象生动、寓意深刻,均是朝鲜古代寓言小说中的精品。

一、《野鼠婚天》的思想与艺术

《野鼠婚天》是收录于柳梦寅编著的朝鲜朝著名稗说体散文集《於于野谈》中的一篇寓言。关于"野鼠求婚"的故事在东亚各国流传甚广,其源头大概可以追溯至古印度《故事海》中"隐士为鼠女择婿"的故事。其后这则故事随着佛教传入东亚各国,中国、朝鲜、日本等国皆有类似的变异故事。柳梦寅收录的这则"野鼠婚天",保留了原有故事的框架,但字里行间已经融入了古代朝鲜人民的思想,智慧,蕴含了朝鲜人民自己的切身经验。作品开宗明义,指出"古来因国婚嫁祸者,不可胜记,是不如野鼠之婚于同类也,何者?"作品将揭露和讽刺的矛头,明确指向当时社会上一些人希望通过婚姻,攀龙附凤,达到自己某种目的的现象。作品既讽喻时事,带有一定的现实意义;同时又寄托教训,蕴含着深刻的哲理。

故事说：

> 昔有野鼠，生子笃爱，将求婚，鼠翁与鼠姑，相与言曰："吾生此子，爱之如此，重之如此，必择无双巨族结婚焉。族之无双者莫如天，吾当与天为婚。"谓天曰："吾生一子，爱之重之，必择无双巨族为婚，思无双巨族莫天之若，请与子婚。"天曰："吾能覆冒大地，万物生焉，群生育焉，莫吾之尚，惟云也能蔽吾，吾不如云。"野鼠就云，而谓之曰："吾生一子，爱之重之，必择无双巨族为婚，思无双巨族莫子之若，请与子婚。"云曰："吾能充塞天地蒙日月，山河晦焉，万物昏焉，惟风也能散吾！吾不如风也。"野鼠就风，而谓之曰："吾生一子，爱之重之，必择无双巨族为婚，思无双巨族莫子之若，请与子婚。"风曰："吾能折大木蛋大屋，簸山扬海，所向萧然，而惟果川之郊石弥勒，不能倒之，吾不若果川石弥勒。"野鼠就果川石弥勒，而谓之曰："吾生一子，爱之重之，必择无双巨族为婚，思无双巨族莫子之若，请与子婚。"石弥勒曰："吾屹立中野，经百千岁，确乎不拔，而惟野鼠掘土于吾趾，则吾颠矣，吾不若野鼠。"于是野鼠瞿然自反而叹曰："天下无双巨族，莫若吾鼠之若也。"遂与野鼠婚。夫人也不自知分，敢与国婚，侈然自享，卒嫁其祸，曾不野鼠之若乎！

野鼠夫妇，酷爱其子小鼠，要为它求偶。他们决意选择世上无双的巨族以配小鼠。天最大，野鼠去求天与其子婚配。天说："我能覆盖大地，万物生长孕育期间，但云却能遮住我，我不如云。"野鼠于是去求云。云说："我能充塞宇宙，遮蔽日月，但风却能吹散我，我不如风。"于是野鼠去求风。风说："我能吹折大树，刮倒大屋，翻江倒海，但去刮不倒石弥勒佛。我不如石弥勒佛。"野鼠又去求石弥勒。石弥勒说："我能屹立在荒野之中，经历千百世而不倒，但野鼠如果在我脚下打洞，我就会倒下。我不如野鼠。"野鼠夫妇闻得此言，顿时醒悟，原来世上独一无二的高门巨族，都赶不上野鼠。于是野鼠夫妇为爱子找了另一只野鼠作配偶。故事描写野鼠夫妇为了给爱子结一门好亲事，想要与天、云、风、石弥勒这些被认为是世上无双的高门巨族攀附婚姻，但经过一连串的碰壁，最终才意识到同类间的婚姻最为般配。野鼠欲与"无双巨族"谈婚论嫁，表达了想要高攀的欲望，然而这种想法处处遭受冷遇，暗示了世道的冷酷。作品通过这样的故事，寓意了"夫人也不自知分，敢与国婚，侈然自享，卒嫁其祸，曾不野鼠之若乎"，影射了当时的一些人，想方设法与高门贵族谈婚论嫁，希望借此来提高家族的社会地位；更进一步讽刺了一些士大夫盲目高攀国婚，结果反而身陷囹圄、身遭惨祸。作者这样的议论显然是有所指向的。高丽朝后期,国王娶元朝的蒙古公主为王妃,不仅没有加强自己的地位,反而使自己的行为时时受到控制,使国家政治受到更加严重的干涉,几乎完全丧失了独立性。朝鲜王朝建立后,吸取高丽朝的教训,一方面极力与明王朝建立友好关系,"事大以诚";但另一方面又努力通过各种途径保持自己在政治上的独立性,其中便包括了对王室姻亲关系的选择。据《太宗大王实录》记载,曾经有人向太宗李芳远建议,给世子娶明朝公主。太宗力排众议说:"倘若许婚,或非系帝女,虽或亲女,语音不通,非我族类,而恃势骄恣,压视舅姑,或因妒忌……私通上国,不无构衅。"然而"仁祖反正"以后,西人功臣们试图通过垄断国婚,达到一党独裁统治的政治目的。作品巧妙地通过隐喻的艺术手法,披露了当时党派间,通过婚姻争夺,彼此倾轧的这一历史事实。

当然,作为一则优秀的寓言故事,"野鼠婚天"还具有更加深层次的普世性寓意。它讽刺了那些没有自知之明,不注重实际,一味好高骛远的人;同时也教育人们,既勿妄自尊大,又勿妄自菲薄;做人要有自信,要相信自己的力量。作品风格幽默,情节一波三折,跌宕起伏,寓意深刻,发人深省。作品行文流畅、语言朴素,一些章节回环往复,具有民歌的特点。

二、 林悌之《鼠狱说》

《鼠狱说》是林悌创作的一篇带有强烈讽刺性的动物寓言小说。故事讲一只大老鼠居住在山洞里,身长半尺,毛长几寸,奸诈狡猾,被众鼠推举为首领。它带领着一群小鼠钻进国家的粮仓里,十余年竟然把仓内的粮食偷吃、糟蹋了个精光。看守太仓的司库神发现之后,又惊又怕,赶紧派神兵将大鼠抓来审问。可是大鼠拒不认罪,反而攀附诬陷其他各种飞禽走兽,甚至于桃花、柳树等植物。司库听了它的供词,把他们一一抓来问罪。这些动物、植物也一一证明了自己的清白。最后司库神将此事上报给了上帝,并奉上帝之命杀了大鼠,剿灭了他的同党,填平了他们的巢穴。

这篇寓言小说篇幅较长,且寓意丰富。作品中的老鼠暗喻李朝朝内的贪官污吏,司库神则是那些昏庸无能官僚的代表。可是,结尾处作者借太史公发表的议论更加发人深省:"火不扑则延,狱不断则蔓,向使库神案其罪而即磔之,则其祸必不炽也。噫!沴气所钟,岂独穴仓之一虫也哉?吁!可畏也。"①在这里,作者先是指责库神不能对案件进行果断的裁决,以至大鼠攀

---

① 张孝铉等:《校勘本韩国汉文小说·寓言寓话小说》,高丽大学民族文化研究院,第642页。

陷无辜,紧接着,作者笔锋一转,又慨叹"吝气所钟"的不仅是太仓中的老鼠,更将批判的矛头指向现实社会。正如文中大鼠供词中所说:"所援众兽,犷犷狞猾,自掩其罪,不肯吐实,苟且甚矣,情状痛矣,固不欲与较而所恨。神之至明,犹有所蔽,众物之凶奸吝性,未尽洞悉。"又说:"明神惟知老身之奸,而不知群物之奸,有百倍于老身者。"并且对他们的罪行进行了一一列举,比如"狐狸之邪,豺狼之暴,无不吐火前导,引入人家,以遗无穷之害,其物虽少,其害实大";又比如鸡"为人所养,受人之恩,宜其有利于人,而蹴人之蔬圃,啄人之黍畦,或以雌而啼,或当夕而鸣,以殃其主,以灾其家,此所谓荒鸡,何足取乎?"。再如蝴蝶"一时化生之物,非受五行完粹者也。微莫甚焉,贱之至也,而轻轻软质,人或爱者,翩翩粉翅,诗或赋之,其工于媚,人因此可推。或入达人之梦而幻体,或化美姝之身而蛊人,变化之术,神不可测,则安知其化穴中之物,而偷食仓中之粟乎"等等,对现实生活中那些恃强凌弱、背地害人、妖媚惑人的丑恶现象进行了隐讳的批评。大鼠之言,引起了那些所谓"无辜者们"愤恨,"猛犬垂涎而吐舌,恶猫瞋目而欲啮",大鼠吓得"鼠肉颤身掉,不知所为",在库神酷刑的威吓下,只能大声呼叫道:"天之神,地之祇,野之魍魉,山之鬼夔魖,苍苍之松,蓊蓊之柏,蓬蓬之风,冪冪之雾,懔懔之露,落落之星辰,皎皎之日月,皆承上帝之命,使我恣食仓中之粟矣。老身仰何罪焉?"更将罪过推到最高统治者的身上,库神因此而大怒,斥责道:"造化翁多事,生此恶种,公然贻害于万物,使之归怨于上穹,物祖安得辞其责乎?其所连累千百其种,且其不道之言,诬及上帝,此大逆也,极罪也。不可不上诉于天,以俟处分矣。"而上帝对大鼠的最终判决也颇让人玩味,他说,下界一小虫奸猾之罪,不足烦我之听,而言其罪,则不可不行天之罚,行天之诛,以谢灵禽异兽之被诬者,曰仓神汝其归,斩贼鼠于太仓之前,弃尸于其九街之上,使有喙有爪有齿者,任其剥啮臠分,以洩其愤,所因群禽众兽,一皆放送。贼虫巢屈支属,荡扫诛戮,毋使易种于下土。

这其中,并没有对老鼠偷吃仓粮的罪行加以责罚,而是怪罪他"诬陷"万物。或许正是因为大鼠的供词触及了统治阶层的要害,才最终惹来了杀身之祸。这篇寓言的独特之处,正是在于大鼠既说假话,也说真话,而他被诛灭九族,恰恰是因为他后者,这也就反映了作者对于当时整个社会既充斥着严峻的问题,但却无人敢说出真话的隐忧。

《鼠狱说》篇幅宏大,形象众多,在艺术上取得了较高的成就。作品塑造了一系列形象生动、性格鲜明的拟人化人物。作者以娴熟的拟人化手法和辛辣、夸张的讽刺笔调,描写了八十余个动物、植物、神灵的拟人化形象,可以说飞禽走兽、花草树木无所不包。作者紧扣这些动植物的特征,赋予其"人"的个性,以白描的手法,塑造形象,展现了一个丰富多彩的寓言世界。大鼠是这篇寓言小说的着力刻画的主要人物。鼠自古以来便与人类的生活有着非常密切的关系,它与人类共生,因其不讨人喜欢的相貌和偷吃粮食的行为而口碑不佳,产生于中国先秦的《诗经》中便有将不劳而获,攫取百姓衣食的统治者比喻成大老鼠的诗篇《硕鼠》。朝鲜文人林悌笔下的这只大鼠"身长半尺,毛长数寸,狡黠诈谲",它给"猫头悬铃",足见其诡计多端。在其率众鼠偷吃仓粮行迹败露后,它花言巧语百般抵赖,甚至不惜攀附出80余个被诬陷者企图逃脱罪责。如作品描写库神审问大鼠,令其招出同党的一段对话,大鼠的表现:

  鼠乃贴地,而伏拱手,而对曰:"老物,质虽幺麽,性则虚明,禀星辰之精,受天地之气。虽不能首于众品,亦未必居于下诗,流人詠于周诗,君子载于礼记,则其不见绝于人,久矣。今夫横目竖鼻,最灵物,而终岁服田,尚且阻饥。况老物事业荡残,生计单薄,牵口腹之养,馋于糠秕之微,夫岂乐为是哉?寔出不获已也。罪虽罔赦,情则可恕。且老物门祚衰替,子姓零落,东家秋穿,众子皆死,西舍骇械,诸孙并没。丧恓余生,眼目已昏,衰朽残喘,蛙步不利,既无智计可施焉。有徒众之我附,至于教唆之辈,谨当历指以陈矣。老物,顷当穿穴之日,低徊壁底,左右游瞩,则墙头小桃,为我而笑,阶前弱柳,向我而舞。夫笑者,喜我之将饱也。舞者,贺我之得所也。笑与舞者,非所以倡我乎?"

我们看,这段描写将大鼠巧言令色、摇尾乞怜的情态刻画得惟妙惟肖。它将自己形容得极为可怜,说自己实在是因为生计艰难,活不下去了才去偷窃仓粮的,妄图以此博得库神的同情。为了保全同党,它不惜诬陷他人,依次供出了桃树、柳树、门神、户灵、仓猫、黄狗、狸、鼹鼠、白狐、斑狸、刺猬、水獭、獐子、兔子、野鹿、家猪、羊、羔羊、猿猴、大象、狼、熊、骡子、驴子、牛、马、麒麟、狮子、老虎、龙、蜗牛、蚂蚁、流萤、鸡、杜鹃、鹦鹉、黄莺、蝴蝶、燕子、青蛙、蝙蝠、麻雀、乌鸦、喜鹊、鸱、枭、鹅、鸭、鸂鶒、鹡鸰、鹌鹑、野鸡、老鹰、鹞子、鸿雁、天鹅、鹳、鸶、鸳、鹭、鹣、鸶、翡翠、鸳鸯、鸲鹆、鹈鹕、鸾、鹤、凤凰、孔雀、大鹏、鲸鱼、蜂、蝉、蜘蛛、螳螂、蜉蝣、蜻蜓、苍蝇、蚊子、蟾蜍、蚯蚓、鳖鱼、螃蟹等84个动植物的拟人化形象。作品采用使事用典、白描等艺术手段,对这些人物形象进行简笔刻画,使他们既保存了原本动、植物,亦或传说人物的特点,同时又兼具现实生活中某类人的性格,笔法细腻,形象生动。例如作品中的被诬陷者之一的兔子的描写,作者比附了中国历史上有关"兔"的一些典故,如"月中

捣药""狡兔三窟"等。再如，

> 鹿供曰：伏以，跡伴处士，契托仙翁。伏周王之苑中，詠叹之诗赋也兴也，入樵夫之焦下得失之梦真耶伪耶。魂丧挟矢之徒，戒存当路之食。自顾短尾之贱，乃与长腰之偷。亦关身灾，何必角胜。猪供曰：伏以，最称冥顽，素喜奔突。食不择洁膨脖之腹易充，喙能穿坚蹢躅之足谁禦。只自上下于山版，何曾践踩于村墟。谓之愚蠢则诚然，斥以奸细则不近。头可碎也，心岂服乎。

作者将鹿、猪拟人化，既抓住它们本身的自然属性，同时又赋予其人的言谈举止，又适当融入历史典故。此外，《鼠狱说》的语言采用骈文写作，讲究对仗；采用重章结构，篇幅宏大，但不失严整，显示了朝鲜文人高超的汉文驾驭能力。

《鼠狱说》思想上表现出的鲜明的社会批判倾向，艺术上丰富的想象和大胆的讽刺，使其不愧为朝鲜小说史上一部具有代表性的寓言小说。其后，朝鲜朝还陆续出现了《鼠大州传》《莺鸠鹫讼卧渴先生传》《蛙蛇狱案》《鹊鸟相讼》等多篇动物寓言小说，这些作品与林悌的《鼠狱说》一脉相承，足见其在朝鲜小说史上的地位。

三、《鼠大州传》及其他

《鼠大州传》是一篇源自"鼠狱"的寓言小说，讲述了老鼠和土拨鼠的一场官司。故事说，在陇西小兔山绝壁之下的"众栖岩"岩穴中住着一群老鼠，首领姓鼠，名胜，号大州。不远处南岳长城石堀中，住着一群土拨鼠，为首的头领唤作貔南州。由于陇西一带连年干旱，庄稼颗粒无收，老鼠们无处偷食，眼看无法过冬，听说貔南州率领族类数百，深入山中，采集了精栗五十余石。于是鼠大州便与堂弟商量，派出精干的手下，趁貔南州率一众兄弟宴饮享乐，警戒放松之机，潜入长城石堀，将土拨鼠们辛苦囤积的粮食以及貂裘、宝佩、器用等什物尽数偷了个精光。土拨鼠发觉后，经过仔细核查确认是鼠大州所为，于是一纸诉状，向官府告发。官府派公差前往小兔山捉拿鼠大州。鼠大州先是贿赂公差，入狱后，又贿赂了狱吏和审案官员，并在公堂之上凭借三寸不烂之舌大肆吹嘘炫耀自己显赫的家世，花言巧语地为自己辩解，并反过来诬陷土拨鼠是"非理奸讼"。收受了贿赂的审案官员偏听了鼠大州的一面之词，不但将鼠大州无罪释放，还赐酒为其压惊；而貔南州则被流放荒岛。

《鼠大州传》的宗旨在于劝善惩恶，同时又包含着深刻的思想内容。作品通过"鼠狱"的官司,揭露了处于封建社会晚期朝鲜腐败的吏治,映射了逐渐走向没落的封建两班贵族为了维持其穷奢极欲的腐败生活,勾结官府、欺压百姓、巧取豪夺的丑恶本质。

贪赃枉法、贿赂公行的腐败吏治是小说直截了当揭露和批判的重点,也是穿插小说的主要故事情节。作品描写公差使令初到小兔山执行批捕命令时,看到鼠大州一副傲慢态度时,他说:"如此小小鼠辈,不知官令,妄自尊大,蔑视官差,无復余地,如是顽恶之辈,岂可烦提而去乎";当鼠大州邀请他入府一叙时,他又说:"官令至严,急于星火,不可少留,君但速行,无用更话",表现出一派义正词严、秉公处理的姿态。而当鼠大州再三乞怜,并奉上一双"夜光珠"时,它便立刻向罪犯道谢,并对其提出的诸如借口年迈多病,腿脚不便,要骑驴前往受审;临行前还盥洗沐浴、精心装扮等种种无理要求言听计从、百依百顺。关入监牢之后,狱卒残暴的将其"曳入坚囚",而收受了贿赂之后,立刻换了一副嘴脸,不但给他打开枷锁,而且还像奴仆一样听他使唤。由此,连作者也不禁感叹钱多的好处。审案过程中,主审官暗中收取贿赂,竟然颠倒黑白,将有罪的人无罪释放,还加以安抚,而无辜受害者却获罪遭到流放。小说在篇末直接点出了寓意,批判了官吏不辨是非昏庸的行径:"鼠大州,以奸言流说,巧诬主倅,有罪而免罪,鼹南州,拙直无辨,无罪当罪,主倅之听讼,岂不误哉"并向为官者发出了警告:"盖听讼之难如此,为官者,可不察欤!"

小说中,作者以讽刺诙谐的笔调着意塑造了"鼠大州"的形象。它是朝鲜处于封建社会末期的"两班"贵族的形象写照。"两班"是古代朝鲜高丽朝和李朝的世族阶级,它源于新罗时期的"骨品制"。高丽初期制定文武官人身份制度。朝仪时,文官位列东侧,称文班或东班;武官位列西侧,称武班或西班,合称文武两班或东西两班,简称"两班"。我们知道,古代朝鲜是一个血缘宗法意识极强的国家,特别是到了李朝,血缘更加成为了唯一的社会身份来源,因此,两班们要充分利用祖先的历史资源,通过明确传承于祖先的血统关系,彰显自己祖先的官职和伟业,由此来建立家族的威望,从而凸显自己的身份并以此作为享受特权待遇的筹码。寓言小说中的鼠大州就映射了古代朝鲜的"两班"贵族。鼠大州在公堂之上,面对审问,大肆吹嘘自己28代先祖的丰功伟绩。如果不了解朝鲜的两班文化,对这样的描写是很难给予正确理解的。鼠大州同时又是处于封建社会末期,没落两班贵族的典型写照。我们知道,在李朝社会,两班阶层不仅免除对国家的负担,而且被允许合法地、无限制地剥削农民、手工业者、商人等当事所谓贱民和常民。但是到了18世纪,随着壬辰战争以后社会经济的变化,两班阶层内部发生了深刻的阶级分化。从官场中被淘汰出来的一部分两班,他们在生活上带有流氓无产者的性质。

没落的两班不事生产劳动,他们家道虽然衰落了,但仍然想要维持原来穷奢极欲的生活,于是只能依靠勾结官府,掠夺百姓。《鼠大州传》正是以寓言拟人化的手法,反映了这一历史性变化。作品在描写鼠大州的府邸时说:"庭院广阔,重门叠叠","朱楼彩阁,重重叠叠,其中有一楼,耸然而起。往而视之,璘珊琥珀,珊瑚水晶,金珮之物,用代陶瓦,其灿烂之色,华侈之盛,不可正视,而纱窗隐隐,粉壁照耀,眩惶于眼目矣。"而他被捕临行前,还梳洗穿戴一新,打扮得非常气派,"服色之侈华,形容之豪富,俨然若富家之子弟"。在前往受审的路上,它"骑驴而坐","牵夫随从,亦各盛其装束",简直是招摇过市,好不威风。关押收监之后,作品的描写是"大州困惫而卧,则大鼠捶其手,中鼠打其脚,童鼠踏其腰,以慰大州之愁乱,而于畧枣栗之物,以饶饥肠而经夜"。如此享受,哪里像是在经受牢狱之灾呢?作品如此之描写,无非是以夸张的笔法,极力渲染鼠大州所象征的没落两班阶层生活之腐朽,对社会之危害。

此外,《鼠狱记》也是一篇类似的一篇"鼠狱"类寓言。故事讲述了一只身长半尺,毛长数寸的大老鼠居住在一个山坳里。由于它狡黠诈谲,被众老鼠推举为首领。在猫的脖子上悬挂铃铛就是他的主意。一天,他与其他众鼠商议,想要偷盗太仓中的粮食。于是,他率领众鼠数千,穿墙越壁,潜入太仓,偷米盗面,饥食,饱止,如此十年之久。大鼠等被抓之后,又绞尽脑汁,陷害他人,为自己开脱罪行。作品以拟人化的艺术手法,通过一个鼠类的诉讼事件,讽刺了那些不劳而获,非法占有他人财物,同时将自己的罪行,嫁祸他人的不道之人。

第三节 "禽鸟"寓言的代表作《莺鸠鹭讼卧渴先生传》

以鹊、莺、鹭等"禽鸟"为主人公的寓言是朝鲜朝动物寓言小说的一个重要题材类型,《蚖与鹊相妒》《鹳之报恩》等都是其中的代表。

《蚖与鹊相妒》讲述的是鹞子和喜鹊彼此瞧不起,相互妒忌,水火不容。然而它们的表现方式却大相径庭。鹞子常常诋毁喜鹊,而喜鹊反而常常赞美鹞子。鹞子的诋毁能将喜鹊贬低到黄泉之下;而喜鹊的赞美则能将鹞子吹捧到青云之上。喜鹊褒奖鹞子的资质可以与孔子的得意门生颜回相媲美,学问跟孔子一样,才华跟伊尹、周公一样,文章能比得上司马迁。喜鹊更进而吹捧鹞子说,找朋友的人不与鹞子交朋友,便是不知道该怎样结交朋友;寻找贤臣不重用鹞子,便是不知用人之道。等等,如此这般四处赞美鹞子。听闻此言之人认为喜鹊如此忌妒鹞子,还免不了赞美鹞子的贤能,看来鹞子一定有过人之处。于是很多人去找鹞子做朋友,朝廷也封给鹞子官爵,鹞子家的门厅一下子显赫了。

然而鹞子却还是到处说喜鹊的坏话,诋毁喜鹊。喜鹊的儿子对此颇为不满,他对父亲说:"鹞子常常在众人面前诋毁大人,而您却常常赞美他的贤德,这是为什么呢?"喜鹊说:"鹞子的诋毁,非但没有真正损害我的利益,反而对我有利;我赞美他其实对他也没有实在的好处,反而是在损害他。"并且以朽木为栋梁的例子,告诉儿子浪得虚名,最终会招来祸患。果然,没过多久,鹞子就因名不副实而垮台。这则寓言的寓意正切合了老子《道德经》中所谓:"将欲废之,必固兴之。将欲夺之,必固与之"的道理。而鹞子被人吹捧,得意忘形,对行将招致的祸患浑然不觉也说明人们应当时刻警惕,对那些无缘无故赞美你的人,更是应该保持警觉之心。此外,鹞子的最终失败,归根究底还是由于他并没有真才实学,只是浪得虚名,徒有其表罢了。这则寓言也警示我们,做人要有自知之明,脚踏实地,时时自省,徒有虚名是非常有害的。

此外,《莺鸠鹫讼卧渴先生传》是一篇妙趣横生的动物寓言。作品中的黄莺儿、青鸠氏、鹫子就是黄莺、斑鸠、鹫的拟人化形象。故事原文:

> 柳州之东,有黄莺儿,桑村之西,有青鸠氏。一日莺儿思曰:"吾与鸠氏,居在东西,曾未相识,岂是禽鸟之乐乎?传曰,'同类相从。'易曰,'同声相应。'以飞者与飞者,求其友游,不亦乐乎?"于是,送飞奴而传讯曰:"伏惟春知,饮啄问如何,驰思不已。仆花事粗安是幸,第同是羽族,一未交游,岂非欠款耶?况今花雨新晴,春日载阳。一者相逢,歌太平舞羽衣,且以戏乐,亦如何?兹送飞奴,翼日早朝,翱翔而来,企望企望。"鸠氏答曰:"僻在农村,久仰声华,飞奴之来,盈拜惠翰,翱翔先后之教,敢不从耶?余都在翼朝,翼如而趋,伏惟飞奴回报。"是日也,天朗气清,惠风和畅,相会于江南佳丽之地,桑柘泄泄,杨柳依依。于是焉,莺儿顶黄金之冠,服锦绣之衣,提壶而出自幽谷。鸠氏着斑衣,携鸠笰,摘红葚,为不时之需。于时,来相会叙喧凉之际,冠练素之冠,衣淡红之衣,有自江南来者,自号曰鹫子。鹫子见莺鸠之会,耸长颈起,问曰:"二子之会,可谓江山胜游。语曰,'三人行,必有我师。'固未知谁为弟子也。"莺儿娇而欲醉曰:"今日之会,不可落莫,请各言世德门第,以较优劣,亦一胜事,抑未知二子之意如何。"鸠公、鹫子,或默或诺。莺儿先言曰:"吾先祖姓黄,讳仓庚。当周姒采葛之时,集丁灌木之上,而助其絺绤之绫,迨条候出阵之日,随于细柳之营,而佐其介胄之功,故因以封杨州君,厥德惟金三品,中叶以来,虽无赫世之功业,只不绝家声矣。我幸继先做织出柳丝,以补东皇之衮,则初以锦衣公子,加封黄面将军,黄金博带,骋于章坮,渭城之

间,客舍青青,柳幕绿绿,时出自羽林道上,吹笙鸣跸,其为世德门第,果如何哉?"鸠公徐对曰:"惟我先祖,当少昊以鸟纪官之时,祝鸠氏为大司徒,鸣鸠为大司马,䴏鸠氏为大司空,皆五六代先祖也。在齐威公时,树爽鸠之伯业,在汉高之时,聚枯井之戎功,世世以来,方鸠僝功,故成都有桑八百株,而鸤鸠在桑,其子七兮,维鹊有巢,维鸠盈之,而我先祖遗肆,燕谋为如何哉?尔世之德,高则高矣,门阀,华则华矣,不过为黄班也。青族之前,乌得多言?"鸷子闻莺鸠之语,无辞可称,时时乙字睡矣。莺儿素是轻骄者,勃然嘤嘤曰:"山鸡野鹜,家莫能训,惟汝之谓也。吾皆有言,汝等噤舌。"鸷子心思曰:"若我不言,凤将困于群鸡,鹤见嘲于娇鹦矣。"不得已整羽衣,之陇上,天然坐语曰:"竟欲闻长者世德乎?我且少陈。惟我先祖,清白传家,衣以白羽之白,心以白雪之白,谢其鹓鹭之班,而学冥鸿之含芦,成其高鸟之尽,而伴闲鸥之忘机,自称江湖逸民,犹为谨勒之士,弃燕雀小志,慕鸿鹄高举,将翱将翔,所谓刻鹄尚类,鸷者也。肯与尔辈,争其鸠僝之功业,慕其莺儿之富贵?"莺、鸠二公闻之,似有不平之色。于是焉,莺儿抽短颈,跃如而前曰:"大凡物不得其平则鸣,鸣以较其声,择其善鸣,不亦可乎?方春煦和,以鸟鸣春,此其时也。愿鸷子先鸣,次者鸠,次者莺也。"鸷子曰:"传曰,'与子翼者,不附之毛,与之色者,不与之声。'汝既有黄金带锦绣衣,又岂有清婉之声乎?"青鸠氏曰:"短其短而短之,则无物不短,长其长而长之,则无物不长,长技物皆有之,吾亦有声,何逊于莺之声乎?"莺儿曰:"吾之善鸣,如或不言,其可有据,二子曷尝观夫诗乎?'伐木丁丁,鸟鸣嘤嘤。''睍睆黄鸟,载好其音。'古人诗亦曰,'戴胜下时桑田绿,伯劳飞过声局促。'皆不如流莺,日日啼花间,能使万家春意闲,若其他,'晚酌东山下,流莺复在兹。'莺声巧啭,簧者难以言语可尽记也,此岂非善鸣之证乎?"鸠氏曰:"黄鸟黄鸟,无赘而已。若使善鸣,伊州思妇,岂闻不平耶?吾岂善鸣,弥月久旱,民方望霓之时,吾能唤雨而雨来,且阴雨霏霏,人方苦雨之际,吾能求晴得晴,岂非善鸣闻于天者耶?"鸷子笑曰:"吁嗟!鸠兮!尔声不过佛主意佛主意。且彼佛者,果何人哉?其身已死,其鬼不灵,明日晴,今日雨,又安能知之?惟我长者之声,多玉多玉,玉之音,谁不喜听?其惟不鸣,鸣将惊人。我体大于汝等,我志大于汝等,吐而为声,则其声大而远,汝等之鸣,可谓鸟足之血。"于此之时,莺儿曰:"予善鸣!"鸠氏曰:"予善鸣!"鸷子曰:"予善鸣!"谁知鸟之雌雄?'吾善鸣。''吾善鸣。'今日出而争,日中不快,不可私决,决于一处可乎?鸷子曰:"久闻有卧渴先生,生于斯,长于斯,老于斯,其魄乃青城山道士,其伴即赤松子仙人,年高发白,又能知音,听讼必犹人也,亦将入讼于此先生前,应补误决矣。且公等不先不后,一齐往诉,事所当然,不亦可乎?"莺、鸠曰:"诺。"鹜子税驾桑田,反尔思之:"彼实善鸣,杂出传记者亦多,而顾吾善鸣,有何善鸣?徒其白于外而已,其中未必有也,人孰称善鸣乎?王子安滕王阁序只云,'落霞与孤鹜齐飞。'盖鹜之为鹜,工于飞而不工于鸣也。向者,羽族相会,争雄之时,以我修洁之状,虽伏彼禽,不无忿,故称以善鸣,至于起讼之境。且将入讼,则卧渴先生虽病于老,不病于聋,闻我之声,岂不明辨其善不善之鸣乎?落讼必矣,此将奈何?无端入讼,事关疏阔,公然自退,亦以懦弱。昧昧思之,鸿蒙已远,凤德何衰?世事不公,听讼多私,如有纳赂者,毁凤凰为鸥鹨,誉鸥鹨为凤凰,直者反曲,恶子反善,虽非长者之事,惟愈于落讼。我亦有一道理,惟彼卧渴先生,卧不出山,而今几十年,寥寂山林,如饥如渴。方是时,苟有膳物,饥者易为食,渴者亦为饮,何以则可?纳以铁物,则貌之所食,非所嗜也,纳以虫翅,则鸷之所食,非所好也。然则先生所嗜,果何物也?鱼固所欲,螺亦所欲,二者不可得兼,为先生,华蛇一接,金鲤三者。"朝负翼而去,置之先生门下,松楼日永,藤床云邃,乃以长咻剥啄于门口:"卧渴先生主存乎?江南县鹜子问安次,今方来到,先生未可承颜耶?"于是,先生拂羽衣,揩深目,推闼而起,欣然迎接曰:"山野迥隔,鱼雁久阻,恐焉枉临,实是料外。"鹜子翼如再拜,华蛇金鲤等物,盛以松盘,进于先生前曰:"进见长者,束手无策,略以仰呈,物薄情厚,领纳伏望。"先生欣然曰:"鹜君以副我,如饥如渴之愿,可谓'启乃心,沃朕心'者也。"鹜子辞退,先生曰:"此意良勤,感叹何极?"遂赋七言绝句,行出松扉外,清溪上饯别曰:我客戾之亦白衣,清仪不学背人飞。莫言山野殊其路,共与翱翔日夕归。鹜子次敬:先生堂上摄齐衣,从此真工学习飞。再拜出门如有得,西峰不觉夕阳扫。翼日,鹜子以膳物少许,又往拜焉。先生欣然曰:"一者枉临犹为感佩,再斯何焉?无乃有所欲言耶?"鹜子曰:"别无所言,先生既问之,则敢自讳焉?昨者,适参莺鸠之会,彼二子具曰,'予善鸣。'顾念小子均是羽族,嘿嘿同坐,还似无赡,故自称以善鸣,则彼皆嘲笑,自然争诘,至于相讼之境,先生前以决讼次为约,然且夫先生,亦以知小子之实不善鸣,彼若固执入讼,先生或有顾助之道耶?"先生笑而答曰:"君我间,世谊既有,言嘱则何可忽视耶?"一日,莺、鸠、鹜三子,一齐入讼于卧渴先生,罗拜于前轩下,先生全若不知,而惊问曰:"公等胡为乎来哉?"莺、鸠先对曰:"矣等与鹜子,偶有争讼事,相携至此。"先生曰:"何事?"对曰:"小子等,非为争饮啄田地,非为争居处之园林。鸣之善恶,声之清浊,未决优劣,故敢此一齐仰诉,伏乞先生,神之听之,参酌明决焉。"

是时,鸷子局束尾立,故作村鸡登官庭之状,先生作起曰:"马之骥驽,驰而后知,玉之璞珷,磨而后辨,公等之善鸣与否,闻其声然后,可决清浊,不须多言,各尽其鸣。"莺儿率尔而对曰:"然,于是,欲夸声之美,啼必于绿杨之间。"初以宜春苑和箫之曲,复以洛阳陌唤友之声,绵绵焉,蛮蛮焉,如怨如诉,千声万曲,无不尽啼。鸠氏,于是焉,妆窈窕之态,乃以持婵妍之色,飞坐花枝最高处,啼以唤雨之晴氤氲之声,鸣以雄飞从雌林间之音,婷婷焉,姣姣焉,如离如合,千态万巧,无不假鸣。鸷子初若喑哑,末乃强鸣,以体之大,其鸣也大,以颈之长,其声也长,声之为声,野而直,鸣之为鸣,简而不烦。三者之鸣,各尽其声,进拜先生前,以待其判,先生顾谓莺曰:"尔声虽清,哀下。"顾谓鸠曰:"尔声虽幽,淫下。"回顾鸷曰:"尔声虽浊,质上。"有为背题曰:"莺声,自言其名,未免无识,仅足以记姓名而已。鸠声亦自言其名,未释其音,欲巧反拙。鸷声多玉多玉,文而质哉! 是声也,圣如孔子,以美玉自处,求善价而沽之,贤如君子,以玉色自况,岂非上乎? 吾从鸷!"莺儿勃然曰:"先生先生,不辨音律,先生号,乌有哉?"倏然飞去,于广漠之野,无何之乡,烟树处处矣。鸠氏无聊而退曰:"非我也,安知我之善鸣不善鸣也?"俛首低尾而逝。鸷子更起拜谢曰:"先生之风,山高水长。"嗟乎! 相彼鸟矣,犹求用情,矧此末世之人心,乌可叹也哉!

故事是讲黄莺儿与青鸠氏互为邻里,却素未相识,于是以信鸽传书,相约在美丽的江南会面。见面之际,恰遇鸷子经过,加入了它们的聚会中。鸷子说:"三人行必有我师,不知我们三人之中,谁是弟子?"于是黄莺儿提议以世德门第,比较优劣,于是三人皆大肆吹擂自己显赫的家世,互不相让。黄莺儿又提出要比试鸣叫,看谁的声音婉转动听,于是三人又各自吹嘘自己如何善于鸣叫。争执不下,鸷子提出,此间有一位德高望重的卧渴先生,可以请他来评判。私下里,鸷子带了贵重的礼物到卧渴先生门下行贿。其后,莺儿、青鸠、鸷子三人前往卧渴先生处请他评判谁最善于鸣叫。黄莺儿的鸣叫声百转千回、如怨如诉;青鸠的鸣叫声"如离如合、千态万巧"。最后轮到鸷子,他的声音刚开始喑哑,其后因为他体型大、脖颈长,声音也越来越大。卧渴先生说:"莺之声,虽清丽,却过于悲哀;鸠之声,虽清幽,却显轻浮;而鸷之声,虽浑浊,却质地浑厚。"最后,卧渴先生评判鸷子的鸣叫声最为上乘。寓言结尾处,作者发出了"相彼鸟矣,犹求用情,矧此末世之人心,乌可叹也哉"的慨叹,鸟争辩是非高下尤须依靠私情,更何况身处末世的人心呢?

作品通过三鸟争讼的寓言故事,反映了当时社会评价世事的是非曲直,不以事实为依据,而往往需要通过行贿受贿、拉关系走后门的不良社会风气。而故事中三鸟争相显示自己显赫家世背景,对于各自家世门楣的夸夸其谈,也反映了古代朝鲜根深蒂固的门第观念。古代朝鲜十分重视家庭的血统和门第,"骨品制""两班制"都是这一观念的产物,特别是到了朝鲜朝时期,随着朱子理学思想逐渐占据社会意识形态的主导地位,朝鲜的血缘宗法意识也进一步得到强化,血缘成为唯一的社会身份来源。

《莺鸠鹫讼卧渴先生传》是一篇成熟的寓言小说。作者把动物的某些自然特征与人类社会的某些现象有机地结合起来,寄寓了深刻的社会寓意和世态人情。作者紧紧抓住描写动物的形貌特征,采用拟人化的笔法对其进行了活灵活现的刻画。如作品中关于莺、鸠、鹫外貌衣着的描写。黄莺儿"顶黄金之冠,服锦绣之衣",鸠氏"着斑衣",鹫子"冠练素之冠,衣淡红之衣",这是对三只鸟儿毛色的拟人化描写。作品紧扣描写刻画的事物,运用典故,增大了作品的容量。如"仓庚""采葛""细柳营"等。此外,作品还大量化用中国古典诗文,如王维《送元二使安西》中"渭城朝雨浥轻尘,客舍青青柳色新"的诗句被化用为"渭城之间,客舍青青,柳幕绿绿……";韩愈著名的《送孟东野序》中:"大凡物不得其平则鸣";《诗经·伐木》中:"伐木丁丁,鸟鸣嘤嘤"等诗文,都被作者巧妙地镶嵌在字里行间之中,为作品平添了几分文采。

参考文献

专著：

白居易：《白居易集笺校》，朱金城笺注，上海：上海古籍出版社，1988年。
班固：《汉书》，上海：上海古籍出版社，1986年。
北京大学哲学系美学教研室：《西方美学家论美和美感》，北京：商务印书馆，1980年。
朝鲜民主主义人民共和国科学院历史研究所：《朝鲜通史》，吉林省延边朝鲜族自治州《朝鲜通史》翻译组译，长春：吉林人民出版社，1973年。
朝鲜总督府：《朝鲜金石总览》，首尔：亚细亚文化社，1976年。
陈东原：《中国妇女生活史》，上海：上海书店，1984年。
陈兰村、张新科：《中国古典传记论稿》，西安：陕西人民教育出版社，1991年。
陈兰村主编：《中国传记文学发展史》，北京：语文出版社，1999年。
陈寿：《三国志》，天津：天津古籍出版社，2009年。
陈寅恪：《元白诗笺证稿》，北京：生活·读书·新知三联书店，2001年。
陈子昂：《陈子昂集》，徐鹏校，北京：中华书局，1960年。
程杰：《北宋诗文革新研究》，呼和浩特：内蒙古人民出版社，2000年。
范文澜：《中国通史简编》，北京：人民出版社，1949年。
范晔：《后汉书》，上海：上海古籍出版社，1986年。
郭绍虞：《中国历代文论选》，上海：上海古籍出版社，1979年。
郭预衡：《中国散文史》，上海：上海古籍出版社，1993年。
韩经太：《宋代诗歌史论》，长春：吉林教育出版社，1995年。
韩愈：《韩昌黎文集校注》，司通伯校注，上海：上海古籍出版社，1957年。
韩愈：《韩昌黎文集注释》，阎琦校注，西安：三秦出版社，2004年。
韩兆琦主编：《中国传记文学史》，石家庄：河北教育出版社，1992年。
黑格尔：《美学》（第二卷），北京：商务印书馆，1979年。
黑格尔：《美学》（第一卷），北京：商务印书馆，1979年。
侯忠义：《中国文言小说参考资料》，北京：北京大学出版社，1983年。
胡应麟：《少室山房笔丛》，北京：中华书局，1958年。
季羡林、吴亨根等：《禅与东方文化》，北京：商务印书馆，1996年。
金富轼：《三国史记》，李丙焘校勘，首尔：乙酉文化社，1977年。
金宽雄、李官福：《中朝古代小说比较研究》（上），延吉：延边大学出版社，2009年。
金明河：《燕岩朴趾源》，陈文琴译，李启烈校，北京：商务印书馆，1963年。

金台俊:《朝鲜小说史》,全华民译,北京:民族出版社,2008年。
觉训:《海东高僧传》,首尔:乙酉文化社,1975年。
孔另境:《中国小说史料》,上海:上海古籍出版社,1982年。
兰州大学中文系孟子译注小组:《孟子》,北京:中华书局,1960年。
李百药:《北齐书》,上海:上海古籍出版社,1986年。
李道英:《八大家古文选注集评》,桂林:广西师范大学出版社,1996年。
李廷卓:《韩国讽刺文学研究》,首尔:二友出版社,1979年。
李岩:《中韩文学关系史论》,北京:社会科学文献出版社,2003年。
李岩、徐建顺、池水涌等:《朝鲜文学通史》,北京:社会科学文献出版社,2010年。
李泽厚:《新版中国古代思想史论》,天津:天津社会科学院出版社,2008年。
梁启超:《中国历史研究法》,北京:中华书局,2009年。
林明德:《韩国汉文小说全集》,"中国文化大学"(台北)、韩国精神文化研究院(首尔)共同刊行。
林纾:《古文辞类纂》,杭州:浙江古籍出版社,1986年。
林泰辅:《朝鲜通史》,陈清泉译,上海:商务印书馆,1934年。
林兴宅:《象征论文艺学导论》,北京:人民文学出版社,1993年。
刘师培:《中国中古文学史》,北京:中国画报出版社,2010年。
刘熙载:《艺概》,上海:上海古籍出版社,1978年。
刘勰:《增订文心雕龙校注》,黄叔琳注,李详补注,杨明照校注拾遗,北京:中华书局,2000年。
刘昫等:《旧唐书》,天津:天津古籍出版社,1975年。
刘义庆:《世说新语译注》,张万起、刘尚慈译注,北京:中华书局,1998年。
刘知几:《史通》,浦起龙通释,吕思勉评,上海:上海古籍出版社,2011年。
鲁迅:《鲁迅全集第六卷》,北京:人民文学出版社,1981年。
鲁迅:《鲁迅杂文选集》,北京:外文出版社,1976年。
鲁迅:《且介亭杂文二集》,北京:人民文学出版社,1958年。
鲁迅:《中国小说史略》,北京:人民文学出版社,2006年。
欧阳修:《六一诗话》,北京:人民文学出版社,1962年。
欧阳修:《欧阳修全集》,北京:中国书店,1986年。
钱锺书:《管锥编》,北京:中华书局,1979年。
钱锺书:《谈艺录》(修订本),北京:中华书局,1984年。
沈德潜选:《唐宋八大家古文》,宋晶如注,北京:中国书店,1987年。
司马迁:《史记》,裴骃集解,司马贞索引,张守节正义,北京:中华书局,2005年。
苏轼:《苏轼诗集》,北京:中华书局,1982年。
孙昌武:《柳宗元评传》,南京:南京大学出版社,2002年。
孙昌武:《诗与禅》,台北:东大图书公司,1994年。
孙昌武:《唐代古文运动通论》,天津:百花文艺出版社,1984年。
脱脱等:《宋史》,北京:中华书局,1985年。

王晓平:《亚洲汉文文学》,天津:天津人民出版社,2009年。
王运熙:《汉魏六朝唐代文学论丛》,上海:上海古籍出版社,2002年。
韦旭生:《朝鲜文学史》,北京:北京大学出版社,1986年。
韦旭生:《韦旭生文集》,北京:中央编译出版社,2000年。
吴讷:《文章辨体序说》,余北山校点,北京:人民文学出版社,1982年。
吴文治:《韩愈资料汇编》,北京:中华书局,1983年。
伍蠡甫:《西方文艺理论名著选编》,北京:北京大学出版社,1986年。
夏志清:《中国古典小说导论》,胡益民等译,合肥:安徽文艺出版社,1998年。
徐坚:《初学记》,北京:中华书局,1960年。
徐居正:《东文选》,首尔:学习院东洋文化研究所,1970年。
徐师曾:《文体明辨序说》,罗根泽校点,北京:人民文学出版社,1982年。
徐师曾、罗根译校点:《文体明辨序说》,北京:人民文学出版社,1982年。
姚淦铭、王燕:《王国维文集》(第一卷),北京:中国文史出版社,1979年。
叶梦得:《避暑录话》,北京:商务印书馆,1939年。
一然:《三国遗事》,陈蒲清、权锡焕注译,长沙:岳麓书社,2009年。
曾枣庄等:《全宋文》,上海:上海辞书出版社,2006年。
张华:《博物志校证》,范宁校证,北京:中华书局,1980年。
张孝铉、尹在敏、崔溶澈等:《校勘本韩国汉文小说·寓言寓话小说》,首尔:高丽大学民族文化研究院。
章培恒、洛玉明主编:《中国文学史》,上海:复旦大学出版社,1997年。
章士钊:《柳文指要》,上海:文汇出版社,2000年。
章义和、陈春雷:《贞节史》,上海:上海文艺出版社,1999年。
赵东一:《韩国文学论纲》,周彪、刘钻扩译,北京:北京大学出版社,2003年。
赵润济:《韩国文学史》,张琏瑰译,北京:社会科学文献出版社,1998年。
郑樵:《通志》,北京:中华书局,1987年。
郑趾麟等:《高丽史》,首尔:亚细亚文化社,1972年。
知识丛书编辑委员会:《诗经》,北京:中华书局,1963年。
中共中央马克思恩格斯列宁斯大林著作编译局:《马克思恩格斯全集》(第二卷),北京:人民出版社,1957年。
周裕锴:《宋代诗学通论》,上海:上海古籍出版社,2007年。
朱芾煌:《法相辞典》,北京:商务印书馆,1939年。
朱光潜:《文艺心理学》,上海:复旦大学出版社,2011年。
《高丽史》,朝鲜劳动新闻出版社,1958年。
《韩国诗话选》,首尔:太学社,1987年。

论文:

《史传文学与中国小说传统之关系简论》,《淮北煤师院学报》,1992年3期。

卞孝萱:《韩愈〈毛颖传〉新探》,《安徽史学》,1991年4期。
韩兆琦:《读〈毛颖传〉》,《新疆师范大学学报》,1984年第1期。
李少雍:《司马迁与普鲁塔克》,《文学评论》,1986年,第五期。
李泽厚:《中国美学及其他》,《美学述林》,1983年第一期。
刘宁:《论韩愈毛颖传的托讽旨意与俳谐艺术》,《清华大学学报》(哲学社会科学版),2004年2期。
孙敏强:《试论庄子对我国古代小说发展的重要贡献》,《浙江大学学报》(人文社会科学版),2002年第四期。
汪道伦:《中国古典小说与史传文学艺术渊源探微》,《齐鲁学刊》,1985年第四期。
王运熙:《论汉魏六朝俳谐杂文》,《青海师范大学学报》,1990年第一期。

博士学位论文:

徐建顺:《〈三国史记的文学价值研究〉》,博士学位论文,北京:中央民族大学,2003年。